《红楼梦》在马来西亚和新加坡的传播与研究(1818—2018)

[马来西亚]谢依伦(Chia Jee Luen)　著

山东大学出版社
SHANDONG UNIVERSITY PRESS
·济南·

图书在版编目(CIP)数据

《红楼梦》在马来西亚和新加坡的传播与研究：1818-2018 /（马来）谢依伦著. —济南：山东大学出版社，2023.11

ISBN 978-7-5607-7940-9

Ⅰ. ①红… Ⅱ. ①谢… Ⅲ. ①《红楼梦》-文化传播-研究 Ⅳ. ①I207.411②G206

中国国家版本馆 CIP 数据核字(2023)第 178481 号

责任编辑 毛依依
封面设计 蓝海文化

《红楼梦》在马来西亚和新加坡的传播与研究(1818—2018)
HONGLOUMENG ZAI MALAIXIYA HE XINJIAPO DE
CHUANBO YU YANJIU(1818—2018)

出版发行 山东大学出版社
社　　址 山东省济南市山大南路 20 号
邮政编码 250100
发行热线 (0531)88363008
经　　销 新华书店
印　　刷 济南新科印务有限公司
规　　格 720 毫米×1000 毫米 1/16
　　　　 26.5 印张 417 千字
版　　次 2023 年 11 月第 1 版
印　　次 2023 年 11 月第 1 次印刷
定　　价 98.00 元

序　一

谢依伦是教育部国家汉办“孔子新汉学计划”项目招收的海外博士研究生，2014年秋季进入山东大学，师从在下，主修中国古代文学明清文学方向。经过四年多的努力学习，于2018年年底进行博士论文答辩，得到了答辩委员会的充分肯定与高度评价，获得博士学位。所推荐的就是以其博士论文为基础修订而成的学术论著。

谢依伦系马来西亚籍华裔学者，本科与硕士阶段就读于马来西亚大学中文系。该系聚集了马来西亚《红楼梦》研究最优秀的团队，受其影响，他在本、硕阶段就对《红楼梦》感兴趣。在老师们的指导下，他做了部分资料整理工作和初步的研究工作，进入山东大学后，根据他的学术兴趣与基础，确定了他的博士论题。在四年多的学习过程中，他非常努力，心性坚定，为了实现成为一个学者的目标，不断扩大学术视野，坚实学术根基，同时进入课题的研究工作。就选题而言，有开拓性。我一直主张，明清以来的中国文学史应放在东南亚的文学史中去考量。然而这是一个努力方向，真正去做却比较难，借助东南亚年轻学者的研究未必不是一个很好的途径。谢依伦是华裔，在语言沟通上没有问题，他有比较好的汉语基础，经过系统的学术训练，加上他本人的资质和努力，最后撰写出优秀的博士论文，在一个领域实现了学术目标。

谢依伦的论著，内容跨度从《红楼梦》进入马来亚的19世纪20年代开始，直至2018年，呈现近两个世纪中《红楼梦》在马来西亚和新加坡的传播情况，以及《红楼梦》对马新文学的影响。论著探讨《红楼梦》进入海峡殖民地（槟、马、新）的时间是清道光时期，马礼逊、郭实腊是最早的传播者，其所用论据新颖、准确。1881年始，中国领事官左秉隆、黄遵宪在马新开荒、办教育、弘扬中华文化的努力为华人社会培育了许多文人，让《红楼梦》有了传播的土壤。南洋邱炜萲《红楼梦分咏绝句》初刻出版于光绪二十四年（1898），标志着马新《红楼梦》研究的开始。在英属马来亚时期、马来西亚和新加坡独立前后,作者通过文学思潮、教育制度、书业经济、《红楼梦》藏书的分布等角度去梳理《红楼梦》文本在马新流传的情况。到20世纪初期,马新知识阶层达成了共识,即《红楼梦》是最杰出的中国古典小说。《红楼梦》被节选编入华文教科书,影响了一代代的华人和对华文感兴趣的他族人。中文报业和书业的发展,扩展了《红楼梦》的传播范围,拉近了其与读者之间的距离。图书馆中的《红楼梦》藏书也让学生便于接触和阅读。1963年,马来亚联合邦连同新加坡、沙巴及砂拉越组成了马来西亚。1965年,新加坡共和国独立。合合分分,两国语言和教育政策的不同,造就了《红楼梦》在两地传播的不同面貌。论著分析了《红楼梦》视听文化的传播(影视、戏剧、音乐、广播、艺术文化展览、美食文化、学术讲座等)对大众产生的影响。对《红楼梦》研究情况的梳理是比较难做的部分,论著对成果卓著的红学专家进行了研究,甚而对报刊零散发表的论文进行了梳理,特别是对马新大学中文系教育对《红楼梦》的研究和传播论述,富有新意。

总之,谢依伦的论著全面梳理了马新两国对《红楼梦》传播、接受的过程,课题具有新意。作者基础扎实,富有才情,全书大小论题之间环环相扣,表现出其较强的逻辑思辨能力。本书行文流畅,语言准确得体,是一部值得推荐的学术论著。

此致!

孙之梅

2021年11月13日

(孙之梅,山东大学文学院博士生导师、中国近代文学学会副会长、中国柳亚子与南社研究会会长、山东省近代文学学会会长)

序　二

谢依伦博士的《〈红楼梦〉在马来西亚和新加坡的传播与研究(1818—2018)》，是第一部关于马来西亚、新加坡《红楼梦》传播史的研究专著，具有较高的学术价值和文化价值。

《红楼梦》是中华民族最伟大的古典文学名著之一，它在海外的传播与《红楼梦》的译介、海外华人世界紧密地联系在一起。而马来西亚、新加坡是华人最集中的两个国家，近200年来，一代一代华人把对中华民族的情感维系与对《红楼梦》的喜爱紧紧地联系在一起。谢依伦博士通过对近200年来《红楼梦》在马来西亚、新加坡的传播与研究的梳理，比较系统地、深入地反映出马来西亚、新加坡与中华民族颇有渊源，以及马来西亚、新加坡华人社会对中华民族优秀传统文化的认知。

谢依伦博士非常重视对《红楼梦》在马来西亚、新加坡传播、研究的时代背景及其与政治、经济、文化发展关系的考量，这对深入了解和认识《红楼梦》在马来西亚、新加坡的传播与研究具有重要的意义。

该书将《红楼梦》在马来西亚、新加坡的传播脉络梳理得非常清晰，资料丰富，议论平实，文笔流畅。尤其是许多珍贵的资料，我都是第一次看到，如邱菽园的材料，我们过去对他了解得很少，在《红楼梦大辞典》中都没有介绍他的生平事迹等，而在谢依伦博士的书中已经有了清楚准确的介绍。类似这样的资料还有不少，都很珍贵，很有价值。

总之，这是一部有较高学术水平和文化价值的马来西亚、新加坡《红楼梦》传播史研究专著，而且是第一部，其意义是不言而喻的。

張慶善

2021年11月25日

(张庆善，中国红楼梦学会会长、《红楼梦学刊》名誉主编、红楼梦研究所名誉所长)

序　三

自从谢依伦博士被评选为山东大学2019届国际学生优秀毕业生以来，这位年轻的马来西亚学者的科研能力开始在中国得到认可，他亦得以走上稳健的学术之路。这本学术论著，可以视作他从事科研工作以来的一座里程碑，祝贺谢依伦博士的新书付梓出版。

回想我初识依伦之时，他刚大学毕业，孙彦庄老师向我推荐这位年轻人担任“马来文版《红楼梦》研究、翻译及出版计划”的助理。后来，依伦成了彦庄的硕士生，跟着她参与了很多马大中文系毕业生协会的红学传播计划，包括一起编写《红学研究藏书目录与评介》、筹办“第六届国际《红楼梦》学术研讨会”及《红楼梦》全国巡回讲座等。我看着依伦在《红楼梦》研究之路上逐渐成长，感到十分欣慰。他负笈山东大学修读博士学位，研究《红楼梦》在马来西亚和新加坡的传播史，学成归来后成为马大《红楼梦》研究中心的博士后。在积累了数年研究和教学经验之后，最终成了马大中文系高级讲师。他在《红楼梦》研究领域的成长，也是马来西亚红学研究成长的一部分。依伦不负彦庄的悉心栽培，继承了她在大学推广《红楼梦》的使命。我想，已故的彦庄若知道此书出版的消息，肯定会感到雀跃。

依伦铭记回报师恩的举动也让我感动。去年彦庄病逝后，依伦及助理陈依欣随即整理了一本照片集——《孙彦庄博士纪念集》，放置在马大《红楼梦》研究中心，供师生回忆和缅怀。而后他与我共同商议如何编辑《移花植梦：孙彦庄红学文集》一书，以全面展现彦庄的红学研究成果。彦庄通过大学课程，以及翻译、研究和创作等相关计划推动了《红楼梦》研究在马来西亚的发展，这是值得大家肯定的。让我感到欣慰的是，依伦并未因为获得博士学位就弃“马来西亚《红楼梦》研究的传播”课题于不顾，他不仅致力于推介、总结前贤的研究成果，亦一直在追踪新的《红楼梦》传播踪迹。

《〈红楼梦〉在马来西亚和新加坡的传播与研究(1818—2018)》这本书全

面地展现了马新红学的起源与发展进程,至此,《红楼梦》在这片土地上的传播史终于有了系统性的研究。书中详细地梳理了这段历史,相信很多马来西亚和新加坡的红迷看了之后才会知道,原来自己与《红楼梦》之间的"姻缘"背后,竟然有这么多"媒人"。身为一名马来西亚红迷,我与《红楼梦》之间的"邂逅"看似偶然,但实际上是由一连串历史事件促成的。正是因为先贤奠定了传播中国文学的基础,《红楼梦》才得以进入马来西亚和新加坡并流传下来。通过视听文化的传播,大众对《红楼梦》有了初步的认识;完整的华文教育体系提供了语言文化的基础,我才有机会在中学时期接触到《红楼梦》;又基于它的地位、价值和教学的需要,各大图书馆都将《红楼梦》文本作为藏书。具备了一系列条件之后,我才会在马大图书馆与珍贵的1754年线装手抄本《石头记》惊艳相逢,自此终身痴迷。

依伦通过对历史文献的深入挖掘,勾勒出《红楼梦》初入南洋的可能样态。从19世纪20年代开始,这部经典经传教士之手,传入马来亚。邱炜萲的《红楼梦分咏绝句》成为这场传播的注脚,标志着《红楼梦》正式融入南洋的文化土壤。而后百余年间,这部巨著悄然渗透于南洋社会中,成为一种深远的文化印记。在这个论述过程之中,依伦不仅关注到文学领域的发展动态,更涉足教育、出版、影视等多个领域,使得论著内容丰富多彩,显示出其开阔的视野和多元文化包容的心态。

我一直致力于推广《红楼梦》。在本书第四章中,依伦以历史的眼光论述了马大中文系与马大中文系毕业生协会多年来为推广《红楼梦》所做出的努力。看到这些成果,我为能成为《红楼梦》传播中的一个组成部分而深感荣幸:我曾是传播进程中的受众,然后又成为一名传播者。相信依伦也有同感。只要我们继续播撒红学的种子,未来必定会有更多人加入这个队伍。身为马大《红楼梦》研究中心第一位全方位培养出的红学研究专家,相信在未来的日子里,依伦不仅会引导并点燃大学生对红学的热情,更会让《红楼梦》与红学研究继续在这里发扬光大。

对于依伦,我抱有另一份期许,希望他接下来继续努力,协助马大《红楼梦》研究中心实现一个愿景:对外与全世界的红学研究机构接轨,加强各国之间的红学交流;对内则扩大古代文学名著译本在马来语系世界的传播,使友族同胞更加了解中华文学，并促进马来西亚乃至东南亚各族群之间的理解与交流。

最后，再次衷心祝贺谢依伦博士出版了他的第一本学术论著，希望他继续以崭新的姿态和全新的研究视角推动马来西亚红学的进一步发展，为学术界带来更多惊喜和启迪。

2022 年 5 月 17 日

（陈广才，马来亚大学特聘教授、马来亚大学《红楼梦》资料中心和研究中心创办人、马来亚大学中文系毕业生协会荣誉会长）

自 序

本书的研究范围是从《红楼梦》可能被带入马来亚(19 世纪 20 年代)开始至 2018 年,近 200 年的时间。笔者通过文献记录,尝试呈现出《红楼梦》在某个时代如何传播、当时的传播主体是谁、传播了什么信息、其受众范围的大小,并根据受众的反馈来探讨《红楼梦》传播的影响力。而后再对已出版的《红楼梦》相关文章与研究成果进行梳理和评述,为马新红学做一个概括性的基础介绍。最后,总结马新红学的特点及不足,参照世界红学的研究思路与方法,为未来马新的红学研究的拓展提些建议。

本书除绪论、结语外,主体为四章。第一章重点探索《红楼梦》入境马新的时间与在马新传播的可能性。清乾隆五十六年(1791)程甲本出版的时间,与槟榔屿(1786)、马六甲(1795)、新加坡(1819)开埠的时间相去不远。马礼逊是西方最早推崇《红楼梦》的学者,他于 1815 年开始节译《红楼梦》,并在其编纂的《华英字典》中大量引用了《红楼梦》的词句,认为初学中文读《红楼梦》甚好。郭实腊是西方第一篇《红楼梦》评论文章的作者。他们恰好也是 19 世纪初在马新最为活跃和著名的传教士。马礼逊和米怜更于 1818 年在马六甲创建英华书院,其内置的中文图书馆,至 1923 年,藏书已达 3380 册,其中中文藏书 2850 册。我们相信这是《红楼梦》入境最好的契机。

马礼逊以其中文藏书编纂而成的《马礼逊手稿书目》出版于 1824 年,书内收录与《红楼梦》相关的著作有 7 种,其将《红楼梦》译为 *Dream of the Red Chamber*。他认为《红楼梦》是描写一个北京贵族家庭的传记。他收藏的版本有东观阁嘉庆辛未重镌《新增批评红楼梦》、东观阁嘉庆戊寅重镌《新增批评绣像红楼梦》、后来失散的四卷本《红楼梦》3 种,逍遥子《后红楼梦》、陈少海《红楼复梦》、海圃主人《续红楼梦》续书 3 种,还有由小说原著改编的戏曲脚本《红楼梦散套》1 种。

1881 年始,领事官左秉隆、黄遵宪在马新开荒、办教育、弘扬中华文化的努力为华人社会培育了许多文人,让《红楼梦》有了传播的土壤。邱炜萲以

“酸道人”笔名所著的咏红诗始见于《星报》，于1896年多次连载，其《红楼梦分咏绝句》初刻出版于光绪二十四年(1898)，标志着马新《红楼梦》研究的开始。

第二章主要探讨《红楼梦》文本在马来西亚和新加坡的传播历程。通过文学思潮、教育制度、书业经济、《红楼梦》藏书的分布等角度去梳理《红楼梦》文本在马新流传的情况以及在不同时代传播情况的变化。

这样以传播学的要素勾勒出《红楼梦》在英属马来亚时期、马来西亚和新加坡独立前以及独立后至今的传播情况，由此产生的描述是具体且丰富的。20世纪初期，受中国文坛及思潮的直接影响，马新知识分子心中形成了“《红楼梦》是最杰出的中国古典小说”的观念。《红楼梦》被节选编入华文教科书，影响了一代代华人。中文报业和书业的发展，扩展了《红楼梦》的传播范围，拉近了其与读者之间的距离。图书馆中的《红楼梦》藏书也让学生便于接触和阅读。

日治时期(黑暗的三年零八个月)、英殖民政府反共的紧急法令、教育政策对中文教育的约束等因素导致中文读物传播受阻，然而，这些外来的干预并未彻底阻断《红楼梦》与读者的联系。1963年，马来亚联合邦连同新加坡、沙巴及砂拉越组成了马来西亚。1965年，新加坡共和国独立。合合分分，两国语言和教育政策的不同，导致后来《红楼梦》在两地的传播呈现不同面貌。

新加坡在20世纪70年代独尊英语，以其他语言为辅，大大削弱了国民的中文阅读能力。在八九十年代，大部分马来西亚学生仍以阅读中文原著、听讲座来理解《红楼梦》;而新加坡学生能读懂中文原著的相对较少，他们借助《红楼梦》英文译本，或更多以音乐、影视、戏剧的形式来感受《红楼梦》。

第三章探讨的是《红楼梦》视听文化在马来西亚和新加坡的传播历程，从影视、戏剧、音乐、广播、艺术文化展览、美食文化、学术讲座等方面来探讨《红楼梦》演绎产品对大众产生的影响。此类传播方式更为大众化，其影响范围之广和传播速度之快是《红楼梦》文本传播没法相比的，但其传播的内容受传播者的鉴赏水平和传播目的影响，极可能不符合原著原义。

接下来笔者通过梳理从1928年开始就在马来亚播放的种种《红楼梦》影视作品，以及报章广告的宣传、电影的内容简介、影评和观众反应，尝试反映当时传播的实况。我们看到科技与时代的变化，电影从兴盛到没落直到逐渐被电视超越的过程。其他类型的传播也是以此模式叙述，从发现最早的记录叙述到现代的情况，如1926年3月20日牛车水岭南新剧团就邀请了新丁香耀来演出《黛玉葬花》。至今新加坡已有下列属于自己的《红楼梦》戏剧作品：敦煌剧坊有粤剧《红楼梦》，折子戏《幻觉离恨天》《王熙凤大闹宁国府》；双语话剧团体"演艺坊"有《雪剑鸳鸯》四幕剧；新加坡福建公会芗剧团有《情殇红楼》《宝玉哭灵》；新加坡琼剧团有《忆·红楼梦》；等等。其他流传改编的还有歌舞剧、话剧等。

视觉文化传播形式所产生的功效是巨大的，通过戏剧、电影、音乐、精致中式美食、极具中华特色的手工艺品等物，新加坡大部分人即使丢弃了华语使用权，却依然能与中华传统文化紧密地联系在一起。然而这些现象实则来之不易，这是当地的艺术传播者与文史传播者通过积极推动，用了大半辈子去维护、改良所产生的成果。回顾历史，理解现状，更有助于当代人去珍惜。

第四章按年代梳理相关的《红楼梦》研究文章，并专题论述当时研究成果较为显著的红学专家，以及他们的研究所带来的影响。至于报章上零散的或作者身份不可考的文章则穿插概述，以期能更为完整地呈现不同时代的《红楼梦》谈论热点。

此章也重点论述马新大学中文系教育对《红楼梦》研究的贡献。《红楼梦》被纳入大学课程以后，系统性的《红楼梦》研究方才逐步成型。同时，以马新各大学《红楼梦》课程导师的红学论文与学生的学位论文作为研究对象，探讨他们的研究方向和研究观点。

结语部分总结了马新《红楼梦》现今的传播情况与《红楼梦》研究展望。进入了新媒体时代，《红楼梦》文本与视听文化产品可以说唾手可得，各种版本、译本、研究论集、优秀课程视频、影视、戏剧、现代版舞台剧表演皆可被轻易获得，但要去感悟、读懂《红楼梦》仍需要有领路人。许多通过仔细阅读《红楼梦》而得到属于自己的生活启示，进而获得成功的人物的实例在本书中多有陈述。因此，引导读者正确理解或研究《红楼梦》，通过读懂《红楼梦》得到自己人生所需才是首要任务。

感谢前人辛勤付出,搜罗了不少材料。在这基础上,笔者也将自己目前所搜集到的资料加上,并按时间细细整理成表。其中有中文报章刊登过的文章(从1894年至2018年有917篇)、英文报章刊登过的文章(56篇)、期刊文章(114篇)、学位论文(70篇)、马新出版的《红楼梦》文本(包括改编本,22种)、译本(2种)、红学论集和专著(17种)、讲座和研讨会(55场)、戏剧演出(61场)、影视上映记录(51条)、广播节目和歌曲记录(37条)、音乐会(27场)等。笔者将这些《红楼梦》以不同传播形式在马新留下的痕迹作为论文的附录,期待有更多同好者共同去填补、完善。

谢依伦

2018年9月

目　录

绪 论

第一节 选题的缘起与意义

“中国的曹雪芹，世界的《红楼梦》”，犹记得第一次对《红楼梦》在世界的传播感到震撼，是笔者在当“马来文版《红楼梦》研究、翻译及出版计划”的研究助理之时。那年是2006年，笔者协助孙彦庄老师以《〈红楼梦〉研究在马来西亚》为题搜集资料。当时使笔者感到震撼的是随着课题研究深入，发现《红楼梦》在世界各地都留下了足迹，而且各国的学者也有相应的论述。随即又感到震惊的是，《红楼梦》在马来西亚（简称“大马”）的传播情况几乎没见于任何著作。

其实，若与其他东南亚国家比较，大马具备更充足的条件传播中国古典文学。《红楼梦》是大马华人社会普遍熟悉的经典小说。于是笔者以“Penyebaran dan Penerimaan Sastera Cina Klasik di Malaysia dan Singapura：Kajian terhadap Novel *Hong Lou Meng*”（《中国古典文学在马来西亚和新加坡的传播与接受：以〈红楼梦〉为例》）为题撰写硕士论文。由于种种限制，硕士论文研究的时间范围从《红楼梦》传播的起源直到20世纪70年代为止。

笔者从社会背景探讨，认为1881年左秉隆出任驻新领事后，马新这“华文蛮荒”之地才兴起很大变化。1891年，黄遵宪担任总领事，以他对《红楼梦》的推崇和重视，极大可能把《红楼梦》带入马新，在极力推广中国文学的同时，把《红楼梦》推荐给当地文人。而真正有文献证明的应该是邱炜萲（邱菽园）在1896年把《红楼梦》带入马新，并于1898年刊刻出版《红楼梦分咏绝句》而产生了马新“红学”。

马新早期报章出现的《红楼梦》阅读笔记与评红文章、20 世纪 50 年代出版的《红楼梦》文本、期刊论红文章和红学论著、20 世纪 70 年代产生的本地学位论文以及各种类型的传播活动记录，以及大量的史料发掘和搜集都有助于我们建构属于马新的《红楼梦》传播和研究史。

就早期的华文文献资料而言，大部分作家在文章结集成书以前，多是把文章刊登于不同的报章期刊，零零散散的资料无法引起关注，很多就这样被忽略了。有些文章尽管收录在结集成书的集子，多数也没有依据一个主题来论述，若没有仔细搜寻，集子中许多文章恐怕亦会被尘封了。

本书尝试有计划性地搜集零散的资料，将其整理为一个课题的有机部分，体现本地文学发展的规律，提醒本地学人就算在做汉学研究，亦要关注当地的文献，进而逐步起到整理马新文献的作用。

笔者把所有搜集到的材料，细细地按时间整理成表，以作记录。其中有中文报章刊登过的文章（从 1894 年至 2018 年有 917 篇）、英文报章刊登过的文章（56 篇）、期刊文章（114 篇）、学位论文（70 篇）、马新出版的《红楼梦》文本（包括改编本，22 种）、译本（2 种）、红学论集和专著（17 种）、讲座和研讨会（55 场）、戏剧演出（61 场）、影视上映记录（51 条）、广播节目和歌曲记录（37 条）、音乐会（27 场）等。

由于个人的能力和精力有限，本书仅能从众多材料中根据论述需求挑重点探讨。与此同时，所搜罗及列出的资料肯定不全，挂一漏百，希望能抛砖引玉，鼓励更多学者加入发掘工作，逐步去完善历史上留下的珍贵产物。

首先，笔者希望能做到的是结合马新社会史料与《红楼梦》传播的轨迹，以历代产生的《红楼梦》评论及研究文章作为依据，探讨中国古典文学在马新传播时面临的难题和困境。今日中华文化仍能在马新传承与蜕变，与前辈们在推广华文、中华文化时付出的努力有着直接的关系。

其次，通过对《红楼梦》研究成果的搜集与分析，我们也能梳理出红学在马新的发展脉络、研究思路与方法、成就与影响、优点与不足等方方面面。从中亦能窥见马新华人社会在不同时代对中国古典小说所持有的看法与态度，相信此类课题，或多或少能促进马新与中国之间的文化交流及了解。

2017 年 7 月 1 日，马来亚大学中文系联合马来亚大学图书馆举行“《红楼梦》资料中心”成立典礼。大马红学专家丹斯里陈广才捐献了他毕生珍藏，让此中心拥有了 5000 多册《红楼梦》藏书与相关研究资料，以及其他与《红楼梦》相关的艺术品。与此同时，设立在马来亚大学（简称“马大”）的《红楼梦》研究中心于 2018 年 12 月 15 日正式成立。这意味着马大也将成为除中国科研机构之外，最有条件研究《红楼梦》的研究机构之一。

2017 年，翻译了十年的《红楼梦》马来译本完工，于 9 月 28 日展开推介。《红楼梦》的传播范围也开始扩展到马来西亚的各阶层。因此，整理出属于马新的《红楼梦》传播史和研究史也显得特别有意义。

第二节　相关研究文献探讨

汉学研究是世界文学研究中重要的一环，它以汉语的方式建构不同文化背景、不同文化系统之间的沟通与对话。从王丽娜的《中国古典小说戏曲名著在国外》①、宋柏年主编的《中国古典文学在国外》②、饶芃子主编的《中国文学在东南亚》③等著作中，可见众学者对中国文学在世界各国发展的重视。在中国，红学已成为与敦煌学、甲骨学并列的三大显学之一，放眼世界，《红楼梦》研究似乎更具普及性。

中国著名红学家胡文彬对于《红楼梦》在中国香港、中国台湾及海外的传播与影响表现得相当重视。他认为“有目的、有计划地搜集、整理、研究《红楼梦》在国外的流传、翻译、研究的历史资料，不仅是编写红学史所需要，也是编写中国文学史所不可缺少的”④。他与周雷合编的《台

① 王丽娜:《中国古典小说戏曲名著在国外》,上海:学林出版社,1988 年。

② 宋柏年主编:《中国古典文学在国外》,北京:北京语言学院出版社,1994 年。

③ 饶芃子主编:《中国文学在东南亚》,广州:暨南大学出版社,1999 年。

④ 胡文彬、周雷编:《红学世界》,北京:北京出版社,1984 年。

湾红学论文选》[1]《香港红学论文选》[2]《海外红学论集》[3]，收集了中国台湾、中国香港及海外许多有价值的论文与著作，呈现了世界范围内红学界论著的基本面貌。之后，在其著作《红楼梦在国外》[4]一书中，他阐述了《红楼梦》研究在世界各国的发展状况。

陈维昭《红学通史》[5]中的“海外红学概述”“海外红学的迅猛发展”“海外红学史的反思”“海外索隐红学”“1978—2003年的海外红学”等章节，以及李根亮《〈红楼梦〉的传播与接受》[6]中的《〈红楼梦〉在港台地区和海外的传播与接受》和李广柏《红学史》[7]中的《〈红楼梦〉在国外的流传及国际红学》皆对各地的《红楼梦》研究做出论述。

综观以上论著，我们可以知道中国学者在论述海外《红楼梦》研究现状时，对《红楼梦》在马新传播情况关注之不足，其中或稍有提及新加坡的红学研究，但亦属片面，对于马来西亚的研究状况仅一句带过。在这里需要指出的是，以历史及传播角度来看，1963年新加坡与马来亚联合邦组成马来西亚，1965年8月9日新加坡脱离马来西亚，成立新加坡共和国，在这以前，两地统称英属马来亚，马新两国的文学活动、教育制度、书报业等经济活动、传播体系，原是华社共享的资产。尽管新加坡独立以后，其一体性开始有明显的变动，然而，两国的分割与转变不是一朝一夕，或一个法令的颁布就自然圆满达成了的。经历几年，甚至十几年的转变，两国之间的界限方才逐渐分明。因此，迟至20世纪70年代，《红楼梦》实际上是在同一个环境传播，其红学研究成果应是两国共同的财产。

至于世界各国撰写《红楼梦》或红学在其国家流传与研究的文章，则多不胜数，如伊藤漱平著、克成摘译《红楼梦在日本》，崔溶澈《〈红楼梦〉在韩国的流传和翻译——乐善斋全译本与现代译本的分析》，李士勋

---

① 胡文彬、周雷编：《台湾红学论文选》，天津：百花文艺出版社，1981年。
② 胡文彬、周雷编：《香港红学论文选》，天津：百花文艺出版社，1982年。
③ 胡文彬、周雷编：《海外红学论集》，上海：上海古籍出版社，1982年。
④ 胡文彬：《红楼梦在国外》，北京：中华书局，1993年。
⑤ 陈维昭：《红学通史》，上海：上海人民出版社，2005年。
⑥ 李根亮：《〈红楼梦〉的传播与接受》，哈尔滨：黑龙江人民出版社，2007年。
⑦ 李广柏：《红学史》，广东：广东教育出版社，2010年。

《〈红楼梦〉在德国》，李锦霞《借得山川秀　添来景物新——〈红楼梦〉最早俄译本初探》，王薇《〈红楼梦〉德文译本研究兼及德国的〈红楼梦〉研究现状》，等等。专著方面则有孙玉明《日本红学史稿》①，吴盈静《清代台湾红学初探》②，胡文彬《〈红楼梦〉与台湾——跨越海峡的记忆》③，姜其煌《欧美红学》④，张惠《红楼梦研究在美国》⑤，等等。

由于基础材料不同，这些文献从本质或内容层面各有不同。但这些论著都是很重要的参考文献，特别是在对其研究方法和理论上的借鉴方面。从传播学和接受反应理论的角度切入的《〈红楼梦〉的传播与接受》无疑是探讨《红楼梦》在马新传播状况最好的参考资料，李根亮说明其著作并非《红楼梦》传播史或接受史，没有按照时间顺序来叙述问题，主要是针对一些突出的和规律性的问题进行重点阐述。由于中国对《红楼梦》研究发展史的论著本已不少，李氏这样的阐述显示了传播学的实用价值，并与《红楼梦》研究发展史的著作起到互补的作用。

目前关于《红楼梦》在马来西亚和新加坡的传播和研究这一课题，前人已累积不少成果，有一些期刊论文和两篇硕士论文。

2007年，马来亚大学中文系高级讲师孙彦庄在《红楼梦学刊》上发表了《〈红楼梦〉研究在马来西亚》一文⑥，介绍了任辛（方修）、潘重规、依藤、陈广才四位大马红学专家的研究成果，以及陈广才自20世纪80年代后在马来西亚极力推广红学研究的事迹。与胡文彬《〈红楼梦〉在国外》中论述新加坡红学的发展的专章一样，论述的起点皆为20世纪50年代，胡文以1955年新加坡报章发表的《红楼梦》研究文章为始，孙文则以1955年潘重规到南洋大学来讲课与公开演讲，并著《红楼梦新解》，以及任辛《红楼梦简说》出版为开端。

---

① 孙玉明：《日本红学史稿》，北京：北京图书馆出版社，2006年。

② 吴盈静：《清代台湾红学初探》，台北：大安出版社，2004年。

③ 胡文彬：《〈红楼梦〉与台湾——跨越海峡的记忆》，沈阳：白山出版社，2009年。

④ 姜其煌：《欧美红学》，郑州：大象出版社，2005年。

⑤ 张惠：《红楼梦研究在美国》，北京：中国社会科学出版社，2013年。

⑥ 孙彦庄：《〈红楼梦〉研究在马来西亚》，《红楼梦学刊》2007年第6期。

陈广才的《马来西亚红学研究的展望》[①]作为2008年"第六届国际《红楼梦》学术研讨会"的主题演讲，陈述了马来西亚红学研究领域的发展和面临的困境。他认为跨国界、跨语言、跨文化的红学比较研究的确是红学扩大版图、另辟新天地的一条可行之路。他希望《红楼梦》马来文译本面世后，能引起马来文学界的注意与重视，进而展开《红楼梦》与马来世界文学经典名著的比较研究，并促进中国和马来西亚文化的交流与对话。

2010年，复旦大学陈慧文完成了硕士论文《〈红楼梦〉在当代马来西亚的传播》[②]。陈慧文研究的切入点则是"当代马来西亚"(二战以后、1965年之前的研究范围包含新加坡，1965年以后就不包括新加坡)的汉语版《红楼梦》在华社的传播情况。此论文指出大马处于多元文化的大背景，华文并非官方语言，因此受到各种客观限制，导致红学研究的进程缓慢，而《红楼梦》传播也只能向普及化的方向发展。她认为《红楼梦》对马华文学的影响，只限于几位马华作家(李天葆、方娥真、陈志鸿、梅淑贞等)，他们也曾发表《红楼梦》评论文章。她举出的评红作品，主要集中于《蕉风》和各报刊，重点谈论依藤、梅淑贞、陈志鸿、李天葆等马华作家写的文章，并以李天葆为例子，从"月"探讨李的小说和《红楼梦》的关系。对于21世纪的《红楼梦》传播活动，她介绍了陈广才的"红楼书斋"，整理出"当代马来西亚《红楼梦》传播大事系年"，主要记录了陈广才和孙彦庄推动的各项计划。

2011年，笔者在马来亚大学完成了硕士论文"Penyebaran dan Penerimaan Sastera Cina Klasik di Malaysia dan Singapura: Kajian terhadap Novel *Hong Lou Meng*"(《中国古典文学在马来西亚与新加坡的传播与接受：以〈红楼梦〉为例》)。毕业前后也发表了《梦下南洋——

---

① 陈广才:《马来西亚红学研究的展望》,《红楼梦学刊》2008年第5期。

② 陈慧文:《〈红楼梦〉在当代马来西亚的传播》,复旦大学硕士学位论文,2010年,第1～70页。

〈红楼梦〉在马新传播起始探源》[①]和《马来亚大学中文系传播中国文学的贡献：以古典小说〈红楼梦〉为例》[②]二文。笔者的硕士论文以马来文撰写，研究的时间范围是19世纪90年代至20世纪70年代，沿着《红楼梦》(汉语文本)传入马新(主要指英属海峡殖民地、英属马来亚联合邦和新加坡、马来亚联合邦和新加坡、马来西亚、马来西亚和新加坡这几个阶段)的时代脉络，叙述了《红楼梦》在马新传播近百年的情况。以传播学理论来梳理其传播过程，窥探其传播主体、传播活动、传播渠道、传播媒介、传播受众等方方面面随着时代的进程而产生的变化。

李奎于2009年至2015年，在《红楼梦学刊》上相继发表了《〈叻报〉所载〈拟石头记怡红公子祭潇湘妃子文并序〉述略》[③]《新加坡〈叻报〉所载"红学"资料述略》[④]《新加坡〈星报〉〈天南新报〉所载"红学"资料述略》[⑤]《新加坡〈振南日报〉所载"红学"资料述略》[⑥]四篇文章，为《红楼梦》早期(1894—1929)在报刊上的传播提供了更新和更有力的证据。

此外，还有邱苑妮的《〈红楼梦〉在当代马来西亚的传播和翻译综述》[⑦]一文，把论述的时间段界定于"当代"，即1980年至2015年。她认为马来西亚华裔在20世纪70年代经历了一场国家政策变革，以马来土著为主的政权开始推行"新经济政策"，形同政治压迫的变革引起大马华社群体的忧患意识和危机感，华裔群体开始自觉地捍卫母语教育和中华传统文化。《红楼梦》的传播活动在这样的伦理背景和语境下酝酿，以至20世

---

① 谢依伦：《梦下南洋——〈红楼梦〉在马新传播起始探源》，孙彦庄、郑庭河编：《跨越时空：中国文学的接受与传播(青年学者卷)》，吉隆坡：马来亚大学中文系、马大中文系毕业生协会，2010年，第178～201页。

② 谢依伦：《马来亚大学中文系传播中国文学的贡献：以古典小说〈红楼梦〉为例》，杨清龙编：《马来亚大学中文系五十周年纪念特刊：图史资料汇编》，吉隆坡：马大中文系毕业生协会，2013年，第92～102页。

③ 李奎：《〈叻报〉所载〈拟石头记怡红公子祭潇湘妃子文并序〉述略》，《红楼梦学刊》2009年第6期。

④ 李奎：《新加坡〈叻报〉所载"红学"资料述略》，《红楼梦学刊》2011年第6期。

⑤ 李奎：《新加坡〈星报〉〈天南新报〉所载"红学"资料述略》，《红楼梦学刊》2014年第2期。

⑥ 李奎：《新加坡〈振南日报〉所载"红学"资料述略》，《红楼梦学刊》2015年第5期。

⑦ 邱苑妮：《〈红楼梦〉在当代马来西亚的传播和翻译综述》，《曹雪芹研究》2016年第1期。

纪80年代才有较蓬勃的发展。其论述主要围绕陈广才在大马对《红楼梦》传播的推动，以及大马《红楼梦》翻译团队在翻译过程中进行的研究、讲座、访谈等为提高翻译水平所做的努力。

潘碧华的《〈红楼梦〉在马来西亚的传播与接受》①认为马来西亚具备比较充足的条件传播中国古典文学。《红楼梦》是马来西亚华人社会普遍接受的经典，主要通过书籍传播，中学华文课文和大学中文系课程都有对《红楼梦》的介绍。在华社，除了文字传播，还有持续的动态传播，如习班、讲座、展览、研讨会等。马大《红楼梦》资料中心于2017年7月1日正式成立,《红楼梦》马来文译本于2017年9月28日面世，马大《红楼梦》研究中心于2018年正式成立。种种活动背后的动力来自华社长久以来的文化传承意识，即向各阶层的马来西亚华人推广中华文化，让中华文化更稳健地扎根于马来西亚。

综上所述，我们可以看到大部分研究论述集中在讨论马来西亚当代的传播活动以及部分《红楼梦》研究成果上。李奎整理出的马新“红学”资料，时间范围为1894年至1929年，距离研究热点20世纪50年代还有一段空白。而当代的传播研究一般也专注于马来西亚，独立后的新加坡在《红楼梦》传播研究方面的情况仍停留在胡文彬《红楼梦在国外》的成果上。

本书以传播学理论，爬梳1818年至2018年《红楼梦》在马新传播的轨迹，附以珍贵的文献资料为佐证，具体地建构《红楼梦》在马来西亚和新加坡的传播过程。与此同时，也借鉴《红楼梦研究在美国》《日本红学史稿》等著作的阐述方式，在其中一章尝试建构属于马来西亚和新加坡的《红楼梦》研究史。

第三节　研究方法与思路

拉斯韦尔（Harold D. Lasswell，1902—1978）在1948年出版的《传

① 潘碧华:《〈红楼梦〉在马来西亚的传播与接受》,第十四届北京论坛“文明的和谐与共同繁荣——变化中的价值与秩序”,“中华文明的国际传播”分论坛,北京,2017年,第64～75页。

播在社会中的结构与功能》中提出了著名的"5W 模式"，从此开创了传播学研究的五大领域。"5W"直线传播模式后来较多地为大众传播学者所采纳。具体来说，"5W"是指：who，says what，in which channel，to whom，with what effect。这种直线传播过程可以表示为：谁（who）→说什么（says what）→通过什么渠道（in which channel）→对谁（to whom）→取得什么效果（with what effect）。他较为清晰地概括了传播的几个重要方面，为大众传播的控制研究、内容分析、媒介分析、受众分析和效果分析等五大研究领域的划分提供了重要参考。[①]

拉斯韦尔的理论形成了本书主要的框架。在《红楼梦》于马新近200年的传播过程中，传播主体有着不同的身份和目的，他们对《红楼梦》的看法通过他们能控制的渠道与媒介，对他们的言论或行为的受众产生了影响。

若我们能够在每个环节都掌握具体清晰的信息，就能清楚地了解一个信息系统的运行规律。打个简单的比方：周星衢（谁——新加坡大众集团的创始人）→看中上海流行的标点书《红楼梦》并带回正兴公司（星洲世界书局[②]的前身）做宣传（说什么和通过什么渠道）→受读者欢迎（对谁）→成功为他赚到了生意上的第一桶金（取得什么效果）。

再如，教育部（传播群体）→推荐阅读《红楼梦》（信息）→纳入中小学课本乃至大学课程（媒介）→全国的华文小学、中学的中文班和大学的中文系学生群体（受传者）→中学生基本熟悉了红楼梦人物，大学生开始对红学感兴趣（产生正面或反面效果）。

可以说，通过控制研究、内容分析、媒介分析、受众分析和效果分析等五大研究领域，我们能清楚地掌握一个传播活动的过程。特别是在受众分析方面可以量化，如销售量、学生人数、收视率等，可以通过统计数据来体现，而不是泛泛地或主观地去假想。

---

① 李凌凌主编：《传播学概论》（第二版），郑州：郑州大学出版社，2014年，第19页。

② 本书涉及两个世界书局：一个是指1917年沈知方在上海创立的世界书局，后来随着业务发展，该书局在新加坡设立分局；另一个是指1934年周星衢在新加坡成立的世界书局。书中提及时，以"上海世界书局"与"星洲世界书局"作为区分。

详细的效果分析则更多牵涉反馈系统。《红楼梦》文本的传播效果可以从各种评红与研究文章中探取;《红楼梦》视觉传播与文化传播活动的效果优劣,则能从报章上刊登的读者或观众感言中得知,也有部分可以从马华作家的散文式记录中获取。但由于经过了报章与编辑的“把关”,我们所得到的反馈或会偏向于特定的群体,不过在历史长河流失的真相中,这依然是较为真实的反馈声音。

另外,历年来仍有许多研究者针对不同阶层的文学受众做出调查研究,如:1990年周清海等人在新加坡对中学四年级华裔学生进行的一次文化认识调查,2006年郭莲花的《马来西亚中文系生传统经典阅读调查》,2009年周芳萍的《中国四大名著在马来西亚的传播与接受》等研究皆涉及读者对《红楼梦》的接受程度。笔者认为此类调查分析虽存在着片面性,但具有一定的参考价值,借助以上的调查报告结果可以得知当时的传播现象与效果。

以语言、文字为基础的文学,是传播活动中不可或缺的重要组成部分。从传播的角度重新审视文学的存在与发展,是对传播学的新的拓展,引入文学研究的传播学方法,更会为传统文学研究提供新鲜的视角。运用传播学研究方法探讨文学的目的,就是在文学的基础之上,从理论的角度向人们解释和揭示文学传播活动的本质、规律以及诸传播因素之间的互动关系,从而使人们不仅获得对作品的认识,也获得对整个文学传播领域系统的认识。①

本书希望通过传播活动,初步探讨马新红学的存在和在各年代的基本规模,希望借此引起其他研究者对本土红学的关注,促使本地学者,或深入研究《红楼梦》,或继续探究“马来西亚红学”和“新加坡红学”的发展情况。

---

① 文言主编:《文学传播学引论》,沈阳:辽宁人民出版社,2006年,第270页。

第一章　梦下南洋初绽红：《红楼梦》入境马来亚的起始探源

中国人移民到马来西亚和新加坡（简称“马新”）[①]的历史最早可以追溯到15世纪的马六甲王朝。马六甲海峡地理位置的特殊性使得马六甲港口成为中国、印度和东南亚群岛的货物交换转口港。它吸引了一批中国商人在此停留和进行贸易。这些商人大都来自福建漳州，多属过客性质。[②]朱杰勤根据明代黄衷《海语》(1536)、达·阿尔布尔克《纪事》(1511)、伊里狄所绘的“满剌加城市图”(1613)等材料，认为十五六世纪马六甲确

---

① 马来西亚和新加坡的关系在历史上是密不可分的。在英属殖民地时期，1826年，新加坡、马六甲、槟城，合称为海峡殖民地(Straits Settlements)；1895年，英国将霹雳、雪兰莪、森美兰、彭亨组成马来联邦(Federated Malay States)；1914年，英国将吉打、吉兰丹、玻璃市、丁加奴、柔佛组成马来属邦(Unfederated Malay States)，与马来联邦和海峡殖民地合称为英属马来亚(British Malaya)。1942—1945年为日据时期，英殖民政府撤离马来亚。1945年日本投降后，英殖民政府重新回到马来亚。1946年，英国提出“马来亚联邦计划”(Malayan Union Proposal)，将霹雳、雪兰莪、森美兰、彭亨、吉打、吉兰丹、玻璃市、丁加奴、柔佛、槟城及马六甲等11州组成马来亚联邦(Malaya Union)。1948年，马来亚联邦改为马来亚联合邦(Federation of Malaya)。1957年，马来亚联合邦独立。1963年，沙巴(北婆罗洲)代表、沙捞越代表和新加坡代表与马来亚联合邦签字协定，以州的名义同马来亚联合邦合并组成新的联邦，称之为马来西亚。1965年，新加坡退出马来西亚联邦，成立新加坡共和国。为处理这复杂的历史关系以方便叙述，笔者在这里交代本书所指“马新”的范围。由于本书叙述的时限较长，这里所谓的“马新”地域概念是有变化的：在两国独立前，“马新”是指“马来亚”；1963年到1965年，“马新”即马来西亚(一国，新加坡为其中一属邦)；1965年新加坡独立后，“马新”指马来西亚和新加坡二国。海峡殖民地，即当时华人人口较为稠密与教育发展相对发达的新加坡、槟城和马六甲。由于文献资料中不同时期的学者对于地名有不同的阐释和写法，为方便叙述，除了完整的引文以外，其他参考或引用其他学者的研究成果时皆做修订，用“新加坡”取代“星洲”“石叻”“叻地”等古名，只单属某地区的个别例子，则直接用该州名。

② 颜清湟：《华人历史变革(1403—1941)》，林水檺、何启良等编：《马来西亚华人史新编》第一册，吉隆坡：马来西亚中华大会堂总会，1988年，第5页。

实有华侨存在，甚至建立了华侨区。[①]

16世纪，欧洲国家在东南亚势力逐渐扩展。英国势力于18世纪末渗透东南亚，并在槟城（1786）和新加坡（1819）建港，创造了转口贸易活动的新中心。英国在槟城、新加坡以及马六甲实施自由贸易的政策是吸引华侨前来发展的主要原因。[②]

清初中国推行海禁政策。顺治十三年（1656）谕示：“今后凡有商民船只私自下海，将粮食货物等项与逆贼贸易者，不论官民，俱奏闻处斩，货物入官，本犯家产，尽给告发之人。其该管地方文武各官不行盘，皆革职从重治罪。地方保甲不行举首，皆处死。”直到康熙二十三年（1684）才诏开海禁，但对于华人出洋仍有诸多限制。雍正年间（1723—1735），曾禁止人民私自出洋，并不准从前逗留外洋之人回国；乾隆十九年（1754）才批准凡出洋贸易之人，无论年份远近，概准回籍。清廷有这些限制，所以出洋之人为数不多。[③]

以马六甲而论，1750年只有华侨2161人。1700年，汉密尔顿（Alexander Hamilton）到过柔佛，他看到该地华人只有“约一千户”。又如新加坡，1824年华人人口为3317人，1830年为6555人，1836年为13749人。[④]

早期南来的华侨虽不乏知识分子，但他们处境尴尬，难以和中国联系，因为历年来清政府都严厉地实施海禁政策，视出洋华侨为“天朝莠民”，对居留海外的华侨采取漠视、离弃，甚至敌视的态度。在既得不到中国政府保护，也得不到殖民政府的扶掖的处境下，他们唯有靠本身团结的力量来自保自强。

华族向来重视孩子的教育，特别是移居海外的华侨，在没有任何支持的情况下，财势强大的富商依然坚持延续中文教育。但当时的学塾有很浓

---

① 朱杰勤:《东南亚华侨史》,北京:高等教育出版社,1990年,第26～27页。

② 颜清湟:《华人历史变革(1403—1941)》,林水檺、何启良等编:《马来西亚华人史新编》第一册,吉隆坡:马来西亚中华大会堂总会,1988年,第11页。

③ 朱杰勤:《东南亚华侨史》,北京:高等教育出版社,1990年,第26～27页。

④ 朱杰勤:《东南亚华侨史》,北京:高等教育出版社,1990年,第26～27页。

厚的帮派色彩[①]，一般采用方言教授知识，学塾既有限制又排外[②]，只供同帮族人就读。在1815年，马六甲已有九间华文私塾，八间供福建学童升学，约有学生150名，另外一间专供广东学童就学，有学生十几名[③]；槟城在19世纪20年代，据说有三间华文学堂和一间女校[④]，其中一间五福书院建立于1819年，由客家人创办。[⑤] 在1829年，新加坡有三间华文私塾，一间闽方言教学，学生22名，两间粤语教学。[⑥] 这些私塾设备简陋，不是理想的学习环境。[⑦] 闽帮领袖陈金声于1849年在新加坡创办崇文阁，附设私塾，五年后又创办萃英书院。[⑧]

这些学塾的教学内容乃沿袭清代制度，教授的科目不外是《幼学琼林》《千字文》《三字经》《百家姓》以及比较浅易的经书，再加上尺牍及珠算等，学生所能获得的知识非常有限。[⑨] 教学训练着重于背诵词句，对课文的意义完全不加解释，即使能熟背四书五经，也不能学以致用。[⑩]

当地华文学塾存在落后性与不普及性，因此远不及学生接受英文教育来得容易。在马新华文义学"独有萃英书院"之时，"西人义塾则有日起无疆之势"[⑪]，大部分华人"每喜其子弟诵习英文，而于华文一端，转而从

① 颜清湟：《新马华人社会史》，北京：中国华侨出版公司，1991年，第165页。按：在华侨史范畴内，一个帮即指一个方言集团，一个小社团。但实际上，一个帮就是方言、地区和职业组织的联合体。当时马新华人社会可分成五大帮：福建帮、潮州帮、广府帮、客家帮、海南帮。

② 颜清湟：《新马华人社会史》，北京：中国华侨出版公司，1991年，第165页。

③ 郑良树：《马来西亚华文教育发展简史》，柔佛：南方学院出版社，2005年，第13页。

④ 郑良树：《马来西亚华文教育发展简史》，柔佛：南方学院出版社，2005年，第13页。

⑤ 莫顺生：《马来西亚教育史(1400—1900)》，吉隆坡：马来西亚华校教师会总会，2000年，第13页。

⑥ 颜清湟：《新马华人社会史》，北京：中国华侨出版公司，1991年，第283～284页。

⑦ 莫顺生：《马来西亚教育史(1400—1900)》，吉隆坡：马来西亚华校教师会总会，2000年，第13页。按：富裕之家聘请教师到家中教育其子弟，即所谓教馆和坐馆；教师在家里招生传道授业，或为生计，即家塾或私塾。一般这两种类型的学塾都被统称为"私塾"。大部分私塾设备"因陋而简……课室只有一间，学生无论多少，拥挤一处，光线暗淡，空气污浊"。

⑧ 郑良树：《马来西亚华文教育发展简史》，柔佛：南方学院出版社，2005年，第13页。

⑨ 颜清湟：《新马华人社会史》，北京：中国华侨出版公司，1991年，第165页。

⑩ 周伟民、唐玲玲：《中国和马来西亚文化交流史》，海口：海南出版社，2002年，第510～511页。

⑪ 《义学说》，《叻报》1892年3月19日。按：义学、义塾、书院是公立的，由一些社群按章规创设的，公开给该社群成员子弟免费就读，经济则由社群承担。

略”[①]，加上身处殖民地，英文的实用价值也比中文来得高，“近今时尚最重英文，况本坡地在外洋，为英所辖，则英文为尤重，此言是矣。但身为华人则当以华文为本，若舍此而但求西学，是弃本而逐末也”[②]。

只有少部分华侨秉着“不忘本”的精神坚持学习中文，保有中国的传统习俗。但时间日久，习俗变成习惯，中华文化在当地实际上也只是形存实亡。他们对中国也只有印象上的认识，没有沉厚的情感，在当地又受到西方和马来文化影响，与中国的关系就更为疏远了。

如光绪七年（1881）七月，马建忠在槟榔屿与当地华商对谈时，有感“语言不通，以英文为问讯，伊等英语又不能深解”[③]，而需要加尔（人名）以闽广语来帮忙传达。问及他们“何无首丘之念?”，加尔回答“彼之祖父偷越至此，本干中国海禁，今则海禁虽弛，而彼等已半入英籍矣”。

在清政府承认海外华侨地位以前，华侨无法随意出入中国，更难与中国亲属接触。马新华人失去了中华文化的源头，固有文化的传承亦受到当地文化的强力冲击。倘若马新与中国之间的关系没有改善，中文教育落后的情况持续不改善，那么南来华侨（大部分是文盲）及其子孙终究会被当地文化给同化。我们将此情况称为马新“华文蛮荒”的时代。

探究《红楼梦》最早在什么时候传入马来亚[④]这一问题，我们除了需要关注马来亚与中国之间的交通状况和国际关系是否有契机让《红楼梦》传入马来亚之外，还需要确认马来亚本土是否有让《红楼梦》传播的土壤。

在黄尧编的《星马华人志》中，有这么一段记载[⑤]:

---

① 《义塾章程宜善为整顿说》,《叻报》1889 年 1 月 19 日。

② 《义塾章程宜善为整顿说》,《叻报》1889 年 1 月 19 日。

③ 余定邦、黄重言等编:《中国古籍中有关新加坡马来西亚资料汇编》,北京:中华书局,2002年,第 299 页。

④ 马来西亚和新加坡早期同属英国殖民地,被称为英属马来亚。1957 年,马来亚联合邦独立;1963 年,沙巴(北婆罗洲)代表、沙捞越代表和新加坡代表与马来亚联合邦签字协定,以州的名义同马来亚联合邦合并组成新的联邦,称之为马来西亚;1965 年,新加坡退出马来西亚联邦,成立新加坡共和国。在新加坡独立之前及之后的近十年,马新华社文学传播活动的开展其实是一体的,其发展从地理上区分,主要是以新加坡为基地,再推至马来西亚各地。

⑤ 黄尧编:《星马华人志》,吉隆坡:元生和黄氏联合总会,2003 年,第 29 页。

他（辜礼欢）是在18世纪时清代的乾隆年间南来的，在他抵达这里——“榕城”时，他实在是一位读书人，不说其他，且看他的行装吧，他能用三艘舯舡，载了眷属衣物之外，至少有大大的三个箱子，里面装的完全是华文的书籍，可知当时南来的华人，除了为谋生计的劳工以外，更有些是为了求生存意义的知识分子。

辜礼欢（Koh Lay Hwan）是辜鸿铭的曾祖父，他1761年生于福建，1784年离开福建和中国。[①] 辜礼欢与暹罗王族有着极密切的关系，他从暹罗进入玻璃市而后又移居到吉打，被封为甲必丹。他在吉打州备受人们的尊敬，大家都尊称他为甲必丹仄万（Captain Che-wan）[②]，“Che-wan”，又被称为“Cheko”“Che Kay”。1786年，莱特船长抵达槟榔屿时，辜礼欢也从吉打渡海峡到了槟榔屿。

这段历史说明了中国南来的读书人，随身带书或一箱箱地运书并不稀奇。而此时《红楼梦》刻印本程甲本尚未面世，我们也没法考究书箱里是否正好就藏有《红楼梦》手抄本。举此例主要是强调知识分子对书籍的重视和依赖，华人深信“再穷不能穷教育”“知识就是力量”“书到用时方恨少”等观念，形成了读书、买书、藏书的习惯，自然也会把重要的书籍随身携带。

另一方面，明清时期出口到东南亚各国的中国书籍数量也相当可观。赴东南亚进行民间贸易的商船经常载有一些中国书籍。除当地人外，当地华侨也是中国书籍的重要读者群，当他们移民及往返中外时，自然也经常携带一些书籍。[③]

19世纪中期，中国因鸦片战争战败被迫开放五口通商以后，开启了另一波华人大量移入马新地区的移民潮流，这些移民大部分是通过苦力贸易

---

① 程巍：《辜鸿铭的“祖籍”及其槟榔屿祖先考》，《中华读书报》2017年7月5日。

② 郭瑞明：《祖籍同安的槟城辜氏家族》，中国人民政治协商会议福建省同安县委员会文史资料委员会：《同安文史资料》第12辑（内部发行），1992年，第144页。

③ 刘军：《明清时期海上商品贸易研究（1368—1840）》，东北财经大学博士学位论文，2009年，第54页。

而来[①]，主要是生长在中国南部的农民，大部分没受教育，知识及文化水平偏低，他们“中间目不识丁者，原来不少，可是略解之，无粗晓文字的，也多多呢！……十个九个是做苦工，或店伙，或贩夫，或木匠，或土工，或剪发，或洗衣，或粗咕哩，或挪车夫”[②]。乍看之下，虽然他们读阅书籍的可能性不大，但从黄安年教授的《1872年美国华工东移宾州留存〈红楼梦〉刻本被发现》[③]一文中，我们可以看到有实例证实美国东部宾州的水獭瀑布市刀具厂的《红楼梦》刻本正是由华工群体带过去的。华工中少数的口译员（interpreters）、抄写员（scribes）等识字懂读写的人员[④]，都有携带《红楼梦》的可能。但目前在马新地区仍未发现此类“铁证”。尽管各种渠道都有让《红楼梦》入境的可能，但我们始终希望能以实际的证据确定《红楼梦》传入马来亚的日期。

第一节　传教士学中文传福音

在明末清初与清末民初两次西学东渐高潮之间，有一段时间，即从马礼逊来华到鸦片战争爆发的30多年，西方传教士欲入中国而不能，弃置中国又不甘，于是在南洋一带活动，以作进入中国的准备。他们在马六甲、新加坡、槟榔屿等地，设立印刷所，出版中文书刊，建立中文学校，有时也到广州、澳门活动。这些活动的意义不容低估，是近代西学东渐的序幕。近代西学东渐史上的许多“第一”都产生于此时，诸如第一份中文期

---

① 颜清湟：《华人历史变革(1403—1941)》，林水檺、何启良等编：《马来西亚华人史新编》第一册，吉隆坡：马来西亚中华大会堂总会，1988年，第23页。按：在18世纪末，中国已开始面临人口过剩的压力，同时亦遭受诸如洪水和饥荒等灾祸。1842年以后，中国因鸦片战争的失败而开放，这更削弱了农民的经济地位，尤其是在南方沿海各省。19世纪50年代太平天国运动的爆发和60年代所产生的社会和政治动乱使南方各省如福建和广东的经济情况恶化。这造成了一个特殊的局面：成千上万的贫穷中国农民寻求到外地谋生的机会。

② 啸岸：《通俗白话报亟宜倡办》，《新国民日报》1920年2月11日。

③ 黄安年：《1872年美国华工东移宾州留存〈红楼梦〉刻本被发现》，《人民政协报》2018年5月7日。

④ Rhoads, E. J. M., “Asian Pioneers in the Eastern United States: Chinese Cutlery Workers in Beaver Falls, Pennsylvania, in the 1870s”. *Journal of Asian American Studies*, vol. 2, no. 2 (1999), pp. 119-155.

刊，第一家中文印刷所，第一所华人学校，第一部英汉字典，第一本石印中文书籍等。[①]

一、马礼逊与马六甲英华书院图书馆

据目前学界研究可知，著名的清教传教士、翻译家、字典编纂学家、教育家、汉学家马礼逊（Robert Morrison，1782—1834）是《红楼梦》在西方最早的传播者。马礼逊将《红楼梦》第四回译成了英文（手稿，未出版，1812）[②]；撰写、出版了一部《通用汉语之法》（*A Grammar of the Chinese Language*，1815）；编纂了一部六卷本的《英华字典》（*A Dictionary of the Chinese Language*），该字典直至 20 世纪初，都是同类书籍中不可超越的；编译了一部中国通俗文学作品集《中国通俗文献译稿》（*Horae Sincae：Translations from the Popular Literature of the Chinese*）。他甚至还同米怜（William Milne，1785—1882）合作将《圣经》译成了中文（1823），成书达 23 卷。[③] 他笃信一点：劝服中国人信奉基督教的关键在于掌握中国的语言。

马礼逊于 1815—1823 年在澳门编纂出版的《英华字典》是世界第一部英汉一汉英对照字典，也是中国境内最早使用西方活字印刷术排印的中文书籍。《英华字典》第三部分《英汉词典》中收录了大量《红楼梦》词汇及长句，如“宝玉不待湘云动手”，“我是给老祖宗磕头请安来”，“好姐姐饶我这一遭儿罢”，“说毕，凤姐见无话，便转身出来”等。王雪娇统计了长句的引用情况。全书 480 页，引用《红楼梦》文句共 215 句，诠释了从“affect”到“youth”共 187 个英文词的中文释义。[④] 据赵长江统计，在马礼逊词典中，来自《红楼梦》及续书的句子有近 270 句，收录的数量之

① 熊月之：《近代西学东渐的序幕——早期传教士在南洋等地活动史料钩沉》，《史林》1992 年第 4 期。

② 王燕：《马礼逊英译〈红楼梦〉手稿研究》，《文学遗产》2021 年第 3 期。

③ 葛锐、李晶：《道阻且长：红楼梦英译史的几点思考》，《红楼梦学刊》2012 年第 2 期。

④ 王雪娇：《从马礼逊〈华英字典〉看〈红楼梦〉在英语世界的早期传播》，《红楼梦学刊》2013 年第 4 期。

多远超中国任何一部小说。①

关于马礼逊对《红楼梦》的关注和翻译，兹整理如下：

1812 年：翻译了《红楼梦》第四回，附于一封书信之后。该信未发表。

1816 年：《中文会话及凡例》(*Dialogues and Detached Sentences in the Chinese Language*)由英国东印度公司资助出版，在澳门印刷，封面上没有中文书名，英文副标题是"Designed as an Initiatory Work for the Use of Students of Chinese"，点明了该书的性质：一本供学习中文的学生使用的入门教材。该书正文 262 页，全部汉英对照。②

书中有两段对话涉及《红楼梦》，首先是第 5 篇，题目是"With an Assistant Learning the Language"，内容是一段师生之间的对话③：

S：Pray,what is the best book for beginners to read?

(学生问)："请问初学(中文)看什么书为好?"

T：It is importance to learn the Ta-hëŏ first.

(先生答)："先学《大学》要紧。"

S：I apprehend the Ta-hëŏ is difficult,is not it?

(学生说)："恐怕《大学》难明白，是否?"

T：Next to it,to read Hung-low-mung,will do very well.

(先生说)："其次念《红楼梦》甚好。"

S：I have not seen the Hung-low-mung,have you seen it?

(学生说)："《红楼梦》一本书，我未曾见，先生见过么?"

T：I have not brought it with me,but if you wish to see it,I will

---

① 赵长江：《〈红楼梦〉英译之嚆矢——马礼逊〈红楼梦〉英译研究》，《红楼梦学刊》2016 年第 5 期。

② 相关研究可参见赵长江：《〈红楼梦〉英译之嚆矢——马礼逊〈红楼梦〉英译研究》，《红楼梦学刊》2016 年第 5 期；王燕：《作为海外汉语教材的〈红楼梦〉——评〈红楼梦〉在西方的早期传播》，《红楼梦学刊》2009 年第 6 期。

③ Robert Morrison, *Dialogues and Detached Sentences in the Chinese Language: with a Free and Verbal Translation in English*, Macao: the Honorable East India Company's Press, 1816, pp. 64-66.

write to Conton, and present it to you.

(先生答)："我没带来，如要看我寄信到省取来，送上你看。"

S：Very good, I will trouble you to write for it.

(学生说)："很好，我看多烦你寄信取来。"

T：I will do so.

(先生答)："领命。"

S：How many volumes are there in the Hung-low-mung?

(学生问)："《红楼梦》书，有多少本?"

T：Twenty volumes in all. In this book the phraseology is entirely that of Peking.

(先生答)："二十本书。此书说的全是京话。"

第二段对话是第 25 篇，即宝玉和袭人的对话，标题是"A Person Ill"。这段对话以"Sëîh-jin, seeing that she vomited blood on the ground, became half cold. 袭人见了自己吐的鲜血在地，也就冷了半截"开始，直到"Sëîh-jin, saw that Paou-yùh was uneasy, forebore telling him not to serve her, for he would not comply; and another thing, she would alarm other People—it was better to let him go. 袭人知宝玉心内也不安稳的，待要不叫他伏侍，他又必不依，二则定要惊动别的人，不如由他去罢"为止。[①] 此文源自《红楼梦》第三十一回，第一段。

1823 年：马礼逊携万卷中文图书返回英国。其中包括《红楼梦》的三种版本——1811 年版、1818 年版，另一种出版年份不明，后来散佚。还有《红楼梦》的三种续书，以及一种单卷本的戏曲改编作品共 16 出。[②]

马礼逊以其中文藏书编纂而成的《马礼逊手稿书目》(*Morrison's*

---

① Robert Morrison, *Dialogues and Detached Sentences in the Chinese Language: With a Free and Verbal Translation in English*, Macao: the Honorable East India Company's Press, 1816, pp. 194-200.

② 相关研究可参见葛锐、李晶：《道阻且长：〈红楼梦〉英译史的几点思考》,《红楼梦学刊》2012 年第 2 期。

Manuscript Catalogue by Robert Morrison)出版于1824年，距乾隆五十六年(1791)《红楼梦》程甲本的刊刻仅33年，是目前所发现最早著录《红楼梦》的西人书目，比中国最早著录《红楼梦》的《影堂陈设书目录》早近40年。书内著录有两种《红楼梦》，编号分别为248与248 1/2，著入"Hung 哄"目之下。著录译名为Dream of the Red Chamber，马礼逊认为《红楼梦》是描写一个北京贵族家庭的传记。编号248之《红楼梦》，为二十四卷一百二十回本，扉页题"新增批评红楼梦""嘉庆辛未重镌，东观阁梓行，文畬堂藏版"。编号248 1/2之《红楼梦》，为一百二十回本，扉页题"新增批评绣像红楼梦""嘉庆戊寅重镌，东观阁梓行"。①

根据《马礼逊藏书书目》(*Catalogue of the Morrison Collection*)以及《马礼逊中文图书馆藏书书目》(*Catalogue of the Morrison Chinese Library*)，我们能够得知当时他有7种与《红楼梦》相关的藏书，兹整理如下②：

1.《红楼梦》一百二十回(三卷本)。(清)曹雪芹(曹霑)著，(清)程伟元、高鹗补订。清嘉庆十六年(1811)东观阁刻本，文畬堂藏版。(编号248)

2.《红楼梦》一百二十回(三卷本)。(清)曹雪芹(曹霑)著，(清)程伟元、高鹗补订。清嘉庆二十三年(1818)东观阁刻本。(编号248)

3.《红楼梦》(1811)四卷本，今遗失。(编号248)

4.《后红楼梦》三十回。(清)逍遥子撰。附《后红楼梦附刻诗》二卷。内容：首附《后红楼梦摘叙前红楼梦简明事略》《后红楼梦贾氏世表》《后红楼梦贾氏世系表》。(编号250)

5.《红楼复梦》一百卷。(清)红香阁小和山樵南阳氏编辑，款月楼武陵女史月文氏校订。清嘉庆十年(1805)刻本。(编号251)

① 宋丽娟:《十九世纪西人所编中国书目中的〈红楼梦〉》,《红楼梦学刊》2017年第5期。

② Andrew C. West:"Catalogue of the Morrison Collection of Chinese Books", University of London School of Oriental and African Studies, 1998, pp. 278, 264, 279, 372; The Morrison Collection: Morrison Chinese Library at UCL: http://www.babelstone.co.uk/Morrison/Collection/MS58685.html.

6.《续红楼梦》四十卷四十回。（清）海圃主人撰。清尚友堂（1805）刻本。（编号 249）

7.《红楼梦散套》不分卷。（清）荆石山民填词，（清）黄兆魁订谱。清嘉庆二十年（1815）蟾波阁刻本。（编号 118）

马礼逊点明了《红楼梦》的特点是北京话和口语化，从语言学角度对《红楼梦》进行定位。他将《红楼梦》音译为 Hung-low-mung。[①] 马礼逊可说是第一个发现了《红楼梦》具有实用价值的外国人。[②] 中国人初学时都是念《三字经》《大学》等蒙学读物，外国人没有接触过儒家思想，《大学》读起来自然困难。《大学》用文言写成，在现实交往与沟通交流中用处不大，而《红楼梦》则是用北京话写成，白话较多，既好学又可用得上，因此《红楼梦》作为学习中文的语料也就顺理成章了。[③]

从 1807 年抵达澳门到 1834 年病卒于广州，马礼逊在中国前后长达 27 年，其身份既是基督新教第一位来华的传教士，又是东印度公司广州商馆的翻译。其间，他仅离开中国两次：先是 1823 年 1 月前往新加坡与马六甲，同年 8 月回到中国后，又在这年的 12 月返英，两年多以后，于 1826 年 9 月再度回到澳门，经过南洋时，没有前往马六甲，却在新加坡停留了半个月，实地了解新加坡书院与自己在当地的产业的情形。马礼逊这两次离华的原因和离华期间的作为，与传教事业有直接而密切的关系。他第一次离华的南洋之行，是为了处理伦敦传教会（London Missionary Society）马六甲布道站和他自己的英华书院的问题而去。[④]

马礼逊与马来亚的关系匪浅。马六甲中华圣公会于 1939 年为他举办了“马礼逊先生逝世百年纪念大会”，启事中写道：

---

① 早期《红楼梦》的译名较为多样，Hung-low-mung ，Hung Lau Mung，Hung Lou Meng，Hon Lew Mone 等都曾出现过，本书引述时基本沿用原文写法。

② 赵长江：《〈红楼梦〉英译之嚆矢——马礼逊〈红楼梦〉英译研究》，《红楼梦学刊》2016 年第 5 期。

③ 赵长江：《〈红楼梦〉英译之嚆矢——马礼逊〈红楼梦〉英译研究》，《红楼梦学刊》2016 年第 5 期。

④ 苏精：《马礼逊的南洋之行》，《国际汉学》2007 年第 2 期。

马礼逊博士为西人往中国传布耶教的元勋，与马六甲的关系尤为密切，当日入华传教之初，因中国无活动立足地，特遣其助手米怜博士在马六甲设立对华布道会，苦心经营，树立今日耶教建大的基础，例如汉文圣经，传道人才的培养，文化事业的创办，无一非成于马六甲，是马六甲不啻中国教会最初之策源地也。马米两博士，均曾任职于马六甲基督堂，该堂尚有纪念物存在，该教中人甚珍视之。①

由于马礼逊等新教传教士刚到达中国时，清政府正厉行闭关锁国和禁止基督教传播政策，不仅传教士无法居留，印刷出版宗教书刊及公开传教亦被严厉禁止。因此，马礼逊和米怜选中马六甲建立对华传教基地，传教基地的工作则以印刷出版和开办教育为主。② 从 1815 年 5 月 21 日米怜与梁发等印刷工人抵达马六甲开始，他们便着手出版刊物、建设印刷所、创办汉语学校、传教。

1818 年创建英华书院时，马礼逊除个人捐献 1000 英镑外，还捐献了大量藏书。英华书院很重视藏书建设。早在 1811 年，在马礼逊与米怜草拟的《筹组马六甲英华书院计划书》中就提到“书院开设一所广阔之中文图书馆，以及一所西欧文库，专集有关以上各民族之语言、历史、风俗之西书论著”。至 1823 年，书院图书馆藏书已达 3380 册，其中中文藏书 2850 册，其余均属欧洲或亚洲其他地方语文书籍。此外，英国外务圣经会（The British and Foreign Bible Society）又赠给书院一些经典古籍，包含希伯来文、希腊文、阿拉伯文、芬兰文、葡萄牙文、荷兰文等 36 种文字的作品。丰富多样的语文图书使英华书院成为当时东南亚第一个东亚研究中心。英华书院从 1818 年奠基到 1843 年迁港，其在马六甲进行的教育事业持续 25 年。③

综上所述，我们不难联想到，从 1812 年开始翻译《红楼梦》某章回，

① 双环:《马六甲中华圣公会发起中国传教元勋马礼逊博士百年祭，同时举行复兴三周年纪念，借申慕悼之忱——并寓策励之意》,《南洋商报》1934 年 7 月 27 日。

② 谭树林:《英华书院之印刷出版与中西文化交流》,《江苏社会科学》2015 年第 1 期。

③ 朱秀平、马明霞:《简论教会书院的产生及其影响》,《晋图学刊》2004 年第 3 期。

注意到《红楼梦》白话具备实用价值，适合初学中文的人学习，不远千里把7种有关《红楼梦》的书籍运送回英国，为《红楼梦》编纂书目的传教士，设立了一间以“交互培养中国和欧洲文学”为宗旨，“希望为恒河外方的各国培养欧洲和本地的传教士”[①]的英华书院，书院向学生提供一所广阔的中文图书馆，里面收藏着一套《红楼梦》。

二、郭实腊在南洋

尽管马礼逊已在1816年出版的汉语学习教材《中文会话及凡例》中提到过《红楼梦》，德庇时（John Francis Davis）在1829年首刊于《皇家亚洲学会会刊》（*The Royal Asiatic Society of Great Britain and Ireland*）的《汉文诗解》文中翻译了两首《西江月》[②]，但是，清末从德国到中国来传教的郭实腊（Karl Friedrich August Gutzlaff，1803—1851）于1842年在《中国丛报》（*Chinese Repository*）第六卷第266至273页上的文章“Hung Lau Mung，or Dreams in the Red Chamber”才是真正意义上的《红楼梦》英语世界译介第一文。[③] 此文共七页。这是第一篇英文的《红楼梦》研究文章。作者也是西方首位公开发表作品的《红楼梦》评论者。文章批评性地概述了小说的情节，细节尚属丰富，但多处不够确切，并把贾宝玉错认为了女性。[④]

在郭实腊的眼中，《红楼梦》的作者“心灵粗俗”，《红楼梦》中的人物行为十分粗野，内容“枯燥无味，除了闺房琐谈，再无其他可读的内容”。他在最后一段对《红楼梦》整体评价如下：“我们可以说，该书使用的是北方上层阶级的口头语言，文体没什么艺术性可言。书中有些语言同日常语言意义有所不同，有些语言只是为了表达省府的口音。不过，读完一卷

---

① 谭树林：《英华书院：近代教会学校之滥觞》，《聊城大学学报》（哲学社会科学版）2002年第2期。

② 王燕：《德庇时英译〈红楼梦〉研究——从约翰·巴罗书评谈起》，《红楼梦学刊》2018年第5期。

③ 李海军、范武邱：《郭实腊对〈红楼梦〉的误读——论〈红楼梦〉在英语世界的首次译介》，《山东外语教学》2013年第3期。

④ 葛锐、李晶：《道阻且长：〈红楼梦〉英译史的几点思考》，《红楼梦学刊》2012年第2期。

后，我们将不难理解它们的含义。如果你想要熟悉北方官话的说话方式，可以仔细阅读这本书，这对你大有帮助。”他彻底否定了《红楼梦》的文学价值和艺术成就，仅仅把它当成了汉语学习教材。①

对于任何一个晚清来华的传教士而言，为了传教，当务之急主要是两件事：一是学好汉语，一是了解中国。郭实腊之所以关注《红楼梦》，和他学习汉语的功利性目的直接相关。② 郭实腊虽把《红楼梦》批得体无完肤，但似乎没影响他把这部小说介绍给身边的人。曾经在清朝担任海关总税务司的英国人赫德在 1855 年 6 月 8 日的日记中说：“汉语方面我现在正在读《红楼梦》，我并不觉得这书没有趣味。”当时郭实腊正担任他的汉语老师，这话显然是针对郭实腊的观点而言，或许正是郭实腊建议他阅读《红楼梦》的。赫德对《红楼梦》颇感兴趣，仅半月，就说自己已经看完了半卷多。虽然郭实腊、赫德都不足以引导西方人欣赏《红楼梦》，但正是他们使这部小说站在了通向西方的路口上。《红楼梦》在西方世界逐步被接受和被认可，就是从这里开始的。③

郭实腊是早期在南洋一带活动的最著名的传教士之一，青年时在德国教会学校读书，1823 年到鹿特丹的荷兰传道会受训，1826 年受派赴爪哇传教，翌年 1 月抵达巴达维亚，之后长期在东南亚和中国东南沿海一带活动。④

郭实腊从 1827 年到 1831 年都在南洋“等待中国”，在马新地区更是活动频密。他于 1829 年脱离荷兰传道会后成为独立传教士。之后应伦敦传教会传教士史密斯的邀请前往新加坡，又因马六甲无常驻伦敦会传教士而被派往该地管理伦敦会事务。其间，郭实腊同一位伦敦会女传教士玛丽·纽厄尔（Mary Newell）结婚，婚后两人一同回到新加坡。1831 年上半年，郭妻诞下一女后在曼谷去世，在郭实腊乘船前往中国途中，他襁褓中

---

① 李海军、范武邱：《郭实腊对〈红楼梦〉的误读——论〈红楼梦〉在英语世界的首次译介》，《山东外语教学》2013 年第 3 期。

② 王燕：《宝玉何以被误读为女士？——评西方人对〈红楼梦〉的首次解读》，《齐鲁学刊》2009 年第 1 期。

③ 王燕：《宝玉何以被误读为女士？——评西方人对〈红楼梦〉的首次解读》，《齐鲁学刊》2009 年第 1 期。

④ 熊月之：《近代西学东渐的序幕——早期传教士在南洋等地活动史料钩沉》，《史林》1992 年第 4 期。

的女儿也不幸夭折。①

1834年3月，郭实腊在马六甲与英国的沃恩斯托尔小姐（Miss Mary Warnstall，为后来任英国驻华公使的巴夏礼的表姐）结婚。② 1849年，郭实腊的第二位妻子在新加坡去世，他决定回欧洲去“度假”。1850年，他与英国人加里布尔小姐结婚，这是他的第三位夫人。1851年2月，郭实腊带着新娘又回到中国香港，继续充当翻译。郭实腊婚后未及半年，突然在夏天得病去世，终年48岁，遗体葬在香港。③

跟着郭实腊一生的足迹，我们可以看到1829年至1851年，他在撰写《红楼梦》译介前后，在新加坡和马六甲活动之频繁。郭实腊一生著有中、英、日、德文著作70余种。他用中文笔名“爱汉者”“善德者”“善德”署名的著作，多出版于新加坡。④

在传教地域和路线上，以郭实腊为代表的早期来华传教士们都遵循着同样的“三部曲”。第一步南洋地区，包括马来半岛、爪哇群岛、暹罗、婆罗洲一带，尤其是马六甲、新加坡、巴达维亚等城市。这些地区有大大小小的华人聚集地，可以供传教士们学习汉语、熟悉中国文化，还可以通过华侨与国内的联系把基督教辐射到中国本土。最重要的是，这些地方处于西方商业扩张范围之内，西方列强殖民当局当然欢迎西方传教士的到来，各国政府、商人还很乐意为他们提供政治经济保障。⑤

《西行逐日记》中有这样的一段记载：

> 有德经济博士土司邦者，自哥伦堡下船，赴槟榔，拟往暹罗，有所考察，其人能操北京话，又通日本方言，且深通汉文，能诵读中国四书五

① 夏瑛：《传教士汉学家郭实猎研究——汉语视野下的考察》，华东师范大学硕士学位论文，2015年，第15页。

② 杨佳智：《郭实腊其人及其在早期对华传教活动中所扮演的角色和影响》，《“传教运动与中国教会”学术研讨会论文集》，2006年，第106页。

③ 顾长声：《从马礼逊到司徒雷登——来华新教传教士评传》，上海：上海人民出版社，1985年，第60页。

④ 夏瑛：《传教士汉学家郭实猎研究——汉语视野下的考察》，华东师范大学硕士学位论文，2015年，第15页。

⑤ 雷雨田主编：《近代来粤传教士评传》，上海：百家出版社，2004年，第155页。

经,及孙中山三民主义讲演集,就与余谈,大喜过望,亟出箧中所藏书,倩余指导,汉文书中,经史外有小说《红楼梦》,据谓取其能熟习中国方言,多识于中国声名文物,已乃取《石头记》中人物,与余评论,谓中国小说文学,皆描写女子多情,鲜及男性,独此书则以宝玉为主,宝黛等女子为辅,是乃别生机轴,足与《茶花女遗事》并传,且在中国他书,处置宝黛二人,必仿娥皇女英故事,共效于飞而已,而此乃以莫能两大之故,至黛玉饮恨而死,使欧洲人视之,亦不能不挥同情之泪,尤为中国文学,生色不鲜,余按土氏斯言,以傍观地位,所发评论,殊觉新颖,为中国人所不能道,故志于此。[①]

叶夏声写于1935年的日记向我们说明了，从传教士开始以至后来的学者，西方人将《红楼梦》视为学习中文的教材似已成了传统，他们对于中国文学的鉴赏水平也在不断地提升。

海峡殖民地（马六甲、槟榔屿、新加坡）由于地理位置的便利，是传教士活动活跃的地带，因此受到的影响更为显著，第一份华文月刊《察世俗每月统记传》、新教传教士首创的英华书院皆起源于此。

我们相信传教士以《红楼梦》作为学习中文的教材，随身携入乃至馆藏于英华书院图书馆中的机会是极大的。馆藏《红楼梦》版本则以马礼逊收录的嘉庆辛未（1811）重镌文畲堂藏版，东观阁梓行《新增批评红楼梦》，以及嘉庆戊寅（1818）重镌东观阁梓行《新增批评绣像红楼梦》为参考。

目前，笔者见到最早出现在英文报章的记载是1894年 *The Singapore Free Press and Mercantile Advertiser*（*Weekly*）出现的书评[②]：

REVIEW

Hung Lou Meng; or the Dream of the Red Chamber. A Chinese Novel, translated by H. Bencraft Jolly, H. B. M. Consular Service,

---

① 叶夏声:《西行逐日记》,自印本,1935年,第379～380页。

② "*Review*",*The Singapore Free Press and Mercantile Advertiser* (*Weekly*),February 27, 1894.

China. Kelly and Walsh.

其介绍的是第一个较为系统的《红楼梦》英文摘译本，由英国驻澳门副领事裘里翻译[①]，第一、二卷分别由香港别发洋行（Kelly & Walsh Ltd.）及澳门商务排印局（Typographia Commercial）于 1892 年到 1893 年出版，共 970 多页。此译本完整翻译了原著前五十六回的内容。[②]

1897 年，*The Singapore Free Press and Mercantile Advertiser* 报章上刊登了莱佛士图书馆新书书目[③]：

Raffles Library.

Books Added September 3rd, 1897.

Jolly H. Bencraft, *Hung Lou Meng*, 2 Vols.

可以证实裘里的《红楼梦》节译本已经收录在图书馆里了。

第二节　领事官弘扬中华文化

鸦片战争后，随着中国社会发生的巨大变革，清朝政府在内外交困的情况下逐步改变对海外华人的政策，承认海外华人是清朝的臣民，并将华人当作争取的对象。清朝侨民政策的变化无疑对华人社会起到巨大的鼓舞作用，使马新华人与中国的政治联系得到激活。[④] 清朝华侨政策的改变以及随后而来的一系列措施，例如设立领事馆进行护侨活动，以各种名义在华人社会进行筹款活动，吸引华人回国投资等，都空前地加强了华人与中国的政治关系。一些华人领袖由于对清朝有所贡献而封官晋爵，一些华人

① 郑锦怀：《〈红楼梦〉早期英译百年（1830—1933）——兼与帅雯雯、杨畅和江帆商榷》，《红楼梦学刊》2011 年第 4 期。

② 江帆：《他乡的石头记：〈红楼梦〉百年英译史研究》，复旦大学博士学位论文，2007 年，第 21 页。

③ "Raffles Library", *The Singapore Free Press and Mercantile Advertiser*, September 3, 1897.

④ 张应龙：《马来西亚华人政治史之变迁》，何国忠编：《百年回眸：马华社会与政治》，吉隆坡：华社研究中心，2005 年，第 3 页。

领袖则通过鬻官制度获得官爵。[①]

新加坡就是清政府在海外设置领事的第一个地方。从光绪三年(1877)开始设置领事，一直到宣统三年(1911)清政权结束为止，共有12任11位领事。[②]

自1881年9月左秉隆(1850—1924)出任驻新领事后，马新这块“华文蛮荒”之地，发生了很大的变化。[③] 左秉隆(子兴)是第一位由中国直接派驻新加坡的领事官，他因看到当时马新受教育的华人几乎以学习西文为主，正逐渐地忘却中国传统的文化，而感到痛心。[④] 左氏深切地意识到教育与思想灌输的重要性。为了振兴文教，左氏鼓励办学以让华人子弟有机会接受中文教育，接触中华文化。在他的大力推动下，兴学活动如火如荼地开展，槟城的闽粤籍华人倡立了南华义学[⑤]，新加坡前后兴办起来的义塾计有陈姓族人办的毓兰书室、广肇商人办的进修义学(亦称广肇义学)、小坡华人公立的乐英书室、颜永成独资创办的培兰书室、张苑生独资创办的养正书室等。[⑥] 根据颜清湟的统计，在1885年，马新已有115所华文学塾，其中槟城有52所，新加坡有51所，马六甲有12所。[⑦]

另外，左秉隆致力于设立文社。文社的作用在于交友，以道德学问互相砥砺，以诗词歌赋抒怀述志。这种以文会友、集会结社之风，在传统中国的士人社会里甚为流行，但在19世纪的马新华人社会中，商人势力最盛，士人文人不但人数不多，而且地位不高。直到左秉隆大力提倡传统文

---

① 颜清湟:《清朝鬻官制度与星马华族领导层》,张清江译,柯木林、吴振强编:《新加坡华族史论集》,新加坡:南洋大学毕业生协会,1972年,第51～87页。

② 蔡佩蓉:《清季驻新加坡领事之探讨(1877—1911)》,新加坡:新加坡国立大学中文系、八方联合企业公司,2002年,第49页。

③ 柯木林:《石叻史记》,新加坡:新加坡青年书局,2007年,第23页。

④ 蔡佩蓉:《清季驻新加坡领事之探讨(1877—1911)》,新加坡:新加坡国立大学中文系、八方联合企业公司,2002年,第163页。

⑤ 蔡佩蓉:《清季驻新加坡领事之探讨(1877—1911)》,新加坡:新加坡国立大学中文系、八方联合企业公司,2002年,第106页。

⑥ 柯木林:《石叻史记》,新加坡:新加坡青年书局,2007年,第78页。

⑦ 颜清湟:《新马华人社会史》,北京:中国华侨出版公司,1991年,第279页。按:在115所学塾中,有80所的学生少于20人,最少的只有2位学生。

化、振兴学术风气之后，士人才得以逐渐抬头，得到社会上其他阶层的尊敬。[①] 左氏亲自设立了"会贤社"，作为一个成人机构，每月出课题一次，他亲自评改课艺，且将自己的薪俸捐作奖学金，以勖士子。[②]

他还针对受英文教育的侨生倡设了"英语雄辩会"，让他们每两周在领事馆集会一次，由他担任主席，提出政治、社会、文化等方面的问题，公开讨论，从而引导侨生注意中国时事。[③]

左氏在当地的文化启蒙是成功的，在其任职期间将新加坡寥寥可数的学塾，变成"叻中书塾，除自请儒师以及自设讲帐者外，其余义塾，多至不可胜言"的繁盛局面；受其鼓励而在新加坡创立的"乐善社"，分别在马六甲、槟榔屿和吉隆坡创设同样的社团[④]。全东南亚最早的一份华文日报《叻报》也在新加坡出版。[⑤]

情况正如中国士人李钟珏所言："闽广士子在叻授徒者，颇不乏人。叻中弟子读书，图回籍考试者亦不少。然叻地无书，又无明师友切磋琢磨，大都专务制艺，而所习亦非上中乘文字……近年来，领事官倡立文社制艺外，兼课策论，稍稍有文风矣。"[⑥]

总而言之，左领事对马新华人的贡献主要是把当时被认为是处于"蛮荒之地"的化外移民"再华化"（re-sinolisation），形成了一个亲中国的华族社会[⑦]，为中国文学在马新的传播奠定了基础。

---

① 梁元生：《新加坡华人社会史论》，新加坡：新加坡国立大学中文系、八方文化创作室，2005年，第17页。

② 柯木林：《石叻史记》，新加坡：新加坡青年书局，2007年，第78页。

③ 柯木林：《石叻史记》，新加坡：新加坡青年书局，2007年，第78页。

④ 蔡佩蓉：《清季驻新加坡领事之探讨（1877—1911）》，新加坡：新加坡国立大学中文系、八方联合企业公司，2002年，第165页。

⑤ 柯木林：《石叻史记》，新加坡：新加坡青年书局，2007年，第23页。按：《叻报》是战前新加坡出版和行销最久的中文日报，由薛有礼于1881年12月创办。从创刊日起至1932年3月停办为止，该报总共刊行了51年。《叻报》乃是研究战前新加坡以及那时期华人的珍贵历史资料。遗憾的是，最早印行的期数早已失传。现存于新加坡中文图书馆的期数，仅限于1887年8月19日到1932年3月31日。（http://www.lib.nus.edu.sg/lebao/index.htm）

⑥ 李玉珏著，许云樵校注，陈育崧编：《新嘉坡风土记》，新加坡：南洋书局有限公司，1947年，第9页。按：李玉珏于光绪十三年（1887）四月到访新加坡。

⑦ 柯木林：《石叻史记》，新加坡：新加坡青年书局，2007年，第80页。

1891年，左秉隆领事以亲老多病，告假回家乡，新加坡总领事一职则以黄遵宪充补。[①] 黄遵宪，号曰公度，广东嘉应州（今梅县）人。[②] 在黄氏接任之时，中国驻新领事一职已升格为“新嘉坡兼辖海门等处总领事”，驻扎于新加坡，兼辖马六甲（今马六甲）、丹徒斯群岛、槟榔屿（今槟城）、威利斯雷省，暨其属部科科斯群岛，及白蜡（今霹雳）、石兰莪（今雪兰莪）、松盖芙蓉（今芙蓉）、柔佛。[③]

黄遵宪于1891年10月抵达新加坡，直到1894年11月中旬方解任回中国。[④] 黄氏在担任总领事期间，与左领事一样，致力于推广中华文化与教育，鼓吹文风，办诗文比赛。[⑤] 黄氏以提倡学术为己任，将左领事在任内所设立的“会贤社”改组，易名为“图南社”，“按月课题，奖励学人，一时文风丕振”[⑥]。他谈及创设图南社的缘起时曾说：

> 新嘉坡一地，附近赤道，自中国视之，正当南离。吾意必有蓄道德能文章者，应运而出，而寂寂犹未闻之者，则以董率之乏人，而渐被之日尚浅也。……遵宪不才，承乏此间，尤愿与诸君子讲道论德，兼及中西之治法，古今之学术，窃冀数年之后，人才蔚起，有以应天文之象，储国家之用，此则区区之心，朝夕引领，而企者矣。[⑦]

可见他欲以“图南社”为媒介，与马新文人做学术交流，栽培当地人才以备中国之用。

黄遵宪在来马新之前曾担任中国驻日使馆参赞（1878—1881）、驻美

---

① 薛福成:《出使英法日比日记》卷一,余定邦、黄重言编:《中国古籍中有关新加坡马来西亚资料汇编》,北京:中华书局,2002年,第342页。

② 黄遵宪著,钱仲联笺注:《人境庐诗草》,北京:中国青年出版社,2000年,第1页。

③ 黄遵宪著,钱仲联笺注:《人境庐诗草》,北京:中国青年出版社,2000年,第930页。

④ 黄遵宪著,钱仲联笺注:《人境庐诗草》,北京:中国青年出版社,2000年,第930～934页。

⑤ 蔡佩蓉:《清季驻新加坡领事之探讨(1877—1911)》,新加坡:新加坡国立大学中文系、八方联合企业公司,2002年,第106页。按:诗文比赛的部分题目可见于此。

⑥ 郑子瑜:《诗人黄公度羁马事迹考》,《南洋学报》1954年第2期。

⑦ 黄遵宪:《图南社序》,《叻报》1892年1月1日。

旧金山总领事（1882—1885）、驻英伦敦使馆参赞（1891）[①]，拥有丰富的外交经验。此外，黄氏早在胡适、陈独秀、周树人尚未出生，《文学改良刍议》《文学革命论》《中国小说史略》尚未面世之时，就已提倡白话文学，推崇小说地位[②]。他在同治七年（1868）时便提出“我手写我口，古岂能拘牵”[③]，主张言、文合一，直到光绪十三年（1887），他更进一步说明：

> 学中国文字为最难。亦谓语言与文字之不相合也。……若小说家言，更有直用方言以笔之于书者。则语言文字，几几乎复合矣！余又乌知夫他日者，不更变一文体，为适用于今通行于俗者乎？嗟乎！欲令天下之农、工、商贾、妇女、幼稚皆能文字之用，其不得不于此求简易一之法哉！[④]

黄氏指出，若要让所有平民百姓懂得文字的运用，必须借助小说的力量。因为小说所用的字眼接近口语，“语言者，文字之所以出也。语言与文字合，则通文者多，语言与文字离，则通文者少”[⑤]，文字与语言相近，能理解的人自然多了，反之，则能懂文字的人少，要将教育普及化就更难了。从中亦窥见黄氏欲将教育推广至全体市民的雄心。

除了推行白话运动，黄遵宪亦是《红楼梦》传播的前驱者。《黄遵宪与日本友人笔谈遗稿》中就记载了不少黄氏在日本推动《红楼梦》传播的事迹。[⑥]《笔谈》中，最早的记录是光绪四年（1878）六月廿日，桂阁向何如璋“奉借《红楼梦》”一事，隔天黄遵宪便代何如璋回信说“《红楼

---

① 黄遵宪著，钱仲联笺注：《人境庐诗草》，北京：中国青年出版社，2000年，第914～928页。

② 吴天任：《黄公度先生传稿》，台北：文海出版社，1979年，第279页。

③ 黄遵宪著，钱仲联笺注：《人境庐诗草》，北京：中国青年出版社，2000年，第33页。

④ 黄遵宪著，钱仲联笺注：《人境庐诗草》，北京：中国青年出版社，2000年，第956页。

⑤ 黄遵宪著，钱仲联笺注：《人境庐诗草》，北京：中国青年出版社，2000年，第956页。

⑥ 郑子瑜、实藤惠秀编校：《黄遵宪与日本友人笔谈遗稿》，台北：文海出版社，1968年。按：此书记载着1878年至1880年，黄遵宪在日本当参赞（书记官）时，与日本文人以及中国文人，如石川鸿斋、松井强哉、何如璋公使、张斯桂副使及诸多位公使馆馆员通过笔谈所进行的思想沟通与交流。

梦》送备清览”[①]。这说明了《红楼梦》通过借阅的方式在文人之间流传。

两个多月后，文人们在聚会中谈起中国古典小说：

鸿斋：民间小说传敝邦者甚少，《水浒传》《三国志》《金瓶梅》《西游记》《肉蒲团》数种而已。

公度：《红楼梦》乃开天辟地，从古到今第一部好小说，当与日月争光，万古不磨者。恨贵邦人不通中语，不能尽得其妙也。

(这时候，黍园来了)

黍园：《红楼梦》写尽闺阁儿女性情，而才人之能事尽矣。读之可以悟道，可以参禅；至世情之变幻，人事之盛衰，皆形容至于其极。欲谈经济者，于(此)可领略于其中。

公度：论其文章，直与《左》《国》《史》《汉》并妙。[②]

黄遵宪强调《红楼梦》是当时最好的小说，可与《左传》《国语》《史记》《汉书》等经典媲美，并一针见血地道出若不精通汉文，是无法完全领略此书深奥微妙之处的。黄氏对《红楼梦》有一定的理解，而不是一味推崇中国文学，即如桂阁在阅读北京官话本《正音提要》遇到不解之词：

桂阁：“老慷慨”“老四海”，何语义？

枢仙：老字是北京话中的口头语，如“好久”之意。

桂阁：是书官话了，不知别有纂北京土话者否？如那《红楼梦》中话，则照之而好否？

公度：其为北音一也。编《红楼梦》者乃北京旗人，又生长富贵之

① 郑子瑜、实藤惠秀编校：《黄遵宪与日本友人笔谈遗稿》，台北：文海出版社，1968年，第162～163页。此笔谈记录于戊寅(光绪四年，明治十一年，1878)六月廿日，源桂阁致何如璋函。

② 郑子瑜、实藤惠秀编校：《黄遵宪与日本友人笔谈遗稿》，台北：文海出版社，1968年，第182～183页。见《戊寅笔话》第廿卷《第一百四十四话》。按：此笔谈记录于戊寅(光绪四年，明治十一年，1878)九月六日，在沈文荧(梅史)房中。文中的公度是黄遵宪，(源)桂阁是大河内辉声，鸿斋是石川英，黍园则是王治本。

家，于一切描头画角，零碎之语，无不通晓，则其音韵腔口，较官话书尤妙。然欲学中国音，从官话书学起，乃有门径。譬如学日本语，不能从《源氏物语》诸说入门也。[①]

黄氏对《红楼梦》的语言风格理解颇深，精辟地道出《红楼梦》的叙述语言是北京话，其描写生动，富于韵味，较《正音提要》为佳。但若要依据《红楼梦》的语言风格来学习北京官话，他则持否定的态度，认为文学作品与正统学习正音的教材有所区别，学习中文需以适当的教材为主，不能将文学作品作为入门的途径。

此外，文人们于日常对谈中常用及《红楼梦》的人物名，足证他们对《红楼梦》的理解与喜爱，同时更增添了他们对谈的文采和趣味，如：

枢仙：此假雨村业已占此甄氏丫头了，甄氏丫头乃阁下之爱妾也，谁敢在虎头上扪虱？

桂阁：葫芦庙内小沙弥颇张嘴。[②]

公度：高琦藩大河内谨上书……顾以屡从姐夫游，或遂以子虚，疑我贾宝玉所谓早知耽了虚名不如(歇语)者也。[③]

桂阁：……他道宜与湘云谋；故与湘云相约，得会华筵。[④]

伊藤漱平对桂阁如何成为“红迷”一事有着详细的论述，从明治十年（1877）七月桂阁对“《红楼梦》只曾耳闻”，“购得《红楼梦》”，“藏有《红楼梦》及续篇，尤奈文章没标点，不易读懂”，“请教断句方法”，“希望出版注有读音、标点及公使馆诸君详注的《红楼梦》”，“又请王氏（桼

---

① 郑子瑜、实藤惠秀编校：《黄遵宪与日本友人笔谈遗稿》，台北：文海出版社，1968 年，第 204 页。按：此笔谈记录于戊寅十月四日，在王桼园家。

② 郑子瑜、实藤惠秀编校：《黄遵宪与日本友人笔谈遗稿》，台北：文海出版社，1968 年，第 187 页。

③ 郑子瑜、实藤惠秀编校：《黄遵宪与日本友人笔谈遗稿》，台北：文海出版社，1968 年，第 218 页。

④ 郑子瑜、实藤惠秀编校：《黄遵宪与日本友人笔谈遗稿》，台北：文海出版社，1968 年，第 221 页。

园）为续书《红楼梦补》加注、标点”，至明治十五年（1882）八月“不幸逝世。他那打算出版校点本，普及《红楼梦》的愿望，终成梦想”。[①] 在短短的五年内，桂阁自没有接触过《红楼梦》到立志为《红楼梦》出版校点本，中间黄遵宪、何如璋和王黍园帮了他很大的忙。伊藤漱平的考证，从另一角度证实了黄氏等文人在传播中国小说方面功不可没，甚至为让日本的文人因此迷恋上《红楼梦》而欲大力推广，成了不折不扣的“红迷”。

黄遵宪身为文学革命的先驱者，如此重视《红楼梦》与白话运动，为了方便日本友人阅读，他更不惜花费精力为《红楼梦》分句标点。[②] 拿黄氏和日本文人相处与交流的情况为例[③]，以此类推，我们有理由相信他会把白话小说《红楼梦》带入马新，并在极力推动中国文学的同时，把《红楼梦》推荐给当地文人。

黄遵宪领事驻新期间，《红楼梦》极大可能已被带入马新。我们可从文献中看到黄氏为马新留下《新嘉坡杂诗十二首》《以莲菊桃杂供一瓶作歌》《寓章园养疴》《番客篇》《养疴杂诗》等不少动人的诗篇，华文报章上亦常刊登黄氏公开表扬孝子、竖立贞节牌坊等事[④]，但却未见黄氏对中国古典小说的推崇。这恐怕是因为当时小说仍处在不登“大雅之堂”的地位[⑤]，只供文人私底传阅消遣的关系吧[⑥]。

---

① 伊藤漱平:《〈红楼梦〉在日本的流传——江户幕府末年至现代》,《红楼梦研究集刊》1989年第14期。

② 参见郑子瑜、实藤惠秀编校:《黄遵宪与日本友人笔谈遗稿》,台北:文海出版社,1968年,第228页。按:“公度很忙,还要在《红楼梦》上加圈子。”此笔谈记录于戊寅十月廿八日,在华养院。

③ 胡文彬:《红边脞语》,沈阳:辽宁人民出版社,1986年,第209～212页。

④ 蔡佩蓉:《清季驻新加坡领事之探讨(1877—1911)》,新加坡:新加坡国立大学中文系、八方联合企业公司,2002年,第49页。

⑤ 袁行霈编著:《中国文学史》第四卷,北京:高等教育出版社,2005年,第436页。

⑥ 郑子瑜、实藤惠秀编校:《黄遵宪与日本友人笔谈遗稿》,台北:文海出版社,1968年,第14～15页。按:郑子瑜谈及《黄遵宪与日本友人笔谈遗稿》的价值时,就指出“古往今来,文人所刊的集子,往往是先经过自己严格的删削,然后付椠的,尤其是像黄遵宪那样生活在旧礼教压迫的晚清时代的诗人,一些描写两性爱的诗篇,都不敢编入集中,所以我们只读文人的已刊集子,实在无法了解他思想行谊的实际情况。”“源桂阁君和他们笔谈让他们毫无拘束地畅所欲‘谈’,留下笔谈的记录,使笔谈诸君的思想行谊(其中也有荒淫无耻的一面),都赤裸裸地呈现在我们的眼前。”黄遵宪在马新可用方言或华语进行口头交流,并没有必要“笔谈”,因此不可能留下相关的记录。

第三节 星洲寓公邱炜萲对《红楼梦》的接受与传播

若以文献证明作为依据的话，邱炜萲该是第一位将《红楼梦》研究在马来亚传播开来的文人。

炜萲姓邱[①]，乳名得馨，初名征兰，后改名炜萲，字萱娱，号菽园[②]。邱氏在1874年11月10日出生于福建漳州海澄县（今福建漳州龙海区）三都惠佐社（乡俗原称“磁灶社”），8岁初至新加坡，15岁随父母返回海澄故乡，参加童子试，一举而考中秀才。1894年参加乡试中举人。来年上京会试，正值中日签订《马关条约》，他参与了全国举人上书拒和。然而，此次会试不第，邱氏从此无意仕途，寄情于诗酒。[③]

《红楼梦》在晚清时期风靡一时，中国文人集会时多会论及此书，邱炜萲在中国攻读举业期间，与当地士人有密切的来往，自不免被“开谈不说《红楼梦》，纵读诗书也枉然”的风气所影响。此事可证于邱氏与其妻王璋舍之间的交往。

邱炜萲与王璋舍于1891年11月结婚，王氏喜读书，有书癖，能咏诗，但不幸在婚后第二年（1892年9月）便病逝于鼓浪屿。[④] 邱氏在《菽园赘谈》卷一《东门女士》写道：“氏名阿玖，小字玫官，字璋舍，居近郡之东门，又自号东门女士，系龙溪人王玉墀游戎长女。”[⑤]为王氏做了简略的介绍，并说明王氏“幼入蒙塾，粗解文义。归余后，授以唐宋诗词，渐获妙悟，灯下观余作韵语，辄戏为之，平仄虽调，押韵时复出入，倘假以

① 杨承祖：《邱菽园研究》，《南洋大学学报》1969年第3期。按：据杨文注释，丘姓乃原姓，清初避讳改作邱，《菽园赘谈》卷五有“‘邱姓’一条说之。民国以后，菽园改用丘”。为方便处理姓氏问题，笔者在文中一律用“邱”而不据史实跟年代改为“丘”，“邱炜萲”一名可见于邱氏参加乡试时所填的履历表。

② 邱新民：《邱菽园生平》，新加坡：胜友书局，1993年，第42页。按：邱炜萲有绣原、啸虹生、酸道人、叔园居士、朝缘居士、南溟逋客、星洲寓公、淑沅主人、五百石主人、五百石洞天主者等别号，另有夙源、萿蕃、俶员、叔元、宿垣、簌樊、束园等笔名，都是菽园的谐音。参见姚梦桐：《邱菽园印石》，《亚洲文化》1986年第7期。邱炜萲斋名有：观天演斋、五百石洞天、天海空明室、五明大通之斋。

③ 邱新民：《邱菽园生平》，新加坡：胜友书局，1993年，第8、10、21、28、33页。

④ 邱新民：《邱菽园生平》，新加坡：胜友书局，1993年，第29～31页。

⑤ 一粟编：《古典文学研究资料汇编：红楼梦卷》第二册，北京：中华书局，1963年，第396页。

年，必斐然者，何期结缡二载，遽殒昙花”。

邱炜萲与王氏谈文学、吟诗作对，可惜不到一年时间，王氏便不幸病逝。她生前留下《偶阅红楼梦有咏》诗若干首[①]，足见《红楼梦》一书必是他们的读物。

1896 年 4 月，邱炜萲接获父亲病危消息，急赴新加坡。同月 27 日，父亲病逝。邱氏与兄弟继承了父亲在新加坡的百余万遗产。父大殓后，邱炜萲即扶柩回海澄新安，将父安葬于祖坟。1897 年 5 月，邱氏自海澄经广州赴香港，之后再从香港返回新加坡。[②] 此后即长寓新加坡，此时《红楼梦》应该也随着邱氏来到了新加坡。

在邱炜萲已刻著作和诗集，以及马新学人对邱氏的研究资料中，记载着邱氏亡妻王璋舍于 1897 年作了《偶阅红楼梦》诗一首[③]，1898 年邱氏在星洲寓楼为《红楼梦（分咏）绝句》作序[④]，其后再将此书刊刻出版于广州。[⑤] 在他出版的《菽园赘谈》(1897)、《五百石洞天挥麈》(1899)、《挥麈拾遗》(1901) 等文集中，皆可见他对《红楼梦》的评论文字。[⑥] 1903—1904 年，《小说丛话》刊登了曾昭琴与邱菽园的对谈：“友人邱菽园尝语余以‘《红楼梦》之妙，其实宝、黛两人情魔痴恨，尽由一“误”字逼拶出来’。”[⑦]之后邱氏又将《红楼梦》人名分韵，得绝句二十八首，载于《啸虹生诗续钞》(1922) 卷二。[⑧] 1929 年 6 月，他开始出任《星洲日报》副刊编辑，在主编《繁星》期间于《掌故》中发表了《红楼梦轶义》一文。[⑨]

---

① 一粟编:《古典文学研究资料汇编:红楼梦卷》第二册，北京:中华书局，1963 年，第 396 页。按:《偶阅红楼梦有咏》是王璋舍生前受邱氏影响而作，王璋舍去世后经邱炜萲删改润色后而成的，共有咏黛玉、宝钗、晴雯和莺儿诗四首，收录于《菽园赘谈》(1897)，《偶阅红楼梦有咏》四首，参见《五百石洞天挥麈》中《红楼梦分咏绝句》一条。

② 杨承祖:《邱菽园研究》,《南洋大学学报》1969 年第 3 期;邱新民:《邱菽园生平》，新加坡:胜友书局，1993 年。按:香港返回新加坡的时间，杨文曰秋天，邱文记冬天。

③ 邱新民:《邱菽园生平》，新加坡:胜友书局，1993 年，第 37 页。

④ 阿英编著:《小说闲谈四种·小说四谈》，上海:上海古籍出版社，1985 年，第 52 页。按:《红楼梦绝句》自叙下署“戊戌长至后十日星洲寓公邱炜萲菽园甫志于星洲寓楼”。

⑤ 杨承祖:《邱菽园研究》,《南洋大学学报》1969 年第 3 期。按:见“菽园著书已刊目录”。

⑥ 阿英编著:《晚清文学丛钞·小说戏曲研究卷》，北京:中华书局，1960 年，第 380～381 页。

⑦ 阿英编著:《晚清文学丛钞·小说戏曲研究卷》，北京:中华书局，1960 年，第 350～351 页。

⑧ 朱杰勤:《星洲诗人丘菽园》,《亚洲文化》1986 年第 7 期。

⑨ 邱新民:《邱菽园生平》，新加坡:胜友书局，1993 年，第 133、136 页。

1920年10月，邱炜萲曾到厦门一趟，他在《庚申霜降节维舟厦门》诗中自注："自丁酉（1897）离闽，至此凡二十四年。旋返新嘉坡，此后不复归国。"[①]邱氏多次翻阅《红楼梦》，并不时撰写与《红楼梦》相关的诗句与文章，笔者认为马新《红楼梦》传播的开端该是随着邱氏《红楼梦分咏绝句》的出版而宣告开始。

《红楼梦分咏绝句》初刻于光绪二十四年（1898）：

> 余著《红楼梦分咏绝句》一册，诸友题词，日积日多，先时付刊之作，自番禺潘兰史典簿（飞声）以下几二十人，其名复别载于《五百石洞天挥麈》中矣，此不重赘。惟己亥三月续有汇刊之作，谨补叙其爵里于此，悉以诗之先后至者次焉。嘉应王晓沧广文（恩翔七绝三首）、汀州王汉卿农部（宗海七绝三首）、台湾谢颂臣茂才（道隆七绝四首）、嘉应王玉田布衣（以字行，七绝两首）、天津谢静希布衣（兆珊七古一首，附《红楼梦歌》七古一首）、晋江许纶亭布衣（筠五律一首）、台湾王咏裳明经（汉秋七绝两首）、闽清黄苐丞孝廉（乃裳七绝一首）、台湾陈焕耀茂才（日光七绝一首）、侯官叶颂垣编修（芾棠五绝二首）、海阳邱芝田岁贡（潄芳七绝两首）、新会林芷俦茂才（鸿荪七绝四首）、嘉应王翰珊大令（肇嵩七绝四首）、海阳谢安臣孝廉（锡勋七绝四首）、上杭邱果园孝廉（馥集句七绝六首）。而龙溪曾墨农茂才（宗藻）于前日题词外，并加长跋，最后得黟县黄穆甫山人（士陵）篆书署签，南海叶少云二尹（芬）骈文弁序，全书体例，始告美备云。[②]

其他版本，见阿英编著《小说闲谈四种·小说四谈》中记载的《红楼梦绝句》一条：

> 《红楼梦绝句》闽海邱炜萲菽樊著。题"《菽园外集》第一种"。光绪

① 邱新民：《邱菽园生平》，新加坡：胜友书局，1993年，第116页。

② 阿英编著：《晚清文学丛钞·小说戏曲研究卷》，北京：中华书局，1960年，第410页。按：见《挥麈拾遗》(1901)中《红楼梦分咏绝句之二》一条。

二十五年(1899)木刻本。首叶芬、少云叙,自叙,潘飞声、邱(丘)逢甲等三十四家题词。末曾宗藻墨农跋。本书收“阅红楼梦即依金钗正册成十二绝句”“再咏得二十有五人二绝句”二题。[①]

又见一粟编著《红楼梦书录》中所记载的《红楼梦分咏绝句》:

《红楼梦分咏绝句》邱炜萲撰。光绪二十六年(1900)粤东省城木板大字本,“菽园丛书”外集第一种,一卷。共阅《红楼梦》即依金钗正册成十二绝句,自林黛玉至秦可卿七绝十二首;再咏得二十五人,各二绝句,自贾宝玉至妙玉尼七绝五十首。东莞梁育才(蔓仲)书,光绪二十五年(1899)黟县黄士陵(穆甫)题签。首光绪二十六年南海叶芬(少云)序,次番禺潘飞声(兰史)、台湾邱(丘)逢甲(仙根)、台湾邱(丘)树甲(叔崧)……末曾宗藻跋。[②]

《红楼梦分咏绝句》一版再版,传播的范围并不局限于马新,甚至还扩展至日本、中国等地,影响之大虽不知是否如曾宗藻所言“不徒价重鸡林,传钞纸贵已也”[③],但能引起“海内通人,邮赠题词,不远千里,相错于途”[④],共收得三十六人题词、一人为跋、一人作序、一人署签[⑤],其受欢迎的热烈程度不能算小。正如吴盈静所言:东南亚红楼文化圈的形成乃缘于邱炜萲诗作。[⑥]

邱炜萲对中国文学的喜爱,并不限于个人喜好。他寓居在新加坡时,极力推动中国文学,以图“能将文化开南岛,剩有诗请托国风”[⑦]。邱氏在新加坡创办了《天南新报》(1898—1905),自任出版人和总主笔,主张

---

① 阿英编著:《小说闲谈四种·小说四谈》,上海:上海古籍出版社,1985年,第51页。
② 一粟编著:《红楼梦书录(增订版)》,上海:上海古籍出版社,1981年,第297页。
③ 一粟编著:《红楼梦书录(增订版)》,上海:上海古籍出版社,1981年,第300页。
④ 一粟编著:《红楼梦书录(增订版)》,上海:上海古籍出版社,1981年,第299页。
⑤ 吴盈静:《清代台湾红学初探》,台北:大安出版社,2004年,第322页。
⑥ 吴盈静:《清代台湾红学初探》,台北:大安出版社,2004年,第322页。
⑦ 邱新民:《邱菽园生平》,新加坡:胜友书局,1993年,第117～124页。

维新变法改革中国。[①] 而在办报之际，他又与星洲流寓文士共结丽泽社，以讲习文艺，“无论诗、古文辞、时文、试帖、策论、杂体皆可分课，各自成卷，仿粤东学海堂例也。凡期月而一课之，冀可蝉联不辍”[②]。邱氏还先后创立了“丽泽社”“乐群文社”，并主持“会吟社”，自此为诗坛祭酒，与社员以文会友，互相切磋，交流思想，“一洗穷荒之风气”[③]。邱氏常于社中以时事为题开办讨论会，借以培育后学，激发思想，与其办报宗旨相互辉映。[④] 1899 年，他与林文庆、陈合成、宋鸿祥等合创新加坡华文女子学校。1907 年，邱炜萲破产[⑤]，尽管经济不如往日，但他仍然热心文化、教育、宗教及社会公益事业。直到 1941 年 12 月 1 日，他病殁于新加坡嘉东因咨律四十二号旅邸[⑥]，享年 68 岁。

邱氏的一生可以说都在为中华文化存续而奋斗，早年家财万贯，他创文社、办报业、印诗书、兴学校、开启民智、鼓吹维新，为马新文教界做出了很大贡献。后来万金散尽，便服务报业，以文为生。他一生创作颇丰，刊印的文学作品集主要有《庚寅偶存》《壬辰冬兴》《菽园赘谈》《挥麈拾遗》《五百石洞天挥麈》《新出千字文》《啸虹生诗钞》《啸虹生诗续钞》《丘菽园居士诗集》《乡试珠卷》《菽园杂诗》《掌故》等[⑦]，他的文字流传至今仍持续散发着中华文化的魅力。[⑧]

邱炜萲是早期南洋华文新闻界中的杰出人物、政治领袖、文坛领袖、马新侨生中的唯一举人、兴办女子学堂先驱者[⑨]，同时亦是个著名的大诗

---

① 朱杰勤：《星洲诗人丘菽园》，《亚洲文化》1986 年第 7 期。

② 吴盈静：《清代台湾红学初探》，台北：大安出版社，2004 年，第 331～332 页。

③ 姚梦桐：《邱菽园印石》，《亚洲文化》1986 年第 7 期。

④ 吴盈静：《清代台湾红学初探》，台北：大安出版社，2004 年，第 332 页。

⑤ 邱新民：《邱菽园生平》，新加坡：胜友书局，1993 年，第 81 页。

⑥ 邱新民：《邱菽园生平》，新加坡：胜友书局，1993 年，第 21 页。

⑦ 李元瑾：《东西文化的撞击与新华知识分子的三种回应》，新加坡：新加坡国立大学中文系、八方文化创作室，2001 年，第 43 页。

⑧ 王列耀、蒙星宇：《能将文化开南国剩有诗情托国风——论新加坡华侨诗人邱菽园诗歌中的“古典中国”》，《汕头大学学报》2004 年第 5 期。

⑨ 马仑编著：《新马文坛人物扫描》，柔佛：书辉出版社，1991 年，第 282 页。

人，人称“星洲诗人”“南洋才子”“南侨诗宗”[①]“南洋第一诗人”[②]。正如朱杰勤所说的，在当时马新甚至东南亚华族社会，文人声誉之隆没有过于邱炜萲的[③]。邱氏于1896年始将新加坡命名为“星洲”，并自称“星洲寓公”[④]，“星洲”一名即成了新加坡的代号，沿用至今。他于1901年发表《答粤督书》，此书一经刊出，津、沪、闽、广、港、澳、南洋、日本、新旧金山、檀香山各华报纸纷纷选登，外洋西报，亦竞相译载。[⑤]可知邱氏言论的影响力不容忽视。

邱氏虽然长期居住在新加坡，但他和很多中国著名学者、文人及社会活动家都有联系。他的《诗中八友歌》就列有康更生（有为）、黄公度（遵宪）、林鳖云（鹤年）、唐薇卿（景崧）、潘兰史（飞声）、丘仙根（逢甲）、王晓沧（思翔）、梁任公（启超）。此外，还有著名外交家容闳（纯甫），革命家章炳麟（太炎），大翻译家林琴南（纾），文学家陈宝琛、江建霞、易实甫（顺鼎）、丁叔雅、张菊生、杨蛰仙，教育家蔡元培（孑民），画家徐悲鸿、梁抗雪、高剑父、刘海粟等，都经常与他通信，交换作品。[⑥]

康有为对他有很高的评价：“菽园既好学能诗，虽僻陋在夷，而藏书甚富，无学不窥。口诵掌故、古今文词，滔滔若悬河。其为诗滂博天葩，雄奇俊迈。兴会飙发，浓郁芬芳。盖其天材之俊逸，与时事之迁移，合而成之。沈寐叟尚书叹赏之，谓可争长中原，北方之学者莫能先也，或与黄公度京卿骖靳联镳焉。”[⑦]这样的盛誉在当时中华文化荒芜的南洋文坛确

---

① 邱新民:《邱菽园生平》,新加坡:胜友书局,1993年,第1～2页。

② 李元瑾:《东西文化的撞击与新华知识分子的三种回应》,新加坡:新加坡国立大学中文系、八方文化创作室,2001年,第41页。

③ 朱杰勤:《星洲诗人丘菽园》,《亚洲文化》1986年第7期。

④ 杨承祖:《邱菽园研究》,《南洋大学学报》1969年第3期。

⑤ 杨承祖:《邱菽园研究》,《南洋大学学报》1969年第3期。

⑥ 转引自邱新民:《邱菽园生平》,新加坡:胜友书局,1993年,第4～5页。按:邱菽园交游广阔,与其论交的知名人士多不胜数,详细名单可见于此,今不赘列。

⑦ 朱杰勤:《星洲诗人丘菽园》,《亚洲文化》1986年第7期。

实弥足珍贵。[①]

邱炜萲是个真性情的真诗人，豪迈真率是其性情特色。他自侨居新加坡，“未尝束带见客”，可谓率性而行；对自己“好酒好色”，直陈无讳，甚至说：“此生我愿为情死，不管旁人说是非。”[②]

诚如鲁迅在《二心集·上海文艺之一瞥》中说道：“那时的读书人，大概可以分他为两种，就是君子和才子。君子是只读四书五经，做八股，非常规矩的。而才子却此外还要看小说，例如《红楼梦》，还要做考试上用不着的古今体诗之类。这是说，才子是公开地看《红楼梦》的，但君子是否在背地里也看《红楼梦》，则我无从知道。”[③]也因为这样的性情，我们方能从“南洋才子”所留下来的文献中窥见其对《红楼梦》的喜爱、认知和传播。

邱炜萲接受的是中国传统的儒家教育，精于书、经、文、史、八股、辞章、经济。他21岁高中举人，其喜好与当时中国文人并无二样。邱氏古典小说（含戏曲）研究，重本事考辨，探源析流，他是将传统小说作为一门学问、一种学术来进行认真研究的，这是史家治学的路径。[④]他阅古今小说，看一遍就不再看，唯对《红楼梦》《西厢记》《水浒传》《聊斋志异》《三国演义》五种，看了又再看多次。[⑤]

邱炜萲指出在历来的中国小说之中“言情道俗者，以《红楼梦》为最”[⑥]，他亦有所感慨地说道：“吾人所见小说，自以曹雪芹《红楼梦》位置为‘第一才子书’为最的论。此书在圣叹时尚未出世，故圣叹不得见之，否则，何有于《三国志演义》？彼《三国志演义》者，《西游记》其伯

---

① 王列耀、蒙星宇：《能将文化开南国剩有诗情托国风——论新加坡华侨诗人邱菽园诗歌中的“古典中国”》，《汕头大学学报》2004年第5期。

② 杨承祖：《邱菽园研究》，《南洋大学学报》1969年第3期。

③ 鲁迅：《鲁迅全集》第四卷《二心集》(一)，北京：人民文学出版社，1956年，第298页。

④ 胡全章：《邱炜萲：被尘封的晚清小说批评家》，《苏州教育学院学报》2008年第3期。

⑤ 邱新民：《邱菽园生平》，新加坡：胜友书局，1993年，第34页。

⑥ 邱炜萲：《客云庐小说话》，阿英编：《晚清文学丛钞·小说戏曲研究卷》，北京：中华书局，1960年，第380～381页。

仲之间者也。”[①]他不仅认同了《红楼梦》的价值，也表现出了对《红楼梦》的喜爱，恨不得金圣叹还魂来评批《红楼梦》一书。邱氏甚至把《红楼梦》视为小说典范，借此评论其他小说的优劣，认为后来的小说写作技巧都借鉴于《红楼梦》，并企图超越《红楼梦》的艺术成就。[②]

作为当时文社及文教界的领导人，邱炜萲对《红楼梦》的钟爱，实际上就推动了《红楼梦》在马新文人之间的传播。其诗负盛名，国内外士人无不争着传阅。《红楼梦分咏绝句》主要是咏红楼梦中人，非阅过《红楼梦》者恐怕终无法体会诗意。与此同时，当地文人、诗人读过《红楼梦分咏绝句》自不免欲一睹《红楼梦》以产生共鸣。从此书一版再版的情况而论，至少可以肯定《红楼梦》在马新传播开来了，而且这亦标志着题咏红学在马新扎根。

小　结

文学传播是一种以文学文本为对象、以读者为主体、以把握文本深层意蕴为目的的积极能动的阅读和再创造过程，是读者在审美经验基础上对文学作品的价值、属性进行主动选择、接纳或扬弃的过程。[③]文学阅读和欣赏绝不是少数优秀者的专利，但要使文学传播现实化、具体化，受众必须具备一定的内在素质，如语言文字能力、文化基础和思想水平、审美能力和鉴赏水平。[④]

在华人社会处于“华文蛮荒”的时代，马来亚看似仍未具备传播《红楼梦》的条件。然而，1818年建设英华书院期间，西方传教士却极有可能把《红楼梦》作为学习中文的工具带进来，这时候他们以学习白话文功能为主，强调实用价值，还谈不上文学鉴赏。

---

① 邱炜萲:《客云庐小说话》,阿英编:《晚清文学丛钞・小说戏曲研究卷》,北京:中华书局,1960年,第387～393页。

② 邱炜萲:《客云庐小说话》,阿英编:《晚清文学丛钞・小说戏曲研究卷》,北京:中华书局,1960年,第383,399～401页。

③ 文言主编:《文学传播学引论》,沈阳:辽宁人民出版社,2006年,第104页。

④ 文言主编:《文学传播学引论》,沈阳:辽宁人民出版社,2006年,第104～106页。

在1881年以后，马来亚华人社会的多元化过程已经开始，不再纯粹是由商贾与劳工所组成的两级社会。华社中已有一批为数甚众的士人，其生活特征、思想形态和性格均与中国的文人相似，有专以教学及文字为业的，也有分散于不同行业之中，如医、艺、出版、印刷及其他文化行业的。他们和传统的中国士人一样喜欢集会结社，互为呼应，在社会上建立清誉，受到社会上其他阶层（包括商人阶层）的尊敬。①

梁元生根据部分《会贤社课榜名录》和《会吟社联榜》收录的得奖人名单，估计这些得奖文人的数目至少有数百或上千之多，至于参加人数则更加多了。② 这些属传统“士”阶级的文人能写八股制艺，又能吟诗作对。这“士人社会”是以构成了《红楼梦》传播的最佳土壤。

马新文社之中，最早是左秉隆在1882年倡立“会贤社”，继之黄遵宪主持“图南社”，然后则为1896年菽园创立“丽泽社”和“会吟社”。左、黄乃以领事官训迪侨民，邱炜萲则纯以士人身份提倡文学。文社不仅切磋文字，以文会友，也能交流思想，激荡风气。③ 在学校未发达、教育不普及的时代，文社对于社会群众颇能产生间接的影响。

左、黄、邱作为文社领导者，既是文学传播受众，亦是传播主体，因此他们的文学品位与素养会对马新的“士人社会”带来直接的影响。黄遵宪和邱炜萲对《红楼梦》的推崇，对马新文坛起着关键性的领导作用，而能读懂《红楼梦》的人，则首推文社成员。在20世纪初约28万华人的马新④，我们估计《红楼梦》最多仅传阅于几千位文人之中。⑤

无可置疑，左秉隆在马新《红楼梦》传播方面有开拓中华文化之功，

---

① 梁元生：《新加坡华人社会史论》，新加坡：新加坡国立大学中文系、八方文化创作室，2005年，第2页。

② 梁元生：《新加坡华人社会史论》，新加坡：新加坡国立大学中文系、八方文化创作室，2005年，第22页。

③ 杨承祖：《邱菽园研究》，《南洋大学学报》1969年第3期。

④ ［新加坡］麦留芳：《星马华人私会党的研究》，张清江译，台北：正中书局，1985年，第62～64页。按：1901年人数统计，马六甲华族人口有19468人，槟城有97471人，新加坡有164041人，此三处是华人主要聚居的地方，共有280980人。

⑤ 梁元生：《新加坡华人社会史论》，新加坡：新加坡国立大学中文系、八方文化创作室，2005年，第17页。按：梁元生估计在1890年马新士人的人数约有数百至上千。

黄遵宪是《红楼梦》传播的先驱者，而邱炜萲则可说是有实据证明最先将《红楼梦》研究传播开来的人，同时亦是马新题咏红学第一人（红学家）。

然而，我们相信他们的《红楼梦》传播个案并非孤案，只是极具代表性的案例。即如邱氏在1901年出版的《挥麈拾遗》中道："近四五年中，余所识能诗之士，流于星洲中，先后凡数十辈，固南洋荒服历来未有之盛也。"①

但在那个时代身处马新，既有地位、才学，又有经济能力，能被记载或将自己的文学著作付梓以流传下来的文人，毕竟寥寥无几。文献记录的容量远远不及真实的历史，历史总比文字记载充实丰富得多。

随着时光流逝，大量的文献已再不复存，侥幸存留下来的文献，也因种种条件的限制，无法完全搜齐。目前在无更新的资料考证之下，我们对《红楼梦》在马新传播起始的论述或可备为一说。

① 王列耀、蒙星宇:《能将文化开南国　剩有诗情托国风——论新加坡华侨诗人邱菽园诗歌中的"古典中国"》,《汕头大学学报》2004年第5期。

第二章　梦在南洋百年红：《红楼梦》文本在马来西亚和新加坡的传播历程

1893 年，清初以来实行了 200 多年的海禁政策，在黄遵宪、薛福成的推动下终被废除。[①] 在中华人民共和国成立以前，马新与中国政治关系密切，当时马新华侨的本地意识并不强烈，绝大部分是依循着中国文化母体摄取文学养分，而文坛的重要人物，如各报章副刊的主编多来自中国。但我们不能想当然地认为中国即等于马新，中国所有的言论都一字不漏地传播到马新来了，毕竟在两地间还是存在着时空的差别，因此我们必须注意到中国的“信息”（文学思潮）是通过什么渠道来影响马新知识分子，进而推进《红楼梦》的传播的。

第一节　《红楼梦》作为古典小说代表地位的确立

1898 年，维新派领袖康有为、梁启超领导的戊戌变法失败以后，梁启超感到“自上而下”的新学运动不可行，于是，他发动了一场“由下而上”的“新民”运动。由于这是一场自下而上的全民运动，因此它不是靠强制性的推行去实现，而是要广大民众心悦诚服地去接受。梁启超选择了广大民众喜闻乐见的文艺形式——小说和戏曲，以民众的口语（白话）作为文学的语言载体，举起了“诗界革命”“文界革命”和“小说界革命”的

① 李思聪：《薛福成、黄遵宪与晚清海禁政策的废除》，《齐齐哈尔大学学报》（哲学社会科学版）2015 年第 7 期。

旗帜。[1] 维新思想在马新华侨社会中的传播，开启了华侨的心智，教育了华侨，特别是中上层的知识分子，使他们更为关注祖国的命运和前途。维新派在本土更是通过办报纸、组织学会、创办学堂来扩大他们思想启蒙运动的传播范围。

梁启超在马新的影响力无疑是巨大的，其言论早在戊戌变法流产以前，便通过报章对马新知识分子进行了启蒙。维新派的《时务报》(1896—1898)在新加坡和槟城各设有一个派报处(代售处),《清议报》(1898—1901)在新加坡有四个代售处，在玻璃市和啤鲁埠则各有一个;《新民丛报》(1902—1907)在新加坡、吉隆坡、个郎、巴城、槟城等地各有一个代售处,《新小说》(1902—1905)则为《新民丛报》的姐妹刊，往往随从报一齐送出。[2] 这里虽没有准确的数据证明上述报纸究竟有多少读者，但从维新派在马新所办的《天南新报》(1898—1905)日均销售量1000多份[3],《南洋总汇报》(1908—1929)日销售量最低1060份、最高4520份的业绩来看[4]，维新派的报章是拥有一定读者群的。

梁启超在《译印政治小说序》一文提出:

> 中土小说，虽列之于九流，然自《虞初》以来，佳制盖鲜。述英雄则规画《水浒》，道男女则步武《红楼》，综其大较，不出诲盗诲淫两端。[5]

他指出，对于这些小说"大方之家，每不屑道焉"，然而民众却"其手

---

① 陈维昭:《红学通史》，上海：上海人民出版社，2005年，第103页。

② 张朋园:《梁启超与清季革命》，台北:"中研院"近代史研究院，1964年，第266～310页。

③ 段云章:《戊戌维新的"天南"反响——以新加坡〈天南新报〉和邱菽园为中心》,《近代史研究》1998年第5期。按:《天南新报》的创刊者是邱炜萲(即菽园)，报中带有指导性的社论，多由邱氏(常以星洲寓公、叔园、淑元、宿园、旭沉为笔名)、徐季钧(笔名占梅钝根生)、林著筹(号热血人)执笔，在该报发表文章者有康有为、梁启超、江康年、丘逢甲、张之洞、黄世仲、黄伯耀、陈楚楠等。

④ 何舒敏:《新加坡最早的华文日报——叻报(1881—1932)》,《南洋学报》1979年第1、2期。按:《天南新报》,1898—1903年的日销售量分别为600份、1000份、1200份、1100份、1100份、1100份;《南洋总汇报》取最低1908年1060份，最高1928年4520份。

⑤ 梁启超:《译印政治小说序》，阿英编:《晚清文学丛钞・小说戏曲研究卷》卷一，北京：中华书局，1960年，第13页。按：原载《清议报》第一册(光绪二十四年十一月十一日刊)。

《红楼》而口《水浒》，终不可禁”，另外亦举出其师康有为也赞同小说具巨大影响力的言语“仅识字之人，有不读经，无有不读小说者，故六经不能教，当以小说教之；正史不能人，当以小说人之；语录不能谕，当以小说谕之；律例不能治，当以小说治之”。初步强调“小说为国民之魂”。

1902年，梁启超在《新小说》第一号上发表的著名论文《论小说与群治之关系》。此文体现了现代学术理念，是一篇具有纲领性意义的小说理论文章，被公认为“小说界革命”的宣言书：

> 欲新一国之民，不可不先新一国之小说。故欲新道德，必新小说；欲新宗教，必新小说；欲新政治，必新小说；欲新风俗，必新小说；欲新学艺，必新小说；乃至欲新人心，欲新人格，必新小说。何以故？小说有不可思议之力支配人道故。……故今日欲改良群治，必自小说界革命始！欲新民，必自新小说始！①

他在文中开头与结尾都高呼“欲新民，必新小说”，文中进一步阐明“小说为文学之最上乘也”，把小说分成“理想派”和“写实派”两种，指出小说能帮助人们认识经验之外的生活和经验之内的生活。而后，再强调小说的感染力，并多次以《红楼梦》为例：

> 人之读一小说也，往往既终卷后，数日或数旬而终不能释然。读《红楼》竟者，必有余恋，有余悲……何也？浸之力使然也。……我本愉然乐也，乃读晴雯出大观园、黛玉死潇湘馆，何以忽然泪流？……若是者，皆所谓刺激也。大抵脑筋愈敏之人，则其受刺激力也愈速且剧。……凡读小说者，必常若自化其身焉——入于书中，而为其书之主人翁。……读《石头记》者，必自拟贾宝玉。②

---

① 梁启超：《论小说与群治之关系》，《饮冰室合集》(十)，上海：中华书局，1939年，第6页。

② 梁启超：《论小说与群治之关系》，《饮冰室合集》(十)，上海：中华书局，1939年，第6～10页。

梁氏视“小说为文学之最上乘”的观点固失之于过分夸大，宣扬只凭主观意识即可决定客观世界之变化，显然是形而上学的，违背历史发展规律的，可是这样大声地提倡，把小说从士大夫的贱视中拯救出来，推上为人类服务的重要位置，这无疑是大有积极意义的。梁氏的观点在相当长的一段时间成为小说理论的基调。[①]

陈维昭认为：“虽然梁启超的美学观念具有强烈的政治功利主义色彩，但毕竟他是从审美上强调小说的功用的。正是在这一点上，梁氏的小说观迥异于传统小说观而呈现出一种现代美学色彩来。尽管梁氏正面论及《红楼梦》的文字并不多，但他建立的这种学术范式影响了整整一代人（包括五四新文化运动的主将们）。此后，其他资产阶级改良派的论红文字就在梁启超所开启的范式下进行。”[②]

时萌亦指出梁启超是最早真正注意阐发小说的艺术感染力的人。而且还强调小说具有“熏”“浸”“刺”“提”四种“神力”，这就是说，小说具有感动人、刺激人甚至使人们“化其身以入书中”的潜移默化之力量。虽然此说仍然维系于他的“小说改造世界”的唯心史观，但在20世纪初能如此阐发小说的艺术特征，实不失为卓越的见识。[③]

梁启超的“小说界革命”则是在一个中西文化交汇的背景上展开的。在他眼中，小说已经不是“庶几乎史”，而是以其无法抵挡的审美力量吸引民众、感化民众、改造民众。[④]“小说界革命”的最大功绩是使中国传统文学观念中“不登大雅之堂”的小说登上了文学正殿，从此成为20世纪文学中最有影响的体裁。《论小说与群治之关系》一文更被编入了马新中学华文课本，于20世纪60—80年代中期仍广泛被阅读。[⑤]梁氏所言“以

---

① 时萌：《发展中的近代小说》，《中国近代文学的历史轨迹》，上海：上海书店出版社，1999年，第96页。

② 陈维昭：《红学通史》，上海：上海人民出版社，2005年，第93页。

③ 时萌：《发展中的近代小说》，《中国近代文学的历史轨迹》，上海：上海书店出版社，1999年，第96页。

④ 陈维昭：《红学通史》，上海：上海人民出版社，2005年，第93页。

⑤ 潘碧华：《华文教育与文化传承——中国现代文学在马来西亚的传播与接受》，潘碧华、王兆鹏编：《时空跨越——中国文学的传播与接受》(现代卷)，吉隆坡：马来亚大学中文系、马大中文系毕业生协会，2009年，第205页。

言夫小说。《红楼梦》只立千古。余皆无足齿数”[①]，似又为《红楼梦》做了很好的宣传。

梁启超在《清代学术概论》自言：“自是启超复专以宣传为业，为《新民丛报》《新小说》等诸杂志，畅其旨义，国人竞喜读之，清廷虽严禁不能遏。每一册出，内地翻刻本辄十数。二十年来学子之思想，颇蒙其影响。”[②]这番话一点都不夸张，从读者接受层面来看，他的言论不仅广受中国读者欢迎，更启迪、影响了马新的一代乃至好几代人。

然而，当时梁氏言论的影响范围仅局限于马新知识分子。继维新之后，革命思想、新文学运动等思潮都不断冲击着马新华人社会。方修认为，马华新文学发端于1919年10月，其起步只稍后于中国新文学运动，可说是受中国五四运动直接影响产生的。[③]郭惠芬则说“马华新文学是在五四运动影响下受到催生，然而五四运动催生下的马华新文学，并非直到1919年10月，而是在五四运动发生不久，就由于《国民日报》及其副刊《国民俱乐部》和《新国民》，以及《益群报》及其文艺版的新思潮和新文学，而分别在新加坡和吉隆坡正式登场”[④]。由此可见，中国的文学动态对马华文学的影响很及时，无论哪种言论都说明了中国新文学运动、五四运动等思潮都对马新文坛起着直接的引导作用，思潮的影响和作用仅是时间快慢的问题。

在中国，第一个站出来为中国白话小说正名的是新文化运动领袖胡适。他在1917年发表的《文学改良刍议》一文中大声疾呼：

> 今人犹有鄙夷白话小说为文学小道者，不知施耐庵、曹雪芹、吴趼人皆文学正宗，而骈文律诗乃真小道耳。[⑤]

---

① 梁启超：《清代学术概论》，台北：台湾中华书局，1959年，第75页。

② 梁启超：《清代学术概论》，台北：台湾中华书局，1959年，第62页。

③ 方修：《马华新文学简史》，吉隆坡：马来西亚华校董事联合会总会，1986年，第1页。

④ 郭惠芬：《马华文学史起点的新界定：〈国民日报〉与〈益群报〉探析》，《亚洲文化》2000年第24期。

⑤ 胡适：《文学改良刍议》，季羡林主编：《胡适全集》第一卷，合肥：安徽教育出版社，2003年，第14页。按：原载1917年1月1日《新青年》第2卷第5号。

很快地，钱玄同就为被梁启超斥为“诲淫诲盗”的白话小说平反了：

> 旧小说中十分之九，非诲淫诲盗之作……《红楼梦》断非诲淫，实足写骄侈家庭，浇漓薄俗，腐败官僚，纨绔公子耳……弟以为小说之有价值者，不过施耐庵之《水浒》，曹雪芹之《红楼梦》，吴敬梓之《儒林外史》……六书耳。①

继《文学改良刍议》之后的《建设的文学革命论》，胡适更进一步强调白话文运用的重要性：

> 何以《水浒传》《西游记》《儒林外史》《红楼梦》，可以称为“活文学”呢？因为他们都是用一种活文字做的。若是施耐庵、邱长春、吴敬梓、曹雪芹，都用了文言做书，他们的小说一定不会有这样生命，一定不会有这样价值。②
>
> …………
>
> 死文言决不能产出活文学。中国若想有活文学，必须用白话，必须用国语，必须做国语的文学。③

他宣称只有通俗的白话文学才是“活文学”，亦是有价值的文学，提倡将白话作为“工具”，建议“多读模范的白话文学。例如《水浒传》《西游记》《儒林外史》《红楼梦》；宋儒语录；白话信札；元人戏曲；明清传奇的说白；唐宋的白话诗词；也该选读”④。他以为，“我们提倡新文学的

---

① 钱玄同：《寄陈独秀》，季羡林主编：《胡适全集》第一卷，合肥：安徽教育出版社，2003 年，第 24 页。按：原载 1917 年 3 月 1 日《新青年》第 3 卷第 1 号。

② 胡适：《建设的文学革命论》，季羡林主编：《胡适全集》第一卷，合肥：安徽教育出版社，2003 年，第 54～55 页。

③ 胡适：《建设的文学革命论》，季羡林主编：《胡适全集》第一卷，合肥：安徽教育出版社，2003 年，第 56 页。

④ 胡适：《建设的文学革命论》，季羡林主编：《胡适全集》第一卷，合肥：安徽教育出版社，2003 年，第 60 页。

人，尽可不必问今日中国有无标准国语。我们尽可努力去做白话的文学。我们可尽量采用《水浒传》《西游记》《儒林外史》《红楼梦》的白话”①。

1923年2月，胡适在《东方杂志》第二十卷第四号发表了《一个最低限度的国学书目》181种。关于明清小说，他列了《水浒传》《西游记》《三国志》《儒林外史》《红楼梦》《水浒后传》《镜花缘》《今古奇观》《三侠五义》《儿女英雄传》《九命奇冤》《恨海》和《老残游记》等13种。②而稍后在答《清华周刊》记者时，他又拟了一个《实在的最低限度的书目》40种，其中所列小说有《水浒传》《西游记》《儒林外史》和《红楼梦》4种。③

胡适为谋求中国学术的解放，开启了国学研究的新方向，阐述了新的国学观念，促进了国学运动的健康发展。他在国学的具体研究工作中是以研究白话小说的学术问题为整理国故的切入点的，他从现代学术意义来研究中国白话小说的学术问题，完成了一系列的考证。④这些考证文章成了国学研究的一种典范，是胡适对国学运动的重大贡献之一，即如他在1921年发表的《红楼梦考证》，及1922年的《跋〈红楼梦〉考证》，可谓是考证

---

① 胡适：《建设的文学革命论》，季羡林主编：《胡适全集》第一卷，合肥：安徽教育出版社，2003年，第57页。

② 胡适：《一个最低限度的国学书目》，季羡林主编：《胡适全集》第二卷，合肥：安徽教育出版社，2003年，第123页。

③ 胡适：《一个最低限度的国学书目》，季羡林主编：《胡适全集》第二卷，合肥：安徽教育出版社，2003年，第123页。

④ 谢桃坊：《略谈胡适的小说考证与整理国故》，《古典文学知识》2009年第3期，第15～16页。按：其考证文章计有：《〈水浒传〉考证》(1920)、《〈红楼梦〉考证》(1920)、《〈水浒传〉后考》(1921)、《跋〈红楼梦考证〉》(1922)、《〈三国演义〉序》(1922)、《〈西游记〉考证》(1923)、《〈镜花缘〉引论》(1923)、《〈水浒续集两种〉序》(1923)、《〈三侠五义〉序》(1925)、《〈老残游记〉序》(1925)、《〈儿女英雄传〉序》(1925)、《重印〈文木山房集〉序》(1925)、《〈海上花列传〉序》(1926)、《〈官场现形记〉序》(1927)、《考证〈红楼梦〉的新材料》(1928)、《百二十回本〈忠义水浒传〉序》(1929)、《读吴承恩〈射阳文存〉》(1930)、《辨伪举例——蒲松龄的生年考》(1931)、《跋〈西游记〉本的〈西游记传〉》(1931)、《〈醒世姻缘〉考证》(1931)、《跋乾隆庚辰本〈脂砚斋重评石头记〉抄本》(1933)、《重印乾隆壬子本〈红楼梦〉序》(1938)、《记金圣叹刻本〈水浒传〉里避讳的谨严》(1947)、《所谓曹雪芹小像的谜》(1960)。

派红学的开山之作[①]，在聚讼纷纭的红学领域激起了轩然大波。[②] 而其中大部分考证文章也成了上海亚东图书馆新式标点的古典长篇白话小说的序言。新式标点本小说在社会上广为流行，确为新的白话文学创作提供了文学范本。在胡适与一些学者的努力下，小说公然登上了文学的殿堂，同其他昔日高贵的文学品种平起平坐。[③]

事实证明，经过众新文学运动家的奋斗，白话文的传播真有“一日千里”之势。白话文被大多数学生刊物广泛采用。几乎所有的杂志、报纸及文学作品都开始使用新文学媒介。[④] 五四白话文的倡导者毫无例外地都以古代的白话文学名著作为典范，五四学者最钟情的文学典范就是明清及近代的白话小说。他们不仅将《水传传》《红楼梦》等视为白话书写的教科书看待[⑤]，更发现“白话不但不鄙俗而且甚优美适用”[⑥]。

在新文学运动以前，现时有影响的新文学运动家之中仅有蔡元培较关注《红楼梦》并写了《〈石头记〉索隐》，而新文学运动后至 20 世纪 20 年代，提及或评论《红楼梦》的人物开始增加，如胡适、陈独秀、钱玄同、周作人、傅斯年、鲁迅、俞平伯等。

1925 年 1 月，孙伏园在主持笔政的《京报副刊》上，发出“青年必读书十部”和“青年爱读书十部”两大征求，希望热心教育的学者、著述家、中国的中学和大学教员投票列出“青年必读的书”，同时也希望中学生、大学生和与大中学生年龄相近的人来投票选出“青年爱读的书”。为“青年必读书”开列书目的学者共计有 78 人，所开的书目多达 340 种，涵

---

① 刘梦溪:《红楼梦与百年中国》,北京:中央编译出版社,2005 年,第 100 页。

② 魏同贤:《胡适的〈红楼梦〉考证在红学史上的地位》,刘梦溪编:《红学三十年论文选编》下卷,天津:百花文艺出版社,1984 年,第 710～733 页。按:继上述两篇文章之后,胡适于 1927 年作《重印乾隆壬子本〈红楼梦〉序》,1928 年作《考证〈红楼梦〉的新材料》,1933 年作《跋乾隆庚辰本脂砚斋重评石头记》,到了 1961 年,随着甲戌本的影印,又写了《影印乾隆甲戌本脂砚斋重评石头记的缘起》和《跋乾隆甲戌脂砚斋重评石头记钞本》。

③ 季羡林:《胡适全集·序》,季羡林编:《胡适全集》第一卷,合肥:安徽教育出版社,2003 年,第 14 页。

④ [美]周策纵:《五四运动史》,陈永明等译,长沙:岳麓书社,1999 年,第 394 页。

⑤ 罗秀美:《近代白话书写现象研究》,台湾“中央”大学博士学位论文,2004 年,第 249 页。

⑥ 胡适:《逼上梁山——文学革命开始》,季羡林主编:《胡适全集》第十八卷,合肥:安徽教育出版社,2003 年,第 113 页。

盖古今中外，78 位学者中，有 6 位将《红楼梦》列为“必读的书”；“青年爱读书”的 360 份书目中，《红楼梦》共得 183 票[①]，是得票率最高的一本书。

作为问卷调查的一种方式，这份报告至今仍不失其公信力，从某方面反映了当时中西交汇、书籍满目的情势，以及中国青年们的实际阅读状况与选择。他们处于“新文化运动”“五四运动”思潮中，既接受了时人著述、西方的翻译小说，亦不排斥四书五经，《红楼梦》《水浒传》等古代小说更是他们的最爱。这样的阅读喜好可说是新时代的一种趋势。

这样的文学思潮间接感染了马新文坛，然而更直接的影响是，自 1927 年开始至 1949 年，北伐失败，抗战爆发，国共内战，不断的战争引起一波波中国知识分子南渡的热潮。[②] 中国作家南来，自然带来了中国的新文化，这也是这时期马新华人社会受中国社会影响的历史本质。[③] 在这众多南来的中国作家之中，有在中国文坛上已具地位、威望和很高写作水准的作家，也有才华横溢、在新文学运动中崭露头角的年轻创作家。他们在马新从事相关的文学创作和教学活动，利用本地的报刊发表大量的作品，积极地带动了本地华文文学的发展。[④] 实际上，旧有的文学形式，即古典华文文学的体裁并不适用于让马新华人在写作时表达情感和心声。反观中国新文学运动所提倡的白话文体裁，正恰好符合了马新华人这时期写作的需要。因此，以白话文作为代表的现代文学运动，在马新地区的开展不像在中国那般受到旧文学使用者的巨大压力。更明确地说，马新等地当时的华文水准，正处于开发和发展的阶段，以接近口语的白话文为代表的文学，

---

① 刘超：《读中国书——〈京报副刊〉“青年必读书十部”征求书目分析》，《安徽大学学报》2004 年第 6 期。

② 林万菁：《中国作家在新加坡及其影响（1927—1948）》，新加坡：万里书局，1994 年，第 10～11 页。按：据林万菁考证，中国新文学作家南来马新，且在马新有较长时间逗留，恐怕是从 1927 年开始（唯有聂绀弩于 1923 年从厦门乘船至新加坡，停留一个月，转赴吉隆坡执教，逗留一段时期后回中国，属过客性质），至 1948 年马新颁布了《紧急法令》，许多南来的中国文化人都直接或间接受到影响，被遣回中国。在这之后，中国新文学作家几乎没办法南来了。

③ 林万菁：《中国作家在新加坡及其影响（1927—1948）》，新加坡：万里书局，1994 年，第 184 页。

④ 骆明编著：《南来作家研究资料》，新加坡：新加坡国家图书馆管理局、新加坡文艺协会，2003 年，第 19 页。

显然比文言文浅显易懂，使用起来也更为方便[①]，而其时《红楼梦》正是中国知识分子推荐的代表性读物。

基本上，《红楼梦》作为白话小说经典的概念自此在马新确立起来了。但提到中国作家，再谈到《红楼梦》的传播，我们还必须关注另一位重要的人物——鲁迅。

韩山元（章翰）在《鲁迅对马华文艺的影响》一文中指出：

> 鲁迅是对马华文艺影响最大、最深、最广的中国现代文学家。作为一位伟大的革命家、思想家，鲁迅对于马华文艺的影响，不仅是文艺创作，而且也遍及文艺路线、文艺工作者的世界观的改造等各个方面。……自鲁迅逝世后的四十年，鲁迅的高大形象，一直鼓舞着人民为正义的事业而奋斗。鲁迅一直是本地文艺工作者、知识分子学习的光辉典范。我们找不到第二个中国作家，在马来亚有像鲁迅那样崇高的威信。[②]

尽管如此，在 20 世纪 20 年代的马新，鲁迅是寂寞的，虽然他已是知名作家，但他的知名度与地位并没有特别高；马新文坛把鲁迅当作导师，当作光辉的典范，是 30 年代的事。 王润华认为，1930 年以后鲁迅在马新的声望，主要不是依靠他的文学影响，而是归功于移居马新的受左派影响的中国作家与文人替他所做的非文学性宣传。[③] 鲁迅于 1936 年逝世时，其形象已被马来亚共产党打造成战士、巨人、导师、严父，甚至“新文学之父”，一个万人崇拜的神像。 当时马新年轻人多数只有小学或初中教育程度，所以“鲁迅神话”便在少数中国文化人的移植下，流传在马新华人

---

① 骆明编著：《南来作家研究资料》，新加坡：新加坡国家图书馆管理局、新加坡文艺协会，2003 年，第 19 页。

② 章翰：《鲁迅与马华新文艺》，新加坡：风华出版社，1977 年，第 48 页。

③ 王润华：《从反殖民到殖民者：鲁迅与新马后殖民文学》，钟怡雯、陈大为编：《马华文学读本 II：赤道回声》，台北：万卷楼图书股份有限公司，2004 年，第 114 页。

心中。[①] 尽管鲁迅并未亲身来过马新，但他对马新文坛的影响却是巨大而深远的。

鲁迅虽没有一本完整的红学专著，但他对《红楼梦》的评论文字，至今仍散发着独特的光辉，常被红学家引用。[②] 其中最常见的莫过于：

> 《红楼梦》是中国许多人所知道，至少，是知道这名目的书。谁是作者和续者姑且勿论，单是命意，就因读者的眼光而有种种：经学家看见《易》，道学家看见淫，才子看见缠绵，革命家看见排满，流言家看见宫闱秘事。[③]

鲁迅较为系统地谈论《红楼梦》主要是在《中国小说史略》中“清之人情小说”，以及《中国小说的历史的变迁》中“清小说之四派及其末流”这两个篇章。若严格说起来，“清小说之四派及其末流”也只是“清之人情小说”的简写篇。

虽只是这么一个篇章，但其影响力却是不容忽视的。自《中国小说史略》问世之后的将近大半个世纪，没有出现能在总体上超越它的同类著作，直到20世纪80年代以后这种状况才有了突破和改观；而且即使新的更加完善的小说史著作出现了，鲁迅打破“中国小说自来无史”的局面，亦即撰写《中国小说史略》的开创之功也是永远不可磨灭的。鲁迅治小说史的开创之功和对《红楼梦》的经典评估，是学术史上的重要篇章，值得永久纪念和深入挖掘。[④]

---

① 王润华：《从反殖民到殖民者：鲁迅与新马后殖民文学》，钟怡雯、陈大为编：《马华文学读本II：赤道回声》，台北：万卷楼图书股份有限公司，2004年，第116～117页。

② 笔者据《鲁迅全集》统计，提及《红楼梦》虽有23处之多，但鲁迅真正有稍微谈论《红楼梦》艺术特色的只有《论睁了眼看》，收录于《坟》，发表于1925年7月22日；《看书琐记》(一)，收录于《花边文学》，发表于1934年8月8日；《〈出关〉的“关”》，收录于《且介亭杂文末编》，发表于1936年5月；《〈绛洞花主〉小引》，收录于《集外集拾遗补编》这几处。

③ 鲁迅：《集外集拾遗·〈绛洞花主〉小引》，《鲁迅全集》第八卷，北京：人民文学出版社，1982年，第145页。按：1927年1月14日，鲁迅记于厦门。

④ 吕启祥：《绍兴会馆里的学术拓荒人——鲁迅与“小说史略”及〈红楼梦〉》，《红楼梦学刊》2002年第4期。

而《中国小说史略》这部文学著作，早在1926年就登陆马新了。[①] 虽无法直接评定此著作在当时的影响力是否正如其他学者的研究成果般让鲁迅在当地的地位从“二十年代的鲁迅是寂寞的”至“三十年代成了鲁迅神话”，但毫无疑问的是，此著作成了马新读书人研究中国古典小说的必备读物，亦被大学教授当作参考教材。

小说地位的提升，白话文成为文学正宗，《红楼梦》被视为古代小说典范，被编入中国文学史，这些所谓颠覆中国传统思想的文学思潮，在马新似乎没受多大的阻挠便逐步地构成了马新知识分子心中“《红楼梦》是最杰出的中国古典小说”的观念，影响了一代代的华人。

王润华诠释“双重文学传统”概念的时候指出，作为区域文学一环之马华文学，其主体性必然是双重的，否则它难有作为：

> 在中国本土上，自先秦以来，就有一个完整的大文学传统。东南亚的华文文学，自然不能抛弃从先秦发展下来的那个“中国文学传统”，没有这一个文学传统的根，东南亚，甚至世界其他地区的华文文学，都不能成长。然而单靠这个根，是结不了果实的，因为海外华人多是生活在别的国家里，自有他们的土地、人民、风俗、习惯、文化和历史，这些作家，当他把各地区的生活经验及其他文学传统吸收进去时，本身自然会形成一个“本地的文学传统”(native literary tradition)。新加坡和东南亚地区的华文文学，以我的观察，都已融合了“中国文学传统”和“本土文学传统”而发展着。[②]

需要说明的是，在这所谓的“中国文学传统”里头，《红楼梦》就是古典小说的代表，至今仍是不断让马华知识分子汲取养分的文学著作，而这样的观念早在这一时期就已成型。

---

① 《新国民日报》1926年2月6日。按：槟城兢兢书局售卖《中国小说史略》，一本九角六叻币。

② 王润华：《从新华文学到世界华文文学》，新加坡：新加坡潮州八邑会馆，1994年，第267～272页。

第二节　教科书中的《红楼梦》节选

华文教育的发展是提高华人识字率的关键，同时也是开启阅读中文书籍的能力的一把必要的钥匙。1904 年到 1912 年之间，改良派和革命党人在马新地区建立许多基地，并创办许多华文报刊，鼓吹他们的主义，给华社带来极大的冲击。改良和革命思想的宣传不仅使马新华人社会与中国的关系更加密切，更重要的是向马新华人灌输一个中国的思想、一个新兴和进步国家的形象。这新兴国家作为他们效忠的对象，而超越传统地缘和血缘的界线。①

以改良派为例，戊戌维新变法失败后，维新领袖康有为和梁启超等被迫流亡海外。1903 年 5 月至 8 月期间，康有为途经槟城、巴罗、金宝、吉隆坡、新加坡等地准备返国时，发表了 8 次演说，主要强调“求强乃立世之本”“合群乃求强之道”“爱国乃合群之因”②，此言论不仅对马新华人社会起了整合的作用，也促进了现代教育的发展。此后，马新各地支持康有为的侨领中，有人把旧有的学塾改为新式学校，有人则创立新的学校。③

1904 年开办的中华学校被认为是马新地区最早的新式学校④，及第一所用华语（官话）授课的学校：

> 槟城闽、粤同居异语。闽则漳、泉殊音；粤则广、潮、客、琼不通，言情之难通，多由此故。且分地分音教之，但请教习须分请漳、泉、广、潮、

① 颜清湟：《一百年来马来西亚华社所走过的道路》，何国忠编：《百年回眸：马华文化与教育》，吉隆坡：华社研究中心，2005 年，第 3～4 页。

② 张克宏：《亡命天南的岁月——康有为在新马》，吉隆坡：华社研究中心，2006 年，第 227～247 页。按：康有为在 1900 年至 1911 年，曾 7 次进出新加坡，7 次进出马来亚，但真正与当地华侨大众面对面作心灵上的沟通和思想上的交流，即仅限于上述的演说活动。

③ 莫顺生：《马来西亚教育史（1400—1900）》，吉隆坡：马来西亚华校教师会总会，2000 年，第 13 页。

④ 颜清湟：《一百年来马来西亚华社所走过的道路》，何国忠编：《百年回眸：马华文化与教育》，吉隆坡：华社研究中心，2005 年，第 3～4 页。郑良树：《马来西亚华文教育发展简史》，柔佛：南方学院出版社，2005 年，第 13 页。

客、琼六音之人，既不胜其烦，且多费数倍，而学成还国，亦属无用，或见国人无以通语……用官话为教授，凡入学堂之人，皆可通语而相亲，还国可通行而有用。[①]

以华语教学中华学校改变私塾和书塾所采用的方言教学，同时接受闽、粤、客、潮、琼等各籍贯的学生子弟，消除华人社会中因方言所产生的隔阂。

新式华校在改良派、革命党、清政府势力三股力量的激励与赞助下不断发展[②]，如新加坡的应新（1905）、养正（1906）、端蒙（1906）、道南（1907），吉隆坡的尊孔（1906）、坤成（1908）及怡保的育才（1909）等。[③] 1911年，辛亥革命成功后，马新华社更是进入一个空前的全民办学热潮，在此后二三十年间，华文小学林立，不论市区还是乡郊都有华校创办。

马新中学教育于20世纪20年代开始成型，例如槟城钟灵、怡保育才于1923年开办初中。紧接着，各地的中学课程亦相继开设。1931年，槟城钟灵中学开办高中课程，随后吉隆坡尊孔、怡保育才、吉隆坡坤成也有了高中班。[④]

至1938年为止，华校已有1015所，学生有91532人[⑤]。尽管如此，颜清湟认为华社的识字率仍不容易做出估计，这时期马新大多数华人还是文盲，不过文盲比例已有显著的下降，这可从本地新一代华人身上的变化得知。

---

① 《槟城新报》1904年4月25日。

② 崔贵强:《新加坡华人——从开埠到建国》，新加坡：新加坡宗乡会馆联合总会、教育出版私营有限公司，1994年，第156页。

③ 郑良树:《马来西亚华文教育发展简史》，柔佛：南方学院出版社，2005年，第26页。

④ 莫顺生:《马来西亚教育史(1400—1900)》，吉隆坡：马来西亚华校教师会总会，2000年，第18页。

⑤ 莫顺生:《马来西亚教育史(1400—1900)》，吉隆坡：马来西亚华校教师会总会，2000年，第19页。颜清湟:《华人历史变革(1403—1941)》，林水檺编:《马来西亚华人史新编》，吉隆坡：马来西亚中华大会堂总会，1998年，第54页。按：颜清湟的研究数据则有所不同。1938年，海峡殖民地与马来联邦华校数量已增至996所，学生也达86147名。

日治时期（1942—1945）马华社会遭到空前的破坏，在文化教育方面的发展全面停顿，日军的占领使多数华校关闭，仅存的华校被迫取消校名，并以日语取代华语为主要的媒介语。[①] 日本投降后，经过一年的努力复办校，马新的华校于1946年已有1229间，学生218413人，1949年更增至1609间，学生271203人。[②]

马新现代华文学校的开办，是与中国现代教育的发端紧密连在一起的。马新初期的华文教育可谓是中国侨民教育，它的学制、媒介、教学法与教学目标都是全盘采用中国教育制度。[③] 自1912年始，马新华校改用中华民国教育部公布的新课程[④]，华文学校可说是在中国教育部门间接的控制之下。中国为海外学校提供课程设置、课本以及受过训的教师，而且马新学校也接受从中国派去的教育督查的定期巡视。[⑤] 马新华校所用的教科书，主要是源自中国商务印书馆及中华书局。书局根据民国政府制定的教育纲领，大量地出版了适合海外中小学的教科书。另外上海的一些出版社也出版了有关的教科书，让马新华人选用。[⑥]

一、中小学教育的《红楼梦》

1924年，商务印书馆出版的《新学制高级中学国语读本〈古白话文选〉》是中国中学语文教材中首次出现《红楼梦》的课本，其中有两篇选于《红楼梦》的课文：《刘姥姥》和《林黛玉》。1931年商务印书馆出版的

---

① 颜清湟：《一百年来马来西亚华社所走过的道路》，何国忠编：《百年回眸：马华文化与教育》，吉隆坡：华社研究中心，2005年，第5页。

② 莫顺生：《马来西亚教育史（1400—1900）》，吉隆坡：马来西亚华校教师会总会，2000年，第54页。崔贵强：《新加坡华人——从开埠到建国》，新加坡：新加坡宗乡会馆联合总会、教育出版私营有限公司，1994年，第267页。按：1946年，马来亚联合邦的华校已有1105间，学生172101人；新加坡的华校有124间，学生46312人。1949年，马来亚联合邦的华校已有1338间，学生202769人；新加坡的华校有271间，学生68434人。

③ 《马来西亚华文教育运动——马来西亚华文教育184年简史（1818—2003）》，吉隆坡：马来西亚华校董事联合会总会，2003年，第5页。

④ 莫顺生：《马来西亚教育史（1400—1900）》，吉隆坡：马来西亚华校教师会总会，2000年，第20页。

⑤ 颜清湟：《新马华人社会史》，北京：中国华侨出版公司，1991年，第281～283页。

⑥ 莫顺生：《马来西亚教育史（1400—1900）》，吉隆坡：马来西亚华校教师会总会，2000年，第22页。

一套初中用的基本教科书则是初中语文教材中首次出现《红楼梦》的课本，《国文》第一册的第41、42课是《刘姥姥（一）》《刘姥姥（三）》两篇课文。[①] 自此之后，除了中学语文教材，供青少年自修用的语文教材也选用了《红楼梦》。如1933年出版的《开明国文讲义》第一册中有《王熙凤》一课，1935年《开明国文百八课》第二册中有《林黛玉的死》一课。[②]

正如连士升所言："中国几部著名的小说，如《红楼梦》《水浒传》《西游记》《三国演义》《儒林外史》多是洋洋大观，非普通中学生所能看完。自五四运动以来，一般的中学的中文课本，多数都精选上述几部小说做教材。虽然课本所载的不过是一鳞半爪，但一般读者已经被它们的魔力吸住，一有机会，非把原书找来研读几遍，不能了却心愿。"[③]

1928年，《南洋商报》一则《校闻》中可见：

> 中国之稗官小说充满街衢，历史小说不外以忠臣圣君为主角，既不适合现代潮流，齐谐吊诡，荒诞不经，尤足坏人心术，求其能法潜德幽光者为数甚少，他如秽亵俚俗或行文鄙陋，字迹过于细小影响阅者身心尤大。[④]

为此，该校陈校长组织"儿童读物审查会"，所有课外读物，除规定的无须审查者外，余须经该会审查核准后方许阅览。陈校长认为富有价值、无须审查者有十种，《红楼梦》就是其中一种。

> 十、《红楼梦》，清初曹雪芹著，全书描写腐败家庭纨绔公子可谓淋漓尽致，所含隐各种问题，如婚姻问题、纳妾问题、子女教育问题、弄权纳贿问题都是当时社会实际情形，也是我国唯一的一部写实派社会小说。

---

① 郑万钟：《〈红楼梦〉与中学语文教材》，《扬州教育学院学报》2005年第2期。
② 郑万钟：《〈红楼梦〉与中学语文教材》，《扬州教育学院学报》2005年第2期。
③ 连士升：《春树集》，新加坡：新加坡青年书局，1960年，第1页。
④ 《校闻》，《南洋商报》1928年4月9日。

华校为华文的发展提供了广泛的学习者，起到了介绍中国传统文化、现代文学作品的作用。华校的华文课程使用的是中国教学课本，这些课本不仅介绍中国的著名作家及其作品，同时也使学生能够了解华文的写作技巧和作家们的文学创作风格。①

自《红楼梦》被节选编入中学课本与语文教材，而作为学生学习古典文学的范文后，《红楼梦》即成了马新的中文教育中的有机部分。虽然仅是小小篇幅的选文，却起到了吸引中学生去翻阅《红楼梦》的作用。随着马新华校学生的增加，《红楼梦》的读者亦相对增长。这样的影响力是广泛而长远的，并持续了一代又一代。

此外，修订教科书，使其内容具有“马来亚化”的色彩，一直都是殖民地政府积极努力的目标。30年代，政府有意编纂华校教科书，但囿于人力、物力，迟迟无法实现。1952年，具“马来亚化”的小学课本已在马新编印，为各校采用者有中商版、联营版、马华（化）版、世界版、上海版和南洋版等，而改编的中学教科书则迟至60年代方才面世，由联营、友联、上海等出版社印行。② 这时期的华文课本是由出版社根据教育部颁布的课程纲要，聘请专人编写出书，供各校采用，不再依赖中国印行的中小学课本了。

根据我们所掌握的资料可知，新编的华文课本依然收录了《红楼梦》选文。1957年，由陈昌豪主编、星洲世界书局出版的《中学精读国文选》下册中有《王熙凤》一文，注明节选自《红楼梦》，作者曹霑。③ 同年发行的《星马华校适用课本：初中语文》第四册与1958年教育供应社有限公司发行的《马来亚联合邦华文前期中学：语文精读课本》第二册均收录了《刘老老》④

---

① 骆明编著：《南来作家研究资料》，新加坡：新加坡国家图书馆管理局、新加坡文艺协会，2003年，第18页。

② 崔贵强：《新加坡华人——从开埠到建国》，新加坡：新加坡宗乡会馆联合总会、教育出版私营有限公司，1994年，第276页。

③ 曹霑：《王熙凤》，陈昌豪编：《中学精读国文选》下册，新加坡：星洲世界书局，1957年，第133～136页。

④ 部分华文课本和报章中将“刘姥姥”写作“刘老老”或“刘佬佬”，本书引述时基本沿用原文写法，行文中则使用“刘姥姥”一词，下同。

这一章，作者曹雪芹。60年代南洋书局出版的《星华文选》①，乃至80年代马来西亚小学六年级华语课本（下册）皆收录了《刘老老》②。

《中学精读国文选》课文为马来联邦教育部所选定，供高中师范及华文师资训练班学员研读，并据以出题会考，分订为上下两册，是按照中国文学史之顺序，由上古迄现代，依次排列；《初中语文》课本是供给马新华校使用的，课文的内容包括语文与文学知识、文艺创作以及一般记事文等，主要目的是使学生具备一定的语文知识和写作能力，并培养其鉴赏文艺的能力与兴趣；《语文精读课本》遵照1958年3月6日颁布的《马来亚联合邦华文中学华文课程标准》第一项精读部分的纲要而编纂，这部课本每篇课文附有题解、作者简介、注解、习题等四项教学资料，仅作絜要的提示，其目的在启发学生自主研究的能力；《星华文选》是本新加坡教育部审定与推荐给非华校用的中学华语教材，内容包括了中华文学、中华文学名著介绍、中华古典文学、马华文艺、域外文学、科学论著以及建国言论，供中学第四学年第一、第二和第三学期用。

由此可见，摘自《红楼梦》的《王熙凤》《刘老老》等课文，无论在华文课本"马来亚化"之前或之后，都在课本或课外读物中被采纳。而且，学习的年龄段亦从中学逐渐推至小学。

此外，《世界少年（半月刊）》1956年第五卷第十期刊登了潘屏楚的《你读过〈红楼梦〉吗？》一文。此文写道："你应该以读小说的兴趣，研究历史的态度，攻习哲学的心情，去阅读《红楼梦》。你应该把自己当作刘姥姥，到大观园去仔细观察一番。你应该把自己当作一员探险队员，在那个五光十色的世界里搜奇探秘。你应该把自己当作考古家，在那个十八世纪的古老王国里，寻找你所需要的答案……不要漏脱故事中的任何小节。……认识了《红楼梦》的意旨，以及阅读的要点以后，你应该下决心把它读完。……英国为写实的狄更斯而骄傲，我们也为写实的曹雪芹而骄傲。年青的朋友们，如果你认真地读过曹雪芹那部唯一的巨著，你也可以

① 陈育崧编著：《星华文选》，新加坡：南洋书局，1961年，第20～33页。

② 胡德馨编著：《华语》（六年级下册），吉隆坡：马来亚文化事业有限公司，1969年，第32～35页；胡德馨编著：《华语》（六年级下册），吉隆坡：马来亚文化事业有限公司，1982年，第32～35页。

骄傲地说：‘我读过《红楼梦》！’”①

《世界少年》是香港世界书局出版社出版的华文少儿刊物，适合高小和中学学生阅读。初为月刊，第四期起改为半月刊。刊物含教育家、文化人撰写的文章小品，文章题材广泛，涵盖文学、常识、世界史等。为鼓励写作，亦刊登读者来稿。星洲世界书局的本部在新加坡，负责处理所有读者来稿。《世界少年》的经售处包括香港世界出版社、星-吉-槟（新加坡、吉隆坡、槟城）世界书局、印度尼西亚的椰城（雅加达）大成书局和泗水中国书局。

1982年，新加坡教育出版社为给同学们提供学习作文的良好读物，特别精选一些同学的优秀作品编印出版。教育出版社文学作品编审咨询委员会主席陈荣兆在《作文精选：新加坡小学中年级》序言中勉励学生时留下这样一段话：

> 如清代的古典作家曹雪芹，他的创作所以取得辉耀千古的思想与艺术成就，主要是他有丰富多彩的社会阅历和无比渊博的知识，而在写作上更是下过苦功夫，他的不朽巨著《红楼梦》写成后，在给友人的诗中说："字字看来都是血，十年辛苦不寻常。"大思想家和大作家尚且如此，我们当然更要勤学苦练。②

与此同时，我们也可看到考试中《红楼梦》试题出现的频率是相当高的，在此抽样把一些试题列出：

新加坡教育部主办的1959年度华校高中会考，中国文学试题（六）：

> 《红楼梦》《镜花缘》《儒林外史》《老残游记》及《聊斋志异》，各为何人所作？何朝代人？有何特色？③

---

① 潘屏楚：《你读过红楼梦吗？》，《世界少年（半月刊）》1956年第10期。

② 《作文精选：新加坡小学中年级》，新加坡：教育出版社，1982年。

③ 《华校高中会考圆满结束最后一日缺席者共四百五十三人》，《南洋商报》1959年11月14日。

1963年度，高级剑桥文凭考试，为应试诸生开列各项中文试试题（第二场）B旧文学（十二）：

刘姥姥个人在《红楼梦》全部人物中，地位固不重要，然所描写者竟使全书生色不少，试言其写作之长处。

D翻译（十五）（2）：

一时，又见丫头们来请用点心。贾母道："吃了两杯酒也不饿……"刘姥姥因见那小面果子都玲珑剔透，各色各样……众人都笑了。[①]

1969年度，新加坡华校高中会考，中华文学部分，第9题：

《红楼梦》后四十回的文字，一般上认为是（　）所续作。[②]

1977年，新加坡剑桥普通教育证书（普通水准）中华文学会考考试纲要，（一）中国文学史部分：

22.简介下列的名著：(10)《红楼梦》(曹雪芹)。[③]

1979年度新加坡剑桥普通教育证书会考，华文（A）（二）理解：

(5)为什么说《红楼梦》一类的书，是我们的标准课本呢？试论

① 《为剑桥文凭应试诸生开列各项中文试试题下》，《南洋商报》1963年12月31日。
② 《华校高中中四会考昨日继续举行》，《南洋商报》1969年11月19日。
③ 《中四中华文学考试纲要》，《南洋商报》1977年7月23日。

述之。[①]

迈入21世纪后，新加坡各初级学院的高级华文课程统一以《红楼梦》作为教材，取其前四十回进行教学。曾文偲指出了这种书册阅读教学的特点：一方面，一部《红楼梦》里所包含的古文诗赋以及小说篇章构造的技法的知识点远远多于由十几篇零散篇章所构成的中国传统课本，而对于名著精髓的深刻理解、各式人物塑造的分析，以及对全书于当时、于现在的意义的认识都极大优于篇章教学所能传达的信息量和知识量，更为重要的是，更详细地对这样浩瀚的名著进行讲解和分析，能让学生从整体上把握名著，避免了以往篇章教学所造成的断章取义的理解；另一方面，小说本身有很大的可读性，为学生提供了自学的空间，把更多的学习时间交给学生自己，四十回的学习任务不会给学生造成过重的课业负担。[②] 他更进一步说明在初级学院高级华文课程中开设的书册教学相比起中学和初级学院中一般的华文教学，其优势和成果是显而易见的。

新加坡教育部课程规划与发展司华文组列出的《小学华文辅助读物推荐书目（2014）》中就有：

推荐给中年级，童悦坊出版的曹雪芹《趣趣名著系列：红楼梦》，说明：《红楼梦》为中国四大古典小说之一，内文将以浅显的文字，搭配上彩色插图，使整个故事变得更加生动有趣，不仅能让孩子轻松阅读故事内容、激发想象力，更能借此培养孩子明辨是非的正确观念。

推荐给高年级，玲子传媒出版的曹雪芹《红楼梦——新加坡学生读本》，说明：《红楼梦》描写以贾家为代表的四大家族的兴衰，揭示了封建

---

① 《高中与普通教育证书会考昨继续分别举行　今日暂停　下星期恢复考试》，《南洋商报》1971年11月13日。

② 曾文偲、“高中生书册阅读教学实验与研究”课题组：《新加坡高中生书册阅读教学举隅》，《中学语文教学参考》2006年第4期。

大家庭的各种错综复杂的矛盾。[①]

《中学华文辅助读物推荐书目(2013)》则有:

推荐给各年级,亚太图书有限公司出版的曹雪芹《文学名著绘本:红楼梦》,绘画:林湘雯,将原著内容精简浓缩为176页的绘本,以清新的绘画风格,为这古典名著注入青春的色彩。[②]

从马新课本和教材对《红楼梦》题材和节选的接受中,可以明显看出马新教育部、出版社长期以来对《红楼梦》的认可。实际上,1957年马来亚独立,1963年马新合并组成马来西亚联邦,1965年马新分家,这时间段的政治因素已开始分流原本被视为一体的受众,个别课本、课外读物、教育政策、考试机制对两国读者能起到的影响不能一概而论。但无可否认的是,在这种形式的传播模式下,马新华校的中小学生皆成了《红楼梦》受众。

二、中小学教育推广《红楼梦》的成效与影响

以华文课本作为传播媒介的《红楼梦》节选,明显地扩大了《红楼梦》受众的范围。首先使马新的华文教师成为《红楼梦》读者,再借着他们对文本的理解,将他们所了解的知识传授给学生(二级传播),而使受众数量再增长几十倍。学生若对《红楼梦》产生兴趣,自然就会与身边的朋友、家人分享或讨论,或转述教师对《红楼梦》的指导(三级传播),或自己去翻阅《红楼梦》重新理解后,再与他人分享(二级传播)。以此为例,我们能清楚地看到在已存文学作品的传播过程中,传播者和受众双重角色的复杂关系,受众从初步片面地接触《红楼梦》直到产生兴趣深入理解文本,再将

① 新加坡教育部:《教育部课程规划与发展司华文组　小学华文辅助读物推荐书目(2014)》,https://www.moe.gov.sg/docs/default-source/document/resources/files/chinese-supplementary-readers-primary.pdf。

② 新加坡教育部:《教育部课程规划与发展司华文组　中学华文辅助读物推荐书目(2013)》,https://www.moe.gov.sg/docs/default-source/document/resources/files/chinese-supplementary-readers-secondary.pdf。

本身的阅读经验和取得的信息传播出去，这样的角色甚至提升至“舆论领袖”的地位，影响了身边的人，达至多级传播效果。通过组织传播和人际传播的形式，《红楼梦》受众成系统性的倍增，而且生生不息。

从理论层面来看，教育与课本选文肯定了《红楼梦》在新一代读书人（知识分子）这一传播范围内所取得的成效。若从事实角度去论证其影响效果的话，我们可从马华作家对文学情怀的回忆录中窥见一二：

> 陈慧桦：第一学期结束（初中一），我荣获初一丁班第一名，他（洪钧天老师）竟然自掏腰包，买了一套两巨册香港出版的《红楼梦》送给我当奖品，并且在扉页上写上“鹏翔贤棣存念”等字，这几个用原子笔书写的字一直到我念完大学回乡去渡（度）假时仍不忘怀把《红楼梦》搜索出来检视缅怀一番。[①]

教职员视《红楼梦》为理想的课外读物，并鼓励学生阅读，对推动《红楼梦》的传播起到正面且积极的作用。如曾任柔佛龙引新文龙中华中学校长、马来西亚华校教师总会主席、马六甲培风中学校长的黄润岳（1921—2005），一生为教育服务，影响了一批批学生。

黄校长尤其推崇中国的两大奇书：《庄子》和《红楼梦》。黄校长说《红楼梦》“假作真时真亦假，无为有处有还无”。而《庄子》其文如流水行云，逍遥自得，读来轻快，简直“深获我心”。晚年的黄润岳，潜心于基督的宣教，并认为“《红楼梦》提出了问题，《庄子》说明了问题，《圣经》解决了问题”。[②]

传说黄校长有一套不晓得什么版本的《石头记》，轻易是不借人的。退休后移居加拿大的黄润岳来马来西亚作巡回演说时，也以“我看红楼

---

① 叶啸：《当代马华作家百人传》，吉隆坡：马来西亚华文作家协会，2006年，第79页。按：陈慧桦，本名陈鹏翔，1942年出生在马来西亚半岛北部吉打州居林县的田垄背。早年曾用过林寒涧和林峨等笔名。中小学俱在马来半岛北部的觉民中小学就读。在大学研究所专攻英美文学，1979年在台大获得比较文学博士学位。

② 安焕然：《林连玉、黄润岳、沈慕羽　马来西亚华教精神三典范》，李秉萱编：《怡和世纪》，新加坡：怡和轩俱乐部，2014年，第58页。

梦”为主题。他用曹雪芹写《红楼梦》的时候从没有想着要发表这一事例，来鼓励大家想写什么就写什么。[①]

许多热爱文学的人在中学时期就已将《红楼梦》阅毕，并从中汲取文学养分：

> 蔡家茂：后来上了中学，除了迷上课本里少量的古典诗词外，我又向同学们借了不少古典章回小说来阅读，同时还托他们买些，如《三国演义》《西游记》《红楼梦》《水浒传》等都是我在假期里重复阅读的书本，我也在这些名著中吸取了更多的文字养分。[②]
>
> 洪祖秋：从小学到中学，我看完很多书，最后连《三国演义》《红楼梦》及《水浒传》这种大块头的文学作品，也给我囫囵吞枣地看完。[③]

直到今日在报章上，我们仍能看到与《红楼梦》相关的学子消息，一般都是带着激励的成分，似乎达到好成绩和成就与能阅读经典《红楼梦》有着关联。

标题：《来自中国成都学子从酒店管理私校念到哈佛硕士》。部分内容：陈济舟进入华侨中学高中部后，选修语文特选课程，他说：“当时在语文特选课程上，令我印象最深刻的就是《红楼梦》那一句‘落了片白茫茫大地真干净’。犹如当头棒喝，觉得我的人生定要活出色彩，不要落得一片白茫茫。而我想，我的色彩应该就是在中文的领域。”[④]

---

① 韵儿：《黄润岳座谈会点滴》，《蕉风月刊》1987年第401期。

② 叶啸：《当代马华作家百人传》，吉隆坡：马来西亚华文作家协会，2006年，第64页。按：蔡家茂，原籍广东揭阳河婆，1940年2月24日在柔佛士乃出生，马来西亚公民。自小喜欢阅读，尤爱旧体诗词。他在工余之暇，喜欢涂涂写写，现为马来西亚华文作家协会会员。

③ 叶啸：《当代马华作家百人传》，吉隆坡：马来西亚华文作家协会，2006年，第164页。按：洪祖秋，祖籍福建晋江，1949年10月14日生于柔佛笨珍。曾任教于笨珍培群第一华文小学、文律乐育华文小学、大笨珍大同华文小学(现笨珍大同小学)，也曾任笨珍培群第二华文小学副校长，文律乐育第六华文小学、龟咯港脚耕文华文小学、笨珍培群第二华文小学、笨珍培群第一华文小学及峇株巴辖龙引中华华文小学校长，新生活报社特约撰稿人。曾任笨珍文艺协会创办人及首次届会长、南马文艺研究会理事、大马作家协会柔佛联委会理事，并担任多项文学奖评审。

④ 《来自中国成都学子从酒店管理私校念到哈佛硕士》，2015年7月20日，http://www.zaobao.com/social/crossroads/general/story20150720-504916。

标题：《宗乡总会颁奖学金四学生赴北京大学深造》。部分内容：父亲来自马来西亚槟城的许菲，小学念克明学校，和思敏是中学同学。许菲的父亲不会说华语，她在母亲的教导下，小学就看完中国四大名著《水浒传》《三国演义》《西游记》和《红楼梦》的简易本。许菲高中修语文特选课程，她说："我喜欢华文，希望将来也能从事应用到华文的工作。"宗乡总会奖励到中国大学深造的奖学金是一年15000元新币，由于四名得奖人已获得有关大学的奖学金，总会改而为四人提供每年5000元新币的资助。①

标题：《李宜幸：何妨吟啸且徐行》。部分内容：22岁的李宜幸2月初在中国热播的央视文化节目《中国诗词大会》一战成名。她父母的专业是英文，而她对中国古典文学的爱好，是从中国移居新加坡后才培养起来的。她在2014年获得新加坡宗乡总会奖学金到北京大学念中文系，目前是北大三年级学生。此文记录了她在北大留学的杂感：

> 我就读的初中，曾是新加坡历史最悠久、最优秀的华校。然而受经济发展的大潮裹挟，华文母语只能屈居次位。以英文授课的教室里，薄薄一册华文课本显得苍白而敷衍。课余的时候，我总会一个人去学校图书馆。书架上满满的、旧旧的藏书，纪念着一所华校的优良传统，而如今它们的寂寥与无人问津，又分明述说着一些残酷的遗忘。我独自沉浸在那些书中，度过了许多时光。我极爱读《红楼梦》，包括其衍生的红学著作。爱读诗词，也自己学着写诗填词。从不为什么缘故，只是打心眼里觉得快乐。同学们不懂，我也不想解释。其实我也没有什么可以解释，除了那些方块字碰到灵魂时，那触电也似的共振。几年后，数条不同的路在眼前铺开，而我的选择很平静，没有费多少周折。我想，终于有这样一个地方，我所有莫名的坚持都会被懂得。所以我来了。北大是漂泊，北大亦是归宿。②

---

① 邢谷一：《宗乡总会颁奖学金四学生赴北京大学深造》，2015年8月20日，http://www.zaobao.com/lifestyle/education/news/story20150820-516556。

② 李宜幸：《李宜幸：何妨吟啸且徐行》，2017年2月15日，http://www.zaobao.com/news/fukan/others/story20170215-724873。

从个别案例看起来，《红楼梦》在中小学教育中的传播是成功的。但若从大环境来分析，受众范围可尝试从华校生人数统计中测量：1950年，马新共有289116位华校生，1957年更增至509001人。[①] 马新政治管理分隔后，两国的华校生增减趋势开始起了变化。

新加坡于1959年取得自治之时，华校生人数达到最高点，有140231人，此后报读华校的人数便逐年滑落。[②] 新加坡20世纪80年代教育改制后，中学华文文学（时称“中华文学”）课程包括中华文学作品选读与中华文学基本课题。1992年修读课程的学生有750人。2014年，课程大改革，删去基本课题，作品选读减去两篇独幕剧。课程尽管删减，但也不能吸引学生，修读的学生每年只有约300人。[③] 2018年的中学华文文学课程包括文言文七篇、古代诗歌十五首、现当代小说八篇与现代诗歌六首。其中，两篇小说与两首现代诗歌是本地作家作品。

新加坡教育部每五年检讨一次课程，根据2019年课程的修订，修“完整课程”的学生，只读现当代小说六篇（一个长篇和五个短篇）与诗歌八首（唐诗宋词各两首，现代诗歌四首）。这样的调整得到《联合早报》大篇幅报道，因为相比之下，新课程比旧课程简单多了，如果以总篇数计算，少了一半以上，减幅之大，令人咋舌。新课程的特点，最明显的是古典文学部分异常薄弱，文言文完全删除，唐诗只读李白与杜甫作品各一首，宋词只读苏东坡与李清照作品各一首。课程检讨委员对课程的修改肯定跟学生每况愈下的学习程度有关，但也有另一种声音认为，担心学生学不来而削减较难的教材，无异于削足适履，学生是否会因此而踊跃报读，

---

① 莫顺生:《马来西亚教育史(1400—1900)》,吉隆坡:马来西亚华校教师会总会,2000年,第54页。

② 崔贵强:《新加坡华人——从开埠到建国》,新加坡:新加坡宗乡会馆联合总会、教育出版私营有限公司,1994年,第280页。李懿芳:《新加坡语言教育政策之转变》,《教育资料文摘》1998年第25期。按:统计数据显示,新加坡登记华语源流学校的小学新生占比,自1959年的46%降至1984年的0.7%。1983年12月,教育部提出,由于登记华语源流学校的小学新生少于1%,而且已经没有学生登记就读马来语及淡米尔语学校,因此公告所有学生在1987年将以英语作为第一语言,为全国性学制的实施。

③ 白宗德:《交流站:中学华文文学课程变薄弱》,《联合早报》2018年9月5日。

仍是个未知数。①

在新加坡，一切的理想化的课程设置与安排似乎敌不过数据呈现的事实。课程安排得再好，课本出版得再精要美观，目前还是没法激起学生修读中学华文文学课程的风潮。修读中学华文文学者，多数是高级华文学生，他们是高中语文特选课程的主要受众，也是将来有可能进入古典文学研究领域的人员。

反之，马来亚自 1957 年独立后，华校学生不断增加，直到 1974 年，马来西亚华校媒介源流的中小学学生人数已达 568141 人。② 在余可华、徐丽丽统计出来的马来西亚华文教育体系概况（表 2-1）中，我们大致可推算出目前受中文教育的学生人数。

表 2-1　马来西亚华文教育体系概况③

阶段	中文教育类型（统计数据年份）	数量（所）	数量（班）	数量（人）
小学	华文小学（2016 年）	1296	19758	561003（其中非华裔人数在 7 万名左右）
	国民小学华语班（2011 年）	449	—	11281
中学	独立中学（2015 年）	60	—	82608
	国民型中学华语班（2009 年）	78	—	124916
	国民中学华文班（2004 年）	803	8276	230000 左右
大学	民办华文高等院校（年份不详）	4	—	5000 以上
	国立高等院校华语班（2010 年）	20 多	—	15532

从受中文教育的数据来分析，我们可以清楚地知道若《红楼梦》节选推广得好，至少有超过 56 万的受众能初步接触，中学则有超过 20 万的受

① 白宗德：《交流站：中学华文文学课程变薄弱》，《联合早报》2018 年 9 月 5 日。

② 莫顺生：《马来西亚教育史(1400—1900)》，吉隆坡：马来西亚华校教师会总会，2000 年，第 146 页。

③ 余可华、徐丽丽：《多元化背景下马来西亚华文教育的现状、问题及对策》，《国际汉语教育(中英文)》2017 年第 2 期。

众能更深入阅读。而在各大学中文系推广精读《红楼梦》，能有超过5000人有机会读完《红楼梦》全本乃至深入了解《红楼梦》研究。

当然上述的数据只能说明上述的学中文的学生都有机会接触《红楼梦》，但并不表示所有学生都完全接受了《红楼梦》，而且每个受众的接受程度都因人而异。冯其庸曾说过：

> 《红楼梦》是一部出名的奇书，奇就奇在从易读的一面来说，几乎是只要有一般文化的人都能读懂它，真可以说是妇孺皆可读；但从深奥的一面来说，即使是学问很大的人也不能说可以尽解其奥义。一部书竟能把通俗易懂与深奥难解两者结合得浑然一体，真是不可思议。也正因为如此，两百多年来，它既是风行海内的一部书，也是纷争不已的一部书。①

因此，读《红楼梦》有“一般的读”和“研究性的读”。作一般的阅读，读者会根据自己不同的喜好，从不同的角度去解读这本小说，或深入了解此小说所表现的思想，或欣赏小说在人物形象、典型创作上的成就和特点，或研究小说的语言艺术、写作技巧等方面满足自己的期待视野。研究性阅读《红楼梦》则会注意一切与《红楼梦》相关的研究，如家世研究、版本研究、理论或美学的研究等问题，了解了相关的知识和学问能更准确地评价《红楼梦》的思想艺术成就。②

即如前人所云，《红楼梦》“立意高超，取材宏富”，“玄之又玄，无上妙品”，“如捉水月，只挹清辉；如雨天花，但闻香气”，指出了读者只觉得它好，但又很难说清它好在哪里，因此初读《红楼梦》需要有一定的辅助来读懂小说，理解文本。而读懂《红楼梦》，对于感性形象地了解中国封建社会和古代文化乃至了解中国，是很有必要的。③

---

① 冯其庸：《解读〈红楼梦〉》，中国红楼梦学会秘书处编：《纪念曹雪芹逝世240周年》，北京：文化艺术出版社，2004年，第1页。

② 冯其庸、李广柏：《红楼梦概论》，北京：北京图书馆出版社，2002年，第264～267页。

③ 蔡义江等：《红楼六家谈·几点说明》，哈尔滨：黑龙江教育出版社，2007年，第1页。

仅靠中小学教师片面性的指导，以及学生自觉性对文本的阅读，学生对于《红楼梦》这部精深而隐曲的古典小说的理解相信绝未能达到理想的高度。然而，《红楼梦》在马新教育机制下的传播活动并未止于中小学生这样的普通读者层面。随着中文高等教育的发展，学生得以逐步通过更专业的教学活动得到启发，以更好地解读《红楼梦》。

第三节　书业与《红楼梦》销售市场

一、中文书店的建立与发展

新加坡最早的出版及印务馆——古友轩[①]（Koh Yew Hean Press）曾坐落于直落亚逸街，创办人是来自福建金门的林光铨（Lim Kong Chuan，字衡南）。古友轩于光绪三年（1877）出版的《西河林氏族谱》后记中有其一小段生平事迹：

> ……咸丰末年（约 1861）客游新嘉坡，每见英人精印摹写之法、字画如新，宛然秀劲，虽日书数千言，倚马可待。心慕彼技精巧，遂往求学，仅几阅月，尽传其艺。

由此可知林衡南咸丰末年来到新加坡，向当地的传教士学会了先进的印刷方法。1860 年前后[②]，他创立了古友轩印务馆，至 1890 年又创办《星报》。[③] 古友轩星报馆在一则《书籍平沽》中写道：

> ……本馆不惜重资多购古籍，曾在上海苏杭闽粤等省，办有各种书籍来叻发售，已二十余年矣。现牙签玉轴堆积颇富，且陆续运至者亦属

① 吕世聪：《古友轩：本地最早华人印务馆》，《联合早报》2015 年 10 月 25 日。

② 林衡南：《本馆告白》，《星报》1891 年 7 月 2 日。《百年印务馆——古友轩》，《联合早报》1988 年 9 月 4 日。

③ 庄钦永：《古友轩二三事》，《星洲日报》1983 年 11 月 17 日。

不少。今者岁聿云暮,欲将旧藏各书降价平沽,非敢借此射利,实愿减价驰名。[①]

说明了古友轩于19世纪六七十年代开始,既是印务馆、出版社,也是报馆、书店。其后更有商务印书馆(1915)、中华书局(1917)、上海世界书局(1924)、上海书局(1925)、星洲书局(1927)等先后在新加坡设立分社。[②]

1928年,新加坡已经有不少于20家书店,马来亚半岛吉隆坡、怡保、槟城等处,也有能够直接向上海采办书籍的大书店。[③] 二战前,吉隆坡有化南、上海、正兴、三友、新民、新生、大成、文艺、生活、华华等书局[④];怡保有南洋、光明、大中华、经典、平民、文明、文华、欧亚等书局[⑤];槟城则有新宾、明明、锦文、上海、三民、中央等书局[⑥]。早期华人书店创办的多,但因经营不善,亏本倒闭的也多,即如槟城的同文、文化、进化、新新、兢兢、时代等书店,有的仅开办十多个月就因亏本至万元叻币之多而结束营业。[⑦]

周星衢谓之"昔之先后开设,今乃先后收闭",新加坡巨商所代理的上海世界书局,犹且不能发展,巨资合办的星洲书局也面临危机,更何况其他小书店了。周氏推断新加坡书业失败的最大原因主要有三点:无同行组合、供过于求、经营不善。[⑧]

无论如何,马新华文书业的发展无疑拉近了中国书籍与马新读者的距离。尽管许多书籍在昭南时期被焚毁破坏,但我们仍然能通过书局广告(见表2-2)来知晓当时书店所售的《红楼梦》版本有哪些。

---

① 《书籍平沽》,《星报》1893年1月3日。
② 星洲日报社编:《星洲十年》,台北:文海出版社,1977年,第630页。
③ 周星衢:《一年来星洲之书业谈》,《南洋商报》1929年1月1日。
④ 驻隆记者:《吉隆各书局星期休业下月起实行》,《南洋商报》1939年9月25日。
⑤ 驻怡记者:《怡保各书局星期休业五日起实行》,《南洋商报》1939年9月3日。
⑥ 南郭:《槟城华人书店业的状况》,《南洋商报》1934年2月12日。
⑦ 南郭:《槟城华人书店业的状况》,《南洋商报》1934年2月12日。
⑧ 周星衢:《一年来星洲之书业谈》,《南洋商报》1929年1月1日。

表 2-2　报章上书店广告中可见的《红楼梦》

序号	书店	书名	价格	广告日期	刊登的报纸
1	古友轩星报馆	《石榴记》(疑为《石头记》之误)	未标示	1893 年 8 月 21 日	《星报》
2	古友轩星报馆	《石头记》	未标示	1893 年 9 月 9 日	《星报》①
3	古友轩星报馆	《石金玉缘》	未标示	1895 年 11 月 1 日	《星报》②
4	南洋总汇新报	《洋装增补石头记》	未标示	1911 年 7 月 28 日	《南洋总汇新报》
5	南洋总汇新报	《红楼梦分咏》	未标示	1911 年 7 月 28 日	《南洋总汇新报》③
6	槟城兢兢书局	《红楼梦索隐》	三元	1917 年 9 月 3 日	《国民日报》④
7	槟城兢兢书局	《红楼梦索隐》	四元五角	1918 年 10 月 12 日	《国民日报》⑤
8	槟城兢兢书局	《石头记索隐》	八角	1918 年 10 月 12 日	《国民日报》⑥
9	槟城兢兢书局	《红楼梦写真》	三元二角	1919 年 4 月 9 日	《国民日报》⑦
10	槟城兢兢书局	《红楼梦》	洋装四元二角，平装三元三角	1925 年 6 月 17 日	《益群日报》⑧
11	槟城兢兢书局	《评注全图足本石头记》	五元	1920 年 11 月 6 日	《新国民日报》

① 《新到书籍减价待沽》,《星报》1893 年 9 月 9 日。
② 《新到上海书籍发售》,《星报》1895 年 11 月 1 日。
③ 《新到学堂教科书》,《南洋总汇新报》1911 年 7 月 28 日。
④ 《槟城兢兢书局》,《国民日报》1919 年 9 月 3 日。
⑤ 《大到新书》,《国民日报》1918 年 10 月 12 日。
⑥ 《大到新书》,《国民日报》1918 年 10 月 12 日。
⑦ 《和平声中之新图书》,《国民日报》1919 年 4 月 9 日。
⑧ 《介绍新书》,《益群日报》1915 年 6 月 17 日。

续表

序号	书店	书名	价格	广告日期	刊登的报纸
12	曹万丰兄弟公司	标点《红楼梦》	三元八角	1923 年 8 月 28 日	《新国民日报》①
13	中华书局	《红楼梦》	四元二角	1925 年 3 月 16 日	《南洋商报》
14	中华书局	《红楼梦》	三元三角	1925 年 3 月 16 日	《南洋商报》
15	中华书局	《红楼梦精华》	五角	1925 年 12 月 21 日	《南洋商报》
16	商务印书馆	《石头记》	二元五角	1926 年 1 月 26 日	《南洋商报》
17	槟城兢兢书局	《红楼梦》	二元五角	1926 年 4 月 14 日	《益群日报》②
18	上海世界书局	《黛玉笔记》	一元	1927 年 11 月 26 日	《南洋商报》③
19	上海世界书局	新式标点名著小说《红楼梦》	二元八角	1935 年 1 月 1 日	《南洋商报》
20	星星书局	新式标点《红楼梦》	二元八角	1935 年 1 月 5 日	《南洋商报》
21	星星书局	《红楼圆梦》	八角	1935 年 1 月 5 日	《南洋商报》

注:表格中表示价格的货币是当时所用的叻币。

新加坡古友轩早在 19 世纪 70 年代就开始售中文书，1893 年以后的《新到书籍》广告中可见《石头记》、石印本《金玉缘》等书，但没标注价码。 其他书局出售的《红楼梦》版本还有《评注全图足本石头记》。

20 世纪 20 年代，新式标点《红楼梦》排印本传入马新，即如：曹万丰兄弟公司所售标点《红楼梦》、中华书局经售“《红楼梦》洋装一册、平装

① 《曹万丰兄弟公司发行书籍名单》,《新国民日报》1923 年 8 月 28 日。

② 《文化珍闻》,《益群日报》1926 年 4 月 14 日。

③ 《各种小说》,《南洋商报》1927 年 11 月 26 日。

六册，有胡适之先生的考证传叙或引论”、上海世界书局销售新式标点名著小说《红楼梦》六册、星星书局新式标点《红楼梦》等。

新式标点排印本的制作方法参考了上海亚东图书馆用传统校勘学来打造并出版的古代白话小说。排印本为当时《红楼梦》的传播开辟了崭新的局面，首创之举有：名人作序、标点、分段，以及“校读后记”的撰写。出版社把选择版本、总结校勘经过、分析在校勘中遇到的问题及探讨解决方法等，作为一项重要的学术工作来做。汪原放等人慎重选择校读底本的过程是“校读后记”中最为突出的亮点。①

与此同时，新红学的开山鼻祖胡适先生的《红楼梦考证》一文的“初稿”首次发表在 1921 年 5 月海亚东图书馆初排本《红楼梦》上。初稿写成后，胡适仍继续搜集资料，并与顾颉刚等讨论辩难，不断修改，于同年 11 月 12 日写成“改定稿”。“改定稿”随后收入 1922 年 5 月出版的亚东本初排本第二版中。我们通常所见的即“改定稿”。②

亚东初排本，铅印本，共印行 7 版，据王希廉本并参校有正本及王姚合评本，由汪原放句读，汪原放、胡鉴初校对。有胡适《红楼梦考证》，并附蔡孑民《〈石头记索隐〉第六版自序——对于胡适之先生〈红楼梦考证〉的商榷》、胡适《跋〈红楼梦考证〉》（一、二两则）、陈独秀《红楼梦新序》、程伟元原序、汪原放《校读后记》及《标点符号说明》。③

1927 年，汪原放根据胡适的意见，用胡适所藏程乙本为底本重新校读后排印出版。此版《红楼梦》被称为“亚东重排本”，铅印本，共印行 9 版，仍由汪原放句读、分段和标点。卷首加胡适《重印乾隆壬子红楼梦校读后记》，汪原放《重印乾隆壬子红楼梦校读后记》，高鹗序，兰墅、小泉引言。此外均同“亚东初排本”。④ 亚东重排本，成为亚东图书馆新文化运动时期的畅销书。

---

① 赵真、孙逊：《亚东版古典小说：用传统校勘学打造古代白话小说的典范》，《社会科学战线》2009 年第 5 期。

② 宋广波：《〈红楼梦考证〉：从初稿到改定稿》，《明清小说研究》2003 年第 4 期。

③ 冯其庸、李希凡编著：《红楼梦大辞典》（增订本），北京：文化艺术出版社，2010 年，第 421 页。

④ 冯其庸、李希凡编著：《红楼梦大辞典》（增订本），北京：文化艺术出版社，2010 年，第 421 页。

除了这些版本外，还见有临鹤山人著的续书《红楼圆梦》，喻血轮著的《林黛玉笔记》，以及邹仁达选辑的《红楼梦精华》。

《红楼圆梦》全书共有三十一回，每回回目字数不定，有十四言，也有十六言。书中内容带有神话色彩，主要是续接原著一百二十回。故事讲述黛玉食还魂丹后转醒，有珠八斗，成为重新振兴贾家的重要资产。其后人主降旨，宝黛顺利完婚。后黛玉得神授五雷法及三十六棍法，勇救宝玉。续书结局最后写到众女皆为花神。书中也出现了很多奇人异事，如续书者在故事中加入了许多神话人物，有芙蓉神、天妃、月老、十二花神等。另外，续书者除了刻画黛玉还阳泪化八斗珠及湘云的丈夫还阳等情节，还着重描写了钗黛、晴雯和袭人四人的命运：宝钗被休，后得黛玉原谅而成为宝玉妻；黛玉还魂，嫁给宝玉；袭人嫁琪官，又入大观园罚守芙蓉祠；晴雯则化身为芙蓉仙，惩罚袭人。[①]《红楼圆梦》有嘉庆十九年甲戌（1814）红蔷阁写刻本；光绪二十三年（1897）上海书局石印本；光绪二十四年（1898）上海书局本序末改署“江左好游客”，书名改题《绘图金陵十二钗后传》；光绪三十一年（1905）本，序末改署“聊寄子书于沪江”；民国十九年（1930）铅印广益书局本，增许慕羲序，图像4页。[②]

《林黛玉笔记》是一部以一百二十回本为蓝本而改写的叙事性文言小说，以林黛玉为第一人称，描写和记叙了她从辞亲别乡到寄身于贾府后的所见所感，展示了她悲欢离合的人生境遇和缠绵悱恻的爱情历程。全书分上下两卷，上卷自别父进京至香菱学诗；下卷则自宝琴入园至病重焚稿。内容以林黛玉一生事迹为经，由黛玉幼年丧母、寄养贾府时写起，直到她情志不遂，饮恨夭亡时为止；以贾府及大观园诸事为纬，有选择地写入书内。此书于民国八年（1919）由上海世界书局出版。[③]

《红楼梦精华》选辑了宝黛初逢、大观园、元妃省亲、宝玉听曲、宝

① 孙彦庄、谢依伦编著:《陈广才红学研究藏书目录及评介》,吉隆坡:马来亚大学中文系毕业生协会、马来亚大学中文系,2015年,第80～81页。

② 冯其庸、李希凡编著:《红楼梦大辞典》(增订本),北京:文化艺术出版社,2010年,第421页。

③ 孙彦庄、谢依伦编著:《陈广才红学研究藏书目录及评介》,吉隆坡:马来亚大学中文系毕业生协会、马来亚大学中文系,2015年,第80～81页。

钗借扇、莺儿结络、刘老老、香菱学咏、芦雪亭、晴雯补裘、甄宝玉、湘云眠石、怡红宴、鸳鸯剑、四美钓鱼、妙玉听琴、宝蟾送酒、冯公子玩宝、宝儿失玉、颦儿焚稿共二十篇。邹仁达认同《红楼梦》是一部善述故事和善写人情的作品，但还需把琐屑的故事，以及淫词亵语尽量删削。编者所选的都是书中警醒社会、给读者深刻印象的文字。[①]《红楼梦精华》有上海文明书局铅印本（1926），以及中华书局本。[②]

“二战”以后，发展中的马新书业在地理分布上并不平衡，华文书局主要集中在部分华人人口较为稠密的地方，如新加坡、吉隆坡、槟城、怡保等地。书籍的传播范围依然受到很大的限制，不足以应付各地的学者与读者的需求。连士升就感叹：“现在（20世纪50年代）我寄居的南洋，这里纯粹的商场，书业根本不发达，逛旧书摊的机会更是少得可怜。”（笔于1951年3月31日）[③]

此外，每个时代的文学传播还受控于当时的政治、经济、文化因素。[④]特别是政治因素，更是直接制约了文学传播的渠道。英殖民政府于1948年宣布马来亚共产党为非法组织，且于6月20日在马新各地正式实施紧急状态。这长达12年的紧急法令，对知识分子和文学传播所带来最大的困扰，莫过于书刊被禁。来自中国的书籍，即便是世界名著和中国名家的作品，也会因“出版说明”中提到毛泽东三个字而被列为禁书。

出生于新加坡的美国华人科普读物作家李学数（1945—）回忆：

> 我生活在英国殖民统治，以及马来亚独立的时代。有一个时期，殖民政府害怕华人思想同情反殖人士，把许多三十年代的中国书籍列为禁书，我亲眼就看到殖民地官员将我小学图书馆的一些书籍堆积焚烧。……我小学只能看《西游记》《东周列国传》《红楼梦》《儒林外史》《济公传》《隋唐演义》《七侠五义》等等，以及从邻居潮州老厨子借阅的

---

① 邹仁达选辑：《红楼梦精华》（第3版），上海：文明书局，1940年，第222页。

② 一粟编著：《红楼梦书录》（增订版），上海：上海古籍出版社，1981年，第80页。

③ 连士升：《南行集》，新加坡：南洋报社有限公司，1955年，第70页。

④ 文言主编：《文学传播学引论》，沈阳：辽宁人民出版社，2006年，第104页。

武侠小说。这些书字体又小,又没有标点符号,印在粗劣的纸上。我要费力地看,眼睛就这样看坏了。[①]

我在少年时生活的侨居地,有一个时期连《三国演义》《水浒传》《红楼梦》《西游记》等中国古典文学都是禁书。我到处找我能看到的中文书籍,早上很早起来,在晨光熹微的清晨,我把蜷缩的身体尽量靠近灶边的火,并用那火光照亮手中的古书,这些书把我带到遥远、古老的神州大地,我看到先民传说的神话人物——盘古、女娲、夸父、后羿、夏禹。我想象和他们或登昆仑,或临洞庭,或驾皮筏在咆哮的黄河上,或乘驷马奔驰在黄土高原。我感到作为龙族的子孙而骄傲。[②]

据李业霖忆述,1958年,也就是马来亚独立一年后,政府突然禁止中国100多家出版社的书刊入境,这几乎涵盖中国所有出版社的98%,只剩下商务印书馆、中华书局、科学出版社和古典文学出版社的书刊获允上架:

出版社一旦被禁,不理其出版物内容为何,都一概被禁,就连不带任何争议性的文学著作《红楼梦》,也未能幸免。[③]

李业霖续说,当时读书人若想要买书,都必须历尽千辛万苦,到黑市偷偷摸摸购买"走私书籍",或拜托友人到外坡购买,然后再托货车带到吉隆坡,又或者托海员从香港买了空运寄回来,辗转之下,书价也较平常贵上好几倍。

坐落在密驼路的南大书局(成立于1954年),当年以卖"禁书"见称。 书局创办人张浪辉说:"那个年代也是人们求知若渴的年代,为了满足读者的求知欲,南大书局经常'偷龙转凤',在禁书被押运回中国的过程中,偷偷将邮包里的'禁书'和其他图书调换,再送回书局,悄悄卖给

① 李学数:《坦荡地活在世上》,2008年3月30日,http://www.nandazhan.com/xueshu/ltandang.htm。

② 李学数编著:《数学和数学家的故事》第1册,上海:上海科学技术出版社,2015年,第4页。

③ 甄丽仪、巫月圆:《对抗马共 风声鹤唳》,《中国报》2007年8月30日。

顾客。”①

由此可见，中文书籍的流传并非一帆风顺，但“上有政策，下有对策”，就算英国殖民政府严厉管制，《红楼梦》传播管道仍未完全断绝。原本已流传到马新的，部分由中国内地（大陆）出版社出版的，以及港台出版的《红楼梦》依然在华社中传播。

此外，马新书业的发展，取决于读者的数量，以及读者对中文读物的需求。在1956年南洋大学成立之时，华文教育在马新的发展可说是到了顶峰，同时也意味着华文书业得以蓬勃发展。在陈蒙鹤（Linda Chen Mong Hock，1928—2002）的《65年来华文书业在新加坡（1925—1990）》一文中，我们可以清楚看到1946—1965年新加坡独立前，书店林立的情况：

> 记得在战后初期，现在的奥迪安戏院原址是一个舞厅，后面则是兵营，在舞厅之旁，有上海书局，上海书局的隔邻有间非常热闹的咖啡店叫月兰亭，这间咖啡店就是现在启信街的路口，过了启信街口，靠左边朝密驼路方向走，书店一间紧接一间。先是中学书店，然后是大众书局、青年书局、黑猫图书文具公司、中央书局、星华文具社等……从中学书局沿启信街走去，还有一间学生书店……以上所说的是集中在小坡一带的书店。在大坡一带，华文书店更多了，除了中华、商务和世界书局外，还有远东文化公司、胜利书局、南洋书局、星洲书局、新亚书局、新生书局、友联书局、胜友书局、太平洋书局等。这些书店，一般上都兼营文具和学校贩卖部的业务。②

新加坡书店业最辉煌的1950至1970年代，少说也有230余家华文书店。③但随着新加坡年轻一代的华文读者越来越少，许多传统以卖华

---

① 张曦娜：《那些年，书局遍布全岛》，2014年5月8日，https://www.zaobao.com.sg/culture/books/story20140508-340798。

② 陈蒙鹤：《65年来华文书业在新加坡（1925—1990）》，2010年4月20日，http://www.wyzxwk.com/Article/lishi/2010/08/139596.html。

③ 张曦娜：《那些年，书局遍布全岛》，2014年5月8日，https://www.zaobao.com.sg/culture/books/story20140508-340798。

文书为主的书局,现在华文书越卖越少,英文书越卖越多。[①]

相较于新加坡,尽管马来西亚保存了华文教育,华校生数量没减少,但书业发展却显得比较迟。[②] 傅兴汉指出,在20世纪60年代末,马来西亚大部分书店经营难以维持,逐步放弃无利可图的中文书店,转型改卖文具及体育用品,有的加入其他语言的书籍,有的完全偏重售卖学校教材、学生补充读物、作业簿等。许多书店仍顶着“书店”名号,但是所卖书籍少之又少。[③]

欧阳攀龙在《中国古典研究在马来亚》一文中列出了本地坊间易于购得的《红楼梦》书目[④],可见当时能从书坊购得《红楼梦》刻本、八十回校本、百廿回校注本、节本等,见表2-3:

表2-3 20世纪60年代初在马新流传的《红楼梦》

序号	书名	作者
1	《红楼梦》(程乙本)	曹雪芹、高鹗
2	《红楼梦》(节本)	茅盾节编
3	《红楼梦》(校注本)	曹雪芹、高鹗,启功等校注
4	《红楼梦》(八十回校本)	俞平伯校
5	《评注金玉缘》(线装本)	护花主人评
6	《乾隆甲戌脂砚斋重评石头记》(胡适藏、影印本)	曹雪芹
7	《石头记》(万有文库本)	曹雪芹
8	《脂砚斋评阅红楼梦》(文渊出版社本)	曹雪芹
9	《脂砚斋重评红楼梦》(影印本)	曹雪芹

① 陈蒙鹤:《65年来华文书业在新加坡(1925—1990)》,2010年4月20日,http://www.wyzxwk.com/Article/lishi/2010/08/139596.html。

② 傅兴汉:《马来西亚的华文书店》,《出版参考》2007年第19期。

③ 傅兴汉:《马来西亚的华文书店》,《出版参考》2007年第19期。

④ 欧阳攀龙:《中国古典研究在马来亚》,《短书集》,香港:群岛出版社,1962年,第43~44页。

同时，市面上亦可见《红楼梦》研究专著与资料，见表 2-4：

表 2-4 20 世纪 60 年代初马新书店售卖的《红楼梦》研究参考书

序号	书名	作者	序号	书名	作者
1	《春柳堂诗稿》（影印本）	张宜泉	11	《红楼梦研究》	俞平伯
2	《高兰墅集》	高鹗	12	《红楼梦研究》	李辰冬
3	《红楼梦的思想与人物》	刘大杰	13	《绿烟琐窗集》（影印本）	富察明义
4	《红楼梦简说》	任辛	14	《懋斋诗钞》（影印本）	敦敏
5	《红楼梦评论》	王国维	15	《四松堂集》（影印本、附鷦鷯庵笔麈）	敦诚
6	《红楼梦评论集》	李希凡、蓝翎	16	《新红学发微》	曹聚仁
7	《红楼梦人物论》	太愚	17	《有关红楼梦（曹雪芹）八种》	吴恩裕
8	《红楼梦书录》	一粟	18	《阅红楼梦随笔》（影印本）	周春
9	《红楼梦新解》	潘重规	19	《枣窗闲笔》（影印本）	裕瑞
10	《红楼梦新证》	周汝昌	20	《脂砚斋红楼梦辑评》	俞平伯

资料来源：欧阳攀龙：《中国古典研究在马来亚》，《短书集》，香港：群岛出版社，1962 年，第 1～33 页。

可见，从书店中能购得的《红楼梦》文本及研究书籍显得更多样化了。与此同时，本地出版社亦开始出版《红楼梦》以及一些红学专著，见表 2-5 和表 2-6：

表 2-5 20 世纪 80 年代前马新出版的《红楼梦》

序号	书名	作者	出版方	年份	页数
1	《红楼梦》（全三册）	曹霑	新加坡：星洲世界书局	1957	—
2	《红楼梦》（上、下）	曹雪芹	新加坡：星洲世界书局	1964	—
3	《红楼梦》（上、中、下）	曹雪芹	新加坡：星洲世界书局	1965	1294 页
4	《红楼梦》（节本）	曹雪芹	新加坡：星洲世界书局	1965	—
5	《红楼梦》（节本）	曹雪芹	新加坡：星洲世界书局	1967	228 页
6	《红楼梦》（上、中、下）	曹雪芹	新加坡：星洲世界书局	1970	1294 页
7	《红楼梦》（上、下）	曹雪芹	新加坡：星洲世界书局	1972	—
8	《红楼梦》	曹雪芹	新加坡：星洲世界书局	1975	—
9	《红楼梦》（上、中、下）	曹雪芹	新加坡：星洲世界书局	1979	1294 页

资料来源：马来亚大学图书馆、新纪元图书馆、南方学院图书馆、新加坡国家图书馆、新加坡国立大学图书馆、《亚庇中华学校图书馆中文图书目录》。

表 2-6　20 世纪 80 年代前马新出版的红学论著

序号	书名	作者	出版方	年份	页数
1	《新红学发微》	曹聚仁	新加坡：创垦出版社	1955	105 页
2	《红楼梦新解》	潘重规	新加坡：青年书局	1959	227 页
3	《红楼梦简说》	任辛	新加坡：青年书局	1960	214 页
4	*New Interpretations of the Dream of the Red Chamber*（《红楼梦新释》）	Klaus-Peter Koepping and Lam Lai Sing	Singapore: Public Press Co	1973	86 页
5	《红楼梦研究论文集》	吴世昌等	新加坡：古今文化企业	1976	121 页
6	《论红楼梦》	林大芽	新加坡：光华印务公司	1977	30 页

马新中文书业的发展史显示，1965 年是马来西亚和新加坡中文书业的分水岭。新加坡中文书业基于历史发展的优势，在 20 世纪 70 年代仍能展现其顽强的生命力，多次出版了《红楼梦》以及一些红学著作。而 70—80 年代，则是马来西亚华文书店最苦涩的日子：华校改制，南洋大学停办，华文丧失使用价值，学生华文水平一落千丈，华文书乏人问津。[①] 马来西亚华文书业则迟至 80 年代才出现更强劲发展势头。

值得高兴的是，继 60 年代任辛《红楼梦简说》、70 年代林大芽《论红楼梦》之后，马新仍有属于本地研究者的《红楼梦》研究专著面世。尽管其数量不多，但成果却是令人鼓舞的。

自 20 世纪 80 年代至今，为了迎合本地市场的需求，马新各大出版社

① 傅兴汉：《马来西亚的华文书店》，《出版参考》2007 年第 19 期。

不断推出《红楼梦》简易本、改编本、图文本、双语连环画、马来文译本等，见表 2-7。

表 2-7　1980 年后马新出版的《红楼梦》改编本、图文本、译本

序号	书名	作者/改编者/译者	出版方	年份	页数
1	《红楼梦》	—	新加坡：知识报社	—	60 页
2	《红楼梦连环图画故事》	—	新加坡：升企业	1981	—
3	《红楼梦》（中英对照连环图画）	—	新加坡：庆丰年私人有限公司	1981	1200 页
4	《红楼梦》	蓉子改写	新加坡：泛太平洋书业	1984	153 页
5	*A Dream of Red Mansions*（《红楼梦》）	曹雪芹、高鹗	新加坡：亚太图书（新）有限公司	1986	499 页
6	《红楼梦：中国最伟大古典大学名著图画故事》（中英对照本）	—	新加坡：庆丰年私人有限公司	1987	886 页
7	《曹雪芹》	雷峰编写	新加坡：恒利文化事业公司	1987	80 页
8	《红楼梦》（改写本）	曹雪芹	雪兰莪：联营出版公司	1987	—
9	《红楼梦》	缪萌笙改编	新加坡：胜友书局	1988	124 页
10	《红楼梦》（电视文学剧本）	周雷、刘耕路、周岭改编	新加坡：胜利出版社	1988	248 页
11	《林黛玉》（连环图丛书）	张庆善改编	新加坡胜利出版社、中国人民文学出版社、中国人民美术出版社	1989	118 页

续表

序号	书名	作者/改编者/译者	出版方	年份	页数
12	《红楼梦》	曹雪芹，林冠夫改写	吉隆坡：联营出版公司	1991	—
13	《红楼梦》（中英对照连环图画）第三版	C. C. Low & Associates 编译	新加坡：庆丰年私人有限公司	1992	—
14	《红楼梦》（现代汉语改写本，修订本）	曹雪芹	吉隆坡：联营出版公司	—	—
15	《红楼梦》	曹雪芹，曾子玲改写，张治纲插图	新加坡：大众书局	2000	—
16	《红楼梦》	吴洲瑜改写	新加坡：新亚出版社	2001	129 页
17	《红楼梦》	曹雪芹	新加坡：大众书局	2002	239 页
18	《红楼梦》	曹雪芹，林湘雯编绘	新加坡：亚太图书（新）有限公司	2012	—
19	《红楼梦：不朽的爱情悲剧》	管家琪改写，杨丽玲绘图	吉隆坡：马来西亚华校董事联合会总	2005	147 页
20	《红楼梦》	吴洲瑜改写	新加坡：新亚出版社	2007	107 页
21	《红楼梦——汉语拼音版新加坡学生读本》	立雄插画	新加坡：玲子传媒私人有限公司	2014	243 页
22	《红楼梦——新加坡中学读本》	曹雪芹，林得楠编	新加坡：玲子传媒私人有限公司	2017	303 页
23	*Mimpi di Mahligai Merah*（《红楼梦》马来文译本）	曹雪芹，孙彦庄、许文荣译	Kuala Lumpur: Yayasan Karyawan dan PEJATI	2017	—
24	*Mimpi di Mahligai Merah*（《红楼梦》马来文译本）	程伟元和高鹗编，孙彦庄、许文荣译	Kuala Lumpur: Yayasan Karyawan dan PEJATI	2017	—

马新《红楼梦》研究方面也有较好的表现，皮述民探索了苏州李家的生活素材与《红楼梦》小说之间密切的关系，开拓了对李煦及李家的研究，并得到红学界的认可。此外，马新各种学术研讨会的举办，促进了本地学者与红学家之间的交流，让更多学者关注与参与研红。

近年来，由陈广才推动、孙彦庄领队的一些翻译项目、红学书目评介编撰项目、校园推广《红楼梦》项目皆获得不俗的成果。

兹将本地出版的关于《红楼梦》的专著整理如下，见表 2-8：

表 2-8　1980 年后马新出版的《红楼梦》研究著作

序号	书名	作者	出版方	年份	页数
1	《释“造衅开端实在宁”——兼论曹雪芹处理苏州李家素材的原则》	皮述民	新加坡：新加坡国立大学	1985	16 页
2	《1988 年新加坡国立大学文学暨社会科学院与中文系联合主办红楼梦研讨会论文集》	—	新加坡：新加坡国立大学中文系	1988	—
3	《苏州李府半红楼》	皮述民	新加坡：新加坡国立大学中文系	1989	44 页
4	《曹学叙论——为新加坡“汉学研究之回顾与前瞻国际会议”作》	冯其庸	新加坡：新加坡国立大学中文系	1991	—
5	《红楼梦研讨会论文集》	许佩琳主编	新加坡：华中初级学院	1991	101 页
6	《读点红楼梦》	吴迪，谭瑞荣插图	新加坡：立化中学校友会	2000	74 页
7	《红楼梦简说》	方修	新加坡：青年书局	2005	215 页

续表

序号	书名	作者	出版方	年份	页数
8	《红楼梦展特辑》	何炳彪、王连美主编	新加坡：国家图书馆管理局	2006	131 页
9	《红楼梦情结》	孙彦庄	吉隆坡：大将出版社	2008	115 页
10	《〈红楼梦〉与国际汉学：第六届〈红楼梦〉国际学术研讨会论文集》	—	吉隆坡：马大中文系、马大中文系毕业生协会；北京：中国红楼梦学会	2008	—
11	《红楼梦与国际汉学》	张丽珍、潘碧华编	吉隆坡：马大中文系，马大中文系毕业生协会	2009	374 页
12	《陈广才红学研究藏书目录及评介》	孙彦庄、谢依伦编	吉隆坡：马大中文系，马大中文系毕业生协会	2015	698 页

二、马新书店与《红楼梦》出版——以大众集团书店为个案

为了深入研讨《红楼梦》在马新书业中存在的价值，我们或可将大众集团的发展作为个案，以实际的情况去了解《红楼梦》作为销售物品的传播过程。

大众集团的创始人周星衢（1905—1986）于 1924 年从上海来到新加坡

创办了上海正兴公司(Cheng Hing Company),售卖从上海带来的年画和洋画。创业初期生意并不好,周氏见当时南洋地区的华文书没有标点符号,读起来很费力,就开始把上海流行的标点本引入新加坡。这些加了标点符号的文学名著,如《红楼梦》《三国演义》广受马新读者的欢迎[①],成功为他赚到了生意上的第一桶金,同时也为公司的发展奠定了根基。[②]

这个时期,在上海最流行的标点本莫过于上海亚东图书馆出版的《红楼梦》。汪原放是首位用新式标点来翻印旧小说的人,校点整理的亚东版《红楼梦》,1921—1948 年就重排印刷了 16 次。[③]

此书出版于 1921 年 5 月 5 日,以道光双清仙馆本为底本,并用有正书局本、日本明治二十八年(1895)铅印本等版本为校本。卷首有程伟元的《红楼梦》序、胡适的《红楼梦考证》、陈独秀的《红楼梦新叙》和汪原放的《校读后记》及《标点符号说明》。全书为 32 开本,分精装、平装两种,精装二册,平装六册。

1922 年 5 月再版,再版本正文照旧,卷首除了胡适的《红楼梦考证》改定稿和附记外,还增加了三篇文章,即蔡元培的《〈石头记索隐〉第六版自序——对于胡适之先生〈红楼梦考证〉的商榷》、胡适本人的《跋〈红楼梦考证〉》和《答蔡孑民先生的商榷》。

1927 年 11 月,亚东图书馆再度推出了以程乙本为底本的重排本《红楼梦》,卷首增加了胡适《重印乾隆壬子本〈红楼梦〉序》,汪原放《重印乾隆壬子本〈红楼梦〉校读后记》,高鹗序,兰墅、小泉引言,其他与之前相同。[④]

---

① 李丽:《新加坡大众集团的坚守与蜕变》,《中国图书商报》2008 年 1 月 4 日。

② 安琪:《大众书局:海外华文书业的骄傲》,《出版参考》2006 年第 7 期。

③ 冯其庸、李希凡编著:《红楼梦大辞典》(增订本),北京:文化艺术出版社,2010 年,第 421 页。按:"亚东初排版"印刷了 7 次,"亚东重排本"印刷了 9 次,共重排印刷了 16 次。王余光等:《中国新图书出版业的文化贡献》,武汉:武汉大学出版社,1998 年,第 153 页。按:"五四"以后,白话文逐渐演变为文学的主流,亚东图书馆适时而起,1920 年,率先对中国传统的优秀白话小说如《水浒》《红楼梦》《儒林外史》等,进行标点分段。这一创举得到胡适、陈独秀等人的大力支持,帮助作序或考证以作号召。亚东标点本小说不胫而走,这些小说几乎全是长版书,印数大,利润可观。

④ 冯其庸、李希凡编著:《红楼梦大辞典》(增订本),北京:文化艺术出版社,2010 年,第 421 页。苗怀明:《汪原放与新红学开山》,《出版史料》2006 年第 1 期。

在亚东初试成功后，上海其他书店亦争起仿效，当时出版的标点本《红楼梦》还有：群学社许啸天句读本（1923），文明书局大字标点本（1927），大达图书供应社本（1929），新文化书社本（1929），广益书局本（1934），等等。[①] 另外，图书市场也充斥着“低廉书”[②]，春明书店卖的《红楼梦》一角九分六厘，中西书局二角二分四厘，比亚东版三元三角（平装）、四元二角（精装）便宜得多了。[③]

上海流行的标点本《红楼梦》采用新式标点、分段，不仅行款舒朗，易于阅读，同时可以帮助读者分清结构，辨明语气，正确地了解文意，比之以前旧小说中密密麻麻的字迹，更吸引读者。

据现存的文献资料，我们没法考究周星衢当时引入了上海流行的哪个版本，但从大众集团业务的开展来看，新标点本白话小说在马新受到读者热烈欢迎，周星衢从中获利而得以扩展其书业的事实，亦可说明标点本《红楼梦》拥有许多读者。

因此，马新读者可说是与中国同步，随即进入《红楼梦》传播新的阅读模式，“新”一指《红楼梦》以标点白话小说的形式全新登陆，二指从早期刻本程甲本，到道光双清仙馆本、程乙本作为底本的《红楼梦》标点本的过渡，三指新红学考证文章开始与广大读者接触。

周星衢由此看到了南洋华文书业的潜力，于 1934 年在新加坡成立了世界书局（World Book Company，即星洲世界书局），大规模从事批发业务，将经营重点转移到新文艺刊物和其他在上海热卖的大部头书刊。1936

---

① 一粟编著：《红楼梦书录》（增订版），上海：上海古籍出版社，1981 年，第 297 页。

② 王余光等：《中国新图书出版业的文化贡献》，武汉：武汉大学出版社，1998 年，第 154 页。按：这类书绝大多数都是翻印的中国传统小说，其特点是植字紧密（32 开，排至 20 行、行 40 字；而亚东为 12 行，行 32～35 字），纸张低劣（水渍纸或对开的东洋纸；而亚东为加拿大纸或瑞典纸），校对粗糙（校对一遍或不校；而亚东则校对十遍八遍），人工投入少，加上生产的量大，在薄利多销的原则下，价格定得极低。更兼，定实价之间差额很大。贩卖者有厚利可图，所以一时间“一折八扣”书在出版界掀起了风起云涌的潮流。

③ 王余光等：《中国新图书出版业的文化贡献》，武汉：武汉大学出版社，1998 年，第 155 页。按：亚东版讲究的分段、标点、校勘、版本和考证，对于知识分子和文学爱好者有强大的吸引力，但还是有一大部分小市民读者图便宜去买那些粗制滥造、错误百出的低廉书。另，此处的货币是指当时的中国钱币。

年再开设大众书局（Popular Book Company），主要做零售生意。① 当时正值华文书业的蓬勃发展期，星洲世界书局在南洋城市如马来亚半岛的吉隆坡、槟城和印度尼西亚的泗水等设点，发售中文书籍，因此业务得以迅速发展，范围涵盖到整个南洋地区。

1942—1945 年，新加坡被日军占领，周星衢举家撤回中国，一些老员工留在星洲世界书局继续经营，依靠售卖文具和库存旧书勉力支撑。战后周星衢方返回新加坡重掌大局，重振业务。

1948 年 6 月，英国殖民政府宣布马来亚进入“紧急状态”，实行戒严以杜绝马新华侨和共产党的联系，同时全面禁止中国内地的书籍进口，以防共产思想继续在华人社会传播。② 虽然中国内地书源断绝，但却难不倒周星衢，他保留了星洲世界书局的出版资源，同时开始以中国香港为基地，成立世界出版社（World Publishing Company），大规模开展刊物和华文书的出版业务，供应以南洋地区为首的亚洲市场。

从 1954 年开始，星洲世界书局的邮购业务就非常红火，邮购服务的对象是星洲世界书局的“基本读者”。要成为“基本读者”很简单，读者只需在星洲世界书局的户头存入叻币二元五角，退出会员时，全额奉还。会员每月会收到邮寄的《读书与出版》，里面除了刊登读者投稿、新书讯息，还附有一份购书目录，供读者邮购书籍。高峰时期，星洲世界书局图书邮购的“基本读者”人数超过一万人。那时的读者有很多是马来亚、文莱及印度尼西亚的华侨。由于当时印度尼西亚政治局势的关系，华人只能通过邮购的方式来购买华文图书和杂志。通过《读书与出版》及邮购服务，星洲世界书局和广布在东南亚的基本读者群建立了密切的联系。③

20 世纪 60—70 年代，新加坡的语言环境和教育政策发生了重大转变，新加坡开始倡导以英文为主要的语言，整个社会的华文普及程度全面下降，华文书销路大受影响，华文书店面临生存危机。正是在这种社会背

---

① 李丽:《新加坡大众集团的坚守与蜕变》,《中国图书商报》2008 年 1 月 4 日。

② 潘碧华:《马华文学的时代记忆》,吉隆坡:马来亚大学中文系,2009 年,第 7 页。

③ 张曦娜:《那些年,书局遍布全岛》,2014 年 5 月 8 日,https://www.zaobao.com.sg/culture/books/story20140508-340798。

景下，当时刚刚从父亲手中接过掌舵人重任的大众集团现任主席兼董事、总经理周曾锷率先推出“双语书局”的市场定位，通过同时经营华文和英文图书来拓展市场空间，为大众集团的生存带来契机。大众书局是新加坡书业史上华文书店转型成功的一个范例。与此同时，大众书局开始实行跨区域发展。70年代初期，世界出版社在香港以哈里斯书店之名进入零售市场。

直到80年代初，星洲世界书局依然是整个集团的主要运营公司。1992年，大众集团将旗下所有书店名称统一为“大众书局”；1994年，集团将星洲世界书局的零售业务与大众书局合并，由大众书局集中发展零售和分销业务，而星洲世界书局的出版业务则归入成立于1950年的教育出版社名下。经过多年的整合与发展，大众集团的核心业务除了零售和分销外，还包括出版和电子教学。1997年，大众在新加坡证券交易所主板挂牌上市，更名为大众控股有限公司，成为东南亚地区第一家以经营华文图书为主要业务而成功上市的公司。

大众集团的业务对马来西亚中文书业的影响是深远的，1936年，星洲世界书局在槟城、吉隆坡设局分销；1984年，开设了第一间大众书局；1991开始，在西马积极扩充营业；1996年，将扩充计划推行至东马。1998年，集团的教育出版社设立办事处，出版课本和辅助教材。从2003年开始，随着吉隆坡的大众Ikano的开设，马来西亚大众书局推出了被称为“霸级书店”的概念书店，目前有4间霸级书店设于雪兰莪州（2间）、槟城州（1间）和柔佛州（1间）。[①] 大众书局在全马共有91间分行[②]，是马来西亚最大的连锁书店。

在华文图书经销方面，大众书局现在是最大的华文图书单一进口机构。大众集团致力于将主要的华文出版市场串联起来，推动图书在新加坡、马来西亚和中国同步上市，共同面对整个华文市场。

如今，大众集团主办的海外华文书市（大型书展）——马来西亚海外

---

① 《大众足迹：马来西亚》，http://www.popularworld.com/cn/my_landingPg.php。

② 朱瑞皓、陈毓麟、李明纯：《2017年马来西亚海外华文书市考察》，2017年8月1日，https://report.nat.gov.tw/ReportFront/PageSystem/reportFileDownload/C10602948/001。

华文书市(BookFest@Malaysia)和新加坡海外华文书市(BookFest@Singapore)已经成为马新两国的年度书业盛事。

第一届新加坡海外华文书市(2006年3月)反响热烈，为期10天的书市获得了各方的踊跃参与，前来书市的总人数超过32万人次。2016年第十届新加坡海外华文书市在新达城会议中心举办，书展以“有你，十年精彩”为主题，活动会场占地面积约1.21万平方米(13万平方英尺)，是10年来最大规模的书展，因此获颁新加坡纪录大全“最大型书籍与文具展销会”①。

大众书局(马)有限公司主办、星洲日报联办的第一届马来西亚海外华文书市，于2006年5月在吉隆坡成功举办，2016年以“最大规模书展”之名，被列入大马纪录大全。② 2017年6月24日至7月2日，第十二届海外华文书市，以“拥抱世界，从阅读开始”为主题，在吉隆坡城中城会展中心盛大举行，占地约1.24万平方米，678个参展单位分别来自马来西亚、中国、英国、美国、加拿大、比利时、澳大利亚、新加坡等。现场分别设有中文馆、英文馆及文娱馆(3楼)。③ 展售(马)国内外图书超过150万册，另有文具、多媒体产品、激光视盘、食品等。活动规划有论坛讲座、音乐会等多样交流活动共196场。④

大众书局每年于书展开幕式时颁奖(分有黄金、银级)，同时也有具影响力之媒体如《星洲日报》、998电台等指定媒体合作，对书展各活动及参展作家皆有极大的曝光，达阅读推广之效益。2016年统计入场人次达68万⑤，2014年的纪录更是突破71.5万人次参观，营业额达1900万马币(约人民币3062万元)。据大众集团估计，马来西亚中文书市场规模约在

① 杨馨若:《10年来最大型海外华文书市新达城揭幕》,《联合早报》2016年12月3日。

② 《隆城中城会展中心连办9天,海外华文书市6月24日掀幕》,《星洲日报》2017年6月5日。

③ 《隆城中城会展中心连办9天,海外华文书市6月24日掀幕》,《星洲日报》2017年6月5日。

④ 朱瑞皓、陈毓麟、李明纯:《2017年马来西亚海外华文书市考察》,2017年8月1日,https://report.nat.gov.tw/ReportFront/PageSystem/reportFileDownload/C10602948/001。

⑤ 朱瑞皓、陈毓麟、李明纯:《2017年马来西亚海外华文书市考察》,2017年8月1日,https://report.nat.gov.tw/ReportFront/PageSystem/reportFileDownload/C10602948/001。

人民币 33.3 亿元至 41.5 亿元间（其中盗版书和盗版漫画约占市场的 25%），高于新加坡（人民币 9.1 亿元至 11.7 亿元）的中文市场规模，马来西亚中文书市场规模约为新加坡的 3.6 倍。[①] 由此可知，马来西亚是海外最具华文阅读潜力的市场。

读者现今已经可以通过大众书局的官方网站进行线上购书，其中可购的有关《红楼梦》的书籍多达 97 种，主要分成两类：一是《红楼梦》文本或故事；二是有关《红楼梦》的研究或图谱，以及曹雪芹的研究。《红楼梦》文本类有 66 种，其出版社：中国大陆占 86.4%，中国台湾占 10.6%，马来西亚占 3%。 此类书籍为吸引少儿与青少年阅读，大部分是图文版。 研究类书籍共 31 种，其出版社：中国大陆占 48.4%，中国台湾占 48.4%，马来西亚占 3.2%。 其中，张爱玲《红楼梦魇》就占了三种［北京十月文艺出版社、北京十月文艺出版社（修订版）、台北皇冠出版社］；高阳《红楼梦断：曹雪芹家的故事》系列占四种，蒋勋《微尘众：红楼梦小人物》系列占四种。 如此一来，足见书店卖的《红楼梦》研究类书籍数量极其有限，与每年《红楼梦》研究图书出版物的数量相距甚远。

大众集团书店创办至今已是海外华文书业翘楚，在新加坡、马来西亚等地区影响广泛。 大众集团扎根于马新已经历超过 90 年的风雨，是马新国人的共同记忆。 此节以大众集团书店作为个案研究，能更清晰地了解《红楼梦》的销售市场在本土的发展，以及面临的问题与不足。

第四节　《红楼梦》藏书的分布与价值

图书馆是一所学校重要的资产，可说是文学与文明继承和传播的圣地，它所提供的阅读环境和浓厚的学习氛围，是其他地方难以相比的。 由于经济能力和区域的限制，大部分学生及教员，往往无法到处去搜购课外读物。 此时，图书馆自然成了书籍最佳的传播场所。

---

① 游惠容、陈怡君：《2015 年马来西亚海外华文书市与台湾文学节考察报告》，2015 年 9 月 3 日，https://report.nat.gov.tw/ReportFront/ReportDetail/detail? sysId=C10402199。

图书馆的创办与马新华文教育发展息息相关，一般都是附属于中小学之内，藏书的选择亦主要是配合教学需求。当然，一些地区还是有民办的图书馆，但数量不多。

在20世纪40年代，郁达夫于《图书馆与学者》一文中便感叹："自我民族复兴以后，星洲文化水准，因之渐次提高，有志作高深研究者颇不乏人，惟苦无公共图书馆可资利用，进修极觉困难，是诚国族文化上一大损失。"[①]当时马新中小学教育还在发展中，高等教育尚未建立，亦没有大型的中文图书馆。更糟的是，教育软硬体设施皆在发展之时，偏偏又遇上第二次世界大战。

在日军占领的黑暗时期（1942—1945），马新各地几乎所有学校的设备和图书馆都遭受极大的破坏和焚毁。[②]战火停息后，华校依靠着社群内自发的力量和永不言休的精神方能迅速复办[③]，各地的图书馆设施直至60年代才逐渐发达[④]，就连新加坡原以英文书籍为主的莱佛士国家图书馆也因新加坡人民的需求，增加东方语言书籍。在文化部的指示下，中文部门搜购通俗读物约6000册，分列于实淡卜路（Stamford Rd）主馆及杨厝港（Yio Chu Kang）、实龙岗（Serangoon）、如切（Joo Chiat）、实纮纳（Siglap）等分馆，这批新购的中文书籍均以硬面装订，美观耐用，其中包括了《红楼梦》《三国演义》《水浒传》《西游记》等小说。[⑤]

1966年9月13日《南洋商报》登载的《图书馆和博物院的任务》一文中就写道：

---

① 郁达夫：《图书馆与学者》，郁风编：《郁达夫海外文集》，北京：生活·读书·新知三联书店，1990年，第434页。

② 郑良树：《马来西亚华文教育发展史》第二分册，吉隆坡：马来西亚华校教师会总会（教总），1999年，第414页。

③ 郑良树：《马来西亚华文教育发展史》第二分册，吉隆坡：马来西亚华校教师会总会（教总），1999年，第21页。

④ 连亮思、连文思编著：《连士升文选——现代人的精神粮食》，新加坡：八方文化企业公司，2001年，第182页。

⑤ 《莱佛士国家图书馆添置中文读物六千册陈列于实淡卜总馆与各分馆》，《南洋商报》1960年6月22日。

从前只有家境富裕的子弟能够买书，家道清寒的学生必须到处去借阅。自图书馆普遍成立后，这道难关就被打破了。各大学和专门以上的学校图书馆的藏书固然十分丰富，而国立、市立，以及其他专门图书馆的书籍也非常可观。[①]

从前阅览图书、欣赏古物，仅是贵族阶级的专利，现在却成为全国人民共同享受的东西了。这个大变动，对于文化教育的普及和水平的提高，产生了决定性的作用。

文中也提到这十年来，马新两国的图书馆得到了国家和社会的重视，发展得很快。当时两国的图书馆的规模不算大，但它们的基础已经稳定，将来的发展是预料之中的事。

一、馆藏《红楼梦》的版本与研究论著

我们主要通过图书馆中的《红楼梦》各版本藏书来探讨知识分子所接触的《红楼梦》的丰富性。《红楼梦》作为藏书这一事实从侧面亦显示了校方对此书的重视和认同。在此，我们以亚庇中华学校（中华）[②]、新加坡大学（新大）、马来亚大学（马大）、新加坡国立大学（国大）等学校图书馆的部分《红楼梦》版本藏书书目，来探究《红楼梦》20世纪60—70年代在校园的传播（见表2-9）。

---

① 《图书馆和博物院的任务》，《南洋商报》1966年9月13日。

② 亚庇（曾译作哥打京那峇鲁、哥打京那巴鲁或哥打基那巴鲁，马来语为Kota Kinabalu，简称K. K.）是马来西亚沙巴州的首府。马来西亚独立前，其英文名称为Jesselton。

表 2-9　20 世纪 60—70 年代马新图书馆《红楼梦》藏书书目

序号	书名	作者	出版时间	出版社	册数	藏书地
1	《增评加注全图红楼梦》	曹雪芹	1922	上海：同文书局	16 册	马大
2	*Der Traum der roten Kammer*（《红楼梦》,德译本）	Franz Kuhn（弗朗茨 · 库恩）译	1951—1952	Wiesbaden：Insel-Verlag	2 册	马大
3	《红楼梦》(一百二十回)	曹霑	1953	北京：作家出版社	2 册	新大
4	《红楼梦》	曹雪芹	1954	北京：作家出版社	3 册	国大
5	《红楼梦》	曹霑	1955	—	3 册	中华
6	《红楼梦》(节本)	曹霑撰，李辰冬节编	1955	台北：正中书局	1 册	中华、国大
7	《脂砚斋红楼梦辑评》	俞平伯编	1955	上海：文艺联合出版社	1 册	新大
8	《脂砚斋重评石头记》(八十回)	曹霑	1955	北京：文学古籍刊行社	2 册	新大
9	《红楼梦》	曹霑	—	香港：广智书局	3 册	中华、马大
10	《红楼梦》	曹霑	1957	香港：艺美图书公司	—	中华
11	《红楼梦》	曹霑	1957	新加坡：星洲世界书局	3 册	中华
12	《红楼梦》(节本)	曹雪芹撰，茅盾叙订	1957	香港：学林书店	2 册	国大
13	《红楼梦》	曹雪芹	1957	北京：作家出版社	—	马大

续表

序号	书名	作者	出版时间	出版社	册数	藏书地
14	《红楼梦》（八十回校本，附八十一回至一百二十回）	曹霑撰，俞平伯校	1958	北京：人民文学出版社	4 册	新大
15	《石头记》（一百二十回）	曹雪芹	1958	上海：商务印书馆	2 册	马大
16	*The Dream of the Red Chamber: a Chinese Novel of the Early Ching Period*	Florence McHugh, lsabel McHugh 译（英文转译自弗朗茨·库恩德文译本）	1958	London: Routledge & K. Paul	1 册	马大
17	《红楼梦》	曹霑	1959	台北：联合书局	2 册	中华
18	《红楼梦》（古本）	曹雪芹	1959	台北：文渊出版社	1 册	国大
19	*The Dream of the Red Chamber*	曹雪芹	1959	London: Vision	1 册	马大
20	《乾隆甲戌脂砚斋重评石头记》（廿八卷）	曹霑	1961	台北：商务印书馆	2 册	中华
21	《乾隆甲戌脂砚斋重评石头记》（二十八回）	曹霑	1961	台北：绩溪胡氏	2 册	新大
22	《红楼梦》	曹霑	1962	台北：世界书局	1 册	中华
23	《红楼梦》	曹雪芹	1969	新加坡：星洲世界书局	2 册	马大

续表

序号	书名	作者	出版时间	出版社	册数	藏书地
24	《红楼梦》	曹雪芹	1970	新加坡：星洲世界书局	3册	国大
25	《红楼梦》	曹雪芹	1973	台北：广文书局	3册	国大
26	*The Story of the Stone: a Chinese Novel in Five Volumes*	David Hawks 译	1973—1986	Harmondsworth: Penguin	5册	马大
27	《红楼梦》(八十回校本)	曹雪芹撰，俞平伯校订，王惜时参校	1974	香港：中华书局	1册	国大
28	《原本红楼梦》	曹雪芹	1976	台北：台湾学生书局	8册	国大
29	《乾隆钞本百廿回红楼梦稿》	曹雪芹	1977	台北：汉声出版社	2册	马大
30	*A Dream of Red Mansions*	杨宪益、戴乃迭译	1978—1980	Peking: Foreign Languages Press	3册	马大

资料来源①:《亚庇中华学校图书馆中文图书目录》②,《许绍南先生赠书目录》③,《新加坡国立大学中文图书馆藏中国明清通俗小说书目提要》④,马来亚大学图书馆藏书⑤。

① 笔者将马来亚大学图书馆藏书作为西马《红楼梦》书籍代表,中华学校图书馆藏书作为东马代表,许绍南先生赠书(赠予新加坡大学)和新加坡国立大学中文图书馆藏书作为新加坡代表。其中,中华和新大的藏书确定是20世纪60年代既有的藏书,马大和国大的藏书则从今人编辑的图书馆书目中择取,依图书出版时间补上,整理成表2-9以求全面探知当时图书馆的《红楼梦》藏书情况。

② 亚庇中华学校图书馆编著:《亚庇中华学校图书馆中文图书目录》第1辑,亚庇:亚庇中华学校图书馆,1963年,第129页。亚庇中华学校图书馆编著:《亚庇中华学校图书馆中文图书目录》第4辑,亚庇:亚庇中华学校图书馆,1969年,第96页。

③ 蒋振玉编著:《许绍南先生赠书目录》,新加坡:新加坡大学,1966年,第76～77页。

④ 辜美高、李金生编著:《新加坡国立大学中文图书馆藏中国明清通俗小说书目提要》,新加坡:新加坡国立大学中文系汉学研究中心,1998年,第63～73,189～191页。

⑤ 马来亚大学图书馆藏书,https://pendeta.um.edu.my/client/en_MY/default。

以上所见的书籍，特别是《亚庇中华学校图书馆中文图书目录》《许绍南先生赠书目录》中所列的书目，当属图书馆初创时期的藏书，而其中已可见到包括香港、台湾在内的中国各地和本地出版的《红楼梦》，足证《红楼梦》在当时的可读性。藏书里未见有 20 世纪 20—30 年代马新流行的《标点红楼梦》，相信是因为早期的中文藏书多数在日据时期被焚毁。

基于《红楼梦》的价值和教学的需要，其后建立的图书馆几乎都添加了《红楼梦》文本作为藏书。马新高等学府自不必说，马来西亚部分国中与独中的图书馆内均有《红楼梦》。马华作家张锦忠回忆他读书岁月时的叙述，就是最好的例证：

> 初中念关丹国民型中学，学校有个藏书甚丰的图书馆。那简直是个令人欣喜若狂的宝藏。不只有一大套台湾的文星丛刊、十月出版社的书（如商禽诗集），还有新加坡出版的大型刊物《猎户》，古典中国文学如《红楼梦》与《聊斋志异》更不用说了。[①]

醉心红学的前交通部部长兼马华前署理总会长丹斯里陈广才分享，自己与《红楼梦》的“姻缘”是在马大图书馆开始的。他笑说：

> 当时我还没有谈恋爱，我的恋人就是中国文学、文化，特别是《红楼梦》。
>
> 当我在这个图书馆看到的是 1754 年手抄本的《红楼梦》，用惊艳来形容也不为过，这种惊艳可媲美我第一次见到我太太的那种惊艳。[②]

正因为图书馆备有《红楼梦》藏书，许多学生在面临经济拮据、地区偏远、书市缺乏等条件不足的情况时，仍有机会翻阅《红楼梦》。随着设备日渐完善，《红楼梦》和红学研究专著藏书日多，图书馆为《红楼梦》在

---

① 叶啸：《当代马华作家百人传》，吉隆坡：马来西亚华文作家协会，2006 年，第 463 页。按：张锦忠，1956 年生于马来西亚彭亨州。

② 《红楼梦结缘　陈广才惊艳》，《东方日报》2017 年 7 月 2 日。

学生群体中的传播提供了一个有效的渠道。

二、私人珍藏

在黄尧编的《星马华人志》中，有这么一段记载：

> 他（辜礼欢）是在18世纪时清代的乾隆年间南来的，在他抵达这里——“榕城”时，他实在是一位读书人，不说其他，且看他的行装吧，他能用三艘舯舡，载了眷属衣物之外，至少有大大的三个箱子，里面装的完全是华文的书籍，可知当时南来的华人，除了为谋生计的劳工以外，更有些是为了求生存意义的知识分子。①

这段历史说明了中国南来的读书人，随身带书或一箱箱地运书并不稀奇。辜礼欢是辜鸿铭的曾祖父，他1761年生于福建，1784年离开福建和中国。② 辜礼欢与暹罗王族有着极密切的关系，他从暹罗进入玻璃市而后又移居到吉打，被封为甲必丹。在吉打州备受人们的尊敬，大家都尊称他为甲必丹仄万（Captain Che-wan）③，“Che-wan”，又被称为“Cheko”“Che Kay”。1786年（也就是莱特船长抵达槟榔屿时），他也从吉打渡海峡到了槟榔屿。

这时候，《红楼梦》刻印本程甲本尚未面世，所以我们也不知道书箱里装有哪些书籍，是否正好就有本《红楼梦》手抄本。在此需要强调的是，知识分子对书籍的重视，华人深信“再穷不能穷教育”“知识就是力量”“书到用时方恨少”等观念，自然形成了读书、买书、藏书的习惯。

关于藏书习惯，苗秀在《书籍与我》一文中把他从爱看书到连带地养成逛书店的习惯，从借书、当戒指买书到大量购书，藏书从无到有再从有到无等经历都生动如实地叙述了出来：

---

① 黄尧：《星马华人志》，吉隆坡：元生和黄氏联合总会，2003年，第29页。

② 程巍：《辜鸿铭的“祖籍”及其槟榔屿祖先考》，《中华读书报》2017年7月5日。

③ 郭瑞明：《祖籍同安的槟城辜氏家族》，中国人民政治协商会议福建省同安县委员会文史资料委员会编：《同安文史资料》第12辑（内部发行），1992年，第144页。

我个人的藏书，前后两度遭遇厄运丧失殆尽。一九四一年冬日寇南侵，为了躲避日机空袭，举家疏散到西郊的修竹园去……

不幸在战争的末期，敌机在修竹园附近丢下烧夷弹……修竹园也被夷为平地，我们的藏书全部化为灰烬，这是一件极为可惜的事。战争结束了，积习难除，我又重新积聚起书籍来，不久又是一大堆。一九五〇年，我因为打算来一次远行，不能带着书本上路，只好又割爱了，一部分廉价出售，其余赠送友好。这是我的藏书第二次的遭劫。

从六十年代起，因为居处较为固定下来，又陆陆续续地买回不少的书。然而书价愈涨愈高，自己不过是一个受薪阶级，还想像从前那样大量的购书，不是自己能力办得到的了。虽然这样，时日一久，书仍然愈积愈多，书橱装满了，书架堆满了，只好一本本地堆起来，到后来连柜顶，床底下，案头都被书占领了……[①]

苗秀的藏书经历在马新绝对是个典型事例，藏书人也不一定是富翁或财主，他指出“要一个喜欢书本的人舍弃他心爱的藏书，那有如要求一个守财奴交出他的金钱同样的困难”，“买书成了一种嗜好，属于自己兴趣范围的书固然非买不可，有些不急于需要而认为将来可能用到的书也买。并且随着年龄的增长，兴趣范围也扩大了，买书也就‘恶性膨胀’起来。藏书愈积愈多”。[②]

马新有好些作家、教师、新闻从业者、艺术表演者、高学历专业人士（如医师、工程师、律师）因为工作需求或个人兴趣，成了此类藏书人。

若单论藏有《红楼梦》书籍的人，那实在是太多了。即如周雁冰《活人向前看》中提到了新加坡现今的最为普遍的一个现象：

最近和几位受华文教育的长辈聊天，都聊到自己的收藏没处去的

---

① 苗秀：《书籍与我》，《南洋商报》1978年8月1日。

② 苗秀：《书籍与我》，《南洋商报》1978年8月1日。

问题。这些收藏并不是什么价值连城的宝贝,而是一代人时间累积起来的书本,价格一般的字画、邮票、玩赏石等物件。

他们的说法是:孩子们不懂也没兴趣。谈到书籍,孩子们基本上不阅读中文书,更别说是他们那一代人收藏的繁体字或文言文书籍。

于是,有办法的长辈们早早就把大量华文书捐献到马来西亚的一些文教机构去。不过我相信,多数长辈的书籍和收藏都只能面对被丢弃的命运。

……这两个月收拾房子,还是有不少父亲的书遭丢弃。其中一些被我们搬到宏茂桥图书馆的书本分享橱柜放置。把老旧的书摆上图书馆的书架,心里其实有内疚感。有几本八九十岁的老书,结果实在丢不下手,又带回家。那种感觉就像是要把一个老人家丢在什么永远也看不到的地方一样让人心酸。

我们都是上一代人,上上一代人,上上上上一代人……传承的结果……

我看着父亲的藏书,我的藏书,简体字、繁体字印记吧。

不管我们愿意不愿意,身上都传承了上一辈的基因、神态、影子,那些前人的东西在每个人的血液里轰轰隆隆地前行,只是自己未必清楚罢了。[①]

周雁冰父辈的藏书中,有《红楼梦》中文简体、中文繁体和英文版,中文版分上下册,三个版本的《红楼梦》至少也有五册以上厚厚的书籍。那可是一代人的回忆,一代喜欢中国古典文学的学生,一代认真翻阅《红楼梦》的读者,一代痴迷《红楼梦》电影、电视剧、原著作的红迷的回忆。 这一代藏有《红楼梦》书籍的人多不胜数,所产生的现象是:人逐渐逝去,书却留下来了,等着后人处理。

我们把焦点集中在"《红楼梦》藏书家"上作为个案探讨。

---

① 周雁冰:《活人向前看》,2018 年 2 月 19 日,https://www.zaobao.com.sg/zlifestyle/columns/story20180219-836144。

姜洪发（Keong Hong Fatt，南洋大学1960年度毕业生）近半个世纪以来，收藏了近800种“红书”，包括不同版本的《红楼梦》，以及与《红楼梦》相关不同种类的图书。[①]

姜洪发在小学五年级时，在长辈的推荐下初识《红楼梦》。年纪轻轻的他看得一头雾水。一直要到了大学二年级，才又在另一次机缘下重温旧“梦”。此后，担任教职的他，数十年来不断与《红楼梦》“纠缠”。

姜洪发将《红楼梦》称为“爱情小说”，他说：“我并不喜欢《红楼梦》，几十年来，我读《红楼梦》越读越糊涂，但也越读越好奇，对于《红楼梦》，我心中一直有太多解不开的问号，例如红楼十二金钗中的秦可卿，就是一个叫人不解的人物。”

姜洪发坦言，至今，他读《红楼梦》仍然感到充满谜团，但是仿佛中蛊似的，心中越是对《红楼梦》充满困惑，他越是对“红书”欲罢不能，一看到有关《红楼梦》的图书就想据为己有，对于一些难得一见的版本，更是不惜“重本”，简直收藏成“痴”。单是线装影印手抄本就收有9部88册，平装影印手抄本有3部7册。

姜洪发还为红楼藏书做了十分详细的目录，在他的藏书中，包括各种版本的线装影印手抄本、平装影印手抄本、各种排印本，《红楼梦》相关的画册、书法篆刻、连环画册、陶瓷器等，《红楼梦》诗词曲赋的评注，以及《红楼梦》的相关资料等；其他如有关曹雪芹的家世、生平考证和传说等。

目前已经退休的姜洪发，对红楼的“痴迷”未减，逛书局时一看到有关《红楼梦》的新书上架，还是不假思索地买了下来，只为了藏进自己的书房。姜洪发的收藏作风较为随兴、随情，非常“感性”。

梁竞西（Leong Khin See，南洋大学1963年度毕业生）同样以半辈子的心力收藏了数百本有关《红楼梦》的研究著作。他的藏书锁定《红楼梦》的学术研究，其中包括《红楼梦》的故事灯谜、辞典、医话、风俗谭、饮食谱、《红楼梦》人物研究、《红楼梦》对话研究、《红楼梦》饮食文化研

① 《红海无涯》，《联合早报》2006年1月21日。

究，甚或较“冷门”的红楼梦“性爱揭秘”、红楼梦“心理趣谈”、红楼梦的“灰色世界”等。①

过去在教育部任职，目前为新跃大学兼任讲师的梁竞西，是在20世纪70年代到香港念硕士学位时，开始大量收藏“红书”的。他收藏纯粹是因为对《红楼梦》的喜爱：

> 在中国古典小说中，我认为《红楼梦》的成就已达顶峰，无人可以超越，就算是和世界文学名著，如《战争与和平》相比，《红楼梦》也不遑多让；同时，一路来，有关《红楼梦》的研究的确很多，各家有各家的说法，每当看到有关《红楼梦》的研究作品，就自然而然会买下来。

1999年，当年55岁的梁竞西决定自教育部提早退休，到上海复旦大学修读博士学位。其论文题目为《〈红楼梦〉诗词的美学研究》。他在过去收藏《红楼梦》时，固然是出于对《红楼梦》的喜爱，但是一直也很想收集不同专家学者对此书的看法和研究，希望从不同角度，进一步了解这部心目中的旷世巨著。但他没想到自己最终会以这部著作作为博士论文的研究课题。

> 我是《红楼梦》迷，对《红楼梦》情有独钟。为了潜心钻研《红楼梦》，不惜提早退休，以近花甲之年，负笈上海复旦大学中文系，攻读文艺学博士学位，拜在著名红学家应必诚博士导师门下，醉心研习《红楼梦》。我的博士论文题目是：《〈红楼梦〉诗词的美学研究》。

这是梁竞西在办“情结红楼”网站时留下的声明。② 梁竞西2001年博士毕业于复旦大学，发表了《论〈葬花吟〉〈姽婳词〉和〈芙蓉女儿诔〉的

① 《红海无涯》，《联合早报》2006年1月21日。
② 陈晓星：《网上红楼一梦》，《人民日报》(海外版)2000年12月8日。

意蕴和作用》[①]《论〈红楼梦〉中林黛玉的诗词》[②]《1990—2000年〈红楼梦〉研究论著目录联想与补遗》[③]等有分量的文章。因此，梁竞西的收藏风格就显得“理性”与具有“学院风格”。

新加坡文艺协会原会长骆明（1935—）也是个“红迷”，家中收藏有近两百本与《红楼梦》相关的图书。骆明说：“由于我自己自50年代以来也收藏了好些《红楼梦》，一向来也会留意周遭有哪一些‘同好’，有一次在书城的今古书局和一群朋友聊天，聊起了《红楼梦》，发现了姜洪发和梁竞西两位藏书家，他们数十年如一日收藏了丰富的《红楼梦》版本和相关书籍，于是突发奇想，产生了举办一个《红楼梦》私人藏书展的构想。”[④]

在因缘聚合下，新加坡国家图书馆、文艺协会自2006年1月22日至2月21日，联办了一场《红楼梦》私人藏书与藏品展览，并出版了《〈红楼梦〉展特辑》[⑤]。展览除了展出姜洪发和梁竞西的书刊珍藏之外，其他藏品还有电影、电视、各种地方戏曲、歌曲、绘画、陶瓷、雕塑、剪纸、邮票、火花标签、扑克牌、连环图画、日常用品如茶杯等不同红楼手工艺品。藏书不论是种类、版本或是出版地都相当齐全，以出版地区来说，就包括了中国海峡两岸暨香港、新加坡、马来西亚、美国等地。[⑥]

而马来西亚早在1992年9月6日就办过一场颇具规模的私人藏书展览。那是由《红楼梦》学会筹委会与《星洲日报》联办的“《红楼梦》座谈会及资料展”。陈广才借出了近700本私人珍藏的红学书籍供展览之用，其中不乏珍贵的线装书和绝版本。

丹斯里陈广才（Chan Kong Choy，1955—），大马著名红学专家、藏书家，40年来不断在世界各地搜集与《红楼梦》相关的论著与资料，其私

---

① 梁竞西：《论〈葬花吟〉〈姽婳词〉和〈芙蓉女儿诔〉的意蕴和作用》，《红楼梦学刊》2000年第3期。

② 梁竞西：《论〈红楼梦〉中林黛玉的诗词》，《山东科技大学学报》（社会科学版）2001年第1期。

③ 梁竞西：《1990—2000年〈红楼梦〉研究论著目录联想与补遗》，《红楼梦学刊》2001年第3期。

④ 《国家图书馆、文艺协会联办红楼梦私人藏书展览》，《联合早报》2006年1月21日。

⑤ 何炳彪、王连美编著：《〈红楼梦〉展特辑》，新加坡：新加坡国家图书馆管理局，2006年。

⑥ 《国家图书馆、文艺协会联办红楼梦私人藏书展览》，《联合早报》2006年1月21日。

人书斋——依仁精舍的红学藏书已多达几千册。1994年9月19日，身为文化、艺术及旅游部副部长的拿督陈广才正式受委任为中国红楼梦研究所有史以来的第一位海外顾问。[①] 他的荣誉表明大马对中国古典文学著作《红楼梦》的钻研和成就已经获得权威机构的肯定。他在《陈广才红学研究藏书目录及评介》序中谈起自己藏书的缘起与过程：

> 我对《红楼梦》的兴趣产生于中学时代，对它入迷则始于就读马来亚大学中文系期间。有一次在马大图书馆搜寻资料时，偶然发现鲜有人问津的线装手抄本《石头记》，摆在一个不显眼的角落。那是胡适于1927年搜寻所得而影印出版的《乾隆甲戌脂砚斋重评石头记》抄本，属于限量出版的珍贵版本。漫不经心的翻阅，竟使我如获至宝，对它爱不释手。书中除了正文外，还抄了大量各类的脂砚斋重语，朱墨交错，是我第一次见到《红楼梦》的原始面貌。
>
> ……我对红学始终不离不弃，阅读《红楼梦》评论、收集红学书籍，是我政务之余的工作，乐此不疲，三十多年如一日，从未间断。这些年来，不论公务或休假，每次到国外去，经常都会安排一个时段到书局、图书馆进行“猎奇”，搜索红学书刊的活动，而且往往有意外的惊喜。
>
> 1990年初，我在日本东京闹市的一间小书局找到一些中国“文革”期间内部流传的《红楼梦》评论文集，并结识了书店东主简木桂先生。在简木桂先生的引介下，我拜会了日本红学家伊藤漱平教授，更蒙伊藤漱平教授惠赠他所译的《红楼梦》日本全译本。这是“猎奇”过程中的难忘际遇。
>
> 一些踏破铁鞋无觅处的红学书籍，往往在海外一些不显眼的书店碰上，例如瀛泳与邵广佑著，人民文学出版社于2003年出版的《高鹗传》，我在澳洲墨尔本购得。网上购书风行后，上网检索、购书，成为了我“猎奇”的另一个途径。

---

① 候雅伦:《受委为中国红学研究院顾问——陈广才钻研红学受肯定》,《星洲日报》1994年10月27日。

> 周汝昌的1953年初版《红楼梦新证》，是绝版多年的红学珍本，我虽已拥有1964年香港北斗书屋及1976年人民文学出版社的再版版本，但极想找到初版一睹其原貌。后来就在网上购得此书。
>
> 经过了长期的努力，我书房里红学藏书越来越丰富。举凡不同版本的《红楼梦》、译本、红学家的专著、刊载红学研究论文的刊物，能买到的我都不厌其烦地设法购取。购得的书我几乎都看过；尽管其间有精读与略读的差别。就因为这样，我对红学研究的新发展、对红学天地的新动态，基本上都能掌握。[①]

通过藏书家自述，我们可以清楚看到《红楼梦》的魅力。他们因不同缘由，怀着不同目的，从中获取不同精神养分，唯一相同的就是“一朝入梦，终身不醒”，收集相关版本和著作成了一辈子的爱好。上述几位藏书家因办过展览而广为人知，民间有红学藏书超过百本的想必还大有人在。

三、大爱捐献——从图书馆到《红楼梦》资料中心

马新大大小小图书馆的建立与华人极度重视知识和文化的心理息息相关。而早期一所民办图书馆得以建立都有赖于当地热心于文化的民众踊跃地赞助，捐钱、捐书、捐用品。

捐赠本身是一种常见的社会行为，对图书馆的捐赠活动更是一种具有特殊意义的善举。因为这不仅体现了人道行善精神，同时还满足了人们对文化知识的期待。被社会所认可的捐赠活动对其他人的人道精神具有激发作用，这也是很多私人藏书家以身垂范、率先捐赠的初衷。同时，很多藏书家所收藏的图书多为珍贵善本，弥足珍贵。他们愿意倾囊捐献，使之发挥更大的功用，本身即是博爱精神的弘扬。[②]

马六甲郭镜川捐赠育英学校图书馆四部丛刊前续集各一部，共千余册

---

① 孙彦庄、谢依伦编著：《陈广才红学研究藏书目录及评介》，吉隆坡：马来亚大学中文系毕业生协会、马来亚大学中文系，2015年，第80～81页。

② 王贵海、洪跃、车宝晶：《近代图书馆捐赠事业的滥觞与弘扬》，《图书情报工作》2013年第19期。

(1934);槟城万兴利银行主人叶祖意捐献25万马来亚元为马大中文图书馆购书(1951);伍连德私人藏书900多本、李俊承藏书2000多本捐献给南洋大学图书馆(1957);吡叻钱爱华校长将一生藏书及校车余款3000马来亚元赠送天定中学(1962);槟城已故闻人温文旦2000本名贵藏书,由子女赠送马大中文图书馆(1962);许绍南将其所藏之书籍7000余部赠予新加坡大学(1963);养正老教师萧守素退休前将珍藏杂志赠南洋大学图书馆(1966);新加坡国家图书馆附设东南亚研究室有陈育崧慷慨赠书万册(1964);王赓武教授捐献万本藏书给华裔馆(1996)。这些实例说明了华人或拨款或捐献藏书的善举是图书馆特藏资源建设的重要途径,也展现了华人重视文化传承无私的一面。

特别需要强调的一点是,我们可以看到很多珍贵藏书不是用钱就能买到的,因为很多藏书人在处理自己的藏书时考虑的不是金钱的回报,而是希望耗费自己毕生心血得来的书能发挥最大的学术价值和作用。当然也有藏书家或其后人希望藏书家在百年之后能通过藏书而名垂后世。

近年来,捐赠藏书的美举仍持续出现。我们恰好可以此探讨这些藏书对《红楼梦》起到的传播作用和意义。

(一)杨贵谊藏书与资料研究室

2012年7月2日,马来文化工作者杨贵谊把毕生收藏的超过一万册书,捐赠给马来西亚华社研究中心。这些书绝大多数是马来文书籍,小部分华文书是有关马来社会的书籍或马来西亚华文文学书。除了各种马来文词典,杨贵谊捐赠的藏书还有一些是翻译成马来文的华文古典文学书,例如《三国演义》《西游记》等。

杨贵谊出生于马来西亚,目前是新加坡永久居民。他研究马来文数十年,是著名的马来文专家,与夫人陈妙华一起,编写过大大小小的字典10多种。[①] 杨贵谊的藏书对中国古典小说翻译成马来文的研究具有很大意义,也可证实早期《红楼梦》马来译本的缺失。

---

① 《本地学者万册藏书　捐赠马国华社》,《联合早报》2012年7月2日。

（二）方修文库

方修（1922—2010），原名吴之光，另署名观止、任辛等。原籍广东潮安，1938年南来吉隆坡，1946年迁居新加坡。方修先生故去后，经新加坡热带文学艺术俱乐部穿针引线，先生家属将其个人书籍、书信、笔记、剪报及手稿等，赠予新纪元大学学院，设立方修文库，并于2015年5月30日进行了文库的揭幕礼。

方修是马新著名的红学家，1960年出版了《红楼梦简说》，2005年此书又增订重版。方修文库内与《红楼梦》、红学、曹雪芹研究相关的书籍，至少有154册。

（三）李业霖书库

李业霖（Lee Yip Lim，南洋大学1962级毕业生），1935年出生于霹雳金宝，原籍广东新会。1962年毕业于南洋大学历史系，一生从事历史研究工作。李业霖先生毕生藏书8000余册，经理事会主席林忠强博士穿针引线，由大马企业家林顺忠先生认购，赠予新纪元大学学院，设立“李业霖书库”，于2017年9月24日进行书库的揭幕礼。

李业霖书库内与红学、曹雪芹相关的书籍至少有29本，皆是中国的出版作品。

（四）李锦宗书库

李锦宗（1947—2017），出生于吉打西岭，中学时期在槟城就读于钟灵中学。毕业后踏入社会，从事翻译与华语电视台新闻编导等工作。李锦宗曾担任马来西亚华文作家协会理事、亚洲华文作家协会大马分会秘书，著有《马华文学纵谈》《80年代的马华文坛》《陨落的文星》《新马文坛步步追踪》，主编《马华文学大系·史料1965—1996》、韦晕小说选《流霞》、《马来西亚海南诗文选集》等。2017年10月5日，李锦宗家人依其遗愿将万册藏书捐赠给新纪元大学学院图书馆，设立“李锦宗书库”。①

李锦宗书库内有至少4本与《红楼梦》研究相关的书，除周汝昌的

---

① 李成友:《李锦宗往生100天 万册藏书捐新纪元》,《星洲日报》2017年10月5日。

《曹雪芹小传》之外，其他都是马新出版的作品，分别是吴迪的《读点红楼梦》，何炳彪、王连美编的《红楼梦展特辑》和孙彦庄的《红楼梦情结》。

方修文库、李业霖书库、李锦宗书库是大马新纪元大学学院陈六使图书馆内的特色书库。通过图书馆系统搜寻关键字“红楼梦”能得687条检索结果，搜索“曹雪芹”能得76条检索结果，说明馆藏至少有700多册与红楼梦相关的读物。

(五)马来亚大学《红楼梦》资料中心

2016年，马大校友、马大中文系毕业生协会荣誉会长丹斯里陈广才将自己40多年从世界各地搜集而来的红楼梦藏书赠予母校图书馆，倡设《红楼梦》资料中心，期望以珍贵的资料为基础将马大发展成区域红学研究中心，推动《红楼梦》研究在东南亚的发展。

马大《红楼梦》资料中心于2017年7月1日正式开幕。中心藏书种类丰富，囊括现存不同版本的手抄本、刻印本、现代排印本、汇评汇校本，其中包括《嘉庆甲戌重镌绣像红楼梦》(1814)，《绣像红楼梦》(藤花榭藏版，1818—1820)，《增评补像全图金玉缘》(1888)，《国初钞本原本红楼梦》(1921)，《红楼梦索隐》(1916)，《红楼梦真谛》(上下两卷，1934)，台湾商务印书馆出版的《乾隆甲戌本脂砚斋重评石头记》(1961)，人民文学出版社的《红楼梦》新校本的征求意见稿、初版、再版、第三版，冯其庸主编的《脂砚斋重评石头记汇校汇评》等珍贵版本；各语种如英、法、德、日、韩等19种外文以及盲文，共43种翻译本；自红学开展以来各国出版的红学论著、曹家研究资料、“文革”时期中国流通的种种红学论著，以及马新各大学的学位论文。此外，还有以《红楼梦》为主题的文艺作品，如精装8开《清·孙温绘百廿回红楼梦》大型工笔画册。藏书的出版年份从嘉庆年间至现今，跨度超过200年。目前藏书量为2958种，多达4242册，其规模可说是世界范围内首屈一指的。《陈广才红学研究藏书目录及评介》将藏书分为七大类，即各种版本的《红楼梦》、外文译本、续书、红学研究论著、改编创作、著者史料及《红楼梦》

题材作品。[①]

除了珍贵的《红楼梦》文献及其研究书籍，陈广才捐献的物品还包括150多种与《红楼梦》相关的艺术作品（绘画本、明信片、年画、邮票、剪纸、影视剧照、诗词书法集、小屏风等）。资料中心会配合特定活动将捐献的文物进行展示，程伟元绘《松柏同寿图》、张问陶行书五言联“潇洒送日月，昂藏出风尘”水墨纸本、冯其庸的墨宝等，与红学研究相关字、画让红学研究更添艺术特色。

《红楼梦》资料中心秉承开放的原则，所有书籍不只限于给马大学生或本地学生阅读，甚至开放给全世界的红学爱好者。它以文化土壤的虔诚姿态吸引着不同背景的读者，更为中华传统文化的传播提供助力。[②]

陈广才说：“六十岁后，我开始想如何处理这批藏书。这批书我不捐出去，以后我不在的时候，它会流失，那就太可惜了。所以需要有收藏的地方。”[③]他认为，越早公有化这批藏书，这批书就越有价值。

在他兴起捐出藏书念头时，不少单位开始接触他，表达接受这批藏书的意愿，不过最后是马大中文系毕业生协会（中协）的一句话打动了他：“你的母校是马大，你的《红楼梦》研究是从马大开始……”

再者马大校长阿旺布吉巴教授亲自出马参与游说，甚至提出设立“《红楼梦》资料中心”以加强陈广才捐书给马大的意愿，也让他深觉捐书有更深层的意义。

陈广才并不仅满足于让藏书找到家，他更希望马大《红楼梦》资料中心可以成为世界红迷研究《红楼梦》的要地。[④]

（六）新加坡国大图书馆《红楼梦》藏书

新加坡国大图书馆于2017年12月接收了一批逝者后人所处理的《红楼梦》爱好者的私人藏书。这批藏书的原主人董先生无疑是《红楼梦》的

---

① 孙彦庄、谢依伦编著：《陈广才红学研究藏书目录及评介》，吉隆坡：马来亚大学中文系毕业生协会、马来亚大学中文系，2015年，第80～81页。

② 星文化：《马来西亚红学专家陈广才》，2017年12月27日，http://chuansong.me/n/2105292651811。

③ 林友顺：《陈广才红楼梦赠书奇缘》，《亚洲周刊》2017年第28期。

④ 林友顺：《陈广才红楼梦赠书奇缘》，《亚洲周刊》2017年第28期。

忠实粉丝，由于逝世前没来得及处理自己的最爱，这批红楼梦书籍的命运一度堪虑。幸运的是，他的弟弟和友人决定将书赠送给国大图书馆，让大学师生受益，遗爱后人。这批赠书总共有600余册，其中460本，即超过七成是有关《红楼梦》的书籍。更难得的是，其中146本是国大图书馆尚未收藏的，而且有些是绝版书。接收这批赠书，既丰富了国大图书馆的典藏，也使国大图书馆成为新加坡的“红学”研究的典藏中心。①

《红楼梦》藏书在马新各大图书馆的储备不仅能够满足普通的读者，也为研究者提供了足够的资源。正由于红学成果的丰硕，以及各大学图书馆对《红楼梦》研究的重视，《红楼梦》藏书得以从普通的“馆藏书籍”提升至“特色书库”乃至“研究资料中心”。

小　结

综合上述各方面的资料，我们大致上可以梳理出《红楼梦》文本在马新传播的情况。20世纪初，随着《红楼梦》地位的逐步提高，传播主体从不肯坦言喜读小说的传统“士人”转化为欲让民众都识字、读懂白话文学、创作活文学的“知识分子”。他们借助大众传播媒介公开谈论《红楼梦》，不再视小说为不登大雅之堂的文学作品。

统计马新报章上刊载的《红楼梦》感想与评论文章，1900年以前可见的已有22条（旧报章通常把一篇文章，根据篇幅长短分好几天连载，故此处以条计算），1950年前已超过百条。这确确实实反映出了当时知识分子喜读《红楼梦》的现象。

传播渠道亦由《红楼梦》爱好者个别从中国购入，进展至在本土书店销售，大大提升了当地读者与文本接触的机会。《红楼梦》标点本易于广大读者阅读，其引入吸引了不少受众，并逐渐取代文言本。

课本中的节选更是让所有中学生得以有机会阅读部分《红楼梦》情节，使《红楼梦》成了华文教育的一部分。这么一来，《红楼梦》受众已

① 林永美：《林永美：从〈红楼梦〉藏书落户国大图书馆谈起》，《联合早报》2017年12月8日。

扩展至中学生或识字之人，不再局限于知识分子。

图书馆内红学藏书丰富，为红学爱好及研究者提供了极大的方便，也展现出《红楼梦》的魅力，从而吸引了不同年代的有缘读者。马大《红楼梦》资料中心更是大马红学史上的一座里程碑，以专题实体资料库的形式，将红学研究资源集中在一起，为将来的红学研究奠定了基础。

从单纯的自我传播（阅读），发展为人际传播（朋友间谈论），再扩展至组织传播（学校的教学活动）与大众传播（报章刊登相关文章）等类型，《红楼梦》受众的增加从《红楼梦》评论、研究等文章的增多，以及红学传播活动不断发展中得到证实。

第三章 梦植南洋百花红：《红楼梦》视听文化在马来西亚和新加坡的传播历程

在文字印刷时代，传播的载体以书籍、报纸、信件为主，人们对世界的感知，来源于直接经验和文字构筑的拟态世界。在进入视觉传播影像时代后，视觉文化成为现代社会传播活动中最为重要的部分。较之文字，影像会带来更“真实”的错觉。由于影像具有的“真实”的迷惑性，人们总是趋向于将影像经验等同于直接经验。①

随着技术的飞速发展，影像经验全面地超越了文字经验甚至直接经验，成为人类感知世界的主要手段。此时人类的视觉经验发挥了强大的作用，人们倾向于认同简单直接的视觉表达。大众传播活动则更加努力强化人们的视觉经验，影像成为传播的重点，影像成为媒介产品流通中的主力产品。②

《红楼梦》作为经典文学，其传播自然受到传播技术进化的影响。早在影视传播之前，《红楼梦》已有了视听文化的产品，开始了戏剧传播、说唱传播，到后来也投入到影视传播中来。不仅如此，由于《红楼梦》的文化含量丰富，许多传播活动都运用了“让《红楼梦》视听化”的手段去推广，让受众通过视觉、听觉，甚至味觉去感受和体验《红楼梦》的精神与其时代文化。

---

① 李晓虎：《视觉文化传播时代的后技术影像转型》，《图像时代：视觉文化传播的理论诠释》，上海：复旦大学出版社，2005年，第74～75页。

② 李晓虎：《视觉文化传播时代的后技术影像转型》，《图像时代：视觉文化传播的理论诠释》，上海：复旦大学出版社，2005年，第74～75页。

需要再强调一点，本书论述的“视听文化”的范畴不局限于影视活动，更包括了一切利用受众的“视觉”和“听觉”去传播的《红楼梦》演绎产品。这些传播活动的范围可扩展至红楼艺术文化展览、讲座宣传、红楼宴等等。

《红楼梦》以文本传播以外的方式，通过演员、艺术家、各行各业的专家学者等人员专业的诠释，展现了其独特的红楼文化和艺术效果。此类传播活动在马新中文教育还未成熟、民众大部分还是文盲的时候起到很大的作用。及至今日，民众普遍识字能看懂《红楼梦》原文后，以“视听文化”传播的红楼梦活动仍发挥着不可取代的功能，让民众透过活动不断丰富自己对《红楼梦》的认识和文化体验。而今日以影像为主体的拟态红楼世界成为大众以间接经验认识《红楼梦》的主要方式之一。

第一节 影视传播

从邱菽园于1910年已著有《观银幕上所演放南洋群岛断片》一诗①来看，影片传播在马来亚的历史并不短。1924年，新加坡的影戏院已有十余所，其中属华人的不少，但是所播放的影片多为欧美出品，中国制作的实属凤毛麟角。②幸有南洋影片公司出现，将《大义灭亲》《孤儿救祖记》《玉梨魂》《古井重波》等影片带到新加坡、吉隆坡、马来半岛，乃至暹京（泰国曼谷）、仰光（缅甸）等地去播映。③中国影片在马来亚深受欢迎，吸引了一些热心于社会教育的人士以及富商，或投资、或组织影片公司到上海去订购各名家影片。

《红楼梦》电影最初以“影片招租”的方式进行传播，1928年新加坡罗敏伸律海星影片有限公司在上海办得各电影的英属映权，其中包括《红楼梦》。为招揽更多生意，该公司在《南洋商报》中刊登了广告。直至1939年，仍可见此类广告，如福兴商行刊登的启示“径启者上海美商中国

① 邱菽园:《菽园诗集》卷三，1910年，第13页。

② 《本坡将又多一影戏公司》，《南洋商报》1924年9月1日。

③ 《祖国影片将继续到叻》，《南洋商报》1924年8月5日。

联合影片公司发行之影片《三剑客》《琵琶记》《麻疯女》《红楼梦》计四部，其英荷暹越四属之映权均为敝行所购得，兹敝行愿将马来亚英属范围内上述各影片招人租映，而荷暹越三地之映权亦愿转让，招人承购”①。

上述广告中虽然没有《红楼梦》电影的详细介绍，报章中亦没见影评，但影片的版本不难推测。因为20世纪20年代中国电影业刚刚起步，拍摄过的《红楼梦》也仅有3部。1924年，民新影片公司将梅兰芳演出的五出戏，拍摄剪辑成一部两本长的戏曲短片，其中有《黛玉葬花》。1927年，上海复旦影片公司第一次较完整地将《红楼梦》的主要情节演绎成电影故事(时装版)。影片长达二十本，分上、下集，以刘姥姥一角贯穿始终。任彭年编导，陆剑芬、易半乔、易荫峤、文逸民等主演，刘姥姥由著名喜剧明星周空空扮演。同年还有上海孔雀影片公司的《红楼梦》(古装版)，由程树仁编导，夏佩珍、殷明珠、严月娴主演。

接着，新加坡黄氏兄弟有限公司重资购得的《黛玉葬花》影片于1936年5月13日抵达新加坡。该剧全粤语歌白，是由华联出品，金擎宇编导，冯侠魂饰演贾宝玉，李雪芳饰演林黛玉。此剧卖点为用美国大型收音机录音，发音清晰，同时歌词映现银幕，可以说是当时最新的科技展现。②宣传方面，《南洋商报》于5月24日刊登了《李雪芳女士主演之黛玉葬花本事》《李雪芳黛玉葬花剧本分幕诗》二文。6月5日，《黛玉葬花》在新加坡大坡皇宫及新世界大光两大戏院正式上映③；7月2日开始在吉隆坡同乐有声戏院上映。其上映时间距3月11日在香港首映、4月1日在上海融光大戏院上映的时间，相隔不到3个月。

上海新华影业公司的《王熙凤大闹宁国府》于1939年拍摄完毕后，于1940年4月27日就在新加坡东方、光华两影院午夜场首映，5月1日起公映。此电影由岳枫导演，顾兰君、梅熹、白虹等主演。

这个时期，细致的影评开始为电影增加传播效应，比如方飞对电影拍

---

① 《广告专栏1》,《南洋商报》1939年12月17日。

② 《李雪芳主演之黛玉葬花片已抵叻全部粤语歌白联华出品》,《南洋商报》1936年5月13日。

③ 《文艺美术片之〈黛玉葬花〉开映有期　联华总理罗明佑监制　国学大家金擎宇编导　南国歌后李雪芳女士主演》,《南洋商报》1936年6月1日。

摄手法评价颇高，并对情节的疏漏做出补充：

编剧者在整部洋洋百万言的《红楼梦》节录出这一节王熙凤大闹宁国府的故事来，倒算是机敏而精炼的手法。……能巧取地抓住王熙凤这个醋缸，从三十三回至三十九回，从宁国府的贾敬吞丹中毒归天，至尤二姐吞金自杀，刻划出荣宁二府中贾琏、贾珍、贾蓉饱暖思淫欲，王熙凤风月其貌，蛇蝎其心，尖酸泼辣，入木三分，而倚势凌人，糟蹋良家女，这一连串的故事。……导演的手法倒够轻松灵活，噱头的穿插，也能使平淡的剧情惹起重叠的谐趣。不过，美中不足的地方，都在剧情过于短促，尤三姐啐骂二贾之后，即谓其自刎，这容易使人误会到她因得罪二贾惧祸而死，其实，尤三姐的死因在势要嫁给柳湘莲而不遂。……其次都察院的受贿，张华与贾府仆役对质公堂，被判为诬告等情，可渲染出当时的政治黑暗，与贵族的恃强凌弱。此外，王熙凤，挑拨贾琏的新妾秋桐对尤二姐的嘲恨，以便坐观虎斗，借刀杀人等情，亦应加意描绘，然后才可阐明尤二姐的所以吞金，然而这一切都没有被收入镜头，那就未始不是一件憾事吧。[①]

守愚则着重于评论明星的演技：

作为全片中心人物的王熙凤，以顾兰君来饰演，再适合没有，她能体会剧中人的个性，习惯，利用她演剧的天才，尽量发挥她的演技。看罢，她与贾蓉鬼鬼祟祟，同时还顾住她是一个婶娘的身份，她治家的严厉，她在贾琏面前的放娇，她还在婢仆面前施威，总之她在大观园里是一个作威作福，又辣又毒的主妇，这种姿态，顾兰君是尝得成功的收获的。[②]

① 方飞：《从书本的〈红楼梦〉说到电影的〈红楼梦〉》，《南洋商报》1940年5月5日。

② 守愚：《红楼梦》，《南洋商报》1940年4月28日。

香港长城公司力作，由岳枫导演，李丽华、欧阳莎菲、龚秋霞、陈娟娟、罗兰等主演的《新红楼梦》于1951年3月21日试映，23日晚新加坡首都戏院献映半夜场。此片为黑白色调，华语对白，时装版，插曲五支，引用了曹雪芹原著《红楼梦》书中人物，实际则为描述新豪门之没落，反映新豪门之荒淫奢侈。

同样的，各种影评起到了推动传播的作用，如《南洋商报》上刊登的陆上行《看"新红楼梦"试片》、柳堤《推荐"新红楼梦"》等文章。

1952年《红楼新梦》(粤语时装片)于4月26日在新加坡大华戏院开映半夜场。此影片由吴回导演，吴楚帆、红线女、张恬游、梅绮、白燕、张瑛等主演。但从4月6日开始已有广告介绍影片的内容，红楼人物的角色，影片的特点，影星的阵容等。影片试映后更有流写的《红楼新梦人物小赞》，贞写的《介绍一部粤语片的代表作〈红楼新梦〉》，正式开映后还有银斧写的《星光灿烂的〈红楼新梦〉》影评。

一时之《红楼》电影热，让湖南佬不仅调侃"有古装《红楼梦》，有时装《新红楼梦》，国泰又拍摄了古装《红楼二尤》，曹雪芹如活着，上演税将取之无尽了"①。

1962年，上海海燕电影制片厂和香港金声影业公司将越剧《红楼梦》摄制成戏曲艺术片，由岑范导演，徐玉兰、王文娟主演。此彩色越剧戏曲艺术巨片《红楼梦》在新加坡越映越旺，影片撷取曲艺精华、舞台特点及电影特技共攀艺术高峰。越剧《红楼梦》在首都献映一周后，东方、大光、丽宫三院随即联映，一个月的观众累积约有191456人。为鼓励学生观赏，戏院还特地优待穿着校服或挂校徽前往的学生，他们去东方、丽宫戏院购票，楼上座只收一元五角，大光戏院一号位只收一元。②

1962年9月4日，新加坡首都戏院上映邵氏出品的综合体彩色电影——黄梅调《红楼梦》。此片由袁秋枫导演，乐蒂、任洁、杜娟、丁

① 湖南佬:《影坛缤纷录》,《艺海丛刊》1951年第1期。

② 《〈红楼梦〉片佳名重今日起三院优待学生》,《南洋商报》1963年4月8日。注:此处货币指马来亚元。

红、赵雷等领衔[①]，共动员65位女星和35位男星，耗资百万。[②] 9月13日始，东方、大光、丽宫、豪华戏院联映。

符莲写的影评《红楼梦》一文全面赞赏此片，将其视为邵氏公司给古典影迷带来的喜讯，此片场面伟大，演员众多，成功把观众带回清朝古色古香的荣国府。他认为每个演员都有可取之处，正反角色演来贴切生动。他评说此片在艺术上是成功的，也是值得大家回忆的。[③]

阿娃的影评《红楼梦》一文提出了剧本结构太简单，主题焦点只局限在宝黛爱情，新人演员任洁还演不了贾宝玉，及其他取景摄影上的问题。尽管如此，他还是肯定了黄梅调唱词清晰，观众多能接受，彩色、灯光和服装在片子中用得很好，乐蒂和杜娟的演技精湛。阿娃显然是高要求的，他认为曹雪芹的一支生花妙笔，是影片的韵律所望尘莫及的。[④]

玉容也对此影片的细节提出一些意见，认为焚诗稿一幕，林黛玉已病得非常严重，却还安排她独自走去开门，让晚风吹着秀发，紫鹃却立于一旁哭泣，似乎不合情理；镜头多局限于沁芳亭，似乎没有其他场景了。他赞赏沈殿霞把傻大姐演得活灵活现，使人发笑且拍案叫绝。[⑤]

这部《红楼梦》成了当年新加坡最卖座的华语片之一，饰演林黛玉的乐蒂更是被评为卖座明星榜上的魁首。[⑥] 1963年1月19日，该片在新加坡东方、大光、丽宫三院再度上映。

此片在马来亚也具有同等影响力。马华作家梅淑贞的散文中对槟城戏院发展蓬勃以及乐蒂演的《红楼梦》有这样的描述：

> 1964年将近年终假期，我像平日一样，乘搭市议会巴士从椰脚街到柑仔园修道院上学。巴士经过庇能律，那一带戏院林立，且尽是较高档的西片戏院。一路从开往柑仔园的方向数过去，最先是奥迪安，中间是

---

① 《红楼梦三院今天重映》，《南洋商报》1963年1月19日。

② 《红楼梦首都起映》，《南洋商报》1962年9月4日。

③ 符莲：《红楼梦》，《南洋商报》1962年9月26日。

④ 阿娃：《红楼梦》，《南洋商报》1962年10月6日。

⑤ 梅淑贞：《异见》，《联合早报》2016年3月15日。

⑥ 《去年本坡最卖座的华语片及明星》，《南洋商报》1963年1月12日。

国泰,都在右手边,最后则是左方的首都。

……就像我独自跑去新街的中山戏院看乐蒂的《红楼梦》。那是1963年,比《一夜狂欢》还早,看的是下午场,买的还是半价的儿童票。看《红楼梦》焉能不赔上眼泪?妈和姐向来管得严,却没发现我失踪了两三个小时,双眼哭到红肿回家,无灾无难过关,是我生平得意事之一。①

1977那年更热闹了,新加坡有三部《红楼梦》同时上映,国泰机构放凌波、周芝明版黄梅调《红楼梦》,邵氏机构放林青霞、张艾嘉版《金玉良缘红楼梦》,中桥机构放徐玉兰、王文娟版上海越剧《红楼梦》。②

同时,由于电视的日益普及,电影观众也开始受到影响。新加坡在1963年只发出30838张电视执照,随着每年的增加,至1970年已经增至156840张。收音机执照在有了电视以后也大为减少,1963年至1968年少了25130张。

新加坡的电影观众在1969年达到28893000人之多(即售出门票的总数),1970年跌至27980000人,而电影院也从75间减至72间,其中36间有冷气,36间没有冷气,能提供55000个座位。③

根据《1983/1984年新加坡统计年鉴》,新加坡1983年发出的收音机与电视机执照共达464269张。电影观众人数落至1973年以来之最低水平,共30660000人次,比1982年减少了5120000人次。电影院的数量一年间减少了15间,剩下55间。④

韩山元指出,20世纪五六十年代,中国电影在海外华人心目中,营造出了"中国代表健康文化"的印象。不过"文革"开始后,中国电影的政治性趋强,如《红灯记》《智取威虎山》等都不获准进口放映,文化市场出现空窗期,中国港台地区的电影、流行歌曲起而代之。

---

① 梅淑贞:《异见》,《联合早报》2016年3月15日。

② 徐惠民:《凌波与贾宝玉不解之缘》,《新明日报》2010年7月21日。

③ 《电视日益普遍电影观众递减》,《南洋商报》1971年8月16日。

④ 《在家观赏电视节目人数越来越多》,《联合早报》1984年6月30日。

直到 20 世纪 80 年代，中国电影在新加坡卷土重来。从《天云山传奇》《牧马人》《高山下的花环》到后来第五代导演如张艺谋、陈凯歌等人的作品都引进新加坡，但无法掀起如早年般的热潮，因为本地华社的政治氛围与审美品位都改变了。①

虽然中国电影在本地退烧，中国电视剧却开始通过荧光幕走进千家万户。其中，中央电视台耗费三年拍摄的 1987 年版《红楼梦》电视剧就在新加坡华社获得广泛赞誉。②电视剧共 36 集，新加坡广播局从 10 月 4 日开始至 1988 年 3 月 13 日，逢星期日晚上 10 时 30 分在第 8 频道播映，每次播映两集，每集的时间是半小时。

第一集播出后，《联合晚报》随即刊登本地名作家对《红楼梦》首集的观后感，卡夫（杜文贤）、彭飞（彭志凤）、莫河（黄昌虎）、华之风（蔡志礼）、秦淮（陈龙玉）和淡莹等作家对王扶林的导演手法表示赞赏，认为他不歪曲原著，以忠实的手法来拍摄，能让他们忆起原著。对于剧中的演员，林黛玉的弱不禁风、特有的病态美，还有王熙凤的爽朗笑声、灵活的表情都让他们觉得导演选对了演员。③

电视剧播映和报章报道宣传评论相互配合，成功让《红楼梦》电视剧更受瞩目。《红楼梦》每集的播出，除了有“华语电视剧红楼梦”栏目的简单剧情介绍，还有玉娇所撰写的一系列（约 22 篇）详尽的剧情预告。此外，在播映期前后，更有关于《红楼梦》电视剧的介绍文章，如罗兰《红楼梦搬上荧幕》④《中国电视剧红楼梦》⑤，胡明《红楼梦种种》⑥《站在曹雪芹面前》⑦，朱凤《红楼梦断议论纷纭》⑧；关于报道或谈论拍摄花

---

① 霍月伟：《从〈刘三姐〉到〈中国好声音〉　中国软实力在本地的前世今生》，《联合早报》2015 年 11 月 6 日。

② 霍月伟：《从〈刘三姐〉到〈中国好声音〉　中国软实力在本地的前世今生》，《联合早报》2015 年 11 月 6 日。

③ 陈玉娇：《〈红楼梦〉昨播第一集　获骚人墨客一致好评》，《联合晚报》1987 年 10 月 5 日。

④ 罗兰：《红楼梦搬上荧幕》，《联合晚报》1987 年 4 月 18 日。

⑤ 《中国电视剧红楼梦》，《联合早报》1987 年 6 月 13 日。

⑥ 胡明：《红楼梦种种》，《联合晚报》1987 年 6 月 24 日。

⑦ 《站在曹雪芹面前》，《联合早报》1987 年 9 月 6 日。

⑧ 朱凤：《红楼梦断议论纷纭》，《联合早报》1987 年 10 月 8 日。

絮的文章有玉娇《美人公子都挨骂红楼梦拍来不简单》[①]、欧阳奋强《我和宝玉》[②]、邓婕《我演王熙凤》[③]、王扶林《拍摄红楼梦的体会》[④]；关于播放后引来剧情讨论或争议的文章有石缘《谈秦可卿之死》[⑤]、左介贻《电视剧红楼梦的失误》[⑥]、吕望《探春远嫁何方？》[⑦]、麦克风《掉包计》[⑧]、玉娇《林黛玉死得"荒谬"　"红迷"建议重拍红楼梦后六集》[⑨]等，各种介绍、谈论、批评等不同类型的文章不一而足。

电视剧也催生了一些跨领域的《红楼梦》评论文章，如新加坡著名戏剧工作者陈伯汉（1938—）所写的《黛玉正是这模样》《既然是连续剧》《看秦可卿出殡》《清客贱得有格》《看贾元春归省》《由贾赦戴眼镜谈起》《看黛玉葬花》《如要鹦鹉说人话》《看晴雯咬下指甲》《黛玉死前未焚稿？》《大厦倾得太突然》等文（刊登于《联合早报》1987 年 10 月 17 日至 11 月 12 日）。

韩兼思所写的"应诊大观园"的系列文章，以医学的角度来剖析红楼人物，有《林妹妹该不该和宝哥哥结合——谈林黛玉之死》《宝哥哥的相思病》《秦可卿果真"淫丧"？》《贾母的养生之道》《凤姐的悲剧》《晴雯为什么会死？》等文（刊登于《联合晚报》1987 年 11 月 10 日至 1988 年 1 月 5 日）。

此时，红学讲座的信息和红学家的观点也特别受重视。71 岁的美籍著名红学家周策纵教授于 10 月 14 日在新加坡国立大学文学院做公开学术演讲"《石头记》还是《红楼梦》——主题试探"后接受记者访问时表示，观众不应该单纯从爱情的角度，或只是从政治的立场去看待这部名著。

---

① 玉娇：《美人公子都挨骂　红楼梦拍来不简单》，《联合晚报》1987 年 9 月 29 日。

② 欧阳奋强：《我和宝玉》，《联合晚报》1988 年 2 月 19 日。

③ 邓婕：《我演王熙凤》，《联合晚报》1988 年 2 月 20 日。

④ 王扶林：《拍摄红楼梦的体会》，《联合晚报》1987 年 11 月 6 日。

⑤ 石缘：《谈秦可卿之死》，《联合早报》1987 年 11 月 11 日。

⑥ 左介贻：《电视剧红楼梦的失误》，《联合晚报》1987 年 12 月 10 日。

⑦ 吕望：《探春远嫁何方？》，《联合晚报》1988 年 2 月 26 日。

⑧ 麦克风：《掉包计》，《联合早报》1988 年 3 月 26 日。

⑨ 玉娇：《林黛玉死得"荒谬"　"红迷"建议重拍红楼梦后六集》，《联合晚报》1988 年 3 月 14 日。

《红楼梦》要表达的精神面貌，是告诉我们，不管是爱情的成功与失败，或是政治的兴衰，甚至是富贵的享受，到头来都要"面对死亡"，那就是人生的一种虚幻——梦。《红楼梦》要表达的就是这种"无法解脱"与"无可奈何"的观念。

周策纵的言论随即便被发布在各报章的报道中，即《红学家周策纵说〈红楼梦〉表达的是人生的一种虚幻》[①]《周策纵教授以书名作比较时说〈红楼梦〉比〈石头记〉更能体现时代精神》[②]《红楼残梦》[③]等文。

《海峡时报》2 月 7 日刊登了社会学家约翰·克拉默（John Clammer）撰写的评论文章《美女在这个伊甸园称王》[④]，用一个西方人的眼光评介了这部连续剧与《红楼梦》这部作品，从不同文化背景的角度，说明了《红楼梦》之所以能吸引现代人的原因。

就连报章中的游戏栏目，如"射虎台"（中奖者 10 名，每名奖励 5 元新币）、"填字游戏"（中奖者抽中 6 名，每名奖励 10 元新币）都出现众多与《红楼梦》相关的问题，即如奇石贩卖商（猜《红楼梦》一人名）——贾宝玉[⑤]；此奇货可居（猜《红楼梦》一人名）——贾宝玉[⑥]；复李斯官（猜《红楼梦》一人名）——秦可卿[⑦]；《红楼梦》人物，她是贾政的女儿，皇帝的妃子——贾元春；等等[⑧]。

电视连续剧播映后，《红楼梦》原著的销量只是略微增加，连环图则显得更受欢迎。据报道，当时所销售的《红楼梦》连环图有上海人民美术出版社、香港新雅文化事业有限公司出版的，以及新加坡庆丰年私人有限公司出版的中英对照《红楼梦》连环图（附有《红楼梦》社会背景、作者生平等中英介绍）；《红楼梦》原著有台湾联经出版社一本装（含脂批）及香

---

① 《红学家周策纵说〈红楼梦〉表达的是人生的一种虚幻》，《联合晚报》1987 年 10 月 14 日。

② 《周策纵教授以书名作比较时说〈红楼梦〉比〈红楼梦〉更能体现时代精神》，《联合早报》1987 年 10 月 15 日。

③ 风：《红楼残梦》，《联合早报》1987 年 10 月 19 日。

④ "Beauties Lord over this Eden", *The Straits Times*, February 7, 1988.

⑤ 《"射虎台"第 32 期》，《联合晚报》1987 年 11 月 15 日。

⑥ 《"射虎台"第 49 期》，《联合晚报》1988 年 3 月 20 日。

⑦ 《"射虎台"第 61 期》，《联合晚报》1988 年 7 月 1 日。

⑧ 《有奖填字游戏第 66 期》，《联合晚报》1988 年 2 月 6 日。

港的几个版本，以及本地出版的简节本。

书业界人士普遍认为《红楼梦》连环图销量虽然还算不错，但比之较早时《西游记》连续剧所掀起的购书热潮，明显还是有一段距离。[①] 邱程光认为,《红楼梦》对中国旧社会大家庭所发生悲欢离合故事的细腻描写，一些成人都不容易接受，更何况是小孩子们。缺乏了少年读者的捧场，图书销量肯定是有限制的。

一时间，市场上到处可看到《红楼梦》的相关产品，有它的书、卡带、唱片、激光唱片，甚至各种研究《红楼梦》的书评，好不热闹。《红楼梦》主题曲代理商形容销售速度从“蜗牛”般慢吞吞已变成“乌龟”，跑得快多了。然而按照唱片店的估计,《红楼梦》的确卖得不错，但还不能把《红楼梦》卡带归入销量很好的水准，比起以前的《济公》,《红》还是逊色了些，毕竟《红》比不上《济公》来得老少皆宜，尤其在新加坡。[②]

《联合早报》甚至以“电视剧《水浒传》《西游记》《红楼梦》播映之后，是否会激起一般人对中国文学名著的兴趣?”为话题，给观众与读者提供交流空间。已就业的人士一般都表示新一代的新加坡人由于华文水平不高，思想深受西风影响，同时生活紧张劳累，因此对中国古典长篇文学产生不了兴趣。大部分学生则认为大众传媒能对名著起到一定的普及作用，至少让更多观众认识这些作品，引起更多人的兴趣。[③]

其中22岁的国大学生刘杰奇如此说:

> 答案是肯定的。自从《西游记》《红楼梦》等剧播映之后，我的一些同学纷纷上书局买原装本或漫画连环图来看，就连受英文教育的都问三问四，说非常意外这些中国文学名著原来拍起来是这么好看!
>
> 其实，如果不是这些中国电视剧制作认真，我想也很难引起人们的

---

① 邱程光:《电视连续剧播映后　〈红楼梦〉连环图比原著更受欢迎》,《联合早报》1987年10月15日。

② 邓宇杰:《“蜗牛”已变成了“乌龟”〈红楼梦〉热潮下歌曲集销量增加》,《联合晚报》1987年11月3日。

③ 《本周话题　电视剧〈水浒传〉〈西游记〉〈红楼梦〉播映之后，是否会激起一般人对中国文学名著的兴趣?》,《联合早报》1987年11月14日。

注意。

不说别的，单看《红楼梦》里头的一场“秦可卿出殡”，就大饱眼福，其场面之壮观，声势之浩大，让观众仿如身在其境，让人目不暇给，叹为观止。①

除了相关民众调查，更难得的是，通过大众传媒的推动，以及报章提供的舆论平台，我们可以看到不同阶层观众的观后感。

冯时菁，就读于菩提小学六年级时写下了《我最喜欢的电视节目》一文：

虽然我不是每集都看（因为播映时间太迟），但是我有看过它的故事书，因此懂得它的内容。这是一部水准很高的作品，剧中的台词都很深奥，很难理解，但是看久了也会慢慢摸透。它主要是描述剧中的男女主角——贾宝玉和林黛玉的悲剧故事。贾宝玉从一个贵族子弟变成了一个流落街头的乞丐；林黛玉郁郁不乐，终于病死了，也很悲惨。

看了这部戏后，我觉得华文的确不容易学好，至于要把戏演好也是很不容易的。但我下定决心，从现在开始就打好华文基础。②

早苗，就读于莱佛士女中，选修华文为第二语言。她欣赏连续剧后也写下观后感，亦属难得。她对大场景、演员演技、剧拍摄与处理手法表示赞赏，可见电视剧认真制作的成果是极具魅力的。她更为《红楼梦》反映出当时女子的社会地位感到怜悯。尽管如此，从她的一些观点如“宝玉终究是花花公子，只不过比贾琏、贾赦这些好色之徒好些罢了”“荣国府出现‘老爷钟（洋钟）’感到费解”“从衣着打扮即看出绝非清代”“男女授受不亲，贾宝玉不单只在女人堆里钻，还和黛玉躺在床上一块儿讲什么耗子精的故事，岂不是违反了当时的世俗？”看来，她对《红楼梦》故事呈现的历

① 《本周话题：电视剧〈水浒传〉〈西游记〉〈红楼梦〉播映之后，是否会激起一般人对中国文学名著的兴趣？》，《联合早报》1987 年 11 月 21 日。

② 冯时菁：《我最喜欢的电视节目》，《联合早报》1988 年 5 月 19 日。

史年代、大家族的生活制度是充满疑惑的。[①] 问题之所以产生，主要是观众对文本中宝玉的年龄大小、写作的艺术手法（面容服装的描绘），乃至作者曹雪芹创作的环境背景都缺乏基本的认识。

记者李开访问了几位中学和大学先修班的老师、同学，他们大都同意电视剧会使有兴趣的同学进一步去寻找有关的介绍文字、连环图、改写本，甚至原著来阅读，以加深他们对故事内容的了解。这样无形中也将提高学生对华文的掌握能力。但《红楼梦》毕竟是一部精深博大的名著，它的时代背景离现代久远，加上人物众多，事件复杂，含义深刻，又有方言词语诗词穿插，拍成电视剧后，虽然故事和对白也尽量保留了原著的精华，但是要真正去理解并不容易。

整体来说，以华文为第一语言的学生以及部分成绩优越的以华文为第二语言的学生，比一般中学生更有条件欣赏、领悟这部连续剧的内涵。而一般中学生，如果在老师、家长的帮助下，相信也可以对这部电视剧产生兴趣，并对它的内容有一定程度的了解。莱佛士书院华文老师蔡志礼表示在电视剧播映前，他会先给学生介绍故事内容，把一些精彩的诗词解释给他们听，甚至提起一些古怪的片段以激发他们的好奇心。[②]

然而令人叫好不绝的《红楼梦》电视剧，据 1987 年 10 月与 11 月的统计结果看，却不在十大最高华语电视节目收视率排行榜中，令人感到惊奇。它败给了《战无不胜攻无不克》《君子好逑》《奇缘》等本地制作的电视剧。排在最后的《焦点 30 分》收看人数达到 55 万，说明《红楼梦》收看人数必在 55 万之下。[③]

这样的收视成果确实让红迷失望，他们甚至质疑电视台的统计方法。其实无论收视率统计结果如何，电视剧观众的数量，已超越了多年来累积的阅读《红楼梦》原著的人数。许多爱读名著的朋友都有这样的体验：《水浒传》《西游记》可以一口气读完，但看《红楼梦》往往是断断续续

① 早苗:《英校中学生看电视剧〈红楼梦〉》,《联合早报》1988 年 3 月 25 日。

② 李开:《电视剧〈红楼梦〉掀热潮老师、同学怎么说?》,《联合早报》1987 年 10 月 26 日。

③ 《本地电视剧・收视率高踞榜首　中国红楼梦・曲和寡吃败仗》,《联合晚报》1987 年 11 月 22 日。

的，欲看还停的，也有整年还读不完的。普通观众若抱着追看当代流行电视剧的心态来看《红楼梦》，肯定要大失所望。因此，即使仅有一万人观看《红楼梦》，也不必大惊小怪，爱看的人自然有耐心追看下去。[①]

黄宁指出新加坡这一阵《红楼梦》热是属于一般上了年纪的观众的，并感慨《红楼梦》连续剧的高水准制作竟然无法引起年轻人的兴趣。撇开欣赏能力不谈，年轻人对中华古典文学普遍缺乏认识，他们的品位更偏向新潮、怪诞、刺激和热闹。他认为剧组在整个制作的筹备、进度、编审和选角方面，都追求做到华而又实，成为历代民族艺术的再现，进入了审美的高文化层次。同时也对精雕细琢的场景、温文尔雅的台词、刻画细腻的表演、钟鸣鼎食的排场、云蒸霞蔚的服饰表示赞赏，认为这些都非一般古装大戏所能及。[②]

山叔在《传统文化与电视剧》[③]一文中所展现的当代华裔的文化焦虑，或能让我们更深刻地认识到《红楼梦》影视传播所扮演的角色和影响力：

打从1965年独立到八十年代中，新加坡人一直埋头于工业化、现代化，最近几年又忙着向高科技进军。二十多年来，我们把自己的传统文化冷落了。今天，老一辈新加坡人看到年轻人泡在快餐店里不出来，爱吃汉堡包不爱吃叉烧包，拿起有毛之笔来不会写字，越看越伤心，越想越不安心。所以，近来不断听到人们呼唤传统文化的声音。

许多人曾经哀叹，现在的年轻人虽然读过一点华文，但是不知《红楼梦》所做何梦，眼前放着一部《水浒》，他们竟读成水“许”。你说那是“水浒”，有人反问：世上只有陆老虎、山老虎，哪有“水老虎”？听到这样的笑话，真不知是该哭还是该笑。

可是，最近情况好一点了，托电视连续剧的福，很多人不仅晓得《红楼梦》是什么，也知道了美猴王就是孙悟空。进而有些人对原著很感兴趣，躺在书店角落头吃灰尘好多年的《红楼梦》，前些日子被人争购，而

① 罗兰：《红楼梦搬上荧幕》，《联合晚报》1987年4月18日。
② 黄宁：《〈红楼梦〉热》，《南洋商报》1987年11月1日。
③ 山叔：《传统文化与电视剧》，《联合晚报》1988年6月5日。

《西游记》原著最近也十分抢手,连沾到"西游"味的连环图、简写本都畅销起来。

这当然是一件好事。看来,传统文化要继续往下传,电视剧是一种不可忽视的大众传播媒介。电视剧者,戏剧也,在今天科技发达的时代,文化的传播要靠电视剧,其实,在科技不发达的古代,文化传统的传播,又何尝不是靠戏剧呢?我们的老祖母,不识一字,但是对《水浒》《西游记》中的人物却熟悉得有如自己的亲戚,当然不是因为读过原著,而是看过《水浒》《西游记》改编的戏。古之戏剧,今之电视剧,对人们的影响实在太大了。因此,好好利用这一传播媒介,用大众喜闻乐见的形式介绍传统文化,传播传统文化,这是一项非常有意义的工作。

同时期进入新加坡的中国电视剧还有《西游记》,主题曲《敢问路在何方》传唱一时,《三国演义》《水浒传》也有不少人追看。到了2000年前后,古装喜剧《还珠格格》,以及《大宅门》《康熙王朝》等,则为本地剧迷掀开了中国影视记忆新的一页。①

影视《红楼梦》的传播是非常成功的,这体现在以下几个主面:(1)引起了社会关注,刺激舆论和媒体宣传;(2)受众群体扩展,激发红迷以外的群众的兴趣,影视的传播速度和范围是阅读难以企及的;(3)唤醒华裔对中华文化的记忆和文化荣誉感;(4)呈现了文化魅力与美感,乃至引发了对中华哲学思想的反思。

第二节　戏剧传播

1925年9月14日,《南洋商报》中《粤乐曲之新出版物当为粤乐歌曲家之欢迎》一文提到"音乐歌曲,足以陶淑性情,消遣烦虑,此语不独为今之科学家教育家卫生家所公认,即古人之对于音乐亦列于六艺之一,是

---

① 霍月伟:《从〈刘三姐〉到〈中国好声音〉　中国软实力在本地的前世今生》,《联合早报》2015年11月6日。

其在于艺术上之位置，其价值如何亦从可想见”。

文中还谈及邱鹤俦《弦歌必读》和《琴学新编》第二集，沈允升《歌弦快睹》等著作。文中说潘贤达新著《粤曲菁华初集》“见其审音定律，法口腔拍，悉有渊源，丁板工尺，尤加精审，所有现最趋时之大曲小调，亦多编入，中有黛玉葬花全曲，自怨婚以迄离恨天止，均谱以工尺板拍，及附以锣鼓场头，诸臻美备”。①

该书当时还未在新加坡售卖，作者仅从友人手中借阅到《粤曲菁华初集》，随即撰文告知同好，足见马新一带重视音律、喜爱戏曲的人应该不少。

1926 年 3 月 20 日晚，粤班梨园中的名角新丁香耀（原名陈少仑，广东惠阳人）表演《黛玉葬花》一剧。他先饰演黛玉登台，演至黛玉归天后，转饰宝玉哭灵。② 新丁香耀受聘于牛车水岭南新剧团，在星洲登台一星期，大获赞赏后于 5 月 8 日再续聘。③

1927 年 11 月 2 日晚上，在牛车水大马路英华电影院登台表演的紫罗兰歌舞剧团呈现了五个节目，其中一项就是《黛玉葬花》(古剧)。紫罗兰当时仅 12 岁，从马六甲再返星洲，其歌舞艺术深受欢迎。有观众评说：

> 观其舞态翩跹、身轻如燕、益以其舞衣金碧辉煌、钻光耀目、尤叹观止……至所演古装歌剧(霍小玉)，此剧原为一种哀艳之歌曲，观其抚琴歌诉时，眉锁春山，眼凝秋水，歌声之如怨如慕、如泣如诉，令观者听者亦为凄然。④

驳业工友联合会聘请上海大舞台班在天福宫戏台演京剧筹赈中英难民，1941 年 8 月 17 日晚有《宝蟾送酒》，由钱素秋饰演宝蟾。⑤ 1966 年 4

① 《粤乐曲之新出版物当为粤乐歌曲家之欢迎》,《南洋商报》1925 年 9 月 14 日。
② 《名伶新丁香耀到叻奏技》,《南洋商报》1926 年 3 月 20 日。
③ 《名优新丁香耀再复登台奏技》,《南洋商报》1926 年 5 月 6 日。
④ 《观紫罗兰姑娘奏技记可谓名不虚传》,《南洋商报》1927 年 11 月 1 日。
⑤ 《驳业工友联合会今明晚续聘大舞台班演京剧筹赈》,《南洋商报》1941 年 8 月 16 日。

月，泰华文化艺术访问团一行二十人，在马新各地进行了为期三周的访问和艺术表演。他们从北马一路南下，为给各地的教育机关筹募基金而义演。演出项目多姿多彩，有中国民族舞蹈、泰国民族舞蹈共十余种，包括歌剧表演《红楼梦之读西厢》。①

目前能够明确知道的是，新加坡本土创作演出的《红楼梦》歌舞剧始于21世纪70年代。1976年星洲少镇山国术体育会为庆祝成立十八周年和筹募基金，于6月22日及23日，在维多利亚剧院举行庆祝，公演了舞剧《红楼梦》。此剧由该会舞蹈老师李淑芬编排，并由其担任黛玉的角色。其他演出成员主要是少镇山体育会舞蹈组组员，同时还邀得凤凰舞蹈团协助演出。李淑芬认为《红楼梦》是华族家喻户晓的文学故事，编成舞剧较容易使观众了解和接受。而舞蹈组组员学习的是华族舞蹈，借此也可让学员有练习和表演的机会，提高他们学习的兴趣。这是一出由本地创作者创作的舞剧，从编词、作曲，再编舞都让他们费尽心思。该会更于1976年6月15日出版了图文并茂的《呈现舞剧红楼梦特辑》作为纪念并用以鸣谢各方人士的支持与协助。②

1980年12月13日，在新加坡文化部主办的艺术节中，冈州会馆业余戏剧团在维多利亚剧场呈献新编历史名剧——粤剧《红楼梦》。③此剧以中国电影越剧《红楼梦》为蓝本编撰，对剧中的人物性格、剧情进行了新的编排。改编的故事内容虽仍着重讲述贾宝玉和林黛玉之间的恋情，不过剧中主要人物的性格却显然与原著有些不同。例如贾宝玉原本是一个娇生惯养脂粉味重的少年，在剧中却摇身一变，成为一个富正义感而又果敢的人物。④

黄仕英与曾维礼编撰主题曲多支，如由胡桂馨（饰演林黛玉）与卢湄华（饰演贾宝玉）所合唱的《读西厢》《葬花试玉》《幻觉离恨天》，与胡桂

① 《促进邻国之间文化交流　泰华文化艺术访团七日由曼谷抵槟城　在星马各地访问共三周将为教育机关义演筹款》，《南洋商报》1966年4月5日。

② 林献和、谢淑英编著：《星洲少镇山国术体育会庆祝十八周年纪念　呈现舞剧红楼梦特辑》，新加坡：星洲少镇山国术体育会，1976年，第1～23页。

③ 《艺术节今日节目》，《星洲日报》1980年12月13日。

④ 《冈州会馆业余粤剧团筹备名剧〈红楼梦〉》，《星洲日报》1980年4月26日。

馨主唱的《黛玉归天》等唱曲。该团为此剧所编撰的小曲多达三十余支。①

剧团也特制适用的全新瑰丽戏服，由胡桂馨、卢湄华设计，高美华、曾燕玲、胡宝燕、黎少凤、林中虎等赶制处理。甚至贾宝玉佩戴的“通灵宝玉”也制作精巧。

为了使不谙粤语的观众了解剧情，该团细心制作了中英文字幕说明。由胡桂奢详予翻译两剧文字后，卢莹华、邱陶鉴、叶惠贞、徐应就、朱巧珊等赶制幻灯片。② 这种种的创举表明了该团筹备的用心与认真，实为推广地方戏的先声团体。

这出《红楼梦》长剧佳评如潮，提高了粤剧的艺术地位。特别是《幻觉离恨天》一场，名旦胡桂馨领着八位仙女，众仙女之全新瑰丽服装与特制之尘拂，在云雾中畅翩起舞，步法与舞姿，变化神奇，让观众觉得精美奇妙，似见仙女下凡，怡情悦目。

《幻觉离恨天》后来作为折子戏，成了敦煌剧坊的代表作之一。敦煌剧坊成立于1981年10月15日，是胡桂馨与黄仕英联合一批热爱地方戏剧艺术的志同道合者组织而成的。他们获得了热心发扬优良传统艺术的张荣的大力支持与领导，剧坊摆脱了氏族、宗亲团体观念而以一种独立姿态和风格出现，朝着追求崇高艺术境界的目标，不遗余力地推动华族地方戏剧的发展。③

1994年4月的“狮城梅花戏剧节94”是新加坡有史以来规模最盛大的国际性戏剧活动。由安徽黄梅戏剧院、黑龙江龙江剧实验剧院、山西临汾蒲谱剧院、广东粤剧院一团，以及中国艺术研究院和中国戏剧家协会等总共188人组成的演出阵容，为新加坡剧场招来了23万人次的观众，同时，通过戏曲艺术交流，吸引了8000余名听众。

4月1日开幕，首场演出是由中国戏剧“梅花奖”得主马兰和黄新德

---

① 《艺术节之一项精彩节目　冈州粤剧团13日公演新编名剧“红楼梦”》，《星洲日报》1980年12月8日。

② 《冈州会馆业余粤剧团筹备名剧“红楼梦”》，《星洲日报》1980年4月26日。

③ 《敦煌剧坊举行简单隆重成立典礼》，《星洲日报》1981年10月16日。

主演的黄梅戏《红楼梦》。剧场座无虚席，新加坡81岁高龄的著名艺术家潘月红盛赞安徽的演员们把《红楼梦》中的人物演活了。① 主办当局——新加坡中华总商会和“敦煌剧坊”把当天的戏票收入约14万元新币，全部捐赠给孙中山先生旅居新加坡的故宅“晚晴园”，以资修葺。

马兰、黄新德等主演的黄梅戏《红楼梦》《梁祝》，“梅花奖”得主白淑娴等主演的龙江剧《荒唐宝玉》《木兰传奇》等，则以情节和人物情感波澜的跌宕起伏，舞台调度的新颖等创造性表演手法，使新加坡观众耳目一新。他们对《红楼梦》这类创新剧目中的某些台词的白话化倾向和唱腔的异于“原汁原味”虽持有异议，但对当前戏曲发展过程中出现的用现代戏剧手法表现历史题材的尝试探索，仍饶有兴趣，剧场雀跃异常。

三个剧种表演成一个贾宝玉。贾宝玉在黄梅戏《红楼梦》中，表现为心猿意马，情意缱绻；在龙江剧《荒唐宝玉》中，表现为纵情恣肆，石破天惊；在粤剧《情僧偷到潇湘馆》中，则表现为寂寞声色，憨直痴稚。

三部戏以不同的声腔和表演风格，从不同的侧面刻画成一个人物形象，自然引起观众的欣赏兴趣，从而把剧场的气氛推向热烈的高峰。

这次“狮城梅花戏剧节94”，除了演出28场戏以外，还开展了多种多样的戏曲艺术交流活动。这也是主办当局的一贯方针，目的是普及戏曲知识，同时响应新加坡政府的号召，以生动活泼的方式，提高新加坡华裔年轻一代的华语水平。②

粤剧专家周荣昌在观赏过不同剧种的《红楼梦》之后，先后在《联合早报》上发表几首诗词：

看越剧《红楼梦》③

调寄忆江南

红楼梦，台上有传人。斗丽争妍歌舞妙，花团锦簇戏如真。瓶内酒添新。

---

① 肖溪：《〈红楼梦〉狮城绝唱　台湾岛又迎〈梁祝〉》，《艺术界》1994年第3期。

② 胡芝风：《中国戏曲在新加坡——“狮城梅花戏剧节94”一瞥》，《中国戏剧》1994年第9期。

③ 周荣昌：《词三首》，《联合早报》1988年6月30日。

看粤剧《情僧偷到潇湘馆》
调寄采桑子
一槌锣鼓歌三百，出出潇湘，夜夜潇湘，顾曲周郎也断肠。
情僧艺有传人在，神似凡腔，更胜凡腔，此日梨园分外香。

梦[①]
又是笙歌锣鼓开，
潇湘冷月照僧来。
幕前幕后都归去，
锦绣红楼一舞台。

1987 年 4 月 17 日至 19 日，南洋女中戏剧学会在维多利亚剧院演出了三晚的《红楼梦》。演出采用的脚本是四川剧作家赵清阁改编的《贾宝玉与林黛玉》，由蔡曙鹏导演，舞台设计是钟谷瑶。剧情叙述贾宝玉、林黛玉和薛宝钗的三角恋爱，贾府的盛极而衰，元春省亲至黛玉病逝，宝玉出家，由宝钗独承封建礼教枷锁的动人故事。[②]

《红楼梦》的演员众多，每个角色至少有两名演员，幕后工作人员则分化装组、灯光组、道具组及服装组等。担纲演出的 29 名学生，都来自中三及中四班级，剧中男角清一色由女角反串，头饰、戏服、布景等也由该校师生亲自裁剪和制作。

由于全部演员都是在校学生，都是第一次演戏，所以他们除接受基本训练、语音训练之外也接受身段训练和水袖训练。《红楼梦》的演员先被指导看连环图，接着看简节本，然后看完整本。1986 年 4 月开始，每周排练一次，6 月之后，每周排练 3 次，经常作技术检查、要求演员撰写读书报告，以期培养他们的文学基础。[③]

---

① 周荣昌：《梦》，《联合早报》1989 年 3 月 29 日。
② 黄叔麟：《南洋女中 70 周年校庆　将举行系列庆祝节目》，《联合晚报》1987 年 2 月 21 日。
③ 黄叔麟：《南洋女中 70 周年校庆　将举行系列庆祝节目》，《联合晚报》1987 年 2 月 21 日。

校方为了提高演员们的演技并增进演员们对古装戏的了解，经常安排演员们参加座谈会。蔡曙鹏给她们上戏剧理论，教她们演哑剧，学莲步水袖，带她们看敦煌剧坊、乐龄京剧团、平社等戏剧团体的地方戏曲演出。①

1986 年 12 月 8 日，校方通过蔡曙鹏邀请了中国浙江省小百花越剧团导演之一的胡其娴来观看演员们的排练。胡导演不仅对同学们的演技作了点评，还与大家一块分析角色的性格，同时提出几项演戏的要点。总括她的谈话是：演戏得真听、真看、真想。最后胡导演示范了古装戏的各种动作和身段，临走前还信心十足地鼓励大家："你们一定会把戏演好！"②

整出《红楼梦》中，戏份最重的是饰演林黛玉及贾宝玉的演员。初挑大梁饰演林黛玉的陈惠娟及马淑芬同学对于能参与演出深感荣幸。但由于林黛玉在性格上与她们都有很大的差异，要掌握好这个角色并不容易。李秀丽同学是饰演贾宝玉的演员之一，她感到压力很大，尽管如此，她还是坚持演下去。反串男生，秀丽感觉十分别扭，为尽力把戏演好，她坚持在家练习小生台步。另外一名饰演贾宝玉的陈玮玲同学也表示，在她不断深入研究角色性格的过程中，导演给了她很大的帮助，使她能掌握贾宝玉在整部戏里感情上的转折。③

蔡亮校长明言此次演出《红楼梦》有几个目的：第一，为了庆祝南洋女中创校 70 周年；第二，为了继承前人的戏剧活动，提供机会给有演戏潜能的同学，让大家在学习道路上留下美好的回忆；第三，通过《红楼梦》古装话剧这类集体艺术活动，使参与台前幕后演出工作的学生养成合作、守时、有纪律的习惯；第四，提供机会给南中戏剧学会的会员，使她们能把所学的理论付诸实践。④

蔡校长认为《红楼梦》是一部不朽的中华文学著作，它的文学价值高，结构精密，文字优美，值得更多人欣赏。但现在只有一小部分年轻人读过《红楼梦》，通过这次演出，希望能激发年轻人去读这部不朽的著作

---

① 《南洋女中演出文学名著〈红楼梦〉》，《联合晚报》1987 年 4 月 17 日。

② 吴妙慧：《南中戏剧学会　马不停蹄搞演出》，《联合早报》1986 年 12 月 20 日。

③ 吴妙慧：《南中戏剧学会　马不停蹄搞演出》，《联合早报》1986 年 12 月 20 日。

④ 郭福成：《一心一意把戏给演好》，《联合早报》1987 年 2 月 26 日。

的兴趣，也希望同学们会爱上这本书，并促进他们对其他中华文学的喜爱。[①]

最终，蔡校长的目的确实达成了。尽管《红楼梦》是中国文学史上一部光辉灿烂的伟大作品，但在新加坡此时的大环境中，并没多少人能从头到尾看过一遍，十个人里连一个也说不上。然而这个描述，在《红楼梦》话剧的排演后，再也不适宜用在南洋女子中学的同学们身上。她们就算没办法把《红楼梦》所有角色的名字都叫出来，但对于宝玉与宝钗的“金玉姻缘”、林黛玉的多愁善感、王熙凤的阴险奸诈都如数家珍。无论是演一个丫鬟的演员，还是弄布景道具、化妆宣传的工作人员，都对《红楼梦》产生兴趣，并且排除万难地阅读起厚厚的原著。而饰演贾宝玉、林黛玉、薛宝钗等几个重要角色的同学，当然花了更多时间去深入了解原著。读过了《红楼梦》之后，她们不会再对《镜花缘》《聊斋志异》“见外”。演出了《红楼梦》之后，她们就把舞台当作朋友，以后有任何舞台演出都会珍惜。这出戏培养了一班爱好中华古典文学、热爱舞台表演艺术的年轻人。[②]

南中戏剧学会在《红楼梦》预演[③]和正式演出时都表现不俗，给观众留下深刻的印象。一出戏的成功，导演无疑扮演着最为重要的角色。导演蔡曙鹏表示：“有机会参与南洋女中建校七十周年的庆祝活动，我感到极大的荣幸。因为南洋女中是个光辉的称号。它代表了先人披荆斩棘、办学自助的精神。它是先人开拓新加坡的历史见证。庆典的最大意义在于重新认识个人与群体，重新评估价值观与文化传统。形式可以多样化，戏剧表演、千人宴或歌舞汇演。但万变不离其宗，我们要饮水思源。我很高兴有缘参加其中的一项庆祝活动——话剧《红楼梦》的演出。”[④]

蔡曙鹏深知排演《红楼梦》是一件吃力的苦差事，他从国立大学图书馆浩繁的书堆看起，从红学专家滔滔雄辩里理出乱线后，才能开始进行导

---

① 《南中戏剧学会将演〈红楼梦〉》，《联合早报》1987 年 2 月 22 日。

② 《南洋女中演出文学名著〈红楼梦〉》，《联合晚报》1987 年 4 月 17 日。

③ 谢世民：《南中戏剧学会排演〈红楼梦〉具有一定的水准》，《联合早报》1987 年 3 月 7 日。

④ 蔡曙鹏：《我们为什么演〈红楼梦〉》，《联合早报》1987 年 4 月 10 日。

演的艺术构思。其中王昆仑的《红楼梦人物论》和余英时的《红楼梦的两个世界》，给他很大的启示。此外，王志武、白盾、张毕来的著作也让他获益不浅。

胡其娴导演到校指导时与他交换了不少意见。他在港欣赏了香港话剧团公演的《石头记》，这部由陈尹莹编导的剧作亦幻亦真，是部既忠于原著又充满创意的舞台剧。胡、陈两位学姐的高明手法，使他在再度创作过程中有了新的理解。

蔡曙鹏选取小说里比较有戏剧性而又能揭示主题的片段，串联起来演出。希望通过台上具体的艺术形象，引导观众进一步去翻阅原著、翻阅更多古今中外更多发人深思的名作，进一步去思索人世间的爱恨与恩怨，审视自我的言行。①

蔡曙鹏接着又导演了华语古装话剧《雪剑鸳鸯》，也是来源于赵清阁据《红楼梦》第四十七回、第六十三至六十九回改编的四幕剧，写的是尤二姐吞金、尤三姐自刎，姐妹俩先后自杀的悲剧，也从侧面衬托了王熙凤的毒辣，贾珍、贾蓉父子的荒淫。

这出戏的中心人物是尤二姐和尤三姐。二姐优柔寡断，贪图富贵，听了甜言蜜语而受诱成了花花公子贾琏的妾，最后被贾妻王熙凤逼死。三姐虽然性情刚毅果敢，却把五年前见过一面的柳湘莲理想化了，结果由于双方对彼此了解不深，湘莲误听人言而退婚，三姐因此拔剑自杀。两个故事告诉我们，为满足虚荣心以及缺乏了解的爱情都是不可靠的。当然，故事也反映了旧社会黑暗、丑恶的一面。蔡曙鹏认为《雪剑鸳鸯》说的虽然是旧社会的爱情悲剧，却能引起现代青少年对爱情的反省和警觉。②

此剧由新进文艺团体演艺坊（Arts&Acts）于1987年11月27日至29日在戏剧中心演出。由钟谷瑶任舞台美工设计、陈必佳任技术总监、杨信有监制、陈辉煌设计灯光，共28位青少年参演。他们大部分都是学生，包括中学生、高中生和大学生，平均年龄19岁，最小者13岁，最长者32

---

① 蔡曙鹏:《我们为什么演〈红楼梦〉》,《联合早报》1987年4月10日。

② 李开:《爱情悲剧的反省》,《联合早报》1987年11月26日。

岁。主要演员有冯慧诗（尤二姐），陈玉卿（尤三姐），邹勇辉（贾琏），钟锡凤（王熙凤），陈英豪（贾蓉），李沅和、林国荣（贾宝玉），王巧时（尤氏），马淑芬、陈玉惠（平儿）。[①]

演艺坊推出此剧，旨在培养青少年阅读中国古典文学兴趣，并以尤二姐、尤三姐遇人不淑的悲剧，引发少男少女对爱情的反省。他们也希望演出这话剧能引起更多青少年对阅读《红楼梦》的兴趣。

从影响方面来看，这次参演者都很年轻，他们多数是在接到戏后才恶补《红楼梦》和有关资料的，但却也爱上了这部经典之作。宝玉饰演者，14 岁的李沅和 17 岁的林国荣就属上述情况。[②] 饰演尤二姐的冯慧诗通过听录音带、看书和录影带，反复揣摩角色性格。[③] 邹勇辉（贾琏）更是当上了青年导演，执导了演艺坊又一部以《红楼梦》为题材演出的《晴雯赞》。《晴雯赞》由黄金福监制，蔡曙鹏担任艺术顾问。[④] 演艺坊为在籍学生，特别是中学生提供了一个很好的平台。他们公开遴选演员，为录取者创办演员训练班，提供公演机会。

2014 年新加坡琼剧团为庆祝成立四周年，于 6 月 9 日下午 2 时至 5 时在国家图书馆 3 楼举办了华语座谈会“本地琼剧的回顾与展望”（免费），以期继续传承与发扬传统海南戏曲文化。座谈会邀请到学者王永炳博士、新跃大学中华学术中心高级研究员蔡曙鹏博士，以及青年戏曲导演林嘉担任主讲嘉宾。

剧团于 6 月 11 日、12 日晚在戏剧中心（国家图书馆 3 楼）呈献一部改编自《红楼梦》的琼剧《忆 · 红楼梦》，门票分 20、30、50 元新币三种。剧情从贾宝玉与薛宝钗成婚的“金玉良缘”情节开始，回顾贾宝玉和林黛玉从初次见面到惺惺相惜的过程，再以贾宝玉出走为结尾。此剧由邓光华改编剧本，陆铭芳作曲，林嘉执导，由本地资深与年轻演员，连同星海艺术研究会、海南音乐老师符永福和许天生，以及蒙忠川、符迎春等海南省

---

① 《推介中国古典名著，演艺坊呈献〈雪剑鸳鸯〉》，《联合早报》1987 年 11 月 19 日。

② 漠心：《演艺坊公演〈雪剑鸳鸯〉》，《联合早报》1987 年 11 月 24 日。

③ 李开：《爱情悲剧的反省》，《联合早报》1987 年 11 月 26 日。

④ 《年底公演〈晴雯赞〉 演艺坊将遴选演员》，《联合早报》1988 年 6 月 8 日。

著名演员共同演出。

新加坡琼剧团尝试通过此次演出突破传统琼剧戏曲内容，把经典文学作品搬上舞台，让琼剧观众有机会欣赏优秀剧目。剧团也希望以丰富的琼剧表演艺术，吸引不同籍贯的年轻观众。①

新加坡敦煌剧坊在2014年6月20日联合牛车水民众俱乐部粤剧团演出长剧《红楼梦》。该剧是由敦煌剧坊主席黄仕英改编，司徒海嫦执导，洪清芳（饰贾宝玉）与陈美玲（饰林黛玉）领衔演出。

黄仕英说："《红楼梦》是一部新的创作剧，剧情围绕在'钗怨黛愁'，即贾宝玉、林黛玉与薛宝钗三人的爱情纠葛。其最大特点是将《红楼梦》的尾声改为'木石前盟'，而非沿袭一般粤剧的'偷祭潇湘馆'或'幻觉离恨天'，使得全剧换上新的面貌。"②

2017年，中、新两国的越剧团体为合作弘扬传统戏曲艺术，于6月中旬在新加坡华族文化中心剧场隆重推出两场精彩越剧。首场是6月16日由新加坡大唐有限公司主办、新加坡戏曲学院协办的《红楼梦·缘》，由新加坡三个越剧团体——马林百列民众俱乐部上海越剧欣赏学会、新越韵越剧团、热心剧团和中国上海卢湾青年越剧团联合呈献。

马林百列民众俱乐部上海越剧欣赏学会主席符国婉表示《红楼梦·缘》是经过半年精心策划与筹备，挑选几段在情节设置、唱腔和行当艺术等方面有艺术特点的片段重新整合汇编而成的，浓缩了丰富多彩的内容与感人肺腑的故事。该剧有别于当年的王文娟、徐玉兰的经典版本。

《红楼梦·缘》的多段戏码分别是：《妙玉净心》，由林玉珠饰演妙玉。"红楼二尤"的两段戏是《尤三姐折簪、饮剑》和《尤二姐吞金》，由姚金枝扮演尤三姐，许素珍饰柳湘莲，何丽莲饰演尤二姐，符国婉饰演王熙凤，张思梅饰演秋桐，侍静静饰演善姐。关于晴雯的两段戏是《晴雯补裘》和《宝玉探晴雯》，《晴雯补裘》一段中，由陈慧伶饰演晴雯，《宝玉探晴雯》一段中，由张懿饰演贾宝玉，陆丽琴饰演晴雯。观众熟悉的《金玉

---

① 邓华贵：《新加坡琼剧团座谈会和新剧〈忆·红楼梦〉》，《联合早报》2014年6月5日。

② 王一鸣：《敦煌剧坊演出粤剧〈红楼梦〉和〈戏曲雕龙〉》，《联合早报》2014年6月14日。

良缘》将作为压轴戏登场，冯芳芳饰演贾宝玉，高婷饰演薛宝钗，符国婉饰演王熙凤，郑松柳饰演贾母，林玉珠饰演王夫人。演出由张莉担任总导演，三个本地越剧团团长都将在剧中担任主要角色。[①]

英语戏剧 *A Dream of Red Pavilions* 于 2016 年 1 月 23 日至 2 月 14 日，在农历新年期间，由纽约泛亚剧团（Pan Asian Repertory Theatre）呈献，在纽约外百老汇克勒曼剧场（The Clurman Theatre）首演。此剧是新加坡英文作家程异（Jeremy Tiang）改编的。英语《红楼梦》由张渝及鹿瑜共同导演，张渝同时也是泛亚剧团创办人，鹿瑜年轻时还曾经在台湾演过贾宝玉，与《红楼梦》和贾宝玉都很有渊源。

程异虽然以英文写作，但因为热爱华文，喜欢华文文学作品，所以爱上了中国古典文学《红楼梦》。2007 年他还在伦敦上课时就开始投入《红楼梦》剧本的改编工作。程异决定改编《红楼梦》时，对人物与故事的取舍做了考量，最后还是决定以贾宝玉和林黛玉的爱情故事为主线，以石头与绛珠仙草幻化成人的神话为开场，从宝黛两人的爱情纠葛，讲述贾府家世起落及错综复杂的人际关系。在曹雪芹塑造的众多小说人物中，程异抽取了 18 个主要角色，除了贾宝玉、林黛玉、薛宝钗之外，还有王熙凤、贾母、贾政、贾惜春、贾元春、秦可卿、警幻仙子等。

此版《红楼梦》演出阵容除了华裔演员之外，也有为数不少来自亚洲各地的亚裔演员，其中饰演林黛玉的王雅松（Kelsey Wang）不但是出生于北京的华裔，小时候还曾在新加坡成长、求学，目前驻扎纽约，从事演艺工作；而饰演贾宝玉的伟切·查么（Vichet Chum）是柬埔寨人；菲律宾演员 Leanne Cabrera 则饰演薛宝钗；另外，两位华裔演员王珣（Audrey Wang）和吴晓清（Mandarin Wu）分别饰演贾惜春和贾元春。剧中的一些演员分饰多个角色，如吴晓清还饰演秦可卿和警幻仙子。

程异从纽约回新加坡时接受专访时说："很高兴终于有机会把这故事呈献给美国观众。非常感激泛亚剧场的支持，还有黄土剧团之前在伦敦的帮

① 王一鸣：《新中两国越剧团呈献"上海越剧欣赏之夜" 三团长主演本地版〈红楼梦·缘〉》，《联合早报》2017 年 5 月 30 日。

助。有机会在曼哈顿的一家外百老汇剧场演出，实在很幸运。希望美国观众会欣赏《红楼梦》，并且从中得到启发，多看中文书，多接触亚洲文化。”①

程异强调，他之所以一心想要将《红楼梦》改编成英文话剧，主要是为了将《红楼梦》引介给非华语圈子的观众。《红楼梦》虽有多种英文翻译版本，但其实在英文世界里并没有太多人阅读。他希望通过戏剧演出，能使较多观众认识《红楼梦》。

最后，值得一提的是新加坡“TOY”剧团的经典话剧《咏蟹花》，此剧灵感源自《红楼梦》中的“蟹宴”情节，由新加坡著名舞台剧导演吴文德撰写剧本并执导。吴文德通过对“蟹宴”段落的另类解读，将中国特有的“宴文化”所承载的政治寓意表达得淋漓尽致。

据悉，剧本最初是以中文成稿，而后再翻译成英文进行演出。吴文德从《红楼梦》30多首名诗中精选出7首，并从角色的情感出发设计意境，令诗拥有了新的生命，成了角色的一部分。

《咏蟹花》讲述五名满怀抱负的清代女子在父亲六十寿宴上设立诗社的故事，刻画了身处深宅大院的女孩儿们准备蟹宴时所发生的一系列爱恨情仇，以清一色的女子阵容演绎了一场发生在闺中深处的“宫心计”。虽然该剧以清朝为故事背景，但却隐喻着现代社会。导演吴文德表示，咏蟹花是美丽的，但美丽背后往往有丑陋的代价，最美丽的事物往往也最容易枯萎。②

英文话剧《咏蟹花》初演于2009年的新加坡艺术节，因首度上演时观众反响热烈，又再度重演了两个星期。③ 而后又以其深厚的剧本底蕴，简洁清朗的导演技法，被选为中国国家话剧院第四届国际戏剧季的开幕大戏，华语版于2010年10月19日至21日在东方先锋小剧场首次亮相，连演3场。中国国家话剧院作为主办方特以最低50元的票价邀请更多戏迷

---

① 张曦娜:《本地作家程异改编〈红楼梦〉宝黛说英语登纽约舞台》,《联合早报》2016年1月5日。

② 和璐璐:《新加坡清一色女子阵容演绎〈咏蟹花〉》,《北京晨报》2010年10月12日。

③ 《关于TOY》,2018年8月25日,http://www.toyfactory.com.sg/about-toy-2/。

朋友走进剧场。[①]

以《红楼梦》为主题的戏剧，在马新流传已近百年之久，形式多样，有传统戏曲如粤剧、潮剧、芗剧、京剧、越剧，也有现代舞剧、歌剧、话剧等。

20世纪20年代开始，当地戏剧表演多由本地剧团学会商会聘请中国的名伶来演出，不时也有其他国家的表演嘉宾到来巡回展演。到了70年代，由于酬神戏的需求减少，加上电视、电影等新兴娱乐形式的崛起，戏曲失去了它“全民第一娱乐活动”的地位，欣赏戏曲的人越来越少，职业戏班一片萧条。此时，业余剧团却异军突起，票友组织剧团的最初目的只是自娱自乐，慢慢却以戏曲作为传统文化传承的载体，主动积极将之发扬光大。[②]

新加坡的华族戏剧艺术在题材故事、表演形式、传播途径各方面进行了很多变革，才有了今天呈现出的旺盛生机。戏剧除了作为娱乐和文化传承载体之外，也被视为一种艺术。

歌舞团、地方戏剧团开始以《红楼梦》的改编作品做大型演出，并取得热烈的反响。1977年创办的“新加坡艺术节”，最初是旨在表彰本地艺术先锋的国家艺术活动，后发展成为亚洲最具影响力的标志性主流艺术节之一。[③]从1980年第三届艺术节开始，活动改由新加坡政府机构接手主办，而当届被推选为代表新加坡节目之一的就是冈州会馆粤剧部新编的粤剧《红楼梦》，足证国家与人民对《红楼梦》的认可。

此后，敦煌剧坊、东安会馆粤剧组、南洋女中戏剧学会、新加坡芭蕾舞蹈学院、双语话剧团体“演艺坊”、新加坡福建公会芗剧团、新艺剧坊、新加坡琼剧团等众多艺术表演团体纷纷加入改编《红楼梦》的队伍，并创作了属于自己的作品。新加坡业余剧团享有国家补贴和民间赞助，十分重视精品化演出，他们积极聘请海外专业老师前来执教，努力创作新剧，积

---

① 和璐璐：《新加坡清一色女子阵容演绎〈咏蟹花〉》，《北京晨报》2010年10月12日。

② 许振义：《新加坡对中国戏曲的创新》，2018年8月19日，http://www.yan.sg/shengwuhengqianlekeshiou/。

③ 张跃、张琨：《新加坡文化概论》，广州：世界图书广东出版公司，2014年，第230页。

极提升戏曲演出的艺术内涵，甚至举办戏曲学术研讨会等。

蔡曙鹏将《红楼梦》话剧演出的种子播向学生群体，成功培育出少年导演和演员；胡桂馨与黄仕英为推广粤剧费尽心思，胡桂馨率先采用中英文字幕来配合粤剧演出，既让受英文教育的观众能够了解剧情，欣赏戏曲，也能让不懂粤语的其他观众欣赏唱词与对白，得到观众非常热烈的反响和支持。

黄仕英以英语创作粤剧。2003年10月30日，敦煌剧坊到广东佛山作朝宗义演，演出黄仕英创作英语演唱的华族戏曲长剧《清宫遗恨》，得到《佛山日报》报道，“场上演员精彩的表演，赢得场下观众热烈掌声不断”，对此剧作的评语是“英语唱粤剧别有韵味”，“英语粤剧是在海外推广粤剧的好办法，推介中国文化的好载体”。敦煌剧坊也尝试以马来语演出《白蛇新传》之《救青》和《拾玉镯》两部粤剧折子戏，还特地邀请一个马来族演员扮演男主角。[①]

戏剧从巅峰时期的大众艺术，在20世纪70—90年代转为小众艺术，经过低谷之后，到了21世纪初重新散发魅力，除了保留了原来的一批现已年迈的观众，也开始吸引一些年轻人去认识、喜爱、学习这门艺术。观众的鉴赏能力、艺术眼光、欣赏品位都提高了。而且一些常规学校、戏曲和艺术学校都开有戏曲课程，让学生和社会人士学习，协助人们掌握这门艺术的欣赏和表演窍门，戏剧票友群体有逐渐扩大的现象。

目前，新加坡共有70余家华族业余戏曲剧团，涵盖粤剧、京剧、越剧等多个剧种。这些剧团规模大的近百人，规模小的三五人，定期排练和参加培训，平均每团每年演出两到三次。一些有影响力、实力强的剧团还会被邀请到国外演出交流。

王兵在最新的研究《新加坡华族业余剧团的困境与创新》一文中指出，由于历史、时代、国家发展政策等方面的原因，华族戏曲在新加坡的发展日渐式微，剧团发展亦面临资金短缺、后继乏人等严峻挑战。然而大

---

① 许振义：《新加坡对中国戏曲的创新》，2018年8月19日，http://www.yan.sg/shengwuhengqianlekeshiou/。

量的业余戏曲从业者和爱好者凭借其对传统戏曲的满腔热忱，仍在坚持表演活动和不断创新。我们有理由相信，在未来很长一段时间里，戏曲仍然会在新加坡的文艺空间中占有一席之地。①

各剧种的《红楼梦》剧目和歌舞，在新加坡所展现出的生命力是蓬勃的，不仅仅成了新加坡艺术文化的一部分，更是其中的代表。

相对于此，《红楼梦》在马来西亚华文戏剧方面的展现则不多。据李锦宗回忆，大约在1984年，大马著名作家温梓川（1911—1986）以《红楼梦》主要人物王熙凤为主线，编写了一出四幕剧，准备在1985年中搬上舞台，不过没有如愿以偿。在他和夫人与世长辞之后，目前想查出这出戏剧的题目和原稿的下落，似乎难如登天。② 此事在爱薇的报导文学结集《爱的召唤》里也留下了记录，在一次访谈中，温梓川说道："我希望随着《清宫怨》的演出后，能带动槟城的话剧复苏。目前我正在编写一个以《红楼梦》中主要人物王熙凤为主线的四幕剧本，大约明年中可以演出。"（刊于1984年8月12日《星洲日报·文艺春秋》）③

1988年4月，谭秦驰（马来西亚新山人）编导第九届马来西亚艺术节，表演了两个非参赛的特邀节目——《强酒》（节选自《白蛇传》）和《黛玉之死》（节选自《红楼梦》）。谭氏从中国传说和古典文学中选取情节，毫无拘束、轻而易举地将古典的中国舞蹈与西方舞蹈风格结合起来。这两部作品具有好作品的特点：戏剧性的情节和舞蹈。《黛玉之死》尤为成功，尤其是有力的最后一幕，即黛玉伴随怒焚诗稿的灰烬而消失。④

大马著名舞蹈家陈清水，从小热爱舞蹈，参加过不少的舞蹈公演。他曾在新加坡主持"民族舞团"，还到过中小学校教授舞蹈，代表新加坡国家舞蹈团参与亚细安艺术节，担任了六年宽柔校友舞团的指导老师。⑤ 他

① 王兵：《新加坡华族业余剧团的困境与创新》，2018年5月29日，http://www.cssn.cn/skjj/skjj_jjgl/skjj_xmcg/201805/t20180529_4310647.shtml。

② 李锦宗：《温梓川与戏剧》，《光华日报》2006年10月2日。

③ 爱薇：《爱的召唤》，麻坡：南马文艺研究会，1989年，第169页。

④ 中国文学艺术界联合会、云南省文学艺术界联合会编：《少数民族文化艺术国际研讨会论文集》，昆明：云南民族出版社，1993年，第46～47页。

⑤ 吴华编著：《新山华族人物志》，新山：新山陶德书香楼，2006年，第82～83页。

在1990年成立了陈清水舞蹈工作坊。《黛玉之死》是他1986年的作品。

陈清水将自己的舞蹈艺术创作生涯分为三个阶段。第一阶段创作期的舞蹈作品，以古典文学作为题材。《秋瑾》是陈清水第一支取材于古典小说的作品。在这时期，他最喜欢的作品是《黛玉之死》。

进入第二阶段创作期的时候，陈清水的舞蹈作品加入了更多现代故事和性的元素。这时候的代表作是《13号病房》。严格来说，这时期的作品《深宫怨》不是纯古典，它虽然取材于古典文学，表现后宫三千佳丽的寂寞，其实借古喻今，是陈清水在古典与现代之间的一部作品。

后来，陈清水的作品从大剧场逐渐走向小剧场。他称此时为其创作的第三阶段，是他开始走向人群的时候。他希望借由小剧场，使作品直接感染观众的情绪，与观众交流，以便展开观众教育的工作。这时期的代表作是《红尘》。

早期，当陈清水的舞蹈作品的题材是取自古典，并以古典舞蹈呈献时，他的作品获得许多新山观众的支持，但当他转型到现代舞之后，新山有的观众无法接受，也因此影响了演出票房，使其舞蹈创作的道路越走越寂寞。①

1988年，新山宽柔校友会舞蹈团受邀参与第九届在新山举办的全国舞蹈节“九舞”，以《逼酒》《黛玉之死》，颇获佳评。②

除上述以舞蹈形式呈现的《红楼梦》舞剧，在马来西亚未见有其他类型的大型《红楼梦》戏剧。近年来，马来亚大学中文系毕业生协会、马来西亚协作人基金会、马来西亚翻译与创作协会等相关单位，有意将《红楼梦》介绍给马来民族。笔者认为在宣传《红楼梦》马来译本的同时，新加坡敦煌剧坊用其他语言表演戏曲成功吸引观众的案例是可以借鉴的，戏剧表演形式能更快速与直观地推广《红楼梦》文化艺术。

---

① 林金兰:《陈清水:复出是必然的,人生无常,要珍惜当下》,2014年9月11日,http://www.sc.edu.my/jiaofeng/mix-detail.php? id=2071。

② 艺文宽柔:《新山宽柔校友会舞蹈团:全球宽柔校友会》,2018年3月27日,http://www.foonyew.org/寬柔校友會舞蹈團活動/。

第三节 音乐传播

一、广播、卡带、唱片——声音故事的追忆

广播文艺是以电子技术、广播技术、数字技术为传播手段，主要以声音为物质媒介，诉诸人们听觉的艺术。技术，让广播文艺有了多角度实现声音艺术的可能；艺术，让广播文艺有了更为灵动的展示方式；而人，随着技术和艺术的发展，则拥有了更加宽广、多元的欣赏空间。①

这一节，我们将探讨广播文艺在马新《红楼梦》传播中起到的作用。从广播的技术发展、传播的内容、用户的数量等各方面来回顾一下声音传播所起到的效果。

1928年11月，中国中央特招厦门短波电台台长回京，商量在厦建设大规模之海外电台，专与南洋各地通信。② 无线电台传递信息极其迅速，中央专设的商业电台，最初免费收发商电、商家挂号，电讯一往一返只需一句钟的时间。随后新加坡、槟城、马六甲、巴生港无线电台也开始通报了。③

1930年12月3日，浙江大学、浙江省立民众教育实验学校、浙江政府无线电台，三机关合设民众学术讲座。他们利用无线电播音机将演讲内容传至各县市，让各地区收音后再设法广播。其成果显著，收音清晰，听众满意，首创中国利用无线电施行民众教育的广播。④

1932年12月12日，中国中央无线电台开始广播。⑤ 1935年12月5日，海峡殖民地总督为“槟城无线电展览会”致开幕词，由槟城无线电台广播出去，效果很好，远在新加坡有无线电机者都能听得清晰，成功展现

---

① 董旸：《试论新时期中国广播文艺的发展》，《理论界》2011年第9期。

② 《无线电事业的发展海外无线电台不久将实现》，《南洋商报》1928年11月16日。

③ 《吧生港无线电台开始通报》，《南洋商报》1929年4月9日。

④ 《创举！浙省设立民众学术讲座用无线电播音》，《南洋商报》1930年12月24日。

⑤ 《中央无线电台本日开始广播》，《南洋商报》1932年12月12日。

了马来亚人民与英国无线电制造家对无线电事业重视的成果。[①]

1937年新加坡英国马来亚无线电台初设之时，收音机代价高昂，经常费每月不赀，注册费每年12元叻币[②]，新加坡的无线电听户是2589人，全马为9503人[③]；1938年5月增至4309人[④]，全马听户以亚籍占大多数[⑤]；1941年2月达9352家（欧洲及混种人占4598家，华侨3516家，印度人577家，马来人520家，日本人130家，泰人11家），此时全马无线电听户已达2万余家。[⑥]

新加坡英国马来亚无线电广播公司新建的短波无线电台于1938年7月19日开播，让新加坡两家广播台得以广播纯属亚洲趣味的节目。一开始时，节目设置相对简单，主要是播放华语舞曲、潮乐/潮剧、粤乐/粤剧、京剧、台曲等。

《红楼梦》通过各种方言的戏曲，早在电台成立初期就开始传播，如：

1938年3月9日，星期三下午6时到7时，潮乐（唱片）:《黛玉焚稿》(老中正顺香班)。[⑦]

1938年9月23日，星期五下午6时到7时，潮剧:《黛玉葬花》(老中正顺香班，之林演唱)。[⑧]

1939年12月5日，星期二下午6时，潮剧:《红楼梦》《黛玉剧选》

---

① 《槟城无线电展览会前日由总督开幕　总督在督署致开幕词　槟城无线电台广播后星洲亦清晰可听》,《南洋商报》1935年12月7日。

② 《增加无线电收音机注册费　多人为文表示反对　星洲人口三十余万　听众仅有二千余名》,《南洋商报》1937年4月12日。

③ 《海峡殖民地邮电部各项营业均有进展　海峡殖民地邮电部常年报告所载》,《南洋商报》1938年6月6日。

④ 《星短波无线电台下月可告成立　马来亚无线电广播公司主席在常年大会中报告》,《南洋商报》1938年5月30日。

⑤ 《马广播公司主席纪金氏在昨日常年大会演词续志　全马听户亚籍人士占大多数　该公司将设节三座电台专门广播亚洲节目》,《南洋商报》1938年5月10日。

⑥ 《全马无线电听户现已达二万余家》,《南洋商报》1941年4月2日。

⑦ 《本坡无线电台下周中乐广播节目》,《南洋商报》1938年3月6日。

⑧ 《新加坡无线电播音台本周中乐节目表　今日下午五时半粤剧　六时十分粤乐　明日下午六时至七时为潮州戏剧等》,《南洋商报》1938年9月19日。

《黛玉葬花》《黛玉焚稿》。[①]

40—50 年代，电台上可听见反复播放的曲目有潮曲《黛玉焚稿》，京剧《红楼二尤》，粤曲《红楼二尤》、《红楼梦》(李少芳)、《红楼二尤》(小非凡、小红线女、小芳艳芳)、《林黛玉》，华语歌曲《黛玉自寿》(李丽华)、《黛玉悲秋》(李丽华)，福州歌曲《黛玉葬花》(陈赓)，等等。

1954 年 10 月 12 日起，“丽的呼声”电台推出第三部粤语新型歌剧《红楼梦》，一个综合故事讲述戏曲演唱的新节目。之前曾播出的是《西厢记》和《金叶菊》两部名剧。如今该台将《红楼梦》编成歌剧，用生动的叙述以补歌唱之不足，把整个《红楼梦》作有系统地演出，并邀请名歌唱家梁金国、红霞女、冯玉玲、郭少女等担任播唱。歌剧词曲流畅、音乐优美。此节目于每周星期二晚 10 时至 11 时播出。[②]

1957 年 3 月 4 日晚上 9 时 15 分，受中国学会聘请，自中国香港到新加坡来任教京剧班的马俊英小姐，在平社播音节目中播唱《红楼二尤》，由刘源沂先生操琴。[③] 马俊英幼时先向王瑶卿弟子李凌风学艺，后来才转入荀慧生门下，她不只是戏剧家，还精通中国画。[④]

在马新这多方言混合的华人社群，文艺广播多元语言播出机制融合了各地区的收听差异。《红楼梦》中的戏曲、曲艺、歌唱等演绎形式是多样化的，展现各方言群的语言风貌。在不同时段的广播中，带有籍贯及地区特色的原生态语言表达方式，让人倍感熟悉亲切。广播为多元艺术的展示提供了渠道，也给予了民间文艺最大的声音传播空间。

不仅如此，广播技术亦被用于教育传播。马来亚广播电台设有学校广播部门，分华、英、巫三组。华校组自 1946 年开始创办，1948 年收听华校广播节目的学校（包括马来亚联邦和新加坡）据统计约有 90 余所。[⑤]

---

① 《本坡无线电台中乐广播节目》,《南洋商报》1939 年 12 月 4 日。

② 《丽的呼声各种精彩节目分别订定开始播送日期》,《南洋商报》1954 年 10 月 7 日。

③ 《马俊英王准臣今晚参加平社播音节目　九时十五分起播琼林宴红楼二尤》,《南洋商报》1957 年 3 月 4 日。

④ 《秀外慧中多才多艺名戏剧家兼国画家马俊英小姐访问记》,《南洋商报》1957 年 2 月 15 日。

⑤ 《马来亚广播电台华校组第一周节目今日开始广播》,《南洋商报》1948 年 7 月 19 日。

1949 年增至 200 所，每周收听广播节目的学生可达 6 万名。[①]

1954 年 10 月 2 日上午 11 时 10 分至 11 时 30 分，华校组节播华语电影《红楼二尤》(利青云、李湄、罗维真等主演)之录音片，并在报章上做此介绍："该电影取材于文学名著《红楼梦》中的精彩之一段，演述王熙凤之泼辣阴谋，及尤氏姐妹之悲剧下场，情节相当动人。"[②]《红楼梦》题材电影被精选为教育节目在校园中播放，寓教于乐，同时也充分发挥了电影对白的特殊功能，让其为中小学教育工作服务。

据统计，1957 年马来亚人口总数 6278758 人，华人有 2333756 人，十岁或十岁以上的居民，能读写中文的有 257482 人[③]，粤籍人口有 505200 人[④]；新加坡人口总数 1440000 余人，华人有 1090000 余人，能说华语的有 220000 余人[⑤]，广帮则有 205000 余人[⑥]。

从 1959 年 1 月 4 日上午 6 时 30 分开始，新加坡在广播服务上正式与联邦分家，自立门户。新加坡为成为马来亚的一州，与其他十一州平等而成立了新加坡电台。自此，马来亚半岛上设有两广播电台总部，一个在吉隆坡(马来亚广播电台)，一个在新加坡(新加坡广播电台)。尽管如此，在节目方面，双方并没有脱节，没有调动职员，马新两电台还共同合作，彼此交换节目，分担开支费用。[⑦] 新加坡广播电台继续以四种语言广播。马来亚学校广播节目依然转播新加坡电台。从 1960 年开始，马来亚

---

① 《华校二百间收听学校广播》,《南洋商报》1949 年 4 月 20 日。

② 《华校广播本周中学节目　今晨播"科学研究"　明日播"红楼二尤"　下周全部节目亦已公布》,《南洋商报》1954 年 10 月 1 日。

③ 《五九年常年报告书披露　十岁以上人口文盲少于半数　能读写华文者廿五万余　课税占本邦收入六十九巴仙》,《南洋商报》1961 年 6 月 26 日。

④ 《五七年人口调查总报告本邦人口不断递增　十年后将达千万人　都市人口增加最为显著》,《南洋商报》1961 年 4 月 15 日。

⑤ 《根据一九五七年人口调查数字　本邦说巫语者最多　十岁以上占四十三万四千余人　次为英语及华语　各占二十余万》,《南洋商报》1959 年 9 月 9 日。

⑥ 《新加坡人口统计(一九五七年六月调查)共一百四十四万余人　华人占一百零九万余、巫人十九万余》,《南洋商报》1959 年 3 月 5 日。

⑦ 《新加坡电台昨日正式成立　林有福发出新的呼声　新电台将肩负更重大责任创造自己的思想文化　星马电台虽分家　在广播上合作未终止》,《南洋商报》1959 年 1 月 5 日。

按计划在槟城、马六甲、哥打巴鲁、吉隆坡等地增设了广播室和发射机。[①]

1960 年，燕人在对比远东各地，特别是东南亚华人聚居地区的广播电台节目后，对马新电台有这样的评价：新加坡广播电台、马来亚广播电台虽分属两邦，但节目内容大致差不多。两台在远东的确位列前茅，不但节目配合恰当，而且水准相当高。播音室和发射机控制室联络极密切。其次马新二台节目严肃和娱乐配得均匀，文学、艺术、语言、历史、医学、儿童、妇女……包罗万象。娱乐方面也十分健康，选择毫不马虎。点唱更是吸引了不少听众。又新台的学校广播，创南洋先声，对听的教育，收效颇宏。砂拉越广播电台（古晋）节目的编排，似参照新加坡和香港二台，内容活泼生动，别有一番“中和风味”。亚庇广播电台（北婆罗洲）发射机及播音室亦全部扩充，节目编排乃采古、新、马三台的混合制，如天气正常，收听无甚困难。[②]

根据当局发出收音机执照的记录，1960 年全马有至少 22 万家听户[③]，广播局在 1963 年发出 325734 张执照，1964 年发出 324342 张执照。[④]

新加坡广播电台华文商业组从 1961 年 1 月 1 日起，全年每日下午 2 时至 2 时 15 分播送粤语戏剧化小说《红楼梦》。广播电台在《南洋商报》上刊登一文介绍了《红楼梦》原著和《红楼梦》戏剧化小说的不同，阐明在曹雪芹笔下，宝玉和黛玉，以及大观园内的许多人物都各自给了读者一个栩栩如生的印象，而电台希望加上音乐、音响和麦克风的功能，让听众能感觉到收音机播送出来的是一个个立体的人物，各有各的脾气、情绪、嗜好和风格。

> 听众们将从人的遭遇知道了封建家族的内幕，从对封建家族的了

① 《马电台广播部主任李特披露　七月开始商业广播将开消二百万元增设广播室及转播站》，《南洋商报》1960 年 1 月 6 日。

② 燕人：《远东各地华语广播节目评介》，《南洋商报》1960 年 8 月 8 日。

③ 《马电台广播部主任李特披露　七月开始商业广播将开消二百万元增设广播室及转播站》，《南洋商报》1960 年 1 月 6 日。

④ 《总审计官在报告书中披露　马来亚六四年岁收增加七千零九十万　惟关税收入较六三年为少》，《南洋商报》1966 年 8 月 24 日。

解，又进一步晓得了封建社会的本质。改编后的戏剧化小说《红楼梦》就是这样使听众了解到封建社会究竟是怎么一回事！[①]

这段摘录的文字说明了电台改编的用意，他们认为以人物故事为主深入浅出，口语化处理后的小说比原文浅显易懂，会更适合当时的华人社会。

1965 年 8 月 9 日，新加坡脱离马来西亚成为一个独立国。[②] 1969 年单是马来西亚发出收音机执照就有 302985 张，预计还有 15%收音机用户没有执照。[③] 1976 年新加坡发出的收音机执照有 60148 张，[④]1985 年再增至 114758 张。[⑤]

这个时期，一方面，广播的受众一直不断增加，受众需要文艺作品带动他们的思维和情绪。这些思维和情绪事实上都是一种深层或者浅层的娱乐化范式。广播文艺便是借由声音媒介传达着一种娱乐的态度，同时在娱乐信息中进行正确的引导以达到教育的目的。[⑥]

另一方面，广播节目是有时间限制的，内容稍纵即逝，传播方式单一。尽管广播能将《红楼梦》曲或剧即时且广泛地传播给各阶层的民众，但仍满足不了大众对文艺兴趣培育或享受的需求。因此，其他的音乐载体如唱片、卡带、激光唱片、附视频的影音光盘自然就填补了这个空缺。

从 20 世纪 50 年代开始，在马新销售的有关《红楼梦》的唱片有源自中国香港等地的李少芳演唱粤语《红楼梦》唱片，越剧《红楼梦》匣式原声录音带，《新红楼梦》唱片及声带（黄梅调），王立平作曲、王洁实和陈力主唱《红楼梦》卡带；本地录制的爱丽主唱《红楼梦醒》原声带唱片、胡桂馨独唱《黛玉归天》唱片及声带（粤语）、施筱龄演唱专辑内有《葬

① 《听户喜讯　电台华文商业组明年广播红楼梦　用粤语戏剧化小说形式播出》,《南洋商报》1960 年 12 月 29 日。

② 《新加坡成为独立国》,《南洋商报》1965 年 8 月 10 日。

③ 《去年电视收音机执照费收入达七百余万元　甲州检查电视收音执照运动昨日展开》,《南洋商报》1970 年 3 月 24 日。

④ 《内陆税收署收音机电视执照费上半年逾六百万元》,《南洋商报》1977 年 9 月 13 日。

⑤ 《黑白电视机　采用者日减》,《联合晚报》1985 年 12 月 27 日。

⑥ 董旸:《试论新时期中国广播文艺的发展》,《理论界》2011 年第 9 期。

花》一曲、陈洁主唱专辑内有《红楼梦》一曲、新加坡 ALSHIRE（爱销私人）有限公司出版《红楼梦》唱片和激光唱片、新加坡福建公会芗剧团《情殇红楼》演出音像光碟、红楼梦主题音乐会狮城华乐团 CCO《红楼梦》访华巡回演出现场录像等。

1993 年 5 月 31 日，中国煤矿文工团的评书一级演员连丽如夫妇受到新加坡“丽的呼声”电台节目经理刘志坚的邀请，起程前往“狮城”参加第三届华族文化节，传播评书艺术。①

连丽如（1942—）在世界贸易中心连续讲了三天，最后一天，新加坡文艺界的名流都来了，观众里三层外三层，围得水泄不通，足有三四千人。连丽如善于创新，有独特的讲述风格，字正腔圆，如珠走玉盘，间或还有石破天惊的气派，再加上嗓音洪亮、口齿伶俐、学识广博、表现生动，使“连派”评书更具神采。一部几百万字的书稿，她无须稿件，播讲起来每一个场面，每一个情节，都能口若悬河、倒背如流，而且说上四五个钟头也不歇息。②演出结束后，连丽如又应邀在电台录制了《康熙私访》和《刘公案》等评书节目。后来，她又先后 3 次访问新加坡，为听众录制了《红楼梦》《水浒传》《聊斋》等评书。她曾在接受采访时说：“我为弘扬中华民族评书艺术尽了微薄之力，现在，评书在新加坡扎下了根，我感到心满意足。”③

从《我为评书生：贾建国、连丽如口述自传》中，我们可以清楚地知道连丽如当时出国只有一个目的：推广中国评书艺术。新加坡国际广播电台第一次专门为评书开了专场，面向全世界华人广播。她在马来西亚也展现了十足的魅力，不仅让当地人第一次听到现场的评书，也让“听连丽如讲评书说《三国》”成了风潮。④

---

① 香港世界文库出版社丛书编辑部编著：《中国妇女 500 杰》，北京：北京出版社，1994 年，第 509～510 页。

② 香港世界文库出版社丛书编辑部编著：《中国妇女 500 杰》，北京：北京出版社，1994 年，第 509～510 页。

③ 乔盖乔：《共和国民族之魂丛书：共和国少数民族非物质文化遗产传承人传》（上），贵阳：贵州民族出版社，2016 年，第 392 页。

④ 贾建国、连丽如口述，吴欣还整理：《我为评书生：贾建国、连丽如口述自传》，北京：中华书局，2012 年，第 245～272 页。

连丽如是第一个把评书艺术带到国外的艺术家，也是第一个尝试用评书来演播《红楼梦》的人，获得了国外华人的赞誉。新加坡国际广播电台播出连丽如播讲的《红楼梦》之后，该节目在中国也同样受到了听众的热烈欢迎。[①]

二、红楼梦曲与华乐——国际交流奏响的乐章

《红楼梦》是一部寓意深远、情感复杂，让人读后印象深刻、回味无穷的奇书。著名作曲家王立平先生以“满腔惆怅、无限感慨”为基调，以“十三不靠”的音乐风格、浓郁的民族性等艺术特点创作出了红楼原声音乐[②]，整套作品主题鲜明、旋律优美，恰如其分地表现了剧作及原著的情感内涵，[③]无论是对文学作品《红楼梦》还是电视剧《红楼梦》的发展都有着不可磨灭的影响。[④]

1987 年，中国中央电视台将《红楼梦》搬上电视舞台时，王立平为该剧精心谱就了原声音乐《序曲》、《引子》(《红楼梦》曲)、《枉凝眉》、《葬花吟》、《晴雯歌》、《紫菱洲歌》、《红豆曲》、《好了歌》、《秋窗风雨夕》、《聪明累》、《题帕三绝》、《分骨肉》、《叹香菱》共 13 首曲子。这组声乐作品成了电视剧音乐的经典，也是公认的最有代表性的红楼主题音乐。

1999 年，新加坡狮城华乐团音乐总监郑朝吉向王立平提议专场演出《红楼梦》歌曲，5 月 29 日第一次将其搬上音乐舞台，并获得空前成功。首演成功后，相同模式的演出被中国和海外乐团演绎超过百场，深受听众喜爱。

王立平受访时说，当年他还很担心，这套歌曲的调子太哀婉，恐怕难以吸引观众，在中国国内也从来没有这样的尝试，但在郑朝吉的倡议下，

---

① 中国互联网新闻中心:《最有影响力文化人物网络评选:连丽如简介》,2009 年 7 月 16 日,http://www.china.com.cn/news/60years/2009-07/16/content_18151203.htm。

② 牛冬雪:《〈红楼梦〉声乐套曲作品解读与演唱表达》,浙江师范大学硕士学位论文,2012 年,第 7～8 页。

③ 牛冬雪:《〈红楼梦〉声乐套曲作品解读与演唱表达》,浙江师范大学硕士学位论文,2012 年,第 1 页。

④ 孙倩文:《红楼梦音乐的创作特点及风格分析》,《文艺生活・文海艺苑》2016 年第 12 期。

王立平最终答应举办演出，更专程来到新加坡出席音乐会。结果音乐会空前成功，王立平说，当时维多利亚音乐厅全场满座，还有观众买不到票站在门外。令他印象深刻的是，当时郑朝吉决定让工作人员打开音乐厅大门，让门外的观众也能一起欣赏音乐。王立平很感动，他说，就像找到了知音一样。[①]

由于全套十二首《红楼梦》连续剧歌曲不足以填满一个专场音乐会的长度，王立平又不愿意临时增加歌曲，于是当年他和郑朝吉决定增设一个与作曲家访谈的环节，让王立平在舞台上亲自回答问题。没想到这个安排大受好评，自此成了新传统，每一场音乐会都如此设计。

自此以后，新加坡华乐团就与《红楼梦》组曲结下不解之缘，并借此红楼缘与中国音乐界、高校进行多次交流。以青年女高音歌唱家崔蕊为例，她出生于北京，纵览她这些年来的舞台表演，可以说是《红楼梦》音乐唱将，她所参与演唱的音乐会很多都与新加坡和红楼主题相关。2006年12月，她随中国广播艺术团赴新加坡参加"《红楼梦》大型音乐演唱会"演出；2007年6月，她应新加坡狮城华乐团邀请参加大学生音乐节，在北京师范大学北国剧场、中国人民大学明德堂演出传世经典《红楼梦》主题音乐会；2014年12月，她赴新加坡参加狮城华乐团建团40周年庆暨情系红楼梦音乐会十五年回顾专场音乐会演出。[②]

2016年，新加坡华乐团在滨海艺术中心"华艺节"演出，向新加坡观众贺年。乐团在音乐总监叶聪精心策划下，呈献了"四大名著"音乐会，一次性演绎中国古典四大名著《红楼梦》《三国演义》《西游记》与《水浒传》，并邀请本地艺人郭亮扮演说书人的角色，与观众话千古风流。[③] 王立平的红楼音乐几成《红楼梦》的代名词，那梦幻的序曲点出了现实的虚妄，好不动人。中国女歌唱家王庆爽明亮的嗓音为音乐会揭开序幕，合唱团的和唱部分由丹戎加东中学学生及校友完成，赢得观众热烈掌声。

---

① 陈宇昕：《15年后重回维多利亚音乐厅　王立平再献"情系红楼"音乐会》，《联合早报》2014年12月18日。

② 新加坡华乐团：《说书赏月》，新加坡：新加坡华乐团，2014年，第10页。

③ 陈宇昕：《借音乐感受文学经典　听"四大名著"音乐会》，《联合早报》2016年2月23日。

新加坡华乐团2018—2019开季音乐会也以《红楼梦》与《赤壁》作为序幕，国际知名女高音吴碧霞、新加坡男高音郑渊智、说书人刘俊葳连同新加坡华乐团呈献《红楼梦与赤壁》音乐会。音乐会由音乐总监叶聪担任指挥，于7月13及14日晚上8时，在新加坡华乐团音乐厅举行。

新加坡不仅是华乐团分布最密集的城市，举办的演出活动也非常频繁，单是新加坡华乐团，每年就有110场大大小小的演出，平均取得85%的上座率，每年购票人数不少于25000名。新加坡华乐团总经理何伟山说："我们的观众也普遍年轻化，25岁以下的观众占了50%。"何伟山表示，学校华乐团的普及不仅培养了许多年轻的乐手，在很大程度上也积蓄了一大批年轻的华乐观众。①

这种生气勃勃的景象的出现不是偶然的，而是几代人努力的结果。20世纪50年代，新加坡的华乐团寥寥无几，著有《新加坡华乐发展史略》一书的琵琶演奏家吴奕明说："新加坡华乐发展基本是从几个民间乐团开始的，比较有名的有陶融、爱同、康乐。当时活跃华乐界的李雪岭、连荣史、张正荃，可说是重要奠基人。"②

1967年，国家剧场艺术团属下成立了中国以外第一个半职业华乐团，本地华乐开始露出曙光。这一时期出现了郑朝吉、郭永秀、林亚历、李伍华、吴奕明、杨票敬等一批至今仍活跃的华乐界先锋；70年代则有潘耀田、杨秀伟、谭泽江、蓝营轩、沈文友、周经豪、陈金练。80年代有大批新人出现，包括林信有、黄歆峰、林傅强、郭勇德（郭令强）、谢家辉、黄文财、郑重贤；90年代有郑景文、林向斌、刘慈勇。他们中的绝大部分都被新加坡华乐团吸收成为专业演奏家。

80年代中，来自中国的新移民开始进入人民协会华乐团，90年代，新加坡华乐团成立，大批华乐演奏家从中国来到新加坡，除了演奏，也积极从事教学活动。这些新移民几乎都是音乐学院毕业的，多年系统的学习与训练，使他们具备更好的条件，在很短时间内，把本地华乐水平带上一个

---

① 胡文雁:《新加坡华乐盛景中藏忧患》,《联合早报》2009年10月6日。
② 胡文雁:《新加坡华乐盛景中藏忧患》,《联合早报》2009年10月6日。

新的高度。1990年，蓝营轩率领国大华乐团到北京音乐厅演出，包括彭修文在内的华乐大师听后，都觉得其水平媲美专业乐团。1992年，郑朝吉带领德明政府中学华乐团到北京和上海巡演，被评价为“中国国内所见的青少年民乐团中水平最高的”。[①]

何伟山指出新加坡华乐团的使命感：华乐团70余位演奏家，一年奔波于大大小小活动100余场，为的是把华乐带到新加坡每一个角落。每年有不少于25000名观众购票欣赏我们的演出，而在2007年的国庆庆典与2008年妆艺大游行的年份里，出席我们活动的人次更介于24万到28万。与社群的紧密联系，是出身草根的新加坡华乐团与其他艺术团体的最大区别。我们曾经把华乐带给不平凡的听众——在监狱里接受改造的犯人，在医院里静待余生的病人，还有不幸患上视障的人士。保留原初的草根温情，是我们的使命。

谈及新加坡华乐的整体发展，新加坡华乐团音乐总监叶聪非常兴奋地说，可用“蓬勃发展、可喜可贺”八个字来形容，尤其是华乐的演奏曲目可说是极其丰富。[②]

马来西亚的华乐发端于20世纪五六十年代，从民间地方戏曲的丝竹乐队与民间艺人的弹唱开始。最初，“华乐”没有统一名称，60年代始被马新的音乐工作者定名为“华乐”。这是萌芽期，此时华社对华乐的认识不深，华乐也不普及，甚至被当作唱大戏或治丧的音乐。七八十年代是发展期，大马不少校友会、会馆、青年团或剧社等都成立了华乐团。1974年马中建交更开启了华乐发展的新里程，热爱华乐的年轻人可到中国进修华乐专业，学成后返国推广。[③]

21世纪，华乐已是许多独中和国民型中学乃至国民中学的课外活动项目。不过由于缺乏政府的支助，乐团的软硬件设施、整体水平，目前还无法与中国及新加坡等地相比。

槟城中艺音乐学院创办人赖亚来表示，华乐在大马已普及，单是槟城

① 何伟山：《新加坡华乐团：国家旗舰艺术团体的使命与未来》，《联合早报》2009年9月17日。
② 李叶明：《新加坡华乐正进入蓬勃发展期》，《源》2006年第1期。
③ 雷亚来：《大马华乐发展》，《东方日报》2015年11月22日。

至少有15团，独中和国民型中学都已有华乐团，如今是如何再提升水平的问题了。但相关学生付出这么多年的精力攻读华乐系，学校却没法高薪聘请他们前来指导。他说明了各校华乐团面对的问题：

很多学校觉得不重要，不会出很高的酬劳请指导员，或认为何必请这么多人来教。

受经济能力局限，我国的乐团通常只有一名指导老师，没能力聘请中国专业指导员。

我国的华乐团缺少政府资助，而民办的乐团要维持不容易，经费来源是关键。

赖亚来是槟华女中、协和国民型中学、菩提国民型中学、钟灵独中、孔圣庙中华国民型中学及居林觉民国民型中学特聘华乐导师。他指出，因为中国及新加坡有政府资助，为华乐发展提供了优越的条件。新加坡乐团有能力聘请五六名中国专业指导员，专司各声部乐器，如二胡、笛子及琵琶等。而大马缺乏发挥环境，甚至有很多人从中国学成归来，却因学校不重视，而改行做生意，缺乏让相关专业人士发挥专才的环境，实在可惜。①

大马华乐团自力更生的精神和对华乐的热忱为世界华乐界所欣赏。但大马华乐的普及也存有“可悲”现象，学生毕业后没有发挥平台，学华乐只能成为学生时代的回忆。目前只有槟州华人大会堂成立了半专业华乐团，让已经有功底的毕业生延续华乐生涯，学员出外表演获享津贴。

2007年6月3日，槟州国际竞技场上，由1097名乐手参与的“龙吟”千人华乐大汇演成功举办，已被列入大马纪录大全。这项配合槟州华乐团成立10周年举办的全国华人文化节，由槟州华人大会堂主办，演奏会以气势磅礴的大合奏曲子《龙腾虎跃》掀开序幕，唱响的其他歌曲包括《丰收锣鼓》《滚核桃》《红楼梦序曲》《茉莉花》《沧海一声笑》《在那遥远的地

① 雷亚来：《大马华乐发展》，《东方日报》2015年11月22日。

方》《男儿当自强》。[①]

2011 年 8 月 27 日，槟榔屿南洋大学校友会联合艺演爱乐协会、槟州人民文化协会、槟城海韵合唱团举办的中国文学四大名著影视金曲精选演唱会，以四大名著《红楼梦》《西游记》《三国演义》《水浒传》经典影视作品主题曲为基础，借槟州大会堂表演厅举行。演出的《红楼梦》曲子（王立平作曲）有：《红豆曲》——周强、《枉凝眉》——林叶艳、《聪明累》——邱兆伟、《葬花吟》——吴爱华、《题帕诗》——吴爱华。这场演唱会由曹文工指挥。这是一场中国音乐学院声乐导师演唱、马来西亚艺演华乐团伴奏的两国合作的音乐盛会。

2017 年 8 月 12 日，由马来西亚七大乡团联合主办的"《红楼梦》音乐作曲家王立平作品演唱暨讲座"于马华三春大礼堂盛大举行。王立平首次来马，吸引了海内外逾千名粉丝出席聆听。他表示不曾料及他谱写的歌曲在海外的大马获得如此广的传唱，发出了与大马歌迷相聚恨晚的感慨。王立平在讲座上，除了分享他与《红楼梦》电视剧的结缘、系列曲子的创作及推敲的历程等，还透露他正投入筹备一部《红楼梦》题材的舞剧。[②]

随后的作品演奏环节，大马花腔女高音陈家仪、杜君宁担纲演出《紫菱洲歌》《晴雯歌》《红豆词》《分骨肉》《枉凝眉》《秋窗风雨夕》等红楼音乐歌曲，大马钢琴家欧阳瑶芝为她们钢琴伴奏。王立平的歌曲作品，如《江河万古流》（电视剧《九州方圆》插曲）、《飞吧鸽子》（影片《鸽子》插曲）、《说聊斋》（电视剧《聊斋》插曲），则由毕业于台湾音专美声的男中音萧志全与留学西安声乐系的女高音刘玉宝演唱。《红楼梦》音乐剧的合唱部分与王立平其他作品的合唱部分，则由合唱联盟团队演唱。团队演唱了其最经典与让人耳熟能详的合唱作品，如《大海啊故乡》《牧羊曲》《少林少林》《太阳岛上》等，合唱的曲目由周扬平老师亲自指导与指挥，

---

① 《叶丽仪演唱锦上添花　"龙吟"千人华乐汇演创纪录》，《星洲日报》2007 年 6 月 5 日。

② 《来马交流　逾千粉丝捧场　王立平叹相聚恨晚》，《星洲日报》2017 年 8 月 13 日，https://www.sinchew.com.my/20170813/来马交流.逾千粉丝捧场.王立平叹相聚恨晚/。

钢琴伴奏为陈维忠。①

这场讲座是2017年马来西亚华穗艺术节的重点节目之一，也是配合独立60周年，以及“一带一路”倡议下马中关系渐笃之际而举办的一项盛会。大马海南会馆联合会总会长暨大会筹委会主席拿督林秋雅表示，音乐不仅能通民心，还能促进马中两国的融洽交流，王立平以中国古典四大名著之一《红楼梦》为题材的系列音乐创作，更是中马民间重要的交流桥梁，今日的演出能引领大马民众进一步领会中华文化的精髓。②

王立平又于8月30日出席了由槟州政府主催、槟州歌乐协会主办的第十五届槟州歌乐节大汇演暨《红楼梦》作曲家王立平作品演唱及分享会。此盛会在槟州华人大会堂圆满落幕，为益华小学筹得马币132670令吉迁建校基金。③

2018年3月16、17日，吉隆坡国家剧院举行“马中友好‘一带一路’钢琴交响音乐会”，大马籍钢琴家克劳迪娅·杨率领中国国家交响乐团首演2018年新版的《红楼梦》钢琴协奏曲。

克劳迪娅与匈牙利作曲家费凯特（Gyula Fekete）于2014年创作了《红楼梦》钢琴协奏曲初版。他们当时抽取1987年电视剧《红楼梦》王立平所作曲目的数段旋律，改编为钢琴协奏曲。从克劳迪娅创作改编的过程中，我们可以了解到她对《红楼梦》的诠释又因为人生感悟而有所改变：

> 很多人从不同角度看《红楼梦》，87版的旋律让人停留在80年代的回忆，可是一些90后对87版毫无概念，所以我觉得一定要改。
>
> 比起2014年版本轰轰烈烈地结束，2018年新版听起来有点无奈，

---

① 马来西亚华穗艺术节：《马来西亚七大乡团协调委员会》，2017年7月13日，https://www.blossomartsfestival.my/single-post/2017/马来西亚七大乡团协调委员会-Federation-of-Seven-Clan-Associations。

② 《来马交流 逾千粉丝捧场 王立平叹相聚恨晚》，《星洲日报》2017年8月13日，https://www.sinchew.com.my/20170813/来马交流.逾千粉丝捧场.王立平叹相聚恨晚/。

③ 《槟歌乐节大汇演〈红楼梦〉作曲家分享作品　王立平弹唱感动全场》，2017年8月31日，http://www.guangming.com.my/node/406712/%E5%A8%B1%E4%B9%90。

但还是有些盼望。虽然贾宝玉最后选择出家，但应该说他的精神达到另一种境界，也算是一种告别。[①]

的确，2014 年版本的第四乐章《万艳千红》突出十二金钗、人与人之间的关系，不是特别悲情，而改版后的结尾带有虚空、告别的感觉，曾经的辉煌都没了，再有钱有势都是一个空字。[②] 克劳迪娅随着岁月的更迭、人生经历的沉淀，对红楼梦有了不同的感悟与诠释。她随着心境改动了协奏曲，认为这就是《红楼梦》的精神。

作为不可多得的传世经典，王立平先生的《红楼梦》音乐作品旋律优美、凄婉深沉、主题鲜明，具有极高的艺术价值和震撼力。《序曲》涵盖《红楼梦》的基调，是一段单纯乐曲。以古筝开道带出两声“长叹”，随着一个充满愁绪的女声，悠悠柔柔，婉转而又无奈的“啊”声，推出一段催人泪下的嗟叹，接着以变调风格推出弦乐齐奏，导出《红楼梦》的主旋律。《引子》与《序曲》基调相似，但歌词“开辟鸿蒙，谁为情种？……”一语道破《红楼梦》的内涵：幻化了金陵十二钗的哀怨之声，娓娓道来那风月之情红楼一梦回，给人以无穷尽的遐想空间和人生炎凉的感叹。[③]

除了音乐艺术的传播，我们没有料到《红楼梦序曲》还有另一种演绎方式：

周瀚鹏教练，一路走好，我们永远怀念您！

周瀚鹏（1990—2017），大马著名华乐团指挥兼教练，生前是芙蓉中华独中、波德申中华独中、吉隆坡尊孔独中、巴生滨华独中的华乐团指挥导师。周瀚鹏来自文丁，毕业于芙蓉中华中学（以下简称“芙中”），从

---

① 白慧琪：《听张毓芬从 Claudia，再到克劳迪娅·杨的故事》，《星洲日报》2018 年 5 月 16 日。

② 白慧琪：《听张毓芬从 Claudia，再到克劳迪娅·杨的故事》，《星洲日报》2018 年 5 月 16 日。

③ 李宁宁：《王立平〈红楼梦〉音乐作品的神韵与美学情怀》，《美与时代（上半月）》2008 年第 3 期。

2001年进入芙中就读起就加入华乐团，曾在母校担任华乐团助理老师，擅长大提琴、钢琴、二胡等乐器，被誉为华乐界的明日之星。芙中校长蔡亲炀曾赞扬周瀚鹏可有国际指挥大师周扬平的成就。[①] 他27岁英年早逝让人感到惋惜。

周瀚鹏去世后，芙中华乐团全体139位团员，在校长蔡亲炀及多名师长的带领下抵达丧府，其中30名团员携带乐器，忍痛在周瀚鹏的灵前演奏一曲《红楼梦序曲》，气氛伤感。[②]

蔡亲炀表示，团员们想借这首曲子向周教练致敬，同时告诉周教练，学生们永远把他铭记在心中，而他所传授的艺术、思维与精神，也将继续贯彻在华乐团里，代代相传。

芙中华乐团主席张毓洁也说，团员们决定演奏《红楼梦序曲》，是因为那是周教练生前很喜欢的曲子之一，他们所演奏的谱，也由周教练亲自编排，对彼此来说都意义非凡。在演奏时，团员们强忍哀伤，当奏到副歌部分，多名团员不禁悲从中来，一边眼眶泛泪，一边继续完成合奏，一旁的师长们也纷纷拭泪，见者心酸。

红楼声乐作品虽产生于影视，但逐步从依存于影视作品过渡到完善自我独立的灵魂形态。音乐比影视作品给受众的限制更少，受众通过听觉感受让心理感觉更加立体和形象，从而与自身的感受情绪产生连接、共鸣。红楼声乐作品所展现的强大的艺术表现力与感染力，以及浑厚浓郁又具活力的民族风，正是马新华乐所需要的。

---

① 《华乐团送别导师周瀚鹏波中生灵堂演奏〈启航〉》,《南洋商报》2017年7月4日，https://www.enanyang.my/地方/【视频】华乐团送别导师周瀚鹏一波中生灵堂演奏《启航》。

② 《300人泪别周瀚鹏·芙中华乐团灵前演奏》，星洲网，2017年7月4日，https://www.sinchew.com.my/20170705/300人泪别周瀚鹏·芙中华乐团灵前演奏/。

第四节　艺术文化传播

一、《红楼梦》文化艺术展

新加坡电视台于1988年3月13日播完《红楼梦》电视剧，剧迷还在为电视剧后六集情节有违原著作者原意、拍摄结束草率等问题议论纷纷时，[①]马上又迎来一个让人兴奋的消息。1988年5月18日开始，一连串关于"《红楼梦》文化艺术展"的《联合早晚报与作家协会联办红楼梦文化艺术展》《林妹妹与宝哥哥邀你游览大观园》《堂堂大观园下月到狮城》等宣传预告不时在报章上出现，即如：

规模宏大·琳琅满目　《红楼梦》文化艺术展18至26日隆重举行[②]

……自曹雪芹的《红楼梦》问世，各种以《红楼梦》为题材的建筑、工艺、绘画、戏剧、曲艺、电影、电视剧、学术研究先后面市，产量之多，无以与比。这些丰富的《红楼梦》文化，除了在哈尔滨以艺术节形式向中国人民介绍外，这还是首次到国外展出，代表团副团长胡文彬在记者会介绍艺术展的八项展览内容和到访人物。

八项展览内容包括与作者介绍作品内容和红学研究有关的图片、图书、服饰、灯饰、器物、工艺、字画和实景造型。

届时大家可以看到120张富有学术意义的精彩图片，和一百多种有史料参考价值的图书。这些图片和图书的内容都与作者生平、家室，《红楼梦》各样版本、影印品、改编作品、研究著作有关。

《红楼梦》电视剧服饰总设计师史延芹这次也随团来了。她带来36套按照《红楼梦》原著的时代背景而设计、制作的服饰。

---

① 《林黛玉死得"荒谬"　"红迷"建议重拍〈红楼梦〉后六集》，《联合晚报》1988年3月14日。

② 《规模宏大·琳琅满目　红楼梦文化艺术展18至26日隆重举行》，《联合早报》1988年6月11日。

不仅如此,依照《红楼梦》人物塑造的著名泥人张彩塑和十二钗瓷雕亦有展出。十二钗瓷雕在中国只有两套,属于非卖品。六十余组的泥人张彩塑曾参加过世界博览会,每组的价格可以高达人民币5000元。

目前中国最负盛名的《红楼梦》青年古画家李湘与书法家兼代表团团长冯其庸,他们的《红楼梦》书画作品也是参展的重点。李湘一幅花费五年时间画出的《太虚幻境》,将会令人大开眼界。

观看过《红楼梦》电视剧的人,对剧中大观园实景必感兴趣。这回,将有10个实景点,包括140个人物在现场展出。

这次展出,目的在于与本地红学研究家交流。这次到来的红学家共五位,他们是团长冯其庸、副团长胡文彬、研究员吕启祥、民俗指导邓云乡和年轻红学家周岭。

展出的另一个目的,也在于促进本地人民对《红楼梦》这部小说的认识。因此《红楼梦》电视剧五名受人欢迎的演员贾宝玉(欧阳奋强)、林黛玉(陈晓旭)、薛宝钗(张莉)、王熙凤(邓婕)和史湘云(郭宵珍)都会来新加坡和观众见面。

展出日期在6月18日至26日,时间从中午12时至晚上10时。地点在世界贸易中心第六厅堂。入门票:成人4元、孩童2元。[①]

展览会由本报、联合晚报、新加坡作家协会举办,中国民航、新加坡书业文具商公会协办,中国艺术研究院负责策划。并由同乐鱼翅酒家CONNEX私人有限公司赞助。

谈起这次红楼梦展的筹办,我们不得不提周颖南(1929—2014),曾任新加坡写作人协会名誉会长,知名鉴赏家[②]。季羡林对周颖南有如下的评价:

我生平还没有遇到过一个既是企业家同时又是文学家的人。有之

① 此处的"元"指新币。

② 马仑编著:《新马文坛人物扫描》,柔佛:书辉出版社,1991年,第282页。

自周颖南先生始。

在会面之前，我已经听说过颖南先生的大名。他同我们国家一些文化名人有密切的友谊，出过一些通信集一类的书籍。后来又听说，周先生在新加坡是著名的企业家，又是华文文学的著名作家。更难能可贵的是，周先生对我国怀有深厚的感情。同叶圣陶、俞平伯、刘海粟、巴金、萧乾等受国人尊敬的文学艺术家，有多年的交往。他同香港的饶宗颐先生也有亲密的友谊。这都可以说是文坛佳话，也可以说是商坛佳话吧。

我们不能要求，每个人都能做到这一步，这是异常困难的。而周颖南先生尚矣。

直白地说吧，在我眼中，周先生是一个畸人，可以入"畸人传"的。[①]

鲍志华在《文化奇人周颖南与俞平伯的师生之缘》一文中对周颖南这样评述：

文化奇人周颖南拜俞平伯为师后，毅然介入"红学"。他是海外研"红"的主力军。他以《红楼梦》和"红学"的大众化及《红楼梦》的饮食文化作为切入口，在新加坡展开了波澜壮阔的研"红"活动。[②]

周颖南弘扬中国文化的热情不仅停留于文学创作，他一生身体力行促进新、中两国文化文学交流。1988年的5月，周颖南应中国全国政协之邀，到北京、西安、洛阳、杭州等地访问。到北京的第二天，他应邀到王府井新华书店，参加在北京大学举行的《红楼梦续书》首次发行仪式。中国学者周谷城、赵朴初先生等先后会见了周颖南。他还和一些红学专家们进行了商谈，一系列活动使他感到邀请中国艺术研究院组团到新加坡举办

---

① 周颖南著，龙协涛编：《南国声华：周颖南海外创作四十年》，北京：文化艺术出版社，1991年，第1～2页。

② 鲍志华：《文化奇人周颖南与俞平伯的师生之缘》，中国现代文学馆编：《文阵雄师：周颖南文库研讨会言论集》，开封：河南大学出版社，2008年，第83页。

“中国《红楼梦》文化艺术展”的现实意义。①

周颖南认为《红楼梦》是中国古典文学中最优秀的小说作品，它是中国封建时代末期的巨著，是整个中国传统文化全面、深刻和完美的反映，顺应这个时机把中国红楼梦文化艺术全面介绍到新加坡去，无疑是一桩极有意义之举。

于是，6月间，周颖南与《联合早报》、《联合晚报》、新加坡作家协会联合主办，并由康利私人有限公司等联合赞助与策划筹办展览会。这是自《红楼梦》一书诞生后200年来第一次在国外举行的规模最盛大的展览会。②

周颖南更是事无巨细地参与到每个环节，想把《红楼梦》艺术最好的一面呈现给新加坡民众：“我请陈毓和绘制《红楼十二金钗图卷》参展，并以此作为纪念，‘十二金钗’形象逼真，形神兼备，深受数以万计的观众赞赏！”③

对于《红楼梦》文化艺术展的成功举办，新加坡电视台、中国中央电视台都做了详细的报道，《红楼梦大辞典》也将其列为词条。④身为发起人和筹办者之一的周颖南是怎么看待这件事呢？他在《华文文学的发展与回归》一文记录道：

> “《红楼梦》文化艺术展”在新加坡掀起的“红楼热”。
>
> 1988年6月，新加坡主办了“中国《红楼梦》文化艺术展”，把依据中国古典文学名著《红楼梦》而创作的各种形象艺术，呈献在新加坡人民面前，马来西亚、印度尼西亚也有专程前来参观者，各国游客作为机会难逢的旅游节目观赏。

---

① 代绣、庄辛：《周颖南文库》卷十四《情系中华》，北京：北京师范大学出版社，2006年，第79页。

② 代绣、庄辛：《周颖南文库》卷十四《情系中华》，北京：北京师范大学出版社，2006年，第79页。

③ 周颖南著，龙协涛编：《南国声华：周颖南海外创作四十年》，北京：文化艺术出版社，1991年，第1～2页。

④ 李希凡、冯其庸：《红楼梦大辞典》，北京：文化艺术出版社，1990年，第1292页。

环绕这一主题，新加坡国立大学文学暨社会科学院与中文系联合主办“《红楼梦》研讨会”，联合早报、联合晚报、作家协会主办“《红楼梦》与中国传统文化”座谈会，由中国冯其庸、邓云乡、吕启祥、胡文彬、周岭等五位红学家和一些专业人士发表专题演讲，直接和听众对话。同乐鱼翅酒家主办扬州西园饭店演示的“红楼宴”。红学家、《红楼梦》电视连续剧主要演员在展览会现场与观众对话，创造了独特的文化交流形式，导致高潮迭起，受到热烈的欢迎，从而掀起了一场“红楼热”。街头巷尾，都在谈论《红楼梦》。

展览会结束后，北京“大观园”举办了“《红楼梦》文化艺术展在新加坡”的汇报展出，中国中央电视台播送了《〈红楼梦〉文化艺术展在新加坡》的电视纪录片，在中国，也产生了极大的反响。把《红楼梦》的具体活动，推向新的高峰。

今后，这类大型的文化交流活动，应该设法再在其他国家主办，使主办国的人民有机会分享中国古典华文文学的成果，从而扩大国际影响！①

此外，黄叔麟作了一系列的报道，如《特殊时代走的路》《从文化艺术展览看二百年前红楼梦》《红楼梦跨越国界　世界文学史上罕见》《秦淮风月忆繁华——中国红楼梦文化艺术展》《实物传世话王尔烈寿屏》《仿佛梦里觅楼踪，纸上畅游“红楼梦文化艺术展”》《千红一哭万艳同悲写李湘画红楼梦》《实体大观园出现红学研究大突破》《罗汉转世高僧佛经不曾记载》等文，把文化展内外的故事、展览和讲座重点、红学知识方方面面通过《联合晚报》图文并茂地呈献给读者，起到了很好的引领和宣传作用。

通信记者林可邦则指出了当时新加坡学生阅读《红楼梦》时所面对的困难：

① 周颖南著，龙协涛编：《南国声华：周颖南海外创作四十年》，北京：文化艺术出版社，1991 年，第 1～2 页。

其实《红楼梦》这部作品，莘莘学子早就听过，而且略懂它的内容了。只不过，由于原著长达一百二十回，而且文字艰深难懂，一般华文水平的学生恐怕没法子了解。一直到了近一两年来，市场上出现了一些古典文学作品的简写本连环图和英译本。这些较为生动、简单的书，也引起了青少年的注意。①

他也询问了许多到会场来的学生了解实际情况。学生黄子明是因对《红》剧产生兴趣才来参观的；华初的蔡顺源便是"慕名"而来的，尽管他没有真正地了解和看过《红楼梦》，却因报章和其他方面的宣传而到此参观；中二生古美玉则表示吸引她的是《红》剧演员第一次来新，剧里所用的道具、服装也是首次展出，同时她表示她是第二次参观这个展览会，但发觉戏服太少了。②

圣婴女校六年级杨竹君写了一篇观后感："我想，观看这次展览最大的收获是增强了我对《红楼梦》这部中国文学名著的了解。"③

周颖南在马新红楼文化推广上的成功，让我们不禁想起他在《中国饮食文化的回顾与前瞻》中说的一段话：

水果入馔，为中菜创造了优势，最能迎合客人的口味，给人以新鲜的感觉。我们不严格要求出品要局限于某一种菜系，只要是能迎合顾客口味的要求，我们都提倡，都给予肯定。千万不要在正宗与非正宗的问题上，争论不休。我们检验的标准，在于是否受大众的欢迎而定之。我们尊重传统，在传统的基础上谋求创新，绝不能因传统束缚自己的手脚。④

周颖南文化生意人的嗅觉是灵敏的，对于传统文化的传播也犹如售卖

① 林可邦：《四块钱并不贵》，《联合早报》1988年7月11日。
② 林可邦：《四块钱并不贵》，《联合早报》1988年7月11日。
③ 杨竹君：《参观红楼梦文化艺术展》，《联合晚报》1988年9月12日。
④ 诸园、庄辛编著：《周颖南与中华文化》，北京：中国和平出版社，1992年，第198页。

佳肴、商品，要为受众准备他们喜闻乐见的传播形式，多元融合地去呈现《红楼梦》，让受众各取所需，易于接受。

30 年后，艺术文化展再一次运用了最新的科技来展现《红楼梦》的魅力，传播范围更扩展至华族以外的民族。2018 年 2 月 1 日，在上海世博发展集团支持下，北京水晶石文博展示有限公司（以下简称“水晶石”）和马来西亚玛拉大学（Universiti Teknologi MARA）联合主办的《智慧的长河》“一带一路文化特展”登陆马来西亚，在玛拉大学展出。

作为中马文化交流典型事件，此次特展面向马来西亚主流人群举办，王室代表、首相府代表、玛拉大学主要领导及二十多位马来西亚国立大学的校长莅临现场，并得到了马来西亚国家电视台、《星洲日报》、《中国报》等媒体的广泛宣传。

展览中有两项展品是以《红楼梦》为主题的。一是动态版《红楼梦》长卷特展，作品再现旧日莺燕，引世人梦回红楼，让马来西亚的学生和民众近距离感受中国古典文化艺术精品的魅力。二是《全本红楼梦》，这是由清代画师孙温耗时 36 年所绘制的红楼绘本，全图幅 240 帧，目前存世 230 帧，画面情节之详尽、人物之鲜明、细节之精确、笔法之精巧、构图之精美、篇幅之宏大，均为同题材绘画作品所罕见，具有极高的艺术价值和考据价值。水晶石以独到的艺术视角和专业的数字科技，赋予画作以生命，再现旧日悲欢离散、兴衰沉浮，动静之间，引众人梦回红楼，共同体会这部旷世奇作的不朽魅力。[①]

二、《红楼梦》的跨界影响

2001 年 5 月 1 日，潮州木雕艺人金子松承接设计制作的大型金漆木雕《红楼梦 · 大观园》壁屏在马来西亚安装完毕，业主马来西亚天安保险有限公司执行主席拿督柯善达先生隆重地在别墅府第举行竣工典礼。

《红楼梦 · 大观园》以元春第二次省亲为主线，全景式地展示贾府大

---

① 《水晶石联合主办〈智慧的长河〉一带一路文化特展》，2018 年 2 月 1 日，http://www.crystalcg.com/news/90.html。

观园场景及人物故事。规格为 300cm×350cm×9cm，整个画面共有 63 个人物，分成近 20 个景组。人物形象和场景器物的设计，生动地体现了名著《红楼梦》的神韵。名著精雕，两者巧妙结合，交相辉映，充分展示了中华优秀传统文化的深厚积淀。

中马两国官员及商界人士见后赞叹不已，马来西亚劳工部部长冯先生还动情地称赞说，中国潮州木雕《红楼梦·大观园》落户马来西亚，是马中文化交流史上值得记载的一页。[①]《人民日报》题为《金子松和他的“红楼梦”》予以报道。《潮州纪事》题为《任由飘荡亦从容》进行专题报道。

2012 年 9 月 24—26 日，中国国家级非遗“曹雪芹风筝”第四代传承人缪伯刚携中国风筝寻梦俱乐部出席在马来西亚举办的“马、中、新”风筝交流会。他带来了自己刚主编出版的《不对称型风筝——马捷如笔下的风筝世界》这套画册以及马捷如先生的部分风筝作品。寻梦俱乐部在交流会中荣获“最佳传统风筝设计奖”，使得曹氏风筝在国际上大放异彩，让更多人认识。[②]

他介绍说，“风筝曹”（又称“曹氏风筝”）源于 1943 年一部署名曹雪芹的风筝图谱遗稿《南鹞北鸢考工志》。作为图谱遗稿的主要抄录者之一，“曹氏风筝”第二代传人孔祥泽老人对遗稿进行了多年的研究和临摹，结合金福忠所著《宫廷风筝图谱》，最终于 20 世纪六七十年代恢复了遗稿中的风筝制作技艺。为纪念曹雪芹的功绩，孔祥泽将之命名为“曹氏风筝”。1973 年，曹氏风筝得到北京大学著名红学家吴恩裕的认可。2006 年 8 月，曹氏风筝入选首批北京市级非物质文化遗产保护项目。

缪伯刚与马来西亚马六甲州首席部长拿督斯里莫哈末阿里互赠礼物，他赠予马来西亚旅游部马六甲州局长拿督林朝明不对称型风筝书籍，并向林朝明局长讲述书中 81 例不对称型风筝原理，每件作品隐于自然之形象，

① 《任由飘荡亦从容——木雕艺人金子松》，2005 年 10 月 29 日，http://www.czbtv.com/dsjmzx/czjs/t20051029_19557.htm。

② 《风筝：放飞春天的梦想》，2013 年 4 月 12 日，http://cppcc.people.com.cn/n/2013/0412/c34948-21106604.html。

不尚人为对称之常规。这次的交流中，双方都希望马中两国风筝文化事业能更好地促进旅游业的发展。①

2014年1月29日，来自中国台湾的吴荣赐把他以刀刻雕塑了中国四大文学经典即《三国演义》《水浒传》《西游记》与《红楼梦》的人物为主轴的木雕作品带到马来西亚来，并在仁嘉隆东禅寺的佛光缘美术馆展出19天，成为新春间平安灯会和花艺展的重要作品之一。为配合这项雕塑艺术个展在平安灯会间举行，马来西亚佛光山也安排了数场论中国四大名著经典人物的讲座，都在东禅寺修持中心视听室举行。②

此外，还有个别人士与《红楼梦》结缘后，通过文化艺术形式绽放出属于自己的光芒，而后又以独特的方式推动鼓励《红楼梦》的传播，特别是当他们有了一番成就，成了公众关注和效仿的对象时，还不忘提起《红楼梦》。

鄞昌涛（Andrew Gn）是在法国巴黎创业并成名的新加坡籍服装设计师，他的名气从欧美到亚洲，跨越了半个地球。他是东西方风格融合的代表，同时又是简约主义的实践者。

鄞昌涛毕业于立化政府中学和华中初级学院，后来到英国伦敦著名的圣马丁艺术学院就读，以全班之冠的成绩毕业。1992年他到巴黎学艺，曾在著名法国设计师伊曼纽尔·温加罗（Emanuel Ungaro）手下做助手达8个月之久。1996年他用父亲资助的钱正式在巴黎创业，以自己的英文名字 Andrew Gn 创办时装品牌，很快就被视为领导世界时装进入21世纪的新秀之一。1997年，鄞昌涛被任命为高级时装屋巴尔曼（Balmain）成衣和饰品的艺术总监。

如今 Andrew Gn 在世界各地拥有众多分店，是新加坡服装界至今为止最成功的设计师，他的顾客包括众多明星，如席琳·迪翁（Celine Dion）、格温妮斯·帕特洛（Gwyneth Paltraw）、妮可·基德曼（Nicole Kidman）

---

① 缪伯刚：《马来西亚马六甲州局长拿督林朝明称赞中国不对称型风筝》，2012年9月24日，http://blog.sina.com.cn/s/blog_4d573e3101018x2g.html。

② 《图说天下·文学与雕塑的结合·四大名著木雕传神》，2014年1月29日，http://www.sinchew.com.my/node/960459。

等，还有不少的皇室贵族。[①]

鄞昌涛不仅能讲华语、英语，因为长期在法国居住，并曾在意大利学艺，还说得一口流利的法语、意大利语、西班牙语，也会说广东话和潮州话，他也是少数懂得看、看得懂《红楼梦》原著的年轻新加坡人之一。

> 我很小就从父亲的书架上拿了《红楼梦》来看，《红楼梦》让我有很多想象的空间，而且在人生的不同阶段对这部小说有不同的领悟。尤其是书中对林黛玉和凤姐这些女性出场时的形容，她们的服饰、怎么施粉、服装颜色的搭配，甚至是饮食和心情感受等都很细腻，对我的创作有深远的影响。[②]

鄞昌涛表示他小时候很内向，就喜欢看书，起初看的是冰心的小说，11 岁左右就开始翻《红楼梦》，服兵役时重看，现在《红楼梦》更是他的床头书，而且他不看白话文，只看文言文版。

> 红学长期影响我在创作方面的潜意识，可以这么说，曹雪芹就是我创作泉源的启蒙老师。[③]

除了《红楼梦》，鄞昌涛也是张爱玲和李碧华这两位作家的忠实读者，尤其喜欢《倾城之恋》和《胭脂扣》，对她们笔下深入描述的亚洲女性有着非常深刻的印象。

鄞昌涛善于运用色彩与材料，以绣花、针线细节进行服装创作，这与他深受《红楼梦》的影响有关，《红楼梦》里对女性服饰、饮食及心情等细致的描写，对他的服装设计有深远的影响。他的设计融入了东西方的文化，旗袍、蒙古式外套等神秘的东方元素在变革中与西方款型和风格进行

---

① 陈彬编著:《国际服装设计作品鉴赏》,上海:东华大学出版社,2008 年,第 10 页。

② 《访新加坡旅法服装设计师鄞昌涛》,《联合早报》2006 年 12 月 23 日。

③ 《访新加坡旅法服装设计师鄞昌涛》,《联合早报》2006 年 12 月 23 日。

有机地融合，组合成另一种奇妙的和谐美和艺术享受。[①]

Chic 对鄞昌涛的评价是："虽然他是一个男士，但是他一直在追求美。在他的设计上追求美，在生活中寻找美，而且他一直都没有满足感。"[②]

陈家毅（Tan Kay Ngee）是新加坡知名建筑师，他的重要建筑设计作品包括新加坡管理大学、新加坡佛教文物馆、新加坡马来皇族古迹保留区、中国北京"长城脚下的公社"建筑工程项目、中国杭州"亚洲的生活态度"建筑文化项目、日本岐阜县现代住宅、纪伊国屋与 Page One 书店等。曾荣获英国皇家建筑学院设计一等奖、英国皇家艺术学院之年轻设计师奖、威尼斯双年展银狮奖、日本设计年奖、日本中川设计年奖、2007 年度新加坡总统设计奖，是 2010 年上海世博会新加坡馆总设计师。[③]

陈家毅 1956 年生于新加坡，祖籍是中国广东潮安东凤镇，1977 年在新加坡国立大学攻读建筑学，1984 年毕业于伦敦建筑学院。他同时也是一位作家，擅长写散文、游记、评论、小说等。出版著作包括散文集《重顾草莓地》《城市磁场》《不完美》等，其中文集《城市磁场》被《亚洲周刊》评选为 2008 年"十大好书"（非小说类）。[④]

陈家毅的经历很西化。他在新加坡长大，又到英国工作生活 20 多年，骨子里却非常崇尚中国传统文化。

> 从张爱玲到《牡丹亭》《红楼梦》都是记载了华人文化的经典文学，去英国念书时我只带了两套书，一是张爱玲作品，一是《脂砚斋重评石头记》，胡适之的甲戌本。
>
> 有时设计是从文学获得灵感，但我尝试将它们化为现代的美学，把这些传统的东西用现代的眼光去看。[⑤]

---

① 陈彬编著：《国际服装设计作品鉴赏》，上海：东华大学出版社，2008 年，第 10 页。

② 《巴黎时装周：当 CHIC 对话 Andrew GN》，2018 年 3 月 15 日，https://wemedia.ifeng.com/52405047/wemedia.shtml。

③ 潘国驹编著：《新加坡潮州文化名人录》，新加坡：八方文华创作室，2016 年，第 137 页。

④ 潘国驹编著：《新加坡潮州文化名人录》，新加坡：八方文华创作室，2016 年，第 137 页。

⑤ 设计家：《多重文化经验下的"无界"设计师——访新加坡陈家毅建筑师事务所负责人陈家毅》，《DESIGNER & DESIGNING》，2009 年，第 35～41 页。

身为华人，陈家毅自言对中国古诗词、古字画等颇为喜爱，现在还一直翻《红楼梦》找寻灵感。担纲设计世博新加坡馆时，中国传统文化精华不可避免地被他融入作品当中，比如展馆布局借鉴了中国传统的“留白”理念，而展馆幕墙则参照了中国明代长条形家具的优雅造型。

> 中国人讲究留白，传统庭院、回廊、亭台、楼阁都在山水间，这些都是经过时间沉淀的智慧。①

在聊天时，陈家毅会因为某个细节忽然联系到某部小说里的一处情节，可见其阅读面之广。他说自己比较喜欢一些白话文老作家，尤其喜欢周作人、沈从文、杨绛的文字。“沈从文有一种飘逸感，尽管他经历过大起大落，但他毕竟还是一个读书人。他后期做的一些研究工作，比如说他被派去研究一些古物、古衣。他用文字对古代服装饰品的描述，居然可以与《红楼梦》对出场人物服装的描述不相上下。”陈家毅说，《红楼梦》《金瓶梅》是他经常会翻阅的书。有时实在感到疲惫，他就看看《本草纲目》和《黄帝内经》，了解一下“是吃莲子好还是吃西瓜好”。“其实做建筑很多时候都要和草木打交道，所以我也从这方面来感觉周围的事物。”②

台北当代艺术馆于2004年11月13日至2005年1月16日举办了一场“城市谣言：华人建筑”展，邀请包括来自海峡两岸暨香港、新加坡，共八个地区的十七人/组的华人中新生代建筑师、艺术家，对新世纪城市与建筑的走向，以各自角度提出诠释与回应。展览的其中一大主题就是“红楼梦”。陈家毅是受邀嘉宾之一。③

《红楼梦》是华人文化底层养分的重要来源之一，所谓“红学”更是

---

① 《〈晶报〉新加坡建筑师陈家毅：左手写文学，右手做建筑》，2011年7月29日，http://szida.cnweb.cn/Insight/Detail/1979。

② 《陈家毅：探索“现代建筑语言”》，2009年9月15日，http://qsdesign.net/new_html/view/?1236-7.html。

③ 台北当代艺术馆：《城市谣言：华人建筑》，2012年1月12日，http://www.mocataipei.org.tw/index.php/2012-01-12-03-36-46/past-exhibitions/166-exhibition-review-2004/632-citiesnomads。

一项具有国际普世性认知的华人文化象征。《红楼梦》里的大观园，是一则极佳快与慢争战的文学实例，更是华人逾千年来内向城市观的小缩影；时间在里面以近乎停顿的方式运转着，而被牢牢围塑起来与外面世界的断离性，则使这个内向自足的园/院得以完美构筑。此展以《红楼梦》为引，邀请普遍接受欧美建筑理论涵养的青壮辈之当代华人建筑师，十人一组，以自身之建筑观为喻，提出在时代的快速递嬗、文化的交融流变与自我的反省观照下，如何平衡自体自觉与全球竞争的兼顾互重，并以此作为对华人建筑文化的思考回应。①

2004年11月13日，陈家毅、张永和与廖伟立三位主讲人，在阮庆岳主持下，以“大观园：华人建筑的‘在地’是什么?”作为主题对话拉开了“城市谣言：华人建筑”展的序幕。②

李曙韵，中国台湾知名事茶人，出生于马来西亚笨珍，在新加坡求学。21岁与茶结缘，后到中国台湾求学，创立人澹如菊茶书院，不断创新尝试茶道与花道、音乐、舞蹈、当代艺术等跨界剧场呈现，获得好评，为2006年第十届台北文化奖得主，著有《茶味的初相》一书。2012年，李曙韵毅然放下台北的一切，转战北京，创办“茶家十职”，通过教学推广茶文化，备受瞩目。③ 她第一次读《红楼梦》是在小学三年级，当时就在想：为什么贾母不喝六安茶，只喝老君眉? 高中毕业，她来到台湾东海大学深造，随身的三大袋行囊中，有四套不同版本的《红楼梦》、数把朱泥壶以及各色武夷岩茶。④

2016年10月，中山大学出版社繁体插画版《解毒〈红楼梦〉的禅文化》正式上市。书内，章良绘制的《红楼梦》插图深受读者关注。画家章良，原名潘启良，号若凡，1977年2月在槟城出生。父亲是东南亚第三

① 台北当代艺术馆：《城市谣言：华人建筑》，2012年1月12日，http://www.mocataipei.org.tw/index.php/2012-01-12-03-36-46/past-exhibitions/166-exhibition-review-2004/632-citiesnomads。

② 黄宝萍：《展览：红楼梦与黄祸　华人建筑狂想》，2004年11月13日，http://forgemind.net/xoops/modules/news/article.php? storyid=244。

③ 黄向京：《李曙韵：一杯茶的修行路》，2015年10月13日，http://www.zaobao.com/culture/books/authors/story20151013-536820。

④ 夕二：《李曙韵：一叶茶可以让生命走得更宽阔》，《花样盛年》2015年第4期。

代的华裔商户，母亲是个土生华人（Peranakan Cina）。他是一位设计师，同时也是一位画家。有人说他画的人物、动物和山水田园，禅意玄佛。

该书作者悟澹设想以电视剧《红楼梦》的人物造型为蓝本，绘制《解毒〈红楼梦〉的禅文化》的插画。通过与章良的协商，二人一致认为以章良过往的人物画风，绘制《红楼梦》中人的插画，无须脸谱化，因为一千个人心中，就有一千个林黛玉和贾宝玉。章良深刻领悟《金刚经》“无我相、无人相、无众生相、无寿者相”的思想内涵，认为绘其插画，留白空间越大，读者的想象空间就越大。章良的作品一出，观者无不夸赞其插图之殊胜。[①]

艺术家用自己最熟悉的媒介把《红楼梦》人物和情节重现的事例，在历史上屡见不鲜。更有部分艺术家从《红楼梦》中获得灵感和素材进行再创作，让自己的作品充斥着浓郁的红楼韵味，却又抛开了《红楼梦》故事固有的形态。所有的演绎，呈现的都是艺术家个人所理解的《红楼梦》，他们用自己的方式向大众述说着自己的感悟。此节想说明的是《红楼梦》对艺术家的思维、作品、生活的影响。艺术的范围不仅是传统的《红楼梦》图绘、戏剧、影视、音乐，更可以是职业或生活的各个方面。

第五节　中式美食文化传播

《红楼梦》以高超的手法描绘了贾府众多宴饮。这些描写不仅表现出各种人物的性格，反映了这个封建大家庭由盛而衰的变化，更折射出中国饮食文化的深厚内涵。中国饮食文化的独特魅力，在于它能将“色、香、味、形、器”很好地融合。而《红楼梦》饮食文化特征可概括为精美、和谐、典雅。[②]

---

① 悟澹:《深受〈金刚经〉影响的画家，绘制红楼梦出版受好评》，2016 年 12 月 16 日，https://www.sohu.com/a/121732915_288736。

② 吴斧平:《精美　和谐　典雅:论〈红楼梦〉的饮食文化特征》，《兰州大学学报》2005 年第 4 期。

有学者在《海外华人的美食文化情结——基于旅英华人的研究》一文中指出：

> “吃”对于旅英华人的高收入阶层来讲，在食用美食的时候可以获得味觉、视觉和感觉的整体享受。这种美好的美食体验也是对中国饮食文化的赞扬和认可，通过味觉、视觉的感受能够唤起旅英华人对故乡的美好记忆，在心理上得到某种类似归属感的满足。同时，高收入阶层也借助家乡美食这个纽带，经常参加同乡聚会等社会活动来实现自我的文化认同；或者到相对高档的餐厅，接受到良好的服务，得到与其阶层相匹配的社会尊重感；此外还可以在体验美食文化的同时完成“餐桌教育”，把中国传统的饮食文化介绍给下一代华人。这也就不难理解为什么平均收入越高美食体验的要求越高。[①]

这样的研究成果也同样适用于马新华人，特别是从小受西方教育影响较大、逐渐远离中华文化传统的华人。有时候连语言、肤色都不能定义我们文化的归属，但食物的味道却能构成我们文化上的身份认同。美食文化情结承载了华人对祖籍故乡的想象与根源的记忆。美味的食物、传统饮食习惯、熟悉舒适的环境，能给人带来欢愉的享受和精神上的满足，从而加强人们的文化认同感。

随着东西方文化的不断融合，越来越多的年轻人旅居和留学海外，美食文化传播成为他们思乡情绪、美食体验、美食文化情结的表达方式。家乡美食承载的不仅是故乡的味道，还是海外华人浸透在骨子里挥之不去的乡愁。漂泊在外的游子依靠味蕾维系着自己的根，他们可能母语说得不再流畅，文字书写得不再工整，传统的文化礼仪和节日庆祝习俗也渐渐忘却，但是味道则会永远触发属于中华民族的情感共鸣和认同。[②]

---

① Liang Tao Shan、尹璐、童清艳：《海外华人的美食文化情结——基于旅英华人的研究》，《现代传播（中国传媒大学学报）》2016 年第 12 期。

② Liang Tao Shan、尹璐、童清艳：《海外华人的美食文化情结——基于旅英华人的研究》，《现代传播（中国传媒大学学报）》2016 年第 12 期。

一、红楼宴走向世界

1988年6月16日，新加坡《联合晚报》出现了一则吸引眼球的广告：

“《红楼梦》文化艺术展”之精彩项目之一
红楼宴，展现十八世纪中国的饮食风貌！
红楼宴，带您透入《红楼梦》中蔚为大观的“吃”的世界！
由来自林黛玉家乡——中国扬州的烹饪大师主理。

每席佳肴包括：
小说中描写的无数次家宴雅集的桌上肴馔，例如
胭脂鹅脯、火腿炖肘子、酒酿清蒸鸭。

灵感、题材取自小说的创作菜，例如
黛玉观花、夜雪观园、宝钗借扇等。

红楼宴具有中国八大菜系之一的淮扬菜的独特风味，品种新奇，
配料考究，做工精细，乃中华饮食艺术的灿烂瑰宝。

红楼晚宴（仅供预定）
每席＄360[①]（供6人用）
每席＄480（供8人用）
每席＄600（供10人用）

配合着1987版《红楼梦》电视剧在新加坡电视台的播放所引起的关注，加上阵容浩大的中国“《红楼梦》文化艺术展代表团”到访新加坡，新加坡同乐鱼翅酒家举办了红楼宴烹调技艺表演。经理周家萌把宴席安排

① 此处价格指新币。

在酒家的高级宴会厅里。表演嘉宾为扬州西园饭店厨师王忠宪、陈恩德，扬州宾馆厨师仇根邦、肖庆和。他们在新加坡制作的红楼宴分为四部分，即大观一品（观赏菜）、广陵六碟（冷菜）、宁荣大菜（主菜）和怡红细点（点心）。

这不仅是一场烹饪表演，也是一场红楼饮食文化的传播活动。受新加坡周颖南先生的邀请到新加坡去举办“红楼文化展”是“红楼宴”第一次走向世界，同时也首次启用了“红楼宴专用菜单”：长 15 厘米、宽 10 厘米、对折相合，菜单正面印有林黛玉像和古阁图案，白底金字，上下方刻有不规则的水波纹图案。①

《红楼梦》文化艺术展代表团在记者招待会上向记者们及新加坡美食家介绍了扬州红楼宴。“红楼宴”到期后还被要求延长展览时间。曾有“扬州红楼宴首次走出国门，历时半月，烹调二百余桌，品尝者二千余人”②的记录。

“记得那次连泰国、马来西亚、中国香港、中国台湾、日本的人都专程来品尝红楼宴。我是一起陪同去新加坡的，所以记忆犹新。”冯其庸道。③

当时，新加坡电台、电视台和报纸都做了广泛的宣传和报道。新加坡《联合早报》在《饮食天地》专栏里对红楼宴做了全面的介绍。在“宁荣双府珍肴齐，下箸初尝红楼宴”的大标题下，赞美红楼宴是“珠玉纷呈，荤素莹秀”“金浆玉露，浓郁吐芳”“红案白案，各有一绝”。④

一家报纸说：“红楼宴果真有大户人家的气派。它以扬州菜为基础，再根据曹雪芹在《红楼梦》里的描写，四位扬州厨师烹调出道道色香味形俱全的红楼菜，具有扬州菜的清淡、鲜嫩、味醇的特色。”⑤

新报评论说：“老蚌怀珠，是曹雪芹亲自为朋友烹调的一道菜，蚌指甲

① 丁章华：《红楼梦与扬州》，北京：文化艺术出版社，2007 年，第 183～184 页。
② 丁章华：《红楼梦与扬州》，北京：文化艺术出版社，2007 年，第 183～184 页。
③ 冯其庸：《〈红楼梦与扬州〉序：从“富贵荣华”到“茫茫白地”》，《红楼梦学刊》2007 年第 1 期。
④ 丁章华：《红楼梦与扬州》，北京：文化艺术出版社，2007 年，第 183～184 页。
⑤ 丁章华：《红楼梦与扬州》，北京：文化艺术出版社，2007 年，第 183～184 页。

鱼，珠是斑鱼和蛋清做成的丸子，碗里装的裙边、切块的肉、切碎的火腿，果真是金浆玉露，胶洁凝齿，鲜味绕舌”；“绝没料到，肘子鱼翅是那么特别，与传统鱼翅不同，只见大碗里滑亮的鱼翅，饰以去脂薄片猪肉，汤面不见油花，一匙入口，方知浓郁吐芳，温醇清香。”①

“红楼宴”刚走出中国，就轰动了新加坡各界人士和红学爱好者，这绝非偶然。回溯“红楼宴”的开发研制，得从1975年冯其庸初到扬州对老友——西园饭店经理杨礼莘提出建议说起，直到丁章华接任西园饭店总经理后认真试验，其间有仇根邦、王仲海、王仲宪、肖庆和、陈恩德等大师傅的参与，更有外办的左为民、朱家华，西园饭店的金林、于青山、王嘉钧、黄霞等领导的支持与坚持。从“红楼菜”到后来的“红楼宴”，更经过北京的王世襄、王利器、周绍良、李希凡，沈阳的杨仁恺，上海的邓云乡等专家学者的品尝和研讨，②最后方才获得各方一致好评。一场红楼宴能精美呈现出来，背后耗费了不少人的心血和精力。

冯其庸回国后，下榻在扬州西回饭店时，对红楼宴赴新加坡成功，作诗一首以纪之：

> 天下珍馐属扬州，三套鸭子烩鱼头。
> 红楼昨夜开佳宴，馋煞九州饕餮侯。③

“红楼宴”之名首次见于新加坡《联合早报》，后此名称为红学界、美食界权威人士所认可，并录于书，通行于世。扬州厨师在新加坡同乐鱼翅酒家烹调红楼宴，菜单由大观一品、广陵六碟、宁荣大菜、怡红细点四部分组成，此为首份正规的红楼宴菜单［《扬州红楼宴年谱（1975—2004）》］。这是新加坡和中国在美食文化合作上值得赞颂的一笔。

然而这只是双方在红楼美食文化上交流的开始。1992年10月，《扬州红楼宴》画册在深圳出版，画册由王利器、王世襄、冯其庸、周绍良、

---

① 丁章华：《红楼梦与扬州》，北京：文化艺术出版社，2007年，第183～184页。

② 冯其庸：《〈红楼梦与扬州〉序：从“富贵荣华”到“茫茫白地”》，《红楼梦学刊》2007年第1期。

③ 丁章华：《红楼梦与扬州》，北京：文化艺术出版社，2007年，第183～184页。

周颖南（新加坡）任顾问，特邀主编冯其庸，副主编丁章华、王兰、朱家华。冯其庸作序并题写了书名。画册分为大观一品、贾府冷碟、宁荣大菜、怡红细点四部分，并附有“红楼宴菜点要目”77条。

2002年8月，扬州迎宾馆厨师又赴新加坡表演红楼宴，新加坡文华大酒店总经理连振成，扬州市外办副主任左为民联合举办红楼宴招待会。新加坡政界要员及中国驻新加坡大使张九龄等出席了招待会。①

到了2004年，全国第二届红学会在迎宾馆召开，迎宾馆抓住契机对“旧版”红楼宴进行了重新研制改版。“新版”红楼宴更加切合现代人的要求，一推出就得到了二月河、冯其庸等红学家的肯定。2003年、2004年迎宾馆的大厨们连续两年前往新加坡文华大酒店表演八怪宴、红楼宴的制作。②

二、新加坡式红楼宴

2004年新加坡美食节举办了一场精致的红楼宴（The Dream of the Red Chamber Banquet）。与以往不同，这次的红楼宴由15名本地大厨制作，他们先后到北京和扬州去考察当地红楼宴，而后创新设计，为红楼菜色注入本地色彩。红楼宴总策划人许德龙受访时说：“过去，新加坡人所看到的、吃到的，都是中国厨师对红楼宴的诠释，这次本地厨师以自己的观点、文化修养来做出属于新加坡人的红楼宴。”

菜单上有些菜色如茄鲞、老蚌怀珠、烤鹿肉、冰糖燕窝粥等，都是《红楼梦》宴会上出现的菜色，做法根据小说所描述，做起来非常考究。此外，还有一些菜色是厨师们从《红楼梦》中取得灵感，发挥创意去烹调制作的。如“金陵十二钗”，厨师就选用12种不同材料来表现小说里的12名女子，秦可卿：用鲑鱼艳丽的颜色和优美的纹理来表现秦可卿的婀娜美艳，橘红色的鲑鱼再加上鱼卵，鲜艳欲滴，让人不禁联想起佳人的美艳风流。林黛玉：用蛋白做成薄薄饼皮，代表林黛玉葬花时握在手里的手

---

① 丁章华：《红楼梦与扬州》，北京：文化艺术出版社，2007年，第183～184页。

② 吴年华、严峰：《海外热捧迎宾馆系列淮扬名宴》，《扬州时报》2006年6月2日。

帕，淋上透明酱汁，代表手帕上黛玉落下的眼泪。不仅如此，每盘菜色构思和摆盘都极为讲究，以“黛玉葬花”一盘为例，可见其造型秀气动人，点缀在一旁的食用鲜花更营造出了当时的悲情气氛。[①]

冼良、刘育培和许国威等三位师傅是红楼宴幕后的“主帅”。他们表示书中描写的大都是一般平民百姓难以沾边的昂贵珍馐，因此在创作新加坡版红楼宴时采用大胆创新的手法，根据小说中描述的人物与山珍海味，去想象与诠释菜肴的味道，所以与扬州西园、南京、广州松林、北京大观园及来今雨轩等大饭店的红楼宴不同。最明显的是，由于厨师受过西方厨艺的训练，所以新版红楼宴，除造型优美、餐具豪华、菜肴丰盛外，更结合了中西餐的烹煮和呈现方法，使每道菜呈现出多彩的视觉艺术效果。

宴会安排地方戏曲表演，伴以首首华乐金曲，让食客体验边吃边赏戏的雅致生活，犹如置身大观园中。因为每道菜都注明出处，盛宴会场也有嘉宾手持《红楼梦》，在四小时进餐时间内不时向上菜的侍女查证，作深一层的品味。有美食家即席赞曰“金酱玉露，沉郁吐芳”“红案白案，各有一绝”，乃是美味、丰盛及精致的文化飨宴。[②]

此红楼宴于 2004 年 7 月 31 日在文华酒店的宴会厅里举行，用了红楼 16 道菜谱，席开 60 桌，每人收取 333 元新币。[③] 活动成功吸引了国内外各界名流七百人盛装赴这场能满足精神与味蕾的文化飨宴。红楼宴每席部分收入捐给“狮子乐龄之友协会”的 3800 多名孤独老人。[④]

每次办红楼宴，报章上《文华红楼宴　道道有出处　道道有文化》《红楼梦人物吃的山珍海味　你也能吃到！》《关于红楼宴》《新加坡美食节压轴菜红楼宴》等种种介绍红楼宴的标题都很醒目，反复宣传让大众对红楼宴从知道到了解、从陌生到熟悉，进而引起兴趣。

四季酒店粤菜餐厅江南春经理 Ng Chong Kim 与厨师 Alan Chan 也被

① 王辉雯：《红楼秀色可餐一桌四千大元》，《联合早报》2004 年 6 月 26 日。

② 程榕宁：《新加坡红楼宴打造“新肴风”》，http://www.mayland.idv.tw/Sojourning%20Jn-1.htm。

③ 王辉雯：《红楼秀色可餐一桌四千大元》，《联合早报》2004 年 6 月 26 日。

④ 程榕宁：《新加坡红楼宴打造“新肴风”》，http://www.mayland.idv.tw/Sojourning%20Jn-1.htm。

《红楼梦》中对于美食的生动描绘所吸引，他们参照了小说中168道菜的清单，策划出一份七道菜的菜单，以反映贾宝玉及女主角林黛玉、薛宝钗之间的浪漫爱情和奢华的生活方式。

第一道金钗胭脂镜花楼：香片烟熏鸭（茉莉花茶熏鸭胸）、蛋白炒番茄（蛋炒西红柿和脆扇贝）、琉璃龙影（水晶虾冻），三种菜口味清淡，巧妙运用了高营养成分的茉莉花和西红柿。第二道红粉佳人戏水月燕液龙皇炖鸡汤（燕窝虾饺）就显放纵奢华，燕窝和鸡汤的内在营养与特性象征小说中美女的完美肤色。第三、第四、第五道菜云南肘子红烧肉、六头南非鲍鱼伴鲜竹皮蒸鲜蟹、京沪蒸鳕鱼，用猪肉、鲍鱼和鱼反映当时贵族的生活消费。

Ng Chong Kim说："我一直梦想在餐厅里创造《红楼梦》。""鉴于这部小说的历史意义，我在过去的几个月里一直在阅读和研究，思考我们如何通过烹饪的诠释来愉悦客人。"

在与Alan Chan合作进行了多次研究和试验后，他们得到了第六道菜——碧绿金丝燕窝粥的灵感，林黛玉的精致美就像用菠菜酱煮的燕窝粥那样。最后一道牡丹酥拼枣泥山药糕，把红豆泥泡芙糕和红枣山药根果冻，用被高度视为好运和高贵的象征——牡丹的形态呈现，将烹饪故事情节拉近尾声。[①]

此"红楼梦"套餐限期从2012年12月6日开始到2013年1月10日结束，周一至周六的午餐时间为上午11时30分至下午2时30分，晚餐时间为下午6时至晚上10时30分。周日，菜单仅在晚上6时至10时30分供应晚餐。七道菜的价格为每人138新元。

接着，新加坡Vivo City的翡翠江南于2013年8月17日举办了一场红楼宴，取名为"红楼梦回"。翡翠集团与《联合晚报》联合呈献的"红楼

---

① Travel PR News Editors, "Amid the Setting of Jiang-Nan Chun, the Dream of the Red Chamber Unveils the Intricacies of Aristocracy, Romance and Beauty Secrets at Four Seasons Hotel Singapore", December 6, 2012, https://travelprnews.com/amid-the-setting-of-jiang-nan-chun-the-dream-of-the-red-chamber-unveils-the-intricacies-of-aristocracy-romance-and-beauty-secrets-at-four-seasons-hotel-singapore-492827/travel-press-release/2012/12/06/.

梦回”，由食评家黄卓伦和翡翠淮扬名厨联手设计。为了“红楼梦回”，黄卓伦与翡翠师傅专程前往扬州考察，品尝当地的红楼宴相关菜肴，回来后再翻阅《红楼梦》构思菜单。

此外，餐馆工作人员也煞费心思，餐桌上的摆设、使用的餐具、工作人员的服饰等，每一个细节都经过精心设计，让人恍如置身大观园。

整套的“红楼梦回”共呈现20道菜：

餐前四小食：脆口瓜仁、蜜汁金枣、红拂艳茄、野果蒸卷。

红楼六小碟：翠玉冰梅、经典茄鲞、软脆蜇花、胭脂鸭脯、酒酿凤爪、脆瓜面筋。

宁荣六大菜：老蚌怀珠、姥姥鸽蛋、火腿炖肘子、酸笋鸡皮汤、京葱海参、扇影金蔬。

红楼四细点：酥皮月饼、蟹肉饺子、咸水鸭粥、藕粉凉糕。[①]

此红楼梦宴只限一天，午餐和晚餐各一场，每场只限70人，每人98元新币，预定名额早在一个多月前已满，可见其受欢迎程度。餐厅通过中英文报章广告及博客等宣传，介绍了佳肴所蕴含的《红楼梦》典故。[②] 特别是茄鲞、老蚌怀珠、姥姥鸽蛋、咸水鸭粥等经典佳肴都是图文并茂，推广了红楼饮食文化。

三、红楼饮食文化与马新中餐品味

红楼饮食文化对马新的影响，不仅限于形式上“红楼宴”的创办，更多是体现在其对精美、和谐、典雅的理念追求上。从马新中餐各大厨身上，我们不难看出他们精益求精的精神，中国传统文化文学作品里边有他

---

① 黄匡宁：《翡翠红楼宴》，2013年7月8日，http://eatzasmallworld.blogspot.com/2013/07/blog-post_8.html。

② Chong Peter，“A Very Special Themed Dinner：The Dream of the Red Chamber by Crystal Jade Jiang Nan”，June 17，2013，https://shiokhochiak.blogspot.com/2013/06/a-very-special-themed-dinner-dream-of.html.

们需要的创作源泉。曹雪芹写作《红楼梦》的前后，正是中国传统饮食文化发展到了鼎盛时期，《红楼梦》对饮食文化的全面细致的描绘，成了珍贵的参考材料。

古强师傅——新加坡康莱德酒店（Conrad Centennial Singapore）金牡丹中餐馆总厨，他回忆成长经历时透露，他本来的目标是当作家，因为从小爱看小说，尤其是金庸的武侠著作，因此希望能像金大侠一样创作作品。古强16岁开始投稿给报社，尽管他最终未能往文学界发展，但他在烹饪领域结合了对文学的热爱。著名文学著作中的名菜，如《射雕英雄传》内黄蓉为洪七公做的叫化鸡、《红楼梦》里的淮扬菜，对他有着潜移默化的影响。

古强于1965年8月9日出生于中国香港，1992年第一次出国，父亲带他到新加坡寻找就业机会。1993年，他在中国香港的师傅前来新加坡的香格里拉酒店工作，把他介绍给酒店，那是古强第一次当“老二”（主厨）。1997年到吉隆坡的丽晶酒店，第一次当“老大”（总厨）。在丽晶酒店8年，古强有很大的学习和发挥空间，几乎每个月都推出新菜单，例如满汉全席、中国名菜、江南菜、红楼宴。2005年，古强师傅又回到新加坡康莱德酒店服务至今。①

号称新加坡国菜“四大天王”之一的冼良（1927—），师承傅罗成。冼良10岁时跟着全家人从广东来到新加坡躲避战乱，1962年挂个人名号开办了新加坡第一所烹饪学校，1968年开中餐厅。80年代第一次到中国时，他感慨道：“学了一辈子中餐，没来过中国，想领略最精妙的中国饮食文化。”

冼良带着拜师学艺的心态，先到广州，再去扬州，他读了一辈子《红楼梦》，知道中国有“红楼宴”，特别想学。他和当地烹饪协会联系，提前一个月准备，付了人民币6000元学做一桌红楼菜。② 80年代到90年代，他多次带餐饮界同行到中国寻访美食，感受是：“很多很好的老师傅逐渐消失，曾经的原料、手法荒废十年之后想再寻回也不容易了。”

---

① 黄靖晶：《从马王到老大》，《联合早报》2018年1月28日。

② 葛维樱：《美食传承、融合与创造　新加坡生活史的主流叙事》，《三联生活周刊·最想念的年货》2016年第5期。

新加坡菜内涵仍是中餐的精华，只是没有丝毫偷懒，还延续了认真和精益求精的态度。“说话要温声细语，保持名厨风范。”他写在卫生条例边上，注明“不仅对客人，对同事也要礼貌”。中国菜是华人到新加坡乃至整个东南亚立足最早的根本。冼良用他传统朴素的道德维持着一方天地，敲打着每个伙计的神经。做菜用贵州茅台、玫瑰露酒或者绍兴酒全不含糊。这对他是乐趣，更是生计，他的几个酒楼几十年里生意一直好，就是因为认真。“本地出的海盐太湿了，要炒过再用。”菜色的讲究全在细节里。比如他的烧鸡，得在太阳下晒干，见火会使鸡肉太熟，这是在新加坡赤道气候下的摸索，“下雨就用焗锅烘干”。① 美食文化的承继与发扬，从来就不是一成不变地复制，精致菜肴的产生往往来自厨师精致的心思。

“什么捞鱼生、肉骨茶、海南鸡饭，说到底还是新马厨师们累积经验，改良创新，归根究底，还是源自中国，这点都是不争的事实。”这是资深的餐饮界作者撰文评论马新两国常发生“为菜相争”事件时所做的总结。作者也提出，分你我，不如彼此分享，发扬光大，再把它引申为中华美食海外的一道光环。再融汇入友族的香料与厨艺，使东南亚美食又创另一巅峰。唯有把中华美食文化的优、精、细、美继续开展发扬，才不辜负大师们的心血结晶。②

正如鱼生一例，鱼生的确是从中国广东传入，再由马新厨师们加工塑造的，从食材调配得五彩缤纷，到相聚欢庆，边说祝词边将鱼生搅拌并捞起，形成一道喜气洋洋、热热闹闹的健康春节美食。之后再又传回中国，现时中国北京、上海、苏州等地也因此热热闹闹地捞起鱼生来。

综观马新著名的美食，往往是一道道大众化、美味、实惠又让人倍感亲切的菜肴，如椰浆饭（nasi lemak）、炒果条、叻沙（laksa）、西刀鱼丸、沙爹（satay）、煎蕊（cendol）等小吃，另外也有特色菜系如娘惹菜、南洋风味菜。红楼美食的丰富性，不仅仅只有目前红楼宴呈现出来的高贵和奢华这一面，还有一些精致的小食和生动的描写都可以运用在饮食文化上。

---

① 葛维樱:《美食传承、融合与创造　新加坡生活史的主流叙事》,《三联生活周刊·最想念的年货》2016年第5期。

② 《为共同的文化遗产努力吧!》,《联合早报》2012年2月10日。

如果说中国历史上哪部作品关注的人最多，形成的产业链最长，产生的经济效益最大，那就非《红楼梦》莫属了。红楼引发的商业链条不可避免地要在餐饮上大做文章。以“红楼”为主题的红楼饮食的开发大大地提高了菜肴的附加值和竞争力，为餐饮企业赢得了丰厚的经济效益。[①]

红楼美食与其饮食文化是有绝对的号召力的。创造出典雅又容易普及、有趣好玩、具红楼文化特质的小食则是一个值得尝试和努力的方向。

关于饮食文化的传承与受众的问题，韩山元指出：

> 虽然人们感叹传统文化在新加坡日渐式微，担心传统文化失传，但是纵观新加坡各会馆近几年的春节活动，我们感到欣慰的是，华人毕竟没有忘记自己是华人，毕竟还保留着华族文化的遗传基因，尤其是华族的传统节日，还是搞得红红火火，热闹非凡。
>
> 要问哪一种欢庆春节的活动吸引最多宗亲乡亲与公众参与，我的回答是：春节期间主办的美食节，这样的活动不办则已，一办就会吸引数以千计的人群。
>
> 今后，我们还要面对更严峻的挑战，在年轻一代往西方文化靠拢，离传统文化越来越远的大趋势之下，保留与弘扬传统的任务十分艰巨。我们一定要在传承传统文化方面推陈出新。[②]

传统佳节与美食一样，能满足人们物质上与精神上的两大需求。满足大众的需求自然有助于推广和传播，红楼饮食文化对菜品精美、和谐、典雅的追求和呈现代表着中国传统“雅”文化的一面。

在如今商业高度发达的社会，商家有借佳节多做生意的需要，所以大家都努力不让传统佳节与美食失传。1999 年，新加坡生记曾推出盛隆牌“红楼宴海味礼盒”，每盒 6 罐，包括即食蟹肉鱼翅、红烧鱼翅、龙涎雪蛤等[③]，

---

① 石庆：《文化传播视野下的中国传统烹饪技艺与“一带一路”的关系》，《现代食品》2017 年第 10 期。

② 韩山元：《促进宗谊　弘扬传统　精彩纷呈的会馆春节活动》，《源》2012 年第 1 期。

③ 《红楼宴海味礼盒　高贵大方，送礼佳选》，《联合晚报》1999 年 1 月 15 日。

以精美、高雅、实惠为卖点，宣传其品质可靠，味道好，高贵大方，是送礼佳选。产品因看准了华人对农历新年、除夕团圆饭的重视而受到欢迎。

小　结

《红楼梦》视听文化的传播历程在马新比文本传播来得顺利，影响范围更广，受众更多。在影视传播、戏剧传播、音乐传播、艺术文化传播、美食文化传播各方面，我们都可以看到马新与中国信息渠道连接之紧密。

罗宗阳统计红楼图绘自嘉庆元年（1796）至1954年已有廿八种；乾隆五十七年（1792）仲振奎即取材于《红楼梦》创有昆曲《葬花》一折；首次在银幕上与观众见面是1924年，由著名京剧演员梅兰芳演的《黛玉葬花》。①

我们从仅存的文献中可以肯定，红楼图绘绣像随着各版本《红楼梦》的出现，于19世纪已在马新传播开来，古友轩于1893年已有出售《石头记》的记录；戏剧早期在马新演出的记录则有1921年痴哉仙评论庆升平班伍凤春演出的《黛玉葬花》的文章；影视传播的速度就更快了，中国电影《红楼梦》首映不出几个月就能在马新上映，中国电视剧1987版《红楼梦》也通过电视台在马新播放。

《红楼梦》评书广播、《红楼梦》文化艺术展、以王立平《红楼梦》声乐组曲为代表的红楼音乐会、红楼宴等传播活动，皆以新加坡为首站，获得大众好评后，再传播到世界各地。活动之成功，离不开马新文化领袖的创见，他们敢想敢做，积极向中方接洽联系，并在当地动用各方面的资源去认真筹办、宣传、推动，出钱出力。

马新与中国之间的合作交流，也在《红楼梦》戏剧、音乐在马新《红楼梦》演绎本地化的过程中提供了有力的协助。本地剧团、乐团得以通过交流，甚至聘请中国专业的导师提升艺术理解和表演技巧，而产生具有国际水平、具有华族文化特色、具有新加坡/马来西亚国家特点的艺术作品。

① 罗宗阳:《红楼梦轶事》，南昌:江西人民出版社，1989年，第203～212页。

第四章　南洋入梦千朝红：马新《红楼梦》研究

《红楼梦》文本与《红楼梦》视听文化在马新传播已近两百年。华社奉其为中国传统文学中的经典读物，从中摄取文学文化养分。在这一章，我们将探讨《红楼梦》文本传播的效果。各种评红文章与研究论文可视为受传者的反馈，正是这形形色色的感想、感知、理性分析、学术专研等成果，编织出拥有马新《红楼梦》研究色彩的一面旗帜，进而再推进《红楼梦》的传播历程。

第一节　报章期刊上的《红楼梦》文章

在印刷类大众传播媒介中，报纸的发行量最大，受众面最广，传播效力不容忽视。[①] 正因为其传播特点，马华文艺向来借重报章的文艺副刊与一些文艺期刊来进行耕耘。

方北方在《马华文运与文艺副刊》[②]中说明了文艺副刊的重要性：

> 一家日报必须有本身立论公正的社评，也应该有内容坚实的文艺副刊。如果说社论是日报的喉舌，文艺副刊应该是报纸的精神，其实也是报纸的灵魂。如是，社评发出的论调固然动听吸引人，五官嘛，也该

① 王慷鼎：《新加坡华文报刊史论集》，新加坡：新加坡新社，1987 年，第 127～142 页。

② 方北方：《马华文学及其他》，香港：三联书店香港分店，新加坡：新加坡文学书屋，1987 年，第 51 页。

端正有精神,灵魂才会闪亮,显出价值。

《南洋商报》文艺副刊主编杏影曾表示:“副刊对于社会是负有任务的。一个营业的报纸的副刊的任务,大概可以分两方面:对社会来说,推动文化工作,提高大众的知识水平——解释当面的问题,反映大众的感情生活;对报馆来说,配合‘社论’发挥言论的力量,提高报馆本身的地位,显示一家报馆的特色,在营业上可以固定它的读者群众等等。”[①]说明了一份报纸除了报道时事新闻以外,副刊中文艺篇章亦扮演着极为重要的角色,以吸引更多读者。正是通过文学副刊这个管道,马新华文文学运动得以展开。

早期《红楼梦》研究的发展和传播与当时的主要媒介——报纸副刊关系紧密。李奎从新加坡报刊学传播的角度切入,为学界挖掘了许多珍贵的资料。他从《叻报》《天南新报》《星报》《振南日报》中梳理出自1894年到1929年共63条资料。精细分析了资料后,李奎成功勾勒出五四运动前后,马新红学研究的状况。[②]笔者在这基础上,尝试利用在《南洋商报》、《石叻总汇新报》、《新国民日报》、《叻报》、《天南新报》、《新加坡自由西报》[*The Singapore Free Press and Mercantile Advertiser (Weekly)*]、《海峡时报》(*The Straits Times*)、《新自由西报》(*The Singapore Free Press*)、《新国家》(*New Nation*)等中英文报章找到的资料,阐述马新红学研究在报章上呈现的特点。

在梳理报章信息时,我们首先就会面对大量的笔名或佚名问题,往往有许多文章因为使用笔名而无法得知作者的真实身份。这个问题导致我们很难区分那是马新作家的作品还是转载的中国著名作家的文章。

---

① 王连美、赖燕鸿、林臻编著:《杏影:他不会寂寞》,新加坡:新加坡国家图书馆,2009年,第225页。

② 李奎:《〈叻报〉所载〈《拟石头》记怡红公子祭潇湘妃子文并序〉述略》,《红楼梦学刊》2009年第6期。李奎:《新加坡〈叻报〉小说初探(1887—1919)》,上海师范大学硕士学位论文,2010年,第110页。李奎:《新加坡〈叻报〉所载“红学”资料述略》,《红楼梦学刊》2011年第6期。李奎:《新加坡〈星报〉〈天南新报〉所载“红学”资料述略》,《红楼梦学刊》2014年第2期。李奎:《新加坡〈振南日报〉所载“红学”资料述略》,《红楼梦学刊》2015年第5期。李奎:《红楼梦在新加坡的报刊传播浅析》,《华西语文学刊》2015年第1期。

晚清报人之所以习用笔名是缘于清政府的文化专制。而后笔名在晚清成了一种报坛时尚，见诸报端的文人不但使用笔名，而且喜欢更换笔名。晚清报人笔名数量之巨、内涵之丰富，无不显示其运用已远远超出了掩饰身份的符号意义。无论是那丰富多彩的笔名，还是笔名在晚清勃兴这种文化现象本身，都蕴藏着博大深厚的时代内涵。[①] 这种时尚也沿用于马新文坛，许多马新作家几乎都有一个或多个具有不同寻常的寓意的笔名。

我们花了许多时间来考证笔名，以期对马新《红楼梦》爱好或研究者作为传播者的背景提供更好的注释。在马新报章上许多佚名的文章，也因有中国其他报章的佐证而让我们能够知晓作者的真实身份。

一、血脉相连：马新与中国报章之间的红学共享

目前在本地报章上看到的最早的与《红楼梦》相关的研究资料，英文的是1894年2月27日一篇介绍乔利翻译的六十回节译本的书评。中文的是1894年11月6日（光绪二十年十月初九）《叻报》和《星报》同时刊登的一篇未署作者名的《拟〈石头记〉怡红公子祭潇湘妃子文并序》。据李奎考证，该文源自成书于清代光绪十八年（1892）的一部文言短篇小说集《醉茶志怪》中的《说梦》篇，作者是李庆辰。

李庆辰（约1838—1897），字筱笛，别号醉茶子，是天津有名的文言小说家。其一生困守乡里，游踪最远亦不出燕赵、京师一带，故其交游也以津门文人为主。《醉茶志怪》四卷共346篇，成书于光绪十八年（1892），自问世后流传较广，翻刻版本甚多。[②] 他的文章符合当时文人的心意，被修改、筛选刊登于报章中是极为正常的事。

《拟〈石头记〉怡红公子祭潇湘妃子文并序》一文基本继承了《说梦》的大意，只是将第一次做梦的地点改成“吴门”，做梦的时间改成“秋宵醉卧”，梦见的好友改成“姚寿侯”。二者只在做梦地点和时间上有所

① 程丽红：《笔名与时代——晚清报人笔名探析》，《社会科学战线》2005年第1期。

② 张振国：《李庆辰生平及著述考论》，《黄山学院学报》2007年第1期。

不同。①

该文弥补了原著中贾宝玉的遗憾。《红楼梦》有祭奠晴雯的《芙蓉女儿诔》，作为贾宝玉心中最爱的黛玉却是“潇湘无祭文”，甚是遗憾，此文弥补了此种不足。文章用词简约，却又生动地表现了人物的特征，例如对黛玉的描写，“孤标冷艳”“弱质温柔”；对薛宝钗性格描写，“薛氏多男，弗若扫眉才子”，用语可谓精当。文章还用简约语言回忆了宝玉和黛玉在贾府的快乐无忧生活，“海棠之杜”“填柳絮之词”“拢翠庵中试茗”“摘艳句于西厢”，还写出了被骗婚的事情，“擎兰炬以照芳容，惊非佳耦；入桃源而沉孽海，误作新郎”。文末“难补离恨之天”一语形象生动地写出了宝玉的无奈。文中结尾宝玉自己明白了这段情缘，“熔开慧眼，悟今是而昨非；割断痴情，证前因与后果”，这与《红楼梦》是不同的，《红楼梦》中是送玉和尚引宝玉到了“荒境”他才明白了这段情缘。这也即此文价值所在。②

1914 年，纫秋的《论红楼梦》③发表在《振南日报》。纫秋认为“曹雪芹著《红楼梦》是有感于明珠家事而做”，这一观点并非没有根据。他指出其友陆锡山的观点：“《红楼梦》是一部旧官场现形记，贾母是督抚，王夫人是忠孝无用之藩司，王熙凤是机警老辣之首……”

李奎认为作者持“明珠家事”说，这种观点中国早已有之。纫秋之友陆锡山将《红楼梦》与当时社会对应起来，用索隐派研究方法，注重探究《红楼梦》的现实意义，是有可取之处的，对于《红楼梦》在新加坡的传播也有裨益，更能说明华人、华侨对中国的关心，虽远在他乡，割不断的却是故国之思。④

此文作者极大可能为庄纫秋（江苏阳湖人）⑤，他在《香艳杂志》发表

---

① 李奎：《〈叻报〉所载〈拟《石头记》怡红公子祭潇湘妃子文并序〉述略》，《红楼梦学刊》2009 年第 6 期。

② 李奎：《〈叻报〉所载〈拟《石头记》怡红公子祭潇湘妃子文并序〉述略》，《红楼梦学刊》2009 年第 6 期。

③ 纫秋：《论红楼梦》，《振南日报》1914 年 8 月 27 日。

④ 李奎：《新加坡〈振南日报〉所载“红学”资料述略》，《红楼梦学刊》2015 年第 5 期。

⑤ 《阳湖庄纫秋先生四十岁摄影》，《香艳杂志》1915 年第 12 期。

过《题词：读红楼梦发微》[①]，在《大共和日报》发表《秋窗风雨夕》[②]。

又有《振南日报》刊登时未署名的《仿石头记酒令》(1914)[③]，而在《天津商报画刊》刊登时则署名阿难的《仿石头记酒令》(1933)[④]：

女儿乐，从今而后不缠脚。
女儿喜，鸳鸯交颈牙床里。
女儿笑，亲夫外出情人到。
女儿悲，丈夫不肯做乌龟。
（酒令共24句，节录4句）

徐畹兰的《偶书石头记后》七首七绝诗于1916年1月10日刊登在《石叻总汇新报》。我们可以查到此文载于其《鬘华室诗选》[收录于宣统二年(1910)《香艳丛书》第六集卷四]，又载1915年《香艳杂志》第12期及《红楼梦附集十二种》本。徐氏之诗于咏红诗中颇显特色：

情天同是谪仙人，两小无猜镇日亲。记否碧纱厨里事，戏呼卿字作颦颦。

又送春归感岁华，阿侬生小恨无家。伤心一样同飘泊，凄绝东风葬落花。

菊花香里快飞觞，斗韵分笺粉黛场。试问清才谁冠首，当时独让病潇湘。

凉月模糊香不温，懒调鹦鹉掩重门。窗前悔种千竿竹，惹得斑斑渍泪痕。

药炉茶鼎篆烟浮，风雨幽窗一味秋。知否多情天亦妒，罚卿消瘦罚卿愁。

① 庄纫秋：《题词：读红楼梦发微》，《香艳杂志》1915年第11期。
② 庄纫秋：《秋窗风雨夕》，《大共和日报》1914年7月23日。
③ 《仿石头记酒令》，《振南日报》1914年11月25日。
④ 阿难：《仿石头记酒令》，《天津商报画刊》第9卷第37期，1933年，第2页。

儿家因果自家知，作茧春蚕自缚丝。了尽相思还尽泪，三生误煞是情痴。

梨花落尽不成春，梦里重来恐未真。漫道玉郎真薄幸，空门遁迹为何人?

七首全写林黛玉，诗笔较工，格局亦与别家“分人分事”的图咏式不同。情之一理在徐曼仙眼中，并不是一种抽象的哲学，而是生活中切实可见、可感的喜怒哀乐与悲欢离合。[①]

徐畹兰（1862—1912），字曼仙，德清徐本璇之女，喜读《红楼梦》，著有《红楼叶戏谱》。《偶书石头记后》七绝句收录在她的《蔓华陀室诗草》中。嫁忠节公赵景贤之孙赵世昌（厘侯），婚后于湖州衣裳街竹安弄赵氏祖居生下一子赵苕狂。惜赵世昌早逝，由徐曼仙当家，她上敬公婆，中睦妯娌，下抚幼子，后跟着秋瑾干革命，任上海天足会学堂教员兼主笔政，桃李盈门，还发起成立了中华女子实业进行会、女子实业公司，被时人称为“开风气之先，为巾帼习练商业之滥觞”。绍兴秋瑾、吴兴钮本一和德清徐曼仙，被誉为清末民初浙江三女杰。[②]

在《叻报》发表的署名绳曾的《红楼梦考略》[③]（1927）一文，此前以朱铁水之名发表在《紫葡萄》[④]，此后以尹祥裕之名发表在《联益之友》。[⑤] 其结论：“故吾曰：是书乃写情小说，作者乃白描好手，并非含有政治意味者也。质之当世。以为何知。”

翰飞的《石头记杂说》[⑥]在《振南日报》连载（1919），此文主要是阐述作者根据《红楼梦》内的人、事、物，结合生活而得到的感悟。李奎对内容有详尽介绍，在此就不赘述。[⑦] 李奎根据作者署名翰飞，认为其有可

① 朱炜:《徐曼仙与〈红楼叶戏谱〉》,《湖州日报》2015 年 10 月 7 日。
② 朱炜:《徐曼仙与〈红楼叶戏谱〉》,《湖州日报》2015 年 10 月 7 日。
③ 绳曾:《红楼梦考略》(一),《叻报》1927 年 4 月 19 日。
④ 朱铁水:《红楼梦考略》,《紫葡萄》1925 年第 7 期。
⑤ 尹祥裕:《红楼梦考略》,《联益之友》1931 年第 178 期。
⑥ 翰飞:《石头记杂说(选存)》,《振南日报》1919 年 1 月 8 日。
⑦ 李奎:《新加坡〈振南日报〉所载“红学”资料述略》,《红楼梦学刊》2015 年第 5 期。

能是冯雄（1900 年生）或是冯恩绶（河南开封人，1889 年生）。我们依据当时传播的渠道，以及邱炜萲的人脉关系，认为作者是《香艳杂志》编辑邹弢。邹弢（1851—1931），江苏无锡人，字翰飞，号潇湘馆侍者，又号夕阳红瘦楼主人、梁溪瘦鹤词人、三借庐主人、味雪主人、醉月山人、司香旧尉、玉愁生，晚年自号酒丐、守死楼主。1881 年起任《申报》馆记室、主笔，先后在《益闻录》（1881）、《苏报》（1896）、《趣报》（1898）、《格致益闻汇报》（1898）、《香艳杂志》等报馆襄办笔政。① 邹氏喜《石头记》，尤钟情于林黛玉，称其最大的愿望是能侍奉在颦姑娘之左右，所以自号"潇湘馆侍者"。②

《南洋商报》连载刘家铭《读石头记志说》（1925），《叻报》连载家铭《读石头》（1926），与署名姚光石子所撰、刊于《香艳小品》和《白相朋友》（1914）的《读石头记杂说》内容一样：

> 《石头记》笔法完密，有起有伏、有提有补、无一闲笔、无一漏笔。前后皆有呼应。读之于作文之道，亦思过半矣。《石头记》于家庭社会情况，描摹尽致。故言情小说而实兼家庭社会小说也，读之于世故人情，当知不少。③

另外，刘家铭杂记九条也收录在民国时期铸记书局铅印本《原本重刊大字全图石头记》。署名姚光石子，广为人知的是南社的姚光（1891—1945），江苏金山（今上海市金山区）张堰镇人，名后超，字凤石，别号与笔名有石子、复庐、佚史氏等，室名有自在室、怀旧楼、倚剑吹箫楼、松

---

① 荣耀祥：《邹弢其人其书其谜》，《江南晚报》2016 年 10 月 2 日。

② 赤飞编著：《红学补白》，北京：新华出版社，2011 年，第 59 页。

③ 刘家铭：《读石头记志说》，《南洋商报》1925 年 7 月 21 日。家铭：《读石头记》（一），《叻报》，1926 年 4 月 1 日。姚光石子：《谈丛：读石头记杂说》，《香艳小品》1914 年第 3 期。姚光石子：《读石头记杂说》，《白相朋友》1914 年第 8 期。

韵草堂、秋棠馆、浮梅槛、棣华香馆等。[①] 然而此文是否出自姚光之手，刘家铭（留假名）是否也是姚光石子的署名，抑或是刘玉麟后人刘家铭等问题，则有待进一步的考证。

根据上述的情况，我们能清楚地了解到当时马新和中国各报章之间的联系是很紧密的，有许多相互转载的文章。《香艳杂志》就是明显的例子，在上面发表的文章很快就被转载至马新的报章，但同时也产生了署名不同或佚名的问题。

简言之，中国当时的红学讨论热点，或是有价值的观点，无论是题咏、杂说或是评点，在报人文人密切的交流下，很快就能传播至马新。

二、本地的红楼梦题咏与文学交流

自1896年8月27日至9月9日，《星报》连载了署名"酸道人"的一系列《红楼梦》题咏诗。酸道人是星洲才子邱炜萲（1874—1941）的笔名之一，此外，邱炜萲还有绣原、啸虹生、叔园居士、朝缘居士、南溟逋客、星洲寓公、淑沅主人、五百石主人、五百石洞天主者等别号，另有夙源、蓿蕃、俶员、叔元、宿垣、簌樊、束园等笔名，都是菽园的谐音[②]；斋名有：观天演斋、五百石洞天、天海空明室、五明大通之斋。[③] 本书已在第一章谈论了邱炜萲该是马新第一位将题咏红学传播开来的文人，他以《红楼梦分咏绝句》(1898)为核心构成了东南亚红楼文化圈。在此，我们且以他在报章上发表的咏红诗了解其红学研究的特点。

---

① 李海珉：《南社书坛点将录》，苏州：苏州大学出版社，2012年，第512～513页。按：1909年11月13日南社刚刚成立，姚光立即加入，他是南社首批成员，入社号26。他在《南社丛刻》上发表了许多诗文鼓吹革命。1918年，柳亚子辞去南社主任之职，由姚光继任，故而后人多说"前有柳亚子，后有姚石子"。《南社丛刻》第21、22两集，由姚光出资，邀约陈去病、傅屯艮、余十眉等编订、刊印。1923年南社解体后，后续组织新南社成立，姚光参加了新南社的3次聚餐会。

② 邱新民：《邱菽园生平》，新加坡：胜友书局，1993年，第42页。

③ 姚梦桐：《邱菽园印石》，《亚洲文化》1986年第7期。

诗章附录:戏题红楼梦十二钗[①]

林黛玉

无聊有恨是潇湘,燕子依人事可伤。一自南归留净土,杜鹃啼出断人肠。

薛宝钗

早知皓月不常圆,悔却当初窃药年。若大乾坤同此恨,问谁能补有情天。

贾元妃

蘅芜长梦入宫来,妃子魂归望帝哀。珍重如天多雨露,可怜回首尽成灰。

贾探春

剧怜采采又蓬蓬,青鸟殷勤把路通。之子远行鸿雁去,名园长怕见东风。

史湘云

寡鹄凄凉奈尔何,愁量万斛也无多。折磨尚可消灾障,还我儿时膝下过。

妙师父

欲空色相绝猜嫌,身愈孤高累愈添。漫道有情谁遣此,一生标格却矜严。

贾迎春

手篇感应费推寻,泪洒花丛各浅深。省识飘茵同溷溷,无权青帝一沉吟。

贾惜春

愿随野鹤作闲云,为惜春阴讵绝群。行脚称僧留发俗,一龛灯火两庵分。

王凤姐

金玉良言事总非,绛珠净土愿何违。人间觉有安巢鸟,偏是南归未

① 酸道人:《诗章附录:戏题红楼梦十二钗》,《星报》1896 年 8 月 27 日。

得归。

贾巧姐

尘世几多耕织偶，尽教傲彼鹊桥横。谓余不信有如此，汝是黄姑会日生。

李宫裁

缘知识字便多忧，一例侯门此不犹。解得苦中寻乐去，岂真诗境累穷愁。

秦可卿

比雪能香比玉红，桃花信断太忽忽。世间一死寻常事，如此春风觉恼公。

酸道人待□草

红楼梦杂诗①

秦可卿

情长情短试裁量，不辨真郎与假郎。唤到卿卿春睡晓，巫山自古已荒唐。

林黛玉

绛珠还泪幻奇文，苦累襄王忆雨云。丛竹斑斑妃子恨，离骚何处吊湘君。

薛宝钗

未许风流合镜台，凭空金锁托良媒。鸳鸯绣出凭君看，端合卿家号夜来。

薛宝琴

得宝新歌取次赓，由来□世擅倾城。梅花消受今冬雪，阿姊何如小妹清。

贾探春

海棠开处警花妖，群服三娘识解超。悟到繁华都是梦，称名蕉下早

① 酸道人:《红楼梦杂诗》,《星报》1896 年 8 月 28 日。

无聊。

贾惜春

偶来禅□忏芳因，即色即空付梦尘。不独名园同画样，卿卿原是画中人。

史湘云

爱更妆束学男儿，崇嘏风流想见之。我惜雏鬟当日侍，阴阳辨不到雄雌。

王熙凤

才调如伊信大难，机心辣手两无端。何须更锡阎摩号，宝鉴分明反面看。

贾巧姐

可怜巧尽乞针楼，宛转明珠险暗投。漫叹机心增气短，姓王人尚解依刘。

甄香菱

亦是□门掌上珠，爱河一落梦模糊。关心三五团圆夕，遗恨年年对紫姑。

酸道人稿

续红楼梦杂咏[①]

黄金莺

休嫌惊梦恼莺啼，自解呼名许入闺。最是飞琼人未识，偏是天上唤声低。

晴雯

幻境前生认太虚，昙花一现可无余。情缘不断肠偏断，领到芙蓉为谪居。

花袭人

册草教知碧落缘，琵琶又上别家船。始终不脱一场戏，误汝空中傀

① 酸道人:《续红楼梦杂咏》,《星报》1896 年 8 月 29 日。

偪牵。

麝月

偷闲悄立对窗纱，徽幸丫头理鬓鸦。肯□颜容留两两，不防分剖此菱华。

妙师父

诗清信为敛茶多，余技琴棋亦网罗。一自聆音夸识曲，蒲团无力定心魔。

宝玉

一生摄尽百华魂，廿载教编十万言。□信男儿称浊物，至今丝绣尚平原。

注：第一首飞琼二字借用可卿小名，被唤事；第二首晴雯死领芙蓉神，芙蓉又名断肠草；第三首宝哥哥游太虚幻境观演红楼梦，袭丫头预知之；第四首丫头二字入诗，本前贤刘宾客，若夫妙玉由清而之浊，宝玉由浊而之清，则有如第五六二首云云也。

酸道人录旧作并注于星洲寓次

再续红楼梦杂咏[①]

贾环

纵云悦己讵知音，尽代雏鬟感不禁。千古才人嫁厮养，两般恨事一般心。

贾瑞

空将宝鉴赠尘凡，悟彻难期妄念及。正面文章多死读，何妨当日不开函。

贾兰

常到茶斋□苦甘，北堂萱草味能谙。红楼大梦终须觉，一枕黄梁此试参。

① 酸道人：《再续红楼梦杂咏》，《星报》1896年8月31日。

贾蓉

若论倾倒到裾钗，持较潘郎事□乖。除却悼亡好辞赋，幸无风貌与风怀。

贾蔷

惹起红儿泪点星，些些情态尚芳龄。可知一例笼中鸟，更有能言不忍听。

蒋琪

谱得新声绛树双，罗由手解背银缸。此情可待相追忆，合拜东皇□佛幢。

秦钟

温柔腼腆不胜衣，牝牡灵狸是也非。只觉延年颜色好，佳人未让一时希。

薛蟠

遮真挥金两字豪，有时意气亦相高。阿侬读到倾心处，称快频闻下浊醪。

焦大

老奴使酒恃龙钟，谁醉谁醒且折封。太息山膏虽善骂，痴聋耳早掩重重。

焙茗

为访丛祠着意称，药叉粉黛两无凭。是儿谲谏多如此，休作寻常信口腾。

柳湘莲

侠骨柔情若是班，柳无牵挂石非顽。自将慧剑划除后，一入空门一道山。

潘又安

□□□小自同□，□盼春深□□□。不□多磨缘好事，此身拼得玉双抛。

贾雨村

游戏余间把汝添，登场鲍老又何嫌。任他笑言称长乐，□梦谁人舍□□。

甄士隐

腾身飞入碧霄中，□天全家总御风。□学长生求秘诀，无生两字足观空。

右诗一连卅首，每首将上下平韵脚随手拮来，依韵而成，□错落□□□亦以为消愁解闷之作，本□当于大雅也。

闽海酸道人稿

接着还有《酸道人红楼梦诗》[1]咏怡红公子、潇湘妃子、薛宝钗、薛宝琴；《续酸道人红楼梦诗》[2]咏槛内人、蕉下客、史湘云、李宫裁；《再续酸道人红楼梦诗》[3]咏王熙凤、秦可卿、邢岫烟、金鸳鸯、俏平儿、憨香菱；《三续酸道人红楼梦诗》[4]咏憨紫鹃、俏晴雯、柳五儿；《四续酸道人红楼梦诗》[5]咏侍书、司琪、芳官、龄官；《五续酸道人红楼梦诗》[6]咏尤二姐、尤三姐、花袭人。从《酸道人红楼梦诗》开始，篇后皆附上南浦渔者曾宗璜的评语，而署名几乎每日都在改动，有酸道人菽园氏、酸道人原号菽道人俶员、星洲寓公菽园氏等。

邱炜萲以《红楼梦绝句》索题，得到各地诗友的回应。他在其创办的《天南新报》(1898)、《振南日报》(1912)上把大家的诗篇刊载出来，有许南英《红楼梦绝句题诗》，曾宗藻《菽园孝廉红楼梦截句诗册后》，丘逢甲《台湾丘仲阏水部逢甲七绝八首》，梁育才、李芷汀《菽园孝廉红楼梦绝句诗册题词三刊》，谭彪丙、霍朝俊、林祇曾、永井甃石完久、范今柏、王玉田、谢兆珊、林鸿荪、王肇嵩、邱馥、梁溪振等人所题的诗，以及潘飞声的《红楼梦集句题调即序》。这些咏红诗篇大部分集中在1898年至1900年创作刊布。

---

① 酸道人:《酸道人红楼梦诗》,《星报》1896年9月3日。

② 酸道人菽园:《续酸道人红楼梦诗》,《星报》1896年9月4日。

③ 酸道人菽园氏:《再续酸道人红楼梦诗》,《星报》1896年9月5日。

④ 酸道人原号菽道人:《三续酸道人红楼梦诗》,《星报》1896年9月8日。

⑤ 星洲寓公菽园氏:《四续酸道人红楼梦诗》,《星报》1896年9月9日。

⑥ 邱炜萲:《五续酸道人红楼梦诗》,《星报》1896年9月10日。因旧式报章墨汁脱落,看不清作者署名,因而此处写其本名“邱炜萲”。

1916 年刊载的新诗篇有吴航居士《读星公赐寄红楼题咏诗集漫□俚词四绝》、碧吟女史《奉题星洲寓公红楼梦分咏册子》、伯华《题啸虹生红楼梦绝句》等，乃至 1927 年仍可在《南洋商报》上见蔡叶诗《奉题邱菽园词长所著红楼梦分咏卷后》、吴航居士《奉题邱菽园先生红楼梦分咏册后》等新诗篇。

1902 年，世仲的《拟石头记怡红公子祭潇湘妃子文骈体另序》发表于《天南新报》：

> 夫人世之精神，固有通诸梦寐者，情之所感，目不及睹，梦或得而遇之。仆尝梦一阕云，离恨天，相思地雪，三生石，此恨谁知。胭脂血染桃花醉，总是愁人泪。……绛珠之一谪仍仙，今我来斯，金粉之四围不俗，人何者也，文以祭之曰：……诗稿之余灰尚在，生生世世，未有穷期，妹妹哥哥竟成永诀。言念及此，亦足悲矣。噫，六年相聚，一旦晨辞，悟到空花，叹当年之孽障，痴谈因果，问来世之姻缘，葭苍露白，海碧天晴，一点丹心，两行血泪，仪虽不腆，略表微忱，文杂芜词，有污□听，哀哉尚飨。①

黄世仲（1872—1912），字小配，原籍广东番禺（今属广州市芳村区），是中国近代著名的革命派小说家、晚清杰出报人、政治家、宣传家和坚定的革命者。1893 年至 1894 年，与黄伯耀弟兄远赴南洋谋生。1902 年至 1904 年，黄氏弟兄曾先后担任新加坡《天南新报》的主笔和记者，于此发表了大量政论及一定数量的诗歌。②

1914 年，《振南日报》出现一组以《红楼梦回目赋》为题的系列连载，分别为《林黛玉焚稿断痴情赋》《候芳魂五儿承错爱赋》《俏丫鬟抱屈夭风流赋》《贾二舍偷娶尤二姨》（八股文体）。

以赋来题咏评论《红楼梦》的形式在红学史上还是比较少见的。最早

① 世仲：《拟石头记怡红公子祭潇湘妃子文骈体另序》，《天南新报》1902 年 9 月 18 日。

② 张克宏编著：《黄世仲黄伯耀弟兄南洋诗文集》，香港：纪念黄世仲基金会，2011 年，第 iv～v 页。

可追溯到清代嘉庆十四年（1809），沈谦创作《红楼梦赋》20篇，开创了红学史上以赋体形式评论《红楼梦》的先河，打破了之前一般的评论者往往采用评点、诗话、序跋等方式评论的惯例，其文论价值十分重要。[①]

而这组《红楼梦回目赋》就《红楼梦》人物与事件，转叙事为抒情，可谓传神达情，揭示小说事件的主旨又充斥着作者的思想感情。李奎将此赋体、八股体归类于改编类资料，并说明此赋体文语句均以四、六字句为主，间有五字、七字句，句式错落参差。虽为“赋”，但作者不追求骈偶、音律，以每个赋题字为韵，比较自由，是“文赋”。[②] 可惜此《红楼梦回目赋》未署名，我们又未能在其他报章中寻获。

1922年,《叻报》延陵陆紫瑛的《戏仿红楼梦好了歌》[③]:

贪吏亦知清廉好,惟有金银忘不了。(原句)终身只恨果不多,人死何曾带去了。

军阀亦知废督好,惟有地盘忘不了。(原句)古今将相几人存,荒冢一堆草没了。

奸商亦知抵制好,惟有私贩忘不了。但愿购买劣货人,翻然改悔醒悟了。

南北亦知统一好,惟有权力忘不了。巍峨长城半倾颓,当日始皇谁见了。

博士亦知退耕好,惟有恋栈忘不了。强颜劝鲍何殷勤,今日幸又产生了。

仿《红楼梦》好了歌的作品不少，自1926年至1946年中国报章上可寻获的至少有8首，皆与此首不同。

报章上能搜集到的还有一些零散的题咏诗篇，兹整理如下：

① 赵春辉:《〈红楼梦赋〉作者沈谦新考》,《红楼梦学刊》2014年第6期。

② 李奎:《新加坡〈振南日报〉所载“红学”资料述略》,《红楼梦学刊》2015年第5期。

③ 延陵陆紫瑛:《戏仿红楼梦好了歌》,《叻报》1922年6月2日。

代某君答贞花女史原韵[1]

三郎

红楼梦醒漏声残，诗写多情未忍看。
我恨无缘空感慨，玉人易得同心难。

题红楼梦[2]

马逸郎

冷月西窗照短檠，红楼读罢暗魂惊。
姻缘岂必关金玉，盛替于今忆宁荣。
作恶人皆骂凤姐，痴情我竟怪颦卿。
最怜异日贾公子，忍掷娇声听梵声。
（马逸郎另有《题林黛玉》[3]一首）

无题四首（辘轳体）[4]

何弱群

读罢红楼感慨多，美人何事蹙双蛾？
东皇归去红颜老，转瞬苍苍唤奈何。
（四择其一）

无题步黄则南先生原韵并奉和少麻云梦生山君[5]

黄玄

绿纱窗下思凄然，断肠夜阑欲晓天。
倚枕不堪蝶梦绕，离愁频觉柳丝牵。
歌残金缕空余惧，话到红楼转自怜。

---

① 三郎：《代某君答贞花女史原韵》，《南洋商报》1925 年 5 月 5 日。
② 马逸郎：《题红楼梦》，《南洋商报》1927 年 11 月 10 日。
③ 马逸郎：《题林黛玉》，《南洋商报》1927 年 11 月 10 日。
④ 何弱群：《无题四首（辘轳体）》，《南洋商报》1928 年 11 月 27 日。
⑤ 黄玄：《无题步黄则南先生原韵并奉和少麻云梦生山君》，《南洋商报》1930 年 5 月 12 日。

寄语情场沦落客，休将哀怨诉春鹃。

《红楼梦》题咏的影响直到60年代仍可见，陈儆三在《南洋商报》发表的《仿红楼梦菊谱十二题咏》[①]，引起了诗友们的酬唱应和。其中有叶秋涛的《菊花诗仿红楼梦十二□步儆三先生原韵》[②]、刘润芝《菊花诗次韵儆三兄仿红楼梦十二题》[③]、陈汝桐的《步儆三宗先生〈仿红楼梦菊谱十二题咏〉原韵》[④]、马宗芗《次韵和儆三兄仿红楼梦菊花诗十二题》[⑤]、倪□翰《奉和陈儆三先生仿红楼梦菊谱十二咏元玉》[⑥]。

叶秋涛（1896—1973）与刘润芝曾分别担任新加坡新声诗社的社长和副社长。[⑦] 陈汝桐（1919—2006）曾是柔佛颍川陈氏公会的文书。[⑧] 陈儆三曾是新山潮州八邑会馆秘书、星潮安联谊社柔佛分社首届执委，直到1979年仍可见其活跃于新声诗社举办的诗人节雅集中。[⑨] 马宗芗是马新老诗人，擅写旧诗词，1902年生于广东潮阳，1940年南渡星洲，先后任马六甲培风中学训育主任和新加坡公教中学教师，1966年退休；曾担任新加坡新声社的名誉会长，著有《吟香诗集》，主编有《飞霞诗集》。[⑩]

新声诗社成立于1957年，初立时命名为新社，而后改“新声诗社”。历年每逢良辰佳节，均有雅集之举[⑪]。自1970年开始，每月举行社课一次，由社友轮流出题、吟咏，从未间断，10年以来已达百期。

李庆年在《马来亚华人旧体诗演进史（1881—1941）》中做了这样的

① 陈儆三:《仿红楼梦菊谱十二题咏》,《南洋商报》1967年11月24日。

② 叶秋涛:《菊花诗仿红楼梦十二□步儆三先生原韵》,《南洋商报》1968年1月4日。

③ 刘润芝:《菊花诗次韵儆三兄仿红楼梦十二题》,《南洋商报》1968年1月5日。

④ 陈汝桐:《步儆三宗先生〈仿红楼梦菊谱十二题咏〉原韵》,《南洋商报》1968年2月9日。

⑤ 马宗芗:《次韵和儆三兄仿红楼梦菊花诗十二题》,《南洋商报》1968年2月28日。

⑥ 倪□翰:《奉和陈儆三先生仿红楼梦菊谱十二咏元玉》,《南洋商报》1968年4月28日。

⑦ 《新声诗社新职员选定曾心影谢云声任正副社长　端午节雅集欢迎诗友参加》,《南洋商报》1960年5月24日。

⑧ 《柔佛颍川公会》,《南洋商报》1958年1月1日。

⑨ 《新声诗社设宴联欢　庆成立廿二周年举行诗人节雅集》,《星洲日报》1979年5月31日。

⑩ 马仑编著:《新马文坛人物扫描》,柔佛:书辉出版社,1991年,第253页。

⑪ 《新声诗社订期雅集决印行“全马诗人诗集”商借丹绒禺水榭雅集》,《南洋商报》1961年5月5日。

总结：

> 自从1881年到1941年，马华旧体诗经过了61个年头，跨越了半个世纪。自1925年，马华旧文学的散文、小说、曲艺等体裁，都已经退出文坛，让位给新文学，唯独旧体诗仍然一枝独秀，挺拔在新文学的园林中。这种现象，说明了旧体诗有着特殊的生命力，而抒发思想感情是使生命力持续的主要因素。此外，诗的精炼性，使浓缩的语言发挥了其他旧文学体裁无法产生的功能，使它获得人们长时期的喜爱。另一方面，自1919年马华新文学诞生之后，提倡新文学的人一般不但没有排斥旧体诗，而且经常提供版位让它发表，这样的关系除了说明新、旧文学之间存在着功能性的联系，还解释了“旧瓶装新酒”的意义，更形成了时至今日新马文坛上还延续着的传统现象。①

事实确实如此。而《红楼梦》题咏也在旧体诗或韵文中展现了其生命力，至今仍不时绽放光彩。下文以曾任马来西亚怡保山城诗社社长、马来西亚诗词研究总会副会长，现任全球汉诗总会常务理事的徐持庆的经历为例。

徐持庆（1940—），轩号敲梦，生于马来亚霹雳州端洛，祖籍广东南海，其父国学根基深厚，督家严谨，其幼承庭训，尤喜古典体诗词创作。徐氏弄翰舞墨，千有余篇，自怡怡人，继而筹组文艺会，创办诗刊，自勉勉人，此于马来西亚古典体文学与文学发展史中，无疑具有重要之一席之地。②

徐持庆在《敲梦痴言：菊兴十二首》一文中详细记录了他仿写《红楼梦》菊花诗的经过：

> 客中无事，翻读《红楼梦》，记起书中有咏菊诗十二首的一回，诗题

① 李庆年：《马来亚华人旧体诗演进史(1881—1941)》，上海：上海古籍出版社，1998年，第535页。

② 余历雄：《徐持庆〈敲梦痴言〉的自我传记与文学史料之价值》，《文学论衡》2014年第25期。

排列顺序为：忆菊、访菊、种菊、对菊、供菊、咏菊、画菊、问菊、簪菊、菊影、菊梦、残菊。读着这些诗章，心中忽然涌起一股冲动，就想仿此十二题写一组菊花诗。于是用了两天时间，步《红楼梦》原十二题韵脚，完成了自己的《菊兴十二首》。

在这两天内我真是费煞心思才得以侥幸完成这十二首诗作，写作过程实觉有些难度。我之所以觉得写作过程有难度，完全是由于对自己的创作要求高及严谨，因为：

• 一题十二咏，要求首首切题；前人咏菊超过万首，要求不落套语就得巧运匠心。

• 要求内容新颖别致，意境优美；寄情寓兴，要写得自然，要有感染力。

• 因为步韵，受原韵的掣肘，局限了意念的自由发挥；更因是律诗，12 首诗必须撰写 48 副对联。

有了上述的创作要求与局限，因此写作过程实觉不易；有格律诗创作经历的诗家一定会明白我所说的个中况味。

菊兴十二首(全十二首选其三)

忆菊

今夜没由来地惹起了相思，总忘不了当时与你在东篱邂逅的情景。叫我到那儿寻觅你这已凋谢的菊花？又有谁知道我那份遥祭的情怀？护花无计，你已离我远去，为你写了一篇《悼菊》的诗诔，却因来迟而无缘传递给你！寻遍花间总找不到你的踪影，只落得惆怅追忆，秋天已然过去，相聚的机会已属无期。

无端今夕起相思，犹记东篱邂逅时。
傲骨久凋何处觅，黄魂遥祭倩谁知。
护花计拙君飘远，悼柬缘悭我递迟。
寻遍芳丛空怅忆，西风已过会无期。

访菊

忙忙步到园中探访你，因时光是不会为任何人停留，若再不来就恐错过与你相会之期了。请勿怪我来迟，未能及早拜访你。在月光穿过篱笆隐约地筛照之下，你看来仿如一位隐士，亲访你这秀士然后为你吟诗我便会觉得兴致悠然。由来大家都称许你为“花之隐逸”，隐士这雅号在群芳中你可算是独占鳌头了。

齿痕急踩探芳游，为恐时光不肯留。
休怪迟来三径客，未能早访一枝秋。
筛篱月下卿如隐，昵秀吟边我自悠。
逸士雅称由众许，芬菲丛内占鳌头。

（按：齿痕，古诗词中指足迹、游踪、木屐。古代一种木质的鞋，鞋底锯有横木齿，可以防滑，踏在青苔上印出齿痕，故齿痕代指木屐。）

种菊

我拿着菊苗，仿效陶渊明到园圃来种菊，龙爪型的、垂珠型的各类品种菊花我都栽种。我亲临园圃，一株一株地去冒寒灌溉，经过三秋露水滋润的菊花倚篱绽放。由于西风吹拂，冷风催绽了金黄色的菊蕊，对着盛放的菊花，我谋划着举杯庆祝，并且邀客赋诗，好使诗友吟出超凡绝俗的诗来。

攒苗九畹效陶来，龙爪垂珠品品栽。
一树冒寒临圃溉，三秋滋露倚篱开。
西风催绽黄金色，北海谋倾琥珀杯。
种得芳菲邀客赋，好教诗韵出尘埃。

（按：东汉孔融，字北海，喜客好酒。曾云：座上客常满，樽中酒不空。）①

① 徐持庆：《敲梦痴言：菊兴十二首》，2013年2月21日，http://qiaomengxuan.blogspot.com/2013/02/blog-post_21.html。

在他 2010 年发表于《南洋商报》的《我入园中成姥姥》一文中这样描述：

> 记得一九九七年春，我到北京参观中央电视台拍摄《红楼梦》时所搭建的“大观园”场景所在地。由于园景面积甚广，入到园中，真使我有刘姥姥入大观园般迷失方向的感觉。
>
> 大概过了半顿饭的光景，我终于向团友交卷了。全诗如下：
>
> 潇湘庭苑仿红楼，一馆一台记石头。
> 我入院中成姥姥，谁怜府内锁尤尤。
> 葬花香冢香安在，遁世恨禅恨岂休。
> 写梦曹郎才八斗，大观园里显风流。
>
> （按：“尤尤”，即红楼二尤，指尤二姐、尤三姐。）
>
> 当我全神灌（贯）注思索诗句时，并未发觉在我身后站有一位三十来岁的女士。当我把诗写成，这位女士拿出一本小册要求我把此诗题于册子页内。此女告诉，她本人是大观园的总管，而册子是备给参观大观园的名人签名题咏用的。我翻阅之下，赫然发现江泽民、李鹏早已在册子内签上了他们的大名。[①]

用诗词歌赋吟咏小说，是中国传统文学鉴赏和文学评论的形式。《红楼梦》所拥有的题咏者之多是其他古典小说望尘莫及的。正宗的《红楼梦》题咏研究自然是从诗词中探讨诗人对《红楼梦》中人事物所产生的感悟、思绪，诗人对红楼梦的接受。但在传播研究上，诗人仿拟《红楼梦》中的诗词曲赋来创作，学“大观园题咏”“芦雪庵争联即景诗”等场景来临场作诗，或以“雅女雅集苦吟诗”来学古诗等都是很有意思且有意义的现象，值得关注。

大马诗总会务顾问莫顺生曾说：“没有文人结社，举办雅集，互相唱

---

① 徐持庆:《我入园中成姥姥》,2010 年 9 月 18 日,http://qiaomengxuan.blogspot.com/2010/10/blog-post_1896.html。

酬，附庸风雅，恐怕不会有催生了大马诗总和其他诗社相继成立，弘扬诗教，出版诗刊，鼓励诗词创作，培养新秀，承传和发展古典诗词的中华优秀艺术文化。”①

现时旧体诗的创作虽然在马新已经不如从前繁盛，但旧体诗仍受到不同年龄层读者的欢迎。在大马，目前已有10多间诗社，其中有9间是大马诗总会员，大马诗总每两月出版《天声》双月刊为会员提供古典诗词创作园地。除了每年举办雅集，也主办“天声奖”诗词和对联创作赛。②在新加坡，除了新声诗社和在1990年成立的全球汉诗总会一直努力不懈地在本地提倡旧体诗外，新加坡国立大学一批学生也在2016年夏天成立了南金诗社，推动校园内的旧体诗研习和写作。③

三、本地的红楼梦评论与杂说

(一)菽园(邱炜萲)

菽园《红楼梦异说考》中提到当时热烈讨论的几个问题：

(1)相传《红楼梦》一书为搬演康熙时大学士明珠家事，而书中主人翁贾宝玉即纳兰性德之说：

> 随园先生集中仅言:《红楼梦》为江宁织造曹练亭尚衣之子，名雪芹者所著，而不言贾宝玉是成容若，想相去非遥，犹有忌讳，而不言欤，抑查考未确，不便妄言欤。
>
> 道光时，粤中诗伯张南山选诗人征略于成容若条下明指为即《红楼梦》贾宝玉其人，复于续编提明林黛玉三字据此观之。容若是宝玉不但为说部之轶闻，且可作诗人之文献。南山非漫然下笔之士，惜不云所据

---

① 莫顺生:《读者回响:大马旧体诗承传和发展 从梁国触发旧体诗笔战说起》,2015年6月29日,http://www.enanyang.my/news/20150629/读者回响:大马旧体诗的一承传和发展一从梁国触发。

② 莫顺生:《读者回响:大马旧体诗承传和发展 从梁国触发旧体诗笔战说起》,2015年6月29日,http://www.enanyang.my/news/20150629/读者回响:大马旧体诗的一承传和发展一从梁国触发。

③ 林立:《新加坡华文旧体诗的百年风雅》,《光明日报》2018年7月2日。

何说耳。[①]

(2)关于作者是否是曹雪芹，菽园说：

曹雪芹撰《红楼梦》,各家记载辗转援据殊少,致疑其出他氏之手笔者。菽园……日为红楼梦分咏……用旧传曹撰一说,也乃近阅时人笔记,独为一说。谓曹雪芹乃纨绔少年本非能文,偶于市上购得是书抄本,心焉好之,思欲掠美,乃于原书叙至黛玉身死便行绝笔之后,密延文十构,续以下各回硬将己名曹雪芹三字插入收场……此说如信,曹氏人格比之罗贯中狗尾更下矣,何以前时先辈如乾嘉诸老皆无发其覆者。菽园未便附和,存为疑案可也。[②]

(3)各种著作者之说：

犹忆少日阅过张船山诗集,有挽高兰墅之作,注谓兰墅实著《红楼梦》之人。……兰墅既不自署名而当时亦少知而表扬者,美犹有憾意者,此中之故,尚有疑窦欤。或船山之言究未足为信史欤。

菽园又记某说部亦云《红楼梦》前八十回乃无名氏旧稿,以后乃高兰墅所补。如此则曹雪芹三字何以无端栏入?若据年辈考之,兰墅在雪芹之后有不应疑到雪续兰尾一路。如曰兰实补雪则原书具在叙至雪名出现之时,已是收场。设于补之,当从何处容笔墨乎?姑备一说,以俟博雅者考订焉可。[③]

(4)论《红楼梦》双玉之说：

花月痕说部为吾闽魏子安撰作,其心摹手追《红楼梦》一书,能得遗

① 菽园:《〈红楼梦〉异说考》,《振南新报》1918年1月21日。
② 菽园:《〈红楼梦〉异说考(续)》,《振南新报》1918年1月22日。
③ 菽园:《〈红楼梦〉异说考(续)》,《振南新报》1918年1月22日。

貌取神之理。

论《红楼梦》两玉之说，见解创辟，得未曾有，实为伊花月痕一书作的切注脚。

耆矣撰花月痕者其言，谓宝玉与妙玉实是一个，宝玉自承槛内，妙玉自诩槛外；宝玉自视为浊，妙玉自以为清；宝玉由色证禅，妙玉由禅堕色；宝玉为怡红之主人，妙玉为拢翠之寄旅；宝玉众浊中之至清，妙玉孤清中之或浊。其实写宝玉乃传妙玉之反面，写妙玉乃传宝玉之反面，妙为宝之反，故曰：妙也。

菽园廿年前骤阅此说，愉快累日，盖喜其与鄙臆有若不谋而合也。①

（5）分咏起于宝玉止于妙玉的原因：

其编中再有随意择咏之仕女二十五人两绝句，以贾宝玉起，以妙玉尼止，而妙玉题中所用之韵即全叠贾宝玉原有之韵，意亦曰宝玉为全书之面，妙玉为全书之底，而黛玉其骨，宝钗其肉，熙凤湘云岫烟宝琴其皮毛也。故分咏起宝玉止妙玉，又同叠此韵，冀知言者谅之。一旦得花月痕之说，今而后喜可知也。②

（6）菽园的立场：

亡友嘉应温慕柳检讨，题菽园红楼梦分咏首集云宝玉何尝是容若，大观休误作随园，菽园平日故不主张容若随园诸俗传者。读亡友温氏作实获我心矣。③

邱炜萲指出在历来的中国小说之中“言情道俗者，以《红楼梦》为最”，他亦有所感慨地说道：“吾人所见小说，自以曹雪芹《红楼梦》位置

① 菽园：《〈红楼梦〉异说考（三续）》，《振南新报》1918 年 1 月 24 日。
② 菽园：《〈红楼梦〉异说考（四续）》，《振南新报》1918 年 1 月 25 日。
③ 菽园：《〈红楼梦〉异说考（四续）》，《振南新报》1918 年 1 月 25 日。

为‘第一才子书’为最的论。此书在圣叹时尚未出世，故圣叹不得见之，否则，何有于《三国志演义》? 彼《三国志演义》者,《西游记》其伯仲之间者也。”[①]他不仅认同了《红楼梦》的价值，也表现了对《红楼梦》的喜爱，恨不得金圣叹还魂来评批《红楼梦》一书。邱氏甚至把《红楼梦》视为小说典范，借此评论其他小说的优劣，认为后来的小说写作技巧都借鉴于《红楼梦》，并企图超越《红楼梦》的艺术成就。[②]

(二)依藤(汪开竞)

针对当代一些读者蔑视中国古典小说的态度，依藤不以为然，他认为旧小说中所蕴藏的各种人生问题、社会问题，即使到了今天，仍值得大家去探讨。一些旧小说作者的写作动机及写作态度，也是值得大家去研究的，如《红楼梦》《水浒传》《儒林外史》《金瓶梅》等，其中包含的人生哲学，更是成为今古文人辩论的中心。[③]

依藤原名汪开竞（1912—1976），祖籍江苏泰昌，小时南来，居于槟城，曾在钟灵中学读书，其后曾赴上海就读于暨南大学、同济大学。回槟城后担任钟灵中学教职。他在20世纪20年代已活跃于马新文坛，15岁便在《南洋时报》主编《玫瑰》副刊，其后不断写作、发表，其作品可见于马新各报章副刊。所用笔名有依藤、陶然、丁丁、金惠吾、南岛居士、落人、克诠、汪慎良、仲平等。[④]

依藤常谈论中国旧小说（几部名著）的价值，鼓励人们去阅读研究。在《介绍几部旧小说名著》一文中，依藤就将其认为有价值的旧小说推荐给读者，尤其是学生。他列出了八部旧小说，第一部就是“《红楼梦》清曹雪芹作，后四十回传是高鹗所续，有洁本发行”[⑤]，依序下来是《水浒传》《金瓶梅》《儒林外史》《三国演义》《镜花缘》《西游记》和《老残游

---

① 邱炜萲:《客云庐小说话》,阿英编:《晚清文学丛钞·小说戏曲研究卷》,北京:中华书局,1960年,第380～381页。

② 邱炜萲:《客云庐小说话》,阿英编:《晚清文学丛钞·小说戏曲研究卷》,北京:中华书局,1960年,第380～381页。

③ 依藤:《旧小说新谈·自序》,新加坡:南洋报社有限公司,1954年,第2页。

④ 马仑编著:《新马华文作家群像》,新加坡:风云出版社,1984年,第8页。杨松年:《汪开竞与〈南洋时报〉副刊〈玫瑰〉》,《亚洲文化》1985年第6期。

⑤ 依藤:《旧小说新谈》,新加坡:南洋报社有限公司,1954年,第83页。

记》。同时也指出“红楼水浒及三国的内容，因有若干猥亵及不近情的描写，故另有所谓洁本的发行。洁本在生意上着想，当然动机欠纯正，但对于青年学生，实在方便得多”。他亦说道：“不过我倒很赞成学生时代，不必急于阅读，就是读，也应该用另一种眼光去欣赏。”①

从其言论，我们可以获知他多以方便学生阅读为考虑，借以提升学生的阅读素质。作为一个文学家兼教育工作者，依藤的文章和言论无论是对广大的读者群抑或是他所教育的学生都具有强大的影响力。

自 1950 年 11 月 4 日始，《南洋商报》商余版刊登了依藤所写的一系列有关《红楼梦》的文章：《香菱学诗》《贾宝玉出家之谜》《帮凶人物——凤姐》《大家庭制度》《关于刘姥姥》《鸳鸯拒婚》等文。这些文章后来结集为《旧小说新谈》，列为商报丛书第 32 种出版。② 依藤直接对《红楼梦》文本内容加以探究分析，整理出一条读旧小说的线索，将个人见解提供给一般读者参考，这样的做法在当时是新颖而具有价值的。

依藤撰写这些与《红楼梦》相关文章的动机很单纯。他于 1950 年 9 月某天，从哥哥开明那里借了一部《红楼梦》，看了几回后，心中偶有所感，便信笔写了一则杂谈投登商余。当时他一时兴起，在主题下另加了一行字：旧小说杂谈之一。就这样杂谈便接一连二地谈下去了。③

他自言：“我写《旧小说新谈》，重在摭取书中的一事一物，用个人的见解加以论述。这种作风常常使我担心：不晓得会不会曲解作者的用意？另一方面，我那种大胆割裂原著肢体，一意根据我自己直觉的写法，也颇使一部分读者感到惊异。这种不安一直到我在商余拜读了虚虚先生的一篇大作，誉它是独特的题材和独特的风格后，才略为放心。”④

虽然依藤初发表的仅是随笔，结构简单，但已足以让当代读者拜服了。当时读者的反应亦可见诸文字：

---

① 依藤：《旧小说新谈》，新加坡：南洋报社有限公司，1954 年，第 84 页。

② 马仑编著：《新马华文作家群像》，新加坡：风云出版社，1984 年，第 8 页。

③ 依藤：《旧小说新谈・自序》，新加坡：南洋报社有限公司，1954 年，第 1 页。

④ 依藤：《旧小说新谈・自序》，新加坡：南洋报社有限公司，1954 年，第 2 页。

于《商余》副刊中，读到依藤先生的文字。他用史学家的眼光，研究旧小说，为读者另辟新蹊，只眼独到，云人未云，窥叹其得未曾有……依藤君对于旧小说人物的刻画，手法高明，不让耐庵，可谓神奇。[①]（赵尔谦，笔于 1957 年 1 月 20 日）

依藤兄向来以写旧小说批评为马华文坛所重视，他的特殊风格是能从空中楼阁透视现实，把传奇归于平淡，把神话译回人话……我便是喜爱他作品的读者之一。[②]（逍遥天，笔于 1957 年 7 月 26 日）

战后汪师（依藤）对旧小说的研究发生了浓厚的兴趣，五十年代初期，经常以依藤的笔名，在《南洋商报》《商余》副刊发表其心得，由于分析入微，见解精辟，读者无不击节称赞，汪师亦名噪一时。[③]（晨照）

以上论述是从当时读者接受的视角出发的，较符合历史的实际情况，客观地表达了报章读者、马华作家、学生对其文章的关注，以及这些作品的价值。在我们所搜集的资料之中，依藤所撰写的这些文章在马新是属于这时代最早期的《红楼梦》评论文章了。

除了部分收录在《旧小说新谈》的文章以外，依藤所撰写与《红楼梦》相关的文章还陆续发表于《南洋商报》，如《高鹗续作后四十回质疑》《王国维论红楼梦》等文。文学刊物中亦可见其作品，如《班苔学报》中的《甲戌脂砚斋重评石头记读后》，以及在 1965 年至 1969 年陆续刊登于《蕉风》的一系列红楼文章。依藤（亦有部分用“南岛居士”的笔名）在《蕉风》发表的文章不下 40 篇，主要谈论《红楼梦》中的人物。

马新华人作家李有成受访时曾说：“汪开竞老师，是古典小说的专家，同学之间传言说，汪老师读《红楼梦》已经读了一百多遍。我没问过他，不知道是真是假。1960 年代早期黄崖编《蕉风》时，汪老师常在《蕉风》

---

① 依藤：《彼南劫灰录》，槟城：钟灵中学，1957 年，“赵序”。
② 依藤：《彼南劫灰录》，槟城：钟灵中学，1957 年，“萧序”。
③ 马仑编著：《新马华文作家群像》，新加坡：风云出版社，1984 年，第 8 页。

发表有关古典小说的评论。他常用依藤的笔名写文章……”①

作为教育家的汪开竞热爱《红楼梦》的形象已深入学生的心，直接或间接影响学生对《红楼梦》的关注。其“依藤”之名更是当时享誉马新文坛。汪氏红学文章发表在《商余》副刊，以及《班苔学报》《蕉风》等文艺期刊上，其时报纸的发行量大，覆盖面宽，读者众多，遍及社会的各阶层，而纯文艺期刊则有明确且固定的知识性读者。但类此印刷媒介不免要面对时效性问题，特别是报纸在发行上的寿命短暂，每份报纸发挥作用的时效都很短，重复利用率较低；文艺期刊较具保存价值，但在20世纪50—70年代仍未普及，受众相对而言不多，收藏者有限，对日后影响不大。因此，依藤的红学作品零散地刊登于上述印刷媒体，虽风行一时，但却因未辑集成红学专著，而逐渐被当代读者遗忘，更不曾引起现代读者的关注。

(三)香港特邀记者曹聚仁

1954年1月31日，《南方晚报》重设《周末文艺》纯文学周刊，除尽量容纳马新作者的作品外，还收录香港特约名作家的文章，而曹聚仁就是其中之一。2月6日出版的《周末文艺》创刊号中，刊登了曹聚仁的《新红学发微》一文②，受到爱好高水平文艺的读者的关注。

1955年4月28日前后，一连几天《南洋商报》广告版出现了大字标题：《新红学发微》曹聚仁著，每册七角。内容：

> 旧红学的丧钟已经敲过了。新红学光芒万丈，其间有王国维的《红楼梦》评论，以叔本华哲学印证《红楼梦》之悲剧意识，有胡适、俞平伯、周汝昌的《红楼梦》考证，订正《红楼梦》之本来面目及曹雪芹之生平事迹，有王昆仑之《红楼梦》，以新的社会观刻析大观园的人物。曹氏也是对考证学有兴趣的“红学迷”，他把当前新红学的发展之迹一一勾划出来，对读者作总括的报导。红学讨论，正甚嚣尘上，此书可说是最好的指南。

① 《过去的时间，不同的空间：李有成答张锦忠越洋电邮访谈》，《星洲日报·文艺春秋》2007年4月22日。

② 《南方晚报又一新贡献　〈周末文艺〉下周出版》，《南洋商报》1954年1月31日。

广告介绍着由《南洋商报》总发行的曹聚仁著《新红学发微》一书。现在，我们据新加坡创垦出版社《新红学发微》(1955)能得知此书共收录了十六篇文章。作者于首篇《红学新曙光》一文中指出自胡适建立新考证规模以来，随着新史料的不断发现，《红楼梦》研究已步入另一个阶段。周汝昌的《红楼梦新证》所引用的种种史料更让作者有感已回到“开谈不说红楼梦，纵读诗书亦枉然”的旧天地。次篇《悲剧与悲剧性格》谈论了俞平伯、王国维和王昆仑等人的红学研究成果。作者认为红学的另一个角度，即从文艺欣赏与社会人生的视角来理解《红楼梦》，有别于猜谜的附会、考证的穿凿，又是一个进境。而这方面的研究发端于王国维的《红楼梦评论》，成熟于王昆仑的《红楼梦人物论》。第三篇《脂砚斋评本》介绍了当时所发现的四种原本的石头记，并阐明根据脂砚斋评本，读者可以了解《红楼梦》的本相与曹雪芹的本来线索，预知后三十回《红楼梦》中的大事，证实了高鹗续本及世俗看法、想法存在着一定的错误。

其他文章还包括《曹雪芹的先世》《曹雪芹的童年》《大观园中的萨满空气》《曹雪芹的杂艺》《大观园之人物》《贾宝玉的造型》及《红楼梦之谜》等。在《后记——红学的牛角尖》中作者写道：“胡适、俞平伯、周汝昌所作的，乃是关于《红楼梦》史料的考据，这和一切政治观点、社会观点，或哲学观点都不相干的。”作者对于“批俞运动”提出了个人的看法，同时亦肯定了“新红学”的贡献。①

1958年1月21日，曹聚仁在《南洋商报》发表《整风十题：一串倒了霉的人》一文重提徐懋庸、俞平伯被批判的事，并阐述了当时新兴的“市民说”和“农民说”的主要观点。曹聚仁说：

> 记者看完他们的文字，觉得十分可笑的。不独市民说农民说都不

---

① 孙彦庄、谢依伦编著：《陈广才红学研究藏书目录及评介》，吉隆坡：马来亚大学中文系毕业生协会、马来亚大学中文系，2015年，第80～81页。

能自圆其说，即算批判了对方，也难于站稳自己的脚跟的。而且他们那么多的议论，对于马克思以前早已出世的《红楼梦》作者曹雪芹，他就从来不想到什么市民说农民说这一类高头讲章式的文字，对我们读《红楼梦》的人也是无用处的，假使钻到他们的牛角尖里去，我们就几乎没有余力去欣赏红楼梦了。[①]

他引用何其芳《论红楼梦》中的一段话：

何其芳：作为一个普通读者，我觉得那种比较谨慎地承认这种新的经济因素的萌芽的存在，然而又反对加以不适当的夸大的附会的说法，是更为符合实事求是的精神的。至于为壮大当时的市民的声势，把东林党和三合党也说成是代表市民的组织，那恐怕并不恰当。

我们说市民说是可怀疑的，但农民说也同样有许多牵强不妥之处。

很显然，这样的农民说既不能解释我国对封建社会的文学的历史，也不能解释《红楼梦》的。

最后他提醒大家：

读者诸君，在整风运动（包括反右运动在内），若干文字，以及其中所说的“唯心”“唯物”都和“市民说”“农民说”一样，说得那么多，而是不足为据的。

曹聚仁（1900—1976）多次肯定胡适以实验主义的路子、用科学的方法批判旧有的种种思想学术以及东西文化的行为，认为胡适最大的成就乃在整理国故、白话文学史，以及许多旧小说的考证，给了旧有的中国学术思想一道新的光。他赞许胡适“大胆的假设，小心的求证”的方法还有重大的影响，那就是在古史上的讨论，顾颉刚、傅斯年、俞平伯都受到他的

① 曹聚仁：《整风十题：一串倒了霉的人》，《南洋商报》1958年1月21日。

影响而有重大的发现，特别是顾颉刚的《古史辨》。曹聚仁这个论调从1927年写的《春雷初动中之国故学》(七)[①]至1954年写《鲁迅与胡适》[②]都没改变。

(四)任辛(方修)

任辛原名吴之光，另署方修、观止、任辛等笔名。[③]方修[④]是马新著名的文史学家、作家，是马新文艺领域的先驱人物之一，也是编纂马新华文文学史的第一人[⑤]。尽管他专门研究的范围是马新华文文学，但他的阅读习惯却显得非常“博爱”。他自言常常依偎的两个“小岛”是中国的古代和现代，“古典的小岛”是文学名著《红楼梦》;“现代的小岛”是文豪鲁迅的作品。方修曾自豪地说:“我这两类书的收藏，相当全面。我敢说，时间到80年代中期，中国所出版过的各类鲁迅和红楼专门性书刊，我的收藏是很完整的。”[⑥]

方修对《红楼梦》研究文章的撰写始于1957年5月，最早写的是《关于红楼梦研究问题》及《高鹗与红楼梦》，这两篇文章先后在《星洲周刊》

---

① 曹聚仁:《春雷初动中之国故学》(七),《南洋商报》1927年6月30日。

② 曹聚仁:《胡适与鲁迅》,《南洋商报》1954年12月18日。

③ 何炳彪、梁慧群编著:《方修编著资料辑录》,新加坡:新加坡国家图书馆,2008年,第iv～v页。

④ 吴之光的笔名“方修”是马新华人较为熟悉的名字。方修是马新著名的文史家、文学评论家。他除了以“任辛”之名出版了《谈小品散文》和《红楼梦简说》二书外,还以“观止”之名出版了《文艺杂论》《文艺杂论二集》和《文艺界又五年》三书,其他著作皆署“方修”。《红楼梦简说》于2005年再版时,作者之名亦以“方修”代替“任辛”。因此笔者采用“方修”之名来论述。

⑤ 何炳彪、梁慧群编著:《方修编著资料辑录》,新加坡:新加坡国家图书馆,2008年,第iv～v页。按:方修在1922年2月9日出生于中国广东省潮安县(现潮安区)。方修在原籍接受小学、初中及一年师训教育。1938年,方修随母亲南来马来亚巴生与父亲团聚,并在一间机器零件制造厂工作。1940年到吉隆坡,做过商行学徒,以及《新国民日报》校对兼见习记者。当日军南侵马来亚半岛时,方修与友人南下新加坡。1942年1月,方修加入“星华文化界战时工作团”开办的文化青年干部训练班,接受有关抗日的文化宣传工作训练。1945年返回吉隆坡,担任《民声报》记者;1946年担任《中华晚报》记者。后来,他迁居新加坡,并先后在柔佛、廖内群岛、新加坡等地担任小学教师。1951年,方修受聘于《星洲日报》任新闻编辑,同年4月创办《星洲周刊》并主持编务。1956年起,他被调任为该报《马来亚新闻版》的编辑主任,并先后兼编该报《文艺》《星期小说》《青年知识》和《文化》等副刊,一直到1978年底退休。在1966年至1978年,方修曾担任新加坡大学中文系兼职讲师,负责马新新文学、中国新文学及鲁迅研究等课程。

⑥ 《方修喜读什么书?》,《联合早报星期刊·文艺城》1994年4月25日。

发表，并收录在《谈小品散文》。[①] 1960年出版的《红楼梦简说》则结集了方修这几年来所写的《红楼梦》研究文章，全书共收文9篇，分析了《红楼梦》的思想内容、《红楼梦》作者、高鹗补作《红楼梦》等问题，批判索隐派红学，谈脂批，论新发现的《红楼梦》抄本。另外书中还附录了刘仲英《红学的末路》一文，方修认为此文谈到曹家的旗籍，有其独到之处，可供读者参考。

继《红楼梦简说》之后，方修还陆续在其著作中发表了许多有关《红楼梦》研究的文章，如《曹雪芹的卒年》[②]、《曹雪芹事迹的新发现》[③]、《红楼梦的英文译名》[④]、《红楼梦新证书后》[⑤]、《红学读书记》（一至五）等文[⑥]。

从其发表的文章中，我们清楚地知道方修对中国红学的进展一直都是步步追踪，并第一时间向马新读者发布相关消息，拉近了红学发展与马新红迷间的距离。

即如于1960年4月写的《曹雪芹的卒年》（一）考证文章中，方修对于曹雪芹卒于"壬午除夕"和"癸未除夕"两种说法进行了探讨，他个人始终是赞成"壬午说"，他认为脂砚斋和曹雪芹关系至为密切，雪芹逝世，脂砚斋悲哭得"泪亦待尽"，可知这事在脂砚斋的印象中异常深刻，不至于因为"隔时过久"而"误记了一年"。在文中，方修将主张"癸未说"的红学家周汝昌和吴恩裕所举出的例证一一剖析，觉得与其去相信这些写作年日不能十分确定的挽诗，倒不如去相信有明确干支的脂砚斋的话，认为曹雪芹是卒于"壬午除夕"的观点会好些。

随后，在7月发表的《曹雪芹的卒年》（二）中，他说到"关于这个问题的探索，又有了一点新的进展。所谓《懋斋诗钞》是编年的集子的论调，也根本起了动摇"后，再进一步指出《诗钞》是残本又被后人剪贴挖

① 任辛：《红楼梦简说》，新加坡：青年书局，1960年，第43、93页。
② 方修：《人物篇》，新加坡：洪炉文化企业公司，1976年，第86～91页。
③ 方修：《炉烟集》，新加坡：洪炉文化企业公司，1977年，第22～36页。
④ 方修：《炉烟集》，新加坡：洪炉文化企业公司，1977年，第61～64页。
⑤ 方修：《两径轩杂文》，新加坡：群岛文化社私人有限公司，1979年，第88～89页。
⑥ 方修：《两径轩杂文》，新加坡：群岛文化社私人有限公司，1979年，第102～110页。

改过的复杂情况。基于《诗钞》有被贴改过，其在编排的次序上是不大靠得住的，那么所谓雪芹卒于癸未除夕之说，是更加缺乏根据了。①

虽然远在马新地区，缺乏第一手的研究资料，但方修并不盲从于中国红学研究所谓的“发现”。对于红学界发现的材料，方修表现得更为严谨，可说是承继了红学“考证派”的“小心求证”的精神和态度，他以客观的态度，评论了红学界各流派的贡献和缺陷。方修的对于中国红学的传播方法有异于普通的报道式，他以深厚的红学基础，除了对新发现的材料进行阐述让读者了解外，更进一步针对现有的材料深入剖析。

胡文彬认为：“任辛可称新加坡第一位红学家，他以作家敏锐的观察力和优美清新的散文笔法揉以杂文的辛辣来写《红楼梦》研究文章，深受当地读者的欢迎和好评。”②

朱卓文指出：“众所周知，方修是马华文学研究的先行者，毕生精力花在搜集、整理、研究和著述上，成为马华文学史专家。在‘红学’研究方面，方修不过稍为涉及，虽自谦‘说不上学术’价值，然而，综观马华文坛，他仍称得上是第一人，为贫乏的马华学术研究，带来异彩。”③

孙彦庄亦有感：“马华文学自来无史；有之，则自方修始。他是马华文学史料学术研究最重要的开创人和奠基者。有关大马的红学研究，他也应被列为重要的奠基者，毕竟他是其中一位最早开始系统地进行《红楼梦》资料研究和评论的本地学者。20世纪50年代到60年代的本地《红楼梦》爱好者在探讨《红楼梦》时，也会受到他的研究心得影响。”④

笔者以为，方修自20世纪50年代开始就在马新与中国之间扮演着红学传播中的桥梁的角色。方修对红学的传播是双面的，他承继了中国红学的知识，将红学介绍给马新读者，与此同时，他的著作《红楼梦简说》成了马新红学的里程碑，让中国学者知道新加坡亦有《红楼梦》研究的存在。相对于依藤的文章，结集成书的红学专著《红楼梦简说》更为引人注

---

① 方修：《人物篇》，新加坡：洪炉文化企业公司，1976年，第86～91页。

② 胡文彬：《红楼梦在国外》，中华书局，1993年，第78页。

③ 朱卓文：《方修红学的研究》，《南洋商报》2002年12月12日。

④ 孙彦庄：《〈红楼梦〉研究在马来西亚》，《红楼梦学刊》2007年第6期。

目，其流传性较强。单就《红楼梦简说》的价值而论，此书内容广泛，其中独到的见解至今读起来仍不乏创见。方修对红学的传播是持续的，至80年代以后他仍随着红学新材料的发现，发表了《曹雪芹墓碑的发现》[①]《曹雪芹佚著〈废艺斋集稿〉简介》[②]《新发现的〈红楼梦〉抄本》[③]等文。方修在马华文坛的巨大贡献，亦促使其《红楼梦》研究成果受到各界的读者和研究者关注，传播范围因此扩展。《红楼梦简说》于2005年又重版的事实[④]，足证方修红学研究一直以来都备受重视，对马新红学起到了引领的作用。

（五）连士升

谈到《红楼梦》的传播和研究问题，我们一般首先注意到的都是一些红学家、教育家，通过他们的作品了解其《红楼梦》研究文章对《红楼梦》在马新传播所带来的影响。但，我们亦不能忽略某些虽然没有专门撰写《红楼梦》研究文章，然而对红学的认识已达到专业水平，而且善于运用传播媒介与平台，对《红楼梦》研究及传播有着巨大的贡献的学者。连士升就是这类人物的代表。

连士升（1907—1973）是马新新闻报刊界名人，也是文坛上声誉卓著的作家，笔名子云。连氏出生于福建省福安县，1931年毕业于北京燕京大学经济系。他是著名红学家顾颉刚的得意门生，深得顾氏器重。[⑤]大学毕业后，连士升曾在国立北平图书馆从事研究工作，后在广东岭南大学香港校址执教。连士升于1947年南来新加坡，任职于《中兴日报》，翌年受聘于《南洋商报》，担任该报主编逾20年。1969年，他出任总编辑，至1971年退休。他笔耕不倦，在《南洋商报》《南洋周刊》和《南洋学报》上发表大量政论、游记、传记、书评和论文等。他的散文简洁精练、富有

---

① 方修：《看龙集》，新加坡：春艺图书贸易公司，1994年，第86～91页。

② 方修：《评论五试》，沈阳：辽宁教育出版社，1997年，第103～115页。

③ 方修：《红楼梦简说》（再版），新加坡：青年书局，2005年，第176～185页。

④ 方修：《红楼梦简说》（再版），新加坡：青年书局，2005年，第215页。按：新版本增加了方修于20世纪60年代以后写的8篇研究文章，即《〈红楼梦〉的英文译名》《〈红楼梦新证〉书后》，5篇《红学读书记》以及《曹雪芹墓碑的发现》，书末也附录了胡文彬的《〈红楼梦〉在新加坡》一文。

⑤ 李辰冬：《悼念亡友连士升先生》，连亮思、连文思编：《连士升文选：现代人的精神粮食》，新加坡：八方文化企业公司，2001年，第53页。

哲理，给当时的散文创作带来较大的影响，其中部分散文也被收入教科书之中。作为马新出色的报刊名人，连士升拥有固定且庞大的读者群。

正如马仑所言："从 1940 年代末期至 1970 年代初期，几乎每一位华文读者都有读过他（连士升）的作品。"①

刘蕙霞在《我所认识的连士升先生》一文中指出："连先生的文章，和他的为人一样，诚恳、简洁、纯真，他的阅读范围广博，中西文化都非常熟悉，写起文章，随时可以引用中国典故，或自由引用中外文豪的名言。连士升以其平实无华的写作风格，不但拥有一大群广大的年轻读者，还拥有不少年纪老大的读者。"②

李辰冬说："士升兄本是一位散文家，他的文字朴素、简洁、流畅，讨论的问题又是由浅入深，再艰难的问题，经过他的笔触都变成了浅显而通俗化，所以各中学争以他的《海滨寄简》作为国文补充读物。我的女儿木兰读南洋女中高中部，老师就指此为课外读物，读后还得写一份报告。"③

在此，我们把连士升称为马新文坛的青年导师实不为过。至于连氏的言论对青年人的影响力之深浅，我们或可从一位名叫何民联的学生身上看出来。何民联是马来亚华侨，来到新加坡义安学院国文系读书。他说连氏的《海滨寄简》，从开始第一篇到当时最后一篇止，他没有不详细读过的。这些《海滨寄简》不仅增加了他的知识，指导他的人生，告诉他读书方向，并对他作文也起了莫大的作用，他的文章之所以那么流畅，就是受连先生的影响。④

正因为这样，连氏对《红楼梦》的评价与态度就成了引导青年学者的关键。连氏在《连士升文集》总序中说道："多年研读中国文学，我所得

① 马仑编著：《新马华文作家群像》，新加坡：风云出版社，1984 年，第 83 页。

② 连亮思、连文思编著：《连士升文选：现代人的精神粮食》，新加坡：八方文化企业公司，2001 年，第 182 页。

③ 李辰冬：《悼念亡友连士升先生》，连亮思、连文思编：《连士升文选：现代人的精神粮食》，新加坡：八方文化企业公司，2001 年，第 53 页。

④ 李辰冬：《悼念亡友连士升先生》，连亮思、连文思编：《连士升文选：现代人的精神粮食》，新加坡：八方文化企业公司，2001 年，第 53 页。

的结论是：左、孟、庄、骚，马、班、李、杜，固然是旧文学的正宗，《水浒》和《红楼梦》更是白话的不祧之祖。五四运动到如今已经40多年，可是在小说方面的成就，还没有一部可以和《水浒》《红楼梦》媲美。”[①]

如前所述，影响学生至深的《海滨寄简：人杰集》中亦写道：

> 中国的第一部，甚至可以说是世界第一部小说的《红楼梦》，在白话文盛行的时代，它固然被人视为正宗，当科举还很得势的时候，它也广泛而深入地流传民间。目前许多青年诉说，没有什么书可以看。我觉得，他们与其费了那么多金钱和时间去阅读无聊的武侠小说、侦探小说，不如认真地把《红楼梦》研究几遍，多看一次，有一次新收获。[②]

连氏文章的字里行间对《红楼梦》评价都是极高的，常鼓励学人去阅读研究。其实翻遍他的文集，几乎每一本都对《红楼梦》有所涉及。他将《红楼梦》的内容、典故、诗词融入自己的散文之中，运用《红楼梦》丰富了自己文章的内容，而其文章却又恰好替《红楼梦》丰富的内涵作了宣传与现代诠释。在此，我们试从他不同的文集中引几段散文内容来窥探其文章特色。

《给新青年》中的《功名不上懒人头》：

> 现在让我举个小说里的人物，证明勤力的重要。《红楼梦》第四十八回，记载林黛玉教香菱怎样做诗，黛玉说："你若真心要学，我这里有《王摩诘全集》，你且把他的五言律读一百首，细心揣摩透熟了，然后再读一二百首老杜的七言律，次，再把李青莲的七言绝句读一二百首。肚子里先有了这三个人作了底子，然后再把陶渊明、应玚、谢、阮、庾、鲍等人的一看。你又是一个极聪敏伶俐的人，不用一年的工夫，不愁不是诗

① 连亮思、连文思编著：《连士升文选：现代人的精神粮食》，新加坡：八方文化企业公司，2001年，第xvi页。按：笔于1962年4月19日新加坡云海楼。

② 连士升：《海滨寄简三集》，新加坡：星洲世界书局，1963年，第94页。按：笔于1961年7月3日。

翁了。”这虽然是曹雪芹借黛玉的口吻来发表他的高论,但这的确是经验之谈。……一个人如要在学术上或艺术上,甚至在工业上有所成就,除刻苦用功外,实在找不到第二条路。[①]

连氏说“曹雪芹借黛玉的口吻来发表他的高论”,而他何尝不是借曹雪芹之经验来教导青年,“香菱学诗”这段故事,除了能阐述勤力的重要性,亦能启发青年对诗论有深一层的认识。

《闲人杂记》中的《法令如毛的后果》:

《红楼梦》的尤二姐说得好:“哪个耗子不偷油吃?”我们用这句话来骂天下的贪官污吏,可说是再恰当没有。我们放眼全世界,知道许多贪官污吏也是利用法令如毛的机会来发财。一张“执照”(license)的颁发,背后多带着许多不干净的铜臭味,不然,任你理由多么充足,恐怕再等三年也领不到一张执照。[②]

此段借用尤二姐的嘴来骂贪官污吏,谈的是本地常见的执照问题,倒似拉近了现代读者与古典小说人物之间的距离。

《南行集》中的《凭吊圆明园》:

不幸洋人一炬,玉石俱焚,几百年来的繁华盖世的皇宫御苑,却变成一片砂砾场。这正如《红楼梦》所说:“陋室空堂,当年笏满床;衰草枯杨,曾为歌舞场。”说破了,世事不过如此如此。[③]

他谈游记、讲历史之际,就现实情况而引小说内容与之相对比照,一

① 连士升:《给新青年》,新加坡:南洋报社,1955年,第76页。按:笔于1955年2月12日,见《功名不上懒人头》。

② 连士升:《闲人杂记》,新加坡:星洲世界书局,1963年,第48页。按:笔于1955年8月18日。

③ 连士升:《南行集》,新加坡:南洋报社,1955年,第87页。按:笔于1951年9月9日。

笔带出了《红楼梦》中“究竟是到头一梦，万境归空”[1]的思想内核，进而深入地阐发人生道理。

此类叙述多不胜数，最后再引用连氏《文学与人生》中的一段话作为他对《红楼梦》的认识和评价的总括：

> 中国旧小说，到如今，还没有一部会赶得上《红楼梦》。《红楼梦》不但是中国旧小说的代表作，就是排列在世界文学的杰作里，也是占着最崇高的地位。为什么曹雪芹有这么大的魔力，把所有读者都弄得如醉如痴的境地呢？原来《红楼梦》里所描写的生活，就是曹雪芹亲见亲闻亲身体验的生活。有了真实的生活做背景，加上他的丰富的想象力，体贴入微的描写功夫，无怪读者百读不厌。[2]

连氏还套用曹雪芹的言语述说心声：“‘字字看来都是血，十年辛苦不寻常。’曹雪芹这两句诗，倒是颇得我心。话又说回来，曹雪芹的心血的结晶品，是一部耸立千古的《红楼梦》。我的心血结晶品，只有一堆破铜烂铁。人类的贤与肖，竟相去的那么远！”[3]似乎与曹雪芹交情深厚，颇有知己之感。

若说《红楼梦》在课本中的节选已能吸引大量学生与读者，连氏散文中对《红楼梦》的“节选”则显得更具趣味性，充满传播效果，他直接性地大力推荐和赞赏《红楼梦》就相等于强力的宣传广告，促使广大的民众去阅读。因此，连士升在《红楼梦》传播方面扮演着相当重要的角色。

（六）黄葆芳

黄葆芳（1912—1989）是马新著名的艺术家暨写作人，出生于福建闽东福安县的书香世家，1935年毕业于上海美专，在校时深得校长刘海粟赏

---

① 曹雪芹：《乾隆甲戌脂砚斋重评石头记》，上海：上海古籍出版社，2004年。按：脂砚斋批“瞬息间则又乐极悲生，人非物换，究竟是到头一梦，万境归空”四句乃一部之总纲。

② 连士升：《南行集》，新加坡：南洋报社有限公司，1955年，第158页。笔于1954年7月26日。

③ 连亮思、连文思编著：《连士升文选：现代人的精神粮食》，新加坡：八方文化企业公司，2001年，第xvi页。按：笔于1962年4月19日新加坡云海楼。

识，并亲承王个簃、诸闻韵、诸乐三等师长教诲，还是吴昌硕的再传弟子。他在绘画、题词、字体各方面都体现出很深的功力。①

黄葆芳于1938年南来马新，担任南洋美术专科学校教师，并加入中华美术研究会，而后定居于新加坡。黄氏是画家、工艺美术家、室内设计师，又是红学家。②他对《红楼梦》研究的造诣很深，为中国红学家所称许。③从姚楠的一段话中，足证黄葆芳对《红楼梦》研究的认真：

> 他(黄葆芳)不惜重金搜集版本，凡是《红楼梦》的各种版本以及有关《红楼梦》研究的各种图书刊物，他都要搜集，并托我代购，供阅读参考。所以他的学问是多方面的，说他多才多艺，应非过誉。④

黄葆芳自言，他从十二三岁即开始阅读洋纸石印的《绣像红楼梦》，数十年来对《红楼梦》的兴趣丝毫不退，也因着了迷，一听到有人非议《红楼梦》，即起反感，往往口头不慎而得罪了朋友。⑤

尽管热爱《红楼梦》，但黄葆芳论红的文字似乎不多，而且显得有点被动。1971年，他在《南洋商报》元旦特刊上发表了《大观园的布置》一文。著有《论大观园》的香港红学家宋淇读此文后，亦感心折，而说到“远在新加坡那样一个现代大都市都有黄葆芳这种人物，非但熟读《红楼梦》，而且能从新的角度探讨红学的关键问题，发前人所未发，则隐于市的藏龙卧虎当不知还有多少”⑥。

1973—1974年，黄葆芳再次发表《曹雪芹也是画家》这篇与美术有关

---

① 宋哲美:《中华美术研究会会长:黄葆芳先生》,《星马人物志》第一集,香港:东南亚研究所,1969年,第192～195页。按:黄葆芳的绘画及文章常见于各报刊,著有画集、文集。1958年,中华美术研究会主办的“黄葆芳设计室内布置展览”轰动马新,观众达4万余人。1964年始,黄葆芳任中华美术研究会会长,并开过数次画展。由于他对新加坡文化建设卓有成就,他于1978年荣获公共服务勋章。

② 马仑编著:《新马文坛人物扫描》,柔佛:书辉出版社,1991年,第137页。

③ 姚楠:《星云椰雨集》,新加坡:新加坡新闻与出版有限公司,1984年,第121～122页。

④ 姚楠:《星云椰雨集》,新加坡:新加坡新闻与出版有限公司,1984年,第122页。

⑤ 黄葆芳:《引玉集》,新加坡:新加坡新闻与出版有限公司,1983年,第151页。

⑥ 宋淇:《序》,黄葆芳编:《引玉集》,新加坡:新加坡新闻与出版有限公司,1983年,第iii页。

的文章。另外，他撰写了《〈红楼梦〉探春房中的对联》《曹雪芹笔下的颜联商榷》《红楼梦是“纸糊间架”吗?》几篇文章，主要是与年轻学人黄崇禧讨论《红楼梦》文学创作的关键问题，就黄崇禧《曹雪芹对于联源起疏忽抑不知》一文[①]提出自己的看法。此番对于《红楼梦》中艺术的讨论，亦得到田新亚《曹雪芹笔下的颜鲁公墨迹》的应和。[②]

1974年3月30日，黄葆芳出席新加坡国家图书馆主办的《红楼梦》专题演讲会后，就皮述民演讲中的“关于曹雪芹写《红楼梦》的动机，是为了表现他的诗才，想凭小说来流传他的诗词作品”这个论点提出意见，黄氏撰写了《红楼梦写作动机——就正于皮述民先生》发表于4月16日的《星洲日报》。在4月至6月间，他们相继写了《关于“雪芹以小说传诗”——敬覆黄葆芳先生》《红楼梦的写作动机问疑——再就正于皮述民先生》《对“雪芹以小说传诗”的补充意见》等文章。前三篇文章都曾刊登于新加坡《星洲日报》文化版[③]，最后一篇则纯属两人之间的通信，没有公开发表在报刊上。

黄氏认为《红楼梦》是“空前的伟大巨著，不知多少人读过百十遍，越看越好，成为百读不厌的奇书”[④]，正因为是部非常奥妙的奇书，所以不易深入研究。他不以红学家自许，认为自己对《红楼梦》的爱好和一般读者几乎没什么两样。[⑤] 黄葆芳虽不常撰文发表自己对《红楼梦》的看法，但却有疑必问，其学识渊博加上对《红楼梦》的喜爱和认知，往往一针见血地指出某研究的缺陷。黄氏论红的文章皆以报章作为平台，无疑拥有更广泛的读者，这种“谈论”不仅显现出良好的研究学术风气，亦能引起读者对问题的深思，进一步追看双方应对所取决的论据与论证方法。

---

① 黄崇禧:《曹雪芹对于联源起疏忽抑不知》,《星洲日报》1973年11月21日。

② 田新亚:《曹雪芹笔下的颜鲁公墨迹》,《星洲日报》1974年1月16日。

③ 皮述民:《红楼梦考论集》,台北:联经出版事业有限公司,1984年,第51～69页。按:《红楼梦写作动机——就正于皮述民先生》《关于“雪芹以小说传诗”——敬覆黄葆芳先生》与《红楼梦的写作动机问疑——再就正于皮述民先生》三文分别于1974年4月16日、1974年5月12日、1974年6月12日刊登于马来西亚《星洲日报》。

④ 黄葆芳:《引玉集》,新加坡:新加坡新闻与出版有限公司,1983年,第77页。

⑤ 黄葆芳:《引玉集》,新加坡:新加坡新闻与出版有限公司,1983年,第230页。

黄葆芳"除了美术、考古、鉴赏之外，兼治红学，偶然写几篇论《红楼梦》的文章，犹如'庖丁解牛，游刃有余'"①。即使不是专论《红楼梦》的文章，如:《碔砆不是蓝田玉　莫把冯京当马凉》这般论欣赏书画的文章中，亦带有"读《红楼梦》不单要从大处着眼，即零星细节、一言半语也不能轻易略过，不然，定会误入作者用意相反的歧途。……鉴赏书画，与《红楼梦》有共通之处，切忌粗心大意，也不能忽略细节，'囫囵吞枣'则'鲁鱼亥豕'莫辩、'碔砆美玉'难分"②类似的精辟言论，影响的不仅是马新红迷，更推及当地学人以及艺术家，引起大家对《红楼梦》与红学的兴趣与关注。

虚怀若谷的黄葆芳，虽没出书的念头，但经不起朋友一再地劝说和硬性催促，出版了文集。其《引玉集》便是这样的一个产物，文集使他零零碎碎发表于各报章中的部分文章得以永世流传，其中即包括9篇论红的文章，以及他与宋淇讨论红学问题的书信。黄葆芳论红文章的学术价值是不容置疑的，推动《红楼梦》在马新传播的同时，亦使新加坡红学取得海外红学家的认同，其《大观园的布置》③《大观园咏景（五首）》④《大观园模型图商榷》⑤等文皆被收入海外红楼梦研究书刊中。

(七)梅淑贞

梅淑贞，祖籍广东省台山县，1949年生于槟榔屿，在各报撰写专栏近50年，总字数超过200万字，产量丰富。1983年5月至1985年3月，她

---

① 宋淇:《序》，黄葆芳编《引玉集》，新加坡:新加坡新闻与出版有限公司，1983年，第iv页。

② 黄葆芳:《引玉集》，新加坡:新加坡新闻与出版有限公司，1983年，第107页。

③ 黄葆芳:《大观园的布置》，《海外红学论集》，上海:上海古籍出版社，1982年，第468～482页。

④ 黄葆芳:《大观园咏景(五首)》，《红楼梦学刊》1981年第3期。

⑤ 黄葆芳:《大观园模型图商榷》，《红楼梦研究集刊》第十辑，上海:上海古籍出版社，1983年，第434～440页。

曾任《蕉风》月刊执行编辑。[①] 她是一位受《红楼梦》影响极大的马华作家，散文中不时引用《红楼梦》经典人事物，阐发自己独特的见解，既用《红楼梦》解读人生，又用人生注解《红楼梦》。

张锦忠在《与梅淑贞"一起〈蕉风〉"的时光：兼谈其文》一文中清楚地说明梅淑贞的转变：

> 在美好的"老60年代"，她（梅淑贞）说，"那时候我比较积极，藏书里还没有《红楼梦》"，所以什么书都读。读了许多现代主义大家小说，包括她不怎么喜欢的乔哀思与卡夫卡。在那个华语语系现代主义盛行的年代，淑贞自己也写小说，也被归入"现代派作家"行列。[②]

梅淑贞那时在《蕉风》写"人间集"专栏（后来集结成散文集《人间集》，1985年由人间出版社出版），在《学报》的专栏则叫"梅庐集"。后来她多写《红楼梦》，兼及"《牡丹亭》、粤、越、昆、京这些古老戏曲"。不过到了1979年，淑贞"平日所看的小说除了《红楼梦》以外还是《红楼梦》"，看书的境界已臻"仅此一家，别无分店"了。于是梅庐主人下笔行文，言必称雪芹，也就不足为奇了。

《人间集》中有篇《人间问题》，说她读以萨·辛格的短篇《暮年的爱情》，"看了一遍又一遍，一遍比一遍新鲜，就像重看又重看《石头记》一般"。

例如她的"梅得食"专栏有篇《大观山日出》，明明是叙说爬林明山事，除了石头之外，应该没有芹溪居士可以插足的余地，然而文章题目却

---

① 张永修：《梅淑贞专号1　特许会计师的文学事业》，《南洋商报》2017年1月31日，http://www.enanyang.my/news/20170131/梅淑贞专号1br－特许会计师的文学事业/。按：梅淑贞1974年初毕业于拉曼学院商学系，考获英国特许会计师与特许秘书暨行政人员两个专业资格。自1975年起便在八打灵某集团担任公司秘书暨财务管理人。著有《梅诗集》(1972)、《湄公河》(与牧羚奴合译，1973)、《犀牛散文选》(6人合集，1976)、《人间集》(1985)，作品被收入《大马诗选》《马华当代小说选》《马华当代散文选》《马华新诗史读本》等，并曾于1983与1984年分别获得"大马华人文化协会"所颁发的小说奖与散文奖。在各报撰写专栏近50年，总字数超过200万字，产量丰富。

② 张锦忠：《与梅淑贞"一起〈蕉风〉"的时光：兼谈其文》，2017年1月31日，http://www.enanyang.my/news/20170131/与梅淑贞一起《蕉风》的时光br－兼谈其/。

摆明作者要这山观那园。只见该文末段峰回路转，借林明山的“武吉八楼辣妈”之名问道：“想出此名的人也不知曾否读过《红楼梦》？”

那当然是个修辞设问（rhetorical question）。淑贞其实旨在引领看官走向她的文字花园那条岔路，她的“又一村”是：“霍克斯将元春的绝句‘芳园应赐大观名’译成‘So "Prospect Garden" let its name be called’，大观园成了前景园，意思好像有点不一样。若译作 Panorama Garden，那会贴切些吧？”此段话貌似离题枝节，其实是在破题，也可见淑贞将她的“天下第一书”读到滚瓜烂熟后，走到哪里都见红楼。

张锦忠称“淑贞是天字第一号雪芹铁粉，对红书之熟，在马华文坛无人能出其右”。的确，自《人间集》开始，梅淑贞就已经将《红楼梦》渗透在其字里行间。1999 年至 2011 年，在《中国报》《南洋商报》《星洲日报》《联合早报》《联合晚报》上都能见到梅淑贞的红楼文字，除却散论或仅部分引用到《红楼梦》的文章，紧扣《红楼梦》主题的，如《谁是秦可卿》《越剧红楼梦的移花接木法》《谁才是海棠诗魁》《工笔下舞动的红楼梦》《名家谈禁书之〈金瓶梅〉与〈红楼梦〉　红花月下风月书》《黛玉“人参丸”、宝钗“冷香丸”　红楼养生秘方大热》之类的文章业已超过 50 篇。

陈慧文统计梅淑贞自 2004 年 3 月 28 日至 2005 年 4 月 10 日期间在《南洋商报》副刊撰写《红楼寻诗》系列专栏，就已达到 46 篇（几篇分几次刊登），其中新诗创作占了 11 篇，其余是评论。[①]

陈慧文认为梅淑贞《红楼寻诗》中的 11 首现代诗承袭了《红楼梦》题咏的脉络。诗以贾宝玉和金陵十二钗（缺巧姐和秦可卿）的视角书写，让读者从诗中所提到的特定场景、事件、人物动作、回目和其他关键词，去理解、知晓其诗所描写的是哪位红楼人物。而梅淑贞的评论主要针对的是《红楼梦》中的大量诗作。她的批评方法论倾向读者反应，这种批评方式也许是因为作者自身所设定的写作路子，以及为了照顾副刊读者，所以在

---

① 陈慧文:《〈红楼梦〉在当代马来西亚的传播》,复旦大学硕士学位论文,2010 年,第 17 页。

语言上、阐释方式上都带有一种趣味，并且以现代人的眼光去解读《红楼梦》。[①]

我们试看《红楼寻诗：肠断紫菱洲》一诗：

此便是众人眼中的我。
一名温柔沉默
可亲而平和纯洁
貌似全无杀伤力的侯门弱质
事实上本也如此
吟风弄月
以及那些诗酒唱酬
从来无须预留我的席位
即使随众应命
像贵妃姐姐省亲那次
我亦是含羞献丑
勉强题额塞责
就连猜灯谜如此的家常耍乐
亦一样忝陪末席
但这些顽笑小事
我丝毫不放在心上
尽管是失窃累金凤此等大案
都选择息事宁人
自以为救人急难
已是修福积德
交仇结怨
从不在我的盘算之内
我宁可以一本《太上感应篇》

① 陈慧文:《〈红楼梦〉在当代马来西亚的传播》,复旦大学硕士学位论文,2010年,第19页。

切断对这个纷乱世界的闻问
可怜我短促的一生
也是仅此一回
这个全书最软弱的一回
才名正言顺的担任了主角
但我的怕事退缩
含冤负辱
还远不如仗义执言的小小丫鬟那一句：
“将来连姑娘还要骗了去！”
竟也成了日后的谶言
还以为与人方便
便是为己消灾
岂知仍不由自主地
误坠狼口，任由揉搓
归宁紫菱洲那数夕日夜
已成了最后的魂萦之地
如今飘荡在九霄云外
仍然心怀悲戚：
那样与世无争的花颜月貌
为何还是如同蒲柳一般的收场？①

梅淑贞以第一人称，诉说红楼人物心声，懂《红楼梦》的自然能轻易看出是谁在倾诉，并从中洞悉梅氏对该人的理解和看法；初学者阅之能揣测人物、回忆情节，加深理解；未读过《红楼梦》的读者也能当抒情诗来赏析。这种形式的领读别有情趣，实受读者欢迎。

在此也节录《红楼寻诗：梅香的故事》来看看梅淑贞解读《红楼梦》的特色：

---

① 梅淑贞：《肠断紫菱洲》，《南洋商报》2004年11月21日。

有人已经做过研究，列出《红楼梦》的广东话，果然是确有其事。不过曹老师是北京旗人，不可能懂得粤语，只是这也证明我们这种南蛮语言，其实是历史悠久的古语。在书里，我亦发现好些福建词语，原因也与粤语同样，彼此皆为中国古语之故。所以我也相信"暖亲"是广东话，即使那是一厢情愿的误读。

继"锦罽暖亲猫"之后，黛玉还有另一句醒神的好句"沁梅香可嚼"，是何等的清新可喜。这句诗亦有典故，出自《花史》中记载宋代铁脚道人的和雪嚼梅故事。最不可思议的是，此起彼落的争联了这样新奇的长诗之后，由李纹和李绮这对姐妹花呈现的收尾句，竟然是十分反高潮的"欲志今朝乐，凭诗祝舜尧"！即使两帝都是英明神武的天子，他俩与这场年轻诗人的诗战，又能扯上什么关系？想到曹老师向来都是剑不虚拔，难道他还有不说之意不成？

不管怎样，经过一番长篇大论的盘诗大战之后，众人（其实是爱诗的作者本人）尚有余裕，一口气又交上 4 首咏梅诗。不过这次却改变游戏规则，由 4 名联得少的人作诗补偿。李纹与李绮两人总是联手出击，也不见得孰强孰弱，但偏偏李纨就说"绮儿也不大会做"，硬硬把差使推给先前有份抢联诗的宝琴，是相当出乎意料的安排。这不会是无心的孔融让梨吧？

邢岫烟与李纹虽然少开金口，但两人的吟诗速度却奇快，宝玉刚从妙玉的栊翠庵乞得一枝两尺来高的红梅回来，她们便可立即交稿。根据"红梅花"3 字之序，首先看的是岫烟所作：

桃未芳菲杏未红，冲寒先已笑东风。

魂飞庾岭春难辨，霞隔罗浮梦未通。

绿萼添妆融宝炬，缟仙扶醉跨残虹。

看来岂是寻常色，浓淡由他冰雪中。

这首诗有几处奇怪的地方，其中之一便是所提到的两座山名，都与广东有关——庾岭在江西和广东的交界处，而罗浮山更属广东名山，两山都盛产梅花，庾岭还有"梅岭"的别名。世上曾出现过多少名"罗浮山人"我不知道,但在廿多年前槟城倒有一个,单看道号便知是位算命先生。若论最早的"罗浮山人",必是隋代的赵师雄,与他醉卧的美女,原来是梅花之神,此也是"霞隔罗浮梦未通"的典故。这些漂亮的小少女一个个都不简单,好像不费吹灰之力便能引经据典写入诗中。[①]

梅淑贞对《红楼梦》的诠释,符合本地的语言风格,读起来比较轻松有趣,也倍感亲切。由于不是考证论文,此类文章无须反复论证,多说的是个人的感悟和看法,言普通读者所不能言。她凭着丰富的文学知识和对《红楼梦》的熟悉,想普通读者所想不到,点出其中的要点。同时也多用联想力与身边的事物挂钩,让读者从陌生的中国场景联系到本地的情况,一篇文章读下来不至于全然不懂,也不尽然全懂,适合普通读者反复回味。

(八)其他报章上活跃的作家

针对整体影响力较大的红学家,我们已在前文论述了他们在推动《红楼梦》传播的贡献。这里我们简单地介绍其他活跃作家,及其所写部分论红作品:

梁山(1912—1987)出生于新加坡,在 20 世纪 30 年代已是马新文坛上打笔战的猛将,当时的作品主要是杂文和评论。[②] 他于 1974—1979 年,在《星洲日报》发表了《呆霸王逢泼妇》《关于阿凤二三事》《红楼梦拾零》《巧夺天工的大观园》《红楼梦对清代的影响》《曹雪芹的故居及其佚著》《脂砚与端砚》等 21 篇文章。

许树华,1974 年毕业于南洋大学(以下简称"南大")中文系,1976—1978 年在《南洋商报》与《星洲日报》发表了《女儿是水做的骨肉》《曹雪芹笔下的法家典型——秦可卿》《红楼梦的性爱理论》《林黛玉与妒妇方》《贾宝玉不做和尚论》等 14 篇文章。

---

① 梅淑贞:《梅香的故事》,《南洋商报》2004 年 11 月 28 日。

② 马仑编著:《新马文坛人物扫描》,柔佛:书辉出版社,1991 年,第 199 页。按:梁山,原名梁志生,祖籍广东顺德,1912 年 2 月 17 日出生于新加坡,卒于 1987 年 5 月 28 日。他曾任新加坡南顺学校校长多年,先后用过的笔名有 C 君、梨涡、阿生、梁天、柴也鲁等。

永乐多斯，马华作家[①]，1978—1979 年在《南洋商报》发表了《平儿：一个惹人喜爱的人物》《我看贾宝玉》《忠心耿耿的紫鹃》《遁入空门的芳官》《不得善终的赵姨娘》《欲洁不洁的妙玉》和《袭人的再醮》等文 7 篇。这些文章皆收录于《永乐随笔》[②]，此外，《永乐随笔》中还多了《晴雯之死》《大智若愚的刘姥姥》二文。

四、报章是《红楼梦》研究的催生地

据我们所搜集的资料统计，从 1894 年至 2018 年，各方刊登的研红文章有 917 篇[③]，其中既有本地的稿件，亦有转载自中国报章的文章。作者群则约有 377 个笔名，因本地作者多用笔名，因此部分作家的真实身份难考。

马、新地区许多作为历史坐标的报章，例如《叻报》《星报》《南洋商报》和《星洲日报》等，皆创刊于新加坡，分销到马新各地。在马新分治之后、合并再分离等政治变化期间，以新加坡为基地的报章从到大马设厂印刷，到逐步建立自己的采编、生产、印刷和发行系统，再到与新加坡同名报社一分为二，经历了一个资本本地化的过程。

刊登在报章上的《红楼梦》文章，其流传的广泛性自然可从报纸销售量中窥知一二。二战后复刊以后，《南洋商报》的日销量从 1946 年 44000 份，到 1951 年约达 50000 份，再到 1960 年约达 60000 份，于 1979 年更增至 90000 份，星期刊更销达 117000 多份[④]；《星洲日报》的日销量从 1946

① 叶啸：《当代马华作家百人传》，马来西亚华文作家协会，2006 年，第 438 页。按：永乐，原名永乐多斯。祖籍新疆，1950 年 5 月 16 日生于台湾，1975 年嫁来马来西亚。她先后在《南洋商报》和《中国报》写专栏，80 年代末期，产量较丰。曾任玛拉大学讲师、大马华文作家协会理事兼福利主任，现任永乐教室院长、拉曼大学兼任助理教授，曾获台湾中兴文艺奖章。

② 永乐多斯：《永乐随笔》，雪兰莪：铁山泥出版有限公司，1985 年，第 77～101 页。

③ 此数据乃笔者从各报章、书目记录、资料库及作家文集中搜集整理，数量与实际存在的文章肯定有差距。报章资料主要源自《南洋商报》和《星洲日报》；期刊方面则主要源自《蕉风》，其中亦掺杂部分其他的本地报章和期刊；文集中提及发表于报章或期刊，但出版物和日期不详者（笔者无法证实的文章），一概不收入统计。在此，笔者以个人目前所能搜集到的资料来做分析，由于各时段能得到材料的渠道各异，因此不免有所偏差，这方面还望日后有志于此方面研究的学人补充和更正。

④ 崔贵强：《新加坡华文报刊与报人》，新加坡：海天文化企业私人有限公司，1993 年，第 160～161 页。按：《南洋商报》在 1923 年创立，战后于 1945 年 9 月 8 日复刊。

年的 35000 份，于 1960 年增至 55000 份，嗣后亦逐步增加，足以与《南洋商报》相媲美。[①]

然而，在谈及马新报章传播之时，马新报业史是我们必须先了解的，因为这涉及了不同时段，各报章传播的范围及对两国受众所产生的影响。处于各报业本土化转变之际，部分文章的传播可能仅限于某国。

即如 1962 年，《南洋商报》分别在新加坡与吉隆坡两地出版，原吉隆坡办事处发展成一家完整的报馆；1975 年，马新《南洋商报》正式分家，改组后的马来西亚《南洋商报》由马来西亚公民所控制，新加坡《南洋商报》注册为公共公司，被称为“南洋商报社新加坡有限公司”。1966 年 7 月 7 日，《星洲日报》在吉隆坡八打灵再也兴建的印刷厂开幕，整份报纸从新加坡电传到吉隆坡印刷厂印刷，开始在马新两地印刷出版；1975 年 7 月 1 日，《星洲日报》遵照 1974 年实施的《报章与印刷馆法令》，改组为星洲日报（新加坡）有限公司，从原有的星系报业有限公司接管所有和出版《星洲日报》有关的报章业务等，以及两国各报章间有关联的关键事件。

作为整体论述，我们虽然没有细分哪篇文章主要流传于马来西亚还是新加坡，但还是得有个概念，以 1975 年作为一个分水岭。因为在转变期后，马新两国报章资讯传播，以及文学文艺活动通讯方面更能明显区分开来。

五、《红楼梦》研究在期刊、学刊中成熟

除了副刊以外，文艺期刊亦是《红楼梦》研究传播的重要渠道。进入 20 世纪 50 年代，马新华文期刊迎来了空前繁荣的时期，姚紫主编《文艺行列》，《星洲日报》推出《星洲周刊》，《南洋商报》推出《南洋月报》，

---

① 崔贵强：《新加坡华文报刊与报人》，新加坡：海天文化企业私人有限公司，1993 年，第 163～164 页。按：《星洲日报》在 1929 年创立，战后于 1945 年 9 月 8 日复刊，当时基于条件不足，是以《星洲日报/总汇报联合版》问世，翌年 6 月，《星洲日报》和《总汇报》再度分别刊印，1946 年日销量达 35000 份。随着 1965 年马新分家，《星洲日报》也在马新自立门户。1966 年，《星洲日报》在吉隆坡八打灵设立新厂，成立编辑部、校对部、排字部于清样室，自成一家。

此外还有《世界少年》《世界儿童》《生活文丛》《人间》《蕉风月刊》等。当时南大学生的出版物亦给50年代的期刊出版锦上添花。60年代的华文期刊在1966年之前基本上延续50年代的路线，影响较大的还有《石叻周报》《新社文艺》《新诗月报》等，文艺刊物《猎户》的出现，亦给文坛带来一股新风。

从70年代到80年代，新加坡的语文环境有较大的变化，文风趋于疲弱，华文期刊市场萎缩。此期间的《奔流》《知识天地》《笔端》《赤道诗刊》《乡城文艺》《蜗牛》《同温层》都是有影响力的期刊。新加坡大学中文学会先后出版了《激风》《绿洲》，南大中国语文学会出版了《新生》，新加坡工艺学院中文协会推出了《新时代》，基本上维持了70年代初到中期的盛况。进入80年代后半期，华文期刊告别了辉煌和灿烂，但是，仍有《赤道风》《海峡诗刊》《热带文艺》《天空》等期刊坚强地发出微弱的声音。

由于马新文艺期刊繁多，创办的时间不一。在此，我们主要依据文艺期刊《蕉风》，并加入一些零散的资料，如《文风》《星洲周刊》《班苔学报》《学报半月刊》《文道》等期刊中的研红文章来统计。学刊方面则以《新加坡国立大学中文系学报》、《南大语言文化学报》、红学发表重地《红楼梦学刊》、《曹雪芹研究》等学术期刊作为搜集资料的主要刊物。由于个人能力与时间有限，只能根据不完全的统计，将目前所整理出来的114篇（1957—2017）文章做基础的统计和分析。

20世纪50—60年代期刊有51篇文章，文章撰写者中海外和本土的作家参半。海外作家有潘重规、俞冬、刘蔼如、方步瀛等，本土的有依藤、方修等，用笔名难考真正身份者则有海客、黄波澜、宁、郑奔、黄永泉等人。其中最活跃的乃是依藤，他同时也以南岛居士作为笔名，发表了40篇论红楼人物的文章，方修则署名任辛，发表了4篇文章。余者仅见一两篇作品。

研红文章主要发表在《蕉风》。《蕉风》被视为马华文坛的常青树，是马新众多期刊中最长寿且深具影响力的。《蕉风》于1955年11月在新加坡创刊，后于1958年搬至吉隆坡八打灵出版。1959—1961年，每期销量约有4000份；1962—1967年，销量保持于每期约1800份[①]；70年代初开始，销量则越来越不理想了。[②] 无论如何，《蕉风》在马华文艺陷于低潮的60年代及70年代初，发挥了很大的作用，培养出不少马华文坛的作家[③]。

《蕉风》在本地出版，亦以本地读者、作者为对象，既为本地读者接收外国的文学讯息，也将马华文学介绍到外国去[④]。潘重规《胡适红楼梦考证质疑》、依藤署名"南岛居士"和"依藤"从150期开始的《论妙玉》直到201期《论兴儿》的一系列红楼人物论、刘蔼如《林语堂论红楼梦》皆发表于《蕉风》，用《蕉风》所收录的研究文章来探讨《红楼梦》传播与接受可说是最适合不过的了。

20世纪70—80年代有23篇。除个别海外学者，如翁同文、周策纵外，作者群主要是马新作家与学人，有张健、子凡、梅淑贞、黄葆芳、岸沙、陈广才、郝毅民、流提夕、胡雨、黄凤妮、陆秀玲、杨洁思、萨洛哲、刘侠、王润华、刘宝珍（淡莹）、杨逋、周建渝、黄润岳、皮述民等人。

《蕉风》仍是发表《红楼梦》文章的活跃平台，可见文章有黄花燕《红楼梦的文学理论与批评》、子凡《石头记》、梅淑贞《红楼梦里的道白》、杨逋《看宝、黛、钗三人的结局》、黄润岳《连续集、日历牌和大观园》。《蕉风》所选刊的《红楼梦》研究文章内容范围涵盖面广阔，有助于引起读者对《红楼梦》研究的兴趣，更深入理解或阅读《红楼梦》。很明显的，在《红楼梦》研究方面，本土作家更倾向于文本研究，即是针对《红楼梦》中的人物和情节，抑或是其写作技巧，做出论述。

《文道》则收录了陈广才的《喜见红楼新校本：中国艺术研究院校注本》，黄凤妮、陆秀玲、杨洁思等的《访红楼梦研习班谈心得》。

此时，各大学学刊的创办让学者们有了更合适的平台去发表学术论文。翁同文的《红楼梦研究与文物鉴别》发表于新加坡南洋大学学报《文

① 姚拓：《雪泥鸿爪：姚拓说自己》，吉隆坡：红蜻蜓出版有限公司，2005年，第570～571页。

② 李锦宗编著：《马华文学大系(史料)》，柔佛：彩虹出版公司，2004年，第213页。

③ 李锦宗编著：《马华文学大系(史料)》，柔佛：彩虹出版公司，2004年，第210页。

④ 江洺辉编著：《马华文学的新解读》，吉隆坡：马来西亚留台联总，1999年，第79页。

物汇刊》；皮述民的《“秦可卿淫丧天香楼”史事探源》、周策纵的《〈石头记〉还是〈红楼梦〉——主题试探（1987 年 10 月 14 日在新加坡国立大学的演讲词）》发表于新加坡国立大学学报《学丛》；黄葆芳的《大观园咏景（五首）》发表于中国的《红楼梦学刊》。

20 世纪 90 年代至今的文章有 40 篇。作者有迈克、卓涟、梁竞西、皮述民、卓鸿泽、王润华、于锼、徐继慧、黄兰花、萧驰、周建渝、翠园、潘承玉、黄国彬、孙彦庄、曾维龙、陈广才、潘碧华、梅淑贞、许文荣、南楠、邱苑妮等。

其中，《蕉风》收录的文章有迈克《桃红柳绿待如何》，翠园的《北京的大观园：翠园专辑》；《文道》有卓涟的《堪怜红楼薄命女——论“原应叹息”的贾家四艳》，卓鸿泽的《别恨离愁总因情——清代小说红楼梦的初步阐释》《红思偶札四则》《来自情天，去自情地——再谈曹雪芹欲传之“情”》。

此时马新学者发表于《红楼梦学刊》的学术文章明显增加了，有梁竞西的《1990—2000 年〈红楼梦〉研究论主目录联想与补遗》《论〈葬花吟〉〈姽婳词〉和〈芙蓉女儿诔〉的意蕴和作用》《论〈红楼梦〉中林黛玉的诗词》《1990—2000 年〈红楼梦〉研究论著目录联想与补遗》，皮述民的《苏州李府与红楼梦的关系》，卓鸿泽的《刘梦溪新著〈红学〉读后》《“燕市哭歌悲遇合”异说》，王润华的《〈红楼梦〉中的现代诗》，黄兰花的《读〈红楼解梦〉：致〈红楼梦学刊〉红楼梦》，周建渝的《怀念我的导师蒋和森先生》，孙彦庄的《〈红楼梦〉研究在马来西亚》，陈广才的《马来西亚红学研究的展望》，潘碧华的《以诗为文：论〈红楼梦〉的诗性特质》，王润华的《周策纵的曹红学：文化研究新典范》，许文荣的《从〈红楼梦〉的书写策略论刘姥姥角色的微妙性》等文。

正如李根亮所言，《红楼梦》的一般受众应该说是其读者群中的绝大多数，由于其阅读行为的自娱性、休闲性，他们的接受动机便具有更多的主观性或随意性，甚至于缺乏客观和公正。一般受众在阅读《红楼梦》的过程中经常从个人的生活体验、从个人的艺术爱好和思想道德立场对作品评头论足，他们不像特殊受众那样关心“作品的深层意义是什么”，他们只关注作品中的一些浅层次问题，他们更愿意去谈论作品对个人生活的意义或者某种抽象的道德伦理意义。[①]

简单地说，一般受众就是普通读者，特殊受众就是文艺工作者或是红学研究者。通过报章副刊，各种《红楼梦》研究的独特见解与思维方能与这最大的受众群体普通读者进行交流，从而启发大众的思考，引起赞同或非议，进而延续下一波传播活动。期刊的读者则对文艺多了股热忱和兴趣，介于普通读者与特殊读者之间，借着期刊媒介，他们不仅可以吸收更多的红学知识，同时亦有机会发表其对《红楼梦》阅读心得，甚至红学研究成果。

报章和期刊的传播方式，有广泛的受众，能在当代激起热烈的回响和传播效应。对于其刊登的《红楼梦》研究文章而论，传播范围虽广，但却零散不系统，因此传播时限不持久，难以流传至新一代读者。

第二节　大学机制下产生的《红楼梦》研究

马来亚大学是马新本地最早的高等学府，属国立大学，成立于 1949 年，坐落在新加坡，其中文系则创办于 1953 年。[②] 1962 年，马来亚大学一分为二，分为位于吉隆坡的马来亚大学和位于新加坡的新加坡大学。然而欲进入国立大学中文系就读，须符合种种条件，英文也必须考获剑桥考试优等成绩[③]，因此大部分华校生只能望洋兴叹。

为解决华校生深造的困境[④]，民办的南洋大学（南大）在华社的极力争

---

① 李根亮：《论〈红楼梦〉受众的接受动机和行为特点》，《红楼梦学刊》2004 年第 3 期。

② 许云樵：《南洋华侨与大学教育》，《南洋学报》1953 年第 3 期。按：马来亚大学前身是有 44 年历史的爱德华医学院和有 21 年历史的莱佛士学院。

③ 许云樵：《南洋华侨与大学教育》，《南洋学报》1953 年第 3 期。

④ 郑良树：《马来西亚华文教育发展史》第三分册，吉隆坡：马来西亚华校教师会总会（教总），2001 年，第 217 页。

取下于 1956 年正式开学[①]，其地点亦在新加坡。

在 20 世纪 50 年代，马来亚大学与南洋大学是仅有的大学院校，其中文系奠定了汉学研究在马新发展的基础。各个中文系创立初期，主要仰赖外国学者的协助，中文系主任和师资皆是来自英国、德国和中国港台等国家和地区的著名学者。最先创立的马来亚大学中文系所设科目包括中国文字学、作文及翻译、中国文学史、经学、国学概论、中国通史及中国哲学等。[②]

南大中文系则有中国文字学、中国声韵学与训诂学、中国语言学与文字学专题、中华历代文选、中国文学史、比较文学与中国文学批评、中国小说与戏剧、中国新文学与马新华文文学、中国文学专题、中国目录学与校雠学、《诗经》与《楚辞》、中国诗词、中国哲学史、道家与法家思想、《论语》与孟子、中国哲学专题等课程。从马大和南大开办的课程中看，“中国文学史”或可能稍微提及《红楼梦》，而真正与《红楼梦》较为相关的课程仅有南大开办的“中国小说与戏剧”。

据统计，南大中国语言文学系第一届（1959/1960）毕业生有 88 人[③]，直到第十八届（1976/1977）毕业生人数已达到 1181 人[④]。而在新大修读中文系的学生则在 1974 年以后才逐渐增加。[⑤]

马来西亚方面，第一届（1965/1966）的马大中文系毕业生有 21 人，

① 郑良树：《马来西亚华文教育发展简史》，柔佛：南方学院出版社，2005 年，第 133～134 页。按：南洋大学的创立有极重大的意义。其一，马新华社有属于自己完整的华文教育体系；其二，南大虽属马新，但秉着源自传统文化的南大精神，南大成为中华文化的传播站，是南洋群岛众多华族社群寄托中华文化情怀的一所高等学府；其三，其设立体现了全民的力量和决心。

② 许云樵：《南洋华侨与大学教育》，《南洋学报》1953 年第 3 期。

③ 刘森发、潘先钦编著：《南大第一届中文系纪念文集》，新加坡：南大第一届中文系，1999 年，第 53 页。

④ 南洋大学第廿一届毕业生年刊执行编委会编著：《南洋大学第廿一届毕业生年刊》，新加坡：南洋大学辅导处，1980 年，第 180～243 页。

⑤ 李业霖编著：《南洋大学走过的历史道路》，雪兰莪：马来亚南洋大学校友会，2002 年，第 567 页。按：《李光耀给陈共存的覆函》中曾写道：“1970 年代后期，在新大和联合校园攻读中国语言和文学的学生，要比在南大的多。我附上一个表格，说明在新大和联合校园学生人数逐渐增加的情形。1974 年，第一年的学生人数是 16 名，1977 年增加到 43 名，1978 年（联合校园的第一年）的学生人数是 119 名，1979 年增加到 175 名。目前，新大和联合校园攻读中文系的学生比南大多。”

至1979年的毕业生共有312位。[①] 可以肯定的是，南大中文系当时在马新华文高等教育中起着主导作用，是20世纪50—70年代收生最多、影响最大的单位。

一、南洋大学与新加坡义安学院

最初，南大的“中国小说与戏剧”课程是《红楼梦》传播散发辐射的主要中心点。然而，这里仅以中文系学生的数量来计算其传播范围乃最保守的估计，亦略低估了南大在《红楼梦》传播领域所起到的作用。

正如南大第一届政经系毕业生王如明有言：

> 1958年我进入了南洋大学……海外漂泊的优秀知识分子如张天泽、潘重规、佘雪曼、凌淑华、余协中、周培智等人加入南洋大学文学院阵容，我又从他们的教导汲取民族文化的精华。
>
> 上至殷商春秋战国、唐代盛世，到宋、元、明、清，每个朝代的盛衰，人物风采，各派学说，各朝文采，孔孟老庄、屈原、秦始皇、楚霸王、司马迁、岳飞、文天祥、康熙、孙中山，数不尽风流人物，至今还活在我们的心中。《诗经》、《四书》、《史记》、唐诗宋词、《三国演义》、《红楼梦》《水浒传》、《西游记》，至今我们还能够引证传诵。[②]

可见南大办校初期，全校学生都是深受中文教育的熏陶，对中华文化的热忱与执着乃充斥着整个校园，而并非仅局限于中文系。再者，南大自开办到设定宗旨，皆可见其涵盖面是整个南洋的华族社群，因此可称为东南亚中华文化的传播站。[③]

南大与《红楼梦》的“缘分”得从南大首任校长林语堂说起。林语堂

---

① 《马来亚大学中文系一九八〇/一九八一年度毕业纪念刊》，1981年，第4页。

② 王如明：《我们与中华文化的情结》，《南大资讯》2006年第17期。按：王如明是南大第一届政经系毕业生，曾在报界服务，现任银行董事，曾主编《陈六使百年诞纪念文集》与《呵这五十年——南洋大学创办五十周年纪念(1955—2005)》。

③ 郑良树：《马来西亚华文教育发展简史》，柔佛：南方学院出版社，2005年，第186页。

是在1954年10月到达新加坡，当他履任校长时，南大还没有正式开课，等到南大的大学先修班在1955年6月15日预先开课，已经是林语堂在该年4月离职以后的事，而南大真正招进的大学生，是在1956年3月开学。也即是说，林语堂在新加坡南洋大学是带了一批教职员，当了半年左右的校长和教授，还没见到任何学生就离开了。① 而他在离开新加坡之时留下了一句“余将永远不忘新加坡”。在林语堂个人历史中，他从出掌南洋大学校长到离任的事迹，一直是个争议课题，也造成他本人在南洋华人历史上，经常被一些文字赋予负面形象。②

饶有趣味的是，在这“风刀霜剑严相逼”的时期，林语堂却在新加坡将“黛玉葬花”一章翻译完，初成《红楼梦》英文译稿。林语堂是当时被记者询及离开新加坡以后的计划时，如此回应：

> (我)将致力写作，聊尽厥职。抑亦平生夙愿也，每读《红楼梦》辄有编成英语，传诸欧美，使我国女艺杰构能流播海外之念，故近数年间，稍有余暇，便从事翻译此书，大部分已竣工，只余黛玉葬花一章，认为有特殊价值，窃拟待一个适当心情，然后处理，不图竟于客星期间，予以草成，亦可为了一心事。全书虽已译完，但属初稿，尚待覆校修正，故复印之期未能决定云。③

林语堂曾借鉴《红楼梦》创作出英文长篇小说《京华烟云》(*A Moment in Peking*，1939年8月完稿)，中译本于1940年在上海出版，使他获得小说家的称号。

1954年10月2日，林语堂飞抵新加坡上任南洋大学校长，1955年4月6日辞职，17日乘飞机离开新加坡。闻名世界的“幽默大师”瞬间成了

---

① 王琛发：《林语堂的南洋大学恩怨：活在理想与政治纠缠之间》，《闽台文化研究》2015年第3期。

② 王琛发：《林语堂的南洋大学恩怨：活在理想与政治纠缠之间》，《闽台文化研究》2015年第3期。

③ 《林语堂昨日乘荷机飞法 将永远不忘新加坡 今后将致力写作完成〈红楼梦〉英译本 在星期间曾抽暇草就黛玉葬花一章》，《南洋商报》1955年4月18日。

“影子校长”，林语堂建立“亚洲东南第一学府”的梦也随即破灭，却留下了众人褒贬不一。

20世纪50年代，《红楼梦》在马新华社知识分子中广泛传播，并刮起一股红学旋风，正起源于到南洋大学来任教的潘重规。潘氏在南大主要教授中国经学、小学、红学、敦煌学。[①] 作为南大教授，南大校园是其《红楼梦》教学主要的传播区域。

南大毕业生梁丁尧说道：

> 回忆旧南大开办时，中文系是热门科目，修读的学生众多。除了当时学生热爱华文的趋势之外，初期的中文系同学都非常仰慕著名的系主任和教授如佘雪曼教授、潘重规教授、涂公遂教授……尤其是潘教授更是红学专家，他曾试图推翻胡适30年的定论，引发世纪以来最大的一场《红楼梦》论战，轰动文坛。[②]

梁同学于2003年回忆当年时如是说，可见尽管历时近半个世纪，潘重规当年在马新引起的《红楼梦》论战仍让人印象深刻。潘氏挑起的战火虽是针对中国大陆红学主流考证学说，却也使马新文艺界烽烟四起。

潘重规对《红楼梦》研究的见解第一次与马新华人“见面”是于1956年11月20日，他在南大文学院礼堂为南大中文系同学所做的专题演讲《民族血泪铸成的红楼梦》。[③] 这一篇演讲记录刊出以后，引发了马华一些爱好古典文学人士及文艺工作者的注意，他们对此问题展开了热烈的讨论。一些本地作者不认同潘氏那种继承蔡元培等猜谜派的研究方法，以及认为“《红楼梦》是一部反清复明的小说”的见解，因此纷纷撰文批评，

---

① 祖保泉：《潘重规年表》，《安徽师范大学学报》(人文社会科学版)2007年第3期。

② 陈嘉庚国际学会学术小组编著：《南大精神》，新加坡：八方文化企业公司、陈嘉庚国际学会，2003年，第111页。

③ 潘重规：《红学论集序》，《红学六十年》，台北：三民书局，1991年，第7页。按：1951年5月21日，潘重规在台湾大学做的学术演讲《民族血泪铸成的红楼梦》是他第一次向外表达他对《红楼梦》这番独特的见解。潘氏认为《红楼梦》原作者不是曹雪芹，全书不是曹雪芹的自叙传，后四十回也不是高鹗伪作。这是胡适考证《红楼梦》30年后，第一次有人否定他全部的学说。

有的指出这是曹雪芹一部自传性质的创作，有的进一步说明《红楼梦》的反对封建伦理、封建礼教的思想，以及反映封建社会没落过程的意义[①]，如依藤的《关于红楼梦是反清复明小说的商榷》、沈阳的《红楼梦主题表现了什么》和任辛的《关于红楼梦的研究》等论文。欧阳攀龙认为这些论文“从各个不同的角度，批判潘重规教授对《红楼梦》的错误认识。为读者提供了一定程度上的有益见解”[②]。

接着，1957 年 11 月 15 日，潘重规在《南洋商报》发表了《红楼梦新解》一文。在这篇文章中，潘氏找出更多的“证据”反复申述他的“反清复明说”，声称用隐语拆字的方法去探求《红楼梦》的意义，并非穿凿附会与笨猜谜，认为这种“文字上的隐藏艺术”，正是清初反抗异族志士的秘密活动工具，接着更直截了当地否定了曹雪芹是《红楼梦》的作者。[③] 对此，方修认为潘氏这篇文章算是当时批评者的“间接答辩”而有感“大家对于《红楼梦》问题的见解是距离得更远了”[④]。

1958 年 2 月 9 日，潘重规应吉隆坡尊孔中学校友会的邀请，在尊孔中学礼堂作《红楼梦与曹雪芹》的演讲，再度论述《红楼梦》的主题思想是“反清复明”，以及《红楼梦》作者不是曹雪芹的观点[⑤]。同年，潘重规为雪兰莪高师同学会演讲之暇，又应吉隆坡爱好文学人士的盛情要求，演讲了《红楼梦与曹雪芹的新资料》。欧阳攀龙谈及这次演讲所谈的内容时，评论道：

> 基本上与《民族血泪铸成的红楼梦》和《红楼梦新解》并没有两样，只是简短一些罢了。潘教授所谓“新资料”的发现，在整篇演讲词中，只有这样的话：“今年四五月间，找到了有关红学的新材料，这就是今年正

---

① 方修：《新马文学史论集》，香港：三联书店香港分店、新加坡：新加坡文学书屋，1986 年，第 92 页。欧阳攀龙：《短书集》，香港：群岛出版社，1962 年，第 43 页。

② 欧阳攀龙：《短书集》，香港：群岛出版社，1962 年，第 43～44 页。

③ 欧阳攀龙：《短书集》，香港：群岛出版社，1962 年，第 44 页。

④ 方修：《新马文学史论集》，香港：三联书店香港分店、新加坡：新加坡文学书屋，1986 年，第 92 页。

⑤ 观止：《文艺界五年》，香港：群岛出版社，1961 年，第 44 页。

月出版的吴恩裕所著《有关曹雪芹八种》。作者吴恩裕目前还在北京。看过这部新资料之后，不但不能证明《红楼梦》是曹雪芹所著，反而证明了《红楼梦》并非曹雪芹的作品。"以他人所发现的资料，全盘作为自己发现的资料看待，是否恰当，暂且不说；但要否定他人的学术见解，也要提出具体的理由。如果只是一笔的抹煞便算了事，这是对待学术的扼杀作风。[①]

此类演讲当年分别在吉隆坡尊孔中学和新加坡南洋大学等地发表了共三次[②]。因此又受到马新一些作者的批评，有人指出潘氏研究《红楼梦》方法的错误，有人则提出曹雪芹写《红楼梦》的大批证据来，作家谢冰莹也"不客气"（方修语）地纠正潘氏的论调，说《红楼梦》确实是曹雪芹所做的。[③] 依藤的《我亦一谈〈红楼梦〉与曹雪芹》和观止（方修）的《〈红楼梦〉的作者问题》便是针对着潘氏这一阶段的论点加以批判[④]。

方修对这时期的论战做出评述时指出："潘教授却不理会这许多，月前又在《蕉风》和《大学论坛》各刊物发表大作，重申旧说，坚持己见；真有点'艳情人自说红楼'的高致。"[⑤]亦正如潘重规自言："明知全世界人士认定《红楼梦》作者是曹雪芹，而个人独持异议，自然很难得人同意，但满腹的疑团，又不能不一吐为快。"[⑥]各执己见的红学研究者之间所产生的火花，足以吸住马新众读者的目光，成为一时的焦点。

潘重规每次演讲后，都应朋友与编辑的要求，将其发表的言论撰写成文章，并刊登于新加坡、中国香港、中国台湾各报章杂志。这些文章于1959年结集成《红楼梦新解》，由新加坡青年书局出版。对于潘重规索隐式的《红楼梦新解》，刘梦溪认为"并不比以前的诸家索隐有多少前进，而且是以单篇文章的形式出现的，不能算作索隐方法的系统撰述。但潘氏持

① 欧阳攀龙:《短书集》,香港:群岛出版社,1962年,第45～46页。
② 观止:《文艺界五年》,香港:群岛出版社,1961年,第43页。
③ 观止:《文艺界五年》,香港:群岛出版社,1961年,第43页。
④ 欧阳攀龙:《短书集》,香港:群岛出版社,1962年,第44页。
⑤ 观止:《文艺界五年》,香港:群岛出版社,1961年,第43～44页。
⑥ 潘重规:《红楼梦新解》,新加坡:青年书局,1959年,第1页。

论甚坚，在论证宝玉的帝王身份方面颇具说服力。而且，潘重规研究《红楼梦》，不是只采用索隐一种方法，在考证和小说批评方面也多有发挥”①。刘氏更一针见血地指出，“这都算不得什么新鲜见解，只不过在考证派红学占优势的情况下，索隐派几乎销声匿迹，又重提旧案，在不甚了解《红楼梦》研究历史的读者群中，仍不失某种新鲜感”②。

很明显地，“新鲜感”确实能强烈地刺激读者的阅读神经，给予读者极大的满足，同时也是促进传播的一个极重要元素。索隐红学尽管备受争议，却拥有广大的阅读群众，每次出现都会不胫而走、长盛不衰的事实正印证了这一点。对于这种阅读现象，陈维昭进行了深入的剖析，并表示“对于索隐红学、探佚红学，我们更应该关注它的接受问题”③。

从马新的情况来分析，我们清楚得知，潘氏的“独持异议”虽受到马新文艺工作者不断批评，但他本人却一而再，再而三地被邀请到各学府去演说，进而引发马新的红学热潮，导致许多红学文章陆陆续续出现在文学专刊与报章副刊上。传播区域从南大扩展至其他团体学校，进而感染了整个马新文艺界。方修的《红楼梦简说》亦是在此背景下产生的。④因此，陈广才将潘重规视为《红楼梦》传播引路人是不无道理的。⑤

自1962年潘重规由新加坡回中国香港以后⑥，南大的《红楼梦》研究沉寂了一段时间。直到皮述民的到来，红学又开始在南大校园内发展起

---

① 刘梦溪：《红楼梦与百年中国》，北京：中央编译出版社，2005年，第195页。

② 刘梦溪：《红楼梦与百年中国》，北京：中央编译出版社，2005年，第194～195页。

③ 陈维昭：《索隐红学、探佚红学与文学创作》，张丽珍、潘碧华编：《红楼梦与国际汉学》，吉隆坡：马来亚大学中文系、马来亚大学中文系毕业生协会，2009年，第208页。

④ 任辛：《红楼梦简说》，新加坡：青年书局，1960年，第211～212页。按：方修在《红楼梦简说》后记中提及他撰写这些文章并不是旨在提出什么创见或新发现，而是因为当时马新当地的报刊上经常出现一些企图歪曲《红楼梦》的论调，因此他认为有必要将这些问题提出来解决。他坦言书中所谈论的一些问题，如小说创作容许怎样的一种隐索、写实主义的文学作品与一般诗谜和绿林隐语有何不同、高鹗是“补作”、《红楼梦》还是“修补”等，都是为了纠正某些论调而发。

⑤ 陈广才：《马来西亚红学研究的展望》，张丽珍、潘碧华编：《红楼梦与国际汉学》，吉隆坡：马来亚大学中文系、马来亚大学中文系毕业生协会，2009年，第99页。

⑥ 祖保泉：《潘重规年表》，《安徽师范大学学报》（人文社会科学版）2007年第3期。按：潘重规回香港任中文大学新亚书院中文系教授。

来。皮述民于1966年开始在南大任教[1]，他对《红楼梦》的研究始于70年代，其撰写的《略论红楼梦的家史成分》1972年3月刊登在新加坡的《新社季刊》，之后又陆续在报章、学报中发表了《红楼梦“棠村序文”的商榷》《脂砚斋与红楼梦的关系》《补论畸笏叟即曹俯说》等文。1980年，南大与新大合并为新加坡国立大学后，他继续在国大任教。其后，皮述民又撰写了《红楼梦一书五名解题》《贾宝玉与金陵十二钗》《论红楼梦甄府的意义与启示》《论甄宝玉的意义与结局》等文，加上之前发表的各文章，结集成《红楼梦考论集》。胡文彬认为“《考论集》体现了新加坡七十年代至八十年代间红学研究的新成果”[2]，其“重点文章是《略论红楼梦的家史成分》和《补论畸笏叟即曹俯说》两文，余者如……都有前人所未发之独到见解”[3]。

同时，在皮述民的指导下，南大终于在1976—1979年出现以“红楼梦”为主题的学士毕业论文，即黄花燕的《红楼梦的文学理论与批评》[4]、姚梦桐的《从金陵十二钗看红楼梦的创作》[5]以及李宁强的《红楼梦主角贾宝玉的结局》[6]三篇论文。

当时在南大，对《红楼梦》研究有所关注的，除了广为人知的潘重规和皮述民以外，还有苏雪林。

苏雪林于1964年9月至1966年2月26日受聘赴南洋大学任教，讲授诗经、楚辞、孟子等新课程。苏氏来马新之前曾发表《试看红楼梦的真面

---

① 南洋大学史料汇编编委会编著:《南洋大学史料汇编》,吉隆坡:马来亚南洋大学校友会,1990年,第174页。按:皮述民在南大的职务,1966—1980年担任过讲师、高级讲师、副教授;1970—1974年,乃以副教授兼任系主任一职。

② 胡文彬:《红楼梦在国外》,北京:中华书局,1993年,第80页。

③ 胡文彬:《红楼梦在国外》,北京:中华书局,1993年,第79页。

④ 黄花燕:《红楼梦的文学理论与批评》,南洋大学学士学位论文,1976年。

⑤ 姚梦桐:《从金陵十二钗看红楼梦的创作》,南洋大学学士学位论文,1977年。

⑥ 李宁强:《红楼梦主角贾宝玉的结局》,南洋大学学士学位论文,1979年。

目》《由红楼梦谈到偶像崇拜》《世界文史第一幸运儿曹雪芹》等文。[①] 她在南大教学共有一年半的时间，回中国台湾后，其著作《试看红楼梦的真面目》即由台北文星书店出版。

1964 年 10 月 24 日，蔡启予写的《苏雪林评红楼梦》刊登在《南洋商报》上，文中把苏雪林上述三篇文章的主要观点都梳理出来了，"曹雪芹只是一个仅有歪才、并无实学的纨绔子。《红楼梦》也只是一部未成熟的作品"，"曹雪芹是乾隆初年的旗人，初受汉化，文词当然不能臻高明"，"除人物对话多是纯粹北京话而外，文词叙述都不文不白，半通不通的，甚至有些地方文字显得颇为软弱，幼稚，拖沓，冗赘，看起来很不自在"等。文中也指出苏雪林把高兰墅窜改增删的百廿回本拉出来大捧大赞，以及批评脂砚斋的批语，碎碎段段，毫无连贯性而且词不达意，不知所语云何。蔡启予对于苏雪林否定曹雪芹的文学修养及红书的价值等言论是持反对意见的，他笑称"如果这几篇骂曹的文学，曹氏九泉之下有知，恐怕也要死不瞑目了"。[②]

苏雪林一到南大任教不久，这篇文章就发表，可见蔡启予也是有心人，担心南大教授的权威见解会影响到大学生，因此不得不撰文把事情说清楚。

当时就读南大的初笋提到苏雪林在南大教课与生活的情况：

苏雪林研究《楚辞》多年，声誉远扬。伊在南大开楚辞这科，虽属于选修科目，但一些同学因为慕名，也就修它。

伊这种学说，同学并不太膺服。有一次，笔者偕数位同学拜访伊老

① 孙瑞珍：《苏雪林生平年表（节选）》，《台湾研究集刊》1986 年第 2 期。马仑：《新马文坛人物扫描》，柔佛：书辉出版社，1991 年，第 305 页。此处记，苏雪林于 1964 年七八月至 1966 年初，曾在新加坡南洋大学执教，1966 年 2 月 26 日离开新加坡返回中国台湾。南洋大学史料汇编编委会编著：《南洋大学史料汇编》，吉隆坡：马来亚南洋大学校友会，1990 年，第 174 页。此处记"苏雪林于 1965—1966 年在南大担任教授"。按：《由红楼梦谈到偶像崇拜》发表于 1960 年 9 月，见《中国语文》第 7 卷第 3 期；《试看红楼梦的真面目》发表于 1960 年 10 月，见《作品》第 1 卷第 10 期；《世界文史第一幸运儿曹雪芹》（上、下）发表于 1961 年 1 月，见《作品》第 1 卷 12 期和第 12 卷 1 期。

② 蔡启予：《苏雪林评红楼梦》，《南洋商报》1964 年 10 月 24 日。

人家……记得当时有一位同学向伊表示怀疑世界文化同一源说，认为各国文化自有其独特性……这次的谈论，苏雪林虽有“暴跳如雷”之势，但伊的态度仍然是诚恳和气的，师生之间大有“如切如磋”之概。

除了研究《楚辞》，苏雪林在其他学术问题上也持有“新说”。最明显的例子，如研究《红楼梦》，一般学者认为曹雪芹原作优于高鹗续作，但伊却反对此说，认为曹氏原作粗糙不堪，白字连篇，很难卒读，由高鹗修润后，始成不朽之巨著。竟至一笔抹杀曹雪芹之辉煌成就！再如伊讲授孟子，伊每每判孟子“乱说话”云。

可以肯定的是，在南大，学生对苏雪林的红楼一家言应该都不陌生。而苏雪林对《红楼梦》的认知，如“红楼梦结构松懈、散漫，只是曹雪芹幼年时代富贵奢华生活的回忆录……作者又是个文学修养极劣、想象力完全缺乏的人”等见解是否得到学生之认可，以目前的资料看来，未见有引起广泛或深远的影响。

历史学家翁同文（1914—1999）于 1968—1976 年到南大历史学系执教。[①] 翁老师在德国鲁尔大学之时开设了“红学导论”课，发表《补论脂砚斋为曹遗腹子说》一文。到新加坡后，他读到了胡适《红楼梦考证》一文，胡适认为，虽然该书为曹雪芹隐去真事的自叙，但没有发现书中有利于自传说的一对隐语，即童年贾宝玉住在怡红院，曹雪芹增删《红楼梦》时住悼红轩。

翁同文于是撰《红楼梦研究与文物鉴别》(载新加坡南洋大学《文物汇刊》1976 年第 2 号）一文，认为，“红”在汉语中表示一切与幸福有关的事物，“怡”是“怡悦”，“悼”是悲悼，意义相反。童年贾宝玉住“怡红”之院，晚年曹雪芹住“悼红”之轩，乃曹雪芹说他一生经历“恍如红楼一梦”，梦中“怡红”，梦醒“悼红”，前后境遇迥然不同，正是该书有自传性的表征。

---

① 南洋大学史料汇编编委会编著：《南洋大学史料汇编》，吉隆坡：马来亚南洋大学校友会，1990 年，第 174 页。

此外，《红楼梦》第一回出现的甄士隐与贾雨村两位角色，乃“真事隐”和“假语存”的谐音，翁同文称其为“甄贾藏西复语”，与“怡悼缀红双词”，合称为《红楼梦》中的“两对超级隐语”，他认为全面深入破解此两对隐语乃是“红学”的基本工程。①

他在南大教书期间仍可见他在《幼狮文艺》《幼狮月刊》《红楼梦研究专刊》等台湾刊物上发表与《红楼梦》相关的论文。如：《曹雪芹的出生年月》(1974)、《写在旧作〈曹雪芹的出生年月〉文后》(1974)、《漫谈脂砚斋批语引诗》(1974)、《大观园的影射对象及相关问题》(1975)等文。1976年11月25日，翁同文离开新加坡赴中国台湾就任东吴大学教席。其研红之路依然没间断，尔后仍有《红楼梦——纲领的两对准联语》发表于《幼狮文艺》(1989)。

值得一提的是，李辰冬应新加坡义安学院②之聘，于1964年5月14日到新加坡来教学，直到1969年方返回中国台湾。③李辰冬是一位文学评论家，受西方现代文学批评方法的影响，其《红楼梦研究》就是第一部用西方文学观点来系统研究《红楼梦》的专著，时人许之为“破天荒的创举”。这种以艺术的眼光来审度艺术、以美学的方法来批评美学的态度，在“红学”史的任何时候都值得尊敬和提倡的。④他以欧洲批评家研究他们第一流作品的结果和方法，来与《红楼梦》做个比较，进而解释《红楼梦》在世界文学中的地位，此新颖的研究方法是《红楼梦研究》备受关注主要原因。⑤此书获得冯其庸、周汝昌、吴宓、吕启祥、刘梦溪等红学家

---

① 祝瑞开、吴松弟：《台湾史学家翁同文和他的学术成就》，《中国史研究动态》1996年第8期。

② 潘醒农：《潮侨溯源集》，新加坡：八方文化企业公司，1993年，第89～91页。按：义安学院创立于1963年5月25日，是义安公司创办的私人学院，提供四年制学位课程，课程内容包括文学、科学与商学。1967年9月正式转成公立学院。1968年8月，义安学院易名为义安工艺学院，并提供专科水准的工艺课程。除新加坡国立大学和南洋理工大学设有中文系外，义安工艺学院是当时新加坡唯一一所开办中文系的理工学院。

③ 邓庆佑：《代前言：李辰冬和他的〈红楼梦〉研究》，李辰冬编：《知味红楼》，北京：中国档案出版社，2006年，第3页。按：李辰冬，河南省济源县(现济源市)人，1907年生，燕京大学毕业，法国巴黎大学文学博士，曾执教于河北女子师范、西北师院、台湾师大等校。

④ 李辰冬：《出版说明》，《知味红楼》，北京：中国档案出版社，2006年，第1页。

⑤ 李辰冬：《原版自序》，《知味红楼》，北京：中国档案出版社，2006年，第2页。

的肯定和赞赏。[①] 冯其庸评说：

> 这是一部用西方文学观点对曹雪芹和《红楼梦》比较全面系统的研究论著，他（李辰冬）认为可以“将曹雪芹置于莎士比亚之旁，作为客观主义作家最伟大的代表”。这是40年代中一部有价值的《红楼梦》研究论著。[②]

李辰冬中文版《红楼梦研究》自1942年由正中书局出版以来[③]，他对《红楼梦》写作技巧和艺术价值所做的评价，至今还为广大《红楼梦》读者所称道。[④] 从再版及三版的《红楼梦研究》仍保留原型，并再收录《与潘重规先生谈红楼梦》（载《自由中国》半月刊）、《贾宝玉精神》（载《文学与生活》第一辑）等文，以及《文学新论》第十五章亦有提及《红楼梦》的地方[⑤]等方面可见，李辰冬的文学批评研究始终与《红楼梦》保持密切的关系。

李氏在义安学院教的其中一科是文学批评[⑥]，然而他的影响力并不仅局限在义安学院。南洋大学、南洋学会、星艺社曾多次邀请他就“文学与生活”“科学方法与文学研究”“文学家必备的几个条件”等题目公开演讲。

李辰冬在接受访问时透露，为了研究《红楼梦》，他曾先后细读歌德的《浮士德》、托尔斯泰的《战争与和平》、罗曼·罗兰的《约翰·克利斯朵夫》、塞万提斯的《堂吉诃德》、但丁的《神曲》，还有《飘》《苔丝》及

① 李辰冬：《评论采撷》，《知味红楼》，北京：中国档案出版社，2006年，第1～6页。

② 李希凡、冯其庸：《红楼梦大辞典》，北京：文化艺术出版社，1990年，第1105～1106页。

③ 李辰冬：《出版说明》，《知味红楼》，北京：中国档案出版社，2006年，第1页。按：此书原是李氏在巴黎大学的博士论文，后经冯友兰先生亲自审核定稿，于1942年由重庆正中书局印行第一版出版，其后在上海又印了一版，一年之内即重印6次。1958年，台湾版《红楼梦研究》由新兴书局出版，1977年，台北正中书局再版。

④ 李希凡、冯其庸：《红楼梦大辞典》，北京：文化艺术出版社，1990年，第1184页。

⑤ 李辰冬：《台版自序》，《红楼梦研究》，台北：正中书局，1977年，第2页。

⑥ 马仑编著：《新马文坛人物扫描》，柔佛：书辉出版社，1991年，第282页。

莎士比亚的作品。[①] 其学生自不免受到感召从文学批评的角度去重新理解《红楼梦》。

马华作家笔抗提及他在大学时代三读《红楼梦》竟不能终卷时说道："我的老师李辰冬教授竟能八读《红楼》，其耐力胜我千倍。"[②]这番话说明了李氏在学生心目中树立的形象，他在《红楼梦》研究领域的成就和威名，感染了与他接触的学生，加深了学生对《红楼梦》的兴趣，使他们尝试更深入地去阅读这本著作。

这几位红学家，特别是潘重规对马新的红学发展的推动影响极大，他"独持异议"的红学见解将马新红学研究风气推上了史上第一个高峰。潘氏等人通过高等教育的学制活动，如课程、讲座、学刊影响了大部分受中文高等教育的知识分子。他们发表于报章或学刊上的《红楼梦》学术文章亦非普通民众可以理解和解读的。

必须强调的是，上述外来红学家的红学传播主要靠马新的高等教育作为传播渠道，随着马新国家认同及教育政策上的分割，当时以新加坡为据点的《红楼梦》传播对马来西亚知识分子起到的作用逐渐减少。

以南大为例，新加坡独立后的南大依旧接受大马的学生，但此情况却无法持久。一方面，1967 年，大马教育部宣布，凡想出国念大学的，必须考取剑桥或马来西亚教育文凭，通过教育部的批准，才可以获得外国使馆的入境签证出国深造，腰斩了大部分华校生出国升学的途径。[③] 另一方

---

① 吴树：《访问李辰冬教授》，《南洋商报》1964 年 5 月 17 日。

② 笔抗：《我的文学情怀：以杂文当写作目标》，叶啸编：《当代马华作家百人传》，吉隆坡：马来西亚华文作家协会，2006 年，第 51 页。按：笔抗，原名范春发，祖籍广东陆丰，1936 年出生于马来西亚柔佛州麻坡。麻坡中化中学高师班毕业，1957 年负笈台湾，进入师范大学中文系就读，1961 年毕业回马来西亚，任华小教师十三年，旋被调往国中担任华文主任 17 年，现已退休。笔抗擅长写杂文，亦专注以写杂文作为写作目标，常以嬉怒笑骂的姿态及带讥刺的笔触，针砭世间事。李辰冬在马新留下的文献多以诗经研究为主，义安学生亦未见有撰文提及上课情况，在此仅以笔抗在台湾求学时对李辰冬的印象从侧面看李氏对学生的影响。

③ 郑良树：《马来西亚华文教育发展简史》，柔佛：南方学院出版社，2005 年，第 186 页。

面，南大亦于1974年起停止在大马招考新生。[①] 新加坡和马来西亚中文高等教育自此可谓完全被区隔开来，彼此间的影响明显弱化。

二、马来亚大学中文系

马来亚大学中文系成立于1963年，早期虽设有“中国古典文学”“古籍导读”“中国古典文学选读”等课程，但由于导师方面没有著名的红学家，因此《红楼梦》并未被带入课程中。[②] 1979年，热爱《红楼梦》的陈广才在苏莹辉导师的指导下，完成了《论今本红楼梦后四十回续书作者问题》学士学位论文[③]，这是马大中文系成立以来第一本有关红学的学位论文。陈广才在谈及其撰写论文过程时说：

> 我在马大中文系念书时，对《红楼梦》非常有兴趣，想找一位红学“引路人”指点迷津，可是当时的马大中文系无法满足我这个意愿。当时一心只想以《红楼梦》为题撰写毕业论文的我，只好找敦煌学专家苏莹辉老师指导学术研究方法，而红学具体内容则靠自己“摸着石头过河”，完成了我第一篇红学论文。[④]

20世纪80年代以前，《红楼梦》在马大中文系的传播痕迹就仅此论文而已，直到1981年，方见苏伟妮在毕业纪念刊上发表的《脂砚斋与红学》一文。[⑤] 当时或许有许多红迷，但能“无师自通”撰写文章的毕竟不多。没有红学家和课程的引导，大学生只能凭着自己的爱好，私下阅读与探讨《红楼梦》，因此未见有更多的《红楼梦》研究成果和明显的传播迹象。

---

① 《南洋大学大事纪要》，傅孙中编：《纪念创校25周年特刊》，吉隆坡：马来亚南洋大学校友会等，1982年，http://www.nandazhan.com/lishi/jiyao.htm。按：1973年11月15日，新加坡教育部政务部长蔡崇语宣布：南洋大学遵照新加坡政府“配合南大与新大统一招生原则”，从1974年起停止在大马招考新生。

② 《马来亚大学中文系一九八二/一九八三年度毕业纪念刊》，1983年，第41页。

③ 陈广才：《论今本红楼梦后四十回续书作者问题》，马来亚大学学士学位论文，1979年。

④ 陈广才：《马来西亚红学研究的展望》，张丽珍、潘碧华编：《红楼梦与国际汉学》，吉隆坡：马来亚大学中文系、马来亚大学中文系毕业生协会，2009年，第99页。

⑤ 《马来亚大学中文系一九八〇/一九八一年度毕业纪念刊》，1981年，第119～131页。

1983年，中文系始开办“中国传统小说”课程，由钟玉莲副教授指导。此课程内容主要是介绍中国传统小说之发源，尤着重于各种形式的小说兴起之原因，其特征及对于后世文学之影响。选修者将参阅一些具代表性之名著以增进了解。[①] 然而到了1993年，“中国传统小说”课程内容则修改为：除选读各时期一些具代表性之名著外，学生尚需精读《红楼梦》。[②] 足见这十年间，《红楼梦》已逐步成了课程的重点教授内容。

对于钟老师的“中国传统小说”课，学生有着这样的记载：

> 满纸荒唐言，一把辛酸泪，都云作者痴，谁解其中味。
>
> 钟老师将我们带入了曹雪芹的红楼梦世界。看林黛玉、贾宝玉、薛宝钗的爱怨嗔痴，看贾家兴亡。看人事纠纷，每读一回，每上一堂课，总有一次比一次更深的震撼与惊喜。曹雪芹十年辛酸苦的结晶，留给后世的却是一部永垂不朽的传奇。
>
> 说到辛酸处，荒唐愈可悲。
>
> 由来同一梦，休笑世人痴。[③]（1999）
>
> 本届毕业生受惠于她所教授的国学概论及《红楼梦》课，仍时时怀念她生动的教学和其所展现的风范。[④]（2002）

钟玉莲退休后，传授古典小说知识的责任则由孙彦庄讲师承担。孙彦庄于2005年开始指导“中国古典小说”课程。此课程内容涵盖了中国历代的古典小说及章回小说的研究，其中包括了赏析《红楼梦》。由于《红楼梦》乃是章回小说的巅峰之作，致力于《红楼梦》翻译与研究的孙老师自然慢慢把课程重点集中在红学之上。然而限于短短两个学期，孙彦庄有感与其将古典小说与红学研究概括性地介绍给学生，倒不如针对某一经典著作的研究，进行全面性探讨。

---

① 《马来亚大学中文系一九八二/一九八三年度毕业纪念刊》，1983年，第41页。

② 《马来亚大学中文系一九九三/一九九四年度毕业纪念刊》，1994年，第28页

③ 《马来亚大学中文系一九九八/一九九九年度毕业纪念刊》，1999年，第100页。

④ 《马来亚大学中文系二〇〇一/二〇〇二年度毕业纪念刊》，2002年，第15页。

为此，新课程“元明清小说”于2008年在孙彦庄极力争取下开办了。此课程主要择取元明清某部经典小说，对其进行导读和研究，同时探讨目前相关研究的成果与不足。孙老师借此课程专题教授《红楼梦》相关知识，内容涵盖了红学派别、红楼梦版本、曹学、《红楼梦》文本的分析与阐释、主题思想、人物刻画、诗词赏析等方方面面的研究。尽管课程未正名为“《红楼梦》专书研究”，但实际上，专门研究《红楼梦》与红学的课程业已成立。这对今后培育红学研究员，使大马发展成为东南亚红学研究中心，起到了推动与促进的作用。

对于孙老师的教学，学生有如此的评价：

> 回首大学生涯，我最喜欢听孙老师讲解《红楼梦》。每次上此课，我们就有如在马大的大观园里。老师娓娓道出此文学经典的精彩处，令我们了解那是一部千古颂传的巨著，也是一轴多姿多彩的画卷。除了聆听，同学们也吟诗作对、辩论、演戏。大家宛如“海棠诗社”的社员，在和谐的环境中努力、在欢乐的氛围中收获。①

课堂教学之余，孙彦庄更不时在国内外的研讨会中发表其红学研究成果。已刊登的学术论文有《当代红学：研究方法与观念的整合》②、《红楼梦研究在马来西亚》③、《霍克斯的创造性叛逆之探讨——以〈红楼梦〉英译本中的隐喻为例》④、《从红楼梦接受者到传播者——论潘重规对港台红学发展的历史性贡献》⑤、《论霍克斯〈红楼梦〉英译本中文化差异的翻译

---

① 《马来亚大学中文系二〇〇一/二〇〇二年度毕业纪念刊》，2012年。

② 孙彦庄：《当代红学：研究方法与观念的整合》，张丽珍编：《中国文学与大马文化》，吉隆坡：马大中文系，2007年，第61～74页。

③ 孙彦庄：《〈红楼梦〉研究在马来西亚》，《红楼梦学刊》2007年第6期。

④ 孙彦庄：《霍克斯的创造性叛逆之探讨——以〈红楼梦〉英译本中的隐喻为例》，张丽珍、潘碧华编：《红楼梦与国际汉学》，吉隆坡：马大中文系、马大中文系毕业生协会，2009年，第319～332页。

⑤ 孙彦庄：《从红楼梦接受者到传播者——论潘重规对港台红学发展的历史性贡献》，潘碧华、王兆鹏编：《时空跨越：中国文学的传播与接受》(现当代卷)，吉隆坡：马大中文系、马大中文系毕业生协会，2009年，第292～299页。

策略》[①]、《论方修与潘重规笔战》、《〈红楼梦〉文化差异翻译策略研究》（*The Translation Strategies of Hong Lou Meng from Hermeneutics Perspective*）。

孙彦庄还撰写了《红楼梦情结》一书[②]。此书不是严肃枯燥的学术论文，作者发挥她马华作家的特色，挥舞文学之笔，有时化实为虚，将现实生活与《红楼梦》人物及场景牵引在一起，构思新颖；有时娓娓述说，表达心中对红学研究的殷切期待，真挚动人。

全书分为三辑："世界红楼神游今古""四海红楼情愫人心""百花红楼细诉馨语"。每辑各四篇，共收录12篇文章。辑一写《红楼梦》研究在不同国家的不同情况，叙述了作者在诺贝尔博物院中的狂想、在美国芝加哥莎士比亚剧场的联想、交叉在瑞典蓝塔与北京黄叶村中的流连、在北京大观园对林黛玉的怀恋；辑二是作者对几位人士致敬，其中包括陈广才与方修对马新《红楼梦》的发展之贡献，杨宪益对红楼梦翻译的付出，马汉对作者在研究方面的鼓励；辑三以马来西亚的名花比喻《红楼梦》里的四位金钗——王熙凤是粉玉扇、林黛玉是见笑草、薛宝钗是朱槿花、史湘云是九芎葛，显示出作者既熟悉《红楼梦》人物的性格特点，也深刻掌握诸花的独特风貌。简言之，无论是论述中西著名景点、人物事迹，或者以花叙人的篇章，作者皆以《红楼梦》为重心，却别出心裁，匠心独运。[③]

孙彦庄与许文荣统筹翻译的《红楼梦》马来文全译本（*Mimpi di Mahligai Merah*）在2017年出版与推介，备受关注。孙彦庄将翻译过程中的趣事与思考写成了《曹雪芹，允许我"Ber叛逆一叛逆"吗？》，分成上[④]、中[⑤]、下[⑥]三期刊登在报章上。

---

① 孙彦庄：《论霍克斯〈红楼梦〉英译本中文化差异的翻译策略》，《汉学研究期刊》2011年第2期。

② 孙彦庄：《红楼梦情结》，雪兰莪：大将出版社，2008年。

③ 孙彦庄、谢依伦编著：《陈广才红学研究藏书目录及评介》，吉隆坡：马来亚大学中文系毕业生协会、马来亚大学中文系，2015年，第80～81页。

④ 孙彦庄：《曹雪芹：允许我"Ber叛逆一叛逆"吗？》，《星洲日报》2017年12月25日。

⑤ 孙彦庄：《曹雪芹：允许我"Ber叛逆一叛逆"吗？》，《星洲日报》2018年1月2日。

⑥ 孙彦庄：《曹雪芹：允许我"Ber叛逆一叛逆"吗？》，《星洲日报》2018年1月8日。

作为导师，钟玉莲和孙彦庄是文学传播的“把关人”，同时也是文学方面的“舆论领袖”。她们对《红楼梦》的喜爱和推崇，通过本身职业的渗透，以面对面的方式，直接在人际网络中扩散传播。由于导师在红学研究领域活动的时间较长，因此具有更高的审美把握和审美表现能力，其创造和传播的文学作品对于受传者来说具有强大的感召力量。通过导师创造和传送的文学信息，受传者的审美心理结构得以不断的建构，并且会产生更高的审美要求。①

借着中文系课堂这个平台的传播，《红楼梦》研究终于也取得回馈。钟玉莲老师指导了四位同学以《红楼梦》为主题撰写学士学位毕业论文，即郑凤惜的《论红楼梦中晴雯与袭人之性格》(1989)②、吕素梅的《论红楼梦中的香菱》(1990)③、陈艳芳的《论红楼梦贾府四春》(1991)④以及卓月莲的《红楼梦：贾宝玉的悲剧》(1992)⑤。

孙彦庄老师则指导了游婉婷《出世与入世：林黛玉与薛宝钗处世态度之比较》(2007)⑥、陈薇雅《完美的组合：从“兼美”的视角看“熙探合一”的管理》(2008)⑦、黄家斌《机关算尽太聪明——论王熙凤》(2010)⑧、罗晓珊《依人绘色——浅析红楼梦中的色彩描写》(2010)⑨、蔡佩珊《从红楼梦的三大事件看人物的矛盾与挣扎》(2010)⑩、蔡舜立《从“乐中悲”探讨史湘云矛盾的思想性格和悲剧命运》(2013)⑪和钟玉

① 文言编著:《文学传播引论》,沈阳:辽宁人民出版社,2006年,第3页。

② 郑凤惜:《论红楼梦中晴雯与袭人之性格》,马来亚大学学士学位论文,1989年。

③ 吕素梅:《论红楼梦中的香菱》,马来亚大学学士学位论文,1990年。

④ 陈艳芳:《论红楼梦贾府四春》,马来亚大学学士学位论文,1991年。

⑤ 卓月莲:“Hong Lou Meng:Satu Kajian tentang Tragedi Jia Baoyu”(《红楼梦:贾宝玉悲剧探因》),马来亚大学学士学位论文,1992年。

⑥ 游婉婷:《出世与入世:林黛玉与薛宝钗处世态度之比较》,马来亚大学学士学位论文,2007年。

⑦ 陈薇雅:《完美的组合:从“兼美”的视角看“熙探合一”的管理》,马来亚大学学士学位论文,2008年。

⑧ 黄家斌:《机关算尽太聪明——论王熙凤》,马来亚大学学士学位论文,2010年。

⑨ 罗晓珊:《依人绘色——浅析红楼梦中的色彩描写》,马来亚大学学士学位论文,2010年。

⑩ 蔡佩珊:《从红楼梦的三大事件看人物的矛盾与挣扎》,马来亚大学学士学位论文,2010年。

⑪ 蔡舜立:《从“乐中悲”探讨史湘云矛盾的思想性格和悲剧命运》,马来亚大学学士学位论文,2013年。

雯《红楼梦中的谐音修辞手法研究》（2014）[①]七篇学士学位论文；谢依伦“Penyebaran dan Penerimaan Sastera Cina Klasik di Malaysia dan Singapura：Kajian terhadap Novel *Hong Lou Meng*”（《中国古典文学在马来西亚与新加坡的传播与接受：以〈红楼梦〉为例》）（2011）[②]及罗晓珊“Metafora warna dalam *Hong Lou Meng*”（《〈红楼梦〉的色彩隐喻》）（2014）[③]两篇硕士学位论文；纪诗蕊“Nasib tragis pelayan wanita dalam *Hong Lou Meng*”（《里外皆成因：论红楼女婢的悲剧因素》）（2015）一篇博士学位论文[④]。

与此同时，毕业刊、期刊、论文集等出版刊物上亦相继出现许多与《红楼梦》相关的文章，如陈湘琳《枉入红尘若许年——谈红楼梦第一回与第五回在小说中的作用》（1990）[⑤]、李梦嫣《论红楼梦贾珍、贾蓉、贾赦、贾琏——从宁、荣二府男性子孙的荒唐途径，看贾家的兴衰》（1991）[⑥]、卓月莲《“原应叹息”的贾家四春——论其际遇与悲剧意义》（1992）[⑦]、徐淑贞《疏影暗香——谈香菱这位副册中的人物》（1994）[⑧]、蔡玉桂《从林黛玉的主要诗作看她的性格与处境》（1996）[⑨]、游婉婷《爱

---

① 钟玉雯：《红楼梦中的谐音修辞手法研究》，马来亚大学学士学位论文，2014 年。

② 谢依伦："Penyebaran dan Penerimaan Sastera Cina Klasik di Malaysia dan Singapura：Kajian terhadap Novel *Hong Lou Meng*"（《中国古典文学在马来西亚与新加坡的传播与接受：以〈红楼梦〉为例》），马来亚大学硕士学位论文，2011 年。

③ 罗晓珊："Metafora warna dalam *Hong Lou Meng*"（《〈红楼梦〉的色彩隐喻研究》），马来亚大学硕士学位论文，2014 年。

④ 纪诗蕊："Nasib tragis pelayan wanita dalam *Hong Lou Meng*"（《里外皆成因：论红楼女婢的悲剧因素》），马来亚大学博士学位论文，2015 年。

⑤ 陈湘琳：《枉入红尘若许年：谈红楼梦第一回与第五回在小说中的作用》，《马来亚大学中文系一九八九/一九九〇年度毕业纪念刊》，1990 年，第 122～127 页。

⑥ 李梦嫣：《论红楼梦贾珍、贾蓉、贾赦、贾琏——从宁、荣二府男性子孙的荒唐途径，看贾家的兴衰》，《马来亚大学中文系一九九〇/一九九一年度师生文集》，1991 年，第 54～61 页。

⑦ 卓月莲：《“原应叹息”的贾家四春——论其际遇与悲剧意义》，《经史子集——马来亚大学中文系一九九一/一九九二年度毕业特刊》，1992 年，第 31～37 页。

⑧ 徐淑贞：《疏影暗香——谈香菱这位副册中的人物》，《马来亚大学中文系一九九三/一九九四年度毕业纪念刊》，1994 年，第 82～89 页。

⑨ 蔡玉桂：《从林黛玉的主要诗作看她的性格与处境》，《名字原是世界的摆设：马来亚大学中文系一九九五/一九九六年度毕业纪念刊》，1996 年，第 134～142 页。

情与婚姻：林黛玉与薛宝钗处世态度之比较》(2008)[①]、陈薇雅《熙、探的演绎舞台：操纵与放任的管理实践》(2008)[②]、谢依伦《梦下南洋——〈红楼梦〉在马新的传播起始探源》(2010)[③]等文。

三、中文系毕业生协会的文教推广

马大中文系毕业生协会（以下简称“中协”）的成立，是中文系在社会层面的一个延伸。中协自1990年5月成立以来，一直积极参与文教工作，让毕业生反哺母系，回馈社会。同时，也通过各种活动来提高社会人士对中文系的了解和关注。中协不仅资助中文系出版师生作品集、学术论文集等，对于学生活动如迎新周、文学双周、中文系之夜、出版毕业刊，亦在经济上给予大力的支持。此外，为推广中文与华人文化的研究工作，中协也经常联合报馆或其他文教团体，举办文学讲座和文化活动。

中文系的课程一般只能让少数有资格进入马来亚大学就读的学生受益，中协所主办的活动则弥补了这项不足，其影响力渗入社会，使大众受益。中协会长陈广才早在90年代初便着手推广《红楼梦》传播：在国内，他与国家语文局商议合作翻译此著作；在国外，他与中国红楼梦协会以及世界各地红学家保持着良好的联系。此番努力在迈入21世纪后终于得见成果，中协正式与各相关单位合作，落实了几项红学传播计划：

(一)马来文版《红楼梦》研究、翻译及出版计划

《红楼梦》的马来文翻译本是在马大中文系与马来西亚国家作家基金会（Yayasan Karyawan）签署合作协议的情况下，由以马大中文系主任苏庆华博士为首的翻译组，首先完成了前40回马来文翻译本初稿。[④] 而后，

---

① 游婉婷:《爱情与婚姻:林黛玉与薛宝钗处世态度之比较》,吉隆坡:马来亚大学中文系,2008年,第181～194页。

② 陈薇雅:《熙、探的演绎舞台:操纵与放任的管理实践》,《追寻原处:古典思考与现代初探》,吉隆坡:马来亚大学中文系,2008年,第195～211页。

③ 谢依伦:《梦下南洋——〈红楼梦〉在马新传播起始探源》,孙彦庄、郑庭河编:《跨越时空:中国文学的接受与传播》(青年学者卷),吉隆坡:马来亚大学中文系、马大中文系毕业生协会,2010年,第178～201页。

④ 韩美凤:《红楼梦中国四大名著　马来文译本近完成》,《南洋商报》2006年3月26日。

2007 年 5 月 12 日，中协与国家作家基金会签署了《红楼梦研究、翻译与出版》合约，双方共同出资、携手合作，进行《红楼梦》第 41 回至 120 回的马来文翻译。[①] 新的翻译团队则由马大中文系讲师孙彦庄博士及拉曼大学中文系讲师许文荣副教授分别担任统筹与副统筹，率领一组学者进行研究和翻译工作。最终，为保证全文翻译的统一性，孙彦庄翻译团队决定舍弃另一翻译团队的前 40 回译文，重新进行翻译。

不仅如此，国家作家基金会前首席执行员拿督哈山阿末更表示，他会向教育部和高等教育部建议把《红楼梦》马来文译本列为文明研究科参考书，以便在译本完成后，将它列为中学和大学的参考课本。[②]

2017 年 9 月 28 日，国家作家基金会及马大中文系毕业生协会在国家语言局举办推介礼，向全球推介这套马来文版《红楼梦》全译本。当局印刷的 1000 套精装限量版获得许多企业人士的热心支持，当日全部售罄。精装限量版分别是 100 套珍藏版及 900 套精装版。

富贵集团创办人兼董事经理丹斯里邝汉光随即认捐 50 套精装本的马来文版《红楼梦》赠予国内中小学和大学，希望各族同胞能通过译本，深入了解博大精深的中华文化，从而打造一个互相理解、更加和谐的社会。为此，他们于 2018 年 4 月 3 日隆重地举办了"《红楼梦》赠书仪式"，在活动上把 32 套精装本的马来文版《红楼梦》赠予国内中小学和大学代表，并呼吁希望已阅读《红楼梦》的人们协助传阅、介绍及讲解，帮助他人了解中华民族的文化，这是一种布施，也是一种功德。[③]

"马来文版《红楼梦》研究、翻译及出版计划"从开始的签署仪式，到去中国游访红学家、翻译家，在大马内外进行各座谈研讨会，再到新书发布会、推介礼都得到各大报章的关注与报道。中协与国家作家基金会对待名著认真严肃的态度，成功引起大马各界的关注，大大推动了国民对《红楼梦》的认识。

2018 年《红楼梦》马来文全译本平装本面世，一套六册，售价 300 马

---

① 《红楼梦译成马来文》，《星洲日报》2007 年 5 月 13 日。

② 《红楼梦译成马来文》，《星洲日报》2007 年 5 月 13 日。

③ 《邝汉光：让各族了解中华文化　国文红楼梦赠 30 学校》，《星洲日报》2018 年 4 月 4 日。

币(约498元人民币)。马来文译本的完成，在大马掀起另一波红学热，使《红楼梦》传播活动不局限于华人社会或华文文化圈，而对《红楼梦》马来译文的研究亦能成为本土独特的红学研究课题。

(二)马来西亚红学藏书编目计划

陈广才自20世纪80年代始，积极在世界各地搜集与《红楼梦》相关的论著与资料，其书斋藏书可谓是大马重要的《红楼梦》研究文献资源。为此，在中协的经济协助、陈广才与孙彦庄博士领导下，一个由喜爱《红楼梦》研究的中文系学生组成的团队，于2008年5月正式开始对这批藏书进行书目和简介的编写工作，冀望能出版一本红学书目工具书。

由于藏书数量与日俱增，为不延误此工具书出版日期，该团队唯有忍痛割爱，只针对2009年及之前所出版的各类《红楼梦》文献及研究资料进行简介编纂。

2015年，《陈广才红学研究藏书目录及评介》[①]正式出版，收录的《红楼梦》研究资料已多达989种，每一著作均有长达300~500字的作品简介。此书依据著作内容将藏书编排成版本、译本、续书、红学书目、《红楼梦》改编创作、《红楼梦》著者研究资料及《红楼梦》题材作品七大类。简介的编撰以书籍内容为本，亦有部分征引著者背景、研究材料及红学常识。

编纂团队意图通过言简意赅的介绍，既让读者概括性地知道各著作的内容，也帮助读者加深了解该著者的红学主张、论著的产生过程。红学爱好及研究者可轻易通过书目简介搜寻自己所需要的书籍，同时一览内容相关的研究成果。由于国内《红楼梦》资料、红学论著零散收藏于各地图书馆，且藏书量不多，而书业销售的红学论著的种类非常有限，种种问题有碍于红学研究发展。因此，此书的出版有效地协助了研究者解决在研红初期时所面对的资料搜集问题。

2018年，陈广才已将其藏书全数捐献给马来亚大学图书馆，成立了大

① 孙彦庄、谢依伦编著:《陈广才红学研究藏书目录及评介》,吉隆坡:马来亚大学中文系毕业生协会、马来亚大学中文系,2015年。

马《红楼梦》资料中心，而马来西亚红学藏书编目计划仍在持续，编纂团队将继续对2009年以后的藏书进行整理与评介。

（三）第六届国际《红楼梦》学术研讨会

2008年7月26—27日，由马来亚大学中文系、马来亚大学中文系毕业生协会和中国红楼梦学会联合举办的"《红楼梦》与国际汉学"学术研讨会在吉隆坡千禧大酒店召开。此国际红学会议集合了来自中国、日本、韩国、德国、斯洛伐克、奥地利、新加坡及马来西亚等国家和地区的红学专家，共有31位学者发表论文。学者们与250位大马红学爱好者展开长达两天的讨论与交流。

国际《红楼梦》学术研讨会自1980年6月20日在美国威斯康星大学揭开序幕后，其后四届皆在中国举办，此次在大马举办则是该大会第二次在海外举行。对大马而言，这可谓一大盛事，代表着中国红学会对大马红学研究的肯定与认同。

在这次会议中，除了中协会长陈广才发表的《马来西亚红学研究的展望》主题演讲，大马还有5位学者提呈了4份论文，即潘碧华《以诗为文——论红楼梦的诗性特质》，严家建《从癞僧跛道两个角色看红楼梦的宗教式度世情怀》，孙彦庄《霍克斯的创造性叛逆之探讨——以〈红楼梦〉英译本中的隐喻为例》，以及许文荣、郑向真《阳性阴化VS阴性阳化——论〈红楼梦〉与〈水浒传〉人物性别倒置的比较》。这些分量颇重的论文无疑是为大马红学研究增添了新的色彩。

除了上述由中协组织推广的大型传播项目，马大中文系毕业生个人对中国文学的热爱也是推动文学传播不可或缺的一股力量。尽管人际间的口头传播我们无从考察，但幸运的是，他们其中亦有利用大众媒体或文字作为传播工具进行探讨的，如此途径恰巧让我们得以窥探那一丝丝不可磨灭的传播踪迹。

正如20世纪80年代，李忆莙在《怎能如意》一文中说："这两个那么讨厌的人物（贾宝玉和林黛玉），偏偏是中国最好的一部文学作品的男女主角，作为一个读者，怎能如意?”[①]钟爱《红楼梦》的中文系毕业生苏伟妮即刻写了《为贾宝玉与林黛玉申冤》[②]回应，以个人观点为宝玉与黛玉两人平反。

20世纪90年代，《星洲日报》用了整整一年的时间刊登了潘碧华专栏《梦醒红楼》多达20余篇关于《红楼梦》的随笔。[③] 此外，报章上还可见潘碧华其他的文章，如《假作真来真亦假——从甄士隐和贾雨村的际遇看红楼梦的真假世界》。[④] 以至2000年代，陈志鸿撰写的《好梦难圆：谈红楼梦未完》[⑤]《小屋里写出大观园》[⑥]《水月镜花一场梦：读〈镜花缘〉和〈红楼梦〉》[⑦]，刘树佳撰写的《现代的薛宝钗》[⑧]，方美富撰写的《红楼识小录》[⑨]，由马大中文系毕业生在各大报章上发表的论红文章从未间断，他们以个别的方式推动文学传播，这样的贡献是不容忽视的。

(四)《红楼梦》全国巡回讲座

在陈广才的推动与孙彦庄讲师的带领下，“中国古典小说”课的学生皆热心参与筹办首轮《红楼梦》全国巡回讲座（2007年9月至2008年6月）。这一系列讲座旨在提升中学生对《红楼梦》的认识和兴趣，目标锁定在全国各大型国民型中学，特别是设有中五中国文学课和中六中文班的学校去进行。

巡回讲座在大山脚日新国民型中学、彭亨劳勿双溪兰中学、彭亨直凉国民型中学、加影育华国民型中学、S. M. K Damansara Jaya、甲洞卫星市

---

① 李忆莙:《怎能如意》,《南洋商报》1987年8月24日。

② 苏伟妮:《为贾宝玉与林黛玉申冤》,《南洋商报》1987年9月7日。

③ 潘碧华:《梦醒红楼》,《星洲日报》。按:自1990年2月25日至12月23日,刊登了《宝钗》《卿何薄命》《花气袭人知昼暖》《情不可倾只可轻》《机关算尽太聪明》《赵姨娘》《世难容》《千古之恨》《无可奈何》《应怜天下凡人心》《义仆心》《不成之画》《以死相许》《树大招风》《前无去路》《终究是水逝云飞》《生于末世运偏消》《原应叹息》《留余庆》《误入虎口》《计算狐狸精》《古来将相可存还》及《红楼梦醒》,共23篇文章。

④ 潘碧华:《假作真来真亦假——从甄士隐和贾雨村的际遇看红楼梦的真假世界》,《星洲日报》1992年8月29日。

⑤ 陈志鸿:《好梦难圆:谈红楼梦未完》,《南洋商报》2001年9月30日。

⑥ 陈志鸿:《小屋里写出大观园》,《南洋商报》2002年12月2日。

⑦ 陈志鸿:《水月镜花一场梦:读〈镜花缘〉和〈红楼梦〉》,《南洋商报》2003年2月9日。

⑧ 刘树佳:《现代的薛宝钗》,《南洋商报》2005年6月22日。

⑨ 方美富:《红楼识小录》,《东方日报》2006年4月30日。

中学、柔佛古来太子城中学等校都获得不俗的反应。讲座以多媒体影片呈现，附带《红楼梦》短剧演出以及红学问答比赛环节。相关学校获赠一套《红楼梦》，在场的听众皆获得纪念品（自制《红楼梦》书签），而每场问答环节中表现最佳的3位学生则另外获得红学论著与奖状。

原本坐在大学课堂上听课的受众，瞬间变化为传播者。为了能有效地吸引中学生的关注，小说课学生不仅要深入了解当前红学研究的状况，仔细阅读《红楼梦》中有趣的情节，更得化身为红楼人物来演绎短剧。他们从各方面体验了《红楼梦》带来的乐趣，同时也获中协与中文系颁发的奖状以示鼓励。类此生动有趣不局限于特定传播方式的巡回讲座，所达到的宣传与普及成效是多重性的。

作为大马华文文学传播的最高堡垒，马大中文系对中国文学传播做出的贡献是有目共睹的。它不仅仅是大量培育学术研究人员的教育机构，更是推广文化文学普及性的传播中心。中文系与中协所极力推行的《红楼梦》研究、翻译及出版，马来西亚红学藏书编目，第六届国际《红楼梦》学术研讨会，《红楼梦》全国巡回讲座等计划，无不需要几年的时间、无数的人力来筹备与完成，其目的就在于提升大马红学的研究层次，扩大红学研究队伍，使大众养成阅读古典文学的习惯，同时也借助古典名著之力与世界各地的学者专家交流，提高大马学术研究在国际上的知名度。

马大中文系校友陈广才捐献毕生搜集的红学藏书，让马大在原本只收藏英文与马来文书籍的总图书馆，设立了《红楼梦》资料中心。这批珍贵的藏书成功获得国内外学者关注和赞赏，除了让红学研究更受国民肯定外，也为全世界红学研究者提供了一个完善的资料库。

四、马新各大学中文系

1980年，南大和新大合并为新加坡国立大学（以下简称“国大”）。国大延续着南大的传统，从潘重规教授到皮述民教授，一直到王润华老师，对“红学”版本、写作与解读都有很多著述。

王润华（Wong Yoon Wah，1941—）于1967—1972年在美国攻读高级学位，当时研究中国的新潮流叫中国学（Chinese Studies），很强调中国研究与现实在思想与实用方面有相关性，强调研究当代中国问题。受到许多跨学科的美国学者的影响，王润华学会将文学与人类生活中的哲学思想、宗教、历史、政治、文化衔接起来，用更为广面性的方法去从各种角度来认识古今文学，使文学研究不再是片段和孤立的学问，甚至可以将研究中的真知灼见和结果、文学与非文学的学科互相运用。①

王润华指出："今天跨国界的流动多元文化现象，已不能只用传统或一元的思考方式去分析，因为种种因素改变了人的经验模式与时空坐标。在全球化与本土化的冲击下，由于出生多元文化的社会，又在上述学术思潮中受训，我个人解读现代文学的方法，从考证、注释、新批评、比较文学到文化批评都一一地加以运用。西方或中国文学为典范出来的解释模式都因需要而采用。"②

他的导师周策纵要他做研究，需来往于古典与现代文学之间，才会有所创新与贯通。而他经过长期现代与古典文学的训练与研究，形成了自己古今文学多元的思考与分析方法。另外，马新本土多元文化也帮助他对中西诠释模式加以挑战与回应，进而在中西文学为典范的诠释中，寻找另外更广阔的解释模式。他曾说：

> 我研究现代华文诗，尤其朦胧诗，常用马拉美(Stéphane Mallarmé, 1842—1898)"诗永远停留在谜语里"，与梵乐希(Paul Valéry，1871—1945)"诗人应该为我们制造谜语"的诗学理论。它促使我的红学研究因此离经叛道，突然发现曹雪芹早已有此诗学，因此写了《论〈红楼梦〉中谜语诗的现代诗结构》一文。曹雪芹在《红楼梦》共有七次描写放风筝，每读这些文字都叫我意识到现代诗的象征结构，这种现代与古典的交流，我写了论文《论大观园暮春放风筝的象征》。③

① 王润华：《一轮明月照古今：贯通中国古今文学的诠释模式》，《复旦学报》(社会科学版)2002年第1期。

② 王润华：《一轮明月照古今：贯通中国古今文学的诠释模式》，《复旦学报》(社会科学版)2002年第1期。

③ 王润华：《一轮明月照古今：贯通中国古今文学的诠释模式》，《复旦学报》(社会科学版)2002年第1期。

王润华擅长中西比较文学，写了《西方的“解脱说”和红楼梦的“还泪说”》《红楼梦对中国现代文学的影响》①《论大观园暮春放风筝的象征》②《论“红楼梦”中谜语诗的现代诗结构》③《白头海外说红楼：周策纵教授的曹红学》④《周策纵的曹红学：文化研究新典范》⑤等文。

王润华指导过的论文有黄花燕《红楼梦的文学理论与批评》(南洋大学，1976)、林启懿《红楼梦中的理财与管理方法研究》(新加坡国立大学，1995)、黄妙音《论红楼梦中的梦》(1992)、潘君琴《红楼梦中象征事物选释》(1993)、陈秀琴《从爆竹到扇子：红楼梦中物品的象征》(1994)、刘瑞金《红楼梦中的唐代诗学研究》(1995)。

陈美玲老师也是红学专家，她的学士学位论文《〈红楼梦〉里的贾氏四姐妹》(1987)⑥、硕士学位论文《红楼梦中的宁国府》(1989)⑦都是在国大完成的，师承皮述民；博士学位论文也以《红楼梦》为研究对象，题目为《明清章回小说典型人物比较研究》(林徐典指导，1996)⑧。陈美玲的专著有《红楼梦中的宁国府》(1999)⑨、《红楼梦里的小姐与丫鬟》(2001)⑩，发表的论文有《从继承到创新——潘金莲与王熙凤的比较》(1999)⑪、《美丑都在情和欲之间——李瓶儿与尤二姐的比较》(1999)⑫、

---

① 王润华、刘宝珍：《红楼梦对中国现代文学的影响》，《中国现代文学研究丛刊》1987年第32期。

② 王润华：《论大观园暮春放风筝的象征》，(台北)《大陆杂志》1994年第3期。

③ 王润华：《论红楼梦中谜语诗的现代诗结构》，(台北)《大陆杂志》1995年第2期。

④ 王润华：《白头海外说红楼：周策纵教授的曹红学》，《中国文哲研究所通讯》2007年第3期。

⑤ 王润华：《周策纵的曹红学：文化研究新典范》，《红楼梦学刊》2008年第6期。

⑥ 陈美玲：《〈红楼梦〉里的贾氏四姐妹》，新加坡国立大学学士学位论文，1987年。

⑦ 陈美玲：《红楼梦中的宁国府》，新加坡国立大学硕士学位论文，1989年。

⑧ 陈美玲：《明清章回小说典型人物比较研究》，新加坡国立大学博士学位论文，1996年。

⑨ 陈美玲：《红楼梦中的宁国府》，台北：文津出版社，1999年。

⑩ 陈美玲：《红楼梦里的小姐与丫鬟》，台北：文津出版社，2001年。

⑪ 陈美玲：《从继承到创新——潘金莲与王熙凤的比较》，《中国文化月刊》1999年第233期。

⑫ 陈美玲：《美丑都在情和欲之间——李瓶儿与尤二姐的比较》，《华冈文科学报》1999年第23期。

《一个具有历史深度的时代新人——论红楼梦中的贾宝玉》(2001)①。

陈美玲先后在新加坡国立大学中文系和华侨中学高中部任教，并不时受邀到各地去做讲座，讲题包括"《红楼梦》阅读及创意写作工作坊""《红楼梦》座谈会""满纸荒唐言，一把辛酸泪——从宁国府看红楼梦""原应叹息的贾氏四姐妹"等。在国大任教期间指导过刘诗勤撰写《荣国府中的女性奴仆群像》学士学位论文(2000)。

萧驰老师曾于中国人民大学修读中国文学批评史，1987年负笈北美，先后于美国印第安纳大学和圣路易斯华盛顿大学修读中国文学和比较文学，1993年获博士学位，同年入新加坡国立大学中文系任教。

萧驰是滥觞北美而流播亚洲"中国抒情传统"学术形态中的重要学者，多年来致力其发展。他用"中国抒情传统"视角去研红，收获颇丰，论文有《从"才子佳人"到〈红楼梦〉：文人小说与抒情诗传统的一段情结》②《从互文关系论〈石头记〉的悖论叙事主题》③《山水百家言(九) 大观园 美人繁花的乐土》④。其论著《中国抒情传统》、*The Chinese Garden as Lyric Enclave: A Generic Study of the Story of the Stone*，以及与柯庆明合编的《中国抒情传统的再发现》，都有从中国抒情传统的角度探讨《红楼梦》的篇章。

萧驰在《中国抒情传统的再发现：一个现代学术思潮的论文集》的导言中指出：

> 《从"才子佳人"到〈红楼梦〉：文人小说与抒情传统的一段情结》是基于对清代才子佳人小说和《红楼梦》的比较分析，追寻抒情诗传统在文人小说中的播散以及被哀挽和反讽。在此，《红楼梦》如塞万提斯的

① 陈美玲：《一个具有历史深度的时代新人——论红楼梦中的贾宝玉》，王润华、杨松年编著：《新马汉学研究：国大马大中文系研究状况探讨研讨会论文集》，新加坡：新加坡国立大学中文系，2001年。

② 萧驰：《从"才子佳人"到〈红楼梦〉：文人小说与抒情诗传统的一段情结》，(台北)《汉学研究》1996年第1期。

③ 萧驰：《从互文关系论〈石头记〉的悖论叙事母题》，(台北)《汉学研究》1998年第16期。

④ 萧驰、南楠：《山水百家言(九) 大观园 美人繁花的乐土》，《风景园林》2010年第6期。

《堂吉诃德》，不妨被诊读为一部蕴含着文类转变寓言意味的作品……近代小说在中国文化中诞生亦须在历史学传统外，面对辉煌的抒情传统。①

萧驰在国内外主讲过“《红楼梦》与中国抒情传统”（2008）、“《红楼梦》的园林世界”（2009）等课题，为国大培养了不少以红学为论题的学生，指导的硕士论文有吴琳《大观园女儿世界的文化解读》（2000）、周德成《红楼梦中的“影文性”》（2006），学士论文有陈佩雯《青春女儿乌托邦：大观园的理想世界及其幻灭》（2000）、王士伟《传统谶纬与红楼梦里的预叙》（2000）、苏俊仪《〈红楼梦〉情节设计中的因果性和非因果性》（2001）、刘慧莲《悲凉而冷峻的挽歌：试论红楼梦对中国家族制度的描写》（2002）、颜小芳《从林兰香到红楼梦》（2002）、罗玮馨《中国章回小说中的“意境”——以儒林外史和红楼梦为例》（2003）、许耀如《论红楼梦中的田园文化观》（2006）、李凯盈《红楼梦大观园叙事手法中的时间性与空间性》（2011）。

国大其他导师分别指导过的红学论文还有朱纯深老师指导杨仲志《论红楼梦中对话的功能及其英译》（1995），陶红印老师指导庄泽芳《红楼梦中人物描写的视点问题：电脑语料库话语分析方法尝试》（1995），周建渝指导张锦燕《论史湘云》（1996），苏瑞福《红楼梦与聊斋志异的场景设置及其意义》（1998），辜美高指导黄慧珍《从红楼梦前八十回窥探作者的思想》（1996），李子玲指导侯志涛《红楼梦身体语言英译研究》（2000），沈安德指导何嘉敏《汉英翻译演变与发展：红楼梦历来英译》，Chee lick Ho指导 Zequan Liu《归化或异化？ 红楼梦回目与敬语的翻译》（Domesticating or Foreignizing? Translations of Titles and Honorifics in *Hong Lou Meng*）（2007）。

国大中文系有关红学的学位论文研究也有自己的鲜明特色——注重比

① 萧驰：《导言》，柯庆明、萧驰主编：《中国抒情传统的再发现：一个现代学术思潮的论文集》，台北：台湾大学出版中心，2011年，第8页。

较研究。比较研究容易看出彼此之间的异同，从而进一步探讨普遍的艺术规律，开拓研究视野，如苏瑞福的《红楼梦与聊斋志异的场景设置及其意义》；有的采用了先进的技术手段来分析和研究中国古典文学，如庄泽芳的《红楼梦中人物描写的视点问题——电脑语料库话语分析方法尝试》；关于小说人物的探讨，如张锦燕的《论史湘云》，刘诗勤的《荣国府中的女性奴仆群像》；关于书中重要术语的探讨，如蔡慕君的《红楼梦中的情、欲、无情与不情之辩》；探讨小说思想的，如黄慧珍的《从红楼梦前八十回窥探作者的思想》；小说结构方面的探讨，如卓秋妘的《〈红楼梦〉情节设计和叙述解构中对仗法则的应用》；讨论小说中的象征意义的，如陈秀琴的《从爆竹到扇子：红楼梦中物品的象征》，潘君琴的《红楼梦中象征事物研究》；等等。[①]

马来西亚高等教育一直不断发展。1990 年，位于马来西亚南部柔佛州的南方学院正式成立；1997 年 5 月 28 日，新纪元学院在马来西亚中部雪兰莪州获准设立；1999 年 7 月 13 日，位于马来西亚北部槟城的韩江国际学院获准成立；2002 年 8 月 13 日，位于霹雳金宝主校区以及雪兰莪双溪龙镇校区的拉曼大学成立。这四间民办学院与大学都有设立中文系，都开办中国古典小说课程。如此一来，《红楼梦》传播的范围慢慢从普罗大众上升到学术领域了。[②]

第三节　马来西亚和新加坡的《红楼梦》研究学位论文分析

高等院校是中国《红楼梦》研究的中坚力量，它们关于《红楼梦》研究的现状在一定程度上反映了中国在这一领域的发展状况。其中，学位论文作为学术研究论文的重要组成部分，是学位候选人将其作为研究成果提

① 王润华、杨松年编著：《新马汉学研究：国大马大中文系研究状况探讨研讨会论文集》，新加坡：新加坡国立大学中文系，2001 年。

② 潘碧华：《红楼梦在马来西亚的传播与接受》，第十四届北京论坛“文明的和谐与共同繁荣——变化中的价值与秩序”，“中华文明的国际传播”分论坛，北京，2017 年，第 12 页。

交，以获得学位资格的文献。学位论文的选题往往涉及本学科研究的热点和难点，代表了学科研究的较高水平，既体现出学科研究方向，又反映了学科的潜在发展趋势。[①]

辛欣在《从学位论文看〈红楼梦〉研究》一文中，采用文献统计的方法，从学位论文完成时间分布、主题分布和学科分布等三个方面对中国有关《红楼梦》研究的学位论文进行统计分析，展示了中国博硕士学位论文中《红楼梦》研究的特点、规律以及发展状况。

此类研究方法无疑是很好的借鉴对象，在此，我们也对马来西亚和新加坡有关《红楼梦》研究的学位论文进行统计分析，厘清其发展历史、探究现状，为其发展趋势或今后的研究目标提供依据。我们以马新地区的本科、硕士、博士学位论文为样本，搜罗整理后计有 70 篇学位论文，其中，博士论文 4 篇，硕士论文 9 篇，学士论文 57 篇，时间范围从 1976 年至 2017 年。数据来源是两国四所较具代表性的大学历年来的论文，代表新加坡的有南洋大学、新加坡国立大学；代表马来西亚的有马来亚大学、拉曼大学。

一、学位论文数量及年代分布

论文数量的多寡可反映出当代学生对《红楼梦》研究的兴趣多少，亦可从侧面看出本地红学发展的兴衰。马新《红楼梦》研究的学位论文起步于 20 世纪 70 年代末，新加坡于 1976 年出现第一篇学士学位论文《〈红楼梦〉的文学理论与批评》（黄花燕著，王润华指导，南洋大学），1989 年出现第一篇硕士学位论文《红楼梦中的宁国府》（陈美玲著，皮述民指导，新加坡国立大学），1996 年出现第一篇博士论文《明清章回小说典型人物比较研究》（陈美玲著，林徐典指导，新加坡国立大学）；马来西亚则稍迟一些，1979 年出现第一篇学士学位论文《论今本红楼梦后四十回续书作者问题》（陈广才著，苏莹辉指导，马来亚大学），2011 年出现第一篇硕士学位论文“Penyebaran dan Penerimaan Sastera Cina Klasik di Malaysia dan

① 辛欣：《从学位论文看红楼梦研究》，《红楼梦学刊》2014 年第 1 期。

Singapura：Kajian terhadap Novel *Hong Lou Meng*”(《中国古典文学在马来西亚与新加坡的传播与接受：以〈红楼梦〉为例》)，谢依伦著，孙彦庄指导，马来亚大学，以马来文撰写)，2015 年出现第一篇博士论文“The Factors Affecting the Tragedy of the Female Servants in *A Dream of Red Mansions*”(《里外皆成因：论红楼女婢的悲剧因素》，纪诗蕊著，孙彦庄指导，马来亚大学，以英文撰写)。

历时 39 年，两国共产出 70 篇学位论文，其中新加坡占 37 篇(3 篇博士，6 篇硕士，28 篇学士，从 2012 年开始未见有《红楼梦》相关论文)，马来西亚占 33 篇(1 篇博士，3 篇硕士，29 篇学士)。作为论文选题，《红楼梦》研究从 20 世纪 70—80 年代的年平均量为 0.6，一直增长，到 90 年代达 1.9，21 世纪初前 10 年达到高峰 2.6，近几年则微跌至 2.1。(见表 4-1)

表 4-1　马新《红楼梦》研究学位论文数量统计表

年代	学士学位论文数量			硕士学位论文数量			博士学位论文数量			总数	年平均论文数量
	大马	新加坡	小计	大马	新加坡	小计	大马	新加坡	小计		
1976—1989	2	5	7	0	1	1	0	0	0	8	0.6
1990—1999	3	13	16	0	2	2	0	1	1	19	1.9
2000—2009	12	9	21	0	3	3	0	2	2	26	2.6
2010—2017	12	1	13	3	0	3	1	0	1	17	2.1
论文总数	29	28	57	3	6	9	1	3	4	70	1.7

新加坡国立大学(由南洋大学与新加坡大学于 1980 年合并而成)拥有超过 60 年历史的“老字号”中文系，近年来招生人数明显减少，2009—2014 六年主修中文的毕业生每年平均不超过 30 人。但在本地其他大学推

出更多选择的背景下，修读与华文相关课程的本科新生，每年还有两三百人。①

同样是“老字号”的马来亚大学中文系也面临同等困境。大马数所国立大学（包括设有中文科系的马来亚大学和博特拉大学）自从转型为研究型大学后，校方就改变收生政策而减少本科生人数。2014年，潘碧华高级讲师（今马大中文系系主任）曾表示，马大中文系自2011年起，每年仅接受15名学生。而除了中文系之外，马大语文学院中文组这几年，每年也只收15人，博大中文组虽维持收生40人，但林林总总加起来，每年也只有数十人。② 其他私立大学如拉曼大学（2002年创立）、南方大学学院（南方学院于1990年创办，2012年升格为大学学院）与新纪元大学学院（新纪元学院于1998年创校，2016年升格为大学学院）等都设有中文系。

其实在2010年以后，《红楼梦》研究在各大学中文系学生骤减的时期仍能达到如此成果是极其不易的，同时也说明了其受重视的程度。

二、主题分析

这里，我们依据辛欣《从学位论文看〈红楼梦〉研究》一文的思路，按其分类与方法，对《红楼梦》研究的内容与主题进行统计分析。这样一来，本书所产生的数据则能与该文呼应，对比异同。辛欣的研究范围仅锁定硕博学位论文，而我们则因为国别情况的不同和论文数量多寡的考量，加入本科学位论文一起统计，因此论文质量上肯定有明显差异。但是，这样的对比无疑是有价值的。通过定量分析，我们能描绘出红学在马新各大学的发展脉络，而通过对比则可以发现马新与中国的研究热点是否一致，或更具区域性。

需要强调的是，许多学位论文并非单一主题，有涉及两个或多个主题的，因此，论文数是依据文章内容的重点研究方向来分类，不重复计算。兹列表4-2如下：

① 许翔宇：《国大中文系学生逐年减少 其他大学华文课程新生则渐增》，《联合早报》2014年12月17日。

② 《华教工作者：马国华文水平下滑日益严重》，《联合早报》2014年1月20日。

表 4-2 《红楼梦》研究学位论文的内容与主题

文本内容研究						衍生内容研究				
主题		大马	新加坡	总和	比例(%)	主题	大马	新加坡	总和	比例(%)
文学鉴赏	人物	12	8	20	28.6	小说创作继承	1	1	2	2.9
	创作技巧	2	6	8	11.4	传播	1	0	1	1.4
	文学思想	3	3	6	8.6	电视剧	1	0	1	1.4
	叙事学	0	2	2	2.9	后四十回续书者	1	0	1	1.4
	诗词	0	2	2	2.9					
	审美	1	0	1	1.4					
	文学结构	0	1	1	1.4					
	文学理论	0	1	1	1.4					
	大观园	0	3	3	4.3					
文化研究		4	2	6	8.6					
比较研究		4	2	6	8.6					
翻译研究		1	4	5	7.1					
管理		1	1	2	2.9					
语言		1	0	1	1.4					
建筑		0	1	1	1.4					
总和		29	36	65	92.9		4	1	5	7.1

《红楼梦》研究学位论文主题中，小说文本内容研究中占了 92.9%，涉及范围广泛，可细分为 14 个主题；而衍生内容研究分：小说创作继承、传播、电视剧、后四十回续书者四个主题，仅占 7.1%。

第一,《红楼梦》作为华文经典小说，其文本内容极具魅力，吸引着大量研究者去探索。其中的文学鉴赏研究，即文学作品中人物形象、文学思想、文学结构、创作技巧等研究，共有 44 篇，占了总数的 62.9%，是马新《红楼梦》研究的主流。显然相对于中国硕博论题的首两项研究热点：文学翻译研究以及语言学研究，马新研究者更倾向于用各种文学批评方法，通过各种角度去鉴赏《红楼梦》，尤其是钟爱《红楼梦》人物研究，其研究数量占了28.6%（20篇）。此外，《红楼梦》的文学创作技巧和文学思想也是备受关注的部分，占比分别为11.4%和8.6%。

《红楼梦》小说创作的价值一直以来都为马华作家所推崇。著名作家李永平（2016年荣获全球华文文学星云奖贡献奖）曾在一次茶会中说过他“向往就读南洋大学，读尽图书馆所有的藏书，写一部现代的《红楼梦》”。他更在学生面前说过《红楼梦》是他不可或缺的枕边书，他经常从书里获得启发，即使到新加坡教学几个月，还把《红楼梦》从中国台湾寄来。

“《红楼梦》，好伟大呀！我几乎每天都读。”李永平语气昂扬。[①]

金进评论李永平是马华旅台作家中成就最高、风格独具的一位，从1968年成名作《拉子妇》到2008年长篇力作《大河尽头》（上卷：溯流），他的创作纵行中国台湾当代文坛40年，题材横贯台湾与婆罗洲。其创作带有浓厚的文化气息，其中对中国古汉字的顶礼膜拜、对台湾/婆罗洲两地殖民处境的历史爬梳和现状反映、对《红楼梦》意境的追求和模仿，使得他本人成为当代华文文学中不可重复与抄袭、难以超越的一位特立独行的作家。[②]

黄锦树描述李永平的寓言空间时说：“李永平哀悼少女的成长，终必毁于浊物臭男人的世间法则，与其说是源于西方相关母题，不如说是直接源于《红楼梦》。八十回《石头记》多愁善感的贾宝玉时不时会想到那些如花似玉的女孩终归要嫁人生子、远离大观园的自在坠入滚滚红尘而感伤。只是李永平的哀伤更沉重些。而后八十回大观园散后的情况，八十回《石头记》加上脂批其实已是不写之写，李永平却似乎没有不写的理由。有趣的是，他也写了个高鹗式的后四十回。作为预言，李永平费心建构的‘人

---

① 衣若芬：《人生可以重叠》，《联合早报》2017年9月30日。

② 金进：《文字鬼魅·殖民书写·红楼笔法——李永平小说创作中文化因素之论析》，《华文文学》2010年第1期。

相食'的堕落桃花源——大观园将是市场中国的总体隐喻。"[①]

除了李永平，孙爱玲的小说也深受《红楼梦》影响，她曾以《红楼梦》为目标写小说；孙彦庄与《红楼梦》情缘颇深，把《红楼梦》融入了她的创作与教学生涯，并将她热爱、研究、翻译、教授《红楼梦》等事迹写成散文，出版了《红楼梦情结》一书。此外，还有一直活跃与各大报刊副刊的梅淑贞，其文章多引用《红楼梦》内容叙事，同时也阐发《红楼梦》内细微的情节，以古喻今，别具风格。

还有许多马新华人作家在作品上未见有受《红楼梦》影响的踪迹，却公开表示喜爱《红楼梦》，推荐大家阅读这部优秀的文学作品。

在东马长大的梁放直言，自己在小学一年级就懂得欣赏课文的音韵，《三字经》、唐诗三百首都对他影响至深。长大后的他饱览中外名著，从《傲慢与偏见》《水浒传》到《红楼梦》可谓百看不厌，阅读令他成为比其他工程师更快乐的工程师。[②] 梁放对《红楼梦》的评价甚高：

> 我先试读《水浒传》，再翻阅《红楼梦》。之后几年也只反反复复地把武松打虎的片段与大观园里的热闹读了许多。读完整部《红楼梦》是我上大学已经接触了西方文学之后。是那个时候，我发现《红楼梦》所涵盖的思想与内容，不是《战争与和平》、《悲惨世界》、*Tom Jones* 等西方大块头巨著可以望其项背的，也明白西方人把一个故事套另个故事的叙事方法叫 Chinese Box 是什么一回事。

傅承得在指导学生如何开心学华文时，会推荐他们读《红楼梦》，他分享自己的阅读经历：

> 慢慢地到了初三和高一，我就开始看古今中外的名著，包括中国文言文的四大奇书。我喜欢的是《红楼梦》，我建议大家开始看《红楼梦》的时候跟我一样，你就看贾宝玉和林黛玉的爱情故事。中学生的话，读

---

① 黄锦树：《漫游者、象征契约与卑贱物——论李永平的〈海东春秋〉》，陈大为、钟怡雯、胡金伦编：《马华文学读本 II：赤道回声》，台北：万卷楼出版社，2004 年，第 414 页。

② 梁放：《从意识到时间存在开始——略谈我的启蒙书单》，《星洲日报》2017 年 9 月 18 日。

到《黛玉葬花》你就可以把书放一边去了，因为后面都很凄惨……

我很感谢我懂得华文，因为它给我带来很多美妙的故事，而这些故事、这些小说给我带来很多阅读的享受。[①]

这样的例子多不胜数。从文坛风气至学府的研究风气，文学鉴赏研究始终是马新华人对《红楼梦》的关注热点。

第二，是通过《红楼梦》去了解、探索中国传统文化。文化研究占了10%，有对中国家族制度、婆尊媳卑制度、女婢制度等课题的探索，也有对《红楼梦》中展现的田园文化观、服饰艺术、宴会、大观园女儿世界等文化现象进行深入论述的。

第三，用文学比较的方法研究《红楼梦》，占8.6%。1996年，陈美玲在《明清章回小说典型人物比较研究》（新加坡国立大学）论文第三编中，用了六章来讨论“世情小说——写实系统中典型人物的比较”。她将《金瓶梅》与《红楼梦》中的人物或《红楼梦》中的人物之间进行对比，写了“狎邪贪婪的大淫棍：西门庆与贾珍的比较——秽臭无耻，丧德败行的典型人物”“自私凶残的刁泼妇：潘金莲与王熙凤的比较——淫荡狠辣，刻薄善妒的典型人物”“痴心温顺的滥情女：李瓶儿与尤二姐的比较——随和柔婉，善良懦弱的典型人物”“疏狂率直的叛逆子：杜少卿与贾宝玉的比较——偏僻乖张，落拓不羁的典型人物”“孤高纯真的忤俗者：林黛玉与晴雯的比较——聪慧敏锐，心高气傲的典型人物”“圆滑持节的贤良人：薛宝钗与花袭人的比较——装愚守拙，娴静文雅的典型人物”。

尽管红楼人物仅占其论述的一部分，但此论文已标志着马新第一本涉及《红楼梦》研究的博士学位论文诞生。陈美玲系统地梳理、探讨了中外小说理论的典型人物塑造观，也深入地比较、剖析了明清章回小说一些重要的典型人物，从文学鉴赏与文学批评两方面，以及纵向、横向、宏观、微观等多视角、多方位、多层次入手，表述了她对这个研究课题的思索

---

① 傅承得：《立志学好华文，必能找到学好华文的方法——傅承得分享如何开心学华文》，《星洲日报》2014年4月4日。

结果。

除此以外，关于《红楼梦》文学对比研究还有5篇学士学位论文，其中有《红楼梦》人物的比较研究，如游婉婷《出世与入世：林黛玉与薛宝钗处世态度之比较》(马来亚大学，2007)；中国古代小说之间的比较研究，如苏瑞福《〈红楼梦〉与〈聊斋志异〉的场景设置及其意义》(新加坡国立大学，1998)、郑向真《从人物性别倒置比较——〈红楼梦〉与〈水浒传〉的美学建构》(拉曼大学，2007)；比较文学研究，如刘眉虹《贾宝玉与林黛玉和罗密欧与朱丽叶的爱情悲剧之比较》(拉曼大学，2007)、陈晓雯《比较〈红楼梦〉与〈罗密欧与朱丽叶〉的悲剧精神》(拉曼大学，2008)。

第四，则是《红楼梦》的翻译研究，而且前期较为集中于新加坡国立大学，其研究成果有《论红楼梦中对话的功能及其英译》(杨仲志，1995，学士学位论文)、《〈红楼梦〉身体语言英译研究》(侯志涛，2000，硕士学位论文)、《汉英翻译演变与发展：红楼梦历来英译》(何嘉敏，2001，学士学位论文)、"Domesticating or Foreignizing? Translations of Titles and Honorifics in *Hong Lou Meng*"(《归化或异化？ 红楼梦回目与敬语的翻译》，刘泽泉，2007，博士学位论文)，直到2017年，马来亚大学才出现"Third Person Reference in *Hong Lou Meng* and its English Translations"(《红楼梦中的第三人称及其英译》，Yanan Zhang，2017，硕士学位论文)的翻译研究论文。

在《红楼梦》衍生内容的研究方面，马来西亚比新加坡的研究方向显得更为多元，大马有后四十回续书作者研究、传播与接受研究、电视剧影响研究，以及小说创作承继关系研究等，而新加坡仅有《从〈林兰香〉到〈红楼梦〉》(颜小芳，2002，新加坡国立大学)一篇关于小说创作承继关系的研究。

三、中国与马新的《红楼梦》论文研究情况对比

马新的《红楼梦》论文主题与中国比较，存在着较大的差异性：中国前五名的排位依次是翻译研究（55%），语言（13.2%），文学鉴赏

（10.5%），比较研究（3.9%），《红楼梦》、戏剧、影视及改编（3%）；马新方面的排名则是文学鉴赏（62.9%）、文化研究（8.6%）、比较研究（8.6%）、翻译研究（7.1%）、管理（2.9%）（见表 4-3）。

另外，中国《红楼梦》学位论文中有一些主题是马新大学生还未触碰的研究领域。如关于文本内容研究，有宗教哲学、后四十回文本、法律、设计艺术、档案学、科技观、烹饪、心理学、信息处理。关于衍生内容研究，有评点派、名人与红学、戏剧、电视剧音乐、版本、中文教学、红学史、大众传播、红学研究方法论、绘画、对个人创作的影响、红学流派等。

表 4-3 中国与马新《红楼梦》论文主题对比

<table>
<tr><th colspan="6">文本内容研究</th><th colspan="5">衍生内容研究</th></tr>
<tr><th colspan="2">主题</th><th>中国</th><th>比例（%）</th><th>马新</th><th>比例（%）</th><th>主题</th><th>中国</th><th>比例（%）</th><th>马新</th><th>比例（%）</th></tr>
<tr><td colspan="2">翻译研究</td><td>706</td><td>55.0</td><td>5</td><td>7.1</td><td>影视及改编</td><td>24</td><td>1.9</td><td>1</td><td>1.4</td></tr>
<tr><td colspan="2">语言</td><td>169</td><td>13.2</td><td>1</td><td>1.4</td><td>评点派</td><td>22</td><td>1.7</td><td>0</td><td>—</td></tr>
<tr><td colspan="2">比较研究</td><td>50</td><td>3.9</td><td>6</td><td>8.6</td><td>名人与红学</td><td>20</td><td>1.6</td><td>0</td><td>—</td></tr>
<tr><td rowspan="11">文学鉴赏</td><td>创作技巧</td><td>39</td><td>3.0</td><td>8</td><td>11.4</td><td>戏剧</td><td>14</td><td>1.1</td><td>0</td><td>—</td></tr>
<tr><td>人物</td><td>30</td><td>2.3</td><td>20</td><td>28.6</td><td>电视剧音乐</td><td>13</td><td>1.0</td><td>0</td><td>—</td></tr>
<tr><td>文学思想、文学观</td><td>21</td><td>1.6</td><td>7</td><td>10.0</td><td>小说创作继承</td><td>10</td><td>0.8</td><td>2</td><td>2.9</td></tr>
<tr><td>审美</td><td>10</td><td>0.8</td><td>1</td><td>1.4</td><td>版本</td><td>9</td><td>0.7</td><td>0</td><td>—</td></tr>
<tr><td>叙事学</td><td>9</td><td>0.7</td><td>2</td><td>2.9</td><td>后四十回续书及作者</td><td>9</td><td>0.7</td><td>1</td><td>1.4</td></tr>
<tr><td>诗词</td><td>6</td><td>0.5</td><td>2</td><td>2.9</td><td>中文教学</td><td>9</td><td>0.7</td><td>0</td><td>—</td></tr>
<tr><td>文学结构</td><td>5</td><td>0.4</td><td>1</td><td>1.4</td><td>红学史</td><td>7</td><td>0.5</td><td>0</td><td>—</td></tr>
<tr><td>文学风格</td><td>6</td><td>0.5</td><td>0</td><td>—</td><td>大众传播</td><td>6</td><td>0.5</td><td>0</td><td>—</td></tr>
<tr><td>创造主题</td><td>7</td><td>0.5</td><td>0</td><td>—</td><td>红学研究方法论</td><td>5</td><td>0.4</td><td>0</td><td>—</td></tr>
<tr><td>大观园</td><td>2</td><td>0.2</td><td>3</td><td>4.3</td><td>绘画</td><td>4</td><td>0.3</td><td>0</td><td>—</td></tr>
</table>

续表

文本内容研究					衍生内容研究				
主题	中国	比例(%)	马新	比例(%)	主题	中国	比例(%)	马新	比例(%)
文化研究	19	1.5	6	8.6	对个人创作的影响	3	0.2	0	—
管理	1	0.1	2	2.9	海外传播	3	0.2	1	1.4
建筑园林规划	5	0.4	1	1.4	红学流派	2	0.2	0	—
宗教哲学、后四十回文本、法律、设计艺术、档案学、科技观、烹饪、心理学、信息处理	38	3.0	0	—					
总和	1123	87.5	65	92.9		160	12.5	5	7.1

在中国,《红楼梦》研究带有超学科的特点，研究者的专业除文学、文艺学，还涉及教育学、新闻学、音乐学、美术学等，达30多个。[①] 而在马新，研究者主要是在中文系内修读古代小说或专书选读课程的学生，只有个别来自其他学院的不同专业，如语言学院应用语言学专业、英语语言与文学专业及建筑专业。

无论是数量还是质量，中国都有着相对多的人才储备，许多学科都能在《红楼梦》中找到元素或材料去深入研究。 而马新则受限于中文系的发展，进修中文的学生有限，喜欢中国古代小说而又选择《红楼梦》的，毕竟属少数。

通过对马新《红楼梦》研究学位论文的分析，我们可以总结出几点关于《红楼梦》研究在马新各大学过去传播的轨迹以及现在发展的情况。 再将其与中国硕博学位论文的数据对比，或可以为马新《红楼梦》研究学位论文的发展制定一个未来的方向。

① 辛欣:《从学位论文看红楼梦研究》,《红楼梦学刊》2014年第1期。

第一，在学位论文的选题上，马新本科生和硕博研究生（不包括到中国的留学生）每年有约1.7的撰写率，对中国以外的地区而言是难能可贵的。《红楼梦》研究的发展在新加坡始于1976年，到2000年开始慢慢下降，而在马来西亚则从1979年开始呈现逐步上升的趋势至今。尽管如此，新加坡在《红楼梦》相关学位论文的数量上，无论是学士、硕士还是博士论文目前皆比马来西亚稍多一些。

第二，马新的《红楼梦》研究除了《红楼梦》文学魅力的内部因素，还受国家语言政策影响。新加坡政府1965年通过《王庚武报告书》逐步将南洋大学改制至彻底英化。[①] 1976年以后，南大除中文系的科目外，各院系的课程皆采用英语为教学媒介。1980年，南洋大学和新加坡大学更在李光耀的建议下合并为新加坡国立大学。[②] 同样的情况亦体现在马新的基础教育上，新加坡独立后，政府推行“双语教育”（英语加母语）的基本政策，用英语讲授自然科学科目，用母语讲授历史与公民教育方面的课程。从1984年起，华文学校的小一、小二、小三和中一都逐渐转为英语教学，1987年以后，所有的学校都以英语为第一语言，母语为第二语言。[③] 因此，新加坡的中文教育可说是完全被英文教育所取代。

在1980—1986年，《红楼梦》研究在马新出现了空窗期，长达6年未见一本相关的学位论文。国家语言教育政策的转变不仅在当时造成冲击，其影响更是长久和深远的。新加坡学生缺乏中文基础和对中华文化的认识，以致后来的大部分对《红楼梦》兴趣缺乏，觉得其难以理解。目前更需要关注的一点是，新加坡国立大学在2012年后未见有与《红楼梦》相关的论文，情况不禁让人担忧。

马来亚大学的硕博论文明文规定需要用英文或马来文撰写，语言上的限制导致学生研究《红楼梦》的同时还得掌握翻译的能力。大马《红楼

① 谢映红：《南洋大学：一部不该被遗忘的历史》，蔡亚汉编：《第九届南洋大学全球校友联欢会特刊》，槟城：槟榔屿南洋大学校友会，2005年，第139～144页。

② 崔贵强：《新加坡华人：从开埠到建国》，新加坡：新加坡宗乡会馆联合总会、教育出版私营有限公司，1994年，第156页。

③ 左飚、谭慧敏：《新加坡建国以后中华语言与文化升沉荣枯的启示》，《西安外国语大学学报》2009年第1期。

梦》硕博论文迟至2011年才产生，比新加坡迟了整整21年。

第三，导师角色与《红楼梦》相关课程的重要性。王润华与皮述民两位红学研究专家早在南洋大学就指导过《红楼梦》相关学位论文的撰写。直到新加坡国立大学成立，皮述民和王润华仍在国大继续指导学生研究《红楼梦》。后来更有林徐典、萧驰、朱纯深、陶红印、周建渝、辜美高、李子玲、沈安德等导师的加入。

马来亚大学中文系成立于1963年，早期虽设有"中国古典文学""古籍导读""中国古典文学选读"等课程，但由于导师方面没有著名的红学家，因此《红楼梦》并未被带入课程中。热爱《红楼梦》的马大中文系学生陈广才在敦煌学专家苏莹辉老师指导学术研究方法、内容则靠自己"摸着石头过河"的情况下[①]，于1979年完成了学士学位论文《论今本红楼梦后四十回续书作者问题》[②]。没有红学家和课程的引导，马来西亚大学生只能凭着自己的爱好阅读与探讨《红楼梦》，当时或有许多红迷，但能坚持兴趣撰写毕业论文的仅见此一例。

迟至1983年，马大中文系方开办"中国传统小说"课程，由钟玉莲指导。于是1989—1992年就产生4位撰写《红楼梦》研究论文的学生。1993年，"中国传统小说"课程内容修改为：除选读各时期一些具代表性之名著外，学生尚需精读《红楼梦》。可见此时《红楼梦》已被正名，成了马来西亚高等教育课程中的重点教授内容。

自2000年钟玉莲退休后，孙彦庄于2007—2015年指导了1位博士、2位硕士、7位学士撰写《红楼梦》研究论文。与此同时，拉曼大学许文荣、秦美珊、金进、辛金顺、方美富等讲师从2007年开始不断培育本科生撰写以《红楼梦》为主题的毕业论文，数量颇丰。因此，近几年来，《红楼梦》研究学位论文在数量和质量上都有所提升。

第四，辛欣认为，中国《红楼梦》研究博硕士学位论文中所探讨的主题集中于文学翻译与语言学方向，与中国积极地实施对外开放、加强软实

---

① 陈广才:《马来西亚红学研究的展望》,《红楼梦学刊》2008年第5期。

② 陈广才:《论今本红楼梦后四十回续书作者问题》,马来亚大学学士学位论文,1979年。

力建设息息相关。《红楼梦》传承着传统文化的精髓，是中国文化的宝库。[①] 小说被成功翻译成其他语言，意味着中国古典文学正进行国际传播，将中国文化融入世界，也让世界走进中国。因此，向世界介绍这部经典文学名著已成为中国学界的共识。

关于语言问题，马新读者向来是以阅读中文版《红楼梦》为主，这样可以原汁原味去感受书中的世界，从中体会中华文化的情与中文的美。新加坡在独立后因为语言政策的倾向，英文版《红楼梦》对读者产生了一定的影响，而大马读者则大部分维持以中文阅读《红楼梦》的习惯。

小　结

《红楼梦》早期在马新的传播离不开发行量巨大的报纸，其中，报章的文艺副刊更是其宣传的主阵地。报章上的《红楼梦》文章呈现出几个特点：其一，文章数量大，大批红学家、教育家、《红楼梦》爱好者、作家发表了文章，但因存在大量使用笔名或佚名问题，难以知晓作者的真实身份；其二，马新和中国各报章之间联系紧密，许多文章系相互转载，中国当时的红学讨论热点，也会通过报章迅速传播至马新；其三，文章题材以《红楼梦》题咏、杂说和评点为主，各类咏红诗风靡一时，报人、文人间形成了热烈的隔空交流。

随着20世纪50年代马新华文期刊的空前繁荣发展，文艺期刊也成为《红楼梦》研究与传播的重要渠道。同时，各大学学刊的创办也让学者们有了更合适的平台发表学术论文。如果说，报章的受众是普通读者，那么到了文艺期刊和学刊涌现之时，已积累了一批对红学有研究热忱和兴趣的进阶读者。

而借着马新各大学中文系课堂这个平台，《红楼梦》真正进入了专业化、学术化研究阶段。由此产生的一系列与《红楼梦》有关的学术和交流活动，《红楼梦》的译介和相关著作的出版计划，图书馆中愈加丰富的红学

① 辛欣：《从学位论文看红楼梦研究》，《红楼梦学刊》2014年第1期。

藏书，越来越多的《红楼梦》研究学位论文，让《红楼梦》的受众从普罗大众上升至学术研究者，而它本身也成了一个宏大的研究课题。

从文艺副刊到文艺期刊，到各大学刊，再到各大高校，可以看出《红楼梦》研究在马新走出了一条从大众化到学术化、专业化之路。我们相信《红楼梦》的研究和传播不会停下脚步，未来马新红学研究一定会成规模、成体系地发展，从而覆盖更多的读者群体，在国际上产生更大的影响。

对于《红楼梦》在世界各国的传播与研究这个课题，胡文彬是前沿开拓者，其于 1993 年出版了《红楼梦在国外》一书。2005 年，陈维昭在《红学通史》[①]一书中率先将海外红学纳入红学史的研究范围之中，亦具有开拓意义。2007 年李根亮的《红楼梦传播与接受》[②]一书和 2010 年李广柏的《红学史》[③]一书皆对各国的《红楼梦》研究做出论述。直至 2022 年，梅新林的《全球视域中的“重写红学史”》一文面世，像是展开了一面大旗帜，使原本只是学者们各自耕耘的国别红学研究有了一个全面整合的大方向。

梅先生强调，“全球视域中的‘重写红学史’最终落实到实践层面，需要由微观而宏观、由局部而整体、由分散而集成加以逐步展开，从而形成国别红学史、洲际红学史、比较红学史、世界红学史四个不同序列”。各国红学史具有“‘互观’‘互补’‘互鉴’‘互融’之重要意义”。“传播与接受”是其中一项重要维度。[④]

笔者认为，通过已有的《红楼梦》相关研究成果去呈现《红楼梦》的传播主体、信息、途径、受众，并根据受众，特别是舆论领袖的反馈，进而探讨《红楼梦》与《红楼梦》研究的传播情况，使其影响力具体化，正是为马新红学史的建构提供强而有力的支持的方法之一，可供其他国家借鉴。

---

① 陈维昭:《红学通史》,上海:上海人民出版社,2005 年。

② 李根亮:《红楼梦的传播与接受》,哈尔滨:黑龙江人民出版社,2007 年。

③ 李广柏:《红学史》,广州:广东教育出版社,2010 年。

④ 梅新林:《全球视域中的“重写红学史”》,《红楼梦学刊》2022 年第 4 期。

结　语　历史、现状与展望

本书从一开始就在回溯历史，想弄清楚《红楼梦》来到马来亚的时间。那是一个英国试图入侵、西方传教士等待中国开门的年代。正因为入中国而不能，弃置中国又不甘，传教士徘徊活动于南洋，马六甲、新加坡、槟城是他们活跃的舞台。1818年，马礼逊与米怜在马六甲设立了英华书院，其图书馆于1823年已拥有2850册中文藏书。巧合的是，世界上第一位在汉语学习教材中提到《红楼梦》(《中文会话与凡例》，1816)，西人书目中最早著录《红楼梦》的(《马礼逊手稿书目》，1824)，就是马礼逊，而《红楼梦》英语世界译介第一文的作者郭实腊也是在马来亚活动频密的著名传教士之一。裘里(Jolly H. Bencraft)的*Hung Lou Meng*(《红楼梦》节译本，2册，前五十六回)在1894年的报章上已有书评，1897年收入新加坡莱佛士图书馆。西方传教士将《红楼梦》视为学习中文的教材的情况在《西行逐日记》(1935)中有记载。

在1881年以后，马来亚华人社会的多元化过程已经开始，不再纯粹是由商贾与劳工所组成的两级社会。华社中已有一批为数甚众的士人，其生活特征、思想形态和性格均与中国的文人相似。从新加坡古友轩星报馆刊登的广告中可见。邱炜萲(菽园)的《红楼梦分咏绝句》初刻于光绪二十四年(1898)，可视为马新红学的发轫。

中国新文学运动、五四运动等思潮通过报章都对马新文坛起着直接引导的作用。1927—1949年，中国知识分子南渡的热潮更直接带来了中国的新文化。小说地位的提升，白话文作为文学正宗，《红楼梦》被视为古代小说典范，被编入中国文学史，这些所谓颠覆中国传统思想的文学思潮，在马来亚似乎没受多大的阻挠便逐步地构成了马新知识分子心中

“《红楼梦》是最杰出的中国古典小说”的观念，影响了一代代的华人。

教科书中的《红楼梦》节选，《王熙凤》《刘老老》等章节，无论在华文课本“马来亚化”之前或之后，在课本的编纂或作为课外读物皆被采纳。在这种传播模式下，马新华校的中小学生以及教师皆成了《红楼梦》受众，有机会认识与学习部分《红楼梦》。图书馆的建立和中文书业的发展，逐步解决了学生与读者获取《红楼梦》的困难，也让各种版本的《红楼梦》和最新的红学著作得以接触更多读者。

1948年6月，英国殖民政府宣布马来亚进入“紧急状态”，实行戒严以杜绝马新华侨和共产党的联系，同时全面禁止中国内地的书籍进口，以防共产思想继续在华人社会传播。虽然中国内地书源断绝，周星衢却保留了星洲世界书局的出版资源，同时开始以中国香港为基地，成立世界出版社（World Publishing Company），大规模开展刊物和华文书的出版业务，供应以南洋地区为首的亚洲市场。

星洲世界书局出版的《红楼梦》3册版、2册版、节本在20世纪50—70年代曾多次印刷，目前可在各大图书馆寻获。80年代开始则有新加坡的知识报社、升企业、庆丰年私人有限公司、泛太平洋书业、亚太图书（新）有限公司等，马来西亚的联营出版公司、马来西亚华校董事联合会总、Yayasan Karyawan dan PEJATI 等开始出版《红楼梦连环图画故事》、《红楼梦》（中英对照连环图画）、《红楼梦》（蓉子改写）、《红楼梦：中国最伟大古典大学名著图画故事》（华英对照）、《曹雪芹》、Mimpi di Mahligai Merah（《红楼梦》马来文译本）等各种改写本、节本、连环图本以及译本。

新加坡出版的红学专著，目前可见最早的是曹聚仁的《新红学发微》（新加坡：创垦出版社，1955）。接着有潘重规的《红楼梦新解》（新加坡：青年书局，1959）、任辛的《红楼梦简说》（新加坡：青年书局，1960）、Klaus-Peter Koepping 和 Lam Lai Sing 的 *New Interpretations of the Dream of the Red Chamber*（《红楼梦新释》）（Singapore：Public Press Co，1973）、吴世昌等著《红楼梦研究论文集》（新加坡：古今文化企业，1976）、林大芽的《论红楼梦》（新加坡：光华印务公司，1977）、

《1988 年新加坡国立大学文学暨社会科学院与中文系联合主办红楼梦研讨会论文集》(新加坡：新加坡国立大学中文系，1988)等。

马来西亚则有孙彦庄的《红楼梦情结》(吉隆坡：大将出版社，2008)，张丽珍、潘碧华主编《红楼梦与国际汉学》(吉隆坡：马来亚大学中文系、马来亚大学中文系毕业生协会，2009)，孙彦庄、谢依伦编《陈广才红学研究藏书目录及评介》(吉隆坡：马来亚大学中文系毕业生协会、马来亚大学中文系，2015)。

《红楼梦》文本在马来西亚和新加坡的传播并非一帆风顺，其主要的阻力有四。

(一)国际政治因素。英殖民政府曾不满华人引进的教科书及书籍有灌输中国意识而采取了一系列的新教育政策、禁书令、紧急法令等，企图隔断华人与中国的关系。日治时期(1942—1945)更是一大劫，华人社会遭到空前的破坏，在文化教育方面的发展全面停顿，但一切都没法阻断华文教育的发展。

(二)国内语言与教育政策。直到今日华文教育仍面临挑战，《马来西亚华文教育 195 年简史》是这样总结的：

> 马来西亚是一个多元种族、多元文化、多元宗教的国家，但是它的教育政策却是朝向单元化的“最终目标”(即“要逐步发展一个以国语为主要教学媒介的国家教育制度”)挺进。华文教育长期被种种不合理的政策所压制，但是在华社锲而不舍、坚持不渝的捍卫与发展下，华文教育仍然能够在艰难险阻的情境屡创奇迹。“维护华小，支持独中，发展民族大专教育”是马来西亚华社对母语教育的要求和努力的目标。①

即便是在华人占大多数的新加坡，李光耀所领导的人民行动党为发展经济和培养新的国家意识，决定采纳以英语作为行政语言的多语言政策。

---

① 马来西亚华校董事联合会总会资料与档案局：《马来西亚华文教育 195 年简史》，2018 年 10 月 11 日，https://www.dongzong.my/resource/index.php/historical-figure/195year-history。

1965年新加坡被迫脱离马来西亚，成立新加坡共和国。尽管马来语在共和国宪法中仍被视为国语，但其使用价值偏低，仅具有象征意义。新加坡政府在独立后推行以英语为主、母语为辅的双语教育制度，不到30年的时间(1959—1987)，从小学到中学到大学，原有的华文教育体系消失殆尽。①

若单从华文教育流传的角度而言，确实应了《红楼梦》中探春所言："可知这样大族人家，若从外头杀来，一时是杀不死的，这是古人曾说的'百足之虫，死而不僵'，必须先从家里自杀自灭起来，才能一败涂地!"

1990年，周清海等在新加坡进行了一次文化认识调查，被调查人为681名中学四年级华裔学生。此项调查结果表明，学生对传统中华文化的认识淡薄，母语文化流失的状况堪忧。学生对经典文学知识的了解也很肤浅，35.7%的人说不出"刘姥姥游大观园"是出自文学名著《红楼梦》。②

2005年，郭莲花在《马来西亚中文系生传统经典阅读调查》③一文中指出：在学生读完百分比最高的前十部传统经典中，有六部是小说类，而排行前五名皆属此类，即《西游记》《三国演义》《水浒传》《红楼梦》《聊斋志异》。《红楼梦》排行第四，能完全读完的中文系学生占36.4%。而在学生推荐的十部传统经典排行榜里，《红楼梦》排第三，推荐人数占57.4%，居于《论语》74.9%与《史记》69.8%之后。

上述的问卷调查或能揭示，20世纪80年代马新两国在教育政策上的转型，从根本上改变了《红楼梦》在当代传播情况。古典小说《红楼梦》原著的传播在新加坡已告式微，有更多新加坡读者乃通过节本、连环图本、英文译本去阅读《红楼梦》的故事，这情况与当地当时各版本的《红楼梦》出版种类吻合。而在马来西亚，由于华文教育依然稳健发展，华校

① 赵靳秋、郝晓鸣:《新加坡语言教育政策影响下的〈联合早报〉与华人身份认同的变迁》,《国际新闻界》2009年第12期。

② 左飚、谭慧敏:《新加坡建国以后中华语言与文化升沉荣枯的启示》,《西安外国语大学学报》2009年第1期。按:这些被调查的学生学过10年以上的华文,但华文仅是作为其中一科语文在学,而其他所有课程的教学语言及日常会话语言均为英语。

③ 郭莲花:《马来西亚中文系生传统经典阅读调查》,《南方学院学报》2006年第2期。按:此调查进行于2005年3—4月,针对中文课程班的学生进行,共有949人回答问卷,男生154人,女生795人;课程等级构成为:学士班861人,文凭班88人。

生及部分国校生仍保有以中文阅读与赏析《红楼梦》的能力。

目前，《红楼梦》在马新的读者多限于华裔，虽然也有其他种族的阅读者，但毕竟仍属少数。即如马大的邬拜德拉（Obaidellah Bin Haji Mohamad）副教授指导过张淑仪撰写《〈红楼梦〉贾家四春拗不过封建社会的束缚》学士学位论文（2007）；新加坡第三任总统德万·奈尔（Chengara Veetil Devan Nair，1923—2005）爱看《红楼梦》《西游记》等中国古典文学英译本[①]；马来西亚第十任总理拿督斯里安瓦尔·易卜拉欣（Dató Seri Anwar Bin Ibrahim）表示，他在狱中博览群书，其中包括中国古典名著《红楼梦》；2017 年新加坡南洋理工大学巫裔毕业生爱莎表示喜欢古典小说《红楼梦》和戏曲《窦娥冤》。[②]

（三）《红楼梦》文学作品本身的价值被漠视。英国的殖民统治对马来亚的社会结构及思想文化造成强烈且持久的冲击与影响。在马新多元文化冲突共存的社会里，读者能接触到世界各地的文学，在中英马印的文学作品中，《红楼梦》能否经久不衰还得取决于它自身的文学文化含量是否符合当地的需求，为读者提供价值。

《红楼梦》传播若仅靠中小学教师片面性的指导，或是靠视听文化的宣传激发兴趣，进而让学生大众自发性地去阅读文本，相信读者对于这部精深而隐曲的古典小说的理解很难达到理想的高度。倘若如此，《红楼梦》在马新沦为过时无价值的“旧小说”，继而被埋没在文学史上是在所难免的事。

报章、杂志等出版物在古典小说的推介与评论中扮演着非常重要的角色。我们可以看到华社名人邱菽园，教育界依藤，学界方修，报界曹聚仁、连士升，美术界黄葆芳，作家梅淑贞等人（上述前辈都是跨界，在自己职业领域和文艺界做出许多贡献，这里仅以其本职与影响分界来说明其引领的群众范围）在各大报章上积极笔耕将《红楼梦》及红学推广给华社。

---

① 张曦娜：《那些年书局遍布全岛》，《联合早报》2014 年 5 月 8 日。

② 《南大中文系首名异族毕业生》，《联合早报》2010 年 7 月 27 日。

同时，让学生与群众有机会通过专业的教学活动与讲座来深入认知和理解古典文学显得极为必要。从20世纪50年代末，第一所民办南洋大学，其中文系“中国小说与戏剧”课程的建立开始，《红楼梦》研究逐步受到更多国人关注。

国内外著名教授如潘重规、皮述民、苏雪林、李辰冬、王润华、翁同文、周策纵、冯其庸、胡文彬等来马新或在马新讲学时提出的红学论点，不仅给本地学生提供新的研究视角，也给本地文艺界带来新的刺激与养分。

目前马新各大学设有“中国传统小说”“元明清小说”“中国古典文学选读”“红楼梦专题研究”等课程，可让大学生与红学产生连接。经不完全统计（不包括在国外撰写的学位论文），马新两国有关《红楼梦》课题的学位论文至今加起来超过70篇。其数量与中国台湾相比远远不及，但若与其他有《红楼梦》传播迹象的国家和地区相比，这些研究成果还是难能可贵的。

（四）关注度与持续力不足。文学作品阅读的选择和次数与读者的习惯息息相关。中国传统小说经典的趣味与现代意义得靠新的研究成果、传播活动和宣传去激活，才能保证其持续力不断。《红楼梦》不论是普及阅读，或是深入研究，在马新都是需要不断地激发、鼓励和引导的。而中国的红学研究和视听文化作品恰好起了作用，1987版的《红楼梦》电视剧、2005年中央电视台《百家讲坛》红楼梦系列讲座是推动传播非常成功的例子。

新加坡本土的《红楼梦》戏剧、音乐会，在其演员、艺术家等的认真制作与演出下，得到国家在艺术文化推动方面的资助，其艺术价值已然获得国际的认可，也得到国民的欢迎和喜爱。大酒店中餐厅推出的红楼宴、各文化单位不时推出的讲座与展览会等活动，是新加坡国民中文水平下降后，维系中华文化/红楼文化与华人之间重要的传播项目。

视听文化传播是《红楼梦》在新加坡现代传播的特点，也展现了其成功之处。各种古典与现代的剧种，配合中英文字幕的辅助，甚至创作成英语、马来语的唱词，新颖的演绎方式在此诞生与成熟，就为了将传统艺曲的中华美展现给不同语言的民众。

目前仅靠自给自足的马来西亚华乐团与艺术工作者在《红楼梦》视听文化传播上尚未见交出同样水平的作品，但近年来马来西亚连办了几场与《红楼梦》相关的音乐盛会与赏析会，展现了大马并非缺少这方面的人才。若能得到各方的支持，相信大马也能交出很棒的红楼演绎作品。

最后，总结一下本书的不足，以及在撰写专著思考过程中所产生的一些值得扩展研究的领域：

（一）对个别《红楼梦》传播者和红学研究者的阐述与研究不够全面和深入。由于对部分《红楼梦》研究者的资料掌握不足，事前没先纳入论述范畴，以致后来没有时间去分析其论文特点。如卓鸿泽在《文道》发表了《别恨离愁总因情——清代小说红楼梦的初步阐释》《红思偶札四则》《来自情天，去自情地——再谈曹雪芹欲传之“情”》，在《红楼梦学刊》发表《刘梦溪新著〈红学〉读后》《“燕市哭歌悲遇合”异说》。

卓鸿泽生于马来西亚。其先为泉州南安卓氏，祖绪遴（字士遴）始移家英属马来亚之柔佛。1997年新加坡国立大学一等荣誉文学士、第一届陈嘉庚汉学金牌得主，留任中文系助教；1999年，赴美国哈佛大学治比较宗教学、阿尔泰学等；2004年获博士学位后留校一年，代授古典满文，并为哈佛燕京图书馆善本室满蒙文古籍进行编目；现为台北“中研院”史语所副研究员。他在求学时期对《红楼梦》的思考是有探讨价值的。

林大芽（20世纪30年代毕业于浙江大学，长期寓居在新加坡的数学教授）1977年在新加坡自费出版的《论红楼梦》，后来收录在《中国古籍数学化研究论集》。

另外还有一类型，是在马新以外的大学所写的论文，本书亦没有进行专题论述。如孙爱玲在香港大学攻读博士学位时写了《红楼梦对话研究》，1997年由北京大学出版社出版[①]，2011年又出了《语用与意图——〈红楼梦〉对话研究》（修订版）。

此外，我们搜集了55场在马新进行过的讲座信息（1974—2017年）却

① 孙爱玲：《红楼梦对话研究》，北京：北京大学出版社，1997年。

没能好好分析，其中有些马新讲演者是本书内没有提及或细论的，如黄崇禧、傅承得、骆清忠、苏伟妮、孔亚光、孙爱玲、陈韵琳、蔡志礼、陈蝶（陈婉容）等。

以上几种类型的红学研究者的作品，我们在论述中没能适当地给予介绍是因为被论文研究陈述的范围限定，本书以受众最多的报章、期刊开展陈述，导致专著与讲座形式的传播被忽略了。另外也有出于作者的身份还需进一步查证，或是资料不足等原因。

（二）《红楼梦》对马新作家的影响是个有趣的课题，目前所知道知名马新作家内受《红楼梦》影响的有李永平、孙爱玲、梅淑贞、李天葆、孙彦庄，但关于《红楼梦》与他们小说、散文作品之间的关联，其接受与影响的程度还是个待开发的研究领域。

（三）《红楼梦》对马新诗学的影响。古诗韵文的创作与题咏风气在华社一直有传继下来，现在相关诗社与活动已形成国际交流的特色组织之一。但马新文学界对此类诗词、题咏文化的评价和关注还是比较少的，这些作品过去甚至到今天仍会被某些评论家视作没有价值的作品。通过研究回顾，我们发现正是这些前辈的坚持，才让古典诗词的文化和技巧流传下来，当时的题咏结集也成了历史中表现诗人游历、才思、学识的珍贵史料。用诗律来写评论、言志，与同好相互鼓励慰问如今也算一门绝学了，知音甚少，却显高雅。

同时，与《红楼梦》相关的现代诗在报刊中有一定的数量，尚待搜集和剖析。《红楼梦》对旧体诗和现代诗所产生的影响，以及新旧体诗之间的比较，可以看出马新华人作家在传统与现代之间的文学接受和诠释。

（四）马来文世界与《红楼梦》的关联。2017 年孙彦庄、许文荣译的 *Mimpi di Mahligai Merah*（全译本，全 6 册）出版，开启了马来读者以母语来阅读《红楼梦》的一扇门，让他们得以认识中国古典文学和中华文化的方方面面。与此同时，译介学也能成为马新《红楼梦》研究学位论文在未来的一大主题。

而由罗华炎、周芳萍、碧澄、Chan Foo Heng、胡德乐翻译的 *Hikayat Mimpi Rumah Agam Merah* 全译本也在 2019 年出版完第 4 册。此本根

据浙江古籍出版社2015年出版的《红楼梦》版本翻译，该《红楼梦》以程乙本为底本，校以各脂砚斋本及各程本。[①] 因此，对马来文《红楼梦》译本的推广、比较、研究是未来值得关注与投入的一大方向。

马来西亚前首相马哈迪于2018年8月19日在北京推介中国四大古典文学名著马来文版时表示这些译本对他而言极为重要，因为这能让民众更熟悉中国四大文学名著，并了解中国的价值观。马哈迪说：

> 这些中国古典文学过去没有马来文译本。如今有马来文译本面世，马来人将能更了解中国文学及文化。
>
> 我希望我们日后更喜爱中国文学及文化。[②]

随着2017年马来亚大学成立了《红楼梦》资料中心，馆藏《红楼梦》书籍及相关研究资料已有5000多册，并于2018年12月15日成立《红楼梦》研究中心，大马基本已具备了完善的研究红学的设施。红学家陈广才在马来亚大学担任客席教授，亲自领军，加上孙彦庄、许文荣等原有的红学研究团队，我们寄望"要把马来西亚发展成为东南亚红学研究的重镇"和"期待在不久的将来，红学研究在大马能异军突起，在多元化的背景下注入多彩的异国风情，为红学研究开辟另一片天地，迎来另一个春天"[③]的大马红学展望能够美梦成真。

我们觉得《红楼梦》是一本奇书，无论你爱不爱读，只要你认真翻阅一遍，定会被它其中的一些情节影响。撇开古典文学经典之类的封号，或想从它身上沾染什么文化文学气息，我们更喜欢《红楼梦》能动人以情的事实。

《联合晚报》报道《退休教师修心理学　更妥善照料独居老人》：

---

① 感谢马来西亚汉文化中心陈依微(Tan Yee Wei)提供关于 *Hikayat Mimpi Rumah Agam Merah* 最新的资讯。

② 《马哈迪在北京推介中国四大名著马来文版》，2018年8月20日，http://www.uzbzw.com/world/20180820/47865.html。

③ 陈广才：《马来西亚红学研究的展望》，张丽珍、潘碧华编：《红楼梦与国际汉学》，吉隆坡：马来亚大学中文系、马来亚大学中文系毕业生协会，2009年，第102页。

华文老师退休后，加入飞跃社区服务当义工，时常接触孤苦独居老人，决定重拾课本，学习基础心理学，以便能更妥善照料老人家。

今年70岁的华文老师冯崇胜，五年前退休后就到飞跃社区服务当义工。他打趣道："刚开始我只是到飞跃当讲师开班授课给年长者，讲讲《红楼梦》，谈谈宋词，一时间改不了本行。"

他也不时到独居老人家里做家访，或带他们到动物园、植物园等景点散心。①

《光华日报》报道《95岁阿嫲爱心纸花脸书卖　为自闭儿童筹5.3万》：

梁阿嫲告诉记者，年轻时她喜欢阅读，喜欢《红楼梦》《水浒传》《金瓶梅》等古典名著，其中最喜欢《红楼梦》，里面有很多写花、写吃的场面。

结婚后，一家人住在宁静的胶林木屋村，屋外种满了她喜欢的玫瑰、胡姬和海棠。

她说，在屋外散步，哪怕是看到路边或沟渠旁长出来的一朵小花，她都满心欣喜，停下来欣赏花的生长姿态。

修修剪剪，一朵玫瑰花的雏形出来了。

梁阿嫲除了为义卖制纸花，平时家里的喜庆日子，老人家也会露一手，亲自制纸花送给后辈。她的女婿周自强告诉记者，2013年家人为老人庆祝91岁生日时，她就制作了600朵纸玫瑰送给亲朋戚友。

去年在她的孙子的婚礼上，老人家制作了99束鲜花祝贺。"这每一朵纸花，都有她老人家的心意，我们都很珍惜她的手艺。"②

---

① 余忠达：《退休教师修心理学　更妥善照料独居老人》，2017年2月3日，https://www.zaobao.com.sg/special/report/supplement/active-ageing/story20170203-726022。

② 康灯海：《95岁阿嫲爱心纸花脸书卖　为自闭儿童筹5.3万》，2017年7月12日，http://www.kwongwah.com.my/?p=353939。

新加坡70岁退休华文老师冯崇胜、马来西亚槟城95岁的梁美兰，作为《红楼梦》爱好者，他们对生活的感受力和在社会中创造“美好”的价值，是我们在做《红楼梦》传播这个课题时发现的一个“大观园”。

除了我们在书中提及的一些名设计师、建筑师、画家、企业家、作家、艺术家、美食家之外，因为结缘《红楼梦》而有所启发，进而改变人生观、思维、行动、喜好、生活态度的是更为广大的读者。

《联合早报》有一读者来稿《二度绽放的花朵》：

> 7月盛夏，组屋区里的公园及路边到处开满娇艳的花朵，七彩夺目开得缤纷烂漫。有的艳红姹紫，有的淡雅芬芳，种类之繁多，让人感觉有如沐浴在仙境花海中。
>
> 《红楼梦》里林黛玉葬花时吟诵的《葬花吟》第一句是“花谢花飞飞满天，红消香断有谁怜”，暗淡而凄清的画面及浓烈而忧伤的情调，顿时让人莫名的惆怅起来。我不是林黛玉，也不会葬花，但我看见飘落的花朵摇曳落下时会感到非常惋惜。
>
> 于是我拾起一片片落花，慢慢加以拼凑，时而纵横排列，时而堆砌组合。就这样度过了一个欢愉丰盛的早晨。
>
> 花开虽美，但也有花落尽头时，我只想把曾经绽放的每一片落花，赋予它们第二次生命，让它们再度展现过往的美丽。短暂的人生亦是如此，及时行乐和活在当下益显珍贵。[①]

《红楼梦》该怎么读，能怎么读，还会让世人热读多久？ 都没有固定的答案。 纵观《红楼梦》传播和研究史，海内外红学家、作家都读出了属于自己的《红楼梦》，我们以为只要有缘听到、看到或摸到的人，不妨静下心来一读，看看自己能读出什么梦，为《红楼梦》传播史添加一砖一瓦。

---

① 《二度绽放的花朵》，2016年8月15日，https://www.zaobao.com.sg/news/fukan/story20160815-654267。

附　录

附录一　中文报章上的《红楼梦》文章与重要信息

序号	作者	标题	报纸	日期	版面
1	—	拟石头记怡红公子祭潇湘妃子文并序	叻报	1894-11-06	5
2	—	拟石头记怡红公子祭潇湘妃子文并序	星报	1894-11-06	5
3	酸道人	诗章附录：戏题红楼梦十二钗	星报	1896-08-27	6
4	酸道人	红楼梦杂诗	星报	1896-08-28	6，9
5	酸道人	续红楼梦杂咏	星报	1896-08-29	6
6	酸道人	再续红楼梦杂咏	星报	1896-08-31	6，9
7	酸道人	酸道人红楼梦诗	星报	1896-09-03	6
8	酸道人菽园	续酸道人红楼梦诗	星报	1896-09-04	6，9
9	酸道人菽园氏	再续酸道人红楼梦诗	星报	1896-09-05	6
10	酸道人原号菽道人	三续酸道人红楼梦诗	星报	1896-09-08	6
11	星洲寓公菽园氏	四续酸道人红楼梦诗	星报	1896-09-09	6
12	邱炜萲	五续酸道人红楼梦诗	星报	1896-09-10	6，9
13	—	潇湘噩梦	叻报	1897-08-04	2

续表

序号	作者	标题	报纸	日期	版面
14	许南英	红楼梦绝句题诗	天南新报	1898-06-04	5
15	曾宗藻	菽园孝廉红楼梦截句诗册后	天南新报	1898-07-13	5
16	丘逢甲	台湾丘仲阏水部逢甲七绝八首	天南新报	1898-07-14	5
17	梁育才、李芷汀、张汉洋等	菽园孝廉红楼梦绝句诗册题词三刊	天南新报	1898-09-17	5
18	谭彪丙、霍朝俊、林祇曾、永井完久甃石、范今柏	恭读菽园词长题红楼梦诗书后：菽樊吟坛出所著红楼梦诗属题率成二律奉	天南新报	1899-01-18	5
19	王玉田	菽园外集红楼梦绝句题词	天南新报	1899-04-15	4
20	谢兆珊	奉题菽园夫子红楼梦绝句诗册	天南新报	1899-04-16	5
21	林鸿荪	奉题大□红楼梦诗册后	天南新报	1899-04-27	5
22	王肇嵩	奉题菽园先生红楼梦诗册后	天南新报	1899-10-21	8
23	邱馥、梁溪振	集句题红楼梦咏古诗册	天南新报	1900-01-02	5
24	潘飞声	红楼梦集句题调即序	天南新报	1900-01-03	3
25	丘菽园	丘菽园孝廉红楼梦分咏序	天南新报	1900-07-06	—
26	世仲	拟石头记怡红公子祭潇湘妃子文骈体另序	天南新报	1902-09-18	—
27	纫秋	论红楼梦	振南日报	1914-08-27	11
28	—	红楼梦回目赋（林黛玉焚稿断痴情赋以题为韵）	振南日报	1914-09-05	11
29	—	红楼梦回目赋（林黛玉焚稿断痴情赋以题为韵）（续）	振南日报	1914-09-07	11
30	—	红楼梦回目赋（候芳魂五儿承错爱赋以题字为韵）	振南日报	1914-09-09	11
31	—	红楼梦回目赋（候芳魂五儿承错爱赋以题字为韵）	振南日报	1914-09-10	11

续表

序号	作者	标题	报纸	日期	版面
32	—	红楼梦回目赋(二续)(俏丫鬟抱屈夭风流赋以早知今日悔不当初为韵)	振南日报	1914-09-14	11
33	—	红楼梦回目赋(三续)(俏丫鬟抱屈夭风流赋以早知今日悔不当初为韵)	振南日报	1914-09-15	11
34	—	红楼梦回目赋(贾二舍偷娶尤二姨八股文体)	振南日报	1914-11-23	11
35	—	红楼梦回目赋(续)(贾二舍偷娶尤二姨八股文体)	振南日报	1914-11-24	11
36	—	仿石头记酒令	振南日报	1914-11-25	11
37	—	仿石头记酒令(续)	振南日报	1914-11-26	11
38	□鹧	红楼梦之宝玉	振南日报	1915-10-27	4
39	徐畹兰	偶书石头记后	石叻总汇新报	1916-01-10	10
40	—	红楼梦与金瓶梅短评	振南日报	1916-06-23	11
41	吴航居士	读星公赐寄红楼题咏诗集漫□俚词四绝	振南日报	1916-09-22	5
42	碧吟女史	奉题星洲寓公红楼梦分咏册子	振南日报	1916-10-28	5
43	伯华	题啸虹生红楼梦绝句	振南日报	1916-11-09	5
44	菽园	红楼梦异说考	振南日报	1918-01-21	7
45	菽园	红楼梦异说考(续)	振南日报	1918-01-22	7
46	菽园	红楼梦异说考(再续)	振南日报	1918-01-23	7
47	菽园	红楼梦异说考(三续)	振南日报	1918-01-24	7
48	菽园	红楼梦异说考(三续)	振南日报	1918-01-25	7
49	翰飞	石头记杂说(选存)	振南日报	1919-01-08	5
50	翰飞	石头记杂说(选存)(续)	振南日报	1919-01-09	5

续表

序号	作者	标题	报纸	日期	版面
51	翰飞	石头记杂说（选存）（再续）	振南日报	1919-01-10	5
52	翰飞	石头记杂说（选存）（三续）	振南日报	1919-01-11	5
53	翰飞	石头记杂说（选存）（四续）	振南日报	1919-01-13	5
54	翰飞	石头记杂说（选存）（五续）	振南日报	1919-01-14	5
55	翰飞	石头记杂说（选存）（五续）	振南日报	1919-01-15	5
56	翰飞	石头记杂说（选存）（五续）	振南日报	1919-01-16	5
57	—	小名板儿	叻报	1921-04-05	9
58	痴哉仙	黛玉葬花	叻报	1921-11-05	9
59	痴哉仙	再谈林黛玉葬花	叻报	1921-11-14	9
60	延陵陆紫瑛	戏仿红楼梦好了歌	叻报	1922-06-02	13
61	伯	我心目中的林黛玉（一）	南洋商报	1924-09-26	9
62	伯	我心目中的林黛玉（二）	南洋商报	1924-09-27	9
63	陈娱静	步红楼梦黛玉咏菊原韵	南洋商报	1925-03-18	18
64	柳移	红楼梦索隐别记	南洋商报	1925-04-03	18
65	三郎	代某君答贞花女史原韵	南洋商报	1925-05-05	18
66	刘家铭	读石头记志说	南洋商报	1925-07-21	18
67	刘家铭	读石头记志说（二）	南洋商报	1925-07-22	18
68	刘家铭	读石头记志说（二）	南洋商报	1925-07-25	18
69	—	商务印书馆——大批新书运到	南洋商报	1926-01-26	6
70	蔡叶诗	奉题邱菽园词长所著红楼梦分咏卷后	南洋商报	1927-02-28	22
71	沈冰心	社会罪恶史（二六九）	南洋商报	1927-03-11	22
72	吴航居士	奉题邱菽园先生红楼梦分咏册后	南洋商报	1927-03-16	22
73	绳曾	红楼梦考略（一）	叻报	1927-04-19	12
74	绳曾	红楼梦考略（二）	叻报	1927-04-20	13

续表

序号	作者	标题	报纸	日期	版面
75	马逸朗	题红楼梦	南洋商报	1927-11-10	22
76	马逸朗	题林黛玉	南洋商报	1927-11-10	22
77	通	餐英室漫笔	南洋商报	1928-01-13	24
78	守真	怀玉馆艳屑(二)	南洋商报	1928-04-25	20
79	曹日初	阅红楼梦后	南洋商报	1928-10-08	22
80	秋蛩	曹雪芹故里考	叻报	1929-01-08	20
81	孟晋	撕扇	叻报	1929-10-08	12
82	柳	桃花社	南洋商报	1930-07-12	20
83	柳	桃花社	南洋商报	1930-07-21	20
84	荆梦蝶	婚变趣史(红楼梦中一幕)	南洋商报	1931-11-10	18
85	潇湘	读红随笔红楼梦和唐伯虎的诗	南洋商报	1933-07-11	15
86	斐然	雅和超	南洋商报	1935-03-25	15
87	君侠	却说林黛玉	南洋商报	1937-02-23	15
88	军笳	愿爱憎之念加强	南洋商报	1937-03-26	15
89	方飞	从书本的《红楼梦》说到电影的《红楼梦》	南洋商报	1940-05-05	15
90	梅瘦	大观园考	南洋商报	1946-10-09	8
91	欣予	徐懋庸与红楼梦	南洋商报	1947-02-02	4
92	—	红楼梦里的女性	南洋商报	1947-04-21	12
93	英冬	刘佬佬世故深	南洋商报	1947-07-03	12
94	陆冲岚	林黛玉的孤愤(红楼梦笔记)	南洋商报	1947-07-08	12
95	汉	红楼梦迷	南洋商报	1947-07-08	12
96	陆冲岚	薛宝钗	南洋商报	1947-07-18	12
97	辛	“姽婳将军”红楼梦绝妙插曲之一	南洋商报	1947-07-23	12
98	心芹	红楼梦呓	南洋商报	1947-07-28	12

续表

序号	作者	标题	报纸	日期	版面
99	梦中人	红楼梦的人物	南洋商报	1947-08-13	8
100	率	红楼梦里的奴才?	南洋商报	1947-08-25	8
101	陆冲岚	贾雨村的作风	南洋商报	1947-09-04	8
102	陆冲岚	贾宝玉的悲哀	南洋商报	1947-09-09	8
103	俞平伯	读红楼梦随笔	南洋商报	1947-12-01	8
104	重赓	红楼梦人物活在今日?	南洋商报	1947-12-18	8
105	林汝骏	凤姐儿的手段	南洋商报	1948-03-12	8
106	斯	女性的悲剧读红楼梦偶感	南洋商报	1948-05-07	8
107	勋祖	探春论	南洋商报	1948-06-20	4
108	梅彦	焦大的悲哀	南洋商报	1948-08-22	4
109	光迪	从贾母说起自牲畜到傀儡	南洋商报	1948-08-24	8
110	薛剑青	红楼梦的人生哲学	南洋商报	1948-09-12	4
111	欧阳石	“旗人”曹雪芹文人轶事	南洋商报	1950-01-06	9
112	琪	“花落红楼”观后感	南洋商报	1950-07-09	7
113	—	红楼梦	南洋商报	1950-07-23	7
114	依藤	香菱学诗	南洋商报	1950-11-04	—
115	依藤	香菱学诗——旧小说杂谈之一	南洋商报	1950-11-09	9
116	依藤	贾宝玉出家之谜	南洋商报	1950-11-29	—
117	依藤	宝玉出家之谜——旧小说杂谈之二	南洋商报	1950-11-29	9
118	依藤	帮凶人物——凤姐	南洋商报	1950-12-05	—
119	依藤	大家庭制度	南洋商报	1950-12-11	—
120	依藤	帮凶人物——凤姐——旧小说杂谈之三	南洋商报	1950-12-14	9
121	依藤	大家庭制度旧小说杂谈之四	南洋商报	1950-12-21	9
122	依藤	关于刘姥姥	南洋商报	1950-12-23	—

续表

序号	作者	标题	报纸	日期	版面
123	依藤	关于刘老老——旧小说杂谈之五	南洋商报	1950-12-30	9
124	柔之	红学专家吴宓	南洋商报	1951-03-05	9
125	依藤	用批判眼光了解旧小说下	南洋商报	1951-09-04	9
126	依藤	鸳鸯拒婚	南洋商报	1951-11-19	—
127	依藤	红楼梦论小言	南洋商报	1951-11-22	9
128	依藤	红楼梦论	南洋商报	1951-11-23	9
129	依藤	红楼梦论	南洋商报	1951-11-24	9
130	依藤	红楼梦论	南洋商报	1951-11-26	9
131	依藤	红楼梦论	南洋商报	1951-11-27	9
132	依藤	红楼梦论	南洋商报	1951-11-28	9
133	依藤	红楼梦论	南洋商报	1951-11-29	9
134	依藤	红楼梦论	南洋商报	1951-11-30	9
135	依藤	红楼梦论	南洋商报	1951-12-01	9
136	依藤	红楼梦论	南洋商报	1951-12-03	9
137	依藤	红楼梦论	南洋商报	1951-12-04	9
138	陆茗	谈刘老老进大观园	南洋商报	1952-09-17	10
139	宝璜	红楼梦中的贾探春	南洋商报	1953-07-11	12
140	宝璜	有革命思想的曹雪芹	南洋商报	1954-01-20	12
141	程远	红楼梦新语	天方周报	1955	56～57
142	方步瀛	红楼梦是一部杰作	南洋商报	1955-01-12	8
143	太禹	红楼梦三烈女	天方周报	1955-07	44
144	太禹	王熙凤论	天方周报	1955-07	46～47
145	太禹	史湘云论	天方周报	1955-08	48～49
146	太禹	探春论	天方周报	1955-08	50～51
147	程远	红楼梦	天方周报	1955-09	55

续表

序号	作者	标题	报纸	日期	版面
148	金果	杂谈红楼梦	天方周报	1955-09	53-54
149	伯松	厦门大学珍藏鲁迅谈红楼梦手笔	南洋商报	1955-09-09	7
150	黄梦庵	曹雪芹的卖画著书生活	南洋商报	1955-09-17	12
151	王小玲	贾宝玉为什么爱林黛玉	时代报	1956-04	2
152	辛之	谈贾宝玉	文艺报	1956-04	2
153	依藤	介绍两本旧小说参考书	南洋商报	1956-06-18	7
154	淳于旭	关于红楼梦的研究与脂砚斋（一）	南洋商报	1956-10-17	14
155	淳于旭	关于红楼梦的研究与脂砚斋（二）	南洋商报	1956-10-18	8
156	淳于旭	关于红楼梦的研究与脂砚斋（三）	南洋商报	1956-10-19	8
157	淳于旭	关于红楼梦的研究与脂砚斋（四）	南洋商报	1956-10-20	14
158	淳于旭	关于红楼梦的研究与脂砚斋（六）	南洋商报	1956-10-23	7
159	淳于旭	关于红楼梦的研究与脂砚斋（七）	南洋商报	1956-10-24	8
160	淳于旭	关于红楼梦的研究与脂砚斋（八）	南洋商报	1956-10-25	8
161	淳于旭	关于红楼梦的研究与脂砚斋（九）	南洋商报	1956-10-26	7
162	淳于旭	关于红楼梦的研究与脂砚斋（十）	南洋商报	1956-10-27	12
163	淳于旭	关于红楼梦的研究与脂砚斋（十一）	南洋商报	1956-10-29	12
164	淳于旭	关于红楼梦的研究与脂砚斋（十二）	南洋商报	1956-10-30	12
165	淳于旭	关于红楼梦的研究与脂砚斋（十三）	南洋商报	1956-10-31	8
166	潘重规	民族血泪铸成的红楼梦	南洋商报	1956-12-03	12
167	依藤	关于红楼梦是反清复明小说的商榷（三）	南洋商报	1957-01-07	8
168	依藤	关于红楼梦是反清复明小说的商榷（四）	南洋商报	1957-01-08	7
169	依藤	关于红楼梦是反清复明小说的商榷（五）	南洋商报	1957-01-09	8

续表

序号	作者	标题	报纸	日期	版面
170	依藤	关于红楼梦是反清复明小说的商榷（六）	南洋商报	1957-01-11	8
171	依藤	关于红楼梦是反清复明小说的商榷（八）	南洋商报	1957-01-12	8
172	依藤	关于红楼梦是反清复明小说的商榷（九）	南洋商报	1957-01-14	8
173	依藤	关于红楼梦是反清复明小说的商榷（十）	南洋商报	1957-01-15	8
174	依藤	关于红楼梦是反清复明小说的商榷（十一）	南洋商报	1957-01-16	8
175	依藤	关于红楼梦是反清复明小说的商榷（十二）	南洋商报	1957-01-17	7
176	依藤	关于红楼梦是反清复明小说的商榷（十三）	南洋商报	1957-01-18	8
177	依藤	关于红楼梦是反清复明小说的商榷（十四）	南洋商报	1957-01-19	14
178	红迷	红楼谈梦	南洋商报	1957-02-21	12
179	沈阳	红楼梦主题表现了什么？——对依藤先生论红楼梦问题的一点意见	南洋商报	1957-03-04～1957-03-08	12
180	徐林	伪善的贾政	南洋商报	1957-04-19	8
181	潘重规	红楼梦新解（一）	南洋商报	1957-11-14	16
182	潘重规	红楼梦新解（二）	南洋商报	1957-11-16	16
183	潘重规	红楼梦新解（三）	南洋商报	1957-11-18	14
184	潘重规	红楼梦新解（十）	南洋商报	1957-11-26	14
185	潘重规	红楼梦新解（完）	南洋商报	1957-11-27	16

续表

序号	作者	标题	报纸	日期	版面
186	—	吉隆坡尊孔校友会今日请潘重规演讲	南洋商报	1958-02-09	12
187	—	潘重规教授昨在隆演讲红楼梦与曹雪芹后四十回为高鹗所补非他所作《红楼梦》中心思想乃反清复明	南洋商报	1958-02-10	9
188	依藤	我亦一谈红楼梦与曹雪芹（一）	南洋商报	1958-03-20	16
189	依藤	我亦一谈红楼梦与曹雪芹（四）	南洋商报	1958-03-24	14
190	依藤	我亦一谈红楼梦与曹雪芹（七）	南洋商报	1958-03-27	14
191	刘大杰	两个尤三姐	南洋商报	1958-03-07	14
192	依藤	我亦一谈红楼梦与曹雪芹（完）	南洋商报	1958-03-28	17
193	—	潘重规定明日主讲红楼梦与曹雪芹新资料	南洋商报	1958-08-16	12
194	—	潘重规教授将在南大演讲从红楼梦谈到曹雪芹和脂砚斋	南洋商报	1958-10-08	7
195	护华	脂砚斋重评石头记	南洋商报	1958-10-16	16
196	依藤	金瓶梅与红楼梦	南洋商报	1958-10-25	16
197	依藤	有关红楼梦的研究资料	南洋商报	1961-03-05	15
198	依藤	有关红楼梦的研究资料（中）	南洋商报	1961-03-06	15
199	情	都云作者痴 · 谁解其中味——红楼梦创作的时代背景	南洋商报	1961-06-30	19
200	依藤	有关红楼梦的研究资料	南洋商报	1961-03-07	15
201	吴世昌	我怎样写红楼梦探源	南洋商报	1962-01-01	9
202	依藤	谈甲戌脂砚斋重评后头记（上）	南洋商报	1962-02-20	15
203	依藤	谈甲戌脂砚斋重评后头记（中）	南洋商报	1962-02-21	16
204	依藤	谈甲戌脂砚斋重评后头记（下）	南洋商报	1962-02-22	16
205	念斌	红楼梦里的笑话	南洋商报	1962-07-24	15
206	念斌	薛宝钗的病和冷香丸	南洋商报	1962-08-01	15

续表

序号	作者	标题	报纸	日期	版面
207	念斌	红楼梦的小人物兴儿	南洋商报	1962-08-04	16
208	念斌	红楼梦的小人物兴儿	南洋商报	1962-08-06	17
209	念斌	红楼梦小人物小红	南洋商报	1962-08-10	15
210	念斌	红楼梦里小人物王一帖	南洋商报	1962-08-15	16
211	念斌	红楼梦小人物庸医胡君荣	南洋商报	1962-08-17	15
212	念斌	焦大	南洋商报	1962-08-18	15
213	依藤	王国维论《红楼梦》(上)	南洋商报	1962-08-21	16
214	依藤	王国维论《红楼梦》(上续)	南洋商报	1962-08-22	16
215	依藤	王国维论《红楼梦》(下)	南洋商报	1962-08-23	15
216	依藤	王国维论《红楼梦》(下续)	南洋商报	1962-08-24	18
217	念斌	宝玉喝汤	南洋商报	1962-08-27	17
218	念斌	凤姐应对一例	南洋商报	1962-09-03	19
219	藤君	小家庭	南洋商报	1963-02-09	18
220	—	谈红楼梦甲戌本与庚辰本	南洋商报	1963-02-22	18
221	袁君	脂批之下的秦可卿	南洋商报	1963-02-27	18
222	钟达	士大夫的劣根性	南洋商报	1963-03-06	18
223	藤君	脂砚斋是谁	南洋商报	1963-03-07	20
224	藤君	再谈脂砚斋是谁	南洋商报	1963-03-19	18
225	藤君	“尊薛抑林”与“尊林抑薛”	南洋商报	1963-04-02	21
226	藤君	几条脂批的研究	南洋商报	1963-04-11	19
227	欧羿	脂砚斋是谁	南洋商报	1963-04-15	21
228	藤君	曹雪芹生平探索	南洋商报	1963-05-23	18
229	藤君	红楼梦是自叙传小说的商榷	南洋商报	1963-06-11	17
230	藤君	再论一红楼梦是自叙传小说的商权	南洋商报	1963-07-04	17
231	依藤	曹雪芹的生年卒年	南洋商报	1963-07-14	18

续表

序号	作者	标题	报纸	日期	版面
232	欧羿	脂砚与红楼梦	南洋商报	1963-08-02	20
233	—	红楼梦作者曹雪芹逝世二百周年北京故宫博物院举行展览会纪念	南洋商报	1963-08-23	3
234	柯扬	也谈黛玉、宝钗的尊抑问题（未完）	南洋商报	1963-10-18	17
235	柯扬	也谈黛玉、宝钗的尊抑问题（完）	南洋商报	1963-10-19	16
236	依藤	高鹗续作后四十回质疑	南洋商报	1963-11-01	17
237	依藤	高鹗续作后四十回质疑	南洋商报	1963-12-01	—
238	管城子	林语堂博士论红楼梦后四十回不是高鹗所续	南洋商报	1964-04-21	16
239	范子	红楼梦大观园考	南洋商报	1964-05-13	16
240	黄文德	胡适之先生手藏的甲戌本红楼梦	南洋商报	1964-05-14	16
241	江源	大观园	南洋商报	1964-05-22	18
242	依藤	几本有关红楼梦研究的书	南洋商报	1964-05-25	18
243	蔡启予	苏雪林评红楼梦	南洋商报	1964-10-24	22
244	沧海客	逝世二百零一周年祭“曹雪芹纪念展览会”红楼梦已成世界文学之一种	南洋商报	1964-11-08	16
245	西凤	有关曹雪芹的一些小考证	南洋商报	1964-12-13	16
246	迭青	从情性谈红楼梦	南洋商报	1965-06-23	14
247	叔圭	从刘姥姥看红楼梦	南洋商报	1965-07-16	16
248	展眉	看红楼梦	南洋商报	1969-11-17	9
249	潘重规	今日红学	南洋商报	1970-01-01	1
250	潘重规	今日红学	南洋商报	1970-01-01	19
251	林熙	大观园在恭王府	南洋商报	1970-04-10	16
252	吴恩裕	曹雪芹（五幕剧）	南洋商报	1970-10-06	14
253	吴恩裕	曹雪芹（五幕剧）	南洋商报	1970-10-08	13

续表

序号	作者	标题	报纸	日期	版面
254	黄葆芳	大观园的布置	南洋商报	1971-01-01	7
255	华子	水浒与红楼	南洋商报	1972-05-16	12
256	皮述民	红楼梦“棠村序文”的商榷	南洋商报	1973-01-01	39
257	皮述民	红楼梦“棠村序文”的商榷	南洋商报	1973-01-01	39
258	皮述民	红楼梦“棠村序文”的商榷	南洋商报	1973-01-01	15
259	南子	石头记二题	南洋商报	1973-02-07	9
260	黄葆芳	曹雪芹也是画家	星洲日报	1973-09-09	25
261	黄崇禧	曹雪芹对于联源起疏忽抑不知	星洲日报	1973-11-21	18
262	黄葆芳	红楼梦探春房中的对联	星洲日报	1973-12-19	—
263	田新亚	曹雪芹笔下的颜鲁公墨迹	星洲日报	1974-01-16	13
264	黄葆芳	曹雪芹笔下的颜联商榷	星洲日报	1974-02-06	3
265	黄葆芳	红楼梦是纸糊间架吗?	星洲日报	1974-02-19	17
266	—	图书馆订本月三十日主办红楼梦讲座 南大中文系皮述民主讲	南洋商报	1974-03-26	20
267	梁山	红楼梦拾零	星洲日报	1974-03-28	20
268	黄葆芳	红楼梦写作动机——就正于皮述民先生	星洲日报	1974-04-16	17
269	黄葆芳	红楼梦的写作动机问疑——再就正于皮述民先生	星洲日报	1974-05-08	—
270	皮述民	关于“雪芹以小说传诗”——敬覆黄葆芳先生	星洲日报	1974-05-12	18
271	梁山	宁荣二府聚麀丑闻	星洲日报	1974-05-28	20
272	梁山	尤三姐与柳湘莲	星洲日报	1974-05-29	20
273	黄葆芳	红楼梦的写作动作问疑	星洲日报	1974-06-12	3
274	吴猷	大观园里的晴雯	南洋商报	1974-08-14	7

续表

序号	作者	标题	报纸	日期	版面
275	梁山	因麒麟伏白虎首双星	星洲日报	1974-09-24	22
276	梁山	呆霸王逢泼妇	星洲日报	1974-09-25	20
277	梁山	关于阿凤二三事	星洲日报	1974-11-27	24
278	梁山	太虚幻境与可卿	星洲日报	1974-12-20	20
279	梁美莲	林黛玉初进荣国府时的年龄	星洲日报	1975-01-08	10
280	梁山	林黛玉初进荣国府	星洲日报	1975-01-16	20
281	梁山	巧夺天工的大观园	星洲日报	1975-02-12	12
282	梁山	爱情三部曲	星洲日报	1975-03-14	20
283	吴猷	被焚毁的“红楼梦”原稿	星洲日报	1975-03-15	15
284	梁美莲	红楼梦杂谈	星洲日报	1975-04-17	18
285	梁山	宝玉出家的前因后果	星洲日报	1975-05-01	24
286	斐尔	谈红楼梦甄士隐与贾雨村的隐喻	南洋商报	1975-05-03	15
287	无极	一点也不新鲜的见解——读谈红楼梦“甄士隐”与“贾雨村”的隐喻有感	南洋商报	1975-05-27	12
288	斐尔	谈红楼梦贾宝玉的人格塑造	南洋商报	1975-06-07	16
289	子秋	红楼梦中的凤姐	南洋商报	1975-06-16	18
290	舒馥	浅谈黛玉之死的伏笔	南洋商报	1975-06-28	10
291	无极	事实胜于雄辩答斐尔先生	南洋商报	1975-07-14	20
292	斐尔	林黛玉与竹林名士和冯慧贞晋竹林轶史	南洋商报	1975-07-26	14
293	凤木	红楼梦里的金玉姻缘	南洋商报	1975-07-28	28
294	梁山	贾迎春误嫁中山狼	星洲日报	1975-07-28	28
295	斐尔	索隐就索隐吧！　答无极先生	南洋商报	1975-08-04	16
296	叶来卿	与学生讲红楼梦	南洋商报	1975-08-19	23
297	梁山	叔嫂逢五鬼	星洲日报	1975-10-27	20

续表

序号	作者	标题	报纸	日期	版面
298	梁山	梨香院里的小优伶	星洲日报	1976-01-29	15
299	梁山	刘姥姥吃茶栊翠庵	星洲日报	1976-02-13	20
300	楚中林	林黛玉的悲剧	南洋商报	1976-03-22	10
301	王百列	红楼梦的国际评价	南洋商报	1976-05-17	10
302	许树华	曹雪芹笔下的黛玉和宝钗	星洲日报	1976-06-16	22
303	许树华	曹雪芹笔下的黛玉和宝钗	星洲日报	1976-06-17	18
304	许树华	曹雪芹笔下的黛玉和宝钗	星洲日报	1976-06-18	32
305	许树华	曹雪芹笔下的黛玉和宝钗	星洲日报	1976-06-19	22
306	许树华	曹雪芹笔下的黛玉和宝钗	星洲日报	1976-06-21	19
307	郑恕	红楼梦给予我的震撼	南洋商报	1976-07-04	—
308	许树华	红楼梦的性爱理论	星洲日报	1976-07-23	23
309	许树华	爱说话的史湘云	星洲日报	1976-09-08	14
310	许树华	爱说话的史湘云	星洲日报	1976-09-09	15
311	许树华	曹雪芹笔下的法家典型——秦可卿	星洲日报	1976-09-22	15
312	依之飞	曹雪芹先世补白	南洋商报	1976-09-23	14
313	许树华	女儿是水做的骨肉	南洋商报	1976-10-02	15
314	许树华	贾政的风度	南洋商报	1976-10-18	12
315	许树华	黛玉还泪	星洲日报	1976-11-03	17
316	许树华	黛玉还泪	星洲日报	1976-11-04	17
317	许树华	黛玉与贾宝玉	南洋商报	1976-11-22	12
318	梁山	红楼梦对清代的影响	星洲日报	1976-11-27	22
319	许树华	贾宝玉参禅	星洲日报	1976-12-02	18
320	许树华	林黛玉与妒妇方	南洋商报	1977-01-03	12
321	宇珊岚、唐冰、萧斌	红楼梦醒	南洋商报	1977-01-18	13
322	许树华	怡红院里的纯情	星洲日报	1977-01-31	18

续表

序号	作者	标题	报纸	日期	版面
323	许树华	红楼梦术家典型王熙凤	星洲日报	1977-08-01	—
324	许树华	红楼梦术家典型王熙凤	星洲日报	1977-08-09	—
325	许树华	红楼梦术家典型王熙凤	星洲日报	1977-08-11	15
326	许树华	红楼梦术家典型王熙凤	星洲日报	1977-08-19	15
327	许树华	红楼梦术家典型王熙凤	星洲日报	1977-08-23	18
328	博夫	红楼梦	南洋商报	1977-11-10	14
329	棠华	红楼梦的艺术成就	南洋商报	1977-11-10	16
330	石君、木匆	贾宝玉的形象	南洋商报	1977-12-03	18
331	梁山	脂砚与端砚	星洲日报	1978-02-09	17
332	永乐	平儿——一个惹人喜爱的人物	南洋商报	1978-03-22	9
333	永乐	我看贾宝玉	南洋商报	1978-03-31	16
334	永乐	忠心耿耿的紫鹃	南洋商报	1978-04-14	12
335	永乐	遁入空门的芳官	南洋商报	1978-04-15	13
336	永乐	平儿	南洋商报	1978-04-15	15
337	许树华	政治风度的探春	星洲日报	1978-04-20	19
338	许树华	政治风度的探春	星洲日报	1978-04-24	18
339	永乐	不得善终的赵姨娘	南洋商报	1978-06-07	14
340	永乐	忠心耿耿的紫鹃	南洋商报	1978-06-13	14
341	永乐	欲洁不洁的妙玉	南洋商报	1978-06-21	20
342	永乐	不得善终的赵姨娘	南洋商报	1978-07-13	19
343	梁山	买得脂砚斋重评石头记	星洲日报	1978-08-10	17
344	梁山	金陵十二钗——红楼梦什谈	星洲日报	1978-09-02	20
345	黄士衡	刘姥姥进大观园	南洋商报	1978-09-15	28
346	许树华	贾宝玉不做和尚论——红楼梦人物谈（上）	星洲日报	1978-10-18	16
347	许树华	贾宝玉不做和尚论——红楼梦人物谈（下）	星洲日报	1978-10-19	16

续表

序号	作者	标题	报纸	日期	版面
348	许树华	红楼梦里的惜春	星洲日报	1978-10-24	16
349	梁山	曹雪芹的故居及其佚著	星洲日报	1978-11-13	19
350	许树华	金陵十二钗与流业十二材	南洋商报	1978-12-05	21
351	许树华	贾宝玉和弃才典型	星洲日报	1978-12-14	18
352	许树华	贾宝玉和弃才典型	星洲日报	1978-12-16	20
353	梁山	妙玉	星洲日报	1979-01-08	10
354	梁山	三个屋里人	南洋商报	1979-01-26	22
355	力匡	大观园	南洋商报	1979-02-20	17
356	力匡	薛宝钗咏螃蟹	南洋商报	1979-03-30	24
357	逸予	谜中有诗，诗中有谜	星洲日报	1979-04-09	—
358	梁山	三个屋里人	南洋商报	1979-04-10	7
359	永乐	袭人的再醮	南洋商报	1979-08-27	7
360	梁山	红楼梦里谐趣的酒令	星洲日报	1979-10-23	14
361	朱炎辉	霍克斯英译石头记	南洋商报	1979-11-05	20
362	力匡	探春的管家	南洋商报	1979-12-01	33
363	高阳	关于曹雪芹的文字创作	星洲日报	1979-12-24	12
364	力匡	荣国府的月钱	南洋商报	1980-01-22	20
365	黄葆芳	大观园咏景	星洲日报	1980-02-02	26
366	梁山	贾府造反的奴才	星洲日报	1980-04-08	16
367	—	红楼之会	南洋商报	1980-04-10	15
368	赵冈	己卯本与庚辰本的关系	南洋商报	1980-06-13	22
369	—	梦斗塔湖映红楼:国际红楼梦研讨会论文提要	南洋商报	1980-06-14	24
370	—	梦斗塔湖映红楼:国际红楼梦研讨会论文提要	南洋商报	1980-06-14	12

续表

序号	作者	标题	报纸	日期	版面
371	余仁	访问老红学家俞平伯	星洲日报	1980-06-16	24
372	—	梦斗塔湖映红楼:国际红楼梦研讨会论文提要	南洋商报	1980-06-17	24
373	—	梦斗塔湖映红楼:国际红楼梦研讨会论文提要	南洋商报	1980-06-18	20
374	—	梦斗塔湖映红楼:国际红楼梦研讨会论文提要	南洋商报	1980-06-19	16
375	潘重规	民族血泪铸红楼	南洋商报	1980-06-19	20
376	高阳	高阳对曹雪芹生平的新考证	南洋商报	1980-06-19	20
377	霍克思	西人管窥红楼梦	南洋商报	1980-06-19	20
378	杜启之	红坛一瞥	星洲日报	1980-06-24	25
379	磬斋	红学会议第一天	南洋商报	1980-06-25	24
380	唐诗文	从“国际红楼梦研讨会”谈起	星洲日报	1980-06-25	—
381	张大春	风雨红楼话西窗——高阳对曹雪芹升平的新考证	星洲日报	1980-06-25	23
382	磬斋	把红楼梦装进计算机换算　把林黛玉做成蛋糕吃了（红楼梦会议第二天）	南洋商报	1980-06-27	25
383	磬斋	程曦谈禅　端的是表演得好　梅氏论道 无一人上床睡觉（红楼梦会议第三天）	南洋商报	1980-06-28	21
384	梁羽生	红学的走火入魔	星洲日报	1980-06-28	32
385	白先勇	红楼梦对游园惊梦的影响	星洲日报	1980-06-28	32
386	磬斋	把酒话红楼——周策纵谈红学大会	南洋商报	1980-06-29	14
387	—	游园说梦　击鼓论曹——国际红学大会综合报导	南洋商报	1980-06-29	14
388	白先勇	红楼梦对游园惊梦的影响	南洋商报	1980-06-29	14

续表

序号	作者	标题	报纸	日期	版面
389	唐诗文	从国际红楼梦研讨会谈起	星洲日报	1980-06-30	32
390	磬斋	红楼人散，梦多榻繁华梦醒（红楼梦会议第五天最后一天）	南洋商报	1980-07-01	19
391	—	参加国际红楼梦研讨会的周汝昌、冯其庸、陈毓罴	南洋商报	1980-07-03	20
392	知微	红楼梦二三事	星洲日报	1980-07-04	32
393	梁羽生	红学名家周汝昌	星洲日报	1980-07-04	32
394	莎莎	石头记人物画与刘旦宅	南洋商报	1980-07-10	21
395	白先勇	红楼梦对游园惊梦的影响	星洲日报	1980-07-13	5
396	杜启之	红楼一瞥	星洲日报	1980-07-13	5
397	梁羽生	漫话二红学家	星洲日报	1980-07-13	5
398	知微	红楼梦二三事	星洲日报	1980-07-13	5
399	品文	三位红学家香港谈红楼梦	南洋商报	1980-07-16	21
400	史宁风	旷代的天才，飘零的身世	南洋商报	1980-07-17	24
401	沁雨	计算机十文学研究	南洋商报	1980-07-17	24
402	王亭之	开谈初说红楼梦	星洲日报	1980-07-18	43
403	笔剑书	冯其庸和陈毓罴	星洲日报	1980-07-24	28
404	唐诗文	恭王府大观园的蓝本?	星洲日报	1980-07-24	28
405	南翔	有关曹雪芹的文学创作	星洲日报	1980-07-27	18
406	梁羽生	挑曹雪芹的错	星洲日报	1980-07-28	28
407	梁羽生	吴世昌考证雀金裘	星洲日报	1980-07-29	28
408	唐诗文	高鹗与后四十四回红楼梦	星洲日报	1980-08-03	6
409	郎格非	曹雪芹与红楼梦	星洲日报	1980-08-17	—
410	赵冈	从曹雪芹的书箧谈起	星洲日报	1980-08-18	37

续表

序号	作者	标题	报纸	日期	版面
411	宁凤	红楼梦研究近况	南洋商报	1980-08-21	12
412	陈广才	高鹗是红楼梦后四十回的作者吗?	南洋商报	1980-09-11	19
413	长卿	红楼谈梦	南洋商报	1980-10-02	24
414	孙念祖	红楼梦著作者的论争	星洲日报	1980-10-06	32
415	张力	看破	星洲日报	1980-11-04	28
416	—	红豆词	星洲日报	1980-11-22	36
417	夏元瑜	红学盖论	南洋商报	1980-12-05	30
418	夏元瑜	红学盖论与曹雪芹说梦	南洋商报	1980-12-06	32
419	夏元瑜	红学盖论	南洋商报	1980-12-08	27
420	夏元瑜	红学盖论	南洋商报	1980-12-09	30
421	夏元瑜	红学盖论	南洋商报	1980-12-10	24
422	夏元瑜	红学盖论	南洋商报	1980-12-11	28
423	项庄	真作假时假亦真	星洲日报	1980-12-11	30
424	夏元瑜	红学盖论	南洋商报	1980-12-12	26
425	钟惟	端木蕻良与曹雪芹	星洲日报	1980-12-13	38
426	逸予	从中国四大古典名著谈长篇小说的结构	星洲日报	1980-12-15	44
427	宋淇	贾政是不是假正经	星洲日报	1980-12-23	—
428	赵同	红楼梦作者是曹雪芹的爸爸	南洋商报	1980-12-24	26
429	寒操	曹雪芹的笔误	南洋商报	1981-01-06	22
430	小克	曹雪芹是煎鱼能手	南洋商报	1981-01-28	26
431	郑师	月中无影水无波——探讨红楼梦中的自杀行为	星洲日报	1981-03-02	36
432	林以亮	红楼梦西游记自序——细评红楼梦新英译	星洲日报	1981-03-16	—

续表

序号	作者	标题	报纸	日期	版面
433	宋淇	红楼梦西游记自序——细评红楼梦新英译	星洲日报	1981-03-16	35
434	蔡思果译	霍克思序	星洲日报	1981-03-16	35
435	唐诗文	恭王府与南北大观园	星洲日报	1981-03-23	32
436	梁羽生	香菱咏月	南洋商报	1981-06-15	20
437	梁羽生	大观园才女的柳絮词	南洋商报	1981-06-16	38
438	胡亚光	红楼梦作者曹雪芹也是中医大国手	星洲日报	1981-07-27	27
439	秋水	脂砚斋与红楼梦	南洋商报	1981-07-27	9
440	周颖南	邓云乡的广和居与会贤堂和红楼梦诗学传薪说	星洲日报	1981-08-24	34
441	黄葆芳	大观园模型图商榷	星洲日报	1981-09-14	17
442	龚鹏程	遥指红楼夜访曹雪芹别传作者高阳	星洲日报	1981-09-14	40
443	秋水	黛玉之死	南洋商报	1981-10-22	7
444	曹雪芹	红豆词	星洲日报	1981-10-24	42
445	—	北京明年将出版红楼梦新版本　比历来各种版本更接近原著	南洋商报	1981-11-07	30
446	柳北岸	读日本版的红楼梦图咏　王亚蓉意夺神迷	南洋商报	1981-11-09	37
447	丁望	曹雪芹送礼	南洋商报	1981-12-09	39
448	楚川	曹雪芹佚诗	星洲日报	1982-01-29	33
449	谣仪	谈曹雪芹的遗诗	星洲日报	1982-02-01	30
450	凌执茂	红学专家吴恩裕教授	星洲日报	1982-04-19	30
451	唐诗文	红楼梦后四十回的是是非非	南洋商报	1982-05-24	39
452	唐诗文	红学流派趣话：康熙第十一代孙谈红楼梦	南洋商报	1982-07-22	40

续表

序号	作者	标题	报纸	日期	版面
453	康捷	千家诗与红楼梦	星洲日报	1982-07-22	40
454	赵洁梅	曹雪芹笔下的晴雯	南洋商报	1982-08-14	40
455	汝捷	天空海阔话汝捷红楼——访红楼梦插图作者程十发	星洲日报	1982-08-20	44
456	秋水	谈妙玉	南洋商报	1982-08-28	9
457	—	中国成立《红楼梦》研究所——访所长冯其庸教授谈红学	星洲日报	1982-09-06	28
458	方平	雪芹和莎士比亚	星洲日报	1982-09-13	28
459	司浩	红楼梦人物知多少	南洋商报	1982-09-18	39
460	梁山	聚麀与爬灰	星洲日报	1982-10-19	30
461	秋水	有关妙玉二三事	南洋商报	1982-10-21	1
462	温情	舒成勋述、胡德平整理：曹雪芹在西山	南洋商报	1982-10-27	42
463	潘华	孙逊红楼梦脂评初探	南洋商报	1982-11-10	39
464	态应祥	红楼梦的真面目	南洋商报	1982-12-07	1
465	唐诗文	红学公案：曹雪芹画像辨伪记	南洋商报	1982-12-08	40
466	万千	计算机红楼	南洋商报	1982-12-21	38
467	梁山	红学研究史话	星洲日报	1983-01-04	30
468	林亦乐	曹雪芹画像的最新争议	南洋商报	1983-02-02	2
469	温珊	曹雪芹与蜜汁燕窝	南洋商报	1983-02-10	40
470	—	巨型牙雕大观园	联合早报	1983-04-09	28
471	张顺德、许瑞霞	美国杨伯翰大学歌舞团三团员爱读红楼梦和鲁迅杂文	联合晚报	1983-05-38	6
472	戴冰	修复中的大观园	联合早报	1983-06-05	42
473	马国权	阳一教师撰文论证曹雪芹是辽宁人	联合早报	1983-06-22	36

续表

序号	作者	标题	报纸	日期	版面
474	雪松	红楼梦的同书异名释义	联合晚报	1983-07-03	13
475	朱克	红潮中推出红楼梦	联合早报	1983-07-16	37
476	罗兰	红楼梦点滴	联合早报	1983-08-13	26
477	梁山	和坤与大观园	星洲日报	1983-09-29	23
478	商余	红楼梦后四十回的新说法	联合早报	1983-11-21	2
479	微观	后四十回高鹗补笔仅占百分之六　曹雪芹写完红楼梦	联合早报	1983-11-21	40
480	周秀	红楼梦人物知多少	联合早报	1984-04-01	44
481	林亦乐	红楼梦探佚中林黛玉的结局	联合早报	1984-04-30	35
482	林亦乐	红楼梦探佚中史湘云的结局	联合早报	1984-05-03	45
483	秋水	从王熙凤看曹雪芹的语言艺术	南洋商报	1984-05-09	5
484	林亦乐	红楼梦探佚中贾宝玉的结局	联合早报	1984-05-22	35
485	林亦乐	红楼梦探佚中林黛玉的结局	南洋商报	1984-05-26	17
486	林亦乐	贾探春的结局	联合早报	1984-06-09	45
487	—	曹雪芹纪念馆	联合晚报	1984-06-10	22
488	夕阳楼主	曹雪芹送礼	联合晚报	1984-06-12	20
489	林亦乐	红楼梦探佚中史湘云的结局	南洋商报	1984-06-29	1
490	万城	老红学家俞平伯	南洋商报	1984-09-09	13
491	柯灵	红楼絮语	南洋商报	1984-09-12	1
492	林亦乐	十二钗中巧姐儿的结局	南洋商报	1984-09-14	1
493	梁山	顽石与神瑛侍者	联合早报	1984-09-17	41
494	宜山居士	红楼梦的同书异名和人物	联合早报	1984-08-18	50
495	林亦乐	十二钗中巧姐儿的结局	联合早报	1984-09-01	51
496	梦芹	曹雪芹原稿被当纸钱烧	联合早报	1984-09-15	44
497	梁山	顽石与神瑛侍者	联合早报	1984-09-17	41

续表

序号	作者	标题	报纸	日期	版面
498	林亦乐	红楼探佚中妙玉的结局	联合早报	1984-10-01	40
499	林亦乐	红楼梦探佚中妙玉的结局	南洋商报	1984-10-06	13
500	林亦乐	再谈元春的结局	联合早报	1984-10-12	45
501	林亦乐	红楼梦探佚——再谈元春的结局	南洋商报	1984-10-18	14
502	林亦乐	什么是红学的一场新论争	联合早报	1984-11-10	42
503	林亦乐	什么是红学的一场新论争	联合早报	1984-11-12	36
504	林亦乐	什么是红学的一场新论争	联合早报	1984-11-13	35
505	秋水	王国维的红学	南洋商报	1984-11-27	1
506	秋水	王国维的红学	南洋商报	1984-11-28	1
507	秋水	王国维的红学	南洋商报	1984-11-29	1
508	林亦乐	迎春的结局	联合早报	1985-01-11	40
509	林亦乐	王熙凤结局	联合早报	1985-01-16	38
510	林亦乐	王熙凤结局	联合早报	1985-01-17	35
511	林亦乐	迎春的结局	南洋商报	1985-01-25	1
512	林亦乐	张之先生和红楼梦新补	联合早报	1985-02-15	50
513	夕阳楼主	黛玉、元宝石、石上松与红楼梦	联合晚报	1985-02-23	17
514	林亦乐	红楼梦新补——第一回与旧续对比	联合早报	1985-02-27	27
515	林亦乐	红楼梦新补——第一回与旧续对比	南洋商报	1985-03-07	1
516	林亦乐	论黛玉之死与小红有关	联合早报	1985-03-13	27
517	周粲	访曹雪芹的故居	联合早报	1985-09-17	34
518	唐汶	红楼梦的书名	联合早报	1985-09-25	39
519	雪松	红楼之忧	联合早报	1986-04-30	22
520	张硕士	论红楼梦里的一个性问题	南洋商报	1986-05-12	22
521	吴启基	钻进红楼一梦磿——访问红学家张硕人博士	联合早报	1986-05-14	22

续表

序号	作者	标题	报纸	日期	版面
522	张硕人	贾宝玉与妙玉也有一段情	联合早报	1986-05-16	6
523	—	中国发现清宫档案内有曹雪芹家世资料	联合早报	1986-06-18	13
524	—	《红楼梦》资料存入电脑档案	联合晚报	1986-06-06	1
525	陈迹	人物起名话红楼	联合晚报	1986-07-08	11
526	唐轶	大连新近发现曹雪芹家世档案	联合晚报	1986-07-22	11
527	查坤林	曹雪芹曾撰风筝专著	联合晚报	1986-07-25	10
528	雪松	警惕红学考证中的返祖	联合早报	1986-08-03	37
529	邓伟坚	深圳大学师生带领红楼梦进入计算机世界	联合晚报	1986-08-21	4
530	灵文、艾力	闲话红楼	联合晚报	1986-11-30	11
531	傲雪	红楼梦发祥之地	联合早报	1986-11-30	36
532	柳存仁	红楼会后话红楼	联合早报	1986-12-27	45
533	蔡曙鹏	我们为什么演红楼梦	联合早报	1987-04-10	37
534	周郎	曹雪芹与正白旗村	联合晚报	1987-06-01	13
535	陈迹	红楼梦中的同性恋陈迹	联合晚报	1987-06-07	12
536	—	中国电视剧红楼梦	联合早报	1987-06-13	43
537	任丈	曹雪芹署名的来历	联合早报	1987-06-13	43
538	卢勇文	蒙古族的曹雪芹	联合早报	1987-06-13	43
539	武寺	曹雪芹故居探谜	联合晚报	1987-08-10	19
540	杨秀	曹雪芹为何懂外语	联合晚报	1987-08-27	14
541	苏伟妮	为贾宝玉与林黛玉申冤	南洋商报	1987-09-07	—
542	李贤平	上海数学家计算机分析否定红楼梦成书定论	联合早报	1987-09-12	20
543	吴启基	大哉红楼梦　再论一千年	星洲日报	1988-07-02	19
544	谭立刚	红楼梦人物蒋玉函的双性世界	星洲日报	1989-07-08	—

续表

序号	作者	标题	报纸	日期	版面
545	佩琳	中国开拍文献纪录片《曹雪芹与红楼梦》	联合晚报	1987-09-15	21
546	—	红楼梦饮食文化	联合早报	1987-09-19	34
547	胡越	现代刘姥姥游大观园	联合晚报	1987-09-22	13
548	—	中苏联合出版红楼梦	联合早报	1987-09-23	37
549	双木	林黛玉真有其人	联合晚报	1987-10-05	13
550	朱凤	红楼梦断议论纷纭	联合早报	1987-10-08	33
551	刘旦宅	宝钗戏蝶	联合早报	1987-10-14	25
552	—	周策纵教授以书名作比较时说红楼梦比石头记更能体现时代精神	联合早报	1987-10-15	4
553	风	红楼梦残	联合早报	1987-10-19	19
554	青林	红楼梦曲高和寡?	联合晚报	1987-10-20	2
555	子子	红楼在眼前，梦也在眼前	联合晚报	1987-10-23	21
556	青林	假如我是贾宝玉	联合晚报	1987-10-27	2
557	—	女儿身的提倡者	联合早报	1987-10-29	37
558	王扶林	拍摄红楼梦的体会	联合晚报	1987-11-06	24
559	王扶林	拍摄红楼梦的体会	联合晚报	1987-11-07	14
560	石缘	谈秦可卿之死	联合早报	1987-11-11	39
561	韩山元	红楼梦人物大观	联合晚报	1987-11-14	16
562	陈伯汉	看秦可卿出殡	联合早报	1987-11-14	49
563	苏文茂	红楼百科	联合早报	1987-11-18	35
564	苏文茂	红楼百科	联合早报	1987-11-19	36
565	韩山元	红楼梦人物大观	联合晚报	1987-11-21	16
566	夕阳楼主	红楼梦人名的谐音	联合晚报	1987-11-22	14
567	马上香	红楼梦	联合早报	1987-11-23	23

续表

序号	作者	标题	报纸	日期	版面
568	黄玉云	红楼续梦到狮城	联合早报	1987-11-24	27
569	陈伯汉	看贾元春归省	联合早报	1987-11-28	44
570	韩山元	红楼梦人物大观	联合晚报	1987-11-29	16
571	左介贻	电视剧红楼梦的失误	联合晚报	1987-12-10	2
572	韩兼思	林妹妹该不该和宝哥哥结合——谈林黛玉之死	联合晚报	1987-12-10	14
573	韩兼思	秦可卿果真淫丧?	联合晚报	1987-12-16	12
574	韩兼思	尤二姐为何自尽	联合晚报	1987-12-19	13
575	青林	红楼梦的收视率	联合晚报	1987-12-22	2
576	韩兼思	贾母的养生之道	联合晚报	1987-12-24	16
577	韩兼思	凤姐的悲剧	联合晚报	1987-12-30	17
578	韩兼思	晴雯为什么会死	联合晚报	1988-01-05	13
579	吴德	红楼梦与计算机	联合早报	1988-01-21	44
580	康仁	一位受凌虐女子的疾病——香菱与干血病	联合晚报	1988-01-29	12
581	张硕人	红楼梦研究点滴之一：妙玉有约郎不来	联合晚报	1988-01-31	14
582	茜双	红楼梦续书	联合早报	1988-01-31	67
583	张硕人	红楼梦研究点滴之一：妙玉有约郎不来	联合晚报	1988-02-01	13
584	邓婕	我演王熙凤	联合晚报	1988-02-20	14
585	莎莎	红楼梦药方的真假	联合晚报	1988-02-22	22
586	—	宝玉多情黛玉痴　越剧红楼梦里留情史	联合早报	1988-02-22	16
587	陈伯	看晴雯咬下指甲	联合早报	1988-02-27	34
588	达	重温“红楼”说“梦”话	联合早报	1988-03-05	35

续表

序号	作者	标题	报纸	日期	版面
589	黎华颜	黛玉腰斩而死	联合早报	1988-03-08	2
590	绍西	一首女性的赞歌：一位非华族社会学者看红楼梦	联合晚报	1988-03-10	14
591	陈伯汉	黛玉死前未焚稿	联合早报	1988-03-12	69
592	阿达	眼花缭乱	联合早报	1988-03-13	49
593	玉娇	林黛玉死得荒谬　红迷建议重拍红楼梦后六集	联合晚报	1988-03-14	16
594	石缘	黛玉泪尽夭亡悲剧	联合早报	1988-03-14	31
595	红楼一角	红楼梦续书知多少	联合早报	1988-03-14	31
596	—	红楼梦中的梦	联合早报	1988-03-16	35
597	陈卫平	名著改编的不随意性：谈电视剧红楼梦的失误	联合早报	1988-03-18	43
598	木石	将美毁灭给人看	联合早报	1988-03-19	37
599	夕阳楼主	雪底芹菜	联合晚报	1988-03-26	14
600	—	金陵十二钗邮票	联合早报	1988-03-26	35
601	黎星	也谈宝黛的爱情悲剧	联合早报	1988-04-08	42
602	—	曹雪芹的传说	联合早报	1988-04-13	33
603	—	红楼梦真多：清代作家续书出版已有四本发行上市	联合早报	1988-05-09	31
604	淮洲	曹雪芹是烹饪高手	联合晚报	1988-05-10	8
605	—	联合早/晚报与作家协会联办红楼梦文化艺术展	联合晚报	1988-05-18	5
606	—	林妹妹与宝哥哥邀你游览大观园	联合晚报	1988-05-18	15
607	—	堂堂大观园下月到狮城	联合早报	1988-05-19	2
608	黄叔麟	从文化艺术展览看二百年前红楼梦	联合晚报	1988-06-10	4

续表

序号	作者	标题	报纸	日期	版面
609	—	规模宏大　琳琅满目：红楼梦文化艺术展18至26日隆重举行	联合早报	1988-06-11	9
610	—	红楼梦研讨会16日国大举行	联合早报	1988-06-11	9
611	周岭	红学形成以来所有问题皆分歧	联合晚报	1988-06-16	4
612	林徐典	红楼梦跨越国界世界文学史上罕见	联合晚报	1988-06-16	4
613	黄叔麟	秦淮风月忆繁华	联合晚报	1988-06-17	4
614	黄卓伦、陈松亭	宁荣双府珍肴齐下筷初尝红楼宴	联合早报	1988-06-18	44
615	—	红楼梦青年画家李湘欲售太虚幻境画作　收入赞助北京幼儿园	联合早报	1988-06-20	6
616	黄玉云	史延芹为红剧抹上悦目的色彩	联合早报	1988-06-21	42
617	洪子	红楼梦全书人物共多少	联合晚报	1988-06-22	14
618	吴启基	民俗研究转硬为软：访邓云乡教授	联合早报	1988-06-22	37
619	吴启基	大哉红楼梦　再论一千年：访冯其庸教授	联合早报	1988-06-22	37
620	黄叔麟	仿佛梦里觅楼踪，纸上畅游“红楼梦文化艺术展”	联合晚报	1988-06-24	13
621	黄叔麟	千红一哭　万艳同悲：写李湘画红楼梦	联合晚报	1988-06-25	9
622	黄叔麟	实体大观园出现　红学研究大突破　中国红学家报业中心抒高见	联合晚报	1988-06-26	4
623	—	在家五戒菩萨戒会	联合晚报	1988-06-26	4
624	阿达	曹雪芹	联合早报	1988-06-26	54
625	小彤	仿佛走进大观园	联合早报	1988-07-07	34
626	张美香	为红楼起高楼	联合晚报	1988-08-07	12
627	项庄	还它清装面目	联合晚报	1988-08-21	65

续表

序号	作者	标题	报纸	日期	版面
628	夏霜	红楼梦续书种种	联合晚报	1988-09-12	14
629	郑师	月中无影水无波——探讨红楼梦中的自杀行为	星洲日报	1981-02-23	29
630	—	红楼梦的书名	联合早报	1988-12-15	39
631	—	台湾信息界完成红楼梦检索系统	联合早报	1988-12-18	16
632	沙洲	红楼梦里的茶缘	联合晚报	1989-09-30	17
633	沙洲	红楼梦里的茶缘	南洋商报	1989-10-13	—
634	黄崇禧	红楼梦与其一缺点	南洋商报	1989-10-31	—
635	余仁杰	红楼梦中的螃蟹食法与咏蟹诗	联合早报	1989-11-18	54
636	方华	金陵十二钗	联合晚报	1989-11-19	13
637	周郎	曹雪芹的烹饪技术	联合晚报	1990-01-24	13
638	石津	万艳同悲始于此看电影红楼梦	联合早报	1989-02-03	42
639	潘碧华	宝钗	星洲日报	1990-02-25	—
640	潘碧华	卿何薄命	星洲日报	1990-03-11	—
641	潘碧华	花气袭人知昼暖	星洲日报	1990-03-25	—
642	潘碧华	情不可倾只可轻	星洲日报	1990-04-08	—
643	潘碧华	机关算尽太聪明	星洲日报	1990-04-22	—
644	潘碧华	赵姨娘	星洲日报	1990-04-29	—
645	夏霜	曹雪芹忘我创作红楼梦	联合晚报	1990-05-04	23
646	潘碧华	世难容	星洲日报	1990-05-06	—
647	潘碧华	千古之恨	星洲日报	1990-05-17	—
648	张梦瑞	红学学者重温红楼梦	联合早报	1990-05-16	46
649	方衣	大陆兴起红楼宴	联合早报	1990-06-10	18
650	潘碧华	无可奈何	星洲日报	1990-06-10	—
651	潘碧华	应怜天下凡人心	星洲日报	1990-06-24	—

续表

序号	作者	标题	报纸	日期	版面
652	唐诗文	红楼梦的人名	联合晚报	1990-06-26	19
653	潘碧华	义仆心	星洲日报	1990-07-08	—
654	俞集	铁槛寺与馒头庵	联合晚报	1990-07-12	15
655	潘碧华	不成之画	星洲日报	1990-07-22	—
656	—	大飨贾府珍馐	联合晚报	1990-07-24	21
657	潘碧华	以死相许	星洲日报	1990-08-05	—
658	陈美君	走入红楼梦的虚实世界	联合早报	1990-08-07	84
659	潘碧华	树大招风	星洲日报	1990-08-19	—
660	潘碧华	前无去路	星洲日报	1990-09-02	—
661	张梦瑞	陶醉红楼梦不思红尘路	联合早报	1990-09-12	33
662	昕蕾	红楼梦醒大观园	联合晚报	1990-09-16	14
663	潘碧华	终究是水逝云飞	星洲日报	1990-09-16	—
664	潘碧华	生于末世运偏消	星洲日报	1990-09-30	—
665	潘碧华	原应叹息	星洲日报	1990-10-14	—
666	潘碧华	留余庆	星洲日报	1990-10-28	—
667	潘碧华	误入虎口	星洲日报	1990-11-11	—
668	潘碧华	计算狐狸精	星洲日报	1990-11-25	—
669	潘碧华	古来将相可存还	星洲日报	1990-12-09	—
670	潘碧华	红楼梦醒	星洲日报	1990-12-23	—
671	世福	曹雪芹精于医道	联合早报	1990-12-28	46
672	俞平伯	研究红楼起风波	联合早报	1991-01-03	45
673	—	曹雪芹家庙在南京发现	联合晚报	1991-03-22	12
674	马行	名副其实的石头记	联合晚报	1991-05-08	21
675	周玉清	四川女教师著红楼梦新续	联合早报	1991-05-11	28
676	—	曹雪芹祖籍确认在辽阳	联合晚报	1991-08-28	19

续表

序号	作者	标题	报纸	日期	版面
677	夏泰宁	索隐派的走火入魔	联合晚报	1991-11-10	2
678	—	红楼美食大汇演	联合晚报	1992-01-18	19
679	孙爱玲	说贾府如何过年	联合早报	1992-02-06	31
680	安扬	红楼梦之旅	联合晚报	1992-02-12	14
681	—	扬州宾馆红楼宴	联合晚报	1992-03-02	15
682	—	曹雪芹之墓碑北京通县发现	联合晚报	1992-08-02	8
683	—	北京发现曹雪芹墓碑	联合早报	1992-08-09	96
684	岷子	一桌菜 2000 元　红楼宴红到台湾去	联合晚报	1992-08-13	17
685	潘碧华	假作真来真亦假——从甄士隐和贾雨村的际遇看红楼梦的真假世界	星洲日报	1992-08-29	—
686	—	红楼梦座谈会及资料展	星洲日报	1992-09-05	—
687	乔风	画蔷龄官	星洲日报	1992-09-12	—
688	迅雷	闲话水浒与红楼	联合早报	1992-09-27	40
689	亦笛尔	出世的向往与入世的沉溺	联合早报	1992-11-15	54
690	邹文学	老屋发现题壁诗	联合晚报	1992-12-24	19
691	蓉子	可卿之死	联合早报	1993-01-03	44
692	迅雷	红楼哲思	联合早报	1993-01-31	33
693	—	再现红楼十二金钗	联合早报	1993-02-23	31
694	陈传敏、欧阳兴义	一部红楼满纸茶香	联合早报	1993-02-26	38
695	罗兰	曹雪芹墓碑真伪难辨	联合早报	1993-02-26	38
696	黄卓伦	红楼梦沉女娲缘逝	联合早报	1993-03-21	40
697	—	专家考证曹雪芹在北京当过教师	联合早报	1993-04-17	19
698	英培安	恋人絮语或者红楼随想	联合早报	1993-06-13	44
699	英培安	恋人絮语或者红楼随想	联合早报	1993-06-14	42

续表

序号	作者	标题	报纸	日期	版面
700	英培安	恋人絮语或者红楼随想	联合早报	1993-06-17	47
701	潘思勉	曹雪芹巧手制作老蚌怀珠	联合晚报	1994-02-26	17
702	黄桷	秦可卿身世之疑	联合早报	1994-05-02	41
703	—	红豆词	联合早报	1994-05-03	22
704	何颖怡	红楼梦中的饮食	联合早报	1994-06-12	57
705	翁丽清	游大观园上天桥乐茶馆——淡初学生红楼梦之旅	联合早报	1994-06-30	42
706	—	红楼梦风月　情债舞不尽	联合早报	1994-07-20	40
707	杨翰端	某出版社写给曹雪芹的信	联合晚报	1994-07-22	23
708	—	位于北京郊外大兴县曹雪芹祠堂下月竣工	联合早报	1994-09-19	16
709	—	曹雪芹故里沉睡二百年莲籽再萌发	联合晚报	1994-10-08	24
710	侯雅伦	受委为中国红学研究院顾问——陈广才钻研红学受肯定	星洲日报	1994-10-27	12
711	—	回声戏曲团 18 日公演　改编红楼梦名剧《情僧偷到潇湘馆》	联合晚报	1995-03-07	6
712	—	红楼梦原始作者不是曹雪芹?	联合早报	1995-04-16	59
713	方明	史湘云豪迈不羁	联合早报	1995-04-17	34
714	—	尹湛纳希:蒙古族曹雪芹	联合早报	1995-11-18	30
715	沙禽	诗 2 首:(1)脂砚斋重评石头记	星洲日报	1996-03-03	—
716	沙眼	红学	联合早报	1996-03-09	49
717	—	京剧连续剧曹雪芹	联合早报	1996-04-27	58
718	—	位于北京西郊黄叶村曹雪芹纪念馆落成	联合早报	1996-07-21	17
719	张曦娜	横看成岭侧成峰	联合早报	1996-07-22	26

续表

序号	作者	标题	报纸	日期	版面
720	吴韦材	贾宝玉	联合早报	1996-11-23	26
721	董纪凡	曹雪芹减肥记	联合晚报	1997-04-11	29
722	吴韦材	恭王府与大观园	联合早报	1997-05-05	22
723	林恺兰	林黛玉喝什么茶吃什么粥	联合晚报	1997-06-03	21
724	张锦燕	圣初文化节：先尝《红楼梦》美食，再读《红楼梦》小说	联合早报	1997-10-17	12
725	李梦莉、黄莉琴、黄佩丽	走一趟红楼之旅——圣初文化节专题展《红楼梦》	联合早报	1997-11-12	36
726	—	曹雪芹一名源雪底芹菜	联合晚报	1997-12-30	17
727	—	曹雪芹故乡丰润县主次干道路命名具红楼梦特色	联合早报	1998-01-13	15
728	张潜	红楼梦年代有红酒	联合早报	1998-05-28	46
729	胡菊人	红楼梦的一场偷窥与窃听	联合早报	1998-06-09	37
730	刘育龙	我的大观园	—	1998-06-29	—
731	启基	1954年之前中国红学研究	联合早报	1998-08-09	119
732	巴特尔	大观园红楼梦中的伊甸园	联合早报	1998-09-17	48
733	张放	四川大教授惊人论断红楼梦作者是脂砚斋	联合晚报	1998-10-08	25
734	阿芝	从《红楼梦》想起	星洲日报	1998-10-25	—
735	—	不让台湾射雕英雄宴专美　红楼秋宴将登场香港	联合早报	1998-11-19	49
736	—	专家肯定曹雪芹祖籍在辽东铁岭	联合早报	1998-11-23	28
737	周泽南	陈广才红书满楼　从琼瑶到余秋雨的探索	南洋商报	1998-11-30	—
738	张文瀚	晴雯的一张嘴	星洲日报	1999-01-31	—

续表

序号	作者	标题	报纸	日期	版面
739	—	曹雪芹风筝图谱出版	联合早报	1999-04-18	72
740	黄戈二	石头记	南洋商报	1999-05-04	—
741	胡雁文	四年造一梦　红楼赢知音	联合早报	1999-05-29	58
742	梅淑贞	红楼旧敌	中国报	1999-06-13	—
743	—	曹雪芹旧居遗址被发现	联合早报	1999-08-19	37
744	雨川	红楼旧梦	南洋商报	2000-01-22	—
745	雁白	不是红学	中国报	2000-02-20	—
746	宵灯	红楼殉情	中国报	2000-05-28	—
747	—	曹雪芹旧店题字依旧在	联合晚报	2000-05-29	15
748	黄伊美	小女孩探足红楼梦	联合早报	2000-06-05	7
749	西西	怡红院的室内设计	联合早报	2000-07-17	30
750	曾毓林	红楼梦	光明日报	2000-08-01	—
751	—	曹雪芹故居将被拆毁　专家：手下留情	联合晚报	2000-08-12	22
752	—	旧居拆除　红楼梦断	联合晚报	2000-09-07	13
753	蔡欣	新石头记	联合早报	2001-01-23	—
754	许友彬	石头记	中国报	2001-04-17	—
755	李天葆	隔雨红楼烟花散	南洋商报	2001-06-24	—
756	—	读红楼洞达处世	联合晚报	2001-07-29	16
757	迈克	笑笑林黛玉	中国报	2001-08-25	—
758	郭垚垚	重读红楼梦有感逝誓	联合早报	2001-09-04	29
759	迈克	笑笑林黛玉	早报周刊	2001-09-09	13
760	陈志鸿	好梦难圆——谈红楼梦未完	南洋商报	2001-09-30	—
761	朱卓文	方修红学的研究	南洋商报	2001-10-12	—

续表

序号	作者	标题	报纸	日期	版面
762	迈克	搬运红楼梦	中国报	2001-11-17	—
763	梅淑贞	情僧版本	中国报	2001-12-01	—
764	梅淑贞	情天情海避风港	中国报	2001-12-08	—
765	雅蒙	贾宝玉的玉	南洋商报	2001-12-25	—
766	梅淑贞	谁是秦可卿	中国报	2002-04-20	—
767	梅淑贞	秦可卿是谁	中国报	2002-04-27	—
768	—	红楼梦石刻本问世	联合晚报	2002-06-30	19
769	陈志鸿	小屋里写出大观园	南洋商报	2002-12-02	—
770	陈志鸿	水月镜花一场梦——读《镜花缘》和《红楼梦》	南洋商报	2003-02-09	—
771	李天葆	红楼疑事	东方日报	2003-02-20	—
772	—	回声戏曲团呈献粤剧红楼梦	联合晚报	2003-05-22	21
773	蓝波	寓说大观园（之二）	国际时报	2003-05-25	—
774	蓝波	寓说大观园（之三）	国际时报	2003-06-06	—
775	李敬德	李敬德诗作两首：（1）地藏 VS 梵天；（2）红楼梦呓	南洋商报	2003-08-27	—
776	—	曹雪芹北京故居掘证遗址	联合晚报	2003-09-17	30
777	许心伦	石头记	国际时报	2003-10-09	—
778	梅淑贞	越剧红楼梦的移花接木法	中国报	2004-01-31	—
779	驽马	红楼梦	宏现周报	2004-02-04	—
780	—	红楼梦作者曹雪芹生平事迹搬上荧幕	联合晚报	2004-02-27	14
781	梅淑贞	借红楼梦过关	南洋商报	2004-03-28	—
782	梅淑贞	谁才是海棠诗魁	南洋商报	2004-04-04	—
783	梅淑贞	谁才是海棠诗魁（中）	南洋商报	2004-04-11	—
784	梅淑贞	谁才是海棠诗魁（下）	南洋商报	2004-04-18	—

续表

序号	作者	标题	报纸	日期	版面
785	陈志鸿	曹雪芹没踏上的另一条路	东方日报	2004-04-19	15
786	梅淑贞	诗魁在此	南洋商报	2004-04-25	—
787	游枝	台北 · 红楼 · 梦	南洋商报	2004-04-26	—
788	梅淑贞	石头自述	南洋商报	2004-05-09	—
789	梅淑贞	红楼梦是道魔障	南洋商报	2004-05-16	—
790	梅淑贞	红学家的诗偏见	南洋商报	2004-05-23	—
791	吴启基	纸寿千年　红楼不朽：手工宣纸精印的红楼梦	联合早报	2004-05-24	24
792	梅淑贞	原来我误卿	南洋商报	2004-05-30	—
793	曾子曰	花袭人	星洲日报	2004-06-05	—
794	李天葆	芙蓉仙子	南洋商报	2004-06-06	—
795	梅淑贞	无赖诗魔昏晓侵（之一）	南洋商报	2004-06-06	—
796	梅淑贞	无赖诗魔昏晓侵（之二）	南洋商报	2004-06-13	—
797	—	关于红楼宴	联合晚报	2004-06-17	15
798	梅淑贞	无赖诗魔昏晓侵（之三）	南洋商报	2004-06-20	—
799	梅淑贞	还泪	南洋商报	2004-06-27	—
800	梅淑贞	蜡屐远来情得得	南洋商报	2004-07-04	—
801	—	红楼梦作者非曹雪芹	联合晚报	2004-07-17	23
802	梅淑贞	石头的作者论	南洋商报	2004-07-11	—
803	梅淑贞	金玉良缘之妄	南洋商报	2004-07-18	—
804	—	红楼梦人物吃的山珍海味你也能吃	联合晚报	2004-07-24	15
805	梅淑贞	抛书与高帽齐飞	南洋商报	2004-07-25	—
806	梅淑贞	红楼讽刺诗	南洋商报	2004-08-01	—
807	梅淑贞	榴花的心事	南洋商报	2004-08-08	—
808	梅淑贞	秋风秋雨愁煞人	南洋商报	2004-08-15	—

续表

序号	作者	标题	报纸	日期	版面
809	梅淑贞	谜中谜	南洋商报	2004-08-22	—
810	梅淑贞	像柳絮一般的女子	南洋商报	2004-08-29	—
811	梅淑贞	红楼迷汤	中国报	2004-09-04	—
812	梅淑贞	除却作者谁能知	南洋商报	2004-09-05	—
813	梅淑贞	解谜还须制谜人	南洋商报	2004-09-12	—
814	梅淑贞	一生功业　还归芍药茵	南洋商报	2004-09-19	—
815	梅淑贞	被诗所缚	南洋商报	2004-09-26	—
816	梅淑贞	诗的胡说	南洋商报	2004-10-03	—
817	梅淑贞	寻乐园内冠首诗	南洋商报	2004-10-10	—
818	梅淑贞	金貂公子四季梦	南洋商报	2004-10-17	—
819	—	关于红楼宴菜肴的属性	联合晚报	2004-10-21	11
820	梅淑贞	蟠香寺的雪痕	南洋商报	2004-10-24	—
821	梅淑贞	雪地上的集体诗（上）	南洋商报	2004-10-31	—
822	梅淑贞	雪地上的集体诗（中）	南洋商报	2004-11-07	—
823	迈克	未曾赢得的快趣	联合早报	2004-11-07	54
824	梅淑贞	雪地上的集体诗（下）	南洋商报	2004-11-14	—
825	梅淑贞	肠断紫菱洲	南洋商报	2004-11-21	—
826	梅淑贞	梅香的故事	南洋商报	2004-11-28	—
827	梅淑贞	再写红梅记	南洋商报	2004-12-05	—
828	梅淑贞	独艳与群芳	南洋商报	2004-12-12	—
829	李国七	石头记	星洲日报	2004-12-18	—
830	梅淑贞	春天的叹息	南洋商报	2004-12-19	—
831	李天葆	清梦红楼	南洋商报	2005-01-02	—
832	梅淑贞	借美人以言志	南洋商报	2005-01-02	—

续表

序号	作者	标题	报纸	日期	版面
833	梅淑贞	次要诗人的应酬诗	南洋商报	2005-01-09	—
834	梅淑贞	压轴的诸艳之冠	南洋商报	2005-01-23	—
835	梅淑贞	聪明误	南洋商报	2005-01-30	—
836	—	哈日与韩风吹红楼梦	联合早报	2005-02-02	39
837	—	人民日报狠批漫画红楼梦人物形象不伦不类	联合早报	2005-02-14	13
838	蔡欣	红楼漫画	联合早报	2005-02-19	38
839	梅淑贞	堪怜咏絮才	南洋商报	2005-02-20	—
840	韩咏红	南洋艺术学院戏剧系呈献华语诗剧红楼梦	联合早报	2005-03-10	34
841	胡文雁	南艺动员打造红楼梦	联合早报	2005-03-12	51
842	梅淑贞	惜春出家的诗曲谜	南洋商报	2005-03-27	—
843	—	世界最长　北京植物园展出红楼梦人物画卷	联合晚报	2005-04-14	14
844	—	梦回潇湘馆	联合早报	2005-05-08	60
845	—	天映 6 月巨献：三看红楼梦天国花园	联合晚报	2005-06-08	14
846	荆云	大学时代上《红楼梦》专题课是一种享受	联合早报	2005-06-15	30
847	刘树佳	现代的薛宝钗	南洋商报	2005-06-22	—
848	陈湘琳	红楼归晚	南洋商报	2005-07-02	—
849	凉月满天	黛玉错过多少美	星洲日报	2005-08-30	4
850	—	一僧一道与红楼梦的另一种解读	联合早报	2005-09-08	33
851	陈志鸿	红楼梦的二丫头	东方日报	2005-09-11	—
852	黄锦树	石头记的皱褶　波赫士的魔术	星洲日报	2005-09-11	—
853	李行之	蜻蜓立红楼	南洋商报	2005-10-09	—

续表

序号	作者	标题	报纸	日期	版面
854	水真立早	石头记里的紫砂	中国报	2006-01-07	—
855	李气虹、林德生	广州记者出书破译红楼梦作者是曹雪芹他爹	联合早报	2006-01-22	17
856	钟可斯	晚来巧梳妆　闲情看红楼——悄凌访谈录之一	光华日报	2006-02-06	—
857	庄永康	红学，学些什么?	联合早报	2006-02-12	20
858	孙爱玲	墨迹	联合早报	2006-02-27	22
859	黄嘉一	与刘心武一起读红楼	联合早报	2006-03-10	34
860	梅淑贞	女作家专辑（6）：兼美恨	南洋商报	2006-03-25	—
861	—	红楼梦将译成马来文	联合晚报	2006-03-28	5
862	方美富	红楼识小录	东方日报	2006-04-30	—
863	—	马道婆的魇镇	联合晚报	2006-07-02	12
864	刘再复	红楼梦悟	联合早报	2006-07-10	25
865	李天葆	梦渺红楼镜花情泪	星洲日报	2006-07-27	—
866	丽琴	借了不还的红楼梦	星洲日报	2006-09-14	—
867	蔡欣	红楼二拍	联合早报	2006-10-27	32
868	冼文光	拟古二题：辛弃疾/曹雪芹	南洋商报	2006-11-25	—
869	孙爱玲	读红楼梦看人生	联合早报	2007-01-01	2
870	王文献	令人荡气回肠的红楼曲	联合早报	2007-01-02	10
871	孙爱玲	水溶与宝玉	联合早报	2007-04-09	22
872	梅淑贞	工笔下舞动的红楼梦	中国报	2007-04-21	10
873	—	红楼梦译国文版　马大中文系毕业生与写作人基金签约	南洋商报	2007-05-13	—
874	完颜藉	看贾宝玉洗澡	联合早报	2007-05-18	34
875	欧阳珊	立园：缠绵悱恻大观园	南洋商报	2007-07-20	—

续表

序号	作者	标题	报纸	日期	版面
876	郎格非	国际红楼梦大会二三语	东方日报	2008-07-26	15
877	梅青	扮演林黛玉的三个经典	联合早报	2007-08-20	33
878	孙爱玲	赵姨娘效应	联合早报	2007-10-29	24
879	斯格凡	红楼蟹宴	联合早报	2007-11-07	29
880	李天葆	图说和诊断梦中人——读食物草本及红楼梦人物医事考	星洲日报	2007-12-06	—
881	凌如浪	红楼医事	南洋商报	2008-04-04	—
882	徐祁莲	真甄假贾	联合早报	2008-05-19	23
883	孙彦庄	载酒，以“红”易“RED”	星洲日报	2008-06-08	—
884	黄叔麟	去石头记	南洋商报	2008-06-30	—
885	董桥	脂砚斋杏花	联合早报	2008-07-05	37
886	孙彦庄	想大观园中能有多少泪珠儿	南洋商报	2008-07-08	—
887	孙彦庄	诺贝尔博物院中的梦	星洲日报	2008-07-20	—
888	—	敦煌艺术总监卢眉桦王熙凤大闹宁国府首次演花旦	联合早报	2008-11-25	39
889	—	南京亿元再造红楼梦　江宁织造府落成　被轰劳民伤财	联合晚报	2009-01-05	16
890	孙彦庄	100阅读风景　教育领域：红楼梦简说	星洲日报	2009-01-08	—
891	—	英语剧咏蟹花　清朝五女为父庆生蟹宴咏诗倾诉心声	联合早报	2009-05-28	7
892	李天葆	游仙窟外篇/民国黛玉梦埋水月不葬花	联合早报	2009-07-13	3
893	孙彦庄	中国文学的传播与接受国际研讨会8月8日吉隆坡举行：从红楼梦接受者到传播者——论潘重规对港台红学发展的历史性贡献	南洋商报	2009-07-28	12

续表

序号	作者	标题	报纸	日期	版面
894	杨邦尼	北京，容不下一个曹雪芹	星洲日报	2009-11-23	29
895	梅淑贞	名家谈禁书之金瓶梅与红楼梦　红花月下风月书	星洲日报	2010-03-24	13
896	梅淑贞	黛玉“人参丸”、宝钗“冷香丸”　红楼养生秘方大热	联合晚报	2010-09-21	8
897	梅淑贞	多辨无谓	联合早报	2010-09-28	8
898	梅淑贞	红楼寻梦	联合早报	2011-05-17	2
899	徐持庆	从小说角度看红楼梦中曹雪芹诗词	南洋商报	2011-09-16	9
900	夏蔓蔓	曹雪芹与诺贝尔和平奖	星洲日报	2011-12-11	16
901	夏蔓蔓	红楼梦之铁性人物	星洲日报	2012-07-29	21
902	迈克	曲线林黛玉	光明日报	2014-03-22	11
903	雅蒙	黛玉宝玉的肉体关系	南洋商报	2014-04-15	9
904	沈国明	昆曲红楼梦折子戏展现惊人魅力	南洋商报	2014-04-20	6
905	庞宣	我读红楼梦的经过	星洲日报	2014-06-30	11
906	—	峇株文艺协会 24 日办红楼梦读书会	南洋商报	2015-07-17	2
907	迈克	花生红楼梦	光明日报	2015-08-22	11
908	—	吴恒灿：翻译工作进行中　国文红楼梦盼 2018 年完成	星洲日报	2015-12-31	19
909	—	盼 3 年内完成　国文版红楼梦最难翻译	东方日报	2015-12-31	2
910	张德兰	国文版红楼梦 7 月前问世	星洲日报	2016-02-13	16
911	温任平	跨越文化堤防：国文版红楼梦	中国报	2016-07-02	11
912	白先勇	红楼梦大学生必读	星洲日报	2017-06-25	7
913	子若	问书今年几多岁　辗转红尘何止百年/最爱晴雯的真　撕心裂肺的情!	中国报	2017-07-10	—
914	温任平	是红楼梦还是石头记	南洋商报	2017-09-16	9

续表

序号	作者	标题	报纸	日期	版面
915	孙彦庄	曹雪芹，允许我“Ber 叛逆-叛逆”吗（三之一）	星洲日报	2017-12-25	—
916	孙彦庄	曹雪芹，允许我“Ber 叛逆-叛逆”吗（三之二）	星洲日报	2018-01-02	—
917	孙彦庄	曹雪芹，允许我“Ber 叛逆-叛逆”吗（三之三）	星洲日报	2018-01-08	—

附录二　期刊学刊中的《红楼梦》文章

序号	作者	题目	期刊/学刊	年份	卷/期	页码
1	任辛	关于红楼梦研究问题	星洲周刊	1957	—	—
2	任辛	高鹗与红楼梦	星洲周刊	1957	—	—
3	潘重规	胡适红楼梦考证质疑（上）、（下）	蕉风	1958	70、71 期	4～8，4～9
4	刘蔼如	林语堂论红楼梦	蕉风	1959	75 期	34
5	任辛	新发现的红楼梦抄本	小说丛刊	1959	—	—
6	黄波澜	曹雪芹和他的红楼梦	诉不尽的冤丛刊	1960	—	—
7	宁	红楼二尤	行动周刊	1961	—	80
8	任辛	曹雪芹的卒年	新年的悲剧丛刊	1961	—	—
9	郑奔	红楼梦里的诉肺腑	行动周刊	1961	—	99
10	黄永泉	谈《红楼梦新解》	韩风	1963	—	2
11	—	关于红楼梦	南洲	1964	—	—
12	依藤	甲戌脂砚斋重评石头记读后（上）	班苔学报	1965	2 期	9～16

续表

序号	作者	题目	期刊/学刊	年份	卷/期	页码
13	南岛居士	论妙玉	蕉风	1965	150 期	32～43
14	依藤	旧小说与神话思想	蕉风	1965	155 期	50～52
15	南岛居士	论凤姐	蕉风	1965	156 期	35～39
16	南岛居士	论秦可卿	蕉风	1965	157 期	58～61
17	南岛居士	论李纨	蕉风	1965	158 期	37～49
18	南岛居士	论巧姐	蕉风	1965	159 期	49～52
19	南岛居士	论贾府四春	蕉风	1966	160 期	19～25
20	依藤	论探春	蕉风	1966	161 期	20～24
21	依藤	论史湘云	蕉风	1966	162 期	53～57
22	依藤	论薛宝钗（上）、（下）	蕉风	1966	163、165 期	33～35，39～41
23	依藤	论贾宝玉（上）、（下）	蕉风	1966	165、166 期	34～37，49～51
24	依藤	论林黛玉（上）、（下）	蕉风	1966	167、168 期	35～38，32～33
25	依藤	论刘姥姥	蕉风	1966	169 期	52～55
26	依藤	论尤氏双姝	蕉风	1966	170 期	59～62
27	依藤	论晴雯	蕉风	1966	171 期	56～59
28	依藤	论袭人	蕉风	1967	172 期	29～32
29	依藤	论鸳鸯	蕉风	1967	173 期	41～43
30	依藤	论平儿（上）、（下）	蕉风	1967	174、175 期	87～89，49～53
31	依藤	论金玉两钏	蕉风	1967	176 期	32～36
32	依藤	论紫鹃	蕉风	1967	177 期	26～30
33	依藤	论小红	蕉风	1967	178 期	12～16

续表

序号	作者	题目	期刊/学刊	年份	卷/期	页码
34	依藤	论龄官芳官	蕉风	1967	179 期	34～38
35	依藤	论贾母（上）、（下）	蕉风	1967	180、181 期	12～14，18～22
36	依藤	论王夫人	蕉风	1967	182 期	28～33
37	依藤	论邢夫人	蕉风	1967	183 期	6～9
38	依藤	论尤氏	蕉风	1968	184 期	20～24
39	依藤	论夏金桂	蕉风	1968	185 期	12～16
40	依藤	论香菱	蕉风	1968	187 期	25～28
41	依藤	论薛姨妈	蕉风	1968	188 期	20～24
42	依藤	论薛蟠	蕉风	1968	191 期	39～42
43	依藤	论贾政	蕉风	1968	192 期	14～18
44	依藤	论贾赦	蕉风	1968	194 期	29～31
45	依藤	论贾珍	蕉风	1968	195 期	18～21
46	依藤	论贾琏	蕉风	1969	196 期	17～20
47	依藤	论贾蓉	蕉风	1969	197 期	17～19
48	依藤	论柳湘莲	蕉风	1969	198 期	14～17
49	依藤	论赵姨娘	蕉风	1969	199 期	8-11
50	依藤	论秦钟	蕉风	1969	200 期	38～40
51	依藤	论兴儿	蕉风	1969	201 期	34～36
52	黄花燕	红楼梦的文学理论与批评（上）、（下）	蕉风	1976	277、278 期	64～76，67～79
53	翁同文	红楼梦研究与文物鉴别	文物汇刊（新加坡南洋大学学报）	1976	2 期	—

续表

序号	作者	题目	期刊/学刊	年份	卷/期	页码
54	张健	红楼梦与儒林外史	学报（半月刊）	1977	911 期	10
55	子凡	石头记	蕉风	1978	303 期	73
56	梅淑贞	红楼梦里的道白	蕉风	1979	312 期	25～27
57	黄葆芳	大观园咏景（五首）	红楼梦学刊	1981	3 期	10
58	Paul Moran 著，梅淑贞译	球—大观园	学报（半月刊）	1981	1006 期	9
59	QQ	大陆曹雪芹	学报（半月刊）	1981	1011 期	19
60	岸沙	石头记	学报（半月刊）	1982	1024 期	7
61	陈广才	喜见红楼新校本：中国艺术研究院校注本	文道	1983	31 期	65～67
62	郝毅民	红楼镜映	蕉风	1983	365 期	18～19
63	流提夕	看红楼梦	学报（半月刊）	1983	1053 期	12
64	胡雨	粤剧红楼梦	学报（半月刊）	1983	1041 期	4～5
65	黄凤妮、陆秀玲、杨洁思等	访红楼梦研习班谈心得	文道	1983	101 期	10～15
66	萨洛哲	初识红楼梦	学报（半月刊）	1984	1064 期	14
67	刘侠	用三十年把红楼梦译成法文	玻璃门	1986	38 期	82～83
68	王润华、刘宝珍	红楼梦对中国现代文学的影响	中国现代文学研究丛刊	1987	32 期	122～133

续表

序号	作者	题目	期刊/学刊	年份	卷/期	页码
69	杨逋	看宝、黛、钗三人的结局	蕉风	1987	408 期	24～27
70	周建渝	《红楼梦》的生命意识	红楼梦学刊	1988	4 期	273～277
71	黄润岳	连续集、日历牌和大观园	蕉风	1988	412 期	22～23
72	周建渝	“红学”的困境与出路	文学评论	1989	1 期	94～97
73	皮述民	“秦可卿淫丧天香楼”史事探源	学丛（新加坡国立大学中文系学报）	1989	创刊号	141～166
74	周策纵	《石头记》还是《红楼梦》——主题试探（1987 年 10 月 14 日在新加坡国立大学的演讲词）	学丛（新加坡国立大学中文系学报）	1989	创刊号	17～29
75	迈克	桃红柳绿待如何	蕉风	1990	434 期	40～41
76	卓涟	堪怜红楼薄命女——论“原应叹息”的贾家四艳（上）、（下）	文道	1990	102、103 期	27～45，25～31
77	梁竞西	1990—2000 年《红楼梦》研究论主目录联想与补遗	红楼梦学刊	1991	3 期	321～335
78	皮述民	苏州李家与《红楼梦》的关系	红楼梦学刊	1991	4 期	35～48
79	卓鸿泽	别恨离愁总因情——清代小说红楼梦的初步阐释	文道	1991	105 期	21～30
80	卓鸿泽	红思偶札四则（上）、（下）	文道	1991	109、110 期	28～31，50～55
81	卓鸿泽	来自情天，去自情地——再谈曹雪芹欲传之“情”（上）、（下）	文道	1991	107、108 期	11～21，25～31
82	卓鸿泽	刘梦溪新著《红学》读后	红楼梦学刊	1992	1 期	318～319

续表

序号	作者	题目	期刊/学刊	年份	卷/期	页码
83	王润华、于锣	《红楼梦》在中国现代文学史上的碰撞（节译）	固原师专学报	1992	4期	22～25
84	王润华	《红楼梦》中的现代诗	红楼梦学刊	1993	3期	101～115
85	王润华	寻访红楼梦的江南景物	文学（半年刊）	1993	—	33
86	王润华	论大观园暮春放风筝的象征	台北《大陆杂志》	1994	89卷3期	36～43
87	卓鸿泽	“燕市哭歌悲遇合”异说	红楼梦学刊	1994	4期	54～56
88	王润华	论《红楼梦》中谜语诗的现代诗结构	台北《大陆杂志》	1995	90卷2期	69～75
89	徐继慧	石头记	蕉风	1995	468期	47～48
90	黄兰花	读《红楼解梦》：致《红楼梦学刊》	红楼梦学刊	1996	3辑	338～339
91	萧驰	从“才子佳人” 到《红楼梦》：文人小说与抒情诗传统的一段情结	台北《汉学研究》	1996	14卷1期	249～278
92	周建渝	怀念我的导师蒋和森先生	红楼梦学刊	1996	4期	49～52
93	翠园	北京的大观园：翠园专辑	蕉风	1997	481期	22～23
94	萧驰	从文本互涉论《石头记》的悖论叙事母题	台北《汉学研究》	1998	16卷2期	351～378
95	梁竞西	论《葬花吟》《姽婳词》和《芙蓉女儿诔》的意蕴和作用	红楼梦学刊	2000	3期	108～121
96	梁竞西	论《红楼梦》中林黛玉的诗词	红楼梦学刊	2001	1期	69～74
97	梁竞西	1990—2000年《红楼梦》研究论著目录联想与补遗	红楼梦学刊	2001	3期	321～333
98	迈克	笑笑林黛玉	早报周刊	2001	—	13

续表

序号	作者	题目	期刊/学刊	年份	卷/期	页码
99	潘承玉	《全唐诗》“红楼”意象与《红楼梦》命意发微——廓清20世纪末红学的迷雾之一	太原师范学院学报（社会科学版）	2002	3期	70～78
100	黄国彬	北静王如是说：《红楼梦》庄重语调的翻译（英文）	南大语言文化学报	2006	6卷2期	1～18
101	王润华	周策纵：学术研究的新典范	世界文学评论	2006	2期	201～205
102	孙彦庄	《红楼梦》研究在马来西亚	红楼梦学刊	2007	6期	317～333
103	王润华	白头海外说《红楼》：周策纵教授的曹红学	中国文哲研究所通讯	2007	17卷3期	33～50
104	曾维龙	《红楼梦》女性人物：“出”与“去”的凄迷	中文·人	2007	3期	69～71
105	陈广才	马来西亚红学研究的展望	红楼梦学刊	2008	5期	1-6
106	潘碧华	以诗为文：论《红楼梦》的诗性特质	红楼梦学刊	2008	5期	167～178
107	王润华	周策纵的曹红学：文化研究新典范	红楼梦学刊	2008	6期	242～275
108	梅淑贞	红楼梦洋画	亚洲眼	2009	37期	72
109	许文荣	从《红楼梦》的书写策略论刘姥姥角色的微妙性	红楼梦学刊	2010	4期	273～284
110	萧驰、南楠	山水百家言（九） 大观园美人繁花的乐土	风景园林	2010	6期	128～139
111	周建渝	“文本互涉”视野中的《石头记》	南开学报（哲学社会科学版）	2011	3期	47～56
112	邱苑妮	《红楼梦》在当代马来西亚的传播和翻译综述	曹雪芹研究	2016	1期	142～151

续表

序号	作者	题目	期刊/学刊	年份	卷/期	页码
113	潘碧华	《红楼梦》在马来西亚的传播与接受	北京论坛（2017）文明的和谐与共同繁荣——变化中的价值与秩序：中华文明的国际传播论文与摘要集	2017	—	1～12
114	谢依伦	梦下南洋初绽红——《红楼梦》在马来亚的早期传播	红楼梦研究（壹）	2017	1期	239～257

附录三　英文报章中的《红楼梦》文章与重要信息

序号	作者	题目	报章	日期	版面
1	Kelly & Walsh	Review. Hung Lou Meng or the Dream of the Red Chamber	The Singapore Free Press and Mercantile Advertiser (Weekly)	1894-02-27	123
2	Stroke of Sword	Raffles Library	The Singapore Free Press and Mercantile Advertiser	1897-09-03	2
3	—	The Chinese Novel	The Singapore Free Press and Mercantile Advertiser	1929-10-09	6
4	Walter Briggs	Dream of the Red Chamber is Now a Nightmare	The Straits Times	1954-12-28	6

续表

序号	作者	题目	报章	日期	版面
5	E. C. S Adkins	They Looked Down on the Novel	The Singapore Free Press	1955-01-13	2
6	—	Dream Of The Red Star Chamber	The Straits Times	1955-08-09	6
7	David Sze	Send this Book as Reprisal, Scholar Urged	The Straits Times	1961-05-22	12
8	—	"Chamber" Film	The Straits Times	1961-11-03	—
9	—	Bridegroom Finds a Trick Behind Veil	The Straits Times	1962-08-31	9
10	—	Dream of the Red Chamber	The Straits Times	1976-02-27	17
11	Scow Tin San Athletic Association	Dance Drama	The Straits Times	1976-06-17	10
12	Singapore Seow Tin San Athlete Association	the Dream of the Red Chamber in Dance	New Nation	1976-06-18	13
13	—	Li Lihua May Return to Star in Dream of Red Chamber	New Nation	1977-04-24	22
14	—	Dream of Red Chamber pulls in HK Crowds Hong Kong	New Nation	1977-11-07	5
15	Leong Wing Kam	Film Review: Dream of the Red Chamber	The Straits Times	1977-11-22	6

续表

序号	作者	题目	报章	日期	版面
16	Choo Wal Hong	Dream Show on Love' s triumph	New Nation	1977-11-26	12
17	—	Red Chamber a Big Hit in HK and Taiwan	The Straits Times	1978-08-24	10
18	Hsiao-shuang	Dream of the Red Chamber	New Nation	1979-06-17	22
19	—	Full English Translation of The Dream of Red Mansions	The Straits Times	1979-08-06	1
20	Li Lien Fung	Bamboo Green：Red Scholar	The Straits Times	1979-09-28	1
21	Li Lien Fung	Bamboo Green：Uncompleted Mansion	The Straits Times	1979-10-05	1
22	Li Lien Fung	A Masterpiece for All	The Straits Times	1981-09-18	1
23	Li Lien Fung	Jia Mu，the Grand but Lonely Old Woman	The Straits Times	1981-09-25	1
24	Li Lien Fung	Bamboo Green：Hong Lou Meng (3)	The Straits Times	1981-10-02	1
25	Li Lien Fung	The Four Springs	The Straits Times	1981-10-09	1
26	Li Lien Fung	Bamboo Green：The Other Two Springs	The Straits Times	1981-10-16	1
27	Li Lien Fung	An Outline of the Book	The Straits Times	1981-10-23	1
28	Li Lien Fung	What Might Have Been	The Straits Times	1981-10-30	1

续表

序号	作者	题目	报章	日期	版面
29	Li Lien Fung	Why Do We Love Lin Daiyu?	The Straits Times	1981-11-06	1
30	Li Lien Fung	The Jealous Lin Daiyu with Poetic Skills	The Straits Times	1981-11-13	1
31	Li Lien Fung	How Many Servants?	The Straits Times	1981-11-20	1
32	Li Lien Fung	How Many Yatou Are There?	The Straits Times	1981-11-27	1
33	Li Lien Fung	The Girl Who Tore Fans	The Straits Times	1981-12-04	1
34	Li Lien Fung	Xiren：Angel or Devil?	The Straits Times	1981-12-11	1
35	Li Lien Fung	The Maid Who Proves She is Free to Choose	The Straits Times	1981-12-18	1
36	Li Lien Fung	A Recipe for Eggplants	The Straits Times	1981-12-25	1
37	Li Lien Fung	Kites：More than Just Toys	The Straits Times	1981-01-18	1
38	Qi Ming	Hong Lou Meng in Ballet	The Straits Times	1982-10-11	2
39	Li Lien Fung	Villain Full of Charm	The Straits Times	1982-10-15	1
40	Li Lien Fung	Tragedy of a Concubine	The Straits Times	1982-10-22	1
41	Sng Poh Yoke	Not Just a Romance	The Straits Times	1982-11-05	2

续表

序号	作者	题目	报章	日期	版面
42	Li Lien Fung	The Lily Transcends Fate	The Straits Times	1982-11-12	1
43	Li Lien Fung	Baochai Triumphs in Love Triangle	The Straits Times	1982-11-19	1
44	Li Lien Fung	An Unwilling Bride	The Straits Times	1982-11-26	1
45	Li Lien Fung	Halves of the Ideal Woman	The Straits Times	1982-12-03	1
46	Li Lien Fung	Defending Baochai	The Straits Times	1982-12-10	1
47	Li Lien Fung	Baochai，the Confucian Woman	The Straits Times	1982-12-17	1
48	Ronnie Tang	Rare Classics	The Straits Times	1984-01-11	1
49	Betty Wang	The Two Worlds of Hong Lou Meng	The Straits Times	1984-01-11	2
50	T. S. Chiu	A Well-abridged Dream a Dream of Red Mansions	The Straits Times	1987-04-14	4
51	—	Don Hapes for World Meet on Dream	The Straits Times	1987-10-14	3
52	Sng Poh Yoke	Classics Abridged：Dream of Red Mansions (Abridged)	—	1987-12-05	2
53	Wong Ah Yoke	Food：A Dream of Red Mansions Yangzhou Cuisine	The Straits Times	2000-08-09	2

续表

序号	作者	题目	报章	日期	版面
54	Wong Yoonwah, Nan Zhiguo	Timeless Classic	The Straits Times	2001-06-01	25
55	Jenny Kong	Dream of the Red Chamber in Six Hours	The Straits Times	2001-09-26	—
56	June Cheong	Dance of the Red Mansions	The Straits Times	2006-02-28	—

附录四　以《红楼梦》为主题的学位论文

序号	作者	年份	题目	指导老师	学位	国家	大学
1	黄花燕	1976	红楼梦的文学理论与批评	王润华	学士	新加坡	南洋大学
2	姚梦桐	1977	从金陵十二钗看红楼梦的创作	皮述民	学士	新加坡	南洋大学
3	陈广才	1979	论今本红楼梦后四十回续书作者问题	苏莹辉	学士	马来西亚	马来亚大学
4	李宁强	1979	红楼梦主角贾宝玉的结局	皮述民	学士	新加坡	南洋大学
5	陈美玲	1987	红楼梦里的贾氏四姐妹	皮述民	学士	新加坡	新加坡国立大学
7	陈美玲	1989	红楼梦中的宁国府	皮述民	硕士	新加坡	新加坡国立大学
6	郑凤惜	1989	论红楼梦中晴雯与袭人之性格	钟玉莲	学士	马来西亚	马来亚大学
8	江金玉	1989	红楼梦里诗词曲赋联语的作用	皮述民	学士	新加坡	新加坡国立大学

续表

序号	作者	年份	题目	指导老师	学位	国家	大学
9	吕素梅	1990	论红楼梦中的香菱	钟玉莲	学士	马来西亚	马来亚大学
11	陈艳芳	1991	论红楼梦贾府四春	钟玉莲	学士	马来西亚	马来亚大学
13	Wat Leng Toh（卓月莲）	1992	Hong Lou Meng: Satu Kajian Tentang Tragedi Jia Baoyu（红楼梦：贾宝玉悲剧探因）	钟玉莲	学士	马来西亚	马来亚大学
21	陈美玲	1996	明清章回小说典型人物比较研究	林徐典	博士	新加坡	新加坡国立大学
18	林启懿	1995	红楼梦中的理财与管理方法研究	王润华	硕士	新加坡	新加坡国立大学
26	Guay Hwee Tan（陈月慧）	1999	"Character" as a Novelistic Concept in the Literary Discourse of The Story of the Stone（石头记的人物观念）	萧驰	硕士	新加坡	新加坡国立大学
10	陈秀芬	1990	红楼梦中的贾政宝玉父子	皮述民	学士	新加坡	新加坡国立大学
12	蔡小凤	1991	论晴雯	皮述民	学士	新加坡	新加坡国立大学
14	黄妙音	1992	论红楼梦中的梦	王润华	学士	新加坡	新加坡国立大学
15	潘君琴	1993	红楼梦中象征事物选释	王润华	学士	新加坡	新加坡国立大学
16	陈秀琴	1994	从爆竹到扇子：红楼梦中物品的象征	王润华	学士	新加坡	新加坡国立大学

续表

序号	作者	年份	题目	指导老师	学位	国家	大学
17	杨仲志	1995	论红楼梦中对话的功能及其英译	朱纯深	学士	新加坡	新加坡国立大学
19	刘瑞金	1995	红楼梦中的唐代诗学研究	王润华	学士	新加坡	新加坡国立大学
20	庄泽芳	1995	红楼梦中人物描写的视点问题：电脑语料库话语分析方法尝试	陶红印	学士	新加坡	新加坡国立大学
22	张锦燕	1996	论史湘云	周建渝	学士	新加坡	新加坡国立大学
23	黄慧珍	1996	从红楼梦前八十回窥探作者的思想	辜美高	学士	新加坡	新加坡国立大学
24	卓秋妘	1997	《红楼梦》情节设计和叙述解构中对仗法则的运作	萧驰	学士	新加坡	新加坡国立大学
25	苏瑞福	1998	红楼梦与聊斋志异的场景设置及其意义	周建渝	学士	新加坡	新加坡国立大学
27	蔡素君	1999	红楼梦中的情、欲、无情与不情之辨	萧驰	学士	新加坡	新加坡国立大学
28	侯志涛	2000	红楼梦身体语言英译研究	李子玲	硕士	新加坡	新加坡国立大学
29	吴琳	2000	大观园女儿世界的文化解读	萧驰	硕士	新加坡	新加坡国立大学
30	刘诗勤	2000	荣国府中的女性奴仆群像	陈美玲	学士	新加坡	新加坡国立大学

续表

序号	作者	年份	题目	指导老师	学位	国家	大学
31	陈佩雯	2000	青春女儿乌托邦：大观园的理想世界及其幻灭	萧驰	学士	新加坡	新加坡国立大学
32	王士伟	2000	传统谶纬与红楼梦里的预叙	萧驰	学士	新加坡	新加坡国立大学
33	何嘉敏	2001	汉英翻译演变与发展：红楼梦历来英译	沈安德	学士	新加坡	新加坡国立大学
34	苏俊仪	2001	红楼梦情节设计中的因果性和非因果性	萧驰	学士	新加坡	新加坡国立大学
35	刘慧莲	2002	悲凉而冷峻的挽歌：试论红楼梦对中国家族制度的描写	萧驰	学士	新加坡	新加坡国立大学
36	颜小芳	2002	从林兰香到红楼梦	萧驰	学士	新加坡	新加坡国立大学
37	罗玮馨	2003	中国章回小说中的“意境”——以儒林外史和红楼梦为例	萧驰	学士	新加坡	新加坡国立大学
42	Kangshua Yeo（杨茳善）	2006	Rationale of the Intangible: A Cognitive Reading of Spatial Conception in the Story of the Stone（无形的理性：石头记空间概念的认知与解读）	Xiaodong Li	博士	新加坡	新加坡国立大学
44	周德成	2006	红楼梦中的“影文性”	萧驰	硕士	新加坡	新加坡国立大学

续表

序号	作者	年份	题目	指导老师	学位	国家	大学
38	曾自立	2006	红楼梦宴会的深层解读	—	学士	马来西亚	拉曼大学
39	洪凤蕾	2006	红楼梦人物研究——下层人物中具有反叛精神的一群	许文荣	学士	马来西亚	拉曼大学
40	林爱钰	2006	谈红楼梦人物——金陵十二金钗之一妙玉的整体形象解析	—	学士	马来西亚	拉曼大学
41	林丽盈	2006	红楼中的浪漫诗魂——自林黛玉诗论其悲剧形象	—	学士	马来西亚	拉曼大学
43	许耀如	2006	论红楼梦中的田园文化观	萧驰	学士	新加坡	新加坡国立大学
51	Zequan Liu（刘泽泉）	2007	Domesticating or Foreignizing? Translations of Titles and Honorifics in Hong Lou Meng（归化或异化？ 红楼梦回目与敬语的翻译）	Cheelick Ho	博士	新加坡	新加坡国立大学
45	刘眉虹	2007	贾宝玉与林黛玉和罗密欧与朱丽叶的爱情悲剧之比较	—	学士	马来西亚	拉曼大学
46	游婉婷	2007	出世与入世：林黛玉与薛宝钗处世态度之比较	孙彦庄	学士	马来西亚	马来亚大学
47	郑向真	2007	从人物性别倒置比较——红楼梦与水浒传的美学建构	许文荣	学士	马来西亚	拉曼大学

续表

序号	作者	年份	题目	指导老师	学位	国家	大学
48	杨世婷	2007	论红楼梦中的服饰艺术	许文荣	学士	马来西亚	拉曼大学
49	张淑仪	2007	红楼梦贾家四春拗不过封建社会的束缚	欧拜德拉	学士	马来西亚	马来亚大学
50	张小敏	2007	无材可去补苍天，枉入红尘若许年——红楼梦里石头的隐喻	秦美珊	学士	马来西亚	拉曼大学
52	陈晓雯	2008	比较红楼梦与罗密欧与朱丽叶的悲剧精神	—	学士	马来西亚	拉曼大学
53	陈薇雅	2008	完美的组合：从“兼美”的视角看“熙探合一”的管理	孙彦庄	学士	马来西亚	马来亚大学
54	罗晓珊	2010	依人绘色：浅析红楼梦中的色彩描写	孙彦庄	学士	马来西亚	马来亚大学
55	蔡佩珊	2010	从红楼梦的三大事件看人物的矛盾与挣扎	孙彦庄	学士	马来西亚	马来亚大学
56	黄家斌	2010	机关算尽太聪明：论王熙凤	孙彦庄	学士	马来西亚	马来亚大学
57	谢依伦	2011	Penyebaran dan Penerimaan Sastera Cina Klasik di Malaysia dan Singapura: Kajian terhadap Novel *Hong Lou Meng*（中国古典文学在马来西亚与新加坡的传播与接受：以《红楼梦》为例）	孙彦庄	硕士	马来西亚	马来亚大学

续表

序号	作者	年份	题目	指导老师	学位	国家	大学
58	何韵诗	2011	李少红电视剧研究——以《大明宫词》、《橘子红了》、新版《红楼梦》为例	金进	学士	马来西亚	拉曼大学
59	江忆慧	2011	红楼梦丫环论析——以袭人、晴雯、鸳鸯、平儿和紫鹃为观察对象	辛金顺	学士	马来西亚	拉曼大学
60	周俊冰	2011	论红楼梦中贾宝玉、林黛玉、薛宝钗的婚爱悲剧	辛金顺	学士	马来西亚	拉曼大学
61	陈佩如	2011	红楼梦“笑”的美学研究	方美富	学士	马来西亚	拉曼大学
62	张启龙	2011	论曹雪芹的宿命观——以红楼梦前八十回之诗词为考察中心	辛金顺	学士	马来西亚	拉曼大学
63	李凯盈	2011	红楼梦大观园叙事手法中的时间性与空间性	萧驰	学士	新加坡	新加坡国立大学
64	周宁昕	2013	石头记神话结构考	方美富	学士	马来西亚	拉曼大学
65	Loh Siaw San（罗晓珊）	2014	Metafora warna dalam Hong Lou Meng（红楼梦的色彩隐喻研究）	孙彦庄	硕士	马来西亚	马来亚大学
66	钟玉雯	2014	红楼梦中的谐音修辞手法	孙彦庄	学士	马来西亚	马来亚大学

续表

序号	作者	年份	题目	指导老师	学位	国家	大学
67	See Looi Kee（纪诗蕊）	2015	The Factors Affecting the Tragedy of the Female Servants in A Dream of Red Mansions（里外皆成因：论红楼女婢的悲剧因素）	孙彦庄	博士	马来西亚	马来亚大学
68	Yanan Zhang	2017	Third Person Reference in Hong Lou Meng and its English Translations（红楼梦中的第三人称及其英译）	Bee Kwee Soh	硕士	马来西亚	马来亚大学
69	林淑铟	2017	从中国传统婆尊媳卑制度看红楼梦婆媳关系及其对家庭的影响	孙彦庄	学士	马来西亚	马来亚大学
70	王韵媗	2017	论石头记的文学继承——以魏晋至唐代文学为例	方美富	学士	马来西亚	拉曼大学

附录五 《红楼梦》讲座和研讨会

序号	日期	主题	主讲人	地点	国家
1	1974 年 3 月 30 日	《红楼梦》专题演讲会——脂砚斋与红楼梦的关系	皮述民	新加坡国家图书馆	新加坡
2	1983 年 1 月 22 日	曹雪芹与红楼梦	皮述民	女皇镇图书分馆二楼	新加坡
3	1986 年 3 月 1 日	曹雪芹在红楼梦中间隐藏的十二钗最后归宿之谜	张硕人	—	马来西亚
4	1987 年 10 月 14 日	《石头记》还是《红楼梦》? ——主体试探	周策纵	新加坡国立大学	新加坡
5	1987 年 11 月 7 日	“和青年朋友谈红楼梦”讲座: 谁的错? 尤二姐和尤三姐	演艺坊	女皇镇图书分馆	新加坡
6	1988 年 6 月 16 日	曹雪芹与《红楼梦》、《红楼梦》与中国民俗、《红楼梦》人物描写的艺术、《红楼梦》在世界各地的流传与研究、《红楼梦》的改编历史和电视连续剧《红楼梦》	冯其庸、邓云乡、吕启祥、胡文彬、周岭	新加坡国立大学第 12 讲堂	新加坡
7	1988 年 4 月 5 日	白话文学与妇女，以《红楼梦》《水浒传》《三国演义》《金瓶梅》及日本现代文学为例，阐述妇女对白话文学所做的贡献	日本京都大学清水茂	广东民路海世界活海鲜大酒楼	新加坡

续表

序号	日期	主题	主讲人	地点	国家
8	1988 年 6 月 25 日	“红楼梦与中国传统文化”座谈会	中国红楼梦文化艺术展代表（冯其庸、胡文彬、周岭、邓云乡、吕启祥、王清风、风雷、欧阳奋强、陈晓旭、张莉、邓婕等）	新加坡报业中心礼堂	新加坡
9	1989 年 8 月 12 日	红楼梦的文学性及探春房中的对联	黄崇禧	雪兰莪中华大会堂	马来西亚
10	1989 年 8 月 13 日	红楼梦的文学表现技巧	傅承得	雪兰莪中华大会堂	马来西亚
11	1989 年 8 月 20 日—1999 年 5 月	吉隆坡华校教师公会举办“《红楼梦》研读班”	—	—	马来西亚
12	1991 年 6 月 18 日	红学观念与红学方法的冲突——对红学索隐、考证和小说批评三派的学理分析	刘梦溪	—	新加坡
13	1991 年 6 月 18 日	研究红学的回顾与前瞻	潘重规	—	新加坡
14	1991 年 6 月 18 日	苏李家与《红楼梦》的关系	皮述民	—	新加坡
15	1991 年 6 月 18—21 日	曹学叙论——为新加坡“汉学研究之回顾与前瞻国际会议”作	冯其庸	—	新加坡
16	1991 年 7 月 1 日	华中初级学院举办红楼梦研讨会	—	—	新加坡

续表

序号	日期	主题	主讲人	地点	国家
17	1992年9月6日	星洲日报与《红楼梦》学会筹委会联办《红楼梦》座谈会	陈广才主讲，骆清忠、苏伟妮和潘碧华参与座谈	—	马来西亚
18	1993年11月26日	《红楼梦》专题演讲	冯其庸	—	马来西亚
19	1994年2月27日	国大红学社讲座——谈情说爱话红楼	孔亚光	—	新加坡
20	1995年3月11日	国大红学社讲座（三）	孔亚光、骆清忠	—	新加坡
21	1996年3月30日	语境与红楼梦对话	孙爱玲	南洋理工大学中华语言文化中心	新加坡
22	1999年6月5日	《红楼梦》与企管	—	新加坡中华总商会大厦	新加坡
23	2002年4月20日	《红楼梦》诗词讲座	梁竞西	新加坡中华总商会大厦	新加坡
24	2002年12月24日	《二月河·三月天》文学讲座会	孙玉明、冯其庸、二月河	金马宫酒店	马来西亚
25	2002年8月23日	说不尽的红楼梦	—	宏茂桥联络所与学林语文教育中心联合	新加坡
26	2005年3月9日	华语讲座：红楼梦	欧阳逸冰	南洋艺术学院剧场前厅明古连街15号	新加坡
27	2005年4月10日	华语讲座：红楼梦与家庭伦理	—	喜耀文化学会	新加坡

续表

序号	日期	主题	主讲人	地点	国家
28	2006 年 1 月 14 日	红楼梦私人藏书展览开幕讲座:《红楼梦》到底是一部什么样的小说?	梁竞西	—	新加坡
29	2006 年 2 月 1 日	《红楼梦》对联欣赏	—	中华总商会企业管理学院	新加坡
30	2006 年 2 月 4 日	《红楼梦》阅读及创意写作工作坊	陈美玲	—	新加坡
31	2006 年 11 月 12 日	《红楼梦》座谈会	钱惠丽(中国一级演员,现任上海越剧院副院长兼红楼剧团团长)、陈美玲(新加坡知名的红楼梦研究专家)	滨海艺术中心图书馆	新加坡
32	2007 年 2 月 25 日	宝玉、黛玉、宝钗红楼梦中三角关系	梁竞西	—	—
33	2007 年 7 月 18 日	红楼女性面面观	张庆善、孙玉明	星洲日报总社 B2 礼堂	马来西亚
34	2007 年 7 月 20 日	红楼女性面面观	张庆善、孙玉明	星洲日报总社礼堂	马来西亚
35	2008 年 7 月 26—27 日	《红楼梦》与国际汉学——第六届《红楼梦》国际学术研讨会	—	—	马来西亚
36	2008 年 8 月 22 日	“老树展新姿”写作营,用文学说故事——以《红楼梦》为例	陈韵琳	红鹤酒店(Hotel Flamingo)	马来西亚
37	2009 年 5 月 5 日	漫谈《红楼梦》,为什么现代人再忙都该看看这部经典名著	蔡志礼	—	新加坡

续表

序号	日期	主题	主讲人	地点	国家
38	2009 年 6 月 6 日	2009 年“中国风采”系列讲座第二讲——《红楼梦》的园林世界	萧驰	新加坡亚洲文明博物馆	新加坡
39	2010 年 2 月 25 日	满纸荒唐言，一把辛酸泪——从宁国府看红楼梦	陈美玲	国大中央图书馆第一讲堂	新加坡
40	2010 年 9 月 11 日	原应叹息的贾氏四姐妹	陈美玲	金门会馆楼下大礼堂	新加坡
41	2014 年 5 月 18 日	《红楼梦》讲座	敦煌剧坊与牛车水民众俱乐部粤剧团联办，敦煌剧坊主席黄仕英主持	牛车水民众俱乐部	新加坡
42	2015 年 7 月 13 日	红楼 e 梦与哆啦 A 梦讲座	黄一农（台湾“中研院”院士、台湾清华大学历史研究所教授）	大学文学院 A 讲堂	马来西亚
43	2015 年 7 月 30 日	红楼 e 梦与哆啦 A 梦	黄一农（台湾“中研院”院士、台湾清华大学历史研究所教授）	巴生兴华大讲堂	马来西亚
44	2015 年 10 月 24—26 日	启动阅读 DNA	莫非（创文培训书苑主任）	Methodist Centennial Park, Sibu, Sarawak	马来西亚
45	2016 年 2 月 13 日	浅读中国四大名著	陈珀如（任教于新跃大学）	滨海艺术中心艺术图书馆	新加坡

续表

序号	日期	主题	主讲人	地点	国家
46	2016 年 6 月 9 日	《红楼梦》的悲剧意识——后四十回的分量	白先勇	新达新加坡国际会议与展览中心 401 与 402 展厅	—
47	2017 年 4 月 30 日	物欲《红楼梦》：清朝贵族生活——从《红楼梦》看清朝上至太太小姐，下至丫鬟奴仆的吃饭喝茶、穿衣住宿情况	新加坡清史研究网读书会主办，傅翀导读	国家图书馆 5 楼	新加坡
48	2017 年 6 月 17 日	红楼梦的传统文化价值与四大名著关系	宁稼雨（中国南开大学教授）	马大文学院	马来西亚
49	2017 年 6 月 24 日	细说《红楼梦》	白先勇	马大文学院	马来西亚
50	2017 年 6 月 24 日	造之于天然：《红楼梦》中的造园思想	赵振兴（新加坡科技与设计大学人文社科学院讲师）	国家图书馆 5 楼	新加坡
51	2017 年 7 月 1 日	馆藏红楼梦资料与红学研究	陈广才	马大文学院	马来西亚
52	2017 年 7 月 9 日	文学活水自古典，什么题材不红楼	陈蝶（原名陈婉容，著名作家）	富丽华大酒家	马来西亚
53	2017 年 8 月 12 日	红楼梦电视剧音乐作曲家王立平作品演唱及讲座交流会	王立平	马华三春礼堂	马来西亚
54	2017 年 12 月 3 日	华社华团系列讲座：红楼梦与现代管理	孙侠（笔名铃铛，知名企业家、作家）	国家图书馆大厦 16 楼观景阁（The POD）	新加坡
55	2017 年 11 月 18 日	吴德耀文化讲座 2017：重游大观园	闵福德（著名汉学家及翻译家）	报业中心礼堂	新加坡

附录六　影视中的《红楼梦》

序号	日期	演职人员/出品方	影视名称/内容	播映地点/频道
1	1928年5月7日	新加坡罗敏伸律海星影片有限公司出品	《红楼梦》	—
2	1936年6月5日	金擎宇编导，李雪芳主演，联华总理罗明佑监制	《黛玉葬花》	新加坡大坡皇宫戏院，新世界大光戏院
3	1936年7月2日	李雪芳主演。星洲东亚影片公司出品	《黛玉葬花》(粤语)	吉隆坡同乐有声戏院
4	1940年4月27日午夜场首映，5月1日公映	岳枫导演，顾兰君、梅熹、白虹等主演。上海新华影业公司出品	《王熙凤大闹宁国府》	东方光华两大影院
5	1947年7月11日	—	《林黛玉》	新加坡大华戏院
6	1950年7月15日	芳艳芬、白云主演	《花落红楼》	新加坡重庆戏院、新快乐戏院
7	1950年8月30日	芳艳芬、白云主演	《花落红楼》	马六甲西湖大戏院
8	1950年9月13日	芳艳芬、白云主演	《花落红楼》	新快乐戏院
9	1951年3月21日试映，23日首映	岳枫导演，李丽华、欧阳莎菲、龚秋霞等主演。邵氏兄弟有限公司出品	《新红楼梦》	首都戏院
10	1951年12月11日	岳枫导演，李丽华、欧阳莎菲、龚秋霞等主演。邵氏兄弟有限公司出品	《新红楼梦》	吉隆坡中山戏院

续表

序号	日期	演职人员/出品方	影视名称/内容	播映地点/频道
11	1952年4月26日	吴回导演，吴楚帆、红线女、张恬游、梅绮、白燕、张瑛等主演	《红楼新梦》（粤语时装片）	槟城大华戏院
12	1952年7月15日	芳艳芬、白云主演	《花落红楼》	槟城大华戏院
13	1952年7月15日	—	《红楼新梦》（粤语）	怡保大华戏院
14	1952年7月23日	—	《新红楼梦》	槟城中山戏院
15	1953年8月11日	吴回导演，吴楚帆、红线女、张恬游、梅绮、白燕、张瑛等主演	《红楼新梦》（粤语时装片）	怡保大华戏院
16	1953年10月30日	—	《新红楼梦》	怡保京都戏院
17	1954年7月8日	—	《红楼梦》	槟城中山戏院
18	1954年9月12日，11月27日	利青云、李湄、罗维、唐真等主演	《红楼二尤》	吉隆坡大华戏院
19	1954年11月4日	—	《红楼二尤》（华语）	槟城大华
20	1954年11月14日	—	《红楼二尤》	怡保大华戏院
21	1955年1月28日	—	《红楼二尤》（华语）	安顺大华戏院
22	1955年4月3日	花旦王芳艳芬、小生王新马仔主演	《林黛玉魂归离恨天》	新重庆戏院

续表

序号	日期	演职人员/出品方	影视名称/内容	播映地点/频道
23	1956年2月7日	芳艳芬、白云主演	《花落红楼》	芙蓉国华戏院
24	1956年6月15—18日	—	《黛玉归天》(厦语古装歌唱片)	新胜利戏院
25	1956年11月10日	毕虎编导，鹭红、鹭芬两姐妹领衔主演	《黛玉归天》(厦语)	槟星光戏院
26	1956年11月18日	—	《黛玉归天》(厦语)	马六甲西兰戏院
27	1957年1月17日	—	《红楼梦》;《黛玉归天》	吉隆坡中华戏院；皇后戏院
28	1957年1月17日	—	《黛玉归天》	吉隆坡皇后戏院
29	1957年2月17日	—	《红楼梦》(华语)	马六甲丽都戏院
30	1957年3月3日	—	《红楼梦》(华语)	巴生港口丽士戏院
31	1957年5月27日	—	《红楼梦》(华语)	关丹丽士戏院
32	1957年7月4日	—	《红楼梦》(厦语)	太平中山戏院
33	1958年2月11—12日	孟丽君主演	《黛玉归天》(厦语)	新快乐戏院
34	1958年3月22日	—	《红楼梦》	吉隆坡青天戏院
35	1958年3月22日	李丽华、陈娟娟、严俊、龚秋霞等主演。长城公司出品	《新红楼梦》(时装版)	大华戏院

续表

序号	日期	演职人员/出品方	影视名称/内容	播映地点/频道
36	1958年6月10日	—	《新红楼梦》	吉隆坡光艺戏院
37	1961年2月25日	华人青年会学生电影社出品	《新红楼梦》（华语）	—
38	1962年5月14日	—	《红楼二尤》《西厢记》（两部影片合映）	新银国戏院
39	1962年9月23日	芳艳芬、白云、黄楚山、叶萍等数十位红星主演	《花落红楼》（写金钏投井、鸳鸯上吊、司琪吞金、晴雯愤逝，无辜婢女受尽迫害，为千千万万牺牲在封建制度的可怜女性大鸣不平）	光华戏院
40	1962年11月8日	—	《红楼梦》（华语）	马六甲丽士戏院
41	1962年11月10日	梁健拍摄，林家声、冼剑丽主演。凤鸣影业公司出品	《黛玉葬花》（歌唱片）	璇宫、宝石、银国三戏院联映
42	1963年2月28日	—	《红楼梦》（华语）	居銮加冕戏院
43	1963年7月20日	—	《红楼梦》（华语）	东甲东甲戏院
44	1963年9月4日	—	《红楼梦》（华语）	笨珍联华戏院
45	1965年8月1日	南洋大学毕业生协会出品	《红楼梦》（越剧）出品	青天戏院
46	1973年8月16日	白云、芳艳芬主演	《花落红楼》（粤语）	第5频道

续表

序号	日期	演职人员/出品方	影视名称/内容	播映地点/频道
47	1978 年 8 月 24 日	金汉导演，凌波、李菁主演。国泰机构出品	《新红楼梦》	奥迪安戏院。26 日后嘉宾、大华、加东奥迪安、宝石、银国五戏院加入联映
48	1987 年 10 月 4 日	中国中央电视台出品	《红楼梦》(1987 版)	第 8 频道
49	1996 年 9 月 29 日	首选频道出品	《情僧偷到潇湘馆》(粤剧)。贾宝玉(冯刚毅饰)与林黛玉(郑秋怡饰)结为知己，真心相爱	首选频道
50	1989 年 6 月 1 日	第 5 频道出品	《红楼梦》(1987 版)重播	第 5 频道
51	1998 年 8 月 13 日	戏曲学院出品	《红楼梦》(越剧)	戏曲学院密驼路 111 号

附录七 《红楼梦》戏剧演出一览

序号	剧种	演出日期	主办方/演出方/主创	剧名/内容/演员/票价	地点
1	粤剧	1926 年 3 月 20 日	牛车水岭南新剧团	《黛玉葬花》。粤班梨园中的名角新丁香耀（原名陈少仑，惠阳人）表演，先饰演黛玉登台，演至黛玉归天后，转饰宝玉哭灵	—
2	歌舞剧	1927 年 11 月 2 日	紫罗兰歌舞剧团	《黛玉葬花》（古剧）	牛车水大马路英华电影院
3	京剧	1941 年 8 月 17 日	上海大舞台班	《宝蟾送酒》。由钱素秋饰演宝蟾	天福宫戏台
4	泰国舞剧	1966 年 4 月 8—18 日	泰华文化艺术访问团	在马新各地进行了为期三周的访问和艺术表演，演出项目多姿多彩，有中国民族舞蹈、泰国民族舞蹈共 10 余种，其中包括歌剧表演《红楼梦之读西厢》	8—9 日在钟灵怀泽堂；14—15 日在怡保育才中学；17—18 日在吉隆坡马来亚联合邦华校教师会总会；21—22 日在新加坡南洋丹诏学校；25—26 日在大山脚日新中学

续表

序号	剧种	演出日期	主办方/演出方/主创	剧名/内容/演员/票价	地点
5	粤剧	1968年7月15日抵达新加坡开始,8月24日赴吉隆坡(预计3个月的巡逻献演)	陈宝珠、尹飞燕、陈良忠等香港粤语片红星、音乐队领导朱庆祥等人	众星随片登台巡回星马演唱。其中有《红楼幻梦》,即《红楼梦》之《幻觉离恨天》,是陈宝珠的"首本戏"。观众不仅能看到宝珠演风流倜傥、多情痴缠的贾宝玉,也能听到她婉转美妙的歌声,同时还欣赏了一幕精彩的广东民间艺术锣鼓粤剧	7月15日抵达新加坡,8月24日赴吉隆坡、怡保、槟城及各地巡回献演。地点:金华戏院、韩江大酒楼、电台、报馆、电视台
6	粤剧	1968年10月2日	新时代博览会	粤剧之夜义演,任剑辉、白雪仙演唱名剧《红楼梦》主题曲《幻觉离恨天》	国家剧场
7	歌剧	1971年3月9日	新加坡大歌厅	古装歌唱名剧《红楼梦》。马新名编导、关新艺改编,联合姚炜、叶青、方云、刘清及白言等演出。姚炜饰演贾宝玉,叶青饰演林黛玉	新加坡大歌厅
8	歌剧	1971年3月20日	海燕歌剧院	六幕巨型悲喜剧《新红楼梦》。中国台湾王夏心改编、执导、演出。陈今佩、夏心、张明丽、海伦、恺君、哈密邦及亚能演出	海燕歌剧院
9	歌剧	1971年6月15日	珍珠歌剧院	《夜探潇湘馆》,此剧描写贾宝玉情场失意,出家做和尚,后来夜探潇湘馆,再见到林妹妹的故事。"粤曲王子"郑锦昌饰演贾宝玉	珍珠歌剧院

续表

序号	剧种	演出日期	主办方/演出方/主创	剧名/内容/演员/票价	地点
10	歌剧	1974 年 4 月 26 日	海燕歌剧院	《红楼梦》。丁倩编导，孔兰薰、王婷、长江、长伸、孟婷婷、施君黛及杨保华演出	海燕歌剧院
11	舞剧	1976 年 6 月 22 日、23 日	星洲少镇国术体育会	《红楼梦》。全剧分为 11 幕：黛玉进府、织金销、读西厢、笞宝玉、葬花、试玉、凤姐献策、黛玉焚稿、金玉良言、哭灵、梦玉出走。此剧主要在为封建制度下被牺牲的青年男女提出控诉。李淑芬改编并饰演林黛玉，王梅饰演宝玉	维多利亚剧场
12	歌剧	1977 年 11 月 27 日	海燕歌剧院	《大闹花楼梦》。上官鸣采编导，柳哥反串林黛玉、金涂反串紫鹃、杨保华反串薛宝钗等	海燕歌剧院
13	粤剧	1977 年	群英粤剧团	《红楼金井梦》。讲大观园中贾宝玉有很多投契的丫鬟，金钏是其中之一，但宝玉爱之反而害之，因为争宠的问题，一些有能力却无背景的人会被排挤，金钏最终投井而亡	—
14	歌剧	1978 年 9 月 8 日	海燕歌剧团	《新红楼梦》。夏心和郑秋雄编导，采用新潮手法将故事浓缩，演员虽穿着古装，但所讲的是轻松有趣的对白	海燕歌剧院
15	粤剧	1980 年 12 月 13 日	冈州会馆粤剧部	《红楼梦》。配中英文字幕，着重讲述林黛玉和贾宝玉的恋情故事。胡桂馨饰演林黛玉、卢眉桦饰演贾宝玉。票价：2、3、5 元新币	维多利亚剧场

续表

序号	剧种	演出日期	主办方/演出方/主创	剧名/内容/演员/票价	地点
16	粤剧	1981年11月29日	中峇鲁联络所妇女组主办，敦煌剧坊演出	《红楼梦》中的《幻觉离恨天》。票价：10元新币	中峇鲁冷气人民会堂
17	舞剧	1983年4月17日	南洋方氏总会主办，民族舞蹈团演出	《黛玉葬花》。以浪漫主义的手法刻画了林黛玉怜惜落花，自叹寄人篱下之难的心境。导演廖丽丽，陈秀妮饰演黛玉	国家剧场
18	越剧	1986年11月24日	浙江“小百花”越剧团	《大观园》。含元春省亲、群芳吐艳、送药赠帕、潇湘惊梦、黛玉伤春、宝玉悲秋、宝钗茫优、寒月离魂、真干净9场戏，以群芳荟萃，赏尽看花秋月为序，却以人亡、花谢、园冷、雪浓、风大、云沉、落了个白茫茫大地干净为终。胡小孩改编，茅威涛饰贾宝玉、何赛飞饰林黛玉、何英饰薛宝钗	嘉龙剧场
19	舞剧	1986年	陈清水舞蹈工作坊	《黛玉之死》	—
20	粤剧	1987年3月1日	东安会馆粤剧组	《红楼梦》。剧本取自中国上海越剧《红楼梦》。朱敬芬饰演林黛玉，朱少芬饰演贾宝玉。票价：3、5元新币	维多利亚剧院
21	话剧	1987年4月17—19日	南洋女中戏剧学会	古装《红楼梦》。脚本取自中国剧作家赵清阁的《贾宝玉与林黛玉》。蔡曙鹏导演，陈玮琳饰演贾宝玉、陈惠娟饰演林黛玉、章秋燕和郭尚珞饰演薛宝钗、吴妙慧和周慧燕饰演王熙凤	维多利亚剧院

续表

序号	剧种	演出日期	主办方/演出方/主创	剧名/内容/演员/票价	地点
22	芭蕾舞剧	1987 年 6 月 24—25 日	华侨中学及南洋女中校友会主办，吴诸捷芭蕾舞团联同北京中央舞蹈团团员及新加坡芭蕾舞蹈学院的学生演出	《红楼梦》。分别由张卫强、冯英、吴振红饰演宝玉、黛玉、宝钗。票价：5、10、20、30、40 元新币	嘉龙剧场
23	粤剧	1987 年 8 月 8 日	敦煌剧坊	《王熙凤大闹宁国府》，根据京剧及潮剧改编，主要是描述封建时代贵族家庭里的钩心斗角。被称为“凤辣子”的王熙凤，如何特势弄权逼害尤二姐，如何施计请贾珍、贾琏“入瓮”等。花旦胡桂馨首次改变戏路扮演尖酸刻薄、狡猾泼辣的王熙凤。门票：3、5、10 元新币	维多利亚剧院
24	话剧	1987 年 11 月 7 日	双语话剧团体“演艺坊”(Arts & Acts)	《雪剑鸳鸯》片段，钟锡凤演王熙凤、冯慧诗演尤二姐、陈玉卿演尤三姐	女皇镇图书馆
25	话剧	1987 年 11 月 17 日	双语话剧团体“演艺坊”(Arts & Acts)	《雪剑鸳鸯》彩排	宏茂桥图书馆讲堂
26	芗剧	1987 年 11 月 22 日	新加坡武吉班、福建公会芗剧团、中国上海红楼越剧团	《楼台会》《何文秀》《黛玉焚稿》片段	—
27	越剧	1987 年 11 月 26 日	上海越剧院红楼剧团	《红楼梦》。钱惠丽演贾宝玉、王志萍演林黛玉（前半段）、单仰萍演林黛玉（后半段）。门票：5、10、15、20、30、40、50 元新币	嘉龙剧场

续表

序号	剧种	演出日期	主办方/演出方/主创	剧名/内容/演员/票价	地点
28	话剧	1987 年 11 月 27—29 日	双语话剧团体“演艺坊”(Arts & Acts)	《雪剑鸳鸯》四幕剧。中国赵清阁改编的古装剧，反映尤二姐和尤三姐的两段爱情悲剧。导演蔡曙鹏。参演的 28 名演员大部分是学生，包括初中生、高中生和大学生。票价：3、5、8 元新币，学生场票价一律 3 元新币	戏剧中心
29	越剧	1987 年 12 月 7 日	上海越剧院红楼剧团	《红楼梦》	嘉龙剧院
30	粤剧	1987 年 12 月 20 日	敦煌剧坊	胡桂馨、卢湄华领导一群新秀演唱粤剧《红楼梦》中的主题曲《幻觉离恨天》。门票：3、5、10 元新币	戏剧中心
31	舞剧	1988 年 4 月 1 日	谭秦驰（马来西亚新山）编导	《强酒》（节选自《白蛇传》）和《黛玉之死》（节选自《红楼梦》）。谭氏从中国传说和古典文学中选取情节，毫无拘束、轻而易举地将古典的中国舞蹈与西方舞蹈风格结合起来。这两部作品具有好作品的特点：戏剧性的情节和舞蹈。《黛玉之死》尤为成功，尤其是有力的最后一幕，即黛玉伴随被怒焚诗稿的灰烬而消失	—
32	舞剧	1988 年	新山宽柔校友会舞蹈团	《逼酒》《黛玉之死》	—

续表

序号	剧种	演出日期	主办方/演出方/主创	剧名/内容/演员/票价	地点
33	粤剧	1989年4月15日	友诺士联络所青年团回声戏曲团	折子戏《红楼梦》之《幻觉离恨天》	友诺士联络所礼堂
34	黄梅戏、龙江剧、粤剧	1994年4月1日	安徽黄梅戏剧院、黑龙江龙江剧实验剧院、山西临汾蒲谱剧院、广东粤剧院一团，以及中国艺术研究院和中国戏剧家协会	黄梅戏《红楼梦》，由新加坡戏剧“梅花奖”得主马兰和黄新德主演。而后还有黑龙江龙江剧实验剧院演出的《荒唐宝玉》、广东粤剧院一团演出的《情僧偷到潇湘馆》	—
35	芗剧	2000年8月25日、28—30日	新加坡福建公会芗剧团	《黛玉葬花》《思糟糠》	义安城
36	芗剧	2000年9月1日	新加坡福建公会芗剧团	《情殇红楼》选段、《思糟糠》、《血染金銮殿》选段、《打金枝》、《十八相送》、《认错人》	武吉巴督民众俱乐部
37	芗剧	2000年9月23日、24日	新加坡福建公会芗剧团	《情殇红楼》。此剧是芗剧团迎接千禧、跨世纪的纪念作品，由中国福建杨鹭滨为芗剧团创作、郭志贤执导、陈彬作曲、吴佑福设计舞美灯光	维多利亚剧院
38	越剧	2002年9月19日	上海越剧院	《红楼梦》。票价：15、20、25、35、50元新币	牛车水人民剧场
39	歌剧	2003年3月11日	中国清华大学学生艺术团	《叹红楼》	新加坡南洋理工大学
40	粤剧	2003年5月31日	友诺士民众俱乐部属下回声戏曲团	《红楼梦》	—

续表

序号	剧种	演出日期	主办方/演出方/主创	剧名/内容/演员/票价	地点
41	越剧	2006年12月22日	上海越剧院	豪华版《红楼梦》。讲述林黛玉幼失双亲，寄居外祖母家，心情忧郁，体弱多病。表兄贾宝玉与她两小无猜，情投意合，心心相印。但宝玉祖母不许他俩联姻，而要宝玉与薛宝钗成婚。于是王熙凤用调包计撮合宝、钗。黛玉得悉，旧病加剧，烧毁生平诗稿，含恨而死。宝玉在洞房之夜明白骗婚真相，惊愤交加，急奔黛玉灵前哭悼后愤然出走。票价：88、108、128、148、168元新币	新加坡滨海艺术中心
42	芗剧	2008年1月22日	新加坡福建公会芗剧团	《打金枝》《黛玉葬花》，光盘音乐伴奏	—
43	越剧	2008年2月22日	中国福建省芳华越剧团	《红楼梦》。王君安饰贾宝玉，郑全饰林黛玉。本剧取材于曹雪芹原著《红楼梦》中贾宝玉和林黛玉爱情一线，浓缩地表现了一个封建世家的没落，着重刻画和塑造了宝玉和黛玉两个封建叛逆青年的形象。票价：17、27、37、47元新币	新加坡牛车水人民剧场
44	芗剧	2008年2月23日	新加坡福建公会芗剧团	《黛玉葬花》，光盘音乐伴奏	文礼民众联络所

续表

序号	剧种	演出日期	主办方/演出方/主创	剧名/内容/演员/票价	地点
45	芗剧	2008年2月29日	新加坡福建公会芗剧团、中国台湾阿源戏班、中国漳州市芗剧团	《情殇红楼》之《共读西厢》	淡滨尼东民众俱乐部小剧场
46	芗剧	2008年3月1日	新加坡福建公会芗剧团、中国台湾阿源戏班、中国漳州市芗剧团	《情殇红楼》之《共读西厢》	达曼裕廊民众俱乐部
47	芗剧	2008年3月2日	新加坡福建公会芗剧团、中国台湾阿源戏班、中国漳州市芗剧团	《情殇红楼》之《共读西厢》	忠邦民众俱乐部冷气礼堂
48	芗剧	2008年3月22日	新加坡福建公会芗剧团	《祝寿》《黛玉葬花》，光盘伴唱	南顺民众俱乐部
49	芗剧	2008年5月10日	新加坡福建公会芗剧团	《宝玉哭灵》，取自剧团2000年巨作《情殇红楼》。讲述贾宝玉（郭迈霞饰演）与林黛玉青梅竹马，互生爱意，但是封建家长做主的婚姻，害了一对有情人，林妹妹吐血身亡，宝玉在洞房花烛夜才知道自己被骗了，即刻奔往潇湘馆要向林妹妹解释，可是来到潇湘馆却发现物在人亡，留下宝玉对着林妹妹的灵牌哭诉这一切的缘由，最后宝玉看破红尘出家了	滨海艺术中心 Recital Studio

续表

序号	剧种	演出日期	主办方/演出方/主创	剧名/内容/演员/票价	地点
50	英语舞台剧	2009年6月3—5日	TOY肥料厂（简称为“TOY”）	《咏蟹花》，灵感源自《红楼梦》。这部作品描述五名满怀抱负的清代女子在父亲寿宴上设立诗社的故事	新加坡国家图书馆大厦
51	粤剧	2010年6月5日	敦煌剧坊与牛车水民众俱乐部	红楼梦粤剧戏曲精选	敦煌剧坊与牛车水民众俱乐部
52	越剧	2012年9月25日至10月1日	杭州越剧院	《红楼梦》《新狮吼记》。演出期间，谢群英、陈晓红、陈雪萍和郑国风等主要演员还与新加坡戏剧工作坊的戏剧爱好者以及戏迷们进行文化交流，提高他们对华文与传统中华文化的认知与兴趣	新加坡滨海艺术中心
53	舞台剧	2013年2月15日，16日，17日	林奕华（中国香港）导演	《贾宝玉》	滨海艺术中心剧院
54	粤剧	2013年9月21日	新艺剧坊	《红楼梦之幻觉离恨天》。票价：15、25、35、50元新币	牛车水人民剧场
55	芗剧	2013年11月5日	南华儒剧社、敦煌剧坊、天韵京剧社、马林百列越剧欣赏学会、新加坡琼剧团和沈秀珍芗剧团	南华儒剧社呈献《玉堂春》之《梅亭雪》；敦煌剧坊带来《再世红梅记》之《观柳还琴》；天韵京剧社的曲目为《白蛇传》之《游湖》；马林百列越剧欣赏学会呈献《碧玉簪》之《送凤冠》；新加坡琼剧团带来《红叶题诗》之《还扇》与《夜会》；沈秀珍芗剧团演出的曲目则为《红楼梦》之《黛玉葬花》	牛车水人民剧场

续表

序号	剧种	演出日期	主办方/演出方/主创	剧名/内容/演员/票价	地点
56	粤剧	2014 年 6 月 20 日	敦煌剧坊与牛车水民众俱乐部粤剧团	《红楼梦》	国家图书馆 3 楼
57	琼剧	2014 年 6 月 11 日、12 日	新加坡琼剧团	《忆·红楼梦》	国家图书馆大厦 3 楼
58	舞台剧	2015 年 2 月 21 日、22 日	林奕华（中国香港）导演	《红楼梦》。香港剧场鬼才林奕华导演，全男班底演绎“金陵 12 钗”	滨海艺术中心剧院
59	越剧	2016 年 9 月 1 日	马林百列民众俱乐部上海越剧欣赏学会	《红楼梦》之“葬花”。剧中贾宝玉由何咏芳饰演，李丰则演林黛玉	中国文化中心
60	音乐剧	2017 年 5 月 21 日	新加坡福清会馆、戏曲学院与雅韵轩联合主办、华之声音乐坊演出	《红楼梦》。吴冠男导演。结合歌唱、剧演与舞蹈，述说贾宝玉、林黛玉、薛宝钗的爱情故事	黄金剧场
61	越剧	2017 年 6 月 16 日	中国上海卢湾青年越剧团	取材自《红楼梦》的精彩选曲和小戏	新加坡华族文化中心剧场

附录八 《红楼梦》广播节目与歌曲

序号	日期	播放平台	节目	时间
1	1938年3月9日	无线电台广播节目	潮乐（唱片）:《黛玉焚稿》（老中正顺香班）	下午6时到7时
2	1938年9月23日	无线电台广播节目	潮剧:《黛玉葬花》（老中正顺香班，之林演唱）	下午6时到7时
3	1939年12月5日	中乐广播节目	潮剧:《红楼梦》《黛玉剧选》《黛玉葬花》《黛玉焚稿》	下午6时
4	1940年7月26日	广播台播音节目	潮曲选集:《红楼梦》、《黛玉葬花》（老中正顺香班）、《黛玉焚稿》（老宝顺兴班）	下午5时45分
5	1941年4月15日	中乐广播节目	京剧《红楼二尤》	上午11时45分
6	1952年7月22日	马来亚广播电台	华语歌曲《黛玉自寿》（李丽华）；粤曲《红楼梦》（李少芳）	上午12时15分；晚上10时15分
7	1952年8月16日	马来亚广播电台	福州歌曲《黛玉葬花》（陈赓）	下午3时45分；11月20日晚上10时30分
8	1953年5月14日	马来亚广播电台	榕曲《黛玉葬花》（陈赓）	晚上10时；1954年2月18日晚上10时30分
9	1953年8月25日	丽的呼声	粤曲《红楼梦》（李少芳）	下午5时
10	1954年6月30日	马来亚广播电台	华语歌曲《黛玉悲秋》（李丽华）	—

续表

序号	日期	播放平台	节目	时间
11	1954 年 7 月 30 日	马来亚广播电台	粤曲《红楼二尤》(小非凡、小红线女、小芳艳芳)	上午 9 时 10 分
12	1954 年 10 月 2 日	马来亚广播电台华校组	华语电影《红楼二尤》之录音片	下午 11 时 10 分至 11 时 30 分
13	1954 年 10 月 12 日	丽的呼声	粤语新型歌剧《红楼梦》	每周二晚上 10 时
14	1955 年 7 月 9 日	马来亚广播电台(新台独自播出)	粤曲《红楼二尤》	下午 6 时 40 分
15	1955 年 10 月 29 日	马来亚广播电台(新台独自播出)	华语歌曲《红楼二尤》; 粤曲《黛玉葬花》	上午 7 时 10 分; 晚上 8 时 10 分
16	1956 年 3 月 21 日	马来亚广播电台(新台独自播出)	点唱华语歌曲《红楼二尤》	上午 8 时 5 分
17	1956 年 10 月 15 日	马来亚广播电台	潮曲《黛玉焚稿》	上午 8 时 5 分
18	1957 年 2 月 17 日	马来亚广播电台	粤曲《黛玉葬花》	上午 10 时; 5 月 25 日下午 2 时; 6 月 8 日晚上 8 时 10 分
19	1957 年 2 月 21 日, 4 月 1 日, 1958 年 1 月 22 日	马来亚广播电台(新台独自播出)	华语歌曲《红楼二尤》	上午 7 时 20 分
20	1957 年 3 月 4 日	平社播音节目	《红楼二尤》	晚上 9 时 15 分

续表

序号	日期	播放平台	节目	时间
21	1959 年 6 月 7 日	丽的呼声，金色电台	粤曲《林黛玉》	下午 1 时 15 分
22	1959 年 9 月 8 日，1960 年 6 月 10 日	新加坡电台	粤曲《红楼二尤》	上午 8 时 5 分
23	1959 年 10 月 8 日	丽的呼声，金色电台	点唱粤曲《黛玉归天》	下午 2 时
24	1961 年 1 月 14 日至 6 月 12 日	新加坡电台	粤语长篇广播剧《红楼梦》	下午 2 时
25	1961 年 12 月 20 日	新加坡电台	粤语长篇广播剧《红楼梦》	晚上 11 时
26	1962 年 3 月 18 日	新加坡电台	粤语长篇广播剧《红楼梦》	晚上 11 时
27	1966 年 10 月 18—21 日	丽的呼声，银色电台	粤剧选唱《红楼金井梦》	上午 9 时
28	1967 年 7 月 4 日	丽的呼声，银色电台	粤语选唱《红楼梦》	上午 9 时
29	1978 年 8 月 8 日	丽的呼声，银色电台	粤语选唱《红楼二尤》(下)	上午 9 时
30	1979 年 4 月 8 日	第三广播网	音乐歌唱影片《新红楼梦》(一)	下午 4 时
31	1979 年 5 月 11 日	第三广播网	越剧《红楼梦》	晚上 11 时
32	1979 年 9 月 6 日	第三广播网	越剧《红楼梦》(二)	下午 4 时 30 分

续表

序号	日期	播放平台	节目	时间
33	1980 年 4 月 15 日	新加坡电视台	音乐歌唱影片《新红楼梦》	下午 4 时
34	1980 年 6 月 15 日	第三广播网	音乐歌唱影片《新红楼梦》（第一段）	下午 4 时
35	1980 年 6 月 22 日	第三广播网	音乐歌唱影片《新红楼梦》（第二段）	下午 4 时
36	1980 年 6 月 29 日	第三广播网	音乐歌唱影片《新红楼梦》（第三段）	下午 4 时
37	1980 年 3 月 20 日	第三广播网	越剧《〈红楼梦〉中的“劝黛”》	下午 4 时 30 分

附录九 《红楼梦》音乐会

序号	日期	演出/主办方	主题/内容/门票	地点
1	1989 年 1 月 15 日	人民协会华乐团	“华夏新声”华乐演奏会，表演《红楼梦》组曲，该曲经由原作者王立平改编而成，全曲八段，乐团选了“叹红楼”“晴雯曲”“大出殡”“刘姥姥”“葬花吟”五段演出	新加坡大会堂
2	1999 年 5 月 1 日	新加坡华乐团	郑绪岚赴新加坡举办“红楼梦”独唱音乐会	—
3	1999 年 5 月 29 日	南洋艺术学院狮城华乐团	王立平作品《红楼梦》	维多利亚音乐厅
4	2001 年 8 月 1 日	南洋艺术学院狮城华乐团	“红楼不了情”音乐会	—
5	2001 年 9 月 1 日	—	郑绪岚《王立平作品》独唱音乐会	—

续表

序号	日期	演出/主办方	主题/内容/门票	地点
6	2006年12月23日	新加坡爱华音乐文化发展有限公司	《红楼梦》大型音乐演唱会。由新加坡武装部队华乐团和爱华乐团联合伴奏。新加坡指挥家郑顺发少校与中国指挥家张列担任指挥	新加坡滨海艺术中心
7	2008年12月27日	狮城华乐团	中国四大名著电视剧金曲。门票10、15、20元新币	维多利亚音乐厅
8	2009年8月8日	吴碧霞	“梦系红楼”十年纪念，吴碧霞新加坡独唱音乐会	新加坡滨海艺术中心
9	2010年9月17日	中国广播艺术团、新加坡媒体发展管理局	为纪念新中建交20周年，表演《红楼梦》《雾锁南洋》《西游记》等20世纪80年代的电视剧主题曲	北京保利剧院
10	2011年7月8日	南方学院艺弦华乐团及中文系学生会	《知音》音乐会系列之中国风。音乐会以第一首大合奏《有一个姑娘》拉开序幕。另外两首大合奏则是四大名著之中的《西游记·敢问路在何方》和《红楼梦·葬花吟》。中文系的两位学生也在第三首大合奏前，披上汉服朗诵一段葬花吟，让气氛更显东方神韵	南方学院大讲堂
11	2011年8月27日	中国音乐学院声乐导师演唱、马来西亚艺演华乐团伴奏	中国文学四大名著影视金曲精选演唱会。票价：马币20（学生票）、30、50令吉	槟州大会堂
12	2013年4月19—20日	新加坡华乐团	《梁祝》音乐会。同时，演奏徐坚强的《越剧红楼梦乐队组曲》。指挥：叶聪；小提琴：吕思清；二胡：宋飞。票价：25、35、45、55元新币	新加坡华乐团音乐厅

续表

序号	日期	演出/主办方	主题/内容/门票	地点
13	2014年2月10日	义安中学华乐团	呈献《长城随想曲》《红楼梦》《狮城电视剧金曲选》等	滨海艺术中心户外剧场
14	2014年2月28日，3月1日	陈斯与新加坡华乐团	"春风梦红楼"，演唱《红楼梦组曲》。组曲根据6首王立平的原曲改编组合而成，分别是《序曲》《紫菱洲歌》《红豆曲》《晴雯歌》《枉凝眉》《叹香菱》。指挥：顾宝文；演唱：陈斯；扬琴：瞿建青；笛子：林信有。票价：25、35、45、55元新币（不包括SISTIC收费）	新加坡华乐团音乐厅
15	2014年3月14—15日	新加坡华乐团	儿童音乐会之《小小华乐探险家》，新加坡华乐团驻团指挥郭勇德（音乐会角色为"勇德哥哥"）再次打扮成探险家，带来《丝路驼铃》及《红楼梦组曲》之《刘姥姥》	新加坡华乐团音乐厅
16	2014年12月28日	狮城华乐团呈献，中国歌唱家崔蕊演唱，新加坡报业控股华文报合唱团与新声音乐协会负责伴唱	"情系红楼——十五年回顾"音乐会。票价：35、45、55元新币	维多利亚音乐厅
17	2015年7月12日	马林百列社区文化艺术俱乐部主办，如切潮剧团演唱	潮剧精选雅集。资深演员黄月娇带领全体团员合唱现代戏《石榴花》，以及取材自《红楼梦》的《葫芦庙》插曲	马林百列民众俱乐部小剧场

续表

序号	日期	演出/主办方	主题/内容/门票	地点
18	2016年2月20日	新加坡华乐团音乐总监叶聪构思及指挥，中国女高音王庆爽和新加坡男高音黎列刚独唱，电视艺人郭亮担任说书人，桂乃舜指导的丹绒加东中学及校友合唱团	四大名著音乐会，呈现《红楼梦》的宝黛爱情，《三国》的瑜亮斗智，《西游记》的齐天大圣，以及《水浒传》的好汉聚义。票价：38、58、78元新币；在籍学生、国民服役人员及乐龄人士优惠票：27、41元新币	滨海艺术中心音乐厅
19	2016年8月17日	东华音乐协会、华夏知音协会	“夜之音乐”音乐会，呈献中西影视歌曲，其中有电视剧《红楼梦》插曲《枉凝眉》	滨海艺术中心音乐室
20	2017年6月24日	男高音陈颖豪、钢琴家黄诗钰、邱克威博士	《红楼梦》词曲欣赏与演唱	马大文学院
21	2017年8月12日	王立平，大马合唱联盟会长周扬平指挥，杜君宁、刘土宝、陈家仪、萧志全等人及本土合唱团演唱	《红楼梦》电视剧音乐作曲家王立平作品演唱及讲座交流会	马华三春礼堂
22	2018年2月14日	新加坡华乐团	《红楼梦》组曲之《葬花吟》。指挥：倪恩辉；笙：钟之岳、郑浩筠	滨海湾花园攀天树丛

续表

序号	日期	演出/主办方	主题/内容/门票	地点
23	2018 年 3 月 16—17 日	大马籍钢琴家克劳迪娅·杨，中国国家交响乐团	“马中友好一带一路钢琴交响音乐会”，首演 2018 年新版的《红楼梦》钢琴协奏曲	吉隆坡国家剧院
24	2018 年 3 月 18 日	吉丰华乐团	吉丰华乐团 44 周年音乐会以“述”为题，借音乐描绘文学名著与怀古心情。蔡厝港民众俱乐部下属吉丰华乐团呈献中国电视剧《红楼梦》主题曲，笛子协奏曲《牡丹亭》，琵琶协奏曲《西双版纳的晚霞》《龙腾虎跃》，二胡协奏曲《秋韵》，以及《秦·兵马俑》	新加坡华乐团音乐厅
25	2018 年 6 月 30 日	新加坡华乐团	《红楼梦》组曲	裕廊东地铁站旁草场
26	2018 年 7 月 13—14 日	新加坡华乐团	《红楼梦》与赤壁。指挥：叶聪；女高音：吴碧霞；男高音：郑渊智；说书人：刘俊葳。票价：25、48、68、78、98（不包括 SISTIC 收费）	新加坡华乐团音乐厅
27	2018 年 8 月 30 日	槟州歌乐协会	第 15 届槟州歌乐节大汇演暨《红楼梦》作曲家王立平作品演唱及分享会	槟州华人大会堂

附录十　《红楼梦》唱片、卡带、光碟

序号	类型	日期	发行/表演	名称/内容
1	唱片	1952年1月30日	广隆栈代理，李少芳演唱	《红楼梦》(粤语)
2	原声录音带	1972年10月4日	美丰唱片公司发行	《红楼梦》(越剧)
3	唱片	1977年1月6日	海山唱片发行，爱丽主唱	《红楼梦醒》
4	唱片及声带	1978年9月6日	丽风机构发行，吴大江谱曲，陈蝶衣作词，凌波领唱	《新红楼梦》(黄梅调)
5	唱片及声带	1980年12月15日	冈州粤剧团发行，胡桂馨独唱	《黛玉归天》(粤语)
6	唱片	1982年3月12日	施筱龄演唱	专辑内有《葬花》一曲
7	唱片	1982年5月11日	歌的丽发行，陈洁主唱	专辑内有《红楼梦》一曲
8	卡带	1987年9月8日	新加坡 ALSHIRE(爱销私人)有限公司发行，王立平作曲，王洁实、陈力主唱	《红楼梦》
9	唱片及激光唱片	1987年10月6日	新加坡 ALSHIRE(爱销私人)有限公司发行	《红楼梦》
10	光碟 VCD	1998年11月29日	—	《红楼梦》(越剧)
11	光碟	2001年1月1日	新加坡福建公会芗剧团演唱	《情殇红楼》

续表

序号	类型	日期	发行/表演	名称/内容
12	现场录像	2007 年 6 月 16 日	狮城华乐团演唱	红楼梦主题音乐会，为狮城华乐团红楼梦访华巡回演出现场录像
13	CD	2015 年 5 月 5 日	马来西亚籍华裔钢琴演奏家克劳迪娅·杨、伦敦交响乐团演奏	《红楼梦钢琴协奏曲》

附录十一　作者历年来发表过的与《红楼梦》相关的学术研究论文与出版物

1. 谢依伦:《梦下南洋——〈红楼梦〉在马新传播起始探源》，孙彦庄、郑庭河主编:《跨越时空：中国文学的接受与传播》（青年学者卷），吉隆坡：马来亚大学中文系、马大中文系毕业生协会，2010 年，第 178～201 页。

2. Chia Jee Luen, "Penyebaran dan Penerimaan Sastera Cina Klasik di Malaysia dan Singapura: Kajian terhadap Novel *Hong Lou Meng* ", Tesis Sarjana. Kuala Lumpur: Jabatan Pengajian Tionghoa Universiti Malaya, 2011.（谢依伦:《中国古典文学在马来西亚和新加坡的传播与接受：以〈红楼梦〉为例》，马来亚大学硕士学位论文，2011 年。）

3. 谢依伦:《马来亚大学中文系传播中国文学的贡献：以古典小说〈红楼梦〉为例》，杨清龙主编:《马来亚大学中文系五十周年纪念特刊：图史资料汇编》，吉隆坡：马大中文系毕业生协会、马大中文系，2013 年，第 92～102 页。

4. 孙彦庄、谢依伦编著:《陈广才红学研究藏书目录及评介》，吉隆坡：马来亚大学中文系毕业生协会、马来亚大学中文系，2015 年。

5. 谢依伦:《梦下南洋初绽红——〈红楼梦〉在马来亚的早期传播》，

《红楼梦研究》2017 年第 1 期,第 239～257 页。

6. 谢依伦:《战后马新文坛对〈红楼梦〉的研究与推广——以 20 世纪 50 年代至 70 年代为中心》,《红楼梦研究》2018 年第 3 期,第 284～301 页。

7. 谢依伦:《〈红楼梦〉在马来西亚和新加坡的传播与研究》, 山东大学博士学位论文, 2018 年。

8. 谢依伦:《"2019 年马来西亚〈红楼梦〉国际学术研讨会"简述》,《曹雪芹研究》2019 年第 4 期, 第 184～186 页。

9. 谢依伦、陈广才:《〈红楼梦〉在马来文世界的译介与传播——以印度尼西亚、马来西亚和新加坡为例》,《アジア文化(Asian Culture)》2021 年第 40 期, 第 56～72 页。

10. 谢依伦、孙彦庄:《红尘有梦: 马来西亚红学研究的引路人陈广才》,《红楼梦学刊》2021 年第 5 期, 第 241～262 页 。

11. 谢依伦:《马来亚"华文蛮荒"时代的〈红楼梦〉传播史》, 刘跃进, 刘怀荣主编:《中国文学史新论》, 北京: 中国社会科学出版社, 2021 年, 第 204～223 页。

12. 王静茹、谢依伦:《"新汉学计划"助力〈红楼梦〉在马新传播"进行时"》, 教育部中外语言交流合作中心、中国人民大学编:《问道中国: 我的新汉学之路》, 北京: 中国人民大学出版社, 2022 年, 第 155～172 页。

13. 李美、谢依伦:《移花植梦: 〈红楼梦〉马来文译者孙彦庄的红学传播》,《红楼梦学刊》2023 年第 4 期, 第 292～307 页。

14. 陈广才、谢依伦主编:《移花植梦: 孙彦庄红学文集》, 吉隆坡: 马来亚大学《红楼梦》研究中心、马来亚大学中文系, 2023 年。

15. 李奎、陈遂、谢依伦:《新加坡〈星洲日报〉所载稀见红学资料评析》,《红楼梦学刊》2023 年第 6 期, 第 250～269 页。

参考文献

一、专著

1. 阿英编著:《晚清文学丛钞·小说戏曲研究卷》，北京：中华书局，1960 年。

2. 阿英编著:《小说闲谈四种·小说四谈》，上海：上海古籍出版社，1985 年。

3. 蔡佩蓉:《清季驻新加坡领事之探讨（1877—1911）》，新加坡：新加坡国立大学中文系、八方联合企业公司，2002 年。

4. 曹聚仁:《新红学发微》，新加坡：创垦出版社，1955 年。

5. 陈美玲:《红楼梦中的宁国府》，台北：文津出版社，1999 年。

6. 陈美玲:《红楼梦里的小姐与丫鬟》，台北：文津出版社，2001 年。

7. 陈维昭:《红学通史》，上海：上海人民出版社，2005 年。

8. 陈育崧编著:《星华文选》，新加坡：南洋书局，1961 年。

9. 赤飞:《红学补白》，北京：新华出版社，2011 年。

10. 崔贵强:《新加坡华文报刊与报人》，新加坡：海天文化企业私人有限公司，1993 年。

11. 崔贵强:《新加坡华人：从开埠到建国》，新加坡：新加坡宗乡会馆联合总会、教育出版私营有限公司，1994 年。

12. 代绣、庄辛:《周颖南文库》卷十四《情系中华》，北京：北京师范大学出版社，2006 年。

13. 戴元光、金冠军编著:《传播学通论》（第二版），上海：上海交通大学出版社，2007 年。

14. 丁章华：《红楼梦与扬州》，北京：文化艺术出版社，2007 年。

15. 方北方：《马华文学及其他》，香港：三联书店香港分店，新加坡：新加坡文学书屋，1987 年。

16. 方修：《人物篇》，新加坡：洪炉文化企业公司，1976 年。

17. 方修：《炉烟集》，新加坡：洪炉文化企业公司，1977 年。

18. 方修：《马华新文学简史》，吉隆坡：马来西亚华校董事联合会总会（董总），1986 年。

19. 方修：《新马文学史论集》，香港：三联书店香港分店，新加坡：新加坡文学书屋，1986 年。

20. 方修：《两径轩杂文》，新加坡：群岛文化社私人有限公司，1979 年。

21. 方修：《看龙集》，新加坡：春艺图书贸易公司，1994 年。

22. 方修：《红楼梦简说》（再版），新加坡：青年书局，2005 年。

23. 冯其庸、李广柏：《红楼梦概论》，北京：北京图书馆出版社，2002 年。

24. 冯其庸、李希凡编著：《红楼梦大辞典》（增订本），北京：文化艺术出版社，2010 年。

25. 辜美高、李金生编著：《新加坡国立大学中文图书馆藏中国明清通俗小说书目提要》，新加坡：新加坡国立大学中文系汉学研究中心，1998 年。

26. 顾长声：《从马礼逊到司徒雷登：来华新教传教士评传》，上海：上海人民出版社，1985 年。

27. 何炳彪、梁慧群编著：《方修编著资料辑录》，新加坡：新加坡国家图书馆，2008 年。

28. 何炳彪、王连美编著：《〈红楼梦〉展特辑》，新加坡：新加坡国家图书馆管理局，2006 年。

29. 胡文彬、周雷编：《红学世界》，北京：北京出版社，1984 年。

30. 胡文彬：《红边脞语》，沈阳：辽宁人民出版社，1986 年。

31. 胡文彬：《红楼梦在国外》，北京：中华书局，1993 年。

32. 胡文彬:《〈红楼梦〉与台湾——跨越海峡的记忆》，沈阳：白山出版社，2009 年。

33. 胡文彬、周雷编著:《台湾红学论文选》，天津：百花文艺出版社，1981 年。

34. 胡文彬、周雷编著:《海外红学论集》，上海：上海古籍出版社，1982 年。

35. 胡文彬、周雷编著:《香港红学论文选》，天津：百花文艺出版社，1982 年。

36. 黄葆芳:《引玉集》，新加坡：新加坡新闻与出版有限公司，1983 年。

37. 黄尧:《星马华人志》，吉隆坡：元生和黄氏联合总会，2003 年。

38. 黄遵宪著，钱仲联笺注:《人境庐诗草》，北京：中国青年出版社，2000 年。

39. 姜其煌:《欧美红学》，郑州：大象出版社，2005 年。

40. 蒋振玉编著:《许绍南先生赠书目录》，新加坡：新加坡大学，1966 年。

41. 柯木林:《石叻史记》，新加坡：新加坡青年书局，2007 年。

42. 雷雨田:《近代来粤传教士评传》，上海：百家出版社，2004 年。

43. 李根亮:《〈红楼梦〉的传播与接受》，哈尔滨：黑龙江人民出版社，2007 年。

44. 李广柏:《红学史》，广东：广东教育出版社，2010 年。

45. 李海珉:《南社书坛点将录》，苏州：苏州大学出版社，2012 年。

46. 李凌凌主编:《传播学概论》(第二版)，郑州：郑州大学出版社，2014 年。

47. 李希凡、冯其庸:《红楼梦大辞典》，北京：文化艺术出版社，1990 年。

48. 李业霖编著:《南洋大学走过的历史道路》，雪兰莪：马来亚南洋大学校友会，2002 年。

49. 李玉珏著，许云樵校注，陈育崧编:《新嘉坡风土记》，新加坡:

南洋书局有限公司，1947年。

50. 李元瑾:《东西文化的撞击与新华知识分子的三种回应》，新加坡：新加坡国立大学中文系、八方文化创作室，2001年。

51. 贾建国、连丽如口述，吴欣还整理:《我为评书生：贾建国、连丽如口述自传》，北京：中华书局，2012年。

52. 连亮思、连文思编著:《连士升文选：现代人的精神粮食》，新加坡：八方文化企业公司，2001年。

53. 连士升:《给新青年》，新加坡：南洋报社，1955年。

54. 连士升:《春树集》，新加坡：新加坡青年书局，1960年。

55. 连士升:《南行记》，新加坡：星洲世界书局，1963年。

56. 梁启超:《清代学术概论》，台北：台湾中华书局，1959年。

57. 梁元生:《新加坡华人社会史论》，新加坡：新加坡国立大学中文系、八方文化创作室，2005年。

58. 林大芽:《论红楼梦》，新加坡：光华印务公司，1977年。

59. 林万菁:《中国作家在新加坡及其影响(1927—1948)》，新加坡：万里书局，1994年。

60. 林献和、谢淑英编著:《星洲少镇山国术体育会庆祝十八周年纪念呈现舞剧红楼梦特辑》，新加坡：星洲少镇山国术体育会，1976年。

61. 刘梦溪:《红楼梦与百年中国》，北京：中央编译出版社，2005年。

62. 鲁迅:《鲁迅全集》第四卷《二心集》(一)，北京：人民文学出版社，1956年。

63. 罗宗阳:《红楼梦轶事》，南昌：江西人民出版社，1989年。

64. 骆明编著:《南来作家研究资料》，新加坡：新加坡国家图书馆管理局、新加坡文艺协会，2003年。

65. 马仑编著:《新马华文作家群像》，新加坡：风云出版社，1984年。

66. 马仑编著:《新马文坛人物扫描》，柔佛：书辉出版社，1991年。

67. 麦留芳著，张清江译:《星马华人私会党的研究》，台北：正中书局，1985 年。

68. 莫顺生:《马来西亚教育史（1400—1900）》，吉隆坡：马来西亚华校教师会总会，2000 年。

69. 南京大学图书馆、中文系古典文学教研组:《红楼梦研究资料书目索引》，南京：南京大学图书馆，1974 年。

70. 欧阳攀龙:《短书集》，香港：群岛出版社，1962 年。

71. 潘碧华:《马华文学的时代记忆》，吉隆坡：马来亚大学中文系，2009 年。

72. 潘碧华、王兆鹏编著:《时空跨越：中国文学的传播与接受》（现代卷），吉隆坡：马来亚大学中文系、马大中文系毕业生协会，2009 年。

73. 潘国驹编著:《新加坡潮州文化名人录》，新加坡：八方文化创作室，2016 年。

74. 潘醒农:《潮侨溯源集》，新加坡：八方文化企业公司，1993 年。

75. 潘重规:《红楼梦新解》，新加坡：青年书局，1959 年。

76. 皮述民:《红楼梦考论集》，台北：联经出版事业有限公司，1984 年。

77. 邱菽园:《菽园诗集》卷三，1910 年。

78. 邱新民:《邱菽园生平》，新加坡：胜友书局，1993 年。

79. 饶芃子主编:《中国文学在东南亚》，广州：暨南大学出版社，1999 年。

80. 任辛:《红楼梦简说》，新加坡：青年书局，1960 年。

81. 宋柏年主编:《中国古典文学在国外》，北京：北京语言学院出版社，1994 年。

82. 孙彦庄:《红楼梦情结》，雪兰莪：大将出版社，2008 年。

83. 孙彦庄、谢依伦编著:《陈广才红学研究藏书目录及评介》，吉隆坡：马来亚大学中文系毕业生协会、马来亚大学中文系，2015 年。

84. 孙玉明:《日本红学史稿》，北京：北京图书馆出版社，2006 年。

85. 唐均:《红学 · 迻译 · 文化西行》，沈阳：辽宁文学出版社，2019 年。

86. 王慷鼎:《新加坡华文报刊史论集》,新加坡:新加坡新社,1987年。

87. 王丽娜:《中国古典小说戏曲名著在国外》,上海:学林出版社,1988年。

88. 王连美、赖燕鸿、林臻编著:《杏影:他不会寂寞》,新加坡:新加坡国家图书馆,2009年。

89. 王润华:《从新华文学到世界华文文学》,新加坡:新加坡潮州八邑会馆,1994年。

90. 王润华、杨松年编著:《新马汉学研究:国大马大中文系研究状况探讨研讨会论文集》,新加坡:新加坡国立大学中文系,2001年。

91. 王兆鹏、潘碧华编著:《跨越时空:中国文学的传播与接受》(古代卷),吉隆坡:马大中文系、马大中文系毕业生协会,2009年。

92. 王兆鹏、尚永亮编著:《文学传播与接受论丛》,北京:中华书局,2006年。

93. 文言编著:《文学传播学引论》,沈阳:辽宁人民出版社,2006年。

94. 吴华编著:《新山华族人物志》,新山:新山陶德书香楼,2006年。

95. 吴世昌等:《红楼梦研究论文集》,新加坡:古今文化企业,1976年。

96. 吴天任:《黄公度先生传稿》,台北:文海出版社,1979年。

97. 吴盈静:《清代台湾红学初探》,台北:大安出版社,2004年。

98. 香港世界文库出版社丛书编辑部编著:《中国妇女500杰》,北京:北京出版社,1994年。

99. 星洲日报社:《星洲十年》,台北:文海出版社,1977年。

100. 许静编著:《传播学概论》,北京:清华大学出版社、北京交通大学出版社,2007年。

101. 亚庇中华学校图书馆编著:《亚庇中华学校图书馆中文图书目录》第1辑,亚庇:亚庇中华学校图书馆,1963年。

102. 颜清湟:《新马华人社会史》，北京：中国华侨出版公司，1991 年。

103. 姚楠:《星云椰雨集》，新加坡：新加坡新闻与出版有限公司，1984 年。

104. 叶夏声:《西行逐日记》，自印本，1935 年。

105. 叶啸:《当代马华作家百人传》，吉隆坡：马来西亚华文作家协会，2006 年。

106. 一粟编:《古典文学研究资料汇编：红楼梦卷》第二册，北京：中华书局，1963 年。

107. 一粟编著:《红楼梦书录》(增订版)，上海：上海古籍出版社，1981 年。

108. 依藤:《旧小说新谈》，新加坡：南洋报社有限公司，1954 年。

109. 余定邦、黄重言编著:《中国古籍中有关新加坡马来西亚资料汇编》，北京：中华书局，2002 年。

110. 张惠:《红楼梦研究在美国》，北京：中国社会科学出版社，2013 年。

111. 张克宏:《亡命天南的岁月——康有为在新马》，吉隆坡：华社研究中心，2006 年。

112. 张克宏编著:《黄世仲黄伯耀弟兄南洋诗文集》，香港：纪念黄世仲基金会，2011 年。

113. 张丽珍、潘碧华编著:《红楼梦与国际汉学》，吉隆坡：马来亚大学中文系、马来亚大学中文系毕业生协会，2009 年。

114. 张朋园:《梁启超与清季革命》，台北：“中研院”近代史研究院，1964 年。

115. 张跃、张琨:《新加坡文化概论》，广州：世界图书广东出版公司，2014 年。

116. 章翰:《鲁迅与马华新文艺》，新加坡：风华出版社，1977 年。

117. 郑良树:《马来西亚华文教育发展史》第三分册，吉隆坡：马来西亚华校教师会总会（教总），2001 年。

118. 郑良树:《马来西亚华文教育发展简史》, 柔佛: 南方学院出版社, 2005 年。

119. 郑子瑜、实藤惠秀编校编著:《黄遵宪与日本友人笔谈遗稿》, 台北: 文海出版社, 1968 年。

120. [美]周策纵:《五四运动史》, 陈永明等译, 长沙: 岳麓书社, 1999 年。

121. 周伟民、唐玲玲:《中国和马来西亚文化交流史》, 海口: 海南出版社, 2002 年。

122. 周颖南著, 龙协涛编:《南国声华: 周颖南海外创作四十年》, 北京: 文化艺术出版社, 1991 年。

123. 朱杰勤:《东南亚华侨史》, 北京: 高等教育出版社, 1990 年。

124. 朱一玄编:《红楼梦资料汇编》(第二版), 天津: 南开大学出版社, 2001 年。

125. 诸园、庄辛编著:《周颖南与中华文化》, 北京: 中国和平出版社, 1992 年。

二、期刊会议文章

1. 蔡景康:《邱炜萲的小说理论》,《汕头大学学报》1991 年第 3 期。

2. 曹旭:《走向世界的诗人: 黄遵宪诗歌探索之一》,《上海师范大学学报》(哲学社会科学版) 1983 年第 4 期。

3. 曹旭:《黄遵宪: 诗界革命的巨擘》,《文史知识》2009 年第 5 期。

4. 达 · 雪涓:《中华文化在世界的影响》,《西藏艺术研究》1995 年第 3 期。

5. 陈广才:《马来西亚红学研究的展望》,《红楼梦学刊》2008 年第 5 期。

6. 邓庆佑:《李辰冬和他的〈红楼梦研究〉》,《红楼梦学刊》1995 年第 4 期。

7. 东武:《万里红缘一线牵: 马来西亚纪行》,《红楼梦学刊》2007 年第 5 期。

8. 冯其庸:《论〈红楼梦〉的脂本、程本及其他：为马来西亚国际汉学会议而作》,《红楼梦学刊》1994 年第 2 期。

9. 高淮生:《索隐旧途迷不悟，校红述史开新篇：潘重规的红学研究——港台及海外学人的红学研究综论之三》,《河南教育学院学报》(哲学社会科学版) 2013 年第 4 期。

10. 高淮生:《走出"自传说"拘囿，开拓"李学"新境：皮述民的红学研究——港台及海外学人的红学研究综论之八》,《河南教育学院学报》(哲学社会科学版) 2015 年第 2 期。

11. 胡晴:《2015 年〈红楼梦〉研究期刊类述评》,《红楼梦学刊》2016 年第 1 期。

12. 胡文彬:《〈红楼梦〉校勘中的孤立印证与以讹证讹问题——在马来西亚"〈红楼梦〉与国际汉学研讨会"上的主题演讲》,《辽东学院学报》(社会科学版) 2009 年第 1 期。

13. 胡芝风:《中国戏曲在新加坡——"狮城梅花戏剧节 94"一瞥》,《中国戏剧》1994 年第 9 期。

14. 黄葆芳:《大观园咏景 (五首)》,《红楼梦学刊》1981 年第 3 期。

15. 贾穗:《红学研究的重要成果和启示：读皮述民先生的〈苏州李家与红楼梦〉有感》,《海南师院学报》1998 年第 2 期。

16. 李海琪:《马来西亚代表团访问红楼梦所》,《红楼梦学刊》2007 年第 4 期。

17. 李奎:《〈叻报〉所载〈拟石头记怡红公子祭潇湘妃子文并序〉述略》,《红楼梦学刊》2009 年第 6 期。

18. 李奎:《新加坡〈叻报〉所载"红学"资料述略》,《红楼梦学刊》2011 年第 6 期。

19. 李奎:《新加坡〈振南日报〉载〈聊斋志异〉相关资料述评》,《蒲松龄研究》2012 年第 3 期。

20. 李奎:《〈红楼梦〉在新加坡的报刊传播浅析》,《华西语文学刊》2015 年第 1 期。

21. 李奎:《新加坡〈振南日报〉所载"红学"资料述略》,《红楼梦学刊》2015 年第 5 期。

22. 李明滨:《近代以来外国对中国文化典籍的翻译与研究(下篇)》,《华侨大学学报》(哲学社会科学版)1999 年第 1 期。

23. 梁竞西:《论〈葬花吟〉〈婉嫕词〉和〈芙蓉女儿诔〉的意蕴和作用》,《红楼梦学刊》2000 年第 3 期。

24. 梁竞西:《论〈红楼梦〉中林黛玉的诗词》,《山东科技大学学报》(社会科学版)2001 年第 1 期。

25. 梁竞西:《1990—2000 年〈红楼梦〉研究论著目录联想与补遗》,《红楼梦学刊》2001 年第 3 期。

26. 凌彰:《新加坡〈红楼梦〉研究论文索引》,《红楼梦研究集刊》1983 年第 10 辑。

27. 刘惠文:《作家 · 学者 · 富豪: 记周颖南》,《当代作家》1994 年第 1 期。

28. 潘碧华:《以诗为文: 论〈红楼梦〉的诗性特质》,《红楼梦学刊》2008 年第 5 期。

29. 潘碧华:《〈红楼梦〉在马来西亚的传播与接受》, 第十四届北京论坛“文明的和谐与共同繁荣——变化中的价值与秩序”,“中华文明的国际传播”分论坛, 北京, 2017 年。

30. 皮述民:《苏州李家与〈红楼梦〉的关系》,《红楼梦学刊》1991 年第 4 期。

31. 邱苑妮:《〈红楼梦〉在当代马来西亚的传播和翻译综述》,《曹雪芹研究》2016 年第 1 期。

32. 屈亚平:《琴键情深悠悠梦红楼》,《中华文化画报》2015 年第 5 期。

33. 舒坦:《马来文版〈红楼梦〉在马出版发行》,《文学教育》(上)2017 年第 9 期。

34. 述闻:《〈红楼梦考论集〉出版》,《红楼梦学刊》1986 年第 2 期。

35. 孙彦庄:《〈红楼梦〉研究在马来西亚》,《红楼梦学刊》2007 年第 6 期。

36. 孙玉明:《二月河的“红楼情”》,《红楼梦学刊》2004 年第 3 期。

37. 谭家健:《新加坡主办“汉学研究之回顾与前瞻”国际会议》,《文学遗产》1991 年第 4 期。

38. 唐均:《〈红楼梦〉译介世界地图》,《曹雪芹研究》2016 年第 2 期。

39. 王丽娜:《〈红楼梦〉在国外的流传、翻译与研究》,《北京图书馆馆刊》1992 年第 1 期。

40. 王润华:《〈红楼梦〉中的现代诗》,《红楼梦学刊》1993 年第 3 期。

41. 王润华:《一轮明月照古今:贯通中国古今文学的诠释模式》,《复旦学报》(社会科学版)2002 年第 1 期。

42. 王润华:《周策纵:学术研究的新典范》,《世界文学评论》2006 年第 2 期。

43. 王润华:《周策纵的曹红学:文化研究新典范》,《红楼梦学刊》2008 年第 6 期。

44. 王润华、刘宝珍:《〈红楼梦〉对中国现代文学之影响》,《中国现代文学研究丛刊》1987 年第 3 期。

45. 王润华、于镠:《〈红楼梦〉在中国现代文学史上的碰撞(节译)》,《固原师专学报》1992 年第 4 期。

46. 王一:《我为何判定刘姥姥是西王母:〈红楼梦〉中隐藏最深的秘密》,《博览群书》2016 年第 8 期。

47. 韦科:《国际汉学　红学舟渡:第六届国际〈红楼梦〉学术研讨会综述》,《红楼梦学刊》2008 年第 5 期。

48. 夕二:《李曙韵:一叶茶可以让生命走得更宽阔》,《花样盛年》2015 年第 4 期。

49. 肖溪:《〈红楼梦〉狮城绝唱,台湾岛又迎〈梁祝〉》,《艺术界》1994 年第 Z3 期。

50. 萧驰、南楠:《山水百家言(九)　大观园　美人繁花的乐土》,《风景园林》2010 年第 6 期。

51. 谢依伦:《梦下南洋初绽红:〈红楼梦〉在马来亚的早期传播》,《红楼梦研究(壹)》2017 年第 1 期。

52. 许文荣:《从〈红楼梦〉的书写策略论刘姥姥角色的微妙性》,《红楼梦学刊》2010 年第 4 期。

53. 张庆善:《贺信》,《红楼梦学刊》2008 年第 5 期。

54. 周建渝:《〈红楼梦〉的生命意识》,《红楼梦学刊》1988 年第 4 期。

55. 周建渝:《"红学"的困境与出路》,《文学评论》1989 年第 1 期。

56. 周建渝:《怀念我的导师蒋和森先生》,《红楼梦学刊》1996 年第 4 期。

57. 周建渝:《"文本互涉"视野中的〈石头记〉》,《南开学报》(哲学社会科学版)2011 年第 3 期。

58. 朱桦:《新加坡汉学研究之回顾与前瞻国际会议文学研究概述》,《文艺理论研究》1991 年第 6 期。

59. 朱开平:《异国师生同心曲:周颖南与俞平伯交往实录》,《福建党史月刊》1995 年第 3 期。

60. 祝瑞开、吴松弟:《台湾史学家翁同文和他的学术成就》,《中国史研究动态》1996 年第 8 期。

61. 卓鸿泽:《〈刘梦溪新著红学〉读后》,《红楼梦学刊》1992 年第 1 期。

62. 卓鸿泽:《"燕市哭歌悲遇合"异说》,《红楼梦学刊》1994 年第 4 期。

63. 子木:《丹斯里陈广才率马来亚大学中文系一行访问中国艺术研究院红楼梦所》,《红楼梦学刊》2009 年第 4 期。

64. 子翁:《崔蕊——回肠荡气唱红楼》,《工会博览》(艺苑版)2007 年第 1 期。

三、学位论文

1. 陈慧文:《〈红楼梦〉在当代马来西亚的传播》,复旦大学硕士学位论文，2010 年。

2. 李奎：《新加坡〈叻报〉小说初探（1887—1919）》，上海师范大学硕士学位论文，2010 年。

3. 江帆：《他乡的石头记：〈红楼梦〉百年英译史研究》，复旦大学博士学位论文，2007 年。

4. 朱海荣：《中华传统文化传承与新加坡的华族文化认同》，华中师范大学硕士学位论文，2013 年。

四、数据库

1. 新加坡国立大学图书馆（NUS Libraries）东南亚华人历史文献资料库，https://libportal. nus. edu. sg/frontend/ms/sea-chinese-historical-doc/main-contents/straits/sg#bz。

2. 马华文学数位典藏系统，http://da. lib. ntnu. edu. tw/mahua/ug-101. jsp。

3. 南方大学学院数位典藏系统（Southern University College Digital Archive System），http://xsystem. sc. edu. my/ug/ug-0. jsp。

4. 新加坡报纸（NewspaperSG）资源平台，http://eresources. nlb. gov. sg/newspapers/。

5. 晚清期刊全文数据库——全国报刊索引，http://58. 194. 172. 12/rwt/CNBKSY/http/P75YPLUDN3SGX653F3SX85B/。

后　记

济南是个漂亮的城市，它的漂亮源自市民的人文精神。我在此所遇见的人都让我感受到诚实、礼貌、乐于助人、友爱的特质。我相信教育是让我们拥有美好生活的基石。我很自豪能够成为山东大学的研究生。

山东大学，一所宁静且充满魅力的大学，外表华而不炫，不以声色迷人，全凭厚德载物。泉城济南，一座淳古且灵动幽美的城市，泉水滴滴润心，礼仪处处暖人，民风家家务实。

山大文学生活，难忘的每周五“现代文学生活馆”高质量文学讲座与作家特约讲座陪我度过了冷暖四季。山大学术盛宴，无数名家汇集，学术思维碰撞不断，有幸在此见证、参加了第22届国际历史科学大会。舌尖山大教会我，别人的需求，是我们的追求。食堂贴心的素食之窗，展现了学校对各种文化习惯的尊重及包容。校园附近自助餐林立，素和美、素百味、素缘、素根解决温饱之余还提供了美食享受。

我喜欢这里，爱上这里，所以把家人也带过来。太太陈淑玲在这里学会了包饺子、做馒头，也热衷于中国方便快捷的网购商务；孩子谢彰轩在传统文化的学堂内学《幼学琼林》《说文解字》《龙文鞭影》，捏陶土，画国画。妈妈叶真菊和阿姨到来的时候，我们去了曲阜、泰山、青岛，除了窥探大地的自然景观、齐鲁文化留下来的文化风情，也了解了一段中西文明冲突下侵略的历史。

感谢这珍贵的留学生活，让我们一家能从齐鲁大地与山东人身上学习到更多为人的美德。特别感恩孔子学院总部/国家汉办提供的新汉学计划奖学金。

转眼间，我已在此度过四个年头，回忆踪迹遍布中心校区各个角落。山大充满温情，导师孙之梅教授对我们循循善诱，关爱有加，“孙门”就是一个和谐互助的大家庭。

诚挚感谢孙之梅导师悉心的指导，孙老师不仅关注我的学术基础、论文进展，也关心我的家庭状况，不时为我们一家提供生活上的建议和协助。 她在论文指导上秉持开明的态度，支持我朝着自己感兴趣的课题与目标前进，并严厉把关，指出论文不当及不到位之处，一针见血。 面对我能力不足之时，孙老师给予我极大的包容、关爱和肯定。 每当有高质量学术研讨会，她会鼓励和推荐我们师兄弟去发表，接受批评和提升。 各种细致的安排和用心，让我感动、感激。

感谢韩国的金洙京师兄、李旼静师姐，中国的王皓潼师妹、艾钊师弟，泰国的黄君中师弟，以及其他同门这些年来的陪伴、鼓励和帮助。

研读期间，承蒙孔子学院王昕生、孔梓、张晓辉，山大文学院樊庆彦、张洪刚，新闻传播学院谢锡文，国际事务部石臻春、李天一等老师提供的各方面协助，非常感激。 从远方传来的，师长们的关爱与联系，是支持我在学术路上前进的动力。 感谢陈广才、孙彦庄、潘碧华、许文荣、苏伟妮、尤绰韬、陈秀凤、孙伟科、任晓辉、李奎、顾斌等师长的提携。

特别值得纪念的是，在山大的四年中，我见证了山东大学马来西亚留学生会的成立。 留学生会从无到有，到代表马来西亚参加国际文化风情展、国际文化节文艺晚会、中国—东盟青年论坛等重大的交流项目，点点滴滴都象征了大马留学生的热情与积极付出。 在此，除了感谢学弟妹们的陪伴，也为大家的认真和努力点赞。

不忘感谢因为红学而相交的众多师友，感谢红迷驿站和曹学会提供高层次的学习平台和氛围，让我们红迷得以相聚、交流和提升。 另外，还得感谢佛学共修平台的师兄们每日真挚的关怀。 师兄们时时刻刻督促我在忙碌学习、高压撰写论文、面对生活种种琐事的同时，要不忘修心修行。

感谢我挚爱的家人，母亲叶真菊、岳父陈来发、岳母林金叶、哥哥嫂子、姐姐姐夫等远在马来西亚，他们不时给我捎来最大的支持和信任，从每一段关心慰问的视频、语音、文字联系中都能充分感受到。 更感谢已故父亲谢耀财在我心中给予无限的坚持下去的精神力量。 最后，感谢太太陈淑玲和孩子谢彰轩一直陪伴在旁，让我时刻感受到家庭温暖，让我在博士研究生活的严峻历练中，坚强成长。

谢依伦

2018 年 12 月笔于济南